sjeti me se

ROMAN

SANELA RAMIĆ JURICH

Sjeti me se – drugo izdanje

Objavio Tate Publishing & Enterprises, LLC
127 E. Trade Center Terrace | Mustang, Oklahoma 73064 USA
1.888.361.9473 | www.tatepublishing.com
Drugo izdanje objavio Create Space/Sanela Ramic Jurich
Sjedinjene Američke Države

www.sanelajurich.com

Dizajn korica: Rebekah Garibay

Objavljena u Sjedinjenim Američkim Državama

1. Fikcija / Historijska 2. Fikcija / Rat & Vojska
ISBN-10: 1532756259
ISBN-13: 978-1532756252

ŠTA DRUGI GOVORE

"Sjeti me se, Džanijeve zadnje riječi upućene Selmi, je knjiga koja bi se trebala naširoko čitati i sjećati. Nezaboravno!"

—Readers Favorite

"Sjeti me se je važna priča koja me je, srećom, ostavila s toplim osjećajima nade. Ova priča je morala biti ispričana da bi ljudi po cijelom svijetu znali zašto je važno sjetiti se ko je ustvari taj ko bude povrijeđen kad vlada propadne i nacije zaratuju. Čitaoci će otkriti da Jurić piše sa kredabilitetom i autentičnosti osobe koja je svjedočila i iskusila ono što se dešavalo na području balkanskih zemalja u 1990-tim godinama."

—Gregory S. Lamb
Autor, The People in Between

"Nevjerovatna knjiga – mora se pročitati!
Sjeti me se je nježna ljubavna priča priložena u pozadini nemira i razaranja."

—Elaine Littau
Autor i blogger

Mojim roditeljima, Ademu i Emsudi,
mom mužu, Toddu Juriću i
mojim sinovima, Deniju i Devinu.

Također i onima koji su je inspirisali, ali koji je nikada neće pročitati:
Džaniju, Ešefu Ejupoviću, Ziski Ejupović, Velidu Ališkoviću, Sadi
Hegić, Aganu Kadiriću, Samiru Kadiriću, Admiru Kadiriću, Mirzetu
Arnautoviću, i mnogim, mnogim drugima.
Nikada nećete biti zaboravljeni. Nek' vam je vječni rahmet.

PRIZNANJA

Htjela bih iskazati zahvalnost mnogima koji su me vidjeli kroz ovu knjigu; svima onima koji su mi dodijelili podršku, razgovor, koji su čitali, pisali, ponudili komentare, dopustili mi da ih citiram i onima koji su pomogli u redigovanju, korekturi i dizajnu.

Hiljade zahvala mojoj redigovateljici, Brijani Džonson. Surađivati s tobom je bilo jedno veliko zadovoljstvo. Mnogo ti hvala na onim toplim riječima podrške i na pismu koje si mi napisala nakon čitanja ove knjige. Uokvirila sam ga i sad mi visi na zidu kao znak podrške i inspiracije.

Jedno veliko poštovanje prema dizajnerki korica, Rebeki Garibej i dizajnerki unutrašnjosti knjige, Linzi B. Behrens. Mnogo sam uživala u našim razgovorima i činilo mi se kao da ste stvarno slušale i čule čak i riječi koje nisu bile rečene. Mnogo vam, mnogo hvala.

Zahvalna sam Readers' Favorite zato što su mi dodijelili najveću ocjenu koja se mogla dodijeliti - punih pet zvjezdica. Također sam zahvalna i autoru Gregu S. Lambu i Elejn Littau, autorici mnogih knjiga i blogova. Oni su jedni od prvih koji su pročitali ovu knjigu i nakon toga ponudili svoje mišljenje. Imam samo jedno veliko poštovanje i divljenje prema oboma njima.

Bezbroj zahvala:

Mojim roditeljima, Ademu i Emsudi Ramić, koji mi daju bezuvjetnu ljubav i podršku svakog dana mog života. Hvala vam što ste mi pričali cool priče kad sam bila mala. S njima ste me zauvijek zarazili. Volim vas.

Mom mužu, Toddu (Tâdu), s ljubavi—za njegovu beskonačnu pomoć, podršku, i ohrabrenje; zato što je uvijek tu kad ga trebam; za dvoje prekrasne djece. Hvala ti što si mi riječnik na nogama.

Mojoj djeci, Deniju i Devinu, za njihovu strpljivost i poslušnost—zato što su me pustili na miru da stvorim i završim ovu knjigu—zato što su pomagali svome tati u kućnim poslovima da bih ja mogla ostati fokusirana na pisanje. Hvala što ste najbolji navijači na svijetu.

Svima koji su čitali moje knjige i koji nestrpljivo čekaju sljedeću: Hvala vam na svim komentarima, ocjenama, pismima i porukama na Fejsbuku. Ne mogu pronaći prave riječi da iskažem ogromnu zahvalnost koju osjećam prema vama.

"Što je rat okrutna stvar: odvaja i uništava porodice i prijatelje i ugrožava najčistiju radost i sreću koju nam je Bog dodijelio na ovom svijetu; ispunjava naša srca mržnjom umjesto ljubavlju prema bližnjima i uništava nježno lice ovog predivnog svijeta."—Robert E. Lee, pismo njegovoj ženi, 1864.

PROLOG

Da li se još neko sjeća rata u Bosni?

Vjerovatno se kao kroz maglu sjećate da ste nešto o tome slušali na lokalnim vijestima. Možda niste previše ni obraćali pažnju, misleći, *to se događa negdje drugdje, preko okeana, daleko odavde. Zašto bih se ja trebao brinuti o tome? To je evropski problem, neka se oni bakću time* ... Osim ako ste i vi poput mene tamo živjeli 1992-ge godine. U tom slučaju, sigurna sam da se sjećate svakog groznog detalja tog brutalnog rata i jada koji je došao s njim.

Možda se pitate zašto ja to baš sad spominjem. Prošlo je gotovo dvadeset godina otkako sam otud izašla. To je sada davna prošlost. Koga je briga za nečim što se dogodilo tako davno? Pa, iskreno da vam kažem, ja sam pokušala sve zaboraviti i krenuti dalje sa životom, ali što sam se više borila da zaboravim, to su se više sjećanja na one najmilije koje sam tamo izgubila borila da izađu. U mojim mislima, oni su svi nasmijani i sretni, mladi, onakvi kakvi su bili taman prije nego što su brutalno masakrirani i lišeni svojih života. Isprva sam se bojala tih sjećanja i snova. Mislila sam da su me proganjali. Bila sam uvjerena da su bili ljuti na mene zato što sam ja preživjela, a oni nisu. Ali onda sam shvatila da oni nisu mogli biti ljuti na mene. Jednostavnu su htjeli da ne budu zaboravljeni.

Mi, naravno imamo knjige, novine i internet koji nam pružaju sve činjenice o tom što se tamo dogodilo i koliko ljudi je umrlo, ali niko ne govori o pojedincima koji su pobijeni. Niko ne govori o onima koji su prije vremena otrgnuti iz ovog života i sada su u limbu; žive samo u našim sjećanjima i snovima. U knjigama i novinama, oni su samo broj umrlih, ali u srcima njihovih najmilijih, oni su sve.

Trebale su mi skoro dvije decenije da progovorim o onom čemu sam tamo svjedočila, ali sada sam hrabra. Imam obavezu prema onima koji su pobijeni. Moram se sjećati, bez obzira na posljedice. Zovem se Selma i ovo je moja priča.

POGLAVLJE 1

Rođena sam u gradu po imenu Prijedor na sjeveru Bosne i Hercegovine i odgajana sam prema učenjima Maršala Josipa Broza Tita i komunističke partije. U prvom razredu osnovne škole sam postala Titov pionir i ponosno sam nosila tamnoplavu kapu sa sjajnom crvenom zvijezdom na čelu, nadajući se da ću jednoga dana odrasti i braniti svoju zemlju kao što su to činili partizani u pričama i pjesmama o kojima sam učila u školi. Bilo je to u vrijeme kad je Bosna još uvijek bila dio Jugoslavije i kad je crvena bila naša boja. Moji roditelji su živjeli prema komunističkim pravilima i rado su ignorisali svoje religije. Tako im je i odgovaralo budući da su rođeni različitih vjera; mama kao muslimanka, a tata kao katolik.

Moj otac, Ivan je bio učitelj i mnogo je volio svoj posao, a mama, Sabina je radila kao uredski pomoćnik u istoj školi u kojoj je moj otac radio; međutim, njena prava strast je bila kuhanje. Naslijedila sam maminu plavu kosu i plave oči, a očev osmijeh i smisao za humor.

Djetinjstvo mi je bilo lijepo, uprkos tome što nisam imala braće i sestara s kojima bih se mogla igrati. Najdraži su mi prijatelji bili moj pas, Roksi i rodica Helena, koja je bila oko pet godina starija od mene. Helena je bila vrlo društvena, hrabra i bezbrižna. Njena duga, kovrčava kosa je bila indigo-crna, a njene tamne oči su predstavljale veliki kontrast usporedu s njenom blijedom kožom.

Kad joj je bilo oko sedamnaest godina, a meni dvanaest, Helena je zatrudnjela. Majka ju je prisilila da se uda za oca tog djeteta, Samira, koji je već imao dvoje male djece iz prethodnog braka. Samir je živio sa svojim roditeljima i neudatom, starijom sestrom. Isprva, Helena je mrzila brak, ali kasnije se to pokazalo kao pravi izbor za nju.

Moj prvi susret sa smrću je bio u sedmom razredu kada mi je prijateljica iz škole, Suzana, iznenada umrla. Bilo je to strašno iskustvo i zbog njene smrti sam imala noćne more tokom cijelog života. Nadala sam se i molila da više nikad ne doživim gubitak voljene osobe kao tada, ali kasnije sam otkrila da je smrt iznenada postala veliki dio mog života, a nagli i brutalni gubici voljenih osoba je odjednom postao svakodnevnica.

Kad sam bila u sedmom razredu, mamina se želja konačno ispunila i ona je krenula u školu kuharstva. To je utjecalo na moj život više nego što je znala. Nije je bilo po tri, četiri dana u sedmici. Unajmila je stan blizu škole u Banja Luci, oko sat vremena vožnje od kuće. Moj tata je radio dva posla kako bismo mogli priuštiti mamino školovanje. Vozio je starog Jugu, jedino auto koje smo imali. Majka je mrzila vožnju autobusom, tako da se činilo logično da unajmi stan u blizini škole.

Meni je bilo lijepo kad smo tata i ja ostajali sami. Za doručak bih nam često pravila palačinke s Nutellom, a za večeru pogaču - domaći kruh koji je on volio. Ponekad bi nam u goste došli komšija Radovan i njegov sin Damir, koji mi je još od prvog razreda bio i školski prijatelj. Zajedno bismo igrali remija. Ponekad bi išli van i igrali badmintona. Tata i ja smo obično pobjeđivali. Bili smo super tim.

Međudtim, u posljednje vrijeme, on je uglavnom zabrinuto gledao televiziju i pušio cigaretu za cigaretom. Non-stop su prikazivali politiku i priče o predviđenom ratu. Slovenija se željela odvojiti od Jugoslavije, a srbijanski čelnici su govorili da to neće moći proći bez rata. Ljudi su bili zabrinuti za svoje familije. Iako smo svi osjećali da je dolazio, nismo htjeli vjerovati da bi do rata ipak došlo.

Ja nisam razmišljala baš puno o tome. Moj život je još uvijek bio prilično normalan, pun tinejdžerskih drama. Sad sam bila u osmom razredu, što je značilo za nekoliko mjeseci, srednja škola. Tata je rekao da sam mogla izabrati koju god srednju školu sam htjela samo ako sam nastavila sa dobrim ocjenama. Srednje škole su bile odvojene po smjerovima. Morala sam odabrati jedan smijer i držati ga se tokom četiri godine srednje, a nakon toga, fakultet.

Dana mi je bila najbolja školska prijateljica. Njene osobine su bile potpuno suprotne od mojih. Bila je otvorena i društvena. Mnogo je voljela pričati i biti u centru pažnje. S njom mi nikad nije bilo dosadno. Većinom nisam morala ni govoriti, čak nisam morala baš ni slušati. Samo bih morala voditi računa o tome da u pravo vrijeme kažem: "Da. Aha. Tako je..." I ona bi bila sretna.

"Selma, moraš se malo našminkati. Hajde, pokazat ću ti kako," rekla je Dana uzbuđeno dok smo se spremale da idemo na naš prvi koncert. U to vrijeme, Lepa Brena mi je bila idol. Tata mi je kupio dvije ulaznice kako bih je mogla ići vidjeti. Dana je jedva dočekala da je pitam da ide sa mnom, pa je oduševljeno prihvatila poziv. Kad smo bile mlađe, naša omiljena igra je bila maštanje da je Lepa Brena bila naša prava majka, ali nas je morala dati na usvajanje po rođenju, jer je bila previše mlada da bi se mogla brinuti o djeci, ali sada, bila je tu i željela nas je nazad.

"Dobro, dobro," rekla sam, popuštajući dobrovoljno," ali ne previše. Tata će poludjeti kad vidi da sam našminkana! Njegovo pravilo je: 'nema šminke dok ne završiš srednju školu, mlada damo!'" Imitirala sam očev duboki glas, kikoćući se.

Obukla sam svoje nove *Leviske 501* koje mi je mama kupila u Banja Luci i crni džemper. Dana je obukla kožnu, mini suknju koju je ukrala od svoje majke i majicu na tregere. Njena duga, ravna, tamna kosa sad je bila svezana u niski rep. Nosila je velike, crne naušnice koje su bile ukrašene malim, lažnim dijamantima. Dosezale su joj gotovo do ramena.

"Dano, izgledaš kao da ti je barem ... sedamnaest godina!" Kriknula sam, dirajući meku kožu njene suknje.

"Da, znam. Mama mi je posudila suknju, ali tata me je natjerao da obučem ovu ružnu jaknu da se malo pokrijem. Možda sam je trebala ostaviti ovdje. Ha, šta ti misliš?" rekla je Dana, brišući crveni ruž sa zuba.

"Ma ni govora," tatin glas je zarežao iza mene. Februar je! Sad se oblače zimski kaputi."

Nas dvije smo se samo zakikotale i izašle van. Dana je zamahnula jaknom, vješajući je preko ramena.

Vožnja je bila kratka. Sačekale smo da tata ode prije no što smo ušle unutra. Nisam htjela da me neko vidi da ulazim s ocem. Ustvari, samo sam se tako pretvarala pred Danom. Meni, zapravo, nije smetalo kad bi on bio s nama da nas štiti. Bila sam, ne samo stidljiva, nego i strašljiva. Bojala sam se svega i svakoga.

Pronašle smo sjedišta. Dana je bila ugodno iznenađena kad je vidjela da su petorica JNA-vojnika sjedila iza nas. Ja sam se, pak, osjećala nelagodno. To je vjerovatno bilo neko šesto čulo koje me je upozoravalo na horor koji me je čekao u neposrednoj budućnosti.

Tokom koncerta, osjetila sam da mi je neko nježno uštinuo desnu stranu struka. Onda sam osjetila nečiju ruku na dnu leđa. Isprva sam to ignorisala, ali kad mi je stisnuo stražnjicu, okrenula sam se i istovremeno ošamarila jednog od vojnika koji je stajao iza mene, kajući se istog trenutka. On me je tad iznenada zgrabio za kosu i počeo vući prema vratima. Moje vrištanje je bilo utopljeno u glasnoj muzici i činilo mi se da nikog nije bilo briga za mnom. Krajičkom oka sam vidjela Danu kako se gura kroz gužvu da dođe do nas. Očajnički sam se pokušavala osloboditi, udarajući ga po rukama, ali mi to nije uspijevalo. I onda sam odjednom bila slobodna. Počela sam trčati prema izlazu, ali sam naglo zastala, primjećujući razlog zbog kojeg sam bila slobodna. Bio je to Džani Mazur. Momak u kojeg sam bila zaljubljena otkako sam bila saznala razliku između dječaka i djevojčica.

Bio je tako ... savršen. Visine oko 180 centimetara, njegove plave oči su izgledale poput dubokog mora. Plava kosa mu je izgledala svijetlijom ljeti, a tamnijom zimi. Džanijev lijepi osmijeh je otkrivao niz bijelih, dobro njegovanih zuba. Malo je ličio na australijskog pjevača Đejsona Donovana na slici sa njegovog poznatog albuma, 'Sealed with a kiss', čiji poster je visio na mom zidu samo zato što me on podsjećao na Džanija. Džani je bio san ... moj san.

Ali nikada nisam mogla skupiti dovoljno hrabrosti da mu se obratim. Svaki put kad bih ga vidjela, istopila bih se, otvorenih usta i sa leptirićima u stomaku. Čak nisam mogala ni pogled zadržati na njemu ako bih primijetila da gleda u mom pravcu. Želudac bi mi se prevrnuo od čega bih potpuno zanijemila.

"Zašto i bih? On vjerovatno misli da sam malo dijete," požalila sam se Dani jednog dana. "Osim toga, čak i da ne misli tako, vidi njega, a vidi mene. Mi smo poput neba i zemlje. On je tako savršen, a ja sam..." uzdahnula sam očajnički, "ja sam ja—tako obična i dosadna, fuj! On može imati koju god djevojku da poželi."

Džani je sada galamio na vojnika koji me je bio zgrabio. Jedna ruka mu je ležala na momkovom vratu, a druga je upirala prstom u njega, dok je bujica prijetnji i primitivnih uvreda izlazila iz njegovih usta. Čak i bijesan, izgledao je prekrasno.

Svi instinkti su mi govorili da odem, ali sam ih ignorisala. Samo sam zapanjeno stajala, zureći u Džanijevo lice. Njegova vedra, blijeda koža se činila bijelom pod prigušenim svjetlima, a ravni nos i brada su mu izgledali šiljato od uzrujanosti. Vidjela sam debelu žilu na lijevoj strani njegovog vrata, što je ukazivalo na to da je vikao. Jedino na što sam mogla misliti u tom trenutku je bilo to koliko sam ga htjela zagrliti i pokazati mu svoju zahvalnost. Bilo je to poput bajke: princeza u opasnosti, a njen princ se pojavi niotkud da 'spasi stvar'. Samo, ovo nije bila bajka. Ovdje nije bilo "živjeli su sretno dovijeka" završetka. Ovo je bila brutalna realnost koja je ljudima donosila rat i neprijateljstvo.

Dana je napokon stigla do mene, hvatajući me pod ruku. Primijetila sam da su se preostala četiri vojnika brzo približavala Džaniju i mom napadaču.

Uspaničila sam kad sam shvatila da je jedan od njih posegnuo za pištoljem i očajnički sam pokušala signalizirati dvojici policajaca u blizini, koji su izgledali nesvjesni onog što se dešavalo. Činili su se potpuno opčinjeni Brenom. Srećom, neko ih je drugi zovnuo i oni su prekinuli svađu.

Još jednom sam pogledala u Džanija i otišla. Za mnom je krenula i Dana.

"Oh, moj Bože! Ovo je sigurno naj uzbudljivija noć mog života!" Uskliknula je Dana, smijući se glasno.

"Šta?" Bila sam šokirana njenim riječima. "Uzbudljiva? Skoro smo umrle! Bože, mogle smo biti silovane ili pobijene!"

"Ali nismo bile ni silovane ni pobijene! Bože, Selma, zašto uvijek moraš misliti na ono najgore?" Odbrusila je, iznenađujući me.

Njen mi je smisao za humor o svemu u životu obično godio, ali večeras me njena nemarnost potpuno prestravila. Samo sam htjela pobjeći kući i sakriti se. Krenula sam, kad sam začula da neko doziva moje ime. Znala sam taj glas. Sanjala sam ga čak i budna. Prepoznala bih ga i odgovorila bih mu bilo gdje, bilo kada. Ali osjećaji boli i srama su potpuno prevladali. *Molim te, Bože, daj da to nije on ... ne večeras, molim te, samo ne večeras*, tiho sam se molila. Glupa maskara koju mi je Dana stavila na trepavice mi je sad tekla niz lice. Kosa mi je bila potpuno raščupana. Izgledala sam poput klauna i nisam htjela da me Džani takvu vidi.

"Selma, jesi li dobro?" Lijepi, melodični glas je upitao, približavajući se. Sva ljutnja je sada bila nestala iz njega. Govorio je nježno, kao da se obraćao preplašenom djetetu koje je trebalo smiriti i uvjeriti ga da ispod kreveta nije bilo nikakvih čudovišta i da su sve opasnosti već prošle. Zbog toga sam ga još više obožavala, pa mi je bilo teže sabrati se i razgovarati s njim.

Primijetila sam da se Danino zapanjeno lice smiješilo s odobrenjem i shvatila sam koliko naivna i plitka je bila. Pitala sam se kako to nikad prije nisam primijećivala. Očajnički sam htjela nestati.

Ne samo da će misliti da sam dijete, nego da sam i glupa, pomislih tužno.

"Da. Dobro sam. Hvala." Odgovorila sam bez osmijeha, izbjegavajući njegov pogled.

"Ah ... hvala ti što si mi pomogao. Ne znam ni sama šta bih učinila da ... da mi nisi prišao u pomoć." Rekla sam i dalje gledajući prema dole.

"Ma, nije to ništa," odgovorio je brzo, "svako bi na mom mjestu učinio isto."

Ali to nije bio baš bilo ko. Bio si to ti, moj anđeo čuvar sa velikim srcem, razmišljala sam, dok mi se srce topilo.

"Zovem se Džani." Rekao je, držeći ruke u džepovima.

"Zašto imaš strano ime?" Upitala je Dana razdragano.

"Pa, kad sam se rodio," počeo je govoriti, gledajući u mene, "moja mama je htjela da mi da ime Džani. Bila je pomalo zaljubljena u Džona Vejna," nasmiješio se je, "ali moj tata je mislio da je to ime bilo previše neuobičajeno. Njemu se sviđalo ime Alen. Ali mama nije htjela ni čuti, pa me prozvala Džani i svima je govorila da se tako zovem. Vremenom se i otac privikao i zavolio to ime." Kad se opet nasmiješio, primijetila sam da je imao rupicu na samo jednom obrazu. Pogled mu nije silazio s mog lica.

"Hm ... pa, laku noć i hvala još jednom," rekla sam i okrenula se, planirajući da odem.

On me je onda iznenada uhvatio za ruku i rekao: "Selma, čekaj. Htio sam te pitati da odemo malo prošetati. Još je rano, a noć je tako lijepa."

"Ne, žao mi je." Oborila sam pogled stidljivo. "Mislim da sam imala previše problema za jednu noć. Stvarno moram kući."

"I meni se baš šeta. Ići ću ja s tobom, ako se Selmi ne ide." Danin prijedlog me je šokirao.

Svjesna je koliko mi se on sviđa ... Kad smo same, samo o njemu govorim. Pomislila sam tužno. *Kako mi to može uraditi? Da je bilo ko drugi, bilo bi u redu, ali Džani ... Džani je nešto posebno. Ah, nema veze ... Možda bi mu se ona više i svidjela. Puno je zabavnija od mene* ... nisam mogla prikriti razočaranje na svom licu. *Večeras nije moja noć.* Uzdahnula sam. Pustio je moju ruku i, potpuno ignorišući Danin prijedlog, rekao je: "Pa, dobro onda. Razumijem te potpuno. Možda neki drugi put. Važi?"

"Važi." Rekla sam. Nisam uspjela suzdržati osmijeh. Bila sam sretna što ju je odbio.

Te noći sam imala prvu strašnu noćnu moru. U mom snu, Suzana je pokušavala da me udavi. Probudila sam se s objema rukama oko vrata, dok sam se borila za dah.

POGLAVLJE 2

"Pa, kako je bilo na koncertu?" Upitao je tata sljedećeg jutra kad smo Dana i ja ušle u kuhinju. Dani mama nije dozvoljavala da po noći ide na autobus, tako da je ona prespavala kod mene. Obično sam voljela kad Dana noći, ali ovaj put sam samo htjela biti sama.

"Bilo je vrlo zanimljivo!" Nasmiješila se je Dana vragolasto. "Selma je umalo otišla na randes s Džanijem." Namignula je tati.

Bila sam bijesna na nju što mu je to rekla i iz mene je, u ljutnji, krenula bujica riječi i na kraju sam tati ispričala sve što se dogodilo noć prije. Pogotovo sam pojasnila onaj dio kad je Dana ponudila da ide s Džanijem u šetnju.

"Stvarno mi nije jasno zašto si ponudila da ideš s njim! O čemu si ti to htjela s njim razgovarati? Uostalom, mislila sam da ti se sviđa Zoran, ili si mi to samo slagala." Vikala sam, ključajući.

Izgledala je iznenađeno. "Pa, htjela sam ga pitati da li mu se sviđaš i... "

"Da, baš! Ma znaš šta? Eto ti ga! Ja ga sad ne bih htjela, sve i da moli!" Vrištala sam na nju, iznenađujući nas sve troje.

"Ko su bili ti vojnici što su vas napali?" Tata je htio da zna, ignorišući moje ispade o Džaniju. Znao je da mu se ne bih smjela usprotiviti i naći momka, ali je bio svjestan koliko sam "malo i nevino" (bar je tako mislio) bila zaljubljena u Džanija. "Definitivno ću uložiti žalbu vojsci protiv tih momaka. Neko te mangupe treba naučiti pameti." Zastao je, čekajući naš odgovor, ali mi smo samo ljutito zurile jedna u drugu i ne razmišljajući o vojnicima.

"Danas ću ranije na posao," nastavio je on. "Dano, hoćeš li da te sad odvezem kući, ili ćeš kasnije na autobus?"

Pogledala je u mene, ali ja sam još uvijek bila previše ljuta da bih razgovorala s njom.

"S tobom ću, hvala. Selma, vidimo se sutra u školi."

Izašla sam iz kuhinje i ne pogledavši je, lupnuvši vratima iza sebe. Stvarnost me je teško pogodila nakon razgovora o onom što se dogodilo. Bila sam prestravljena kad sam počela razmišljati o svemu što nam se moglo desiti, ali ono što je bilo najgore je to, činilo se da Dana nije shvatala opasnost u kojoj smo bile.

Tata se vratio kući baš kad sam završavala kuhanje večere oko šest.

Odlučila sam kuhati nešto iz mamine knjige recepata, samo da bih okupirala mozak s nečim što je bilo malo komplikovanije od mojih uobičajenih špageta sa sosom iz prodavnice da svojim mislima ne bih dala šansu da se vraćaju nazad u predhodnu noć.

Stavila sam malo vode u lonac za rezance. Izrezala sam dva odreska u male komadiće i počela ih pržiti. Dok su se oni pržili na laganoj vatri, izrezala sam luk na male kockice i špinat u tanke, duge trake. Kad su odresci mesa poprimili lijepu smeđu boju, izvadila sam ih iz tave u koju sam onda dodala luk i špinat.

Plan mi je uspijevao. U potpunosti mi je kuhanje bilo okupiralo um, tako da nisam morala razmišljati o svađi s Danom, zbog koje sam se, naravno, pokajala istog trena kad je otišla. Ponos mi nije dozvoljavao da je nazovem, pa sam se tako samo polako gušila u žalosti i samosažaljenju.

"Hej Sel, zgrabi reket," Rekao je tata ulazeći u kuću. "Haj'mo malo igrati badmintona. Kad sam prošao pokraj dvorane vidio sam Radovanovo auto na parkiralištu. On i Damir su vjerovatno već tamo. Šta kažeš na to da im pokažemo kako se igra, ha?"

Činilo mi se da je tata tražio bilo kakav izgovor da izađe iz kuće i pitala sam se da li je to imalo kakve veze s maminim odlaganjem povratka kući ovaj vikend. Moj tata se suočavao s problemima tako što bi vrijeme provodio van kuće. Radije bi samo pobjegao, nego se suočavao s onim što ga je mučilo. Bože sačuvaj da bi on progutao ponos i o tome porazgovarao.

"Stvarno nisam raspoložena za druženje," rekla sam, "osim toga, večera je gotovo spremna. Ne želim da se ohladi. Zašto ne ideš sam? Sigurna sam da ćeš tamo naći nekog da ti bude partner." Shvatila sam da su moji očajni pokušaji da ne izlazim bili uzaludni kad je napućio usne i tužno me pogledao. Podsjetio me je na štene tužnih očiju.

"Ma, hajde, Dugme ... zbog mene ... bit će zabavno, vidjet ćeš. Izlazak iz kuće će ti pomoći da skineš neke stvari s misli," cvilio je.

Uvijek sam mu bila spremna popustiti. U zadnje vrijeme, osjećala sam se kao da sam mu bila sve što je imao. Majčina odsusnost ga je boljela više nego što je pokazivao.

"Ah! Dobro. Ali samo jednu partiju i ja odoh," rekla sam, uzdišući.

Damir je, kao i uvijek, bio sretan što nas vidi, ali Radovan je djelovao malo čudno.

Nisam puno obraćala pažnju na njega. Mislila sam da je možda bio pod velikim pritiskom, zato što se upisao u vojnu službu i samo je čekao da ga pozovu i pošalju u rat na Sloveniju.

"Hej Selma, kako bi bilo da ti i ja odigramo jednu protiv ova dva starca?" Upitao je Damir, cereći se.

"Naravno." Nasmiješila sam se. "Pročitao si mi misli."

Činilo mi se da se Radovan premišljao da li da igra, ili ne. Nakon svega, odlučio je ne igrati, ali nije otišao.

"Ma, hajde, Rade, samo jednu partiju," tata je molio kao dijete.

"Dovoljno mi je igara za jedan dan," odbrusio je Radovan prilično grubo i okrenuo se da ide. Tata je upitnički pogledao u Damira, ali je ovaj samo slegnuo ramenima, jednako iznenađen očevom reakcijom.

"Dobro veče," rekao je neki nježni, tihi glas iza mene "čini mi se da vam je potreban partner za igru. Mogu li vam se pridružiti?"

Nisam se morala okrenuti da bih znala da je to bio Džani.

"Ah ... da, Džani. Hvala," uzvratio je tata, iznenađeno. "Slušaj, Džani, Selma mi je ispričala o onom što se desilo na koncertu. Nemaš pojma koliko sam zahvalan što si se i ti zatekao tamo. Dakle, ako ti ikada zatreba bilo šta, molim te, nemoj se ustručavati da me pitaš."

Damir me upitno pogledao, ali ja sam samo odmahnula glavom i tiho promrmljala da ću mu ispričati kasnije. Pročitao mi je usne i srdačno se nasmiješio.

"Pa, kad već nudite," rekao je Džani pireći u mene, "kako bi bilo da me pustite da s vama odigram partiju badmintona, pa ćemo biti kvit?"

"Dogovoreno," odgovorio je tata, jedva dočekavši promjenu teme.

Baš super! Sad će misliti da sam, između ostalog, i smotana.

"Ahm, zemlja zove Selmu, probudi se," šapnuo je Damir, kezeći se. "Opet sanjariš, zar ne?"

"Jel' stvarno tako očigledno?" Pitala sam se kakve tajne je odavao izraz mog lica.

Glasno se je nasmijao. "Samo meni, jer te tako dobro poznajem. A ko bi te mogao i kriviti? On je tako divan." Podizao je i spuštao obrve, uzdišući glasno i rugajući mi se razigrano.

Morala sam se nasmijati. Damir je znao da sam bila zaljubljena u Džanija. Priznala sam mu to neočekivano jednog dana. Imao je veliku svađu s ocem. Činila se puno ozbiljnijom od njihovih uobičajenih svađica oko ničeg i dok sam mu postavljala milion pitanja kako bih saznala o čemu se radilo, on je, konačno, tiho izgovorio: "Selma, ja sam gej." Rekavši to, zaplakao je u mom naručju kao dijete. Jecajući mi je povjerio da kad je napokon skupio dovoljno hrabrosti da ocu sve kaže, Radovan ga je izbacio iz kuće. Kako bi moglo biti moguće za sina odanog komuniste da bude homoseksualac? Damir je istrčao iz kuće, ali ne znajući gdje da ide, završio je na mom pragu.

Nakon što je neko vrijeme plakao, odlučio je vratiti se kući, pomiriti se s ocem i nastaviti živjeti u laži kao što je to i do tad radio. Bilo mi ga je žao, ali mu nisam mogla ponuditi nikakav savjet. Znala sam da bi Radovan radije ubio vlastitog sina nego što bi dozvolio da ga ovaj tako obeščasti.

Dakle, u mom očajnom pokušaju da oraspoložim Damira, ispričala sam mu za Džanija, namjerno samu sebe opisujući patetičnom.

"Sad ćemo mi njima pokazati kako se igra!" Damir je nabrao obrve. "Prvo ćemo stati jedno pored drugog dok ne vidimo koliko je Džani sposoban." Nastavio je govoriti kao profesionalac. "Ako se ispostavi da je dobar, pusti mene naprijed, a ti budi iza da hvataš čiste udarce." Konačno je skinuo pogled s Džanija da bi pogledao u mene.

"Nema šanse!" Uskliknula sam, uživajući u igri. "Ja ću naprijed. Znaš da imam jači udarac!"

"Da, u pravu si," nasmiješio se je poraženo. "Prava si muškarčina!" Oboje smo prasnuli u smijeh. Primijetivši da me Džani gledao, počela sam se bezvučno moliti.

Dragi Bože, pomozi mi da se uspijem skoncentrisati na igru, a ne na Džanija, mada ne vjerujem da će to moći biti moguće. Kako bih i mogla ne buljiti u njega. Vidi samo kakav je. I, plus, zašto je morao obući šorc? Zar nije mogao obući trenerku kao i svi drugi? Februar je, zaboga! Zbog njega mi se vrti u glavi, razmišljala sam sneno.

"Selma, haj' ti prva," nasmiješio se je tata vragolasto, "zato što si jedina cura među nama!"

Dobro, pokazat ću ja vama ko je ovdje cura... htjela sam tatu naučiti pameti. Udarila sam loptu što sam jače mogla, nadajući se da će ga pogoditi u glavu, ali Džani je bio brži. Udario je loptu prije no što je mogla stići do tate. Nije nam dugo trebalo da shvatimo da je jako dobro igrao. *Ima li išta na svijetu u čemu on nije dobar?* Pomislila sam, uzdišući za njim.

Oh, super! Sad se znojim kao konj. Vrlo atraktivno, Selma.

"Sel, ovo je zadnji meč!" Viknuo je tata s druge strane igrališta, udarajući loptu.

Damir i ja smo istovremeno potrčali prema njoj i sljedeća stvar koje se sjećam je to kako brzo je njegov reket dolazio prema meni i kako jako me zaboljelo čelo tamo gdje me je reket udario.

"Oh, moj Bože! Selma, molim te reci da si u redu. Ivan će me ubiti!" Molio je Damir prije nego što je tata imao priliku doći do nas. Pogledala sam u njegovo zbunjeno lice i prasnula u smijeh. Nisam se mogla kontrolisati. Cijela situacija je bila ironično smiješna. Neprestano sam se sramotila pred najljepšom osobom na zemaljskoj kugli. Džani se uvijek pojavljivao u najgorem mogućem trenutku.

Tata i Džani su dotrčali do nas, a ja sam se još više smijala njihovim zbunjenim pogledima. Dok sam se smijala uvjeravajući ih da sam bila u redu, primijetila sam nešto ne očekivano. Radovan je stajao samo nekoliko metara udaljenosti od nas i samo je buljio u mene. Pogled u njegovim očima me zbunio. Nije bio zabrinut ni nasmijan, bio je jednostavno čudan ... pogled kojim bi čovjek gledao u ženu. Naježila sam se od gadosti. Nisam mogla shvatiti zašto bi on mene gledao na taj način. Pa ja sam bila samo dijete. Kasnije, kada sam to rekla ocu, on mi se samo podrugljivo nasmijao.

"Ma, ne sikiraj se, Selma. Možda se boji da ćeš izabrati Džanija za dečka, umjesto njegovog sina. Znaš da mi je to jednom davno rakao, da bi želio da se ti i Damir skontate. Sjećaš li se toga?" Glasno se smijao mojoj glupost, znajući da mi je jasno dao do znanja da se još ne bih smjela zabavljati s momcima. Mislio je da sam još bila premlada i to mi je tuvio u glavu skoro svaki dan. Moj tata nije znao da Damir nikad ne bi mogao biti moj dečko, ali Radovan jeste. Znala sam da me nije želio za svoga sina. Imala sam loš osjećaj u vezi njega, ali nisam u potpunosti shvatala zašto.

Poželjeli smo laku noć Džaniju i Damiru i otišli kući da jedemo, sad već hladnu, večeru. Tata je pokušao započeti razgovor o Dani, ali je odlučio ipak odustati od toga kad je shvatio da nisam bila zainteresovana.

Nakon što smo jeli, on je otišao gledati vijesti, a ja sam polako prala suđe, sanjareći o Džaniju. Zamišljala sam kako me njegove ruke čvrsto drže, dok se njegove meke usne nježno prislonjavaju na moje. Nikad prije tako nešto nisam doživjela, pa nisam bila sigurna kako bih se u tom slučaju osjećala. Ali Džani je bio jedini kojeg sam i mogla zamisliti u tako neposrednoj blizini sebe i voljela sam sanjariti o tome. U isto vrijeme, bila sam zabrinuta da mu se ne bi baš svidjela moja blizina, jer sam bila tako ne iskusna. Osim toga, nisam mogla ni zamisliti da radim neke stvari koje sam vidjela da odrasle osobe rade u jednom od prljavih magazina koji su pripadali mom dajdži. Moj dajdža, Husein nije znao da nam ih je njegova supruga davala svaki put kad bi oni išli u susjedni gradić u posjetu familiji.

"Samo ih vratite nazad u ovaj ormar i zaključajte ga prije nego što se mi vratimo," rekla bi ona Dani i meni, namigujući nam. Bile smo uzbuđene što smo radile nešto zabranjeno i ne čisto. Ustvari, nismo ništa ružno ni radile, nego smo samo gledale slike i smijale se golim ljudima u njima. Ipak, neke od tih slika su me malo zabrinjavale. *Kako bih se mogla udati i dopustiti da mi muž radi neke od tih stvari? Nema šanse da "to" može ući "u ovo", bol je sigurno nepodnošljiva, iako se činilo da im se to jako sviđalo. Uh! Možda je ipak bolje ne udavati se, nego prolaziti kroz sve te agonije.*

Zacrvenila sam se kad sam pomislila da me Džani vidi u nekim od onih poza. Sve se to činilo zastrašujućim, ali u isto vrijeme, činilo se i uzbudljivim i pomislila sam da, ako sam već morala proći kroz sve te strahote, Džani je bio jedini s kojim sam željela podijeliti to iskustvo.

Odugovlačila sam sa oblačenjem za školu sljedećeg dana. Nisam se htjela suočiti s Danom. Nisam bila sigurna šta joj reći. Iako sam se htjela ispričati zbog onako ružnog ponašanja, osjećala sam da krivica nije bila samo moja i da je i ona meni dugovala izvinjenje. Polako sam koračala prema školi, nadajući se da ću zakasniti kako bih sebi dala malo više vremena za razmišljanje o tome šta da joj kažem. Međutim, kad sam prišla bliže, vidjela sam je kako stoji na ulazu i čeka me.

"Zdravo," rekla je, gledajući prema dole i povremeno pireći kroz svoje duge trepavice.

"Ćao."

"Slušaj, u vezi juče...," počele smo u isto vrijeme i zakikotale se.

"Ti prva," ohrabrila sam je.

"Pa, samo sam se htjela izvinuti za ... znaš ... za ono što sam uradila. Ti znaš da ja nisam takva i stvarno ne znam šta me je spopalo da ponudim da idem s njim u šetnju," rekla je nervozno. "Mislim da sam bila malo ljubomorna na način na koji je Džani gledao u tebe i...," uzdahnula je, "u četvrtak sam vidjela Zorana kako se drži za ruke s onom droljom, Darom, i bila sam prilično uzrujana zbog toga. U svakom slučaju, to nije baš neki izgovor za moje ponašanje i stvarno mi je žao." Glas joj se prelomio od žalosti.

"Slušaj, i meni je, također, žao. Nemojmo nikad dopustiti da neki muškarac stane među nas. Samo zato što sam ja malo zaljubljena u njega, ne znači da ga posjedujem." Srce mi se slomilo kad sam izrekla te riječi. Jednostavno nisam mogla zamisliti Džanija sa mojom najboljom prijateljicom. *Molim te Bože, nek' bude s kim hoće, samo ne s njim.* Ali nisam bila spremna ni da zbog njega izgubim najbolju prijateljicu. Znala sam da im ne bih stajala na putu kada bi došlo do toga da izabere nju umjesto mene.

"Bolje nam je da idemo dok Bećir nije primijetio da opet kasnimo!" Rekla sam, smiješeći se na pomisao o našem nastavniku srpsko-hrvatskog jezika.

Bećir je bio nadimak izveden iz njegovog prezimena, Bećirović. Voljela sam našeg starog, dobrodušnog nastavnika. Učio nas je književnost i poeziju pisaca i pjesnika iz cijelog svijeta, a ne samo komunističku verziju.

Naravno, morali smo čitati Tolstoja i Anu Karenjinu, ali smo, također, čitali i *Olivera Twista* od Čarlsa Dikensa i Šekspira.

Nikad mi nije bilo dosadno na časovima gospodina Bećirovića. Uvijek sam rado čitala nove knjige, bez obzira iz kojeg stoljeće su bile.

Danas smo opisivali knjigu pod naslovom Smrt Ivana Ilića, ali ja se nikako nisam mogla zagrijati za tu lekciju. Bećir je uporno gledao u mom pravcu, vjerovatno se pitajući zašto još ni jednom nisam podigla ruku.

"Selma, ko je napisao *Smrt Ivana Ilića*?" Napokon je upitao. Znao je da je uvijek mogao računati na mene da budem spremna i brza sa odgovorom. Danas je moj um ipak bio okupiran drugim mislima.

"Ha?" Promrmljala sam, prepavši se zvuka koji je njegov glas proizveo kad je izgovorio moje ime. "Oh, izvinjavam se, druže nastavniče. Hadži Murad?" Odgovor mi je zvučao kao pitanje.

On je samo mahnuo glavom i nastavio s lekcijom.

Zabrinjavao me sljedeći čas. Fizika. Imali smo kontrolni. Znala sam da, bez obzira koliko vrijedno sam učila, nikako je nisam razumijevala. Bila sam dobra učenica. Ne baš najbolja, ali sam bila među boljima. Osim iz fizike. Vjerovala sam da me gosp. Suljović puštao da prođem samo zato što sam bila dobra u svim drugim predmetima. Znao je da nisam bila lijena za učiti, ali mi nije ni nudio neku dodatnu pomoć, tako da smo samo ignorisali jedno drugo.

Čula sam glasno, strašno školsko zvono i počela stavljati knjige u torbu, ostavljajući na klupi samo gumicu i olovku. Mrzila sam pomisao na test iz fizike, za koji sam znala da nisam bila spremna. Molila sam Boga da tačno odgovorim na barem tri pitanja. Tad bih dobila prolaznu ocjenu. Tata ne bi bio sretan, ali je, ipak, i to bilo bolje od jedinice.

Prva dva pitanja su bila: a, b, ili c i pogodila sam tačne odgovore, ali onda je došlo treće:

"Navedi jedan primjer Bernoullijevog principa."

Bože, znala sam ovo ... misli, Selma, misli ... Dok sam kuckala olovkom o desnu sljepoočnicu, uhvatila sam pogled jednog genijalca iz fizike, Lejle.

Podigla sam tri prsta i ona je shvatila da mi je trebala pomoć sa pitanjem broj tri. Odmah je počela pisati na komadić papira i upitala je Daniela, koji je sjedio između nas, da mi doda papirić. No, čim ga je imao u ruci, Danijel se počeo tresti od smijeha, kao da je u svojoj glavi upravo smislio neki brilijantni plan i polako je počeo odmotavati papirić.

Imao je zloćudan osmijeh na licu. I dalje s osmjehom na licu, počeo je prepisivati odgovor na svoj test, ali u svom tom uzbuđenju, nije primijetio da je gosp. Suljović stajao u neposrednoj blizini njega. Htjela sam se tako slatko nasmijati. Gosp. Suljović mu je istrgnuo papir iz ruke i bez riječi pokazao kažiprstom prema vratima. Daniel je tiho ustao i pognute glave izašao iz učionice.

Ipak sam sama završila test na kojem sam dobila trojku, što je bilo malo bolje od prolazne dvojke.

Danijel je bio bijesan na mene, ali mi nije ništa kazivao. Cijeli dan me samo zlobno gledao, što mi je cijelu situaciju činilo još smiješnijom. Lejla i ja bi se zakikotale svaki put kad bi nam se pogledi sreli.

Vrijeme je prolazilo brže nego što sam očekivala. Na kraju petog časa Dana mi je rekla da nije mogla sa mnom prošetati poslije škole. Ja sam obično išla s njom do autobuske stanice, a nakon što bi ona otišla, nastavila bih sama do kuće, što je onda bilo samo pet minuta hoda. Danas je njen brat rekao doći po nju da idu u kupovinu. Kad sam izašla iz škole, raspoloženje mi se promijenilo iz dobrog u loše kad sam primijetila da vani pada kiša.

POGLAVLJE 3

Stavila sam kapuljaču na glavu i krenula prema vratima ograde. Odjednom sam primijetila Džanija kako se naslanja na nju. *Je li moguće da čeka mene? Oh, ne! Možda čeka Danu, pa mi je zato slagala da ide kući s bratom.* Vjerovala sam da nije bilo šanse da bi mu se *ja* mogla sviđati na takav način.

"Hej, Selma. Kako je bilo u školi?" Upitao je tiho kad sam prišla.

"Ćao ..." U glavi su mi se rojila pitanja. "U školi je bilo ... dobro, hvala," rekla sam, spuštajući pogled dok sam pokušavala proći pokraj njega.

Pred sami izlaz iz školskog dvorišta, upitao je da li bi mi smetalo ako bi me otpratio kući. Samo sam odmahnula glavom i nastavila ići. Ni on nije bio obučen za kišu. Imao je na sebi plave farmerice, koje su bile jako duge, pa su prekrivale njegove stare, crne čizme. Nosio je kožnu jaknu, sličnu onima koje su nosili vojni piloti i izgledao je spektakularno. Kosa mu je bila mokra, jer nije imao kišobran, a ni kapu. Mrzila sam kišu još više, jer mu je zbog nje vjerovatno bilo hladno.

"Jesi li odlučila u koju ćeš srednju?" Upitao je, ne gledajući me u oči.

Razmislila sam na trenutak i došla do zaključka da se stvarno činio zainteresovanim. *Hm, možda mu se ipak sviđam.* Od te pomisli mi je poskočilo srce.

"Hmm ... pa, ja sam zainteresovana za arhitekturu, ali moja mama kaže da je to samo za muškarce i da bih bila jedina cura u razredu," odgovorila sam iskreno.

"Pa šta ti ona preporučuje?" Nastavio je.

"Oh, ona želi da naučim kuhati, da se udam i da rodim puno djece," odgovorila sam, smiješeći se. "Ona kaže da ne želi da ja radim. Muževi su zaduženi za to."

"Da, ali i ona radi, zar ne?" Primijetio je.

"Da, i zato ne želi da me vidi kako patim svaki put kad ostavim djecu s nekim drugim, kao što je ona patila kad je ostavljala mene kako bi mogla ići na posao," odgovorila sam braneći mamu.

"A tvoj tata, šta on kaže na to?" Upitao je on.

"Mom tati ne bi smetalo da studiram arhitekturu. On je svakako oduvijek želio da ima sina," objasnila sam u šali. "Pa, šta je sa svim tim pitanjima? Nisi valjda došao tako daleko samo da me pitaš o školi?"

"Ha, ne, svakako da nisam došao samo da te pitam o školi," osmijehnuo se je, iznenađen mojim direktnim pitanjem. "Htio sam te pitati da li bi u petak htjela ići u kino ... sa mnom." Pogledao me je kroz trepavice, skrivajući stidljivost. "Igraju dva dobra filma, pa te možda čak i pustim da izabereš koji ti hoćeš," zadirkivao je.

"Ah ... mislim da me roditelji ne bi pustili da idem samo s tobom. Oni misle da sam premlada za ... izlaske s muškarcima," rekla sam, crveneći se. "Možda bi me pustili ako bi još neko išao s nama." Nisam ga htjela opet odbiti, pa sam tražila način na koji bih mogla ići. "A koja su to dva dobra filma što igraju u petak?"

"*Umri muški* i *Kišni čovjek*," rekao je, a onda je zastao i okrenuo se prema meni. "Selma, već dugo pokušavm s tobom razgovarati, ali je uvijek neko s nama. Htio bih da izađem samo s tobom. Ne mora biti kino, možemo otići u šetnju ili nešto drugo. Nije mi važno šta; šta god ti hoćeš," rekao je. Pogled mu je počivao na mojim očima. Osjetila sam leptiriće u stomaku. *Dragi Bože, ako samo otvorim usta da mu odgovorim, povratit ću na njega. Uistinu je zagrijan za mene.*

"Pa, dobro." Napokon sam pronašla glas, "pokušat ću pronaći neki izgovor. Reći ću tati da će i Dana i Anita s nama. Mogli bism se tamo naći da ne bi šta posumnjao." Rekla sam, nadajući se da me ovaj put tata neće pratiti, kao što je to učinio kad sam pokušala izaći s Amelom.

Amel je bio godinu dana stariji od mene i upoznali smo se u školi. Nije mi se mnogo ni sviđao, ali me Dana nagovorila da izađem s njim. Mislila je da je već bilo krajnje vrijeme da i ja doživim "prvi poljubac" jer, prema njenom mišljenju, bila sam jedina u našoj školi koja to još nije učinila. Amel i ja smo odlučili ići na vašar. Sve je bilo u redu; mnogo smo razgovarali i smijali se. Nakon nekog vremena, zamolila sam ga da me otprati kući, što je i učinio. Nekoliko metara od moje zgrade, stavio mi je ruku na rame i upitao da li bi me mogao poljubiti za laku noć. Prije nego što sam mu čak mogla i odgovoriti, moj tata se nacrtao pokraj nas, prekriženih ruku na prsima, dok je jednom nogom nestrpljivo tapkao po pločniku.

"Vrijeme je, Amele, da kažeš laku noć. Molim te reci svom ocu da ću ga nazvati ujutro da malo porazgovaramo," kazao je hladno. Amel je požurio dalje, dok je mene tata odvukao kući.

"Pitaj kćer gdje je bila," rekao je majci kad smo ušli u kuću. "Bila je na randesu s dečkom, iako obje znate šta ja mislim o tome!" Zalupio je vratima, ostavljajući nas da razgovaramo. Tata me nikad nije kažnjavao, to je bio majčin posao. Mislila sam da joj je to pomagalo da iz sebe izbaci vlastiti stres. Bez i jedne riječi, majka je izašla vani, a kad se vratila nazad, u ruci je držala dugu, tanku motku.

"Skini hlače!" Naredila je. Učinila sam to i ona me počela udarati motkom po golim nogama. Suze su mi tekle niz lice, ali sam se trudila da ne zaplačem naglas, jer bi je moj plač samo još više razbjesnio. Kad je završila, sjela je da ispuši cigaretu više i ne pogledavši u mom pravcu.

Ako me uhvate s Džanijem, vrijedit će sve i jednog udarca, razmišljala sam lukavo.

"Odlično! Pa, šta si odlučila? Koji film želiš gledati?" Upitao je Džani uzbuđeno.

"Hmm, vjerovatno *Kišni čovjek*," odgovorila sam, misleći kako mi je bilo svejedno koji ćemo film gledati. Znala sam da se svakako ne bih mogla skoncentrisati na film, sjedeći pokraj ovog božanstvenog stvorenja. *Barem neću morati pričati, tako da neće vidjeti koliko sam ustvari dosadna.*

"Vidimo se onda u petak u sedam i trideset, okej?" rekao je s velikim osmijehom na licu.

"Da, vidimo se tad," odgovorila sam stidljivo. Nisam morala upitati u koje ćemo kino, jer smo u gradu imali samo dva, jedno preko puta drugog. Toliko sam očajno htjela ispričati Dani o svom susretu s Džanijem, ali, znajući koliki sam bila baksuz, nisam htjela da se ureknem. Odlučila sam joj sve ispričati kasnije kad se sve završi.

Ta sedmica je predugo trajala. Jedva sam čekala petak. Već sam znala šta ću obući, maminu novu, crvenu majicu sa širokim rukavima. Sakrila sam je da je ne bi odnijela sa sobom u Banja Luku. Zatim, plave *Leviske 501* i novu, crnu i tamno plavu palerinu koju sam dobila od Zine, majčine najbolje drugarice. Nisam htjela izgledati previše svečano, jer smo išli samo u kino, ali sam znala da mi je ta nijansa crvene boje odlično stajala.

U petak mi je tata olakšao izlazak odlučivši da ide u Briševo kod svoje sestre Marije, Helenine majke. Budući da je planirao ostati do kasno i igrati karte sa nekoliko tetkinih susjeda, odlučio je prenoćiti.

Htio je da idem s njim, ali sam mu slagala da sam morala ostati i učiti za drugi test iz fizike, ako je htio da prođem. Rekao je da zaključam vrata i da nikog ne puštam unutra. Bio je siguran da sam još uvijek bila prilično uzrujana zbog onog što se dogodilo na koncertu, pa je mislio da ću poslušno ostati kod kuće, ne izlaziti vani i tražiti nevolje.

Dana je predložila da u petak prespavam kod nje, jer je znala koliko su me uznemiravale moje noćne more i koliko sam zbog njih mrzila biti sama, ali sam joj rekla da nije morala brinuti, jer su Helena i djeca obećali doći da prespavaju kod mene.

Laganje mi je dobro polazilo za rukom, jer sam znala da ću provesti vrijeme s Džanijem i samu sam sebe uvjeravala da će se laganje isplatiti. Čak ni noćne more nisu bile dovoljan razlog da ne idem s njim. Mrzila sam činjenicu što sam lagala dvjema najdražim osobama u mom životu, ali nisam imala izbora. Tata me nikad ne bi pustio da izađem s momkom koji je bio četiri godine stariji od mene.

"Previše si mlada! Kad završiš srednju školu, možda onda!" Rekao bi. "Sel, znaš da nikad ništa ne tražim od tebe nego samo da budeš dobra u školi i da učiš što bolje možeš. Samo sa dobrim obrazovanjem ćeš moći biti šta god poželiš u životu. Vjeruj mi kad ti ovo kažem, molim te. Poslije će biti dovoljno vremena za momke. Džani je praktično čovjek." Žalio se jednog dana kad sam pokrenula temu ašikovanja.

"Ali tata, svako koga poznajem je u vezi i izlazi u barove, čak i Dana ponekad izlazi s momcima," lagala sam. "Ne kažem da bih izašla bilo s kim. Samo ako me Džani upita, htjela bih da znam da mogu."

"Selma, ne zanimaju me svi tvoji poznanici. Ti si mi kćerka, a ne oni," rekao je, kuckajući prstom o vrh mog nosa, zbog čega je bilo nemoguće ostati ljuta na njega, "i ja očekujem da poštuješ moje želje." Nisam se više vraćala na tu temu.

Kad sam u petak stigla kući iz škole, toliko mi se stvari vrtjelo po glavi. Morala sam oprati kosu i malo se našminkati (druga stvar koju je tata mrzio).

Bilo je veoma uzbudljivo biti buntovnik barem jednom u životu. Minute su trajale kao sati dok sam čekala da tata ode. Pretvarala sam se da sam pisala zadaću. Napokon je otišao oko pet i uspjela sam se polako spremiti. Pustila sam kosu da mi pada preko ramena, umjesto da je zavežem u svoj uobičajeni rep. Kad sam se pogledala u ogledalo, bila sam zahvalna što mi mama nije dozvolila da ošišam svoju dugu, ravnu kosu kada sam inzistirala na kratkoj frizuri koju su svi u to vrijeme nosili.

"Ti nisi sljedbenik, ti si vođa!" Kazala bi svaki put kad bih ja rekla nešto poput: "Zašto ne, svi drugi to rade?"

Ovaj put je, ipak, bila u pravu. Moja kosa, sad je već dosezala do struka i izgledala je jako dobro slijevajući se niz ramena. Stavila sam tanki, crni raif na glavu, kako bih još više istakla plavu kosu. Zadnji put kad je bila ovdje, Dana je ostavila malo svoje šminke, pa sam sa crnom olovkom za oči povukla tanku liniju tamo gdje se trepavice spajaju s kapkom. Stavila sam malo maskare na trepavice, zbog čega su izgledale veoma duge i gotovo su mi dodirivale obrve. Jagodice mog srcolikog lica su izgledale čak i više, naglašene rozim rumenilom. Kad sam se pogledala u ogledalo, mislila sam da sam izgledala kao da sam imala barem sedamnaest ili osamnaest godina.

"Nije loše..." rekla sam, gledajući se u ogledalo po ko zna koji put.

Poslužila sam se Heleninim načinom izlaženja—skakanjem kroz prozor, nadajući se da me niko od susjeda ne vidi. Smatrala sam taj potez lukavim.

Dok sam išla, morala sam samu sebe podsjećati da dišem, *udahni, izdahni* ... bila sam tako nervozna da su mi se dlanovi znojili. Nakon samo nekoliko minuta hoda, vidjela sam ga naslonjenog na jedan od parkiranih automobila.

"Selma, uspjela si," rekao je, koračajući prema meni s velikim osmijehom na licu.

"Ćao! Jesam li zakasnila?" Pravila sam se da nisam znala koliko je bilo sati, kao da od šest nisam gledala na sat svaku minutu.

Bio je obučen u plave farmerice. Crna rolka se vidjela kroz otkopčanu tamno smeđu kožnu jaknu. Bilo je nevjerojatno koliko dobro je izgledao u tamnim bojama, mada je on meni odlično izgledao u svemu.

"Ne, na vrijeme si," rekao je. "Šta želiš, prženo kestenje ili kokice?"

"Šta bi ti volio?" Upitala sam. Nije da bih pred njim mogla išta jesti, ali jedan čovjek je pržio kestenje baš na ulici i miris je bio tako privlačan.

"Kestenje," rekao je, čitajući mi misli.

Nakon što je platio kestenje i naše ulaznice, ušli smo i pronašli sjedišta. Kino je bilo iznenađujuće puno. Nisam bila baš sretna zbog toga, jer je postojala veća šansa da me neko vidi i oda roditeljima.

Uporno sam razgledala naokolo tražeći poznata lica. Odahnula sam kad nisam pronašla niti jedno. Sjeli smo negdje u sredini kazališta, nakon čega je film brzo počeo. Pokušala sam se skoncentrisati na film, što je bilo nemoguće s obzirom da mi je srce htjelo iskočiti iz grudi svaki put kad bih primijetila Džanija kako gleda u mom pravcu. Čak su nam se i laktovi sudarili nekoliko puta kad smo se pokušali udobnije namjestiti. Samo smo se pogledali i nespretno osmijehnuli. Bili smo tako mnogo privlačni jedno drugom da se činilo da me je neka nevidljiva sila povlačila prema njemu. Struja je zujala između nas. Plašila sam se da je mogao čuti kako jako mi je srce tuklo u grudima. I ono je htjelo biti bliže njemu. Nisam mogla vjerovati da je bilo moguće da mi se neko toliko sviđa. Taj osjećaj me je prestravio, ali u isto vrijeme, bio je ljepši od svega drugog na svijetu. Tako jako sam željela popustiti zahtjevima svoga srca, približiti se i dotaknuti ga.

U jednom trenutku tokom filma, jedan par je vodio ljubav, dok je Kišni čovjek sjedio na krevetu pokraj njih, imitirajući zvuke koje su oni proizvodili. Džani se nagnuo prema meni i šaljivo šapnuo, smiješeći se: "Baš si odabrala dobar film..."

Bila sam sretna što je u kinu bilo tako mračno da nije mogao vidjeti koliko mi je lice ličilo na crvenu majicu koju sam imala na sebi.

Kad je film završio, sačekali smo da svi izađu i tek smo onda obukli jakne. Vani je bilo jako hladno. Borila sam se protiv potrebe da mu se zavučem u zagrljaj i ugrijem se.

Kad smo polako krenuli, on je iznenada posegnuo za mojom rukom, zbog čega mi je srce stalo. Bila sam u raju.

"Kako ti se svidio film?" Upitala sam, još uvijek ošamućena zbog dodira njegove ruke.

"Oh, bio je u redu. Nisam baš obraćao pažnju na njega," odgovorio je, prinoseći moju ruku svojim usnama i poljubivši je nježno.

"Jesi li poznavala onog momka sa koncerta od neku noć?" Upitao je iznenada.

"Apsolutno ne!" Rekla sam, povukavši nazad svoju ruku. "Zašto misliš da sam ga znala?"

"Pa," počeo je, gledajući prema dole. "Prvo ti moram nešto priznati." Nasmiješio se je i pogledao me kroz trepavice. "Znao sam da ćeš biti tamo. Neko mi je rekao." Zastao je da me pogleda i, budući da nisam odgovorila, nastavio je: "Znaš, ti mi se mnogo sviđaš..." Njegov baršunasti glas mi je topio srce, "Nisam znao kako da ti priđem i razgovaram s tobom, pa sam mislio—kad bi se slučajno negdje sreli, ne bi imala izbora nego da sa mnom malo porazgovaraš.

Dao sam pet dinara jednom dječaku iz tvog komšiluka da mi kaže gdje ideš i on te je izdao." Džani se nasmijao, pogledavši me. "Nije bilo baš lako ući, jer nisam unaprijed kupio ulaznicu. Koncert je bio rasprodan. Kad sam konačno ušao, ti si već bila u svom sjedištu. Nisam te odmah vidio. Kad sam te napokon ugledao i krenuo prema tebi, primijetio sam da je ruka onog tipa bila omotana oko tvog struka. Izgledala si kao da ti je bilo lijepo, pa sam se okrenuo da idem. Ali, kao da mi je nešto reklo da se okrenem i pogledam te još samo jednom. Okrenuo sam se i tad sam vidio kako te on vuče." Nasmiješio se je nesigurno kao da se ispričavao. "Nisi izgledala kao da ti se išlo s njim, pa sam vas zaustavio i..."

"Hvala Bogu što si to uradio," prekinula sam ga, prisjećajući se te strašne noći. Nisam ni pokušala prikriti promjenu svog raspoloženja, mada sam ga željela poljubiti zbog sveg truda kroz koji je prošao da bi se sa mnom—k'o fol—slučajno sreo.

"Možeš li mi sad vratiti svoju ruku?" Sramežljivi, melodični glas je upitao, mijenjajući temu.

Progutala sam knedlu i polako dotakla njegovu ruku. Struja je ponovo zazujala. Njegova ruka je bila topla i meka. Neko vrijeme smo hodali u tišini.

Kad smo bili nekoliko metara udaljeni od moje zgrade, upitao je da li bi me mogao nekad nazvati. Rekla sam da bi, posežući za rajfišlusom na mojoj maloj torbici (druga posuđena stvar iz maminog ormara) kako bih pronašla olovku. Odjednom sam začula glasić malog dječaka: "Ćao, Selma."

Podigla sam pogled i vidjela svog četvrtogodišnjeg susjeda Denisa i njegovu mamu. Oboje su se radosno smješkali.

"Oh, ćao, Denise. Otkud vas dvoje ovako kasno?" Upitala sam nervozno. "Denisovo vrijeme za spavanje je davno prošlo." Nasmiješila sam se, prisjećajući se da mi je Narcisa, njegova majka, jednom rekla da on ide u krevet svaku noć u sedam i petnaest, odmah nakon gledanja crtića.

"Vraćamo se od Ismete. Znaš li da joj je umrla majka?" Uzvratila je Narcisa.

"Da, čula sam. Baš mi je žao. Kako se Ismeta drži?"

"Ah, šta će, jadna? Plače." Odgovorila je ona tužno, "pa ona me zamolila da joj pomognem oko svega što je potrebno za dženazu, pa sam se tamo malo duže zadržala." Nastavila je, gledajući u Džanija upitno. "Pa eto, moramo ići pripremiti bebu za krevet," šalila se. "Dođi Bebice," rekla je, pružajući ruku prema Denisu.

"Nisam beba," progunđao je Denis stidljivo, "laku noć, Selma."

"Laku noć, Deni. Vidimo se sutra." Glas mi je zvučao tužno i moljivo. Znala sam da će me neko vidjeti i izdati roditeljima. Ovaj put, neće biti samo batine motkom, nego mi nikada više neće dati izaći iz kuće i, što je bilo najgore, nikad mi više neće vjerovati.

Brzo sam pronašla olovku u svojoj torbici i Džaniju sam na ruku napisala petocifreni broj. Jednom sam to vidjela u filmu i baš mi je to bilo cool. Nadala sam se da se neće izbrisati prije nego što ga uspije zapamtiti.

"Moram ići prije nego što se moj tata pojavi i napravi scenu!" Nasmiješila sam se nervozno, pokušavajući zvučati kao da sam se šalila.

"Dobro, onda neću ići skroz do vrata, ali ću čekati dok ne uđeš." Nasmiješio se je. Nisam htjela otići, ali nisam htjela ni da pomisli da sam bila očajna za njim. Pa, bila sam, ali nije to morao još znati.

"Selma, čekaj," rekao je, povlačeći me za ruku.

Pogledala sam ga osjetivši se kao da sam bila prikovana na mjestu. Nisam mogla skinuti pogled s njegovih očiju. Bile su uprte u moje i još je ljepše izgledao ovako opušten. Vidjela sam koliko sam mu se sviđala. Osjećaj je bio fantastičan. Bila sam sigurna da su i moje izdajničke oči njemu govorile isto o meni. Prišao je bliže i polako spustio usne na moje. Tek sam kasnije bila shvatila da je jedna od njegovih ruku bila omotana oko mog struka. Nisam se mogla pomjeriti, a ni disati. Bila sam potpuno opčinjena.

Poljubac je bio nježan i kratak. Kad se odmaknuo, primijetila sam da mu je lice bilo crveno. Prva pomisao koja mi je pala na pamet je bila ta da se postidio, ali moje nisko samopouzdanje mi nije dozvoljavalo da budem toliko sretna, pa me uvjerilo da su mu obrazi bili crveni, zato što je bilo hladno.

Meni više nije bilo hladno. Osjećala sam se tako dobro. Noge su mi bile totalno mlitave. Nisam ih mogla pokrenuti.

"Pa," šapnuo je pročistivši grlo, "Neću te više zadržavati. Mogu li te sutra nazvati?"

"Ah, da ... nazovi me sutra," odgovorila sam, okrećući se da idem.

"Selma, bilo mi je lijepo s tobom." Čula sam ga kako govori dok sam se tiho molila da mi noge prorade i odu od njega.

Ušla sam unutra i bacila se na prvu stolicu koju sam vidjela, bez skidanja jakne i cipela. Osjećaj je bio neopisiv. Sad sam razumjela zašto se dizala tolika prašina oko "prvog poljupca." Shvatila sam zašto ljudi zbog ljubavi čine gluposti. Sada je sve imalo smisla. U mislima sam million puta prešla kroz svaki detalj što se desio te noći, a u glavi mi se vrtjelo satima nakon što sam mu poželjela laku noć. Spremila sam se za krevet ali dugo nisam mogla zaspati. Uporno sam se svađala sa samom sobom: *Šta ako me sutra ne nazove? Šta ako je primijetio da nikad prije nisam nikog poljubila?*

POGLAVLJE 4

Sat na zidu je pokazivao 8:45, subota ujutro. Odlučila sam ustati, nazvati Danu i sve joj ispričati. Nisam mogla dočekati da o tom pričam naglas. Ali znala sam da je još uvijek bilo rano nazvati je. Dana je vikendom uvijek malo duže spavala. Da bih ubrzala vrijeme, odlučila sam u međuvremenu Roksi i sebi spremiti doručak. Nakon toga sam planirala nazvati mamu da bih provjerila u koje vrijeme je trebala stići kući. Mislila sam da bi to moralo dati Dani dovoljno vremena da se razbudi tako da bih je mogla nazvati i saopštiti joj svoje dobre vijesti. Nisam bila gladna, ali sam znala da sam morala nešto staviti u želudac. Nevoljno sam pogledala u frižider i nakon dvoumljenja između jaja i neke voćne salate koju je tata pripremio dan prije, odlučila sam se za voće.

Roksi me gledala tužnim očima, pa sam joj se smilovala odlučivši joj upržiti malo sudžuke. Telefon je zazvonio baš kad sam sudžukice stavljala u tavu. Potrčala sam da se javim, misleći da je mama zvala da mi kaže u koje vrijeme je trebala stići kući.

"Dobro jutro, Majkice! Kako si mi danas?" Veselo sam pjevala u slušalicu.

"Selma," nasmijao se je, "ja sam, Džani."

"Oh, hej ... šta ima?" Uspjela sam zvučati smireno, udarajući se rukom po glavi.

"Ništa. Htio sam te pitati šta radiš. Mislio sam, ako nisi puno zauzeta, da odemo u šetnju ili nešto slično." Zastao je. "Ili, ako želiš, mogli smo večeras otići provjeriti onaj novi bar u blizini tvoje kuće." Strpljivo je čekao dok sam prikupljala misli.

"Hm ... zvuči jako lijepo, ali iskreno rečeno, moj tata bi me ubio kad bih otišla u bar, tako da, nažalost, neću moći," odgovorila sam, razočarana što nisam mogla ići. *Odlično, evo dokaza koliko sam dijete. Sad će vjerovatno izvesti neku drugu ... neku zreliju.*

"Dobro, onda nećemo u bar. Kako ti se čini šetnja? Tokom dana, naravno," navaljivao je.

"Dobro, kako bi bilo da se nađemo pokraj Sane za jedno sat vremena?" Tako sam mogla vidjeti Džanija i opet stići kući prije roditelja. Džani je živio na lijevoj obali rijeke Sane.

"Da, super!" Uzviknuo je. "Hej, jesi li doručkovala? Možda bismo mogli prvo navratiti u Ribar i nešto pojesti." Ponudio je.

Na brzinu sam se istuširala bez pranja kose i brzo se obukla. Odlučila sam da je bilo bolje obući debelu zimsku jaknu sa kapuljačom nego moju slatku palerinu, zato što sam znala kako hladno je bilo pored rijeke. Nisam htjela da mi procuri nos i osramoti me pred Džanijem. Obula sam čizme s krznom. Pustila sam kosu da mi se prospe preko leđa ispod crne, vunene kape.

Došli smo do mosta otprilike u isto vrijeme, ali smo odlučili ne šetati po njemu, nego po maloj stazi uz rijeku. Stazica je izgledala tako romantično. Sa obje strane staze, stajala su visoka stabla drveća, koje je umjesto zelenim lišćem, sada bilo prekriveno snijegom i mrazom. Vrijeme se činilo lijepim; sunčano i svijetlo. Iako je zrak bio svjež, bilo je očigledno da se snijeg polako otapao. Kapljice vode su visile sa sjajnih ledenica označavajući da je proljeće bilo na vidiku.

Razgovarali smo o školi i našim interesima. Pričao mi je o svojoj starijoj sestri koja je živjela u Njemačkoj s mužem i dvoje djece. Njegova mama je htjela da i on ide tamo zbog "situacije" u Jugoslaviji, ali on je mislio da bi bilo glupo otići, jer nije bilo šanse da bi se ovdje moglo zaratiti.

Nisam željela da ode i to sam mu i rekla, crveneći se. Cijelo vrijeme smo se držali za ruke. Kad smo se vratili na most, bilo je prošlo podne, tako da smo kod Ribara svratili na ručak. Nismo htjeli biti među drugim svijetom, pa smo tražili da nam zapakuju sendviče. Baš sam se bila iznenadila kad sam čula njegov izbor sendviča, isti kao i moj, pureća salama u sendviču od tosta, s majonezom i krastavcima.

Polako smo jeli dok smo išli natrag prema mojoj zgradi. Nedaleko od zgrade smo se zaustavili i on me je brzo cmoknuo u lice. Brzo, u slučaju kad bi nas neko vidio. Zaklela sam se samoj sebi da više nikada neću oprati taj obraz. Srce mi je mahnito lupalo, a u glavi mi se vrtjelo. Tad sam shvatila da je Džani bio taj—jedan, jedini za mene.

Kad sam stigla kući, vidjela sam da je tata već sjedio pred televizorom i ulazeći unutra, čula sam spikera kako govori: "Jugoslovenska Narodna Armija je najavila da će se doktrina nove odbrane primjenjivati u cijeloj zemlji. Doktrina Titove ere, "Generalna Narodna Odbrana", u kojoj svaka republika drži teritorijalnu odbranu, će neposredno biti zamijenjena centralno usmjerenim sistemom odbrane. Sve jugoslovenske republike će izgubiti svoje uloge u pitanjima odbrane, a njihovi komandanti će biti razoružani i raspoređeni po sjedištima JNA u Beogradu u Srbiji..."

Prestala sam slušati. Činilo se da se nije moglo nigdje maknuti, a da se nisu čule loše vijesti i priče o ratu i ubijanjima. Ja sam bila savršeno sretna u ne znanju i trudila sam se što sam više mogla izbjegavati politiku.

Zgrabila sam telefon i zaključala se u spavaću sobu mojih roditelja da bih nazvala Danu.

"Ma, daj!" Viknula je kad sam joj ispirčala sve u vezi Džanija. Činilo se da je bila veoma sretna zbog mene i već je planirala kako će me šminkati za moj sljedeći sastanak s njim, koji je trebao biti održan u subotu uvečer. Dana i ja smo išle u Kozarac na ples. Moj tata je znao za to, ali mu nije smetalo da idem, jer su po nas dolazila moja dva rođaka koji bi bili zaduženi da nas paze. Rekla sam Džaniju gdje smo planirali biti da bi se i on mogao pojaviti s nekim od svojih prijatelja i pretvarati kao da smo slučajno naletjeli jedno na drugo. Jednostavno sam znala da će nam plan poći za rukom. Tokom sedmice sam bila puno zauzeta. Imala sam mnogo gradiva za učiti tako da mi je to većinom okupiralo misli, pa mi je vrijeme brzo prolazilo. Bila sam u osmom razredu, najvažnijem prije srednje škole. Moje ocjene su morale biti dobre tako da bih se mogla upisati u tehničku srednju školu, koja je bila jedan korak bliže arhitektonskom fakultetu. Tata mi je obećao arhitekturu ako mi ocjene i dalje budu petice; po neka četvorka je također bila u redu.

Kad je subota napokon došla, planirali smo da, nakon vraćanja kući iz Kozarca, Dana kod mene prespava. Donijela je kofer pun odjeće i još više šminke. Moji rođaci, Kemal i Sejdo, su rekli da će doći po nas u sedam i vratiti nas kući do ponoći. Kemal je htio da ga spojim s Danom, ali ona nije bila zainteresovana za njega. Ipak ga je zavodila, jer mu je bilo osamnaest godina i imao je vozačku dozvolu. Kemal je izgledao mlađe od svojih osamnaest godina. Bilo je tu nešto privlačno u vezi njega: bezbrižnost. Izgledao je kao da je živio za sadašnjost; nikada nije brinuo o budućnosti i nikad nije spominjao prošlost. Kemal je bio vrlo lijep, sa svojom kratkom, bronzanom kosom i kestenjastim očima koje su bile ukrašene gustim, crnim trepavicama. Naslijedio je majčine visoke jagodice obraza, ravni nos i blijedu kožu, ali je bio mršav i snažan poput svog oca. Sâm sebe nije smatrao slatkim, šarmantnim momkom, kako su ga drugi vidjeli. Nasuprot, uvijek se trudio da izgleda opasno, iako je bio sve drugo osim opasan. Imao je najveće srce od svih ljudi koje sam ikada upoznala i bio je spreman dati čak i posljednji zalogaj kruha nekom u potrebi.

Uvjerile smo tatu da me pusti da se našminkam "samo ovaj put", jer sam bila gotovo u srednjoj školi i bio je zadovoljan mojim ocjenama.

Odlučila sam izgledati malo ženstvenije nego obično. Umjesto mojih uobičajenih farmerica i širokih majica, odlučila sam obući dugu, crnu suknju i Daninu rastezljivu, crvenu majicu. To dvoje su me tako izduljili i istakli mi obline koje nisam znala ni da sam imala. Majica je bila uska i u sredini je imala četiri bijela dugmića, koji su mi dosezali do grudi. Grudi su mi sada bile podignute uz pomoć nekog čudnog grudnjaka i maramica. Dana me natjerala da otkopčam sve i jedan dugmić.

"Želiš impresionirati Džanija, zar ne?" Rekla je svaki put kad bih se požalila da sam izgledala kao prostitutka. Dva sata je radila na mojoj šminci i kosi, stavljajući mi neke čudne, vruće viklere u kosu kako bi izgledala valovito. Bila sam impresionirana koliko starije sam izgledala. Dana je odlučila obući mini suknju od teksasa i štikle koje su pripadale njenoj majci. Glasno se nasmijala kada se moj tata požalio na hladnoću. Rekao je da bi bila dobra ideja da obučemo hlače s dugim gaćama ispod.

U zadnje vrijeme, njegov smisao za humor je bio malo čudan.

Obukla sam dug kaput da bih prekrila odjeću u koju sam bila obučena, kako me tata ne bi vratio i natjerao da se presvučem, jer sam po prvi put u životu bila prilično zadovoljna svojim izgledom.

Kemal je zatrubio u pet do sedam i ubrzo smo se našli na putu za Kozarac. Išli smo u neki novi restoran sa uživo muzikom i super hranom.

Restoran je bio podijeljen na tri dijela. Glavna blagovaonica je bila velika, kao sala za posebne zabave kao što su vjenčanja, dočeci Nove godine, itd., ali su zidovi bili pokriveni drvenim panelima, pa se veliki prostor činio toplim i ugodnim. Lampice koje su izgledale kao svijeće su bile poredane po zidovima svud oko sale. Svaki stol je imao svoju vlastitu svijeću, bocu vina i mali buket cvijeća, u znak dobrodošlice od vlasnika. Stolovi su bili lijepo uređeni i čisti.

Terasa sa zadnje strane je bila zatvorena, budući da je bio februar i temperature su bile ispod nule, ali tokom toplijih mjeseci ova mala blagovaonica se nalazila na romantičnoj verandi koja je bila osvijetljena zvijezdama. Imala je pogled na lijepo, okruglo, umjetno jezero, koje se sad sijalo na mjesečini.

Drugi sprat je bio uređen više kao sportski bar. Tamo su svjetla bila zatamnjena. Odmah sa ulaza sam primijetila dva šanka na suprotnim stranama jedan od drugog. Na desnoj strani su bila tri visoka stola i barske stolice. Velika džuboks mašina se nalazila između dvoje vrata koja su imala oznake WC za dame i muškarce. Ovaj sprat je bio pun dima od cigareta. U pozadini su bili jedan bilijarski stol i sto za ručni nogomet. Tu je bila i neka video igra, voženje trkaćeg auta, i moja omiljena, PacMan.

Odlučili smo pronaći sto na donjem spratu, jer je sve već bilo spremno za muziku i ples, a i zato što je Kemal jednostavno umirao za porcijom ćevapa.

Sjeli smo za jedan veliki sto. Konobarica se pojavila prije nego što smo imali priliku i pogledati u jelovnik. Oblizivala se gledajući u Kemala, koji je, očito, nije ni primjećivao.

"Mogu li vam nešto donijeti?" Upitala je, smiješeći mu se. Oči joj ni jednom nisu skrenule s Kemalovog lica. Svi smo naručili koka-kole.

"Mogu li vam donijeti išta drugo?" Nasmiješila se je zavodljivo ona, pogledom upijajući Kemalovo lice.

"Da, što mu ne otplešeš u krilu kad si već tu?" Odbrusila je Dana oštro, a zatim je ljutito zatvorila jelovnik, ustala i izjurila.

Kemal i ja smo se samo začuđeno pogledali. Nisam mogla da se ne nasmijem vidjevši šok na konobaricinom licu. Krenula sam za Danom i našla je u ženskom wc-u.

"Šta je to bilo?" Upitala sam kad sam ušla za njom.

"Ništa. Ide mi na živce. Ponaša se kao da je Kemal sam za stolom. Izgledala je kao da mu je htjela strgnuti odjeću na licu mjesta i silovati ga pred svima!" Rekla je Dana, ključajući.

Nasmijala sam se. "Čini mi se da je neko ljubomoran. Mislila sam da ti se Kemal ne sviđa na takav način."

"Pa i ne sviđa! Šuti! Nisam ljubomorna!" Vikala je cvilećim glasom.

Još glasnije sam se nasmijala. Bilo mi je drago vidjeti da je napokon preboljela Zorana, koji nije znao ni da je postojala. Konačno je vidjela Kemala onakvim kakav je uistinu bio: ljubazan, dobroćudan, zgodan i—što je bilo najvažnije—već zaljubljen u nju.

"Oh, Dano, tako sam sretna!" Cvilila sam, uzevši je za ruku. "Ti i Kemal ćete se vjenčati i imat ćete prelijepu djecu. Shvataš li šta bi to značilo? Ti i ja bi konačno mogle biti sestre kao što smo to oduvijek željele, a tvoja djeca bi me morala zvati tetka." Zadirkivala sam je, još uvijek se smijući.

"Šuti!" Galamila je. "Ubit ću te ako mu šta kažeš! Ozbiljno ti govorim, prestani se smijati!" Napokon se i ona nasmiješila. Bilo mi je tako zabavno da sam nakratko zaboravila da je Džani kasnio. Kad smo se vratile za stol, Dana je postiđeno oborila pogled, dok smo se Kemal i ja krišom poglèdali. Činilo se kao da je očekivao neki znak od mene i čim sam mu potajno pokazala podignut palac, nagnuo se prema Dani i rekao: "Ne brini, Malena. Moje oči samo tebe vide." Podigao je obrve, smiješeći se.

"Briga me!" Odbrusila je Dana, crveneći se.

Svi smo naručili feta sir i gljive na žaru kao predjelo. Kemal i ja smo htjeli ćevape. Sejdo je naručio miješano meso, a Dana je htjela teleće kotlete što je Kemalu dalo još jednu priliku da je zeza i razgovara s njom. "Ne mogu vjerovati da ćeš jesti bebu od krave. Jadno tele, pa to je samo beba ..." Zacvilio je kao dijete i širom otvorio oči, glumeći iznenađenje.

Dana je na to samo prevrnula očima. Uzimajući veliki komad teletine i stavljajući ga u usta, obliznula se je.

Muzika je počela svirati oko dvadeset do deset. Bosanska, narodna, koja nije bila baš po mom ukusu, ali plesanje uz nju je bilo prilično jednostavno. Ljudi bi formirali jedan veliki krug, držali bi se za ruke i kretali uz muziku. Bilo je tu nekoliko koraka koje smo morali slijediti, ali i to je bio prilično lako—dva koraka naprijed, jedan nazad.

Dana i ja smo odlučile da plešemo. Bila sam izgubila svaku nadu da će se Džani pojaviti.

"Noćas mi srce pati, noćas me duša boli, teško je ... kad se voli i kad ostaneš saaam," pjevačica je otezala u mikrofon. Ja sam se kretala automatski, poput robota, obraćajući pažnju samo na ulazna vrata.

Napokon je ušao i srce mi se skamenilo kad sam vidjela pogled na njegovom licu.

Nešto nije u redu, pomislila sam, ali sam bila previše bijesna što je kasnio da nisam htjela otići do njega i upitati ga šta se dogodilo. Čim su nam se pogledi sreli, krenuo je prema meni. Primaknuvši se blizu mog uha, upitao je da s njim izađem vani da bi mogli u tišini razgovarati. Htjela sam ga malo kazniti što je kasnio, pa sam se pretvarala da mi se nije išlo. Izgledao je tako tužno. Ipak sam nakon kratkog vremena prestala plesati i otišla do Kemala.

"Imaš li šta protiv da me Džani odveze kući?" Upitala sam ljutito, ne pokušavajući prikriti gnjev u glasu.

"Nema problema," rekao je sretno, jer je znao da ako bi me Džani odvezao kući, on bi imao šansu biti sam sa Danom u njegovom autu nakon što bi odbacili Sejdu kući. Dogovorili smo se gdje da se nađemo kad stignemo blizu kuće i oprostili.

Džani i ja smo u tišini koračali prema srebrnom Golfu njegovog oca. Kad smo ušli unutra, on nije htio gubiti vrijeme. Odmah je prešao na stvar. Okrenuvši se prema meni, rekao je da je dobio pismo od JNA i da se prvog avgusta morao prijaviti u bazu u Beogradu.

Znali smo šta je to značilo. Planirali su ga poslati u rat na Sloveniju.

"Kako je to uopšte moguće?" Upitala sam, "tek ti je sedamnaest godina! Nisi čak još ni vojsku odslužio!" Vrištala sam ne kontrolisano.

"To i moja mama kaže. Ne vjeruje im i inzistira na tome da se preselim u Njemačku dok još uvijek mogu izaći iz zemlje," rekao je razočarano.

Nakon toga, samo smo šutjeli. Nisam znala šta mu reći. Htjela sam da bude na sigurnom u Njemačkoj, ali bila sam previše sebična da bih mu to i rekla. Htjela sam da ostane sa mnom. Neki čudan osjećaj me osvojio. Žudjela sam da budem bliže njemu, da mu pomirišem i dodirnem kožu, ali prije nego što sam bila u stanju išta učiniti, on se iznenada približio i halapljivo sručio usne na moje. Uzvratila sam gladno, iznenađujući i sebe i njega. Razdvajajući usne, osjetila sam njegov jezik u ustima. Uzbuđenje je bilo nepodnošljivo. Omotala sam obje ruke oko njegovog vrata. Njegovi poljubci su bili nevjerovatno slatki. Na njemu sam osjetila miris neke muške kolonjske, miris deterdženta za veš, ali, više od svega, osjećala sam miris njegove kože. Jedna od njegovih ruku mi je bila u kosi, a druga, na desnoj strani lica gdje mi se brada spajala s vratom. Bila sam jako uzbuđena i nisam htjela stati. Strastveno i pohlepno smo se ljubili, dok su njegove usne i jezik istraživali, ne samo moje usne, nego i lice, bradu, moj vrat i oko uha. Tijelo mi je gorjelo nepoznatom željom.

Njegova ruka, ona što mi je bila na vratu, je polako klizila prema dole sve dok nije dosegla do moje desne dojke. Mozak mi je govorio da ga zaustavim, ali mi je srce je bilo jače. Ruka me nije htjela poslušati kad sam joj naredila da zaustavi njegovu. I onda je odjednom, on briznuo u smijeh.

Oh moj Bože! Nešto sam pogrešno uradila! Šta sam to uradila? Zbunjena, pogledala sam prema dole i vidjela maramicu u njegovoj ruci—maramicu iz mog grudnjaka! Zbunjenost se brzo pretvorila u postiđenost i posegnula sam za vratima. Nisam mogla ostati ni minutu duže. Suze su mi se već slijevale niz lice. Prije nego sam uspjela izaći, on me zgrabio za ruku. "Selma, čekaj! Žao mi je; molim te nemoj otići; bio sam glup što sam se nasmijao. Sel, molim te pogledaj me."

Nisam ga mogla pogledati. Samo mi je bijeg bio na umu. Istrgla sam ruku iz njegove, zakoračila na ugodan, hladni zrak i počela trčati. Nisam čula kad me je stigao, samo sam osjetila njegove ruke oko mojih i njegova jaka prsa ispod mog obraza. Bilo je tako dobro osjećati se sigurnom u njegovom naručju. Njegova lijepa, tamnoplava košulja je bila pomočena mojim suzama. Nisam više plakala od srama; plakala sam zato što sam upravo shvatila da za nas dvoje nije bilo nikakve budućnosti. On će ili otići u Njemačku i zaboraviti me, ili u rat i možda poginuti. Bilo kako bilo, nismo mogli biti zajedno.

"Selma, žao mi je," šapnuo je nježno, milujući me po kosi. "Nisam se smijao tebi. Bio sam malo iznenađen, ali ... laska mi to što si se toliko potrudila da bi mene impresionirala." Njegove usne su ljubile moje mokre obraze. "Ali, iskreno rečeno, ništa ti to ne treba. Ti si za mene najljepša djevojka na ovom svijetu i mislim ... ne, ne mislim nego znam..." zastao je kako bi bio siguran da sam ga pogledala. "Ja te ... volim te." Rekao je tiho, rasplakavši me još više.

"Džani," uspjela sam izgovoriti između jecaja, "moraš ići u Njemačku."

"Šta? Otkud sad to?" Upitao je zbunjeno.

"Tvoja mama je u pravu. Trebao bi izaći iz zemlje dok još možeš. Čula sam kako neki ljudi pričaju da ako se Slovenija odvoji od Jugoslavije, onda će i Hrvatska pokušati učiniti isto, zbog čega će biti još više rata, što znači..."

"Prestani!" Prekinuo me je naglo, puštajući mi ruke. "Ne želim to čuti i od tebe. Zašto ne možemo jednostavno uživati u vremenu koje sada imamo zajedno? Što jednostavno ne pustimo Boga nek' se on brine o budućnosti?" Oči su mu bile tužne gotovo koliko i moje. Prekovoljno sam se nasmiješila. "Hodi, moramo ići," namjerno mijenjajući temu, rekla sam, "bolje nam je da krenemo prije nego što se moj tata pojavi i ubije nas prije nego što rat i počne."

Tiho smo se vozili kući, oboje okupirani vlastitim mislima.

"Nazvat ću te sutra," uspio je reći dok sam prelazila iz njegovog auta u Kemalovo.

Nakon toga, Džani i ja smo se često viđali. Držali smo se za ruke i mnogo ljubili, ali ništa više od toga. Nije da nisam htjela, mislila sam da se ne bih mogla zaustaviti ako bismo nešto pokušali, samo da je on bio malo više uporan.

"Neko mora biti glas razuma," rekao bi svaki put kad bi u ljubljenju otišli malo dalje.

"Ma, šta fali?" Ohrabrila bih ga, "znaš, svi kažu da dolazi rat i ne znamo šta će se s nama dogoditi. Htjela bih se prije toga riješiti ove glupe nevinosti." Zezala bih ga.

On bi se samo nasmiješio i poljubio me u vrh nosa govoreći: "Nije nam još vrijeme za to. Strpi se, još si mlada."

POGLAVLJE 5

Marljivo sam učila u školi da bih imala dobre ocjene, čineći roditelje sretnima, kako bi me puštali da idem van. Dana i Damir su bili otpočeli lažnu vezu. Njeni roditelji su bili sretni što se zabavljala s ozbiljnim srbinom koji je bio dobar u školi i potjecao je iz ugledne porodice. Damirov otac je bio sretan što mu je sin napokon izašao iz svoje "homoseksualne faze" i sebi je našao lijepu pravoslavku da s njom ašikuje. Bio je to savršen plan. Roditelji im nisu stajali na putu kad bi bilo vrijeme za izlaz. On bi otišao po nju, pa bi onda okrenuli svako svojim putem. Ona se, ustvari, bila počela viđati s Kemalom. Znala je da njeni roditelji ne bi odobrili vezu s muslimanom, zbog čega joj je to bilo još uzbudljivije, pogotovo sada kad je vozio novi, crni motor.

Damir se počeo viđati s nekim tipom po imenu Toni koji se nekoliko mjeseci ranije doselio iz Vukovara. Roditelji su ga poslali iz Hrvatske, jer je i tamo rat već počinjao. Nisu imali pojma da su poslali sina pravo u pakao. Rat je u Prijedor dolazio brže nego što je iko predvidio. Zbog svoje društvene prirode, Toni je lako pronalazio prijatelje. Uvijek je bio nasmijan i dobro raspoložen.

Damirov i Danin plan je dobro funkcionisao i u Džanijevu i moju korist. Sada bismo svi izlazili kao grupa, tako da moj tata nije mogao posumnjati da sam imala dečka. Dana je većinom provodila vikende kod mene i onda bismo svi išli da igramo badmintona, ili ako je vrijeme bilo lijepo, Toni bi donio svoju gitaru i onda bismo svi otišli do rijeke, sjeli oko logorske vatre i pjevali. Život nije mogao biti bolji nego što je bio.

Završila sam osmi razred u junu 1990-te i primljena sam u srednju tehničku školu u koju sam željela ići. Plan je bio završiti četiri godine srednje škole, pa onda na arhitektonski fakultet u Zagrebu. Tata mi je obećao da ako bih zadržala dobre ocjene, on bi mi dao svog starog

Jugu, tako da bih se mogla voziti u Zagreb i ne bih morala tamo preseliti. Sjajno! Džani i ja bismo mogli zajedno ići. On je sad završavao srednju školu i planirao je jednog dana biti učitelj drame, tako da je namjeravao iduće godine krenuti na fakultet u Zagrebu, a nakon toga, pokušao bi tamo naći posao.

Tog ljetnog raspusta, moji roditelji su htjeli da idem u Pulu kod bake, kao što sam to voljela i radila svakog ljeta do tad.

Baka Anđa je mnogo ličila na mog tatu – sretna i puna života. Njena kuća je bila samo nekoliko minuta udaljena od Jadranskog mora. Moj djed je, nekoliko godina prije, poginuo u ribarskoj nesreći i baka je sada živjela sama u toj velikoj kući. Zvala je i molila moga oca da nas sve preseli tamo, ali mama jednostavno nije mogla preboljeti to što roditelji mog tate, veliki katolici, nisu bili sretni što je on oženio muslimanku iz Bosne. To su pokazali savršeno jasno kada su odbili doći na njihovo vjenčanje. Ipak su se, nakon mog rođenja, pomirili s tim. Nikad nisam rekla majci da su me tajno vodili u crkvu svake nedjelje dok bih bila tamo na raspustima. Po bakinom, trebala sam biti odgajana kao katolkinja, jer sam nosila očevo prezime. Moji roditelji nisu bili pobožni. Živjeli su po komunistčkim pravilima i izrekama: "Svi za jednog, jedan za sve. Svi smo braća i sestre, stvoreni jednaki i ovdje nema mjesta za religiju." Tek sam mnogo kasnije shvatila da su jedini naivni ljudi u Bosni koji su vjerovali komunističkom režimu bili muslimani, koji su platili najveću cijenu od 1991-ve. do 1995-te., samo zato što su imali muslimanska imena.

Bila sam jako nesretna što sam cijeli raspust morala provesti odvojena od Džanija, ali nikako nisam mogla pronaći izgovor da ne idem. Žalila sam se da je u to vrijeme bilo previše opasno biti u Hrvatskoj. Još od aprilsko-majskih izbora u Sloveniji i Hrvatskoj koji su postavili osnove za nezavisnost u tim republikama, bilo je sve više govora o ratu i ja sam to pokušala iskoristiti u svoju korist. Moji roditelji, koji su još uvijek vjerovali srpskoj politici, samo su se nasmijali i uvjerili me da se ne sikiram, da do rata ipak neće doći.

Nakon što sam iskoristila sve moguće izgovore da ne idem, roditelji su mi zaprijetili i morala sam otići. Džani i ja smo se rastali uz obećanje da ćemo se čuti na telefon svakoga dana i da ćemo pisati opširna pisma. Trebala sam se vratiti krajem jula, neposredno prije nego što se on morao prijaviti u JNA u Beogradu u Srbiji.

Baka je bila jako uzbuđena kad me je vidjela da izlazim iz autobusa. Zagrlila me je i poljubila milion puta prije nego što smo napokon stigle do njene velike, bijele kuće s crvenim krovom i tamnocrvenim roletnama na prozorima. Ulazna vrata su, također, bila iste boje kao i roletne. Kuća je bila smještena u Verudeli, nekoliko kilometara udaljenosti od centra Pule. Njena bijela kuća je bila izgrađena od cigle i kamena. Kada bih prešla prstima preko fasade, činilo se kao da dodirujem malo kamenje ili rižu.

Baka je odlično izgledala. Njena kratka, pepeljasto-plava kosa koju je moj tata naslijedio, sad se miješala s nekoliko sijedih vlasi. Bila je visoka i vitka. Držala se zdravog načina života baveći se plivanjem i vrtlarstvom.

Moj tata je, također, naslijedio njene plave oči i veselu ćud. Bakin ten je bio spektakularan i još više joj je isticao oči i zube.

"Pričaj mi sve!" Zahtijevala je. "Kako su mama i tata? Je li ti mama još uvijek u školi?" Ovo je zvučalo više kao optužba nego pitanje. "A Aiša i Adem?" Nastavila je. Zavoljela je roditelje moje majke nakon što su se upoznali i imali priliku za druženje. Svi su shvatili da ipak nisu bili toliko različiti jedni od drugih i moje dvije bake, Anđa i Aiša, su se često dopisivale.

"Pričaj mi o svojim prijateljima. Imaš li dečka?" Ispitivala je opet za večerom te noći, vragolasto se smiješeći. Koristila sam i najmanju priliku da razgovaram o Džaniju, pa sam joj pričala o svim svojim prijateljima, a posebno sam se hvalila o dečku anđeoskog lica bez kojeg sam mislila da ne bih mogla živjeti. Ona me nije prekidala, samo bi povremeno ubacila po neko pitanje. Znala sam da bih imala njenu podršku ako bi mi roditelji pokušali zabraniti da se viđam s njim. Moja dobra baka je imala samo jedan savjet:

"Drži se podalje od njegove jednooke zmije," rekla bi u šali—šali s ozbiljnom porukom, "ne upuštaj se u spolne odnose dok ne budeš u braku."

Uvjerila sam je da je Džani bio vrlo staromodan kad su bile u pitanju takve stvari, te da nije ni pokušavao. A što se ticalo mene, on je svakako bio jedini s kojim bih to uradila, tako da nismo bili ni u kakvoj opasnosti.

Kako su dani polako prolazili, pomagala sam baki u vrtu. Dvorište iza kuće je bilo veliko. Okruživala ga je velika, drvena ograda. Sa strane, dvorište je bilo prekriveno povrćem. Oko povrćnjaka je bila podignuta ograda od žice, kako zečevi i mačke ne bi mogli ući u njega.

Djed Jakov je, dok je bio živ, posadio smokve kako bi njima sakrio ogradu. Smokve nisu bile baš visoke, ali su bile široke i svakog ljeta su bile prekrivene sočnim plodovima, koje sam voljela jesti svježe sa stabla. Na desnoj strani u hladu usamljenog hrasta, nalazio se stol sa šest stolica i stara ljuljačka koju su mi kupili kad sam bila mala. Dvorište je bilo moje omiljeno mjesto dok sam vrijeme provodila kod bake.

Dvorište sa prednje strane je, također, bilo prilično uredno, okruženo bijelim, drvenim tarabama i šarenim cvijećem. Na verandi se nalazila klupa za ljuljanje koju je baka u zadnje vrijeme često koristila da bi mogla razgovarati s prolaznicima. Kazala mi je da je bila veoma usamljena otkako joj je Jakov preminuo. Svako poslijepodne smo išle na plažu. Prešle bismo preko ulice i ušle u malu borovu šumicu, koja nije bila duboka niti strašna. Vjetrić kroz šumu je imao smirujuće utjecaje na mene. U zraku se osjećao miris bora pomiješan sa slanim mirisom mora. Ptice su cvrkutale negdje u drveću. Djeca koja su se igrala i smijala na plaži, udaljenoj samo nekoliko metara od borove šume, su bila glasna i vesela. Čim bismo izašle iz šumice, prošetale bi nekoliko koraka i našle bi se na plaži, koja je bila prekrivena sitnim, bijelim kamenčićima, a zatim more—lijepo, plavo, toplo Jadransko more. Oči bi me malo boljele u početku prije nego bi se navikle na odsjaj mora. Činilo bi se da je u vodi bilo na milione dijamanata koji bi svjetlucali na suncu.

Baka me je ovdje naučila plivati kad mi je bilo oko pet godina. Također me je tjerala da ispiram grlo morskom vodom:

"Morska voda je jako dobra za gnojnu anginu i sinuse!" Rekla bi kad bih se ja požalila da mi se voda gadila, jer je bila slana i odvratna.

Gotovo svaku noć smo išle autobusom do Pule, pa smo onda samo šetale po gradu, išle u kupovinu i družile se s ljudima koje je ona poznavala. Voljela me je pokazivati i hvaliti se mnome. Ponekad bismo navratile u jednu slastičarnicu na početku glavne ulice. Bila je jako mala. U njoj je bilo dovoljno prostora za samo četiri stola i stolice. Staklena vrata su uvijek bila otvorena. Lijevi zid uopšte nije bio zid, nego dugo ogledalo, zbog kojeg se prostor činio malo većim. Četiri mala stola i stolice su bili svijetlo crveni. Na desnoj strani je stajao stakleni šank u kojem se nalazio hladnjak sa svim vrstama sladoleda i torti. Dno šanka nije bilo od stakla, nego je bilo prekriveno slikama poznatih likova iz crtića: Tom i Jerry, Štrumpfovi, Duško Dugouško, itd. Mjesto se činilo toplim i ugodnim. Pri ulazku, osjetio bi se miris krofni, cimeta i kafe. Za vrijeme ljeta, ovo malo mjesto bi bilo prepuno turista iz cijelog svijeta. Ljudi bi formirali duge redove samo da bi mogli vidjeti Suada kako žonglira kugle sladoleda. Bili bi jako impresionirani njegovim vještinama i davali bi mu mnogo bakšiša. Voljela sam njihov sladoled, ali krofne su bile za umrijeti.

Baka Anđa je poznavala vlasnika te slastičarnice, tako da smo uvijek dobivale besplatne kolače i kapućino.

Noću, ona bi me ušuškala u krevet kao što je to radila kad sam bila mala. Prvo bih se morala istuširati i obući dugu spavaćicu. Govorila je da dame ne nose pidžame nego spavaćice. Zatim bismo kleknule na koljena pored mog kreveta i molile se. Ovih dana, sve moje molitve su bile u vezi Džanija, koji je održao obećanje i pisao mi pisma gotovo svakog dana. Telefonirao je naj manje tri puta sedmično. Preko telefona, nije mnogo pričao o svojim osjećajima prema meni, ali njegova pisma su bila duga i detaljna. Svako od njih bi završio riječima poput: "Molim te, dobro mi čuvaj srce. Spakovao sam ga u istu torbu s dušom i mislima koju sam poslao s tobom..." Uvijek je znao šta da kaže da se ne bih osjećala usamljenom. U mojim pismima njemu, pričala sam o baki i o svim cool mjestima na koja me je vodila. Uvijek sam priželjkivala da je bio sa mnom i nisam mogla dočekati da ga opet vidim i dodirnem.

Također sam bila u kontaktu i sa Danom i Damirom. Dana me je nazvala rano jednog jutra, jer je bila jako uzbuđena i nije mogla dočekati da mi kaže da su ona i Kemal planirali izlet na Kozaru na četiri dana bez roditeljskog nadzora. Znala sam šta je to značilo. Kazala mi je da je cvjetala od radosti. Nisam znala šta se između njih dogodilo tog ljeta, ali je bilo očigledno da su bili zaljubljeni jedno u drugo do ušiju. Damir i Toni su, također, još uvijek bili zajedno. Toni je, početknom jula, vodio Damira u Vukovar da bi ga upoznao sa svojim roditeljima, koji su bili vrlo ljubazni i gostoljubivi, zbog čega se Damir osjećao tužno i depresivno, jer njegovi roditelji nisu bili tako razumni. Znao je da nikad ne bi bilo moguće predstaviti im Tonija kao svog dečka. Kao rezultat tog sveg samosažaljenja i depresije, Damir je počeo pušiti.

Dani su prolazili brže nego što sam mislila da će prolaziti i odjednom je bilo vrijeme da idem kući. Moji roditelji su nas iznenadili s tim što su se pojavili pred bakinom kućom sedam dana prije nego što sam se trebala vratiti. Željeli su provesti malo vremena s bakom i mene odvesti kući, tako da ne bih morala ići autobusom. Činili su se sretnim što su bili zajedno. Majka je konačno završila sa školom i nije više morala ići u Banja Luku. Dobila je ponudu za posao glavnog kuhara u velikom restoranu u hotelu Prijedor, ali je još uvijek pregovarala o plati. Činilo se da su moji roditelji bili izgladili probleme koje su imali i konačno smo ponovo bili prava porodica. Pokazala sam im svu novu odjeću koju mi je kupila baka. Mnogo smo se slikali kad smo išli u razgledanje okoline. Zadnja sedmica tamo mi je bila i naj bolja. Svi smo plakali kad je bilo vrijeme za odlazak.

POGLAVLJE 6

Džani, Dana i Damir su nestrpljivo čekali da stignemo kući. Sjedili su ispod duge, visoke vinove loze koju je tata zasadio prije nekoliko godina da nam pravi hlad. Napravio je stol i dvije klupe ispod nje u dvorištu naše zgrade u kojoj je bilo samo šest stanova. Bila sam prijatno iznenađena kad sam ih vidjela i nisam ni pokušala prikriti uzbuđenje pred roditeljima, koji su se samo nasmijali i otišli unutra. Kopala sam po torbama u potrazi za suvenirima koje sam im kupila. Damiru sam kupila smeđu, okruglu pepeljaru, koja je bila napravljena od drveta. Natpis "Pula" je bio urezan sa strane. Unutra se nalazilo zlatno sidro (za sreću) prekriveno staklom.

Dani sam kupila nove sandale koje je već dugo htjela, ali nije mogla naći nigdje u prijedorskim trgovinama. Kajšovke su u to vrijeme bile jako popularne. Također sam joj kupila i okvir za sliku na kojem su se nalazila dva delfina i valovi. Na lijevom uglu je pisalo "najbolji prijatelji" i iza stakla sam stavila našu staru sliku iz škole.

Dvoumila sam se da li Džaniju da dam njegov poklon ili ne. Baka Anđa me upozorila da bi on to mogao shvatiti na pogrešan način i misliti da mu predlažem brak.

Ali ja sam samo htjela da ima nešto od mene. Nešto od čega se ne bi morao odvajati. Bio je to zlatni lanac. Nije bio jako debeo. Po sebi je imao male kristalne tačkice koje su izgledale poput dijamanata. Razlog što me je toliko privukao taj zlatni lanac je bio mali, srcoliki privjesak. Većina muških lančića nije imala privjeske i bila sam jako sretna kad mi je zlatar rekao da bi mogao na njega ugravirati šta god da sam htjela. Rekla sam mu da napiše moje ime. Mislila sam da je bio savršen za Džanija, ali sada više nisam bila tako sigurna. Šta ako je baka bila u pravu? Sigurno sam bila premlada za brak. Morala sam prvo na fakultet, pa započeti karijeru, pa tek onda—možda—brak.

"Selma," šapnula je Dana, "jesi li šta donijela Džaniju?" Bila je direktna i znatiželjna kao i uvijek.

"Izvinjavam se," pročistila sam grlo, "malo sam sanjarila. Mislim da sam još uvijek previše umorna od puta," odgovorila sam smiješeći se nervozno. Zavukla sam ruku u torbu i izvadila malu kutijicu govoreći: "Evo, ako ti se ne sviđa, mogu ga dati tati."

Pogledao me je iznenađeno, vjerojatno se pitajući šta je to bilo što bi i on i moj tata mogli koristiti, i polako je otvorio kutiju.

"Oh, Selma, prelijep je," čula sam Danin zadivljeni glas i odmah sam se pokajala što sam mu poklon dala pred njima. *Sada neću znati da li je njegov izraz lica uistinu bio sretan, ili samo pristojna maska koju je nabacio zbog njih.*

Činio se oduševljenim i odmah ga je stavio oko vrata. Zakleo se je da ga nikada neće skidati. Čvrsto me je zagrlio i poljubio. Njegov pojubac je bio dug i strasan.

"Vau ..." je bilo sve što sam mogla reći, ošamućena. Disala sam neravnomjerno i brzo. Džani i Dana su me te večeri iznenadili zabavom dobrodošlice u Džanijevoj kući. Moji roditelji su, navodno, znali za to, tako da mi nisu postavili milion pitanja kad sam upitala da idem.

Bilo je tu oko petnaest do dvadeset ljudi, uglavnom prijatelji iz moje i Danine škole. Tog vikenda, Džanijevi roditelji nisu bili kod kuće, ali su mu rekli da je bilo u redu pozvati nekoliko prijatelja.

Obukla sam tamnoplavu mini suknju koju mi je kupila baka Anđa i bijelu majicu na bretele da pokažem svoj novi ten. Svoju, od sunca izblijedjelu, kosu sam podigla u visoki rep i, umjesto šminke, na usne sam stavila samo sjaj boje jagode.

Vožnja od moje do Džanijeve kuće je bila kratka. Njegovi roditelji su imali lijepu, veliku kuću koju su izgradili prije nekoliko godina. Godinama su živjeli i radili u Njemačkoj, ostavljajući Džanija sa njegovom starom nenom kada je bio mali, kako bi pokušali uštedjeti dovoljno novca da sruše staru i izgrade novu kuću. Džani je parkirao automobil i otvorio mi vrata. Začula sam glasnu muziku iz kuće prije nego što smo stigli do dvorišta i odmah sam znala šta se dešavalo.

"Hm, izgleda da ti komšija ima zabavu," rekla sam osmjehnuvši se.

"Da, morat ću se žaliti zbog glasne muzike." Odgovorio je Džani, smiješeći se.

"Zvuči kao dobra zabava. Možda smo trebali malo navratiti," nastavila sam u šali.

Podigao mi je ruku i poljubio je. "Selma, znaš da ovo ja slavim tvoj povratak. Tako sam sretan što si tu," rekao je, gledajući me u oči. Osjetila sam leptiriće u stomaku.

Kuća je bila velika i iz vana je lijepo izgledala. Kratki, crveni puteljak od cigle je vodio od pločnika do kuće. Sa obje strane puteljka se nalazila kratka trava, a uz kuću, mnoštvo cvijeća. Bila je izgrađena u tradicionalnom bosansko-muslimanskom stilu, ali modernizirana, pa je na prizemlju, umjesto nadzemnog podruma, bila garaža s velikim vratima čija se boja slagala sa ostalim bojama kuće. Fasada je bila tamno zelena, sa bijelim rubom. Svi prozori su bili staromodni evropski, sa svijetlo narandžastim okvirima i odgovarajućim roletnama.

Ulazna vrata su bila visoka i masivna. Ljudi su izlazili iz kuće na malu verandu, smijući se i razgovarajući.

"Dobrodošla kući!" Zagrmjeli su uglas kad smo ušli unutra. Bila sam tako iznenađena. Većinu ljudi koji su bili tamo sam poznavala iz škole. Bilo je tu i nekoliko osoba za koje sam mislila da nisu odobravali moju i Džanijevu vezu. Sad su se i oni smijali i razgovarali, pokušavajući nadglasati muziku.

Malo smo prošetali po dnevnom boravku, pozdravljajući se sa svima. Neko mi je dao pivo koje sam probala po prvi put. U početku sam mislila da je mirisalo na mokraću, ali što sam više pila, to mi se više sviđalo. Nakon što sam popila i drugo, Džani mi je dodao šoljicu kafe, nježno mi poljubio usne i šapnuo: "Selma, ako se napiješ, iskoristit ću te ..."

"U tom slučaju, daj mi još jedno!" Rekla sam, smijući se glasno. Znala sam da je on bio moj glas razuma i da me nikada ne bi iskoristio na takav način. Pila sam svoju šoljicu kafe govoreći: "Džani, znaš da nikad prije nisam vidjela unutrašnjost tvoje kuće. Što me ne povedeš na obilazak?"

"Pa, dobro. Hodi," rekao je, posegnuvši za mojom rukom.

"Ovo je dnevni boravak," počeo je. "Sa tvoje lijeve strane se nalazi formalna trpezarija koja vodi u kuhinju." Polako smo krenuli prema kuhinji. Slušala sam njegov lijepi, melodični glas pažljivo, ali ipak nisam mogla, a da ne primijetim kako velika kuhinja je bila. Lonci i šerpe su visili iznad pulta u sredini prostorije. Tu su, također, bili električni šporet, sudoper i daska za rezanje, koja je bila velika kao pola pulta. Svi kuhinjski ormarići su bili bijeli, a visoki frižider je bio napravljen od nehrđajućeg čelika.

"Šta se nalazi iza onog kružnog zida kod dnevnog boravka?" Upitala sam, prisjećajući se da mi to nije pokazao.

"Mali w-c, ili kako ga moja mama—koja je jako ponosna na njega—naziva 'soba za puderisanje'," odgovorio je, smješkajući se. "To je, ustvari, wc za goste. Unutra se nalaze samo šolja, bide i umivaonik. Nema kade."

Bila sam impresionirana njegovom velikom, modernom kućom.

"Idemo dalje," nastavio je, imitirajući vodiča, "ovdje imamo još jednu dnevnu sobu. To nam je porodični dnevni boravak. Onaj drugi je više za goste."

Između kuhinje i dnevne sobe nije bilo vrata, samo okrugli stol i četiri stolice boje trešnje. Prva stvar koja mi je privukla pogled je bio ogromni kamin od cigle boje kestena na kojem je stajala slika sa motivima moderne umjetnosti. Pored slike su bili poredani veliki svijećnjaci ispunjeni debelim, mirisnim svijećama bijele boje. Lijevo od kamina, između kuhinje i dnevne sobe, su se nalazila velika balkonska vrata koja su vodila u stražnje dvorište. Na desnoj strani kamina, nalazila se bijela vitrina s velikim televizorom, video rekorderom, muzičkom linijom i stotinama video kaseta. Bijeli ugao je okupirao jedan cijeli zid i pola drugog. Na sred sobe se nalazio stakleni sto. Na dnu sobe su bila vrata plave boje koja su vodila u sobu za igranje, napravljenu za djecu Džanijeve sestre koja su dolazila u posjetu samo jednom ili dvaput godišnje.

"Ova vrata," nastavio je Džani, pokazujući na vrata na drugoj strani hodnika, "vode u podrum. Moj tata dole gradi zatvoreni bazen, ali još uvijek nije završen i pun je prašine od građevinskih radova, tako da mislim da je bolje da odgodimo razgledanje tog dijela kuće dok se ne završe radovi." Sviđala mi se činjenica da je rekao da ćemo to "odgoditi", što je značilo da ćemo to jednog dana sigurno vidjeti.

"Okej." Rekla sam, "A gdje je tvoja soba?" Nasmijala sam se vragolasto, gledajući u njega upitno.

Nasmijao se je glasno i on, očito iznenađen, "Bože, Selma. Polako. Ne sikiraj se, nećemo je promašiti. Vidiš ove stepenice? One vode na drugi sprat."

Zid pokraj stepenica je bio prekriven obiteljskim fotografijama: Džani kao beba, školske godine, njegova stara nena i on, itd. Na drugom spratu mi je pokazao glavnu i još dvije spavaće sobe. Tu su bila još i dva kupatila. U jedno od njih se ulazilo iz glavne spavaće sobe, koja je pripadala Džanijevim roditeljima. Po cijeloj kući su visile impresivne slike. Ja nisam znala puno o umjetnosti, ali su mi sve te slike izgledale skupe.

Odozdo smo čuli ljude kako pjevaju i plešu. Neko je donio

harmoniku oko koje su se svi okupili i pjevali stare narodne pjesme.

Nastavili smo na treći sprat. Gore se nalazila samo jedna velika soba sa plafonom od stakla. To je bila Džanijeva soba.

Krevet je bio gurnut uz lijevi zid, a nasuprot njega se nalazio mali, crni TV i video rekorder na smeđoj vitrinici u ćošku. U uglu sobe je stajao veliki, crni klavir. To me je jako iznenadilo. Nisam imala pojma da je Džani znao svirati.

"Znaš svirati klavir?" Upitala sam, upirući prstom u njega.

"Oh, to je mamino. Pokušala je i mene naučiti da sviram, ali ja ne znam ... jednostavno ne shvatam kako. Mislim da su za to krivi moji debeli prsti," rekao je on, smijući se i mašući prstima koji uopšte nisu bili debeli, nego dugi i savršeni. Razgledajući okolo, pogled mi se zaustavio na njegovom krevetu. Primijetivši u šta sam gledala, Džani me je, bez upozorenja, zgrabio i oboje nas bacio na krevet. Prvo sam bila ostala bez riječi, malo usplahirena od iznenadne bliskosti, a onda smo se oboje počeli smijati. Smijala sam se, zastajući samo da udahnem, dok me obrazi nisu zaboljeli. Pogledala sam u Džanija koji se također smijao i gledao u mene. Pogledi su nam se sreli. Smijeh je utihnuo. Dugo me je samo gledao. Srce mi je usporilo u kucanju. Žudjela sam da prostor između nas nestane. Onda smo se počeli halapljivo ljubiti. Međutim, nakon samo nekoliko minuta, on se—na moj užas—odmaknuo. Zadirkujućim glasom me je podsjetio da sam ranije popila dva piva i da na takav način nije htio iskoristiti jadnu, pijanu djevojku. Nasuprot tome što se smijao, bilo je očigledno da me je želio isto onoliko koliko sam i ja željela njega. Način na koji je gledao u moje oči mi je rekao više nego što bi riječi ikada mogle.

"Džani," šapnula sam bojažljivo.

"Molim?"

"Volim te." Izustila sam stidljivo. Njegove oči su bile ispunjene toplinom i ljubavi kad je rekao: "Ja tebe volim više."

POGLAVLJE 7

Nakon tog izvanrednog dana, Džani i ja smo postali nerazdvojni. Samo bi bili rastavljeni kad bi bili u školi. Odlučio je u avgustu, ipak ne ići u Srbiju. Mnogi koji su bili protiv rata su odlučili ne prijavljivati se u vojsku. Uglavnom su to bili muslimani i katolici. Otkako je Slobodan Milošević izabran za predsjednika Srbije, navijao je za "Veliku Srbiju", polažući prava na sva područja gdje su živjeli Srbi, tako da je većina ljudi mislila da to ne bi bila borba za ujedinjenu Jugoslaviju, nego za Veliku Srbiju.

Moji prijatelji i ja nikad nismo razgovarali o politici. Džani se preselio kod svog strica tako da, u slučaju kad bi regruti došli po njega s namjerom da ga prisilno pošalju u vojsku, ne bi ga našli kod kuće. Džanijev stric je stanovao u mojoj ulici, pa nam se zbog toga bilo još lakše viđati. Džani je, također, odgodio odlazak na fakultet dok se politička situacija ne bi poboljšala.

Iznenadilo me je to koliko je srednja škola bila drugačija i teža od osnovne.

Damir i Dana su išli u mješovitu srednju školu, što je značilo da je u jednoj školi bilo puno različitih smijerova. Oboje su se odlučili studirati hemiju. Sve troje smo zajedno imali fizičko. Sve naše srednje škole su se nalazile u velikom kampusu i dijelile su jednu salu za fizičko, tako da je tu uvijek bilo nekoliko razreda koji su u isto vrijeme igrali fizičko. Uživala sam u tome što smo se Damir, Dana i ja svakog utorka i četvrtka viđali na fizičkom, a nakon toga, imali smo veliki odmor, što bi nam dalo priliku da razgovaramo i družimo se.

U novembru 1990-te godine, Stranka Demokratske Akcije, nazvana SDA, koja je imala jaku podršku od muslimanskog naroda, osvojila je većinu glasova, ali ne i većinu mjesta u prijedorskoj skupštini. Opštinska vlast Prijedora, sada je bila podijeljena između srba i muslimana.

"Bit će sve u redu," moj tata bi govorio kad god bismo spomenuli rat. "Kažem vam, čak i ako se zarati, naši prijatelji i susjedi, Srbi, neće dopustiti da nam se nešto desi."

Moj otac je još uvijek slijepo i naivno vjerovao u komunizam, bratstvo i jedinstvo. Damir i Toni su se počeli po malo svađati zbog politike. Damir je snažno branio JNA i srbijanskog predsjednika Miloševića. Toni, međutim, je bio zabrinut zbog rata u Hrvatskoj. Mnogo je patio, jer su mu nedostajali roditelji, rodbina i prijatelji. Svaki put kad bismo se sreli na velikom odmoru, Damir bi pokušavao razgovor o njihovim svađama, nadajući se da bi Dana i ja stale na njegovu stranu, ali mi smo obje bile protiv Miloševića i njegovog režima. Damir nije odobravao to što smo poredile Miloševića sa Sadamom Huseinom. Svaki dan je zvučao sve više i više poput njegovog oca, Radovana, koji je ponosno nosio svoju uniformu kad je išao u Hrvatsku i tamo ubijao nedužne ljude.

Dana i ja smo voljele ići na koncerte za mir, kojih je svake sedmice bilo sve više. Najbolje od svega je bilo to što smo besplatno mogle gledati poznate pjevače i komičare. Obično su postavljali pozornicu ispred Patrije, koja je u to vrijeme bila najveći šoping centar u Prijedoru. Na hiljade ljudi bi se pojavilo da gledaju i bodre pjevače. Dana i ja smo čak nekoliko puta pobjegle s časa da bi mogle ići na koncerte.

Jednog dana, ona nije došla u školu. Kad sam kasnije nazvala da provjerim je li sve bilo u redu, njena majka me je uvjerila da je sve bilo dobro i da je ona samo imala neke privatne stvari koje je morala obaviti. Te večeri sam nagovorila Damira da odemo do nje na biciklima i iznenadimo je.

Kad smo stigli, vidjeli smo Daninog oca kako hrani svinje. Nije ni pogledao u našem pravcu. Znali smo da nas je morao vidjeti, ali je potpuno ignorisao naše pozdrave.

Kad sam ga upitala da li je Dana bila kod kuće, on je samo i dalje nastavio raditi kao da nisam ni bila tu. Začuđeno sam pogledala u Damira, ali on je samo zbunjeno slegnuo ramenima.

"Izvinite gospodine Guzina," rekao je Damir malo glasnije, "znate li da li je Dana kod kuće?" On je sada pogledao u Damira i odgovorio mu da je Dana bila unutra s majkom. Nekoliko trenutaka kasnije, iznenađena Dana je istrčala, pa me onda jako zagrlila, zbog čega sam odmah zaboravila na ružno ponašanje njenog oca. Mislila sam da su možda imali neke privatne probleme o kojima nisam znala i da će mi Dana kasnije sve ispričati. Pozvala nas je unutra. Vidjela sam njenog brata kako stoji u dnevnom boravku, obučen u vojno odijelo. *Hmm, to je vjerovatno razlog što se ovako čudno ponašaju; zabrinuti su zbog Aleksandra*, razmišljala sam nevino. Dana nas je odlučila odvesti u njenu sobu gdje je bilo manje napetosti.

Prva stvar koju sam uočila kad sam ušla u njenu malu sobu je bio novi, veliki portret Slobodana Miloševića na zidu. Odlučila sam ništa ne reći, pitajući se da li ju je otac natjerao da sliku objesi baš tu. Bila sam sigurna da će se Dana početi žaliti o tome čim sjednemo, kao što je to učinila kad ju je otac natjerao da tu objesi Titovu sliku, koje sada nije bilo. Ponudila nas je koktom i tiho sjela na mali kauč pokraj prozora. Kako je prolazilo vrijeme, sve mi je postajalo jasnije. Osjećala sam se neugodno. Vidjela je da sam nekoliko puta pogledala prema portretu, ali nije nudila objašnjenje. Samoj sam sebi govorila da me se to nije ni ticalo. Ali, zrak je postajao sve teži i nisam mogla dočekati da odem odatle.

Damir i ja smo se šutke vozili kroz grad. On nije spominjao portret, a ja nisam htjela prva ništa reći, tako da smo se samo vozili u tišini, okupirani vlastitim mislima.

Tu cijelu sedmicu Dane nije bilo u školi i svaki put kad bih je nazvala, njena mama bi se javila i davala mi razne izgovore što se Dana nije mogla javiti na telefon. Bila je previše zauzeta. Uvijek je, ili pomagala tati, ili je bila u prodavnici, itd. Nisam imala pojma šta se to s njom dešavalo, ali sam se nadala da da će se uskoro osvijestiti i vratiti u školu.

Jednog dana kad sam došla kući iz škole, tata mi je rekao da hitno nazovem Kemala.

"Nije rekao o čemu se radi, ali je već zvao i pedeset puta!" Rekao je tata ljutito.

Dok sam se pripremala da ga nazovem, telefon je zazvonio. Potrčala sam da se javim u nadi da je bila Dana.

"Molim?" Digla sam slušalicu nakon prvog zvona.

"Selma, zar ti Ivo nije rekao da me nazoveš? Otkad te pokušavam dobiti!" Zaurlao je glas iz slušalice.

"Kemo, taman sam okretala tvoj broj." Lagala sam. "Šta ima?"

"Jesi li se čula s Danom?" Brzo je upitao. "Nazvala me je i prekinula sa mnom preko telefona! Nije rekla ni zašto," nastavio je glasno, ne čekajući moj odgovor, "najgore je to što nisam ni bio kod kuće kad je nazvala, što je morala znati, jer sam joj rekao da idem kod Asima da se oprostim s njima, jer sutra odlaze u Austriju. Ostavila je poruku mojoj mami, rekavši joj da je i ne pokušavam nazvati i da smo kvit."

"Ne znam šta da ti kažem ..." rekla sam mu iskreno ispričavši mu kako Dana nije dolazila u školu i kako sam vidjela Miloševićevu sliku u njenoj sobi i da mi nije htjela uzvratiti ni jedan telefonski poziv.

"To je sve krivica njenog oca! Saznao je za nas i sigurno joj je zabranio da se više viđa sa mnom!" Vikao je Kemal uplakanim glasom.

Kad smo završili razgovor, bili smo zbunjeniji nego što smo prije bili.

Pogledala sam u tatu. On je samo slegnuo ramenima, ne znajući šta da kaže.

Dani su polako prolazili dok sam svakodnevno išla u školu. Dana se nije vraćala, niti je uzvraćala moje pozive. Sve više omladine je prestajalo ići u školu. Brinuli su se o vlastitoj sigurnost, ne znajući gdje i kada će rat početi. U junu 1991-ve godine sam završila prvi razred srednje škole sa vrlo dobrim uspjehom. Tata nije mogao biti sretniji nego što je bio zbog mojih dobrih ocjena. Pokušavao je ignorisati očitu privlačnost između mene i Džanija, ali nije uspijevao, tako da nam je, ipak, malo popustio. Ponekad bi, čak, pustio da Džani ostane malo duže u noć i da s nama gleda televiziju. Svaki put kad bi moja mama kuhala nešto novo, pozvali bi Džanija, Damira i Tonija da dođu i isprobaju jelo. Voljeli smo naša mala, ugodna okupljanja. U oktobru, Helena je rodila dječaka kojem je dala ime Jakob, po našem pokojnom djedu Jakovu. Dobro se slagala sa Samirom i njegovom djecom, što nas je sve jako iznenadilo. Njena svekrva je bila vrlo religiozna muslimanka i pokušavala je naučiti Helenu kako biti seksi, ali puna poštovanja.

"Ako se malo prikriješ, muškarci će imati o čemu maštati," rekla bi ona, "a ako smanjiš ton i progovoriš malo tiše, čovjek će ti se morati približiti da bi te čuo zbog čega bi onda osjetio miris tvog parfema, kako bi onda poželio da ti se još više približi i otkrije tvoje tajne. Ne moraš mu odmah pokazati sve što imaš. Pusti neka se potrudi i ganja te malo. Znaš da su muškarci još uvijek malo primitivni; vole dobru potjeru, lov..."

Nije tražila od Helene da nosi maramu na glavi, ali ju je svake sedmice vodila u džamiju da bi je malo naučila o muslimanskoj vjeri. Nakon nekog vremena, Helena je počela nositi duge suknje i tiho govoriti. Nije se ni s kim svađala i često je ostajala kući sama s djecom. Nakon nekog vremena, bila je za ne prepoznati, ali na dobar način.

U septembru, 1991-ve sam krenula u drugi razred srednje škole, iako su škole bile gotovo prazne. To je bilo prvo ljeto da nisam išla u Hrvatsku posjetiti baku Anđu. Moj tata ju je pokušao uvjeriti da se bar za sad preseli kod nas, ali ona nije htjela napustiti svoj dom, što se kasnije pokazalo kao pravi izbor.

Bila sam sretna što se nisam morala odvajati od Džanija. Sama pomisao i na najmanju njegovu odsutnost me fizički boljela. Njegova mama je i dalje inzistirala na tome da se on preseli u Njemačku.

"Mogao bi tamo pokušati upisati fakultet, da ne gubiš još više vremena nego što si već izgubio," rekla je, pokušavajući drugi pristup, ali na njega ništa nije utjecalo. Živio je sa svojim stricem nedaleko od mene i svaki slobodan trenutak je provodio sa mnom.

Bila sam prijatno iznenađena kad sam saznala da je bio dobar u fizici. Sretno je ponudio da me podučava, što smo koristili kao izgovor da provodimo još više vremena nasamo, "učeći." Moj tata se nije bunio zbog toga, samo nek' nismo bili sami u kući, a i vrata između kuhinje i dnevnog boravka su morala biti otvorena. Džani me je, također, učio da govorim engleski jezik.

Strani jezik koji sam ja učila u školi je bio njemački, a Džani je učio engleski, što je bio puno bolji izbor obzirom da smo gledali filmove na engleskom i morali smo čitati prevod. Tako smo imali priliku čuti tačan izgovor tog jezika. Igrali smo jednu smiješnu igru koju smo sami izmislili: pričali bismo samo engleski i kad bi neko pogriješio, nije mu bilo dopušteno da poljubi ili dodirne ono drugo tokom sljedećih sat vremena, što je bilo jako dugo, naročito kad bi druga osoba zadirkivala i pokušavala zavesti 'kažnjenika' dodirima, nježnim poljupcima ili šaputanjem provokativnih stvari kako bi ovaj popustio. Bila je to naša tajna igra i bilo mi je drago što smo imali nešto što nije pripadalo nikom drugom nego samo nama dvoma. Ja sam pravila puno grešaka, uvijek željna njegovih poljubaca.

Džani mi je tad sve značio. Već smo do tad zajedno bili prošli kroz mnoge stvari. Bio je tu da me utješi kad mi je Roksi umrla i bio mi je rame za plakanje kad me je Dana iznenada odbacila. Nikada mi nije rekao ništa loše o njoj, samo je govorio da je sigurno imala dobar razlog što se ponašala na takav način. I dalje smo se puno ljubili, ali ništa više od toga.

Nisam uspjela završiti drugi razred srednje škole. Ubrzo nakon

Nove 1992-ge godine, stvari su postale jako čudne i zastrašujuće. Veliki broj mojih kolega Srba - pravoslavaca je nosio vojne uniforme. Međusobno su se počeli nazivati četnicima. Svi su bili naoružani. Podizali bi tri prsta svaki put kad bi prolazili. Veliki kamioni puni srpskih vojnika su prolazili kroz grad i danju i noću.

Međutim, ljudi su i dalje živjeli kao da se ništa čudno nije dešavalo, kao da je viđanje tenka na ulici bila najprirodnija stvar na svijetu.

Ime Milomir Stakić se često spominjalo na radiu. Navodno, on je uspostavio srpsku vladu u mom gradu i u aprilu su srbijanski političari proglasili srpsku autonomnu regiju bosanske krajine, kojoj je pripadao i Prijedor. Čuli smo priče da su se Milošević i Tuđman tajno složili da podijele Bosnu između Hrvatske i Srbije u sporazumu poznatim pod prijedlog Radovana Karadžića. Naivno smo to smatrali samo pričama, ali na našu veliku žalost, te priče su se kasnije pokazale istinitima.

U Prijedoru je tad bio uspostavljen policijski sat kojeg su se svi morali pridržavati; glasne sirene bi se oglasile u deset navečer i bez obzira gdje si bio, morao si se skloniti sa ulice.

Tokom 1991-ve, oružje je donošeno iz Srbije i dijeljeno Srbima u Prijedoru, pod izgovorom da je odbrana od muslimanskih ekstremista bila neophodna. Otvoreno je devet novih policijskih stanica, a svako ko nije bio Srbin, dobio je otkaz s posla.

Otkako su Hrvatska i Slovenija proglasile svoju neovisnost od Jugoslavije u junu 1991-ve, ljudi su odvođeni u vojsku.

Većina naših komšija Srba, sada je bila u vojsci, a onaj ko im se nije htio pridružiti, smatran je izdajicom. Regruti su tri puta do tad posjećivali mog tatu, ali on je odbio da ide u rat i bori se protiv vlastite majke u Hrvatskoj. Telefonske linije nisu radile, pa baku Anđu nije mogao ni nazvati. Bio je veoma zabrinut za nju. Svaki put kad bi se Radovan vratio kući iz Hrvatske, tata bi išao kod njega da ga moli za bilo kakve informacije o njoj; gdje je bila i šta se događalo u Hrvatskoj. Radovan bi ga se obično riješavao time što bi rekao da ništa nije znao. Ponekad bi mu dao nekoliko cigareta koje su vojnici dobivali besplatno.

Toni dugo nije znao šta se dogodilo s njegovom porodicom u Vukovaru. Kasnije je saznao da mu je cijelo selo bilo spaljeno do zemlje i da su mu roditelji i sestra, zajedno sa djedom i bakom i mnogim rođacima bili strijeljani. Četnici su im zapalili crkvu, pa su ih onda okupili na jednom mjestu i mučili na razne načine. Pored ostalog, tjerali su ih da kleknu na koljena i da se njima, četnicima, mole kao Bogu. Na kraju su ih sve pobili. Bili su to obični civili, zemljoradnici: bake, deke, žene i djeca.

Radovan je mnogo puta išao u Hrvatsku i svaki put kad bi se vraćao, bio bi sve više iscrpljeniji. Počeo je mnogo piti i ni s kim nije htio razgovarati.

Tridesetog aprila 1992-ge godine, Srbi su, bez ijednog ispaljenog metka, preuzeli vlast u Prijedoru.

Sljedećeg jutra kad je moja mama otišla na posao, SDS-ova zastava je bila postavljena ispred hotela Prijedor i hrpa vojnika i stražara je stajala ispred ulaza. Rekli su joj da se vrati kući. Istog jutra, moj tata je obaviješten da je i on, također, dobio otkaz.

Ubrzo nakon toga nam je nestalo hrane i novca. Nekad smo išli kod nene Aiše da posudimo hrane. Oni su imali malu farmu na oko dva sata hoda udaljenosti od grada. Njihova mala kuća, usred ničeg, me podsjećala na neki davno zaboravljeni dvorac. Kad sam bila mala, glumila sam da sam bila princeza, zarobljena u tom dvorcu.

Voljela sam ići tamo. To je bilo moje tajno, skrovito mjesto. Kilometrima je bilo udaljeno od glavne ceste. Ljeti bi kuća potpuno nestala u kukuruznim i suncokretovim poljima. Nije bila baš nešto velika, ali je bila udobna i prijatna. Boja joj je bila jednostavno bijela i imala je tamno-crveni krov. Rubovi oko prozora su bili izblijedjeli, ali vidjelo se da su nekada bili zeleni.

Od uske ceste, kratka staza je vodila do male, četvrtaste verande gdje je moja nena Aiša držala rezervni šporet kojem nije bila potrebna električna energija, nego drvo. Bio je jako star. Aiša ga je tu držala da ne bi morala kuhati u kući kad bi na vani bilo previše vruće. Nisu imali klimu u kući, tako da su sve prozore držali zatvorenim i zatamnjenim tokom dana, a noćima bi ih otvorili kako bi u kuću upustili svjež zrak. Bio je to moj magični svijet.

Mamini roditelji, Aiša i Adem su imali devetoro djece-sedam kćerki koje su se poudale i odselile, i dva sina, Huseina i Aleta, koji su ostali na farmi nakon što su se pooženili. Obadvojica su bili počeli graditi odvojene kuće u blizini, ali nisu imali dovoljno novca da plate građevinsku kompaniju, tako da su većinom sve radili sami kad bi imali vremena. U međuvremenu, živjeli su kod dida i nene.

Iznutra, kuća je izgledala lijepa i uredna. Nisu imali neki moderan namještaj, ali ono što su imali je bilo udobno i čisto. Mali dnevni boravak je bio samo dovoljno velik da su u njega mogli stati samo dva kauča, stol i mali, stari televizor. Kuhinja je bila svačija omiljena prostorija u kući, posebno u zimskim mjesecima. Ugaona sećija u njoj je bila napravljena od hrastovog drveta, a tanki ćilimi koje je nena stavila na klupe su se slagali sa stolnjakom i crveno-bijelim zavjesama. U ćošku se nalazio mali, bijeli frižider. Kuhinjski ormarići su bili zeleni sa bijelim ručkama. Mali hodnik je dijelio kuhinju od kupatila. Spavaće sobe su se nalazile na spratu.

Oko kuće su imali mnogo zemlje i nigdje na vidiku susjedne kuće. Nekoliko metara od kuće, nalazila se mala šupa u kojoj je moj dido držao alat. U blizini se nalazila i mala štala. Imali su crnog rotvajlera po imenu Cigo, kojeg su držali na dugom lancu kako bi, tokom noći, mogao hodati po imanju i čuvati kuću. Ja sam se trudila biti što dalje od njega.

Isprva smo sve troje išli na ove male izlete u posuđivanje hrane. Budući da moji roditelji sada nisu imali posla i razlog za vraćanjem, ostajali bismo tamo i po nekoliko dana. Moj tata bi pomagao oko poslova u polju, tako da se ne bi osjećao kao da je išta uzimao bezplatno. No, kako su dani prolazili i ratna situacija postajala gora, mama i ja smo same išle na ove izlete. Postalo je opasno za muslimanske i katoličke muškarace da budu vani. Neki od njih su jednostavno nestali.

Najgore je bilo kada je jedan od naših susjeda, Ostoja, jednog dana navratio i rekao mom ocu da je vojsci bio potreban naš auto i jednostavno ga je odvezao. Ništa nismo mogli učiniti da ga u tome spriječimo.

Majka i ja smo sada morale pješke ići dva sata tamo, pa dva sata nazad. Teže je bilo kad smo se vraćale, jer smo u rukama nosile teške torbe pune hrane. Morale smo vezati bijele vrpce oko ruku kako bismo pokazale da nismo bile srpkinje. Prošle bi pokraj tri vojna punkta prije nego što bi konačno stigle. Na svakom punktu su tražili da se predstavimo. Zapisali bi naša imena i vrijeme kad smo rekle da ćemo se vratiti. Ako se ne bismo vratile do onda kada bi rekle da bi, oni bi poslali nekog po nas. Nikom nije bilo dopušteno da zadrži goste preko noći. Izgovor je bio taj da nisu htjeli da neko skriva muslimanske ekstremiste.

Nekad nam je naša prva komšinica, Amina, koja je bila u braku sa srpskim vojnikom, davala hranu i cigarete. Zamolila nas je da nikom ne kažemo da nam ona pomaže, jer je njen muž već bio pod prismotrom zato što je bio oženjen muslimankom. S vremena na vrijeme, kada bi postalo jako loše i kada nismo imali baš ništa od hrane, Amina bi u zdjeli umiješala malo brašna, nekoliko jabuka isjeckanih na kocke, malo šećera i vode, a onda bi to pržila na vrelom ulju. Bilo je to jako ukusno.

Oko naše zgrade smo bili počeli viđati na hiljade crnih vrana. Neki vojnici bi pucali na njih kako bi ih rastjerali, ali su se one neprestano vraćale i u sve većim brojevima. Bio je to strašan prizor, kao u onom starom filmu u kojem su ptice napadale ljude. Starice su nam govorile da crne vrane predviđaju smrt.

"Ako vidiš crnu vranu," rekle bi, "sakrij oči, inače će ti kroz njih izvaditi dušu, a ako vidiš više od jedne, brzo se sakrij!"

Samo što se sada nismo imali gdje sakriti.

Moje noćne more o Suzani su sada bile još češće. U njima, ona me je uvijek pokušavala ugušiti ili upucati, a ponekad bi mi pokušala iskopati oči. Nisam znala šta više da radim. Izgovorila sam svaku molitvu koju sam znala na katolički i muslimanski način, ali ona se i dalje vraćala skoro svake noći da me proganja.

Džani i ja smo se sad manje viđali. Njemu je bilo sigurnije da ne izlazi iz kuće, a morao se vratiti kući, jer mu više nije bilo dozvoljeno biti kod strica. Telefoni su povremeno radili, ali komunikacija tim putem nije bila sigurna.

UN je bio postavio embargo na oružje u cijeloj Jugoslaviji. To je bilo jako loše, jer sada muslimani i katolici nisu mogli doći do oružja ni na koji način da bi se mogli odbraniti od JNA—treće vojne sile u svijetu—sada vođene srpskim ekstrimistima.

Išli smo na puno sprovoda naših srpskih prijatelja i mladih sinova naših komšija koji su služili u vojsci. Svi muškaraci i dječaci iz njihovih porodica su se morali prijaviti u vojsku, bez obzira koliko mladi su bili. Bilo je šesnaestogodišnjaka koji nisu ni vojsku odslužili, a koji su se morali prijaviti u vojsku, gdje im je mozak ispran, nakon čega su poslani u rat na Hrvatsku. Mnogi od njih su se vratili u kovčezima. Što je više srpskih vojnika ginulo u Hrvatskoj, to su više naše srpske komšije mrzile nas ovdje u Bosni.

Kad je bosanski parlament proglasio Bosnu i Hercegovinu kao samostalnu republiku, srpski čelnici su postavili svoju artiljeriju na Kozari i preuzeli kontrolu nad televizijskim transmiterom u blizini Prijedora koji se, također, nalazio na planini Kozara. Prenosi TV signala iz Zagreba i Sarajeva su bili blokirani.

U aprilu 1992-ge, kada je EEC priznao nezavisnost Bosne i

Hercegovine, srpski snajperisti su u Sarajevu napali mirne demonstrante koji su podržavali multietničku Jugoslaviju. Mnogi nevini ljudi su izgubili živote tog dana. Među njima je bilo i mnogo djece.

Vojni promatrači UN-a su, zbog sve veće opasnosti, bili povučeni iz Prijedora i Banja Luke. Bili smo prepušteni sami sebi, bez oružja, telefona, hrane i bez izlaza ... s ubicama i siledžijama.

Kako bi osigurao svoj opstanak, srpski križni štab u Prijedoru je preuzeo sve vladine urede. Dotadašnja srpska vlada koja se krila pod sjenom, pod vodstvom Milomira Stakića je sada preuzela kontrolu. Srpskoj policiji je bilo naređeno da slijedi srpski zakon, a ne bosanski. Srpske vlasti su pojačale pritisak na svo nesrpsko stanovništvo da predaju oružje.

Identifikacije su se sada tražile od svakog. Na prozorima svih prodavnica, bio je znak koji je glasio: "Ne uslužujemo muslimane i hrvate."

POGLAVLJE 8

Sredinom maja 1992-ge, moj otac je odveden na ispitivanje u policijsku stanicu gdje je zadržan preko noći. Idući dan, kad je majka otišla da ga vidi, stražar ju je zaustavio na vratima, ali nakon duže svađe, ipak ju je upustio unutra.

Otac je izgledao umorno i imao je modricu ispod desnog oka.

"Sabina," šapnuo je ne gledajući u nju, "ne dolazi više ovamo. Molim te čuvaj Selmu i ako ikako budete imale šansu, idite odavde. Sa mnom je sve gotovo." Glas mu se prelomio i izašao je iz sobe.

To je bio posljednji put da ga je majka vidjela. Ja se nisam mogla ni sjetiti zadnjih riječi koje smo nas dvoje razmijenili.

Ignorišući ono što joj je rekao, sljedećeg dana mama je opet otišla da ga vidi. Pred vratima je susrela jednog od starih radnih kolega. Bio je obučen u vojnu uniformu. Odveo ju je u stranu i tiho posavjetovao da ode kući, spakuje stvari i napusti grad. Da ode bilo gdje, samo da ne bude ovdje. Također joj je saopštio da je tata prevezen u Keraterm, nekadašnju tvornicu keramike u istočnom dijelu Prijedora, koja je sada bila pretvorena u koncentracioni logor iz kojeg je malo ko izašao živ.

Od sredine do kraja maja 1992-ge, srbijansko vojno osoblje koje se nalazilo u Bosni, pretvaralo je jedinice JNA u armiju bosanskih Srba, pod vođstvom generala Ratka Mladića. Vojska bosanskih Srba je morala surađivati sa brojnim srpskim paravojnim jedinicama. Arkan, čovjek kojeg su kasnije nazvli "Koljač", i njegovi ljudi su se preselili u hotel Prijedor.

Dvadeseti maj 1992-ge godine je bio zadnji put da smo majka i ja posjetile nenu Aišu. Ostale smo samo nekoliko sati. Nena nam je u kesice spakovala malo brašna i povrća, a dido Adem nam je dao svoj bicikl da nam olakša u nošenju teških kesa.

Rastali smo se plačući i ljubeći više nego obično, ali ono što mi je najviše ostalo u sjećanju od tog dana je bio njihov pas, Cigo. Cijelo vrijeme je cvilio kao štene, i mogla bih se zakleti da sam vidjela suze u njegovim očima. Vukao je i tegljio lanac sve dok ga dido konačno nije oslobodio. Zatim je slijedio majku i mene sve dok nismo stigle do prvog vojnog punkta, gdje se sakrio u visokoj travi i gledao nas tužnim očima. Kao da je znao da je ovo bio zadnji put da nas je vidio. Mi, naravno, nismo imale pojma da će se u tri naredna dana naš cijeli svijet u potpunosti raspasti.

Na punktu nam je jedan od vojnika prišao i upitao šta je bilo u kesama. Bio je otprilike mojih godina. Mi smo mu rekle da je u kesama bila samo hrana, ali on se htio uvjeriti da nismo nosile oružje, pa je na pločnik ispraznio jednu po jednu kesu. Majka i ja smo samo stajale i iznenađeno ga gledale. Nakon što je pregledao kese, prišao mi je i rekao:

"I tako, ponovo se srećemo, ha Selma?" Bila sam iznenađena što mi je znao ime, jer sam bila sigurna da ga nikad prije u životu nisam vidjela.

"Vidim da me ne prepoznaješ. Zovem se Zdravko. Sreli smo se na onoj zabavi koju ti je dečko pripremio kad si se vratila iz Hrvatske," podsjetio me je.

"Oh, sjećam se, naravno," lagala sam. "Izvini što te nisam odmah prepoznala, ali čini mi se da ti je onda bila malo kraća kosa. I mogla bih se zakleti da tada nisi imao bradu." Pogađala sam da je slijedio novi trend koji je većina srpskih vojnika (onih koji su se smatrali četnicima) slijedila; puštajući bradu i kosu da im izrastu.

"Da, u pravu si. Znao sam da ćeš se sjetiti." Nasmiješio se je toplo. "Hej, slušaj, žao mi je što sam vam morao isprazniti kese. To je samo standardni proces. Vi to razumijete, zar ne? Evo, pomoći ću vam da sve pokupite nazad u kese," ponudio je. "Ali," nastavio je nakon što je stavio nekoliko zelenih paprika i paradajza u vrećice, "jako mi je žao ..." zastao je, "morat ću vam uzeti bicikl." Primijetila sam mamu kako se priprema da se pobuni, ali pogled koji sam joj uputila joj je zavezao usta.

Na sljedećem punktu, nismo bile tako sretne. Trojica vojnika su nam sve prosula iz vrećica i uz uvrede su nam naredili da se više nikada ne vraćamo tim putem.

Kad smo se napokon vratile kući, bile smo iscrpljene, gladne i ljute.

"Slušaj, Selmi," počela je mama nemarno," Kemal će nam noćas malo doći u goste i ja sam mislila da bi ti možda trebala ići s njim u

Kozarac."

"Ne! Zašto?" Skoro sam vrisnula u znak protesta. "Nema šanse da te ostavim samu! Ne bismo se trebale rastajati."

"Sel, zadnja stvar koju mi je tvoj otac rekao je da se brinem o tebi. Mislim da ćeš biti sigurnija u Kozarcu. Čujem da su tamo formirali neku vrstu vojske i da će se moći odbraniti ako se išta desi." Nasmiješila se je, gurajući mi mali čuperak kose iza uha. "Ovdje si uvijek izložena opasnosti. Tvoja tetka Minka će te paziti i štititi."

"Zašto onda i ti ne pođes s nama?" Pitala sam uplakano.

"Zato što moram čekati Ivana da se vrati. Vratit će se, jer je nedužan. Nemaju razloga da ga drže." Sada je i ona plakala, iako se trudila biti jaka zbog mene.

"Kad se vrati kući, zajedno ćemo doći po tebe. Važi?"

Stavila sam glavu na njene grudi i tiho plakala. Držala me je i polako njihala kao bebu, pjevušeći jednu veselu pjesmicu o kiši, baš kao što je to činila kad sam bila mala.

Kemal se pojavio oko pet uvečer.

"Molim te, Sel, požuri!" Rekao je dok smo se mama i ja rastajale uz suze. Rekla sam joj da u moje ime pokuša kontaktirati Džanija i da mu kaže gdje sam.

"Selma, pa zar ti ne znaš?" Upitao je Kemal brzo, zažalivši to čim ga je majka pogledala. Primijetila sam šok na njenom licu i shvatila sam da je nešto skrivala od mene.

"Šta, Kemale? Odmah mi govori šta je!" Inzistirala sam. "Mama? Šta ja to ne znam?"

Oklijevala je. Uzela je moju ruku u svoju i polako i nesigurno mi je saopštila da je kad je išla u policijsku stanicu u posjetu ocu, tamo srela Džanijevu majku koja joj je rekla da su i Džanija, također, odveli na ispitivanje.

"I čekala si gotovo mjesec dana da mi to kažeš?!" Istrgnula sam ruku iz njene. "Vidjela si kako sam čekala pokraj telefona na njegov poziv. Zašto mi nisi ništa rekla?" Zahtijevala sam kroz plač.

"Žao mi je, Selma. Samo sam te htjela zaštititi." Prošaptala je, oborenog pogleda.

Plakala sam tokom cijele vožnje do Kemalove kuće koja se nalazila u Kamičanima u Kozarcu. On nije ništa govorio, samo me je nekoliko puta pogledao.

Moja tetka Minka je bila vrlo ljubazna i gostoljubiva. Na razne načine me je pokušavala smiriti. Na kraju sam se ipak malo smirila, mada sam i tad bila kao utrnuta. Nisam mogla ni razgovarati, ni razmišljati. Ako bih počela razmišljati, suze bi same krenule i knedla u grlu bi me gušila.

Kemalova starija sestra, Suada, i njenih dvoje djece su, također bili tamo. Suadin suprug je bio na gradskom sastanku kad smo stigli, ali nam se pridružio nedugo nakon toga. Kemalov otac, Mehmed je, odmah pri našem dolasku, odložio svoj posao i pridružio se svojoj supruzi u pokušavanju da me oraspoloži.

"Dođi, Selma," rekao je on. "Malo prije sam nam—iz onog kamiona uz cestu—kupio jedan veliki bostan. Hoćeš li mi pomoći da ga zakoljemo?" Šalio se, nadajući se da me nasmije. Nasmiješila sam se iz pristojnosti. Zbog njihovog truda da me oraspolože sam se osjećala toplo oko srca.

Nakon večere, sjeli smo oko stola uz svijeće. Struje nije bilo; samo bi ponekad došla i ponovo nestala. Tetak Mehmed nam je pričao priče. Djeca su zatvorila oči i polako utonula u san. Ja nisam bila te sreće. Nisam mogla zaspati, a kad sam konačno na trenutak uspjela, Suzana se pojavila i pokušala me odvesti sa sobom.

Dvadeset-trećeg maja, malo muslimansko selo, Hambarine, je granatirano. Stotinjak ljudi je poginulo tog dana, a mnogi su pobjegli u susjedna sela, Bišćane, Rakovčane ili Ljubiju gdje su kasnije nađeni i pobijeni.

Vođa Srba, Milomir Stakić, je preko radija najavio da niti jedan musliman ni hrvat neće biti u opasnosti ukoliko stavi bijele zastave na svoje prozore. Naredio im je da predaju svo oružje koje su imali: lovačke puške, noževe i oružje za koje su posjedovali dozvolu.

Nekoliko dana kasnije, srpske snage su otišle u Bišćane, Rakovčane i Rizvanoviće i izvršile etničko čišćenje.

Kada su Srbi ušli u ta sela, naredili su muškarcima da izađu van, a ženama i djeci da ostanu u kućama. Mamina najmlađa sestra, Fikreta je živjela u Hambarinama, ali je sa dvomjesečnim sinom, mužem i muževim roditeljima pobjegla u Bišćane nakon granatiranja Hambarina. Fikretina dva djevera i njihove porodice su živjeli u Bišćanima.

Ubrzo nakon što su Fikretin muž, njegov otac i dva brata izašli vani, čula je glasne pucnje, vriske i galamu. Kad su se vrištanje i galama utišali, dva naoružana srpska vojnika su utrčala u kuću i naredila im da izađu van. Učinile su kako im je bilo naređeno, a kad su izašle, vidjele su svoje muževe kako leže mrtvi na putu. Shvatajući šta se dogodilo, Fikretina svekrva je otrčala do njih, plačući izbezumljeno. Jedan vojnik je stao ispred nje i naredio joj da bude tiha i da uđe u parkirani autobus, a kako ona nije obraćala nikakvu pažnju na njegove riječi, on ju je udario kundakom po glavi.

Fikreta je dotrčala do svoje svekrve držeći bebu u naručju i uhvatila je ispod ruke kako ne bi pala. Starici je glava krvarila, ali je bila živa. Poslušno su ušle u parkirane autobuse nakon čega su prevezene u Trnopolje koncentracioni logor. Vojnici su im tada oduzeli sve vrijednosti koje su imale na sebi: burme, ogrlice, satove i sav drugi nakit. Fikretina svekrva je toga dana izgubila muža i tri sina.

Sljedećeg dana, dvadeset-četvrtog maja 1992-ge godine, srpske snage su napale Kozarac. Tetka Minka, tetak Mehmed, Suada, njen suprug i djeca, Kemal i ja smo se skupili u malom podrumu njihove kuće. Nismo se usudili ni maknuti. Buka koja je dolazila s vana, zvučala je poput grmljavine, samo umjesto sijevanja, prvo bismo začuli zviždanje granata, nakon čega bi se razlegla glasna eksplozija. Djeca su vrištala i privijala se uz roditelje. Činilo se da je mala Jasmina pokušavala slomiti majčino krhko tijelo i sakriti se unutar nje. Naše riječi ih nisu smirivale. Vrištala su svaki put kad bi čula grmljavinu. Sljedećeg dana, izašli smo iz podruma. Na vani smo sreli neke od komšija. Svi su bili zabrinuti i nisu znali šta da rade. Imali su bijele plahte raširene po prozorima, ali činilo se kao da to nije bilo dovoljno. Odlučili smo krenuti do Kozarca i predati se srpskim snagama. Kolone ljudi su prolazile kroz grad kako bi se predali. Neki stariji ljudi i djeca su išli u autobusima, a mi ostali smo krenuli pješaka. Naoružani srpski vojnici su čekali kod Limenke. Onima što su bili u autobusima su naredili da izađu. Zatim su nam dali plastične kese u koje smo morali staviti sve što smo imali od novca ili nakita. Ja sam imala zlatnu ogrlicu koju su mi roditelji kupili za rođendan, a na njoj je, umjesto privjeska, visila očeva burma koju mi je majka dala kad smo se rastajale. Srce mi se slomilo kad sam je skinula s vrata i stavila u kesu.

"Selma, gledaj!" Šapnuo je Kemal, gurkajući me laktom.

"Eno Duleta ... Duleta Đukića. Sjećaš li ga se? Išao je sa mnom u školu. Čak sam ga jednom doveo kod tebe na ručak, sjećaš li se?" Osmijehnuo se je u olakšanju što je prepoznao starog kolegu. "Ne sikiraj se, on će nam pomoći."

Sjećala sam se stidljivog, crnokosok momka koji je jednom navratio s Kemalom i nasmiješila sam se kad sam vidjela tog dobroćudnog i pristojnog dečka—koji je sada nosio vojnu uniformu—kako nam prilazi.

"Zdravo družino." Rekao je Kemal razdragano, pružajući ruku prema Duletu. "Kako si, Dule, šta ima?"

"Ne zovi me imenom, pička ti materina, balijska!" Viknuo je Dule, udarajući Kemala po glavi drškom velikog noža. Kemal je pao na tlo dok mu je krv polako potekla iz lijevog uha. Svi smo, u isto vrijeme, krenuli prema njemu, ali još dva vojnika su se pridružila Duletu, a druga tri su nama naredila da se vratimo nazad ili ćemo svi biti streljani. Učinili smo kako nam je bilo naređeno, dok su oni nastavili udarati Kemala koji je ležao na trbuhu, plakao od boli i podizao ruke pokušavjući zaštititi glavu od njihovih tvrdih čizama.

Suze su mi tekle niz lice slušajući Kemalovu majku kako plače i vrišti, preklinje i moli. Muž ju je držao za ruke kako ne bi otrčala Kemalu i sama bila ubijena. I on je, također, plakao. Drugi vojnici, oni koji su upirali pištolje u nas, su se smijali. Jedan od njih je pogledao u moju tetku dobacivši:

"Hajde, pridruži mu se, daj nam razlog da vas sviju pokoljemo!"

Kemal je sad krvario po cijelom tijelu. Njegova crna, kožna jakna je bila smočena tamnom krvlju. U jednom trenutku, čula sam ga kako kroz plač govori, "Dule, brate ... zašto? Molim te reci mi kakvu sam ti nepravdu učinio ... molim te ..." Ali Dule ga je samo nastavio udarati sve dok se Kemal nije prestao pomijerati. Pretukli su ga na smrt.

"Ubiše ga!" Zacvilio je tetak Mehmed iznenada. "Ubiše mi jedinog sina!" Tresao se nekontrolisano. Izgovorio je te riječi kao u nevjerici; kao da mu pomisao da bi oni zapravo ubili Kemala nikada prije nije pala na pamet. Kad su mu naredili da uđe u autobus, on nije mrdao. Samo je stajao, tresući se i jecajući.

Pao je na koljena držeći se za glavu. "Ubiše mi sina, ubiše ga..." su bile njegove posljednje riječi. Dule mu je prišao s leđa i ispalio metak u glavu. To je bila lekcija za ostale nas.

Odvojili su mlade djevojke od starijih žena. Suada je sa sobom imala dvoje djece, pa su joj, nekim čudom, dozvolili da ostane s njima i sa svojom majkom. Odvezli su ih u Trnopolje. Ostale nas su prebacili u koncentracioni logor zvani Omarska.

POGLAVLJE 9

Taj logor se sastojao od dvije velike zgrade koje su se zvale "hangar" i "upravna zgrada" i dvije manje zgrade poznate kao "bijela kuća" i "crvena kuća". Između njih je bilo betonirano područje poznato kao pista.

Kad smo stigli, ja sam odvedena u upravnu zgradu na ispitivanje. Postavili su me uz zid gdje su me tri vojnika verbalno zlostavljala i šamarala. Htjeli su znati gdje su se nalazile Zelene beretke. Tako su, u to vrijeme, zvali Armiju Bosne i Hercegovine. Ja nikad prije nisam vidjela nikakve bosanske vojnike, tako da nisam imala pojma o čemu su govorili, ali sam se potajno nadala da su postojali i da će ubrzo doći i spasiti nas. Nakon nekog vremena, mislim da su shvatili da su njihove prijetnje i udarci bili uzaludni, jer sam samo stajala na jednom mjestu cvilila i molila, uvjeravala ih da ništa nisam znala, izveli su me vani i ostavili na pisti.

Polako sam koračala, ošamućena i zaprepaštena svom bijedom koju sam tamo vidjela. Moja bol je brzo bila zaboravljena kad sam vidjela šta su učinili drugima. Većina muškaraca na sebi nisu imali majice, tako da su im tragovi zlostavljanja bili vidljivi po cijelom, slabašnom tijelu. Neki su bili toliko pretučeni da su im ne njegovane, krvave rane sada bile zagnojene i inficirane. Svi su imali isti, uspaničeni pogled u očima.

Osjetila sam da mi je neko dotaknuo ruku i gotovo sam zajaukala kad sam prepoznala svog dajdžu Huseina. Sjedio je na tlu. Njegovo lice je bilo prekriveno crnim modricama. Neko platno mu je bilo omotano oko tijela. Polako sam sjela pored njega i samo mu buljila u lice, čekajući da prvi nešto kaže. Prvo je upitao jesam li bila dobro. Vjerovatno se pitao u vezi onih crvenih tragova plesaka što su me pržili po licu. Nisam imala snage išta mu objašnjavati, samo sam odmahnula glavom dok su mi se oči napunile suzama.

"Huse, otkud ti ovdje?" Upitala sam oprezno. "Gdje su nena i dido?"

Slegnuo je ramenima, "Ah, eto, doveli me." Polako se je okrenuo iza sebe da bude siguran da nas niko ne prisluškuje. Kad je bio uvjeren da smo bili skriveni iza jedne grupice ljudi koji su stajali u blizini, počeo je. "Bio sam kod kuće s porodicom kad smo čuli da Srbi granatiraju Hambarine. Nadali smo se da niko neće doći našoj kući, ali smo, u slučaju da dođu, stavili bijele plahte na sve prozore. Tvoj dido Adem je meni i Aletu rekao da—ako bi se ko pojavio—se sakrijemo u kukuruzište, misleći da, ako bi došli, srpski vojnici ne bi naudili starima i ženama. Bio je zabrinut što smo Ale i ja mladi, pa je inzistirao da se sakrijemo. Sutradan smo ih čuli kako dolaze, Selma. Čuli smo tenkove kako dolaze. Pomisao na veliki broj naoružanih vojnika u tenkovima kako dalaze po nas je bila strahovita. Tenkovi su nastavili prema Hambarinama, ali je jedan automobil skrenuo na put koji je vodio prema kući. Ale i ja smo otrčali u kukuruzište, a oni su ostali." Spustio je pogled dok su mu suze tekle niz modro lice. "Bože, što ne ostah s njima? Možda sam mogao nešto učiniti da ih spasim." Šmrknuo je nastavljajući. "Gledao sam kako ih jedno po jedno, muče i ubijaju. Kako ću sam sa sobom živjeti prisjećajući se njihovih zadnjih trenutaka života? Trebao sam biti s njima." Uzdahnuo je i opet pogledao u mene. Ja nisam ništa mogla reći, samo sam zurila u njega u nevjerici.

"Pet vojnika je izašlo iz auta," njegov drhtavi glas je nastavio. "Dido je izašao pred njih i društveno im se obratio. 'Dobar dan, gospodo,' rekao im je. 'Kako vam mogu pomoći?'
Jedan od njih se činio prijaznijim od drugih. Otišao je do njega, pitajući ga ko je još bio u kući. Dido mu je rekao da su tu samo bili on, njegova stara supruga i dvije kćeri. Pitali su ga da li je imao oružja u kući i ... pa, ti dobro znaš odgovor na to. Uvijek je bio protiv oružja i nasilja. Ale i ja nismo mogli imati čak ni plastične pištolje da se s njima igramo kad smo bili djeca," rekao je Huse ironično. "Rekao im je da nije. Jedan od njih je naredio da svi izađu iz kuće dok su njegovi drugovi otišli unutra u potrazi za oružjem. Pomislio sam da, kada budu pretražili kuću i vidjeli da u njoj nije bilo oružja, sigurno će otići.
"Cigo je glasno lajao na njih. Mislio sam da će potrgati lanac koliko je pokušavao da se otrgne i napadne ih. Dido ga je pokušao smiriti, govoreći mu da je sve bilo u redu, ali je pas kao lud i dalje neprestano lajao, tako da je vojnik, znaš, onaj što je bio prijazniji od drugih,

otišao do njega i hladnokrvno ga ubio. Jedan metak u čelo. Ale je zaplakao pored mene. Mogu ti reći da nije jednostavno gledati kako ti neko ubija psa. Morao sam Aletu staviti ruku na usta kako ne bi napravio kakav zvuk. Kad su se ostali vojnici vratili iz kuće, upitali su nenu gdje je skrivala zlato. Nikada nije ni imala puno zlata, ali je ušla u kuću i iznijela onu svoju malu kutijicu za nakit. Znaš onu što je izgledala poput kuće, a kad joj podigneš krov, unutra staviš svoj nakit?" Nasmiješio se je sjećajući se male kuće za nakit. "Predala je kutiju "prijaznom" vojniku i on ju je bez ikakvog komentara ili pitanja upucao u prsa." Huse je prestao govoriti, primjećujući da sam uzdrhtala, ali sam pokušala sakriti bilo koju emociju od njega kako bi mogao nastaviti. Još jedan uzdah mu je pobjegao, dok se njegovo tijelo počelo polako tresti. "Ale je plakao kao dijete u mom naručju i ja sam ga pokušao zakloniti kako ne bi više morao gledati u taj teror. Dido je pao preko nje, tresući joj mlitavo tijelo, pokušavajući je probuditi, ali ona je samo ležala..." Huseinov glas se prelomio. "Jedan od vojnika je vikao na njega da ustane i pronađe ostatak zlata, ali je dido samo tiho cvilio i mrmljao nešto što nisam mogao čuti, dok drugo čudovište nije došlo iza njega i upucalo ga u glavu." Husein je tiho plakao, dok sam se ja borila sa vlastitim emocijama.

"Naredili su Enisi i Mirsadi," Nastavio je kroz plač, "da počnu kopati jamu i pokopaju ih i one su ih poslušale. Pokopale su moje roditelje u plitki grob pred samim pragom naše kuće." Plakao je. "Cijelo vrijeme dok su Enisa i Mirsada kopale, vojnici su sjedili za stolom ispod drveta, upućujući vulgarne komentare prema njima i govoreći im šta će im sve raditi nakon što obave posao. Ti znaš da je Mirsada bila sedam mjeseci trudna, pa je Aletu bilo vrlo teško samo stajati po strani i mirno slušati."

"A gdje je Ale?" Upitala sam, odjednom shvatajući da nije bio s nama.

"On je, ah ... nije više mogao stajati po strani i gledati," Husein je tiho odgovorio i nastavio dalje, "nakon što su žene završile s kopanjem, jedan od vojnika im je naredio da skinu odjeću. Mirsada je uporno gledala prema nama. Znala je da Ale neće moći stajati po strani i gledati i ..." Nakašljao se je. "Jedan od vojnika je otišao do nje i počeo trgati odjeću sa nje, šamarajući i udarajući je cijelo vrijeme, dok su se drugi smijali. Ale se oslobodio mojih ruku i počeo trčati prema njima. Vojnici su zastali, zapanjeni njegovom naglom pojavom i počeli pucati. Ubili su ga prije nego što je i stigao do njih i dok su četvorica njih krenula prema kukuruzima u nadi da će pronaći još nas tamo, jedan je ostao kod kuće da dokrajči posao. Pobio ih je obje; ženu mi i sedmo-mjesečno trudnu Mirsadu. Pokušao sam pobjeći, ali su me uhvatili. Ni sam ne znam kako sam preživio."

Otela mi se suza koju je on polako obrisao svojim hladnim prstima.

"Ali su te pretukli," rekla sam, ožalošćena bolom u njegovim očima.

"Da. Doveli su me nazad kući i naredili da stavim ruke uz zid i raširim noge. Uporno su me pitali ko je još bio sa mnom i gdje mi je bilo oružje. Rekao sam da sam bio sam i nisam imao oružja, ali mi nisu vjerovali. Jedan od njih me je udario između nogu, jer mi noge nisu bile dovoljno raširene, a onda su mu se i ostali pridružili. Posljednje čega se sjećam je to da sam pao prije nego što sam izgubio svijest. Probudili su me zalivši mi lice hladnom vodom. Htjeli su da budem pri svijesti za sljedeću rundu. Jedan od njih je držao slomljenu flašu rekavši da će mi njome urezati pravoslavni krst na leđima ako mu ne kažem gdje smo krili oružje. Da sam barem imao bilo šta da im dam, možda bi prestali s mučenjem, ali nisam ... i ... evo, vidi sama." Skinuo je platno koje je stiskao i u šoku sam glasno uzdahla. Stavila sam ruku preko usta da bih se napomenula da sam morala biti tiha. Pokušala sam biti jaka za njega i ne plakati, ali nisam se mogla suzdržati.

Preko cijelih njegovih leđa, nalazila se velika, otvorena rana. Nije se uopšte moglo vidjeti da li je to bio krst ili nešto drugo. Izgledalo je kao da mu je neko iskopao kičmu i to je sve sada bilo natečeno i inficirano. Vidio je teror u mojim očima i suze kako mi se kotrljaju niz obraze i pokušao se malo osmijehnuti da me utješi.

"Selma," počeo je, napokon nešto shvatajući, "kako ...? Zašto ...? Zašto si ti ovdje?"

Suze u mojim očima su mi zamutile vid i nisam mogla vidjeti njegovo lice, pa sam samo pogledala prema svojim rukama, puštajući suze da slobodno teku.

"Zatekla sam se u Kozarcu kod tetke Minke kad ... znaš."

"Pa, što ćeš, pobogu, tamo?" Upitao je, zapanjen. Ispričala sam mu šta se dogodilo zadnji put kad smo mama i ja posjetile njegovu kuću. Rekla sam mu da su nam vojnici prosuli hranu i uzeli bicikl. Pričala sam mu kako je mama htjela da me zaštiti i da je mislila da bih bila sigurnija u Kozarcu. Ispričala sam mu o onom što se desilo Kemalu i tetku Mehmedu i o svim drugim strahotama koje sam vidjela dok sam bila u autobusu za Omarsku. Vidjela sam kako srpski vojnici vuku polugole ljude na lancima poput pasa. Neki su bili u malim grupicama, a naoružani vojnici su ih gurali i šutali. Posebno mi je jedan od njih ostao u sjećanju i mislim da nikad u životu neću moći izbaciti taj prizor iz glave: imao je kuku u nosu zakačenu za crni lanac. Ruke su mu bile vezane na leđima, a noge su mu bile vezane jedna za drugu. Jedva je hodao i neprestano je padao, ali ga je jedan naoružani vojnik vukao za lanac, a drugi ubadao u leđa puškom vičući da ide brže.

"Sel, moram ti još samo nešto reći." Rekao je Huse nakon nekog vremena.

"Šta? Reci mi!" Upitala sam, zabrinuta zbog izraza na njegovom licu.

"Prepoznao sam jednog od onih vojnika." Zastao je i pogledao prema dole, "od onih što su ih pobili."

"Ko je? Reci mi?"

"Guzina ... Vlade Guzina," odgovorio je polako.

Nisam mogla disati, niti razmišljati, šokirana spoznajom da bi moji dido i nena, dajdža i dvije ujne još uvijek bili živi da nije bilo tate moje najbolje prijateljice. On je bio jedini koji je znao za usamljenu kuću u sred polja i odveo je tamo druge da opljačkaju i pobiju ljude koji su ga gostili, zvali na večere i s njim poslovali. Dido je vjerojatno mislio da će ih Vlade zaštititi ako bi neki drugi od njih pokušao da ih povrijedi. Potpuno mu je vjerovao. *Vjerovao mu je*!

Husein i ja smo tako sjedili cijelu noć. Osjećala sam se malo bolje znajući da nisam bila sama. Ljudi su se polako smirivali i nakon nekog vremena, samo se čuo povremeni krik ili pucanj. Negdje u daljini se čula poneka eksplozija granate.

"Selma!" Duboki glas me prestravio. Podigla sam pogled, zaprepaštena zbog tog zvuka. Ispred mene je stajao Radovan, moj komšija, Damirov otac. Htjela sam se nasmiješiti, ali sjetivši se šta se dogodilo kad je Kemal prepoznao starog prijatelja, promijenila sam mišljenje, čekajući da on još nešto kaže.

"Šta ti radiš ovdje?" Upitao je ozbiljnog lica.

"Pa ... bila sam u Kozarcu kod tetke Minke kad su me neki vojnici vidjeli i naredili da dođem ovamo," odgovorila sam, trudeći se da ne zvučim optužujuće.

"Ne. Mislim, šta radiš ovdje na pisti?" Rekao je posegnuvši za mojom rukom. Njegov stisak je jako bolio, ali nisam ništa rekla. Dok me je odvlačio, okrenula sam se i zadnji put pogledala u svog, izmučenog, dajdžu Huseina. U sebi sam se zaklela da nikad neću zaboraviti taj prizor, u slučaju kad bi mi neko rekao da oprostim i zaboravim.

Radovan me gurnuo u malu, zagušljivu sobu i rekao da tu čekam dok se on ne vrati. Kao da sam i mogla izaći. Soba je bila zaključana, a čuvala su je dva naoružana muškaraca.

Bila je krcata ženama. Raspon godina je bio od devet do oko šesdeset-pet. Progurala sam se kroz masu i sjela na pod u dalekom ćošku na kraju sobe. Mislila sam da je Radovan otišao da raščisti ovu zbrku i da će se uskoro vratiti da me odvede kući. Bila sam tako umorna i, iako to nisam osjećala, znala sam da sam bila gladna zbog boli u želucu i činjenice da nisam ništa jela od prije dva dana. Ali, nakon što sam vidjela svu onu krv i sve one rane, sama pomisao na hranu mi je stvarala mučninu. Pokušala sam ublažiti bol od gladi stiskajući trbuh objema rukama.

Oko sat kasnije, vrata su se otvorila i dva naoružana vojnika su unuta ubacila ženu prekrivenu krvlju. Bilo je nemoguće prepoznati je. Lice joj je bilo natečeno i deformisano, ali nešto u vezi njene crne kose mi je bilo poznato. To me je natjeralo da se približim i vidim ko je.

"Helena?" Čula sam samu sebe kako vičem. "Bože moj! Helena, otvori oči! Pogledaj me! Selma je." Vikala sam, itekako svjesna svih očiju uprtih u nas. Kleknula sam pokraj njene krhke figure. Izgledala je kao djevojčica, tako mršava i nježna. U licu je ličila na neko čudovište iz filma. Bila je gadno pretučena. Neke modrice su se tek formirale i još su uvijek bile crvene, dok su druge bile tamnoplave, gotovo crne. Krv joj je curila iz nosa.

Kapci su joj se pomjerili i polako je otvorila oči. "Selma, jesil' to stvarno ti?" Prošaptala je.

"Šta ćeš ti ovdje? Zašto ne ideš kući?" Upitala je.

Nisam odgovorila nego sam je upitala može li ustati da odemo sjesti u stražnji dio sobe.

Pokušala je, ali bez uspjeha. Ja sam je, bukvalno, prenijela u ćošak na kraju sobe gdje sam sjedila prije nego što je ona došla.

Sjela sam na pod i stavila bradu na koljena, obuhvatajući noge objema rukama.

Provirila sam na nju kroz trepavice. "Ne brini, Radovan je ovdje i on će nam pomoći da izađemo." Rekla sam, pokušavajući je oraspoložiti.

"Da izađemo? Stvarno si naivno dijete, Selma," rekla je sarkastično. "Od kad si ovdje?"

"Od danas—ne, čekaj. Jutro je, znači od jučer." Odgovorila sam, malo povrijeđena njenim odgovorom.

"Za tvoje dobro," počela je, "nadam se da si u pravu što se tiče Radovana, ali u međuvremenu, ne vjeruj nikom!"

"Šta je s tobom?" Upitala sam. Stvarno nisam željela razgovarati s njom, ali nisam htjela ni da me ona šta pita. Iako mi je bilo žao, nešto se nalazilo u njenom podrugljivom pogledu od čega sam se željela sakriti.

"Bila sam kod kuće," počela je i mali, ponosni osmijeh se pojavio na njenim usnama kad je rekla, "Jakob je rekao svoju prvu čitavu rečenicu, 'Hoku sadoged!'" Tužno se nasmijala, ali joj se osmijeh brzo pretvorio u jecaje. "Pokušavala sam ga nagovoriti da je ponovi. 'Hoku sadoged!' Ponovio je. To je značilo da je htio sladoled." Nasmiješila se je kroz suze. "Samir je bio vani. Pomagao je ocu da promijeni ulje u autu. Njegova majka, sestra i kći su učile malog Mikija da vozi biciklo. Isprva, nisam obraćala pažnju na deranje i vrištanje. Mislila sam da su to samo oni u igri. Sljedeće što se desilo je bilo to da su se dva naoružana vojnika pojavila u mojoj dnevnoj sobi tražeći pare i zlato. Zgrabila sam dijete i pokušala pobjeći van, ali su me gurnuli na pod. Jedan od njih je uhvatio Jakoba i izbacio ga poput lopte"—zadrhtala je—"drugi me je udario u lice šakom. Pokušala sam se dignuti; ni o čem drugom nisam mogla misliti nego samo o Jakobovom vrištanju." Zastala je da se sabere. "Nisam mogla ustati, Selma. Držali su me i sljedeće čega se sjećam je to kako me siluju. Ipak me je Jakobov plač najviše bolio. Pomisao da nisam mogla ustati, otrčati do njega i držati ga dok se ne smiri me je naprosto ubijala."

Zastala je i neko vrijeme nije mogla ponovo progovoriti, boreći se protiv boli i suza. "Kad je bilo gotovo," nastavila je drhtavim glasom, "ostavili su me da ležim na podu. Pužući sam došla do vrata, ali Jakobovog plača više nije bilo. Nisam ga nigdje mogla naći. Izašla sam polako vani, držeći se za zid da ne bih pala. Prvo sam vidjela zaovino mrtvo, golo tijelo s lijeve strane kuće. Sve ostalo nakon toga se činilo kao da je bilo u usporenom snimku. I što je čudno, počela sam se osjećati kao da sam u nekom ružnom snu. Sve sam mogla jasno vidjeti, ali ništa nisam mogla čuti. Samir i njegov otac su pobijeni ležali na avliji. Moja svekrva je klečala i ljubila Samirovo lice, dok je, u isto vrijeme, na svojim grudima stiskala Jakobovo labavo tijelo."

Helena je tad glasno zajaukala, pokrivajući lice objema rukama.

Izgledalo je kao da nije mogla nastaviti razgovor, pa sam odlučila ništa je ne pitati. Pustila sam je da tuguje. Nakon desetak minuta, kad sam već mislila da više neće nastaviti, ponovo je počela.

"Došla sam do nje da uzmem svoje dijete," prošaptala je. Oči su joj bile zatvorene i imala sam osjećaj kao da više nije sa mnom razgovarala, nego je samo naglas razmišljala. "Ali, nešto u vezi njega je izgledalo vrlo čudno i neprirodno." Opet je zastala, dok su joj suze padale niz lice. "Bio je zaklan." Helena je zajaukala i cijelo tijelo joj se protreslo. Zagrlila je samu sebe, kao da joj je bilo hladno i plakala. "O čemu je on, srce moje, mogao razmišljati u onim zadnjim trenutcima svog kratkog života? Sigurno se pitao gdje mu je bila mama. Što je nije bilo da ga uzme i zaštiti?"

Nisam znala šta da kažem. Osjetila sam bol koju nikad prije nisam osjetila. Omotala sam ruke oko nje i zajedno smo se samo ljuljale i plakale. Tad sam shvatila da je sva nada bila nestala; da ništa dobro nije bilo ostalo na ovom svijetu. Nisam bila sigurna šta je bilo gore: biti mrtav, ili ovako živjeti. Kasnije sam je upitala šta se desilo s njenom svekrvom i Samirovih dvoje djece. Nije znala. Kaže da su oni isti naoružani vojnici što su je silovali zgrabili dijete iz njenog naručja i tukli je dok nije izgubila svijest.

Kad je došla sebi, čula je moj glas kako je zove. Na trenutak je mislila da je sve što se dogodilo bila samo veoma loša noćna mora iz koje sam je ja budila. Ali kad je otvorila oči, shvatila je da je bila u paklu.

Sjedila sam u tišini i razmišljala o svojim roditeljima. Prisilila sam se ne razmišljati o Džaniju. Ako bi mi se takva pomisao otela, osjetila bih oštru bol u srcu, tako da sam svoje misli o njemu sahranila negdje duboko u sebi. Jako sam priželjkavala da su još uvijek bili živi, iako nakon svega što sam vidjela i čula, nisam se usudila previše nadati.

Mislila sam da neću moći zaspati, ali je moja glava, koja je bila naslonjena na Helenino rame, postajala sve teža i ipak sam malo zaspala.

Džani se glasno smijao dok sam ja pokušavala zaštititi oči od vode kojom me je prskao. Bili smo na plaži, onoj u Hrvatskoj kod kuće bake Anđe. Džanijev lijepi osmijeh je izgledao blještaviji od sunca. Pretvarala sam se da sam bila ljuta zato što me je prskao. Željela sam da mi se izvine i traži oproštaj s tim što bi me uhvatio i povukao u zagrljaj.

"Sel, nemoj se ljutiti, znaš da te volim," rekao je on i nježno me poljubio u obraz. Njegovo tijelo je bilo priljubljeno uz moje i ja sam htjela nešto malo više od samog poljupca u obraz. Zatvorila sam oči i primakla mu se, pokušavajući ga

poljubiti, ali on mi je odjednom nestao iz naručja. Ruke su mi grlile zrak. Džanija tu više nije bilo. Otvorila sam oči i vidjela Suzanu kako brzo dolazi prema meni.

"Pođi sa mnom!" Rekla je ona.

"Selma, pođi sa mnom!" Glas je ponovio, ali nije bio Suzanin, nego Radovanov. Razbudila sam se gledajući ga zbunjeno.

"Jesi li gluva? Ustaj i 'ajde!" Proderao se je.

Ustala sam i slijedila ga iz sobe. Odveo me je u drugu sobu. Bila je prazna. Samo se na prašnjavom podu nalazio stari madrac. Znala sam šta je to značilo, iako mi je podsvijest govorila da to nije bilo tako kako se činilo. Očajnički sam htjela osjetiti nadu.

"Skini se i lezi na dušek!" Naredio je.

Nisam se mogla ni pomjeriti. Samo sam stajala. *Nema šanse! Ovo se ne dešava. Ne, na ovakav način. Molim te Bože, reci mi da se ovo ne događa.*

"Selma, ne brini. Neću te povrijediti," rekao je on ljubazno. "Bit ću vrlo nježan, vidjet ćeš. Pa šta ti je? Izgledaš k'o da nikad prije nisi imala seks?"

"Molim te, Rade ... k'o boga te molim, nemoj." To je bilo sve što sam mogla izustiti.

"Ma, 'ajde, Selma; zašto otežavati i gubiti vrijeme kad znaš da oboje to želimo? Nisam ti htio ovo reći, ali ... već odavno te posmatram i mogu ti reći da si izrasla u lijepu djevojku," rekao je on posegnuvši prema mom obrazu svojim prstima, kao da me je htio pomilovati. Brzo sam se izmakla, što ga je naljutilo. Pokušao je kontrolisati bijes, koji je bio vidljiv u njegovim očima boje blata. "Selma," nastavio je otkopčavajući hlače, "nemam puno vremena. 'Ajde, pokazat ću ti šta treba da radiš." Uhvatio me je za ruke i bacio na madrac. "Otvori usta!"

Nisam mogla. Više me je bilo sram nego strah. Čula sam samu sebe kako naglas plačem. Izvukao je pištolj i uperio mi ga u glavu. "Sama odluči, ali budi sigurna da će ti majka biti jako razočarana kad joj kažem da je ubijam samo zato što joj je kćerka bila tako tvrdoglava."

Nisam mogla odgovoriti; mamino blago lice mi se stvorilo pred očima, dok su mi se suze skotrljale niz obraze. Uzeo je i zadnji komadić mog dostojanstva.

Činilo se kao da je trajalo cijelu vječnost kad sam začula kucanje na vratima, a zatim je neki vojnik ušao u sobu. "Rade, imamo problem! Potreban si u crvenoj kući!"

"J'bem ti boga! Šta je sad?" Opsovao je, a zatim je zakopčao hlače i naredio stražaru da me odvede nazad u prethodnu sobu, izjurivši bijesno.

Vojnik je bio mlad. Nije mogao imati više od petnaest godina. Krenula sam poslušno prema njemu.

"Žao mi je," šapnuo je kad sam mu prišla. "Žao mi je zbog svega." Nisam odgovorila. Nisam ga ni pogledala, ali on je ipak nastavio: "Ličiš malo na moju sestru."

Polako sam išla ispred njega, pokušavajući ne slušati ga. Nisam htjela znati o njegovoj sestri. Ništa nisam htjela znati o ovim bezosjećajnim čudovištima. Ipak, te tri riječi: "Žao mi je" su mi vraćale nadu.

Bili smo skoro pred susjednom sobom kad me je uhvatio za ruku. "Evo, uzmi ovo! Nemoj nikom reći da sam ti dao."

Pogledala sam prema dole i oči su mi se ponovo napunile suzama kad sam vidjela mali, suhi komadić kruha u njegovoj ruci. Pojela sam ga u jednom zalogaju. Nisam bila ni svjesna koliko sam bila gladna dok mi se taj kruh nije našao u želucu. Barem mi je bol od gladi prigušavao drugu, mnogo jaču vrstu boli koju sam sad osjećala i zbog toga mi je glad bila dobro došla.

U susjednoj sobi, atmosfera je bila još gora nego što je prije bila. Neka nova vrsta napetosti je sad tu predvladavala. Helena me nije pitala šta mi se dogodilo, ali kad sam sjela pokraj nje, samo je nježno prošaptala: "Žao mi je, Sel."

Primijetila sam neku djevojčicu kako sjedi nedaleko od nas i tiho plače. Držala je svoju majku kao da je ona bila mama, a žena njena kćerka. I žena je, također, plakala.

"Šta je bilo?" Upitala sam tiho Helenu.

"Ušli su i počeli galamiti na ženu, pitajući je za nekog čovjeka. Ona im je rekla da ništa nije znala. Oni su je onda išamarili i ... znaš, uobičajeno." Helena je prišla bliže i šapnula, "Što je najgore, silovali su je ovdje; pred nama svima i pred njenom kćerkom."

Nisam htjela više ništa čuti. Neko vrijeme sam samo mirno sjedila zatvorenih očiju, pretvarajući se da sam spavala. Skoncentrisala sam se na glad da ne bih razmišljala ni o čem drugom. Kad su se vrata otvorila, Radovan je ušao u sobu i počeo upirati pištoljem. "Ti, ti, ti..." izveo je sedam djevojaka, među njima i Helenu i mene.

"Ulazite u auto!" Naredio je kad smo izašli.

Auto je bilo premalo, tako da smo morale sjesti jedne drugima u krilu.

Odvezao nas je do neke napuštene kuće. Ni jedna od nas se nije usudila išta upitati.
Kad smo ušli unutra, primijetila sam da su tu bili i neki drugi vojnici. Smijali su se i pili. Kuća je zaudarala na alkohol i cigarete. Radovan nas je uveo u sobu koja je izgledala poput dnevnog boravka. Od namještaja, tu su bili kauč, fotelja i nekoliko stolica. Sjela sam na pod ispod prozora, pokušavajući se sakriti, ali nekoliko trenutaka kasnije, onaj isti mladi vojnik koji mi je dao komad kruha u logoru, me je primijetio. Prilazeći, razdragano je sjeo pored mene. U ruci je držao tanjir pun sira, kobasica i slanine.

"Zdravo," rekao je, "znao sam da sam te vidio kad si ušla. Jesi li gladna?" Upitao je, ali nije čekao moj odgovor. Samo mi je stavio tanjir u krilo.

Previše sam se bojala progovoriti. Sada više nikom nisam vjerovala i bila sam sigurna da ću na neki način morati platiti za tu njegovu hranu, ali kad sam uzela prvi zalogaj, istog trenutka sam zaboravila na sve. Bila sam toliko gladna, da me je, kad sam osjetila miris hrane, spopalo neko ludilo. Grabila sam hranu objema rukama, puneći usta, znajući da će tanjir svakog trenutka nestati. Onda sam se odjednom sjetila Helene i htjela sam hranu podijeliti s njom. Počela sam razgledati po sobi, ali je nigdje nisam vidjela.

"Koga tražiš?" Dobroćudni dječak-vojnik je upitao.

"Moju rodicu. Sad je tamo bila."

"Jel' to ona u smeđoj haljini?" Upitao je i nastavio: "Vidio sam je kako izlazi vani s jednim od momaka."

"Oh ..." Spustila sam pogled, gubeći apetit.

Trenutak kasnije, Radovan je ušao u sobu. Vidjela sam ga i pokušala se sakriti, ali je to bilo nemoguće.

"Tu si," rekao je ležerno, smiješeći se. "Jel' nisi čula da te zovem?"

Nisam mu odgovorila dok mi je srce truhnulo.

"Hodi, želim ti nešto pokazati." Uzeo me je za ruku, još uvijek nasmijan. Vidjela sam mu pištolj na desnom boku i pored njega nož, a sa lijeve strane je visila neka batina. Izgledalo je kao da mu je pojas bio napravljen od metaka. Bio je naoružan do zuba. Molećivo sam pogledala u dobroćudnog dječak-vojnika, ali on se je samo okrenuo da zuri kroz prozor. Svakako nije mogao ništa učiniti da bi mi pomogao, sve i da je to htio.

Išla sam polako iza Radovana. Njegov stisak ruke je bio tako čvrst da sam htjela vrisnuti i gurnuti ga, ali sam, umjesto toga samo šutjela.

Izašli smo iz dnevnog boravka, pa krenuli uz stepenice. Sve vrste misli su mi prolazile kroz glavu. *Možda sam trebala pokušati i sa slobodnom rukom, zgrabiti mu pištolj i ... i šta onda? Ne znam ni kako se puca iz pištolja. Kako bi bilo da pokušam uzeti onaj veliki nož i ... i šta? Bila bih mrtva prije nego što bih bila u stanju išta mu učiniti. Čak i ako bih ga, na neki način i uspjela povrijediti, sigurno bi me odmah nakon toga ubio.*

Nije bilo apsolutno ništa što sam mogla učiniti kako bih samoj sebi mogla pomoći.

Možda ako počnem preklinjati i moliti, možda će mu biti žao, pa će me pustiti? Pokušala sam to prošli put i nije mi uspjelo. Bože dragi, šta da radim? Gdje su svi oni super heroji koje stalno viđamo na TV-u? I još važnije, gdje je Bog?

Dragi Bože, pomozi svakom, pa i meni ... Dragi Bože, pomozi svakom, pa i meni ... Dragi B—

"Evo nas," Prekinuo je moje nečujne molitve. "Niko nas ovdje neće uznemiravati."

Soba je izgledala kao da je bila namijenjena maloj djevojčici. Mali krevet uz zid je bio prekriven ružičastom posteljinom. Zavjesa na prozorčiću na suprotnoj strani sobe je također bila roza sa slikom neke princeze iz crtića naslikanom na njoj. Mala, bijela komoda je stajala u uglu, a nešto što je izgledalo kao roza klupa je, ustvari, bila kutija za igračke.

"Požuri, skini se i lezi na krevet," Naredio je Radovan. Sva ljubaznost mu je bila nestala iz glasa.

Nisam se mogla pomjeriti, niti progovoriti. Osjećala sam se kao zaleđena.

"Selma, to nije bilo pitanje, hoćeš li leći, ili ne, to je bila naredba. Rekao sam ti da legneš na krevet!" Zagrmio je ljuto i sljedeće čega se sjećam je to kako me baca na krevet i trga odjeću s mene. Počela sam plakati i moliti, ali on nije htio slušati. Lijevom rukom mi je držao obje ruke iznad glave, dok je njegova desna ruka otkopčavala moje hlače. Sjedio mi je na nogama da ga ne bih mogla odgurnuti. Osjećala sam se tako bespomoćno i patetično.

A onda se to brzo desilo, udarajući me poput groma. Bol, neizdrživa bol mi je trgala unutrašnjost. To je bila jedna od najstravičnijih fizičkih boli koju sam ikad osjetila u životu. Ni o čem nisam mogla razmišljati osim o toj boli. Čak i ono malo snage što sam ranije imala me je tada napustilo. Bio je vrlo snažan i osjećalo se kao da je želio da me povrijedi što je više mogao. Smrdio je na alkohol i ustajali znoj. Njegovi gusti, crni brkovi su me grebali po obrazima, a njegov dah mi je stvarao mučninu. Dahćući, šapnuo je nešto što nisam čula, a onda je to procijedio kroz zube, spuštajući obje ruke oko mog vrata: "Jesi li gluva? Pit'o sam te nešto, je'l ti fino? Reci da ti je fino!" Glas mu je bio dubok i okrutan. Nisam mogla odgovoriti. Suze su mi zamaglile vid. Njegovo dahtanje je postalo brže, a moja bol oštrija. Osjećala sam se tako malom, samom, očajnom ... jadnom. Čak je i bijes nestao, a zamijenio ga je očaj. Mrzila sam ga i mrzila sam samu sebe što sam bila tako slaba i ranjiva.

Konačno, nakon čitave vječnosti, njegovo cijelo tijelo se zgrčilo, a užas tog stravičnog čina, gotova.

Pokušala sam ustati, ali mi je naredio da ostanem u istom položaju da bi me mogao takvu gledati. Neposlušno sam pokušala skupiti noge i povući hlače prema gore, ali on je onda izvukao nož i zaprijetio da, ako se ne smirim, će me s njim silovati. Umirila sam se i sklopila oči. *Mrzim te, mrzim te*, su bile jedine riječi koje su mi pale na um. Čula sam ga kako se oblači i nešto mrmlja u sebi. Konačno, vrata su se otvorila, pa zatvorila i ja sam ostala sama. Pokušala sam ustati, ali me je sve boljelo—stomak, leđa, noge. Suze su mi se osušile na obrazima i osjetila sam vatrenu bol između grla i brade; tamo gdje su mu ruke bile tokom ...

Sišla sam s kreveta i obukla hlače. Pogledala sam prema krevetu i primijetila malu mrlju krvi tamo gdje sam ležala—*moja nevinost.*

Silovao me je na tako zvjerski način da čak i da nisam bila nevina, sigurno bih krvarila.

Razmišljala sam da skočim kroz prozor. Nije bio baš previše visok, ali je bio dovoljno visok da bi me skok s njega povrijedio. Bila sam sigurna da me pad ne bi ubio, ali bi mi definitivno slomio noge, ili nešto gore. Stajala sam pokraj prozora, razmišljajući da li da skočim ili ne, kad je neko tiho pokucao. Nisam se ni okrenula da vidim ko je.

"Selma, jesi li tu?" Prepoznala sam glas dobroćudnog dječak-vojnika.

Polako je otvorio vrata i rekao da ga je Radovan poslao da me odvede nazad u dnevni boravak. Ušao je, zatvarajući vrata za sobom.

"Radovan je rekao da te *iskoristim* i odvedem nazad u dnevni boravak. Ali, ah ..." Pročistio je grlo. "Što se mene tiče, ne moraš se sikirati."

Okrenula sam se i pogledala ga. Primijetila sam da je gledao u onu mrlju krvi na krevetu.

"Zašto si tako dobar prema meni?" Upitala sam.

"Rekao sam ti, malo me podsjećaš na moju sestru." Nasmiješio se je. "Osim toga, moja mama je bila polu-muslimanka iz Brčkog."

Odlučila sam više ne govoriti, niti mu postavljati kakva pitanja, kao na primjer, zašto je koristio prošlo vrijeme kad je rekao da mu je mama "bila" polu-muslimanka. Samo smo tako stajali, gledajući kroz prozor. Nisam ga čak upitala ni kako mu je bilo ime.

Oko petnaestak minuta kasnije, vratili smo se u dnevni boravak. Razgledala sam po prostoriji tražeći Helenu, ali sve što sam vidjela su bile druge djevojke koje su bile silovane na kauču, fotelji, na podu. Jednu djevojku u ćošku su silovala tri muškarca u isto vrijeme. Bilo je to kao gledanje lošeg pornića koji se pretvorio u užasni horor.

Pogledala sam u dobroćudnog dječak-vojnika pored sebe i činilo mi se kao da mu je malo trebalo da padne u nesvijest.

"Možemo li negdje otići odavde?" Upitala sam. "Samo nas dvoje?" Slegnuo je ramenima.
Hodali smo po kući u potrazi za praznim mjestom gdje bi se mogli sakriti, ali jedini prazan prostor u tom trenutku je bilo malo kupatilo. Rekao mi je da uđem unutra i čekam ga. On će se brzo vratiti. Čekala sam sama. Iz nekog razloga, osjećala sam se sigurnije kad je bio sa mnom i željela sam da se brzo vrati. Bojala sam se da će me Radovan ili neki drugi vojnik pronaći samu. Nisam imala pojma koje je bilo doba dana, ali to mi nije baš puno ni značilo. Čula sam ljude kako se smiju i glasno razgovaraju. Neki su pjevali. Čula sam žene kako vrište, plaču, mole ... a onda, neko je pritisnu bravu na vratima. Bila su zaključana, ali je taj i dalje pritiskao, pokušavajući otvoriti vrata. Prestala sam disati.

"Sel, jesi li to ti? Jesi li unutra, Selma?" Čula sam Helenin nježni, nesigurni šapat. Otvorila sam vrata i vidjela je. Izgledala je još gore nego kad sam je zadnji put vidjela. I ona je, također, zaudarala na alkohol.

"Radovan mi je rekao da te nađem. Rekao je da će me ubiti ako ne budeš u dnevnoj sobi kad se on vrati iz auta," objasnila je.

Nisam joj ništa odgovorila. Samo sam prošla pokraj nje i krenula prema dnevnom boravku, osjećajući bol zbog njene izdaje. Uhvatila me je za ruku, zbog čega sam zastala i okrenula se prema njoj.

"Selma, danas me je silovalo ... ne znam ni sama; sigurno oko sto muškaraca. Padala sam u nesvjest i budila se dok su se oni redali. Nisam ih mogla sve ni izbrojati. Vidi." Pogledala je prema dole. Zaprepastila sam se kad sam vidjela da joj krv kapa ispod haljine. Na nogama joj se vidio trag osušene krvi.

"Sel, ja više ovako ne mogu." Skrenula je pogled. "Kad izađeš odavde, molim te nađi moju mamu i, molim te, reci joj," njene tamne oči su se napunile suzama, "da mi je žao zbog svega kroz šta je prošla zbog mene i reci joj," glas joj se prelomio, pa je zastala, "da sam za sve platila."

Onda se počela ne kontrolisano smijati. Molila sam je da prestane, a u isto vrijeme sam se okretala iza sebe, bojeći se da će je čuti, ali ona nije obraćala pažnju na mene. Samo se je smijala i smijala. Ubrzo, njen smijeh se pretvorio u jecaje i počela je trgati vlastitu kosu.

"Prestani! Prestani!" Čula sam ih kako zapovijedaju, ali ona se i dalje neprestano smijala i jecala, trgajući pune ruke kose. Konačno, jedan od vojnika ju je odvukao van i sve što sam čula nakon toga je bio jedan glasan pucanj. Smijeh je utihnuo. Helene više nije bilo. Stajala sam nepomično tu. Vojnik koji ju je ubio se vratio unutra. Nasmiješio se je kao da ništa nije bilo.

"Zdravo, lepotice," počeo je, obraćajući se meni, "otkud ti? Kako to da te nisam video pre?" Dirnuo mi je obraz svojim prljavim prstom. Nisam se usudila ni pomaknuti, niti šta reći. On je, zatim, stavio ruku oko mog struka i odveo me u dnevni boravak.

"Hodi ovde," rekao je, tapšući mjesto na kauču pored sebe. "Sedi ovde pored mene. Nemoj se sramiti."

Sjela sam, a on mi je ponudio gutljaj svog piva. Prihvatila sam.

"Kako se zoveš?" Upitao je ljubazno.

"Selma."

"Lepo ime," rekao je on. "'Ajde, učini mi jednu uslugu, hoćeš li?" Ne čekajući moj odgovor, nastavio je, "Noćas, budi moja srpkinja. Večeras, tvoje ime je Mira. Skoro pa si lepa kao i ona," rekao je on i poljubio me u obraz. Nisam ništa odgovorila. Samo sam mirno sjedila pokraj njega, puštajući ga da mi ljubi obraze i vrat, da mi grabi grudi. Pokušala sam ignorisati bol, nadajući se da ću u potpunosti prestati sve osjećati. Pivo je donekle pomagalo. Nastavio je da me dira i zove Mirom. Silovao me je baš tu, na kauču, pred svima.

Kad je bilo gotovo, ustao je i otišao da uzme drugo pivo. Prije nego što sam čak mogla i ustati, silovao me je drugi vojnik, pa treći. Bol je bila ne izdrživa, ali suza nije bilo. Jedan od muškaraca, koji je bio dovoljno star da mi bude djed, me nazivao različitim imenima: bula, balija, drolja, turska kurva, itd. Pokušavao me je povrijediti što je bilo moguće više, ali na mom licu nije bilo suza i mislim da ga je to jako razljutilo, pa ih je pokušao istjerati na silu. Uzalud tome, one disu dolazile. Ležala sam nepomično, kao komad drveta. Nisam se borila, plakala, ni molila. Znala sam da će se sve nekad morati završiti; ili će me pustiti da idem, ili ubiti. Kako god uradili, bila bih slobodna.

U toj kući sam provela tri dana. Bila sam silovana dan i noć od strane raznih muškaraca. Prestala sam ih brojati nakon petnaest. Bilo je to teško pratiti. Njihova lica su ubrzo počela da se utapaju u jedno.

Nisam ništa značila niti jednom od njih. Bila sam potrošna roba.

Uvečer trećeg dana, čuli smo eksplozije granata negdje u blizini. Svi su se uspančili i počeli bježati. Radovan me je uhvatio za kosu i naredio da izlazim iz kuće i ulazim u auto. Kad sam izašla iz kuće, shvatila sam da je kuća u kojoj smo bili, bila jedna od napuštenih, muslimanskih kuća. To sam zaključila po tome što sam vidjela da su sve druge kuće naokolo bile uništene; granatirane ili spaljene. Eksplozija koju smo ranije čuli je bila prouzrokovana granatiranjem susjedne džamije.

Radovan me je onda odvezao nazad u logor Omarska, nazad u onu istu sobu ispunjenu ženama i djevojčicama.

POGLAVLJE 10

Tamošnja atmosfera je bila još gora nego prije. Bilo je tu nekoliko novih žena koje prije nisam primijećivala. Vidjela sam jednu djevojčicu od nekih devet-deset godina kako čupa svoju kosu, kao što je to Helena radila.

Jedna žena je pričala sama sa sobom, potpuno nesvjesna svega što se oko nje dešavalo: "Meho," obraćala se svom nevidljivom mužu, "rekla sam ti da je beba već u autu! Hajde više! Šta čekaš?" Okrenula se i počela galamiti na ženu koja je stajala uz nju. "Nemamo više vremena, moramo ići!"

Jedna je, opet, brojala pločice po podu.

Sjela sam pored djevojke koja je bila od prilike mojih godina. Grlila je svoja koljena i pjevušila. Nisam htjela ni s kim razgovarati, a ni slušati da se meni nešto govori. Znala sam da, ako uskoro ne izđem odavde, potupno ću izgubiti pamet, a to je bila jedina stvar koja mi je još bila preostala.

Svako malo, naoružani vojnik bi ušao i izveo neku djevojku iz sobe. Nakon nekog vremena, ona bi se vratila s novim posjekotinama i ranama.

I ja sam, također, bila odvođena u susjednu sobu, gdje su me silovali, jedan ili više njih, na prljavom madracu. Svaki put kad se to dogodilo, zauvijek bih izgubila djelić sebe. Čak su mi i suze bile potpuno presušile. Ništa više nisam osjećala, osim da sam bila prljava, obeščašćena i potpuno sama. Pokušala sam se tješiti mišlju da će jednog dana ovo sve biti gotovo i da ću imati šansu da ubijem Radovana. To je bila jedina stvar koju sam sada željela: da ga mučim i ubijem. Ponekad sam dugo u noć sjedila budna, razmišljajući o raznoraznim načinima na koje bih ga mogla proganjati i silovati. Te su me misli održale u životu. Nije mi bilo važno što bih završila u paklu. Apsolutno ništa, čak ni pakao, nije bilo gore od ovog što mi se sad dešavalo i samo mi je bila potrebna jedna šansa da Radovanu vratim za sve ono što je on meni učinio. Mrzila sam i druge, naravno, ali činjenica da me je on poznavao od rođenja mi je trgala srce. Znao je moje roditelje i oni su mu vjerovali. Gledao me je kako sam odrastala. Zajedno smo išli na godišnje odmore, a njegov sin mi je bio kao brat. Mogao me je spasiti. Onog prvog dana kad me je vidio u Omarskoj, trebao me je strpati u auto i odvesti kući mojoj majci. Mogao me je spasiti ... da nije bio toliki šejtan. Znala sam da je moj život svakako bio završen, ali nisam bila dovoljno hrabra učiniti ono što je Helena učinila. Znala sam da ću to ipak na kraju morati uraditi. Život sa ovim sjećanjima i noćnim morama bi bio pakao. Ali samo mi je bila potrebna jedna prilika da mu se osvetim; da plati za ono što mi je učinio. To mi je bio kraljni cilj. Ništa drugo mi više nije bilo važno. Moj život je bio gotov. Najvažnija osoba mog života, moj dobrodušni, ljubazni, veseli otac je vjerovatno do sad bio mrtav, a sve i da nije bio mrtav, vjerovatno više nije bio ista osoba. Koncentracioni logor mu je, vjerovatno, zadao vječne posljedice. Mama i ja se nikada nismo baš dobro slagale i duboko u duši sam je krivila za to što me je poslala u Kozarac onog groznog dana, ali sam bila sigurna da se i njoj nešto strašno desilo. Uostalom, bila je Radovanova prva komšinica; možda ju je ubio, ili još gore, silovao. I Džani ...

Nisam sebi dopuštala ni da pomislim na Džanija. Znala sam da, čak i ako je bio dovoljno sretan da preživi logor u koji su ga odveli i ako bih i ja, nekim čudom, preživjela ovu noćnu moru, nas dvoje nikada ne bi mogli biti zajedno. Nikad ne bih dopustila da sazna za sve što mi se dogodilo, a pogotovo nikada ne bih dopustila da oženi neku obeščašćenu, tužnu osobu, koja sam ja postala. On je zasulžio neku čistu i dobru ženu, neku koja nije maštala o ubijanju druge osobe, čak i ako je ta osoba bila čudovište poput Radovana.

Dvadeset i jedan dan mog zarobljeništva i mučenja u tom logoru su mi potpuno promijenili pogled na sve. Viđanje svakakvih strahota je za mene postala normalnost. Obavljanje nužde vani na otvorenom, pokraj mrtvaca, je postalo najprirodnija stvar. Ništa me više nije šokiralo. Morala sam se nekako probuditi. Htjela sam opet osjećati ... htjela sam osjećati bilo šta, čak i bol. Nekako sam postala poput kamena.

Jedne noći dok sam se borila da se riješim još jedne od svojih noćnih mora, čula sam lupu vrata. Naoružani vojnik je ušao i rekao mi da izađem. Zovnuo me je po imenu i bila sam prestravljena mišlju da ga je Radovan poslao da me ubije. Sjedila sam u ćošku, pokušavajući se sakriti ispod deke, ali druge žene su upirale prste u mene i on mi je naredio da ustanem i slijedim ga.

Prilazeći polako vratima, osjetila sam da me nešto jako udarilo u leđa i pala sam na pod.

"Ustaj, balijska kurvo! Koračaj brže! Ovo će te naučiti da se odmah odazoveš kad te drugi put budem zvao." Galamio je.

Pokušala sam ustati, ali je bol ispod desne mi lopatice bila ne podnošljiva.

"Rekao sam ti da ustaneš!" Viknuo je i kad sam se bila napola podigla, udario me je šakom u lice.

Krv mi je potekla iz nosa i vid mi se zamutio. Mislila sam da je sve bilo gotovo, da je ovo bio trenutak moje smrti. Soba se vrtjela oko mene, ali sam, što sam brže mogla, ustala i krenula prema vratima. Kad sam napokon izašla, vidjela sam kako me u hodniku čeka drugi vojnik. Bilo je jako mračno i vid mi je bio zamagljen od krvi koja mi je kapala iz rasječene obrve, ali mi se njegovo lice učinilo malo poznatim. *Vjerovatno je jedan od onih koji su me silovali*, pomislila sam u bunilu.

Taj me onda zgrabio za ruku i počeo vući. Svu snagu sam pokušala skupiti da bih mogla koračati, ali sam bila u potpunosti klonula. Činilo se da me noge više nisu htjele slušati kad sam im naredila da idu. Bilo je to kao da je moje tijelo govorilo da mu je već bilo dosta svega i da to više nije moglo izdržati. Vojnik me je držao ispod desne ruke. Skoro sam se u potpunosti oslonila na njega. Nije ništa govorio, samo me je vukao prema drugoj sobi. Ušavši u sobu, podigla sam pogled i moje oči nisu vidjele ništa drugo osim prljavog madraca na prašnjavom podu.

Počela sam se smijati ... nisam mogla prestati. Šta sam i očekivala? Bila sam samo za iskoristiti i odbaciti. *Nikad neću izaći odavde. Nemam više ništa za šta vrijedi živjeti. Bolje mi je sad umrijeti i konačno se osloboditi.*

Gromko sam se smijala, preklinjući ga da me riješi muke.

"Umukni!" Naredio je, ali ja sam se još glasnije zasmijala. Drugi vojnik, onaj što me je udario u leđa, je krenuo prema nama, ali je ovaj bliži meni podigao ruku pokazujući mu da ne prilazi.

"Selma, prestani se smijati!" Rekao je, ali ja nisam zastajala čak ni da upitam kako je znao moje ime i zašto je htio da me vidi, ako ne da me siluje ili ubije.

Ošamario me je tako snažno da sam se u istom trenutku našla na podu. Smijeh mi se prigušio u grlu i odsutno sam stavila ruku preko bolnog obraza. Drugom vojniku je rekao da nas ostavi nasamo, a onda mi je glasno naredio da se odvučem do madraca. Tako sam i učinila.

"Selma, tako mi je žao što sam to morao učiniti." Rekao je kad je drugi vojnik zalupio vratima iza sebe. Osjetila sam kako me je zagrlio i poljubio. Lice me je boljelo pod njegovim poljupcima. Bila sam šokirana njegovim ponašanjem. Njegovi poljupci su se činili čisti i nježni.

"Zar me ne prepoznaješ? Zar ne znaš ko sam?" Upitao je, odmičući se od mene.

Skoncentrisala sam se na njegovo lice, brišući krv iz očiju. Veliki uzdah mi se oteo. Suze su mi se počele slijevati iz očiju kad sam shvatila ko je bio on.

"Damire?" Dotakla sam njegovo lice kako bih se uvjerila da je stvarno bio tu.

"Damire, Damire, Damire!" Bacila sam se na njega, grleći i ljubeći ga, bojeći se da bi svakog trenutka mogao nestati. "Damire, moraš mi pomoći da izađem odavde ..." Počela sam, ali mi je on stavio prst na usta.

"Ne moraš mi to govoriti; došao sam ovdje u potrazi za tobom. Selma, učinit ću sve u svojoj moći da te izvedem odavde, ali moraš uraditi tačno onako kako ti kažem, ok?"

"Da, naravno. Šta god ..."

"Ok, prije svega, kad izađemo iz ove sobe, pretvaraj se kao da sam te silovao, okej?" Zastao je. "Ne mogu ti pomoći da izađeš večeras. Moram te odvesti nazad u onu sobu. Sutra ću izvaditi dozvolu i doći po tebe. Važi?"

Samo sam se nasmiješila. Suze su mi i dalje tekle kao rijeke. Dao mi je nadu. Zbog njega sam ponovo plakala i osjećala. Pomislila sam da, čak i ako me nije uspio sutra izvući odavde, bila bih mu zahvalna do kraja svog života samo zato što mi je pomogao da se ponovo osjećam toplo i voljeno. Njemu nisam bila tek neko za odbaciti, bio mi je pravi drug. U mojim očima i srcu, tad mi je postao doživotno najbolji prijatelj.

"Damire, jesi li vidio moju mamu i tatu? Znaš li da li im se šta dogodilo?" Upitala sam prije nego što me vratio nazad.

"Mama ti je još uvijek kod kuće. Čeka te. Rekla mi je da si u Kozarcu i zabrinula se je kad je nisi nazvala. Ja sam te tražio od logora do logora."

"A moj tata? Zadnje što sam čula je da je bio u Keratermu."

"Bio je, a potom je prevezen ovdje, ali ..." Spustio je pogled. "Nije više ovdje i stvarno ne znam šta se s njim dogodilo. Tako mi je žao, Sel. Oh, ali ipak imam jedne dobre vijesti."

Riječi su mu brzo izletjele iz usta kad je primijetio da su mi se usne iskrivile od boli. "U Keratermu sam našao Džanija i ja i drug Jagnjić smo mu pomogli da izađe. Sjećaš se druga Jagnjića, zar ne Selma; našeg nastavnika fizičkog? Džani je sad na sigurnom, kod kuće."

"Oh ..." bilo je sve što sam mogla reći.

"Šta ti je? Zar nisi sretna?" Upitao je, zbunjen mojim odgovorom.

"Oh, Damire, da. Da, naravno da sam sretna. Sretna sam što tebe vidim!" Uzviknula sam. "Slušaj, ako mi se išta desi ..."

"Ne! Prestani s tim, Selma. Nisam te došao naći samo da se oprostiš od mene. Ništa ti se neće dogoditi, osim to što ćeš sutra izaći odavde. Zato, nemoj ni slučajno da se usuđuješ da mi kažeš zbogom. Moraš mi obećati da ćeš noćas ostati živa, bez obzira na sve. Sel, ne možeš sad tek-tako odustati."

Spustila sam pogled, ponovo osjećajući tugu i beznađe.

Podigao mi je glavu kako bih ga pogledala. "Selma, ne možeš sada odustati. Postoje osobe na ovom svijetu koje te vole i trebaju. Ja te volim. Moraš biti jaka. Moraš biti jaka za svoju mamu. A ne mogu ti ni opisati koliko Džani ludi što ne zna gdje si."

Suze su mi se opet skotrljale niz lice.

"Slušaj, Selma. Sutra kad izađemo, ja ću te odvesti kući da se okupaš i presvučeš. Sljedeći dan ću doći po vas i pokazati vam kako možete izaći iz Prijedora. Ima jedan konvoj koji prevozi ljude iz Prijedora u Travnik." Nasmiješio se je. "Ti ćeš se tamo osjećati baš kao kod kuće. Travnik je podijeljen između hrvata i muslimana, baš kao i ti."

Nasmiješila sam se. "Dobro. Učinit ću onako kako mi kažeš."

"Dobro. Hajmo sada prije nego što nas dođu tražiti. Zapamti, izgledaj kao da si silovana."

"Ne brini. Neću morati puno glumiti."

Shvatio je na šta sam mislila i zagrlio me je. Njegov zagrljaj je bio nježan kao da se bojao da bi me slomio ako bi me malo jače stisnuo.

"Tako mi je žao," rekao je on. Primijetila sam da mu se suze sjaje u očima.

Htjela sam mu reći da ne brine, da sam bila u redu, ali nisam mogla. Bila bi to jedna velika laž.

Pomogao mi je ustati s madraca i uhvatio me je ispod desne ruke nudeći podršku. Prije nego što je otvorio vrata, zaustavio se i upitao: "Sel, da nisi možda ovdje vidjela mog tatu?"

To pitanje je bilo poput uboda tupim nožem. Rana u mom srcu se širom otvorila i to mi se pokazalo na licu. Cijelo tijelo mi se ukočilo prije nego što sam bila u stanju prikriti osjećaje.

"Oh, shvatam ..." je bilo sve što je rekao prije nego što smo zakoračili u mračni hodnik.

Nisam imala priliku da mu se zahvalim, jer je drugi vojnik stajao na ulazu u susjednu sobu. Kako sam prolazila pokraj njega, uhvatio me je za prljavu kosu koju sam sada mrzila, jer su svi komentarisali na to kako je bila lijepa, ili su je vukli kao da je bila neka vrsta uzice.

"Pa jel' vam bilo fino?" Upitao je ovaj i obojica su prasnuli u smijeh.

"Jeste ..." Procvililila sam tiho, povlačeći kosu iz njegove ruke i poslušno ulazeći u sobu. Te noći nisam spavala, niti je ko ulazio da izvodi djevojke. Razmišljala sam o Damiru i pitala se da li je sve što se dogodilo s njim bila samo halucinacija.

POGLAVLJE 11

Održao je riječ. Sljedećeg dana, vrata su se otvorila, moje ime je prozvano i Damir je čekao sa dozvolom za izlaz iz pakla. Okretala sam se naokolo, bojeći se da će nas Radovan vidjeti i zaustaviti, ali njega nije bilo.

Kad smo sjeli u auto, Damir mi je u krilo stavio malu, smeđu kesicu. "Ovo je za tebe. Izvini ako malo smrdi, nestalo nam struje pa ga nisam mogao staviti u frižider."

U kesici se nalazio sendvič od parizera, jedna jabuka, i mala boca vode. Nisam imala pojma da li je sendvič smrdio ili ne, jela sam bez žvakanja i za mene, to je bio najbolji sendvič koji sam ikada pojela.

"Izvini što je voda malo mutna. I vode nam je nestalo, pa odemo u park i sipamo vodu sa one stare pumpe. Ko bi rekao da još uvijek radi? Međutim, jadna pumpa nema vremena da se napuni, jer redovi ljudi danonoćno čeka na nju. Zadnji put kad je moja mama otišla, uspjela je nasuti samo malo vode, ostalo je bilo blato." Nasmiješio se je. "Ponekad, voda dođe k'o iz vedra neba, pa napunimo kadu, lonce, šerpe i ostalo posuđe."

"Zar ti to ne dobiješ u vojsci?" Upitala sam punih usta.

"Dobijemo ponekad, ali vodu je teže dobiti nego išta drugo. Osim toga, Sana je u zadnje vrijeme nešto jako plitka; nije bilo kiše, a pravo da ti kažem—" uzdahnuo je —"u njoj je viđeno nekoliko mrtvih tijela kako plove. Pa, ko bi to pio, jel' tako?"

Spustila sam glavu, odjednom osjećajući mučninu. Pokušala sam se suzdržati, ali prije nego što sam uspjela reći Damiru da zaustavi auto da bih mogla izaći, povratila sam po cijelom autu.

"Tako mi je žao, Damire. Očistit ću ga čim dođemo kući," rekla sam, osjećajući se neugodno.

"Ma ništa se ne sikiraj, svakako nije moj. Razmijeniću ga za drugi."

"Za drugi? Gdje?"

"U Kozarcu, Hambarinama ... hej, nemoj me tako gledati! Pa moram i ja glumiti ulogu." Nasmijao se je glasno.

Promijenila sam temu.

"A gdje ti je Toni?"

"Izašao je. Sjećaš se kako sam ti spomenuo konvoj koji izvodi ljude iz Prijedora?" Klimnula sam i čekala da nastavi.

"Vojska doveze kamione i autobuse kod starog stadiona i ljudi s propusnicama, koje sam ja nabavio za tebe, tvoju mamu, Džanija i njegovu mamu, uđu i odu u Travnik. Nakon toga, idu gdje god hoće. Toni je rekao da će u Zagreb kod svoje tetke, mamine sestre. Ona je jedina preživjela familija koja mu je preostala."

"Šta misliš, hoćete li se ikada više vidjeti?"

"Ah, ko zna? Ništa više nije kao što je nekad bilo. Nisam siguran ni da li bi me on više ikada i htio vidjeti. Osim toga, ko zna da li bismo ostali zajedno sve i da nismo ratni neprijatelji?" Iako se nasmiješio, nije mogao prikriti bol i tugu u svojim tamnim očima oblika badema.

"Damire, zašto i ti ne pođeš s nama? Mogli bismo izaći iz Jugoslavije i preseliti se u neku drugu zemlju, zajedno," upitala sam.

"Znaš da ne mogu. Dok bih prešao u Travnik, tamo bi me, vjerovatno, ubili. Ovdje imamo izbjeglice koje dolaze iz Travnika. Tamo izbacuju Srbe iz njihovih kuća i šalju ih dalje. Šta? Zar ti stvarno misliš da su vaši sveci?" Njegova iznenadna promjena tona me je preplašila. "U Hrvatskoj i u mjestima u Bosni koje drži vaša bošnjačka vojska, oni rade isto Srbima što Srbi rade ovdje vama."

Odlučila sam promijeniti temu. Opet mi je bilo muka.

Kad sam izašla iz auta, vidjela sam da je sve izgledalo drugačije nego prije. Vinova loza u dvorištu moje zgrade je bila odsječena. Nekoliko stabala je također bilo posječeno. Iza njih su ostali samo kratki panjevi. Preko puta, pred susjednom zgradom sam uočila čopor ovaca. Kasnije mi je mama rekla da ih je jedan od naših komšija doveo iz Hambarina, nakon što su Hambarine spalili, a hambarinske mještane pobili. Naša dva kontejnera za smeće, sad su bila ukrašena s ogromnim simbolom četiri C (S). Nisam ništa pitala, samo sam htjela ući unutra i sakriti se od svijeta.

Pokucao je na naša vrata, a zatim sam se našla u naručju svoje majke. Ljubila me je i grlila, plakala i smijala se u isto vrijeme. Neprestano je ponavljala moje ime.

Ovaj put nisam plakala. Umjesto sreće, osjetila sam bijes.

Iako sam bila ljuta na nju, znala sam da je moja ljutnja bila

nepravedna. Ali nisam mogla, a da ne osjetim bijes. U dubini duše sam je krivila zato što me je poslala u Kozarac.
Ipak, nisam mogla dopustiti da to sazna. Duboko u sebi sam znala da je samo radila ono što je mislila da je u to vrijeme bilo najbolje za mene i vjerojatno je i ona sama prošla kroz neku vrstu pakla.

Izgledala je mršava i po prvi put u životu sam je vidjela bez šminke i lijepe frizure. Kosa joj je bila zavezana u neurednu punđu. Imala je tamne krugove oko očiju.

"Sel, zapamti šta sam ti rekao." Čula sam Damirov glas iza sebe. "Ne izlazite iz kuće i nikom ne otvarajte vrata. Kad saznam u koje vrijeme dolazi konvoj, doći ću po vas. Nemojte ništa nositi sa sobom osim malo odjeće. Svakako će vam sve oduzeti. Rekli su, ništa više od dvije kile."

Poljubio me je u čelo i otišao.

Stan nam je izgledao jako neuredan. U kuhinji sam primijetila mali, novi šporet. Isti kao što je moja nena Aiša imala. Nije mu bila potrebna struja, niti plin da bi radio i odjednom sam shvatila zašto su ona stabla na ulici bila posječena. Ljudi su ih koristili za loženje vatre.

"Sviđa li ti se?" Upitala je majka smiješeći se, primijetivši da sam gledala u peć. "Aminin muž mi ga je neki dan dao, da imam na čem kuhati. Da bar imam šta kuhati ..."

Da, vidim. Vjerovatno ga je ukrao od tvoje mame, slijepa, naivna, ženo.

"Amina mi je dala malo brašna, ulja i nekoliko jabuka da ti napravim one uštipke što voliš. Znala je da ti Damir pomaže da dođeš kući. Rekla je i da će čuvati naše stvari da se imamo gdje vratiti kad ovo sve prođe."

Ja ako odem, nikad se više neću vratiti! Pomislila sam ogorčeno.

"Znači, nema vode da se okupam?" Progovorila sam po prvi put otkako sam stigla.

"Ima. Zadnji put kad je došla, nasula sam malo u kadu, kante i lonce."

Shvatila sam da je u velikom loncu na šporetu bila voda koju je grijala za moju kupku.

"Bože, Selma!—Je li to ... jesu li to uši?" Odjednom je uzviknula, prilazeći bliže da bi mi podigla kosu. "O, ne, Sel. Glava ti je puna gnjida i ušiju. Šta ćemo sad?"

"Ošišati! Eto šta ćemo!" Gotovo sam vrisnula na nju.

Kako si toliko glupa? Upravo sam izašla iz prokletog logora, silovana i zlostavljana od strane stotina prljavih, gadnih, bešćutnih čudovišta! Šta si očekivala? Vjerovatno imam sidu i bog zna šta još! Nisam mogla naglas izustiti te riječi, samo sam ušla u kupatilo i uzela makaze.

"Selma, molim te, ne možemo ti ošišati tu prelijepu kosu. Očistit ću ih. Vadit ću ih rukama jednu po jednu," molila je.

"Kako to misliš, 'ne možemo je ošišati'?" Upitala sam kroz zube. "*Moja* je kosa, na *mojoj* je glavi i ja je više ne želim! Mrzim je!" Vikala sam. "Mrzim je! Sijeci! *Sijeci* je!" Zgrabila sam makaze i počela sjeći pramenove kose, vičući: "Mrzim je! Sijeci! Sijeci!"

Ona je samo stajala, zatečena mojom reakcijom. Nije mi bilo važno što sam je vjerovatno plašila. Morala sam se riješiti te kose i očistiti se. Nije me bilo briga kako sam izgledala. Htjela sam biti ružna i neprivlačna. U toj silnoj huji i bijesu, svu sam je isjekla. Znala sam da sam izgledala kao strašilo, jer mi je kosa bila neravno ošišana i raštrkana. I onda sam se, nakon dvadeset-jedan dan, pogledala u ogledalo po prvi put.

Osoba koja je buljila u mene nimalo nije ličila na sretnu osobu koju sam navikla viđati s druge strane stakla.

Ova osoba je bila kostur prekriven blijedom kožom. Njene tužne plave oči pune bola su izgledale velike i okrugle, potpuno upadnute u njeno beživotno lice. Lice joj je bilo prekriveno tamnoljubičastim modricama, a otvoreni rez na desnoj obrvi je još uvijek bio vidljiv, ali je krv koja je prije na dan iz njega curila, sada bila suha.

Pitala sam se zašto majka nije komentarisala na moj izgled. Zašto nije vrištala da ova preplašena djevojka i ne liči na njenu kćerku? Zašto nije bila ljuta na one koji su ovo uradili njenom jedinom djetetu?

Tiho sam otišla do šporeta i sa zadnjim mrvicama snage, s njega sam skinula teški, vrući lonac i odnijela ga u kupatilo, ne pogledavši je više ni jednom. Zalupila sam vratima iza sebe. Osjetila sam knedlu u grlu i znala sam da, da sam progovorila, suze bi mi potekle i ovaj put, bila sam sigurna da ih više nikad ne bih bila u stanju zaustaviti. Dugo sam se kupala, ribajući cijelo tijelo dok me koža nije počela peći. Čak i nakon sat ribanja i čišćenja i dalje sam se osjećala prljavo i ogavno.

Obukla sam svoj omiljeni donji dio sive trenerke i tatinu široku, crnu majicu. Izašla sam iz kupaonice i sjela na jednu od stolica pokraj šporeta. Mama me nije ni pogledala. Samo je mirno pržila one male kolačiće od brašna i jabuka. Lijepo je mirisalo, ali meni je opet bilo muka. Moj želudac kao da je bio u nevjerici da je hrana dolazila u njegovom pravcu.

Začula sam lagano kucanje i obje smo se okrenule prema vratima.

"Sabina, ja sam, Damir."

Kad ga je mama upustila unutra, začuđeno je glasno udahnuo vidjevši moju novu frizuru: "Selma, šta si to uradila? Šta si to uradila od kose?"

"Uši ..." je bilo sve što sam mogla izgovoriti. Ustala sam sa stolice da bih ga zagrlila, ali sam se na pola puta ukočila kad sam shvatila da je kod vrata stajao još neko—Džani.

Još uvijek je bio visok i zgodan. Ljepši nego što sam ga se sjećala.

Samo sam stajala, zureći u njega. Htjela sam mu potrčati u zagrljaj, ali sama pomisao da ga dirnem svojim prljavim rukama je bila bolna. Nikad ne bih smjela dopustiti da sazna šta mi se dogodilo, a ono što je najviše boljelo je bila pomisao na to da nikad neće moći biti sa mnom. Bila sam potpuno uništena, ukaljana.

Prišao mi je polako, pazeći da me ne preplaši ili povrijedi. Bez riječi je položio svoju ruku između mog desnog uha i čeljusti, gledajući me u oči. Nježno me je privukao u zagrljaj. Moje misli su bile nesređene. Njegov poznati miris me je smirivao, ali me je srce zaboljelo kad sam čula tihe jecaje kako dolaze negdje iz dubine njega. Neko vrijeme se nismo pomicali.

Kad smo se napokon odvojili jedno od drugog, primijetila sam da Damira više nije bilo, a mama je postavljala sto za jesti.

"Lijepa ti je kosa," rekao je Džani. "Nikad prije nisi imala kratku kosu, zar ne? Izgledaš mlađe."

Mislila sam da je to samo govorio radi-reda. Vjerovatno mu se nije sviđao moj novi izgled ali nije htio da mi to pokaže. Htio je da me malo oraspoloži da bih se osjećala bolje. Jadni moj Džani, ništa više na ovom svijetu nije postojalo što me je moglo oraspoložiti i učiniti da se osjećam bolje.

"Sel, šta je s tetkom Minkom i Kemom?" Upitala je majka ležerno.

"Mrtvi su! Svi!" Iznenadila me je surovost mog glasa. Prekinula je jesti. Spustila je viljušku i pogledala me. Htjela sam je ošamariti i otrgnuti iz ovog stanja poricanja u kojem je bila. Riječi su mi brzo izlazile iz usta. Nisam joj htjela dati priliku da napusti sobu. Ovo mi je bila jedina šansa da sve iz sebe istresem. Detaljno sam joj ispričala sve što se desilo s tetkom Mehmedom i Kemalom. Ispričala sam joj i o svim drugim strahotama koje sam vidjela na putu prema logoru, gdje sam srela dajdžu Huseina. Opisala sam kako je izgledao i ispričala joj sve ono što mi je on rekao. Tople suze su mi nekako njegovale slomljeno srce.

Džani je posegnuo za mojom rukom, ali ja sam je brzo izmakla.

Majka nije ništa pitala. Nije plakala, niti me je pitala za modrice na mom licu. Jednostavno je ustala i uhvatila se za stomak, kao da joj je bilo muka. Kad je Džani ustao da joj pomogne, odmahnula je rukom, pokazujući mu da sjedne. Izašla je iz kuće i pomislila sam da je vjerovatno otišla u malu šupu, nekoliko metara udaljenu od zgrade. To je bilo njeno omiljeno mjesto gdje je išla kad je htjela biti sama.

"Ah ... Selma," Počeo je Džani: "baš mi je žao ... Ne znam šta da kažem. A ti? Šta se s tobom dogodilo?" Njegove oči su počivale na mom licu, tražeći odgovore.

"Tukli su me i pitali za Zelene beretke." Ispričala sam mu o onom što se dogodilo Heleni i njenoj porodici. Pričala sam o svemu ... gotovo o svemu. Nisam mu rekla za Radovana i za ostala silovanja. Nikada to nije smio saznati. Ako sam ja morala da patim, nisam htjela povesti njega i mamu sa sobom u taj pakao. Osim toga, mislila sam da ne bih ni bila u stanju razgovarati o tome. Ta sjećanja su bila previše mučna. Htjela sam ih sakriti negdje duboko u sebi i zaboraviti da mi se to ikad dogodilo.

"Damir kaže da si bio u Keratermu," rekla sam, pokušavajući promijeniti temu kako me ne bi šta još upitao. "Jesi li tamo vidio mog tatu?"

"Ne, nisam ga vidio."

"Pa, kako si uspio izaći?"

"Bio sam, ah ... ranjen; vidi ..." Podignuo je majicu. Oko struka mu je bilo omotano neko platno koje je izgledalo poput gaze.

"Metak je ušao ovdje," pokazao je na desnu stranu stomaka, "a izašao ... ovdje ...," okrenuo se pokazujući na svoja leđa. "Sreća da nije ostao unutra. Pao sam u nesvijest, a kad sam se probudio vidio sam da sam se nalazio u kamionu, na gomili mrtvih tijela. Bol je bila jaka. Nisam se mogao ni pomaknuti. Znao sam da nas voze u neku jamu za ukop. Kad se kamion zaustavio i kad su podigli ceradu, prepoznao sam Damira. On mi je pomogao i rekao da se sakrijem u autu njegovog prijatelja koji me je potom odvezao kući. Kasnije tog istog dana, Damir je navratio i rekao mi za konvoj koji bi nam mogao pomoći da izađemo iz Prijedora."

"Znači drug Jagnjić ti je pomogao da dođeš kući. A gdje je Damir tad bio i kako to da niko od drugih vojnika nije vidio da ti oni pomažu?" Upitala sam, zamišljajući užas koji je morao osjećati kad je shvatio da je bio natovaren na kamion pun mrtvaca.

"Mislim da su Damir i taj vaš Jagnjić bili zaduženi za prijevoz mrtvih tijela u neku jamu. Ja još uvijek nemam pojma gdje je to bilo.

Damir mi je kasnije rekao da su me prepoznali dok sam bio u Keratermu i sakrili su Jagnjićevo auto nedaleko od masovne grobnice koju su drugi vojnici kopali. Kad su me stavili u auto, Jagnjić me je odvezao kući, a Damir je nastavio s kamionom."

"Znači oni odlučuju ko živi, a ko umire! Otkud im pravo na to?" Prošaptala sam gorko. "Zašto misliš da nam Damir pomaže? Mogao nas je pobiti isto kao što je Dule ubio Kemala. Ne vjerujem im, Džani, nikom od njih. Sigurno imaju neku korist od svega ovoga."

"Selma, zašto jednostavno ne možeš prihvatiti da postoje i dobri ljudi na ovom svijetu? Zašto uvijek moraš biti tako negativna, čak i kad ti je dokaz pred očima?" Rekao je, ustajući i odlazeći prema prozoru. Okrenuo mi je leđa i pogledao kroz prozor. Znala sam da nije stvarno bio ljut na mene, vjerovatno se i on to isto pitao, ali je želio vjerovati drugačije.

"Neke ubiju, a zatim spase jednog ..." rekla sam tihim glasom, "da smire savjest. Jedino na taj način mogu živjeti sami sa sobom. 'Da, ubio sam one, ali gledaj, spašavam ove ...'" Imitirala sam Damirov glas. "Kao što rekoh, osobna korist."

Okrenuo se je polako i pogledao me. "Selma, gdje ćeš kad izađeš iz Prijedora?"

"Ne znam, vjerovatno u Hrvatsku kod bake Anđe. Ti?"

"Mama hoće da idemo u Njemačku kod sestre. Međutim, nisam joj htio reći da namjeravam ostati u Travniku i pokušati se upisati u bosansku vojsku." Spustio je pogled. "Možda ću na taj način jednog dana moći uzvratiti uslugu Damiru i vratiti dug onima koji su mene ranili i onima koji su tebe pretukli." Glas mu je bio gotovo jednako ogorčen kao i moj kad je spomenuo one koji su mene pretukli.

"Reci mi nešto Selma, ako ostanem u vojsci dok se rat ne završi, hoćeš li me čekati? Mogu li se barem nadati da ćeš, ako preživim, biti tu ... da ćeš me čekati?" Podigao je glavu. Suze su mu blistale u očima.

Razmišljala sam o tome kako da mu kažem da nije bilo šanse da ikada više budemo zajedno kao par? Bila sam uništena. Znala sam da se sigurno nikada neću udati, niti ću ikada dobrovoljno imati spolne odnose. Nisam imala pojma koliko mi je štete bilo načinjeno, ali sam znala da nije bilo nikakve nade za popravkom. Za mene, nije bilo nade. Nisam željela da me oženi i provede život sa polu-živom osobom koja nikada neće moći zaboraviti ono što joj se dogodilo u onom prokletom koncentracionom logoru. Svaki put kad bi vodili ljubav, umjesto njegovog, vidjela bih lica stotine drugih muškaraca. Osim toga, još uvijek nisam znala jesam li imala neku smrtonosnu bolest.

"Oh, Džani, nemoj me to pitati," rekla sam s nesigurnim glasom. Pogled u njegovim očima je bio ispunjen očajem. Htjela sam mu ipak dati neku nadu. "Samo ću ti reći jednu stvar i to je jedina istina, obična i jednostavna - volim te. Nikad nikog nisam voljela kao što volim tebe i više nikad nikog neću voljeti kao što volim tebe." Nastavila sam. Zadržala sam oči na njegovima kako bi vidio da sam to zaista i mislila.

Nasmiješio se je i krenuo prema meni. "To mi je dovoljno. Za sad." Kad je pošao da me zagrli, vrata su se otvorila i mama je ušla unutra. Beonjače i vrh nosa su joj bili crveni od plakanja.

"Džani," šapnula je, "čeka te Damir da te vozi kući."

Pogledao me je još jedanput. "Vidimo se sutra kod starog stadiona." Nasmiješio se je nesigurno i otišao.

Prigušeni jecaji moje majke su me držali budnom većinu noći. Napokon sam zaspala negdje pred zoru i po prvi put nakon dugo vremena, spavala sam bez snova. Probudila sam se svježa i spremna napustiti ovaj džehenem.

POGLAVLJE 12

Iz kuhinje su dopirali tihi glasovi i to me je na trenutak vratilo u ono predratno doba, kad bi moji roditelji rano ustajali i sjedili u kuhinji prije nego bi se počeli spremati za posao. Pili bi kafu, razgovarali i smijali se. Ali okrutna stvarnost me je pogodila kad sam prepoznala Aminin glas. *Nikad više neću vidjeti mog tatu, niti ću ga čuti kako se smije.* Mržnja mi je, još jednom, polako okupirala srce.

Nije bilo vode za tuširanje, pa sam se obukla bez kupanja. Bila sam vrlo oprezna u odabiru odjeće tog dana. Željela sam izgledati nevidljivo, pa sam odlučila ne obući ništa svijetlih i živahnih boja. Moje stare, crne farmerice su mi sada bile prevelike i to mi je bilo veoma drago. Nisu mi bile priljubljene uz noge i stražnjicu kao što su to nekad bile. Jedna crna očeva majica mi je zapala za oko i ja sam je obukla, sretna što su mi grudi bile u potpunosti sakrivene. Kad sam se pogledala u ogledalo, bilo mi je drago vidjeti da sam izgledala kao desetogodišnji dječak.

Kad sam ušla u kuhinju, Amina mi je sretno pritrčala. Čvrsto me je zagrlila, ali ja joj zagrljaj nisam uzvratila. Bila sam joj zahvalna zato što je pomagala mojoj mami dajući joj hranu dok sam ja bila odsutna, ali sam znala da je njen suprug bio jedan od siledžija koje sam vidjela u logoru. Nije silovao mene, ali sam ga vidjela kako iz sobe izvodi druge djevojke. Nisam imala srca reći joj to. U ovom trenutku je za nju bilo bolje da to nije znala. Nije mogla ništa učiniti da bi ga zaustavila. A da ga je ostavila, ne bi imala gdje otići. Osim toga, mogla je završiti ubijena i onda bi njena djeca ostala bez majke. Ne, nisam htjela biti ta koja bi joj rekla da je spavala s najgorom vrstom čudovišta.

Mama je spakovala nešto odjeće u malu, smeđu vrećicu. Amina nam je napravila mali kruh za puta. Nismo doručkovale, nije bilo ništa za jesti, ali nisam mogla odoljeti mirisu svježe-pečenog kruha, pa sam ga nekoliko puta krišom čopnula.

Damir se pojavio oko deset da nas odveze do starog stadiona. Oprostile smo se od uplakane Amine koja je obećala da će čuvati naš stan baš onakvim kakav je bio, tako da bismo se nekad mogle vratiti.

Stotine ljudi se okupilo oko stadiona. Damir nas je odveo ravno do mjesta gdje su Džani i njegova mama stajali i čekali nas. Bila sam uzbuđena kad sam ih vidjela i sretna što sam mogla biti s njim berem još jednom prije nego što on ode u rat, a ja zauvijek nestanem iz njegovog života. Razmijenili smo pozdrave. Uzeo me je za ruku, pleteći svoje duge prste s mojima. Poznata struja je zazujila i naša srca su se stopila u jedno. Na trenutak, sve oko nas je bilo nestalo: okrutni vojnici, bijeda, vriska djece ... samo nam je bilo preostalo kucanje naših spojenih srca.

Nešto tvrdo me je udarilo u desno rame i to mi je prekinulo sanjarenje. Nakon toga, uslijedio je glasan smijeh. Kad sam se iznenađena okrenula da vidim šta je, iza žičane ograde sam vidjela žene kako na nas bacaju jabuke i kamenčiće. Bile su to Srpkinje koje su nam govorile pogrdne riječi i upozoravale nas na to kako bi nam najbolje bilo da se ne vraćamo.

Nisam mogla skrenuti pogled, a ni samo stajati u mjestu. Puštajući Džanijevu ruku, krenula sam prema ogradi, ignorišući njegove molbe da se ne mičem. On i Damir su krenuli za mnom.

Među gnjevnim ženama, stajala je i Dana; moja—ne baš tako davno—najbolja prijateljica.

"Hej, zdravo Dano," rekla sam, smiješeći se kao nekad kad smo se družile. Ona nije odgovorila, ali je izgledala zapanjeno, jer me, očito, nije odmah prepoznala. Izgledala je lijepo kao i uvijek, a po načinu na koji me je gledala, zaključila sam da sam ja izgledala kao potuna suprotnost od lijepog. "Hej, sjećaš li se kada je," nastavila sam, ignorišući sve znatiželjne poglede upućene prema nama, "tvoj tata kupio kravu od mog dide Adema, pa smo je ti, tvoj tata, ja i moj dajdža Husein vodili kroz livade i polja sve do tvoje kuće, cijelo vrijeme pokušavajući izbjeći druge ljude?"

"Da, sjećam se." Nasmijala se je ona." Nadale smo se i molile Boga da nas niko poznat ne vidi."

"Možeš li mi učiniti jednu malu uslugu?" Upitala sam, sada ozbiljnog lica.

"Naravno, šta god želiš," odgovorila je, još uvijek nasmijana.
"Pitaj svoga tatu kako je imao srca sa sobom odvesti još četiri ubice kući mojih nene i dide, da muče i pobiju ljude s kojima je poslovao i koji su ga vodili kući na ručak i kafu. Pitaj ga o tome kako je ubio moju nenu zbog nekoliko zlatnih prstenova i moga didu zato što je zaplakao za njom. Pitaj ga kako je imao srca urezati krst na Huseinova leđa sa razbijenom flašom." Riječi su mi brzo izlazile iz usta, jer sam znala da me je neko, svakog trenutka, mogao zaustaviti. "I pitaj ga kako je mučio i ubio Huseinovu ženu, Aleta i njegovu—sedam mjeseci trudnu—ženu, Mirsadu."

"Šta?" Prošaptala je i odmahnula glavom, očito zapanjena, a zatim je počela vrištati na mene. "Prestani! Lažeš! Ubiću te, prestani!" Vikala je, dok su mene Damir i Džani odvlačili od ograde. Osjećala sam se dobro što sam mogla iz sebe sve istresti i reći joj istinu o njenom ocu "svecu" - njenom heroju. Pomislih kako je bilo čudno osjećati se dobro, a riječ je bila o nečem tako strašnom i tad sam se sjetila Kemala. Okrenula sam se da je još jednom pogledam.

"Hej, Dano! Sjećaš li se Kemala? Znaš, onog kojeg si nedavno voljela?" Nastavila sam, ohrabrena s tim što me je pogledala: "Gledala sam njegovog drugara Duleta kako ga tuče na smrt samo zato što ga je Kemal pozdravio." Trepnula sam, iznenađena što na to nije odgovorila, a onda sam nastavila. "Nakon što je njega pretukao na smrt, ubio mu je i oca, jer je ovaj počeo plakati za svojim jedinim sinom." Glas mi je sada bio tih, ali sam bila sigurna da me je čula. Stajala je kao ukopana na jednom mjestu. Nije progovarala. Lice joj ništa nije odavalo i dok sam se polako okretala od nje, vidjela sam je kako pada na koljena. Onda je gorko zaplakala stiščući ogradu od bodljikave žice.

Kamioni su bili veliki i prekriveni smeđom ceradom.

Očito ne žele da uživamo u okolini, pomislila sam gorko.

"Muškarci napred, a žene pozada!" Naredili su.

Svi smo se popeli u kamion. Tu je bilo tako mnogo ljudi, žena i djece da sam napola sjedila u maminom krilu. Kad smo se svi bili ukrcali, naoružani vojnici su smeđom ceradom prekrili pozadinu kamiona. Unutra je bilo jako vruće i zagušljivo. Osjećala sam se kao životinja koja je bila vođena na klanje. Konačno su upalili kamione i krenuli smo.

Oko deset do petnaest minuta kasnije, zaustavili smo se i poklopac se otvorio tek toliko da jedan od naoružanih vojnika proviri unutra.

"Ko će meni biti pajdo za danas? Da vidimo ... ima li dobrovoljaca?" Upitao je nasmijano, ali mu na to niko nije odgovorio. Svi smo pogeli glave, pokušavajući izbjeći mu pogled. U ruci je držao mali pištolj i upirući njime, rekao je: "Ti! Pođi sa mnom!"

Sredovječna žena s dvoje djece u krilu je polako podigla glavu.

"Molim vas, druže," plakala je, "imam malu djecu."

"Pa dobro, kad već imaš djecu, ti ostani, ali odluči koje od njih će sa mnom," kazao je, cereći se.

"Ne, molim vas, nemojte ... molim vas ..." Cvilila je. Mi smo svi samo gledali prema dole, poput kukavica.

"Ako odmah ne ustaneš i ne kreneš, uzet ću ti oboje djece, majku ti balijsku!" Glas mu je zagrmio dok je mahao pištoljem prema njoj.

Gospođa je ustala, poljubila svoju djecu i prešla preko svih nas da bi izašla van. Strah je bio jasno vidljiv na njenom, suzama prekrivenom, licu.

Tek tada sam primijetila još jednog naoružanog vojnika u prednjem dijelu kamiona kako u nekog upire pištoljem. Nekoliko sekundi kasnije, Džani je ustao i izašao. Mama mi je jako stisnula ruku da ne bih ustala ili šta rekla. Džanijeva majka, koja je sjedila pored nas je izgledala kao da nije primijetila šta se dogodilo. Cijelo tijelo mi je počelo drhtati. Zrak je postajao sve teži i opet mi je bilo muka.

"Mama, mislim da ću povratiti," prošaptala sam u panici.

"Evo ti. Nemoj slučajno da bi izašla. Evo, de ovdje." U ruke mi je gurnula malu, smeđu kesicu u kojoj su se nalazile naše preostale stvari i iz mene su u vidu smeđe, smrdljive kaše izašli kolačići napravljeni od brašna i jabuka. *Više ih nikada neću jesti*, pomislih, osjećajući se bolesnom.

Nekoliko minuta kasnije, čula sam vojnika kako govori.

"Ja ću gledati ... nek' podignu i majice."

Džani se popeo na kamion, držeći u ruci plastičnu vrećicu. Svi smo znali šta je kesa značila. Pogled na Džanijevom licu je bio izvinjavajući, čak i molećiv. Vojnikov pištolj je cijelo vrijeme bio uperen u Džanija i znali smo da se nije šalio kad je zaprijetio da će ga ubiti ako mu ovaj ne donese sve što smo imali. Otvorio je kesu i žene su počele skidati svoj nakit i stavljati ga u kesu. Ako je neko imao novca, predao ga je. Ja nisam imala apsolutno ništa, ali, moja majka mu je dodala svoju malu kutijicu nakita.

Kad ga je vidjela, Džanijeva mama je počela plakati, ali ju je on tiho uvjerio da ne brine, da će sve biti u redu. Nakon nekog vremena, kesa je bila gotovo puna. Džani ju je predao vojniku koji mu je rekao da je za sada mogao ostati s nama.

Spustili su ceradu, zatvarajući mali otvor i kamion je ponovo krenuo. Nadala sam se da je to bio posljednji put da su nas uznemiravali, ali sam čisto sumnjala u to.

"Selma," šapnuo je Džani iznenada: "Evo, uzmi ovo i sakrij negdje."

U ruku mi je stavio lančić koji sam mu kupila u Puli, a koji je na malom, srcolikom privjesku, imao ugravirano moje ime. Zatim je moju ruku pažljivo zatvorio svojom.

"Nešto po čemu ćeš me se sjećati, ako se šta desi," šapnuo je, gledajući u moje, već vlažne, oči. "Sjeti me se po nekad, Selma. Sjeti me se." Glas mu se prelomio. Sakrila sam oči od njegovih osjećajući knedlu u grlu. Suze su mi zamaglile pogled dok sam pokušavala da dišem bez jaukanja. Stisnula sam ruku još jače, držeći mali komad zlata koji je njemu tako mnogo značio.

Čuvat ću ga svojim životom, obećala sam nečujno. Zavezala sam lančić oko privjeska u mali čvor, a zatim sam ga stavila u usta i progutala. Ako ga hoće, morat će me ubiti i isparati mi unutrašnjost da bi ga pronašli.

Ponovo sam stavila ruku u njegovu i nečujno se molila.

Nekoliko minuta kasnije, kamion se ponovno zaustavio.

"Hej, Pajdo! Gde se kriješ? Hej, pajdaš! Izlazi!" Vikao je vojnik.

"Oh, tu si ... Evo ti nova kesa." Džani je ustao, uzeo kesu i moleći išao od jedne osobe do druge. Ljudi više nisu imali šta dati. Primijetila sam da su davali noktarice i četkice za zube.

"Podignite majice!" naredio je vojnik, što smo i učinili. Niko tamo nije ništa skrivao. Džani mu je vratio kesu i poklopac od cerade se ponovo spustio.

To se dešavalo tokom cijele vožnje do planine koja nas je odvajala od Travnika. Kad smo došli do Koričanskih stijena na planini Vlašić, kamion se ponovo zaustavio. Cerada se podigla i žena koju su ranije izveli se vratila, pretučena i krvava, ali živa. Djeca su joj sretno zaciktala.

"Pajdaš! Hajde izlazi!" Viknuo je vojnik na Džanija.

Džani mi je stisnuo ruku. "Sjeti me se, Selma. Sjeti me se..."

Njegova mama je zajaukala kao da je znala da je ovo bio posljednji put da su ga izveli i da ga ovaj put nisu namjeravali vratiti. Drugi vojnik iz prednjeg dijela kamiona je upirao pušku i naređivao ljudima da izađu. Samo su veoma stari i veoma mladi muškarci ostali u kamionu. Svi ostali su morali izaći. Cerada se ponovo spustila, zatvarajući jaz.

Na jednoj strani cerade, uspjela sam povući komadić konca, nakon čega se cerada pocijepala i formirala rupicu kroz koju sam provirila vani.

Vidjela sam kako vojnici postrojavaju ljude. Oni u prvom redu do litice su morali kleknuti. Srce mi se steglo u grudima kad sam vidjela Džanija.

Znala sam šta se događalo. Znala sam. Osjećaj bespomoćnosti je bio tako snažan. Stotine ljudi su bili postrojeni pred ponorom, čekajući da budu poslani u smrt.

Srce mi je glasno lupalo u prsima; osjećala sam se kao da sam bila zarobljena u lošem snu iz kojeg se nikako nisam mogla probuditi.

Džani se okrenuo prema jednom od vojnika, kao da ga je htio nešto pitati.

"Začepi!" Viknuo je ovaj, udarajući Džanija u glavu s pozadinom sjekire. Džani je odletio u provaliju, ali prije nego što sam uopšte i mogla vrisnuti, počelo je pucanje i svi oni bespomoćni ljudi su bili pobijeni i bačeni u jamu.

Moj krik je bio prigušen ostalim krikovima i plačem u kamionu. Nisam mogla ni pogledati u Džanijevu majku. Bila sam obamrla i sve mi se činilo kao u usporenom snimku. Ovo je bilo gore nego sve drugo kroz što sam prošla. Ovo je bilo gore od smrti.

"Zavežite!" Galamili su vojnici na nas, ali niko ih nije slušao. Pucali su u zrak da bi nas prestrašili i utišali, ali bez koristi. Narod je samo vrištao i dozivao imena svojih voljenih.

Kamion je opet krenuo i malo kasnije su nas pustili da izađemo van.

Pred nama je bio dug put. Spuštali smo se niz planinu prema Travniku. Put je bio strm i vijugav. Naoružani srpski vojnici su stajali s obje strane puta. Smijali su nam se i nazivali nas pogrdnim imenima. Svako malo bi uperili pištolj u neku od žena i ona bi morala poći s njima. Mama i ja smo koračale pognutih glava, slijedeći kolonu ljudi. Jako mi se piškilo, ali sam morala trpiti. Osjećala sam kao da će mi stomak puknuti, ali mi bol nije smetala. Pomagala mi je da mislim na nju, a ne na Džanija.

Vidjela sam Džanijevu mamu kako pada i pritrčala sam da joj pomognem ustati, ali me je ona odgurnula.

"Ne diraj me! Ti si kriva za sve!"

Mislila sam da je nisam bila dobro čula. Zbunjena, ponovo sam pružila ruku prema njoj.

"Makni se od mene, smeće jedno!" Viknula je ona, gurajući moju ruku od sebe. "Sve je ovo tvoja krivica! On bi davno preselio u Njemačku da nije bilo tebe! Ne diraj me svojim prljavim rukama. Moje dijete je mrtvo zbog tebe!" Glas joj se prelomio i zacvilila je, a onda je i glasno zajecala. Jedna od njenih komšinica nas je primijetila i pritrčala joj u pomoć. Ja sam samo stajala skamenjeno, osjećajući se toliko krivom da je čak više nisam mogla ni pogledati, shvatajući da je bila u pravu.

Džani je zbog mene mrtav. Oh, moj Bože, moj Džani je zbog mene mrtav! Kako ću sebi ikada oprostoti to što sam željela da ne odseli u Njemačku? Bila sam previše sebična da bih ga pustila da ide, a on je sada otišao zauvijek.

"Ne slušaj je, Selma," šapnula je majka, uzimajući me za ruku. Vjerovatno sam izgledala kao da ću se onesvijestiti, jer mi je prišla i pomogla da se oslonim na nju. "Ona je samo slomljenog srca zbog smrti svoga sina i mora nekog kriviti. Nemoj to uzimati previše srcu."

Ponovno smo krenule. Nisam progovarala.

Nakon nekog vremena, srpski vojnici su nestali i umjesto nih, počeli smo viđati ljude u drugačijim uniformama koje su izgledale siromašno. Imali su zelene beretke na glavama i ljiljane na beretkama. Vjerovala sam da je to bila Armija Bosne i Hercegovine. Umjesto da sam bila sretna i radosna, bila sam tužna i očajna. U sebi sam osjećala ogromnu prazninu.

Kad smo došli do neke velike livade, vojnici su nas naglo zaustavili.

"Ovo je minsko polje!" Jedan od njih je povikao. "Morate biti vrlo oprezni kad budete prelazili preko njega! Molim vas koračajte po stopama osobe ispred sebe!"

Krenuo je polako i kolona ljudi ga je slijedila. Primijetila sam male, zelene polopce koji su ličili na čepove od flaša, kako vire iz zemlje. Mine.

Na trenutak sam pomislila da stanem na jednu, ali činjenica da je mama bila tako blizu mene me je zaustavila. Znala sam da bi eksplozija ubila ili osakatila pola ovih žena i djece. Nisam im to mogla učiniti.

Pričekat ću dok mama bude na sigurnom. Možda kad stignemo kod bake, uzet ću tablete za spavanje. Znala sam da ih je baka uvijek imala.

Također sam znala da ću zbog samoubistva otići u pakao, ali jednostavno nisam mogla podnijeti ni pomisao da ovako živim. Nisam mogla podnijeti pomisao da sam od sad, pa do kraja života morala nositi Džanijevu smrt na svojoj duši. Dugo smo hodali, što se činilo kao vječnost. Pao je mrak. Ni ulične svjetiljke niti baterije nisu bile upaljene, samo su nam mjesec i svjetleći tragovi granata koje su zujale nad našim glavama, osvjetljavali put.

Skoro da sam četveronoške išla. Nisam se više mogla uspraviti. Ništa nisam jela cijeli dan i očajno mi se piškilo.

Cijelo tijelo me je boljelo. Osjećala sam kao da će mi se, svakog trenutka, slomiti noge. Mama se nekoliko puta spotaknula i pala, ali je nastavila hodati i podržavati mene koliko god je mogla.

U Travnik smo stigli malo poslije ponoći. Vojnici su nam pokazali gdje da idemo – u neku napuštenu školu. Tanki dušeci i deke su bili prostrti po podu sale za fizičko. Mama i ja smo sjele na jedan dušečić u ćošku.

"Izvinite," obratio nam se mladi vojnik koji je imao rupu na čelu, prilazeći nam. Nisam mogla, a da ne zurim u njegovo čelo.

"Zdravo. Ja sam Adnan. Moram zapisati vaša imena, datume rođenja, adresu i ako bi mi mogle ukratko ispričati šta vam se dogodilo i ako znate imena srpskih vojnika koji su bili u konvoju s vama." Nastavio je, ignorišući moje zurenje u njegovu rupu. Ustvari je jako dobro izgledao, ako zanemarimo tu rupu koja mu je zauzimala više od polovine čela. Bila je najdublja sa desne strane. Izgledalo je to kao da mu je neko iskopao pola čela, pa je onda koža prekrila rupu.

"Gdje je wc?" Upitala sam, ne odgovorivši ni na jedno od njegovih pitanja.

"Oh, izvinjavam se. Eno tamo," rekao je, pokazujući na vrata. Krenula sam polako prema vratima, u potrazi za wc-om.

Cijelo tijelo me je boljelo, sad još više kad su se mišići malo ohldadili. Konačno sam našla wc za dame. Bio je krcat.

Kad sam se, nakon nekog vremena, vratila na mjesto gdje je mama sjedila, ona je završavala s pričom o onom što nam se dogodilo, a ja sam samo željela začepiti uši, ne slušati i, da je ikako bilo moguće, nestati. Džanijev lančić je sada sijao oko mog vrata. Osjećala sam njegovu težinu na svojim prsima.

Adnanovo lice nije ništa odavalo dok je slušao i zapisivao. Pretpostavljala sam da je do sad vjerovatno navikao na ovakve horor priče i da mu se više nisu činile toliko užasnim.

"Dobro, hvala vam," rekao je on, ustajući. Jedan od Adnanovih prijatelja je kasnije rekao mojoj mami da je rupu na Adnanovom čelu napravio geler od granate koja je pala na njegovu kuću i uništila je. Ta ista granata mu je ubila majku i dvije sestre.

POGLAVLJE 13

U toj smo školskoj sali provele tri dana i tri noći. Tokom dana smo išle u neku agenciju za pomoć. Nismo imale dovoljno novca da platimo prevoz do Pule. Agencija je surađivala s Crvenim krstom koji nam je dao neki kupon s kojim smo mogle platiti put do Hrvatske. Dan odlaska je došao na moj šesnaesti rođendan.

"Dođi, Selma." Rekla je mama ustajući s dušeka. "Hajmo nešto naći za pojesti."

Otišle smo do male kafeterije u nadi da ćemo od vojske dobiti malo više hrane, obzirom da mi je bio rođendan. Sjela sam pokraj prozora, dok je ona otišla u kuhinju u potrazi za hranom.

Pogledavši kroz prozor, na trenutak sam zaboravila gdje sam se nalazila i nasmiješila sam se. Dva dječaka su šutala nogometnu loptu. Nisam mogla čuti njihov smijeh, ali izgled na njihovim licima je pokazivao da su se dobro zabavljali.

"Izvinjavam se," rekao je neko u neposrednoj blizini mene. Okrenula sam se i vidjela starijeg čovjeka kako me gleda. Nije mi izgledao poznat.

"Jesi li ti Selma, Ivanova kći?" Upitao je čovjek stidljivo.

"Jesam. Da ga niste možda gdje vidjeli?" Upitala sam, odjednom shvatajući da je poznavao mog oca.

"O čemu se radi?" Upitala je majka zaštitnički, pojavljivajući se iznenada iza čovjekovih leđa.

"Vi mora da ste Sabina," nastavio je on. "Mogu li malo sjesti? Moram s vama porazgovarati."

"Oh," rekla je mama, "izvinjavam se. Naravno, sjedite, molim vas. O čemu se radi?" Opet je upitala, izvlačeći stolicu pokraj mene.

Teški uzdah mu se oteo, kao da je na prsima imao neki veliki teret kojeg se očajnički želio riješiti i nije mogao čekati više ni minutu da to uradi.

"Zovem se Sakib Jusufović i iz Čarakova sam," počeo je brzo. "Ivana sam upoznao u Keratermu. On ... mi je spasio život, ali je za to platio svojim." Suze su mu potekle niz naborano lice, ali ih je ignorisao. Majka i ja smo prestale disati. Zrak je postao težak.

"Moj devetogodišnji sin je bio sa mnom. Jednog dana, naoružani vojnik je prišao jednom od dječaka koji je sjedio samo nekoliko redova od nas i rekao mu da pokaže svoga oca. Zatim je oca upitao da li je imao još sinova. Kad je otac odgovorio da nije, vojnik je stavio pušku u dječakova usta i ubio ga." Zadrhtao je.

"Ivan je čuo kad sam rekao svom sinu da se pretvara da nema oca i da nas ne smiju vidjeti da zajedno sjedimo. Znam da zvučim kao kukavica, ali nisam htio izgubiti svog jedinog sina. Ženi i meni je dugo trebalo da ga dobijemo." Pogledao je u majku kao da je molio za razumijevanje. Klimnula je glavom i on je nastavio.

"Ivan je uvijek stajao blizu mog sina i svu hranu koju bi dobio, dao bi mome Aldi." Glas mu se prelomio kad je spomenuo ime svog dječaka.

"Nije to nikada bio pun obrok, komad kruha tu i tamo, samo da preživimo. Svake noći, zatvorenike su izvodili, tukli i ubijali. Vojnici bi ušli u prostorije, ispraznili puške u plafon, i prisiljavali neke zatvorenike da gutaju prazne čahure od 7,62 mm metaka. Tokom dana su izvodili zatvorenike vani i tjerali ih da hodaju četveronoške i laju kao psi. Zatvorenici su morali skinuti odjeću i sjediti na flašama. Jednog dana, vidio sam kako uvoze autobuse pune ljudi. Rekli su im da izađu iz autobusa, pa su ih onda podijelili u dvije grupe. Obje grupe su morale otići na mali prostor prekriven travom na kraju zgrade i formirati krug. Logorskim stražarima su se pridružili autobusi puni četnika, koji su ljude tukli palicama umotanim u bodljikave žice i staklo od slomljenih flaša." Sakib je prestao pričati da bi uzeo gutljaj vode koju je mama donijela meni. "To se nastavilo do kraja noći. Onda su se metalna vrata na sobi broj tri zatvorila i vojnici su počeli pucati unutra. Zatvorenici su se uspaničili, stali uz zaključana vrata i nekako ih otvorili. Istrčali su vani gdje ih je dočekala rafalna paljba. Pokolj se nastavio do pet ujutro. U jedanaest, kamion je došao po tijela mrtvih i onih koji su još uvijek bili živi. Izveli su, negdje oko sedamdesetak nas koji nismo bili povrijeđeni i koji smo nekim čudom još uvijek bili živi da ubacimo masakrirane ljude u kamion. Ubacili smo prvo mrtve, a oni koji su još bili živi, stavljeni su na vrh."

Odjednom sam se počela gušiti i boriti za zrak; pluća su mi gorjela i nisam mogla disati. Džanijevo lice mi se pojavilo pred očima kad sam se sjetila njegove priče. *Nije mi sve rekao. Htio me je zaštiti. Ništa mi nije rekao o tome kako je bio pretučen palicom umotanom u bodljikavu žicu i o tome kako je morao sjediti na razbijenim bocama.* Vidjela sam mamu kako ustaje i nešto mi viče, ali ništa nisam čula. Morala sam leći. Kad sam pošla ustati sa stolice, osjetila sam se kao da nestajem, kao da tonem pod vodu. Mamino lice je još uvijek bilo tu, ali je voda postajala sve dublja i nešto teško mi je pritiskalo prsa. Mamino lice je polako nestalo i ništa više osim duboke, tamne vode, nisam mogla ni čuti ni vidjeti. Voda me je povlačila dnu. I, začudo, panika je potpuno nestala. Voda se činila umirujućom. Bilo je tako lako prepustiti se. *Umrijeti je lako.*

Nisam htjela biti spašena; htjela sam ostati u tom mirnom mjestu, gdje ništa nisam mogla ni čuti ni vidjeti. Ipak su me izvukli iz te moje mirne vode i kad sam otvorila oči, prvo što sam vidjela je bio majčin zabrinuti pogled. Masa ljudi nas je okruživala. Neko mi je dodao čašu vode, ali ja sam samo htjela leći i spavati.

Nakon nekoliko sati spavanja, ustala sam i otišla do tuševa. Znala sam da je voda bila hladna, ali mi to nije bilo važno. Bilo mi je potrebno istuširati i očistiti se—ako mi je uopšte ikada više bilo moguće očistiti se. Našla sam tamno zeleni, već korišten, sapun za pranje veša i dugo se njime kupala. Trljala sam kožu sapunom sve dok se nije, govotvo sav, istopio. Nakon nekog vremena, začula sam majčin uspaničeni glas kako me zove. Obukla sam iznosanu, ružnu, žutu majicu koju sam dobila od Crvenog Krsta i neke čudne tamnocrvene hlače. Kako ironično. Prije nekoliko mjeseci to ne bih ni mrtva obukla, a sad, to je bilo sve što sam imala. Jele smo rižu s faširanim mesom koje je bilo pokvareno i imalo je čudan ukus.

"Požuri, Selma. Do šest moramo biti na autobuskoj stanici." Napomenula je mama.

"Pa, mama," rekla sam, ignorišući ono što je rekla. "Gdje je onaj stari čovjek? Je li ti uspio reći šta se dogodilo s tatom?"

"On je ... donio mi je pismo koje je tvoj otac napisao."

"Šta? Mogu li ga pročitati? Kako je tata znao da ga da baš njemu?"

"Pa nije znao," rekla je majka, spuštajući pogled. "Obećaj da se nećeš opet onesvijestiti i sve ću ti ispričati." Nasmiješila se je. Samo sam klimnula glavom.

"Jednog dana, starac je sačuvao komadić kruha koji je dao svom sinu. Kad je dječak počeo gladno jesti, prišao im je jedan od vojnika i počeo galamiti na starca, ali prije nego što je ovaj uspio odgovoriti, tvoj tata je ustao i rekao vojniku da je on bio taj koji je dao kruh djetetu." Ponos je bio vidljiv u majčinim očima kad je spomenula svog muža. Znala sam da mi nije pričala baš onako kako se sve desilo iz straha da se ponovo ne bih onesvijestila.

"I naravno, ubili su ga." Promrmljala sam, a ona je samo klimnula glavom.

"Kad je Sakibu bilo naređeno da ga natovari na kamion, on je gurnuo ruku u tatin džep tražeći bilo kakvu identifikaciju da bi mu barem saznao ime i tu je pronašao pismo koje je tvoj otac napisao. Zakleo se je da će me, ako ostane živ, pronaći i dati mi pismo. Evo, vidi," rekla je, vadeći pismo iz džepa.

Razmotala sam ga. Suze su mi zamaglile vid. Ljutito sam ih obrisala.

"Pričekaj me minutu," Rekla sam joj i izašla van. Našla sam usamljeno drvo u stražnjem dijelu školskog dvorišta i bila sam sigurna da me tamo niko neće gnjaviti.

Datum na pismu je bio 15. maj 1992. Tad je još uvijek bio u policijskoj stanici na ispitivanju. Pisao je:

Draga moja Sabina,
Iako nisam siguran da ćeš dobiti ovo pismo, pišem ga svejedno, jer osjećam neodoljivu potrebu da s tobom porazgovaram. Od trenutka kad su došli u našu kuću da me odvedu, živim u drugom svijetu—u noćnoj mori iz koje se očajnički pokušavam probuditi. Ja jednostavno ne mogu shvatiti kako je ovako nešto uopće moguće.

Draga Sabina i moja lijepa kćeri, Selma, znate koliko vas volim. Znate koliko vas volim obje i da zbog te ljubavi nikada nisam učinio ništa, niti bih ikada učinio nešto što bi vam nanijelo bol. Nadam se da znate da sam nevin za sve za što me pokušavaju optužiti. Samo se pitam koga sam i koliko uvrijedio da moram prolaziti kroz sve ovo, ali ja još uvijek vjerujem u pravdu i vjerujem da će se sve raščistiti. Uskoro, nadam se.

Vi ste mi stalno na mislima i vaša lica su mi uvijek pred očima. Sabina, od tebe tražim da pokušaš utješiti Selmu. Ja znam koliko me ona voli i kako teško joj sve ovo pada. Moja draga Selma, Dugme, molim te ostani u školi. Znaš da sam ti to oduvijek govorio i još uvijek vjerujem da možeš uraditi i postati što god hoćeš u životu, samo ako se nastaviš obrazovati. Znam da je nekad teško, ali jednog dana će se sve to isplatiti, vjeruj mi, kćeri moja najdraža na svijetu.

Sabina, tvoj stari kolega s posla, Vladimir, mi je donio nekolike cigarete i dao mi je ovaj komad papira i olovku. On je jedini koji me još nije mučio i ispitivao. Uopće više ne znam koliko sam puta bio mučen i ne znam koliko još dugo će me držati ovdje.

Ako možeš, pokušaj mi poslati cigara. Nemoj mi slati hranu, jer svakako ne mogu jesti.

Molim te, reci Selmi nek' nastavi sa školovanjem i molim te reci joj da je tata voli puno, puno više nego što i ona voli samu sebe.

To je sve za sad. Nemam više snage. Molim te, pozdravi sve koji pitaju za mene i znaj da tebe i Selmu volim najviše na svijetu.

Ivan

Osjetila sam probod kroz srce, ali se nisam onesvijestila. Suze su prvo došle tiho, a zatim sam počela naglas jaukati, kao dijete koje je očajnički trebalo nekog da ga uzme u naručje i spasi od čudovišta. Nije me bilo briga hoće li me neko čuti ili hoće li moje jecanje nekom smetati. Nisam bila primijetila da sam zgužvala tatino pismo kad su mi se ruke zgrčile. Osjetila sam da mi je neko dotakao desno rame, a zatim sam nastavila plakati na njegovom.

Adnan me je držao u naručju, puštajući da mu moje suze kvase uniformu. Prestala sam plakati samo zato što sam ostala bez suza, ali jecaji su još uvijek dolazili i tresli mi cijelo tijelo. Pogledala sam u njega osjećajući se malo neugodno. Nismo govorili, ali sam bila sigurna da je znao da sam mu bila zahvalna zbog toga što mi je dozvolio da sav očaj i tugu istresem iz sebe, a da me nije pokušao utješiti. Samo to mi je bilo dovoljno da se malo smirim i oraspoložim.

Autobus za Split je došao u šest. Majka je vozaču dala kupon koji nam je dao Crveni krst, ali kad ga je uzeo, rekao nam je da on samo ide do Splita. Onda smo shvatile da nismo znale kako ćemo od Splita do Pule.

"Ne brini, smislit ćemo nešto kad stignemo tamo," rekla je majka dok smo se smiještale da sjednemo negdje u sredini autobusa, "važno je samo da krenemo."

Autobus je bio pun tužnih lica i bila sam iznenađena kad sam vidjela da su četiri Arapa sjedila preko puta nas. Objasnili su da su se došli boriti za džihad, šta god da je to značilo. Ja sam bila jedina koja sam mogla s njima razgovarati na engleskom. Nisam to željela, ali su me ljudi neprestano gnjavili i tražili da im prevodim. U jednom trenutku, autobus se zaustavio da izađemo i nakratko protegnemo noge. Iako je bus bio pun muslimana, jedini koji su kleknuli na zemlju i počeli se moliti su bili Arapi. Svi smo buljili u njih kao da su izgubili pamet. Kad smo se vratili u autobus, jedan od Arapa nam je svima očitao lekciju o tome kako bismo se trebali stidjeti sami sebe zato što se nismo molili pet puta dnevno. Rekao je da nije bio iznenađen zbog svega što se dešavalo muslimanima u Bosni. Naše žene nisu bile pokrivene i malo ko od nas je klanjao.

On je tada uperio prstom u mene: "I ti musliman?"

Odgovorila sam da jesam. Nije mi se dalo ići u detalje o tome kako su moji roditelji bili različitih vjera. On se onda počeo smijati.

"Ti nisi musliman!" Kikotao se je. "Tvoja kosa je žuta!" Nagnuo se prema meni pokušavajući dotaknuti moju kosu, kao da je htio provjeriti da nije bila obojena.

Trgnula sam se, odmičući se od njega, a majka ga je hladno pogledala, stavljajući svoju ruku između nas dvoje i upozoravajući ga da se ne primiče. Nakon toga, nisam više htjela govoriti, a ni prevoditi.

Napokon smo stigli u Split. Izlazeći iz autobusa, mama je tiho rekla: "Sad samo moramo smisliti kako ćemo do Pule. Obzirom da smo ostale bez dinara, bit će teško."

"Nakon svega kroz šta smo prošle, ništa više ne izgleda tako teško." Nasmiješila sam se odgovarajući joj. "Ako budemo morale, pješke ćemo."

"Izvinjavam se." Neki čovjek se okrenuo prema nama.

"Selam Alleikum." Pogledao je u majku, "nisam htio prisluškivati, ali slučajno sam čuo vaš razgovor. Kažete da vam treba prevoz do Pule. Mogu li vam ja biti od neke pomoći?"

"Oh, da i vi nećete za Pulu?" Upitala je majka uz osmijeh. "Imate li mjesta i za nas?"

"Ne, ne, ja neću u Pulu, nego ... evo, molim vas uzmite ovo," rekao je nespretno, pružajući prema njoj hrpu novca koju je izvukao iz džepa. "Autobus za Pulu odlazi za pola sata."

"Oh, ne, ne dolazi u obzir." Odgovorila je mama, očito postiđena ovom neugodnom situacijom. "Ne mogu to uzeti. Žao mi je i puno vam hvala, ali ... ne."

"Molim vas, mnogo bi mi značilo da to uzmete," inzistirao je čovjek, uzimajući njenu ruku i stavljajući novac u nju.

"Pa ..." Počela je majka sramežljivo, gledajući u zgužvanu svotu, "možete li mi, barem, reći svoje ime i dati mi svoju adresu, tako da vam se mogu odužiti kad stignem u Pulu?"

"Zovem se Tofik. Lokalni sam imam ovdje u Splitu. Na ovoj stanici sam svaki dan, u nadi da će se bilo ko od moje familije pojaviti. Još od početka rata, ništa ne znam ni za kog od njih i samo se molim da su živi. Zato, molim vas uzmite ovo i ne brinite o vraćanju. Halal vam bilo." Rekao je on, okrenuo se i brzo otišao prije nego što je mama mogla odbiti novac.

Majka je bila duboko dirnuta dobrotom ovog čovjeka.

Imale smo samo dovoljno vremena i novca da kupimo nekoliko kiflica i da platimo autobus. Odlučila sam ni s kim ne razgovarati i, ako sam vidjela Arape, ne dati im do znanja da sam znala govoriti engleski.

POGLAVLJE 14

Vožnja je bila mirna i vrlo ugodna. Vijugaste, uske ceste su nas odvele do Pule. Pogled na plavo more i strme planine je bio spektakularan. Pokušala sam zaspati, ali svaki put kad bih zatvorila oči, pred sobom bih vidjela tužni pogled Džanijeve majke i njen oputžnički prst uprt u mene. Samo sam naslonila čelo na prozor i zurila u daljinu.

Baka Anđa je bila presretna kad nas je vidjela. Nisam bila baš sretna zbog sveg ljubljenja i grljenja, ali sam znala da je bila zabrinuta za nas, tako da sam joj se prepustila.

Moja tetka Marija, Helenina mama, je također bila tamo. Izašla je na isti način kao i mi, samo nekoliko dana prije nas. Samo sam joj ukratko ispričala o tome kako je Helena umrla. Nisam išla u detalje. Nakon večere, pokušale su mi postavljati razna pitanja o tome šta se sve događalo u logoru, ali ja sam se kukavički ispričala i otišla u krevet.

"Selma dušo," rekla je baka ušuškujući me u krevet te noći, "sutra ću te voditi kod doktora."

Osjećala sam se sigurnom s njom u sobi i htjela sam je zamoliti da ostane i drži me cijelu noć, ali mi je bilo neugodno to joj i reći. Bojala sam se otići na spavanje zato što sam znala da ću se, čim zaspim, vratiti u pakao iz kojeg sam tako očajnički pokušavala pobjeći.

Pokušala sam držati oči otvorenima koliko god dugo sam mogla. Čak sam pomislila da stavim šibice između kapaka kako bih ih razdvojila, kao što su to radili u crtanim filmovima, ali sam, ipak, odlučila ne učiniti to. Malo poslije ponoći, nisam više mogla izdržati. Drijem je ipak prevladao.

Džani i ja smo se smijali i jedno drugo prskali vodom na bakinoj plaži iza borove šume, ali nakon nekoliko trenutaka smijeha, shvatila sam da mi je sve to bilo vrlo poznato i da će se Suzana ubrzo pojaviti i odvući me od Džanija. Pokušala sam mu to reći, ali on se i dalje samo smijao.

"Ne ljuti se, Selma, znaš da te volim," rekao je on poljubivši me u obraz. Znala sam šta je slijedilo i govorila sam samoj sebi da se probudim, ali Džani se samo smijao i povlačio me bliže, kao da bi mi se napokon prepustio i poljubio me strasnije. Predala sam se, sklopivši oči.

"Pođi sa mnom!" Viknula je Suzana, i shvatila sam da sam bila zarobljena u ovoj noćnoj mori i da Džanija više nije bilo. Suzanine riječi su bile zamijenjene Radovanovima. "Jel' ti fino? Reci da ti je fino!" Čula sam njegovo dahtanje, i kad sam otvorila oči, pred njima sam vidjela njegovo oznojeno lice. Njegovi brkovi su se raširili u grimasu dok me je težina njegovog tijela pritiskala.

U nastojanju da ga gurnem sa sebe, probudila sam se. Skočila sam u sjedeći položaj, boreći se za zrak. Odlučila sam da će ovo biti noć. Riješila sam otići do bakinog ormarića za lijekove i uzeti cijelu flašicu tableta za spavanje.

Polako sam na pod spustila klimave noge i krenula prema kupatilu na kraju hodnika. Ušla sam u njega, otvorila ormarić i vidjela je ... bočicu punu pilula. Moje drhtave ruke su uzele bocu, ali taman kad sam pokušala odvrnuti poklopac, začula sam: "Selma, šta to radiš?" Preplašivši se, ispustila sam flašicu pilula u lavabo dok je tetka stajala na vratima prekrštenih ruku i čekala odgovor. Jednom nogom je nestrpljivo tapkala po podu.

"Ja ... ah ... nisam mogla spavati. Mislila sam da bi mi bakine tablete mogle pomoći." Odgovorila sam, izbjegavajući njen pogled i stavljajući nekoliko tableta nazad u bocu. Ostale su otišle niz odvod.

Vraćajući se nazad u sobu, obećala sam samoj sebi da me sljedeće noći niko neće zaustaviti.

Miris jaja i kafe me je probudio iz još jedne more.

Nakon dugog tuširanja, obukla sam stare, plave farmerice koje su mi bile ostale kod bake kad sam je zadnji put posjećivala. Bila sam presretna što su mi još uvijek pasale i što nisam više morala hodati u onim ružnim, tamnocrvenim hlačama iz Crvenog krsta. Našla sam tatinu crnu majicu u kojoj sam bila kad sam izlazila iz Prijedora. Baka ju je oprala i stavila preko stolice.

Nisam više mogla osjetiti miris tatine kolonske na njoj, ali kad sam je obukla, ipak sam osjetila njegovu bliskost.

"Selma, dušo, hajde brzo nešto pojedi pa da idemo kod doktora na pregled," rekla je baka, smiješeći se. Uzela sam samo nekoliko zalogaja omleta i tosta. Stomak mi je bio zgrčen i nisam htjela opet povratiti.

"Nakon doktora, idemo u kupovinu nove odjeće," nastavila je ona, namigujući mi lukavo.

Doktorov ured je bio mali i običan. Doktor Vukas je bio stariji gospodin, vrlo ljubazan i tih. Nakon što je uradio cijeli fizički pregled, izašao je iz sobe, šaljući unutra doktoricu da obavi vaginalni pregled. Mislio je da bih se ja osjećala ugodnije sa ženom.

Pregled je jako bolio, iako se ona trudila da bude što nježnija. Ipak se nisam žalila. Bol mi više nije smetala, vjerovatno sam na nju bila postala imuna.

Nakon pregleda, mama se vratila nazad u sobu da sačeka doktora da se vrati i pročita nam nalaze. Nismo razgovarale. Obje smo se pretvarale da čitamo časopise.

"Pa, Selma." Dr. Vukas se nasmiješio, zatvarajući za sobom vrata. "Kako se osjećaš? Hoćeš li možda nešto popiti, čašu vode, ili što?"

Lice mu je izgledalo mrgodno dok je analizirao grafikon. Njegove okrugle naočale su mu stajale na vrh nosa i činilo se da bi svakog trenutka mogle skliznuti. Odbila sam vodu i čekala da počne govoriti. Vidjelo se na njemu da nešto nije bilo u redu i da je pokušavao pronaći prave riječi da nam to saopšti. Mislila sam da sam sigurno imala sidu. Ta pomisao me nije prestrašila. Zapravo, bila je umirujuća. Znala sam da ako sam imala sidu, brzo bih umrla i onda se ne bih morala ubiti. Imala bih šansu slijediti Džanija u raj i gotovo sam se nasmiješila nadajući se toj vijesti.

"Pa," napokon je počeo," postoje barem tri razloga zbog kojih tako dugo nisi imala menstruaciju: prvo, prošla si kroz ogroman stres. Tijelo je zbog straha moglo reagovati na određen način, pa da ti menstruacija zakasni. Drugo, jajnici i maternica su ti vrlo upaljeni i imaš infekciju. Ali, ne brini. Za to su samo potrebni antibiotici koji će očistiti infekciju i upala će nestati, što će umanjiti bol." Zaustavio se je. Podižući lijevu ruku i češkajući se po glavi, pogledao je u moju majku, pa u mene. "I treće ... trudna si."

Soba se okrenula oko mene. *Jesam li ga dobro čula? Trudna sam? Oh, Bože! Pa to je gore od side!*

Iz dubokih misli me je vratio majčin krik.

"Trudna? Znala sam! Niste se mogli suzdržati! Znala sam da

Džani nije imao dobre namjere."

Pogledala sam je u nevjerici.

"Mama," tiho sam molila, "Džani nije bio taj koji je ..."

"Prestani, Selma!" Naglo me je prekinula. "Prestani s lažima! Sad je rekao da si trudna. Trebala sam znati šta ste vas dvoje radili. Bilo je tako očigledno, ali ja to nisam htjela vidjeti. Vjerovala sam tebi. Mislila sam da sam te malo bolje odgojila. A on?! On je stariji, trebao je biti malo i pametniji!"

Nisam mogla vjerovati njenoj reakciji. Bila sam zapanjena i postiđena. Htjela sam je uvjeriti da Džani nije bio taj koga je trebala kriviti.

"Mama," šapnula sam, "ovo ću ti reći samo jednom i više me nikad nemoj pitati da to ponovim." Bila sam šokirana kako mirno mi je zvučao glas. "Ja. Sam. Silovana." Svaku riječ sam izgovarala sporo, nadajući se da će doprijeti do njene tvrdoglave glave. "Džani me nikad nije ni taknuo. Kamo sreće da jeste i sve bih sada dala da je dijete njegovo, ali nije. Bila sam u logoru. Šta si mislila da su mi tamo radili?"

Nisam primijetila kad je doktor Vukas izašao, ali ga više nije bilo u sobi. Majka je samo stajala, buljeći u zid i cvileći, "Lažeš. Samo lažeš. Lažeš."

Njene riječi i nevjerica su me duboko pogodili i odjednom više nisam osjećala potrebu da joj išta objašnjavam; ni njoj, niti bilo kome drugom. Šta god da sam joj rekla, ona mi ne bi vjerovala. Ona je vjerovala ono što je njoj odgovaralo. Pomislila sam da ju je možda istina previše boljela, ali je nikako nije mogla boljeti više nego mene. Trebala je imati malo više razumijevanja, ako ne kao majka, onda barem kao žena. Polako sam otvorila vrata i izašla u hodnik. Baka je čekala s receptom za antibiotike u ruci. Njen osmjeh je polako nestao kad je vidjela izgled na mom licu. Kad sam bila gotovo kod izlaznih vrata, čula sam da doktor Vukas zove moje ime i okrenula sam se da ga pogledam. Nisam se mogla nasmiješiti, čak ni iz pristojnosti. Prišao mi je i sasvim tiho, jedva čujno rekao: "Selma, žao mi je zbog svega što ti se dogodilo. Ako želiš o tome razgovarati, moja vrata su ti uvijek otvorena." Zastao je shvatajući da sam počela plakati. Potpuni stranac me je bolje razumijevao nego rođena majka. "Slušaj, znam da je teško," nastavio je tiho, "ali moram s tobom nakratko razgovarati."

Samo sam klimnula glavom, oborenog pogleda.

"Znaš, abortus je ilegalan ovdje u Hrvatskoj, ali ... obzirom na okolnosti i tvoje godine, ako se odlučiš da to uradiš, najbolje bi bilo odmah. Žao mi je, znam da ti je teško. Ne moraš ništa odlučiti sad, ovog trenutka, ali nemoj ni dugo čekati. Idi doma, razgovaraj sa svojom majkom i nazovi me ujutro. Želim da znaš da imaš tu opciju ako je želiš i ... ne brini o novcu." Nježno mi je dotaknuo rame i otišao.

Primijetila sam da su se bakina usta otvorila u nevjerici i shvatila sam da mi ni ona ne bi vjerovala da me silovalo, nisam ni sama znala, koliko ljudi. Bila sam sama ... uvijek sama.

Rekla sam im da ću pješke kući. Trebala sam malo vremena nasamo da bih mogla razmišljati o svemu i da bih, barem na kratkno, pobjegla njihovim kritičnim pogledima. Više mi nije bilo do kupovine i druženja; samo sam htjela biti na svježem zraku i pokušati razbistriti glavu. Duga šetnja je trebala pomoći.

Iako sam—onog trenutka kad sam vidjela Kemalovo, krvlju prekriveno, beživotno tijelo kako leži na prljavom tlu—prestala vjerovati u Boga, ipak sam vjerovala da je abortus značio ubistvo drugog ljudskog stvorenja i nikada nisam bila ni pomislila da bih jednog dana morala odlučivati da li da ubijem vlastitu bebu ili ne. Razmišljala sam o tom djetetu; nije bilo napravljeno iz ljubavi. Svakako nije bilo željeno, plus bilo je polu-čudovište.

Morala sam doći do odgovora koji bi mi pomogli da odlučim šta da uradim, pa sam se pitala: Ko mu je otac? Na koje od onih lica, što su se stapala pred mojim očima svaki put kad bih ih zatvorila, bi ova beba ličila? Da li bih je mrzila? Mrzim li je sada? Da li bih je mrzila kad bi ličila na Radovana? Mislila sam da bih i mrzila sam samu sebe što sam tako razmišljala. To je bila nevina beba koja nije tražila da se sve ono desi meni. Ta jadna beba, nije birala svoju majku. U mojoj glavi je bilo više pitanja nego odgovora i činilo se da ću eksplodirati. Jedna stvar je bila sigurna: znala sam da ako sam ubila ovo nevino biće koje se nalazilo u meni, imala bih gore mišljenje o sebi nego o onima što su mi ovo uradili. Ne bih abortirala, ali kako bih svaki dan mogla gledati u to dijete i prisjećati se boli koja je bila nanešena meni kako bi ono moglo postojati? Nisam znala šta više da mislim, pa sam se pitala koji bi mi savjet dali moj tata i Džani. Bila sam sigurna da bi tata rekao: "Ako sad rodiš dijete, sa svojih šesnaest godina života, uništit ćeš svoj cijeli život. Morala bi napustiti školu, a kao samohrana majka, ne bi bila u stanju ići na fakultet. Morala bi naći posao da bi mogla uzdržavati sebe i bebu, a budući da nisi završila ni srednju školu, morala bi raditi kao čistačica za minimalnu plaću."

Nisam znala da li je moj otac bio protiv abortusa ili ne, ali sam znala da mu je moje školovanje bilo prvi prioritet.

A Džani bi, vjerojatno, samo rekao da bi me volio i podržao šta god da sam odlučila i tako bih se opet našla na početku.

Kad sam napokon stigla do bakine velike, bijele kuće, bila sam iscrpljena. Ne toliko fizički, nego emocionalno. Sada nisam mogla ni progutati tablete za spavanje; morala sam živjeti sa svojim noćnim morama još naj manje osam mjeseci.

I onda, kada sam otvarala ulazna vrata, rješenje mi je sinulo: dat ću je na usvajanje. Mnogo parova je željelo djecu, a nisu ih mogli imati. Zašto ne učiniti neki zaslužni par sretnim, a u isto vrijeme osloboditi se bebe?

Ulazeći unutra, čula sam šapate i pretpostavila sam da su mama i baka pričale tetki Mariji pojedinosti o najnovijoj katastrofi koju sam im priredila. Čim su me vidjele, šapat je prestao.

Tetka i baka su odmah napustile sobu, ostavljajući me samu s majkom.

"Čovječe, što znam raščistiti sobu," rekla sam u šali.

"Prestani se šaliti, Selma. Nisi smiješna. Sjedi, moramo razgovarati." Rekla je majka, pokazujući na jednu od stolica.

"Neću te ništa pitati," nastavila je, dok sam ja izvlačila stolicu i sjedala nasuprot nje. "I ... bez obzira kako je do ovoga došlo, moramo se riješiti problema što brže i što tiše je moguće. Sutra ujutro ćeš nazvati doktora Vukasa i zakazati termin za pobačaj. Tako, niko neće vidjeti da postaješ veća i niko za ovo nikada neće znati." Prestala je govoriti kao da je to bio kraj razgovora. Ona je našla rješenje i ja sam trebala biti zahvalna što sam imala tako divnu majku koja se svojevoljno pobrinula o "komplikaciji" koju sam donijela u njen život.

Polako sam ustala sa stolice. "Neću abortirati."

"Šta?" pogledala me je ljutito. "Nisam te pitala hoćeš li, ili ne; nemaš drugog izbora. Moraš abortirati!"

"Ne," prošaptala sam. "Molim te, samo me saslušaj."

"Selma, moram li te napomenuti da si ti moja maloljetna kći i da moraš učiniti onako kako ja kažem?!" Vrištala je, udarajući šakom po stolu.

Baka je tada ušla. Sigurno je prisluškivala na vratima, čim se tako brzo stvorila ispred mene.

"Prestanite, vas dvije!" Naredila je. "Nema potrebe da susjedi čuju sve što se događa u mojoj kući. Selma, dušo, sjedi. Dopusti mi da nešto kažem prije nego što doneseš bilo kakvu iracionalnu odluku."

Nisam sjela, samo sam tvrdoglavo prekrstila ruke na grudima, čekajući da nastavi. Znala sam da sam morala čuti ono što je imala reći, htjela to, ili ne.

"Znaš," nastavila je oprezno, "tvoj otac je od tebe tražio samo jedno." Znala je da ću se rastopiti ako spomene njega. "On je samo htio da ideš u školu i da imaš dobar život. Ako sada doneseš dijete na ovaj svijet, u šesnaestoj godini života, tvoj život je gotov. Kako ćeš uzdržavati sebe i dijete? Svakako, ja bih pomogla, ali ja sam stara i neću još dugo biti na ovoj zemaljskoj kugli. A moraš shvatiti da je tvoja majka, bez obzira koliko je spremna da ti pomogne, upravo izgubila muža i sve drugo za što se cijeli život borila. Ona, pored svoje tuge, ima tebe, svoje dijete, koje mora školovati i uzdržavati. Sad, jadnica, mora naći novi posao i započeti svoj život ispočetka. Tko će čuvati bebu kad vi niste kući?"

"Bako," rekla sam nestrpljivo: "Neću abortirati. Kad ga rodim, dat ću ga na usvajanje, tako da ću se moći vratiti u školu i pomoći mami u svemu drugom. Ja samo ... ne želim ga ubiti."

"Svi će znati da si rodila kopile!" Rekla je majka ogorčeno, izazivajući bijes u meni.

"Svi? Pa ko su to, dovraga, svi? Svi oni čije mišljenje nešto znači su mrtvi! Koga je briga za onim što drugi ljudi kažu? Ja bih radije živjela sa sramom što sam rodila kopile, nego sa činjenicom da sam *ubila* vlastito dijete!" Krenula sam prema vratima tako brzo da mi se zavrtjelo u glavi. Uhvatila sam se za dovratak da ne bih pala.

"Draga moja Selma," rekla je baka, hvatajući me ispod ruke, "molim te samo još malo razmisli. Pa, pogledaj samo što radiš ovoj svojoj majci. Ubit ćeš je."

"A šta ja to njoj radim, pobogu Bako? Pa, nisam otišla s nekim tipom i odmah raširila noge na sudaru za jednu noć. Ja ovo nisam tražila. Ali, znaš šta? Jesam razmišljala o svojoj majci dok sam bila silovana." Oči su mi se napunile suzama i morala sam zastati da bih progutala bolnu knedlu u grlu. "Mislila sam o tome koliko bi moja mama patila kad bi znala šta mi se događalo i tako sam se zaklela da joj to nikada neću reći, ali ... Bog," trepnula sam spomenuvši tu riječ, "*tvoj* Bog, u kojeg tako jako vjeruješ, je htio drugačije."

"Oh, Selma, ja znam da ti se sada čini kao da je kraj svijeta, ali vremenom ćeš to sve zaboraviti i preboljeti i opet ćeš biti sretna. Ja stvarno mislim da bi trebala abortirati što je prije moguće, tako da sve možeš ostaviti iza sebe i krenuti u školu što je prije moguće. To dijete bi te stalno podsjećalo na sve ono što ti se događalo u logoru. Osim toga, kako znaš da bi ga itko htio usvojiti? Pa, gledaj koliko sad imamo siročadi po čitavoj Bosni i Hrvatskoj. I njima su, također, potrebni domovi."

"Šta se s tobom dogodilo, Bako?" Upitala sam, odjednom je željeći ošamariti. "Mislila sam da ti čvrsto vjeruješ u Boga. Ti si naj veći i naj vjerniji katolik kojeg sam ikad upoznala. Jesi li zaboravila o čemu Otac Luka propovijeda svake nedjelje?"

Izgledala je zbunjeno, dok sam ja nastavila. "Uvijek govori i stalno ponavlja o tome koliki grijeh je imati pobačaj. Zašto misliš da je ilegalno ovdje u Hrvatskoj da se to učini? Ne možeš birati ono u šta vjeruješ i ono u šta ne vjeruješ, Bako. I šta, ti misliš da je to grijeh samo ako to neko drugi, ko tebi nije ništa u rodu, uradi? Jel' misliš da to niko nikada neće znati? Pa, zar to Bog neće vidjeti? Mislila sam da On sve vidi i zna. Ti si me naučila da budem pravedna i kršna i da uvijek činim ono što je ispravno. Jel' sad hoćeš da kažeš da je sve što si me do sad naučila bila laž? Sve one nedjelje u crkvi su bile gubljenje vremena?"

Pustila je moju ruku, podigla glavu ponosno i izašla. Nakon nekoliko sekundi, vrata su se zalupila. Vjerovatno je otišla u svoju sobu da se moli.

POGLAVLJE 15

Tog septembra se nisam upisala u školu. Stomak mi je rastao dok se moje krhko tijelo oporavljalo. Većinom sam svoje dane provodila u maloj, tijesnoj sobi koju mi je baka dala da koristim. Noću bih išla vani da šetam po plaži, pazeći da me niko od komšija ne vidi. Nisam htjela da zbog mene moja baka bude tema razgovora u gradu. Sad smo samo mama i ja boravile u kući bake Anđe. Tetka Marija se preselila u Sjedinjene Američke Države. Bila sam vrlo uzbuđena kad sam čula da je američki predsjednik, Bil Klinton, otvorio granice bosanskim izbjeglicama, koje su izgubile svoje domove u Bosni i Hercegovini i nisu se imale gdje vratiti.

Majka se nije htjela preseliti tako daleko. Ona se nadala da će rat ubrzo prestati i da ćemo se moći vratiti u naš stan u Prijedoru. Ja nisam mogla podnijeti ni pomisao da se tamo vratim, ali svaki put kad bih počela priču o Americi, ona bi me ušutkala, izazivajući u meni osjećaj krivice zato što bih ostavila mrtvo tijelo svoga oca bez odgovarajućeg ukopa. Iako nismo znale gdje se njegovo tijelo nalazilo, ona se nadala da će ovo ludilo brzo proći i da će Srbi priznati gdje su se nalazile masovne grobnice, tako da bismo ga mogle pronaći i sahraniti. *Samo sanjaj, ti naivna, lakovjerna ženo.* Mislila sam ogorčeno.

Pronašla je sebi posao u jednoj prodavnici kao blagajnik i izgledala je prilično sretno, jer je mogla pomoći u kupovanju hrane i drugih namirnica i nije stalno morala čekati da nam baka pomogne. Moji računi za liječenje su bili plaćeni nekim žutim kartonom koji smo dobili od države za pomoć.

Mama i baka su me konačno prestale gnjaviti predlozima abortusa. Sad je za to svakako bilo prekasno.

Iako mi se većinu vremena samo plakalo, ponekad sam se osjećala i sretnom. Svaki put kad bih osjetila da se dijete pomjera, osjetila bih ogromnu radost i ljubav prema tom malom stvorenju koje je raslo u meni. Sve sam se više vezala za bebu i mrzila sam pomisao da ću je morati dati potpunim strancima onog istog trenutka kad je izvade iz mene. Iako nisam htjela da mi doktor kaže spol djeteta kada sam bila na ultrazvuku, imala sam osjećaj da je to bio dječak. Stalno sam zamišljala kako će izgledati. Izabirala sam imena i svaki put kad bih negdje čula lijepo, neobično muško ime, zapamtila bih ga kako bih poslije mogla provjeriti njegovo značenje. Duboko u sebi sam znala da se neću moći rastati od ovog malog uljeza.

Noćne more su mi postajale sve stvarnije i strašnije. Jedna od njih se uzastopno vraćala:

Sjedim u čekaonici doktora Vukasa i čekam da me medicinska sestra prozove da uđem. Sve se čini normalnim. Druge žene su također tu. Nasmijane su i čitaju časopise. Sestra me konačno proziva. Ja joj se učtivo smiješim, ali se pitam zašto na licu ima hiruršku masku. Smješta me u malu sobicu i daje mi spavaćicu. Oblačim je, ali se osjećam jako hladno i neugodno. Čuje se kucanje na vratima i doktor Vukas ulazi unutra.

"Dobar dan Selma, kako se osjećaš?" Kaže on, smiješeći se. Okreće mi leđa da obuče rukavice. Cijelo vrijeme se osjećam nelagodno ... kao da će se svakog trenutka nešto ružno dogoditi. Konačno se okreće prema meni, ali umjesto doktora Vukasa, na njegovom mjestu stoji Radovan. Počinjem vrištati, ali nemam glasa. Pokušavam ustati, ali mi je tijelo veoma teško.

"Dakle, Selma, danas vadimo bebu," kaže on, nježno. "Nadam se da ti neće smetati ako moja asistentica uđe da nam pomogne."

Otvoriše se vrata i ona ista sestra koja me je uvela, ulazi u sobu. Skida svoju hiruršku masku. Užasnuta, ponovo pokušavam vrištati, jer umjesto sestrice, tu sad stoji Suzana i u ruci drži veliki nož, isti kao onaj što je Radovan imao na svom vojnom pojasu.

"Oh, ne mogu dočekati da vidim našeg sina," progovara Radovan, cereći se dok Suzana podiže nož da me s njim ubode.

Stresla bih se i probudila.

Mrzila sam spavanje, ali svaki put kad bih išla doktoru na pregled, on bi me savjetovao da puno spavam, odmaram se i da se lišim gledanja TV-a. Svaki put kad smo ga uključili, ništa drugo nisu prikazivali osim izvještaja o ratu i najnovijim pokoljima po Bosni, koji bi mi izazivali noćne more.

Iako novinari, u to vrijeme, nisu mogli ući u Prijedor, ipak smo nekako bili u stanju čuti vijesti i vidjeti slike koncentracionih logora i masovnih grobnica na televiziji. Činilo se da je u srpskoj vojsci bilo špijuna i bila sam im zahvalna svaki put kad bi dokazali da se to sve stvarno događalo. Sve vijesti su većinom bile iste:

"Bosanski gradovi i sela sa većinskim muslimanskim ili katoličkim stanovništvom su sravnjeni sa zemljom. Civili koji su živjeli na području Prijedora su prevezeni u koncentracioni logor Trnopolje, gdje su nekoliko dana držani bez hrane. Na kraju su žene i djeca pušteni da idu, a ljudi su zatvoreni. Svo ne-srpsko stanovništvo je moralo nositi bijele trake oko ruku i staviti bijele zastave na prozore svojih domova.

Kada su koncentracioni logori Omarska i Keraterm bili puni, srpski vojnici su pobili sve ljude u jednom autobusu koji ih je prevozio u logor. Kuće su redovno pljačkane i uništavane."

Dana 20. jula 1992, područje na lijevoj obali rijeke Sane je granatirano. Džanijeva prekrasna kuća, u koju su njegovi roditelju uložili toliko truda i novca, je bila uništena. Ta kuća mi je bila posljednja veza s njim, a sada ni nje više nije bilo. Više od hiljadu i pet stotina ljudi je ubijeno samo tog dana.

23. jula, Srbi su opkolili selo Čarakovo, jugozapadno od Prijedora. Stotine ljudi je pobijeno—strijeljano, spaljeno živo, pretučeno, ili mučeno do smrti na razno-razne načine. Najmanje sedam stotina i šesdeset muslimana je ubijeno tog dana.

Od 20. do 25. jula Srbi su u Lisini ubili između sedamdeset i stotinu muslimanskih civila; krajem jula Srbi su pobili između stotinu i stotinu-dvadeset muslimanskih civila iz Jugovaca; početkom avgusta, u Redaku, južno od Ljubije, Srbi su pobili dvije stotine muslimanskih civila ..."

Lista je—svakog dana—bivala sve duža i duža. Ovi izvještaji su bili samo iz jednog grada u Bosni. Čuli smo za strahote i iz drugih bosanskih gradova, ali slušati grozote o Prijedoru je najviše boljelo. Prijedor je bio ... dom.

Konačno, na kraju jula, odlučno sam rekla majci da ću nazvati tetku Mariju i zamoliti je da mi pomogne da odselim u Ameriku, ako ona već neće da aplicira za to. Majka nije bila baš oduševljena idejom da preselimo tako daleko, ali kad je vidjela sve strahote koje su se dešavale po Bosni i kad je konačno shvatila da se nije imala gdje vratiti, predala se je. Naravno, nije htjela da ja budem u pravu i da bude po mome. Pokušala je tražiti alternative; negdje bliže kući, negdje u Evropi. Ali sve evropske zemlje su bile pune bosanskih izbjeglica i nisu bile baš sretne zbog toga. Većina njih, poput Njemačke, je nudila privremenu pomoć u vidu hrane i zdravstveog osiguranja, ali nisu nudile državljanstvo ili bilo šta dugotrajno, tako da su svi ljudi koji su se tamo preselili znali da će se, dok se rat završi, morati vratiti tamo odakle su i došli, bez obzira da li su imali kuću ili ne. Razmišljala sam o tome kako—sve i kad bi se majka i ja tamo vratile i sve i da smo imale gdje živjeti—šta bi jele, od čega bi živjele? Poslijeratno doba je, mnogo puta, bilo gore nego ratno. Bilo bi teško naći posao. Možda bi se to sve nekako i moglo prevazići, ali najveći problem koji me je mučio je bila ideja da se vratim i živim među ljudima koji su me otud izbacili i nisu me tamo željeli. Ko bi mogao garantovati da nam oni to opet ne bi uradili?

Amerika je nudila najbolji život za izbjeglice. Čim bi neko sletio u njihovu zemlju kao izbjeglica, odmah bi dobio zeleni karton koji je značio stalno prebivalište, posao, školu, itd.
Sjedinjene Države su nudile medicinsku i finansijsku pomoć dok ne bi našle posao, a nakon pet godina bismo mogle podnijeti zahtjev za državljanstvo.

Najbolje od svega je bilo to što se ne bismo morale odreći našeg bosanskog državljanstva; mogle bismo, ako smo htjele, imati i jedno i drugo. I nekad, kad rata više ne bude, majka bi se mogla tamo vratiti i izgraditi novu kuću, ako to bude željela.

Ispunile smo sve potrebne papire i čekale da nas pozovu na razgovor. Nije svakom bilo odobreno da ide, ljudi koji su izgubili svoje domove i nisu se imali gdje vratiti su bili prvi na listi ... ljudi poput nas.

Ovo je bilo sve što sam sada željela, da se preselim što je bilo moguće dalje odavde. Atlantski okean mi se nije činio dovoljno širokim, ali bih se morala zadovoljiti njime. Nadala sam se da—kad tamo preselimo—ću moći ostaviti strahotnu prošlost iza sebe i napokon se riješiti noćnih mora. Znala sam da ću imati pune ruke posla kad krenem u školu i pokušam izgraditi novi život sve dok budem učila nove običaje i usavršavanje engleskog jezika. Znala sam da, bez obzira koliko daleko pobjegla od ove stravične zemlje, postojale su uspomene od kojih nisam mogla pobjeći, kao na primjer, trenutak kada je Džani zadnji put izgovorio moje ime, ili svi oni prelijepi trenutci kad me je s ljubavlju gledao u oči, i naravno, nikada neću moći zaboraviti posljednje riječi koje mi je rekao: "Sjeti me se". Imala sam obavezu prema njemu; nisam mogla potisnuti sjećanja na njega. Obećala sam sebi da ću se sjećati bez obzira na to koliko me to koštalo. Također sam znala da nikad neću moći pobjeći od osjećaja krivice—bila sam kriva za njegovu smrt. I kako bih ikad mogla pobjeći od optužujućih pogleda i uvrijedljivih riječi njegove majke upućenih meni koje je izgovorila zadnji put kad me je vidjela? Njeno uplakano lice i one teške riječi će vječno biti dio mene. To sam i zaslužila. Trebala sam i ja poginuti zajedno s njim. Ali umjesto toga, ostala sam živa da pamtim i da patim. To je bila moja kazna što sam bila tako sebična; što mu nisam dala da ide u Njemačku kad je mogao otići. A ko zna? Možda sam ostala živa zato da bih se mogla sjećati i da bih, jednog dana, mogla ispričati našu priču. Možda je pak jednom i ispričam, zbog Džanija. U stranicama knjige bih zabilježila njegovo ime da se nikada ne zaboravi. Možda jednom to stvarno i uradim. Nekad, jednog dalekog dana, ali ne još. Rane su još uvijek bile otvorene i friške; previše bolne.

Pismo je stiglo 25. novembra, 1992. Morale smo ići u Zagreb 6. decembra na razgovor sa Kelly Smith koja je radila za američku vladu. Pisalo je da će nam čak i prevodioc biti obezbjeđen.

POGLAVLJE 16

Vožnja do Zagreba je bila duga i naporna. Bila sam kao hipnotizirana njegovom ljepotom. Činilo se kao vječnost od zadnjeg puta kad sam bila ovdje. Majka i ja smo—prije rata—često dolazile u kupovinu u zagrebačke prelijepe butike i velike robne kuće. Zagreb je bio tako blizu mog grada, ali se sad činilo kao da je između Zagreba i Prijedora bilo bezbroj kilometara. Ljudi su brzo prolazili, ne obraćajući pažnju na nas, žureći za svojim poslom, potpuno nesvjesni užasa koji se dešavao u Prijedoru, samo dva sata vožnje udaljenosti od njih.

Ušle smo u visoku, tamnu zgradu u potrazi za sobom broj 211. Bila je na drugom spratu. Budući da smo prerano stigle, morale smo sjediti u čekaonici i čekati da nas prozovu. Drugi ljudi koji su tu sjedili su bili poput nas, bijednici i beskućnici. Nosili su sa sobom terete sjećanja na strašne stvari koje su im se desile—tajne poput moje, sramotne, bolne tajne za koje nisu htjeli da iko zna. Samo ... te tajne su bile toliko vidljive u njihovim očima pogođenim bolom.

Djevojčica koja se igrala sa cvijetnim rubom na majčinoj suknji me je pogledala i nasmiješila se. Uzvratila sam osmijeh i, iako sam znala da sam bila nepristojna jer sam zurila, nisam mogla s nje skinuti pogled. Bilo joj je oko pet godina i imala je najljepše plave oči koje sam ikada vidjela. Kosa joj je bila duga i crna. Djevojčica je bila vrlo vesela i njen živahni stav se činio zaraznim. Nisam mogla, a da se tiho ne nasmijem.

Pjevala je veselu pjesmicu dok se igrala s majčinom suknjom. Njena majka je mirno sjedila, duboko u svojim mislima. Kad su njihova imena bila prozvana i kada su ustale da idu u susjednu sobu, vidjela sam da djevojčica nije imala lijevu nogu. Umjesto noge, tu su bili samo nabori njenih hlača, smotani skroz do kuka.

Oslanjala se je na majku i kad je došla do vrata, okrenula se i mahnula mi. Htjela sam zaplakati, ali baš tad su prozvali naša imena.

Starija gospođa koja je stajala kod otvorenih vrata i držala hrpu papira u ruci, prozivala je naša imena. Bila je vrlo ozbiljna. Podsjećala me je na bibliotekarke iz filmova. Bila je visoka. Njena tamna kosa je bila zalizana prema nazad i zamotana u punđu. Jagodice na njenom smeružanom licu su bile neuobičajeno visoke, a njen nos je bio ravan i šiljat. Naočale su joj visile oko vrata na zlatnom lancu. Na sebi je imala rolku boje kestena i vestu iste boje koju nije obukla, nego je samo prebacila preko ramena, tako da su joj rukavi labavo visili, pa se činilo kao da je imala četiri ruke. Njena crna suknja je bila malo iznad koljena, a na nogama je imala crne najlonke i cipele. Nije se nasmiješila kad smo se približile, nego se samo okrenula i počela koračati, uvjerena da ćemo je mama i ja slijediti. Kuckanje njenih šiljatih cipela po popločanom podu je zvučalo kao galopiranje konja.

Soba je bila mala i zagušljiva. U sredini se nalazio stol, a na lijevoj strani je bio visoki ormarić. Mali, prljavi prozor na suprotnom zidu je izgledao kao da mu tu nije bilo mjesto. Na desnoj strani su bila još jedna bijela vrata. Pretpostavljala sam da se tu nalazilo malo kupatilo, jer mi kapanje iz slavine nije dalo da se skoncentrišem ni na što drugo.

Niska, debela žena je ustala iza stola da se s nama rukuje. Njena valovita kosa je bila gotovo narandžaste boje. Imala je mnoštvo pjegica po cijelom licu. Na usnama je imala crveni ruž. Široko se je osmjehivala.

"Zdravo! Moje ... ime ... je ... Kelly Smith." Izgovorila je svaku riječ polako i vrlo glasno, kao da smo bile gluhe.

"Zdravo, Sabina i Selma." Mama je odgovorila, pokazujući na sebe, pa onda na mene. Kapanje iz slavine me je izluđivalo. *Kap, kap, kap ...*

"Ahm!" Mrzovoljna žena koja me je podsjećala na bibliotekarku je počela, "Zovem se Hana i ja ću vam biti prevodilac."

"Ah, ne bih da budem ne kulturna," nasmiješila se je mama, "ali moja kćerka vrlo dobro govori engleski i, ako vam ne smeta, ja bih više voljela da mi ona prevodi." Osmijeh ju je potpuno odao; bila je sretna što je mogla otjerati mrzovoljnu ženu koja nas je očito smatrala gorima od šljama. Hana je na to samo podigla bradu, obrisala nešto nevidljivo sa suknje i krenula prema vratima.

"Vrlo dobro," rekla je podrugljivo.

"Oh, pa ti govoriš engleski? To je vrlo impresivno," uzviknula je Kelly. Veliki osmijeh je i dalje blistao na njenom pirgavom licu.

"Ne bih to nazvala impresivnim, Gospođo. Većina ljudi na svijetu govori engleski, to nije ništa neobično."

"Hm, da, valjda si u pravu. Mi Amerikanci uvijek inzistiramo da sve bude po našem, zar ne?" Njeno ciktavo smijanje me je iritiralo. Nisam baš imala povjerenja u ljude koji su se previše smijali; činilo se da iza tih velikih osmijeha, uvijek pokušavaju sakriti neke zle namjere.

Kapanje je svake minute postajalo sve glasnije i gotovo me uhvatio napad panike kad sam shvatila da je moja cijela budućnost ovisila o ovom razgovoru. Ova strankinja bi trebala odlučiti da li sam dovoljno dobra da uđem u njenu zemlju, ili ne. Nakratko sam osjetila nelagodu čekajući da počne postavljati pitanja—prava, emocionalna pitanja, umjesto ovog besmislenog brbljanja. Nisam se mogla skoncentrisati od leptirića u stomaku. Osjećala sam se kao da sam imala test iz fizike za koji nisam bila spremna.

Kap, kap, kap...

"Selma, nigdje u ovim papirima ne piše da si trudna," napokon je počela.

"Pa, za nekoliko mjeseci neću biti. Dat ću dijete na usvajanje," rekla sam dok mi se tihi glas prelomio.

"Smijem li pitati zašto?" Nastavila je ona. "Gdje je djetetov otac?"

"Ja sam ... am ..." pogledala sam u mamu, pitajući se koliko da kažem pred njom i osjetila sam olakšanje kad sam se sjetila da je ona razumjela nulu engleskog.

"Ja sam silovana ... od strane više muškaraca i ne znam ko je otac," odgovorila sam, osjećajući se nelagodno i postiđeno.

"Oh, tako mi je žao," rekla je. Glupavi osmijeh sa njenih usana je napokon izblijedio.

"Selma, molim te da ne misliš da te ovo sve pitam samo iz radoznalosti. Žao mi je, osjećam se kao da narušavam tvoju privatnost tražeći da odgovoriš na sva ova pitanja, ali ih moram postaviti. To je standardni postupak. Ti to razumiješ, zar ne?"

Odgovorila sam s klimnuvši glavom. *Kap, kap...*

"Pa, gdje si tako dobro naučila govoriti engleski?" Upitala je, mijenjajući temu.

"Moj momak me naučio."

"Oh, tvoj momak? A kako se on zove?"

"Džani."

"Zar on neće biti tužan ako ti odeš u Ameriku?"

"On je mrtav." Spustila sam pogled. "Srpski vojnici su ga ubili prije nekoliko mjeseci. Bio je u istom konvoju koji je mene prevezao iz Prijedora u Travnik," odgovorila sam, osjećajući kako mi se tople suze nakupljaju u očima, spremne da poteku svakog trenutka.

"Oh, dušo ... tako mi je žao," odgovorila je, posežući za mojom rukom koju sam brzo povukla sa stola i stavila u krilo.

"Dobro onda ... idemo dalje, može?" Rekla je, suze su joj blistale u očima.

"Selma, možeš li mi reći svoje ime, dob i kućnu adresu u Prijedoru?"

"Da, zovem se Selma. Šesnaest mi je godina i moja adresa je Vuka Karadžića 23, Prijedor, Bosna i Hercegovina."

"Selma, zašto si napustila svoju kuću? Je li uništena?"

"Ne, gospođo, naš dom nije bio uništen. Bojali smo se za naše živote i morali smo otići. Ne možemo se tamo vratiti, ubit će nas."

"Ko će vas ubiti ako se vratite?"

"Srpski vojnici. Oni su odveli moga tatu, bacili ga u koncentracioni logor gdje su ga mučili i ubili," odgovorila sam tiho. "I mene su zatvorili u koncentracioni logor gdje su me i silovali." Nastavila sam, gledajući u svoje ruke koje su mi bile položene u krilu. "Molim vas, molim vas, nemojte nas tjerati da se tamo vratimo."

"Znaš li imena vojnika koji su te silovali?" Upitala je.

"Ne, ne znam im imena," lagala sam. Nisam htjela da moja mama čuje kako izgovaram Radovanovo ime. Osim toga, mislila sam da čak ne bih ni mogla naglas izgovoriti to prokleto ime. "Lica nekih od njih su mi izgledala poznato, ali ne znam njihova imena. Mogla bih vam reći ime osobe koja je ubila moga tetića i njegovog oca; Vidjela sam kako ih je pobio Dule." Sjetila sam se Kemala i ispričala joj sve o tome. Također sam joj ispričala i o didu, neni i o mojim dajdžama i ujnama. Nisam zaboravila spomenuti ni bol koju mi je nanijela najbolja prijateljica Dana. Pričala sam o Heleni i njenoj obitelji; o njenom malom dječaku koji još nije imao ni dvije godine kad je izgovorio svoju prvu, cijelu rečenicu onog dana kad su ga Srbi zaklali. Kelly je plakala dok je slušala. Čak je prestala hvatati bilješke i samo je tiho plakala, brišući suze natopljenom maramicom, trudeći se da me ne prekida. Nisam joj pričala detalje o onom što se dogodilo meni. Tu ranu nisam mogla otvoriti. Bojala sam se da ako bih počela pričati o tome, srce bi mi puklo i to bi naškodilo bebi.

"Selma, oprosti. Molim te, samo mi daj minutu," rekla je Kelly i nestala iza bijelih vrata kupatila. Nakon nekoliko trenutaka se ponovo pojavila. Pokušala se je osmijehnuti dok je sjedala nazad na stolicu.

"Dakle, Sabina," rekla je, "mogu li sada vama postaviti nekoliko pitanja?" Upitala je Kelly gledajući u majku. Prevela sam.

"Molim vas, recite mi svoje ime, dob, i kućnu adresu." Nastavila je ona.

Majka je tiho odgovorila i ja sam ponovo prevela. Ispričala je Kelly o onom danu kad su srpski vojnici došli u naš dom i odveli njenog supruga i o danu kad je otišla da ga vidi. Pričala joj je o pismu koje je on napisao i o onom što je u njemu rekao. Keline oči su bile crvene od plakanja. Vidjelo se da joj je bilo neugodno što je pred nama pokazivala emocije.

"Šta se dogodilo onaj dan kad ste saznali da su Srbi granatirali Kozarac?" Upitala je.

"Pa, naravno," nastavila je majka, "ludjela sam. Telefoni nisu radili i nisam mogla nazvati sestru da provjerim gdje mi je kćerka. Nisam znala ni da li je iko od njih bio živ."

"Kako ste saznali da je Selma bila živa?"

"Moj komšija, Radovan, je navratio i donio mi nekoliko cigareta. Rekao mi je da ne brinem, da će on potražiti Selmu i pobrinuti se da sigurno dođe kući." Majka je spustila pogled dok je govorila o njemu. "Nekoliko dana kasnije, vratio se i rekao mi da ju je vidio u logoru Omarska." Šmrcnula je i zastala.

"I šta je onda bilo? Je li ti on pomogao da izađeš?" Upitala je Kelly, gledajući u mene.

"Ne," rekla sam. "Nije mi on pomogao da izađem. Njegov sin, Damir me je tamo pronašao nakon dvadeset-jednog dana i pomogao mi da dođem kući i da izađem iz Prijedora."

"Jednog jutra," nastavila je majka, prekidajući me, "probudilo me glasno lupanje na vratima. Skočila sam iz kreveta, u nadi da si to bila ti." Gledala je u mene, dok su joj suze tekle iz, očajem pogođenih, očiju. "Ali kad sam otvorila vrata, bio je to on, Radovan. Već je bio pijan ... u pet ujutro. Progurao se pokraj mene i zalupio vratima iza sebe, kao da je bio u vlastitoj kući. Počela sam ga moliti da ide, ali on me samo gledao onim pijanim očima sa zlobnim osmijehom na licu. 'Vidio sam Selmu,' rekao je on i ja sam potrčala prema njemu. Valjda je to bila neka refleksivna reakcija. 'Gdje je? Gdje mi je kćerka?' Upitala sam, ali on je, kao u igri, povukao pojas na mom ogrtaču, otvarajući ga. 'Reću ti gdje je, ali prvo moraš učiniti nešto za mene,' rekao je on cerekajući se. Ja sam se odmakla, ali on je bio brži i jači ... i ..."

"Prestani!" Viknula sam. "Neću to da čujem!"

Skočila sam sa stolice i brzo izašla iz sobe. Nisam to mogla podnijeti. Znala sam šta je pokušavala reći. Znala sam šta joj je on učinio i nisam mogla podnijeti ni pomisao da je ona prošla kroz toliku bol i agoniju. Nisam mogla podnijeti bol svoje mame. Ja bih rado ponovo prošla kroz sve one boli samo kad bih mogla oduzeti njenu bol. Nije bilo riječi kojima se taj čovjek mogao opisati. Čudovište nije bila dovoljno zla riječ da bi ga opisala. Bio je on sami đavo.

Naslonila sam se na zid zatvarajući oči i boreći se za zrak, kad sam pored sebe začula topli, nježni, ženski glas. "Evo, uzmi ovo."

Bibliotekarka, Hana je stajala uz mene i držala čašu vode u ruci. Nasmiješila se je i ponovo ponudila. "Uzmi, dobra je i hladna. Pomoći će ti."

Posegla sam i uzela veliki gutljaj hladne vode. Bila je u pravu, voda je pomogla da polako dođem sebi. "Ah," počela sam tiho, "možete li otići unutra i pomoći mojoj mami s prevodom?" Nisam htjela čuti ono što je majka morala reći.

"Da, naravno," odgovorila je, okrećući se da ide. "Znaš," rekla je, zastajući, "ja sam znala da će se ovo dogoditi. Članovima obitelji je uvijek teško prevoditi svojim najmilijima kad su u pitanju bolne emocije."

Nisam gledala za njom, ali sam čula njene cipele kako lupkajući odlaze.

Oko pola sata kasnije, vrata su se otvorila i moja mama je izašla, crvenog nosa i podbuhlih očiju. Plakala je. Hana je izašla poslije nje.

"Za sada ste gotove. Idite doma. Nazvat ćemo vas ako vam bude odobren odlazak." Nasmiješila se je Hana. "Ako dobijete odobrenje da idete, morat ćete se vratiti u Zagreb na ljekarski pregled. Ako rezultati svih testova budu uredni, moći ćete se preseliti u Sjedinjene Američke Države. Sretno." Njen osmijeh se činio iskrenim.

Još jedna duga vožnja taksijem i nezaobilazna noćna mora kad sam zaspala na maminom ramenu su me iscrpili. Stigle smo do bakine kuće u Puli taman prije večere.

"Selma, zvala te je Azra iz agencije za usvajanje djece," rekla je baka prije nego što sam se i izula. "Htjela je da se upoznaš sa jednim ljubaznim parom iz Dubrovnika. Zainteresirani su za usvajanje djeteta."

Nisam odgovorila. Glad koju sam maloprije osjećala je u tom trenutku bila nestala. Samo sam htjela plakati i sakriti se od cijelog svijeta. Osjećala sam se poput vulkana spremnog da eksplodira. Zatvarajući i zaključavajući vrata od spavaće sobe, briznula sam u plač. Otkako mi je doktor rekao da sam bila trudna, trudila sam se da ne plačem i da ne razmišljam o onom što mi se dogodilo iz straha da ne bih naškodila djetetu. Ali nisam više mogla izdržati; saznanje da je moju majku silovao onaj manijak, mi je donijelo više boli nego što sam mislila da je to bilo moguće. Zaronila sam lice u jastuk i glasno plakala, puštajući da mi bol potopi jastuk.

Sljedećeg jutra, iz noćne more me je probudilo glasno telefonsko zvono. Samo sam ovaj put imala sreće što sam se probudila prije nego što su vojnici stigli do mene.

Nekoliko trenutaka kasnije, začula sam tiho kucanje na vratima i mamin nježni glas.

"Sel, Azra je. Hoćeš li razgovarati s njom?"

"Da, ovdje ću se javiti."

Podigla sam slušalicu i čula Azrin uzbuđeni glas sa druge strane žice. U zadnje vrijeme nije baš bila zadovoljna mojim ponašanjem. Sve parove koje mi je do tad predstavila sam odbila. Uvijek sam nalazila nešto što mi se kod njih nije sviđalo: čovjek je nosio ružne cipele, ili je boja ženine suknje bila pogrešna, ili joj je nos bio prevelik, ili su njegovi zubi bili krivi, itd. Ovaj put sam odlučila da ću prihvatiti sljedeći par, ko god da su bili. To je sad bilo u Božjim rukama i više ništa nisam mogla učiniti za moju bebu—bebu koja ustvari nije bila moja.

"Selma, dobro jutro," zacvrkutao je Azrin uzbuđeni glas. "Izvini što te zovem ovako rano, ali sam vrlo uzbuđena vezano za ovaj par, a mislim da ćeš i ti biti." Nakon nezgodnog trenutka tišine, nastavila je, "U braku su već šesnaest i po' godina, ali na žalost, ne mogu imati djece. On je liječnik, pedijatar zapravo, a ona je profesorica biologije na sveučilištu u Dubrovniku. Živjeli su u Dubrovniku većinu svog zajedničkog života, ali su proputovali cijeli svijet."

"Kako se zovu?" Upitala sam. Imala sam samo jedan uvjet; nisu mogli biti Srbi.

"Oh, svidjet će ti se ovo. Mješani su par, baš kao i tvoji roditelji. On je musliman, rođen u Bihaću u Bosni, a ona je katolkinja iz Vukovara u Hrvatskoj. Upoznali su se na fakultetu u Sarajevu prije nego što si se ti i rodila. Oh, Selma, bili su toliko oduševljeni kada sam ih pozvala."

"Dobro. Kad trebam biti tamo?" Upitala sam nevoljno.

"Može li sutra u dva?"

"Okej, vidimo se sutra."

"Oh, i nemoj zaboraviti ponijeti svoja pitanja," podsjetila je spuštajući slušalicu. Kao da su mi bila potrebna ta prokleta pitanja, već sam ih sve napamet znala.

Majka i ja smo otšetale do Azrinog ureda nedaleko od bakine kuće. Nismo razgovarale. Bol koju sam sad osjećala zbog onog što joj se desilo je bila jača nego što sam mogla podnijeti. Izgubila je muža, roditelje, braću i sestre, skoro je izgubila i kćerku, i na kraju, zbog njega je izgubila dostojanstvo i samopoštovanje. *Platit će za ovo. Jednog dana, na neki način, đubre od čovjeka će platiti za sve.* Ona više nije imala razloga za život. Živjela je, radila i pokušavala imati pozitivan stav zbog mene. Nisam joj htjela nanijeti bol. Odlučila sam učiniti sve što mi kaže i ako je to značilo da sam se morala riješiti svoje bebe, neka tako i bude.

Sretni par je stigao prije nas. Visoki, smeđokosi, čovjek mi je prišao i pružio ruku.

"Dobar dan, Selma. Ja sam Alen, a ovo je moja supruga, Marijana." Rukovali smo se. Već mi se sviđao ovaj simpatični par. Bili su sličnih godina mojih roditelja i činilo se da su bili vrlo sretni. Nakon što se rukovao sa mnom i majkom, Alen je prišao svojoj supruzi i uzeo je za ruku. Također su mi se sviđala i njihova imena; Alen i Marijana. Kad smo Džani i ja jednom pričali o imenima koja bismo dali svojoj djeci kad bismo ih imali, odlučili smo da ako budemo imali sina, zvao bi se Alan, a ako budemo imali kćer, ime bi joj bilo Arijana. Imena ovih ljudi sam protumačila kao znak—kao dobar znak. Također mi se svidjelo i to kako su izgledali i kako su bili obučeni. U njegovoj smeđoj kosi se nalazilo nekoliko sijedih dlaka, što mu je davalo profinjen izgled. Njegove oči—boje lješnika—su bile odlučne, ali ljubazne. Ona se, pak, činila jako nervoznom, sramežljivom i tihom. Kosa joj je bila crvenkasto-plava, a njene oči su bile boje topaza. Bila je punija i mnogo niža od njega, ali kad su stajali jedno pored drugog, izgledali su kao nevjerovatan par. Šteta što nisu mogli imati djece, bila sam sigurna da bi im djeca prekrasno izgledala.

"Dobar dan svima; molim vas, uđite i sjedite," Pozvala je Azra. Svi smo nervozno sjeli, čekjući da neko započne razgovor.

"Imate li djece, gospodine i gospođo Islamović?" Upitala sam, praveći se da nisam znala da nemaju.

"Ne," odgovorio je Alen, još uvijek držeći ženinu ruku. "Pokušavali smo, ali nismo imali sreće. Pokušali smo umjetnu oplodnju i lijekove za plodnost, ali ništa nije djelovalo."

"Recite mi nešto o sebi," nastavila sam. "Jeste li donijeli slike? Azra kaže da ste putovali svugdje po svijetu."

"Pa da ... evo," Marijana je tada progovorila po prvi put. "Donijeli smo jedan album, koji slobodno možeš ponijeti kući da malo detaljnije pregledaš. Napisali smo male bilješke ispod svake slike." Zastala je, stavljajući mi album u krilo i sjedajući pored mene. "Kad smo se prvi put sreli na fakultetu, znali smo da smo bili stvoreni jedno za drugo. Bila je to ljubav na prvi pogled i ja sam ga odvela kući da upozna moje roditelje samo mjesec dana nakon što smo se upoznali." Pogledala je u svog supruga i nasmiješila se. "I oni su se odmah zaljubili u njega i bili su vrlo ponosni na njegov izbor doktorata. To ljeto smo putovali kroz cijelu Evropu. Željeli smo vidjeti što smo mogli više novih mjesta i upoznati što više različitih ljudi. Putovali smo vozom od zemlje do zemlje i upoznali mnoštvo nevjerojatnih, čudnih i prijaznih ljudi." Zakikotala se je. "Bilo nam je jako lijepo."

"Kad smo se vratili kući," prekinuo ju je Alen, "odlučili smo se vjenčati. U početku nismo htjeli djecu. Znate, čekali smo da nam se pokrenu karijere. Marijana je ubrzo nakon završetka fakulteta dobila jako dobru ponudu za posao na sveučilištu u Dubrovniku i bez razmišljanja smo tamo preselili i nikada više nismo otišli."

Marijana je nastavila: "Naše karijere su krenule bolje nego što smo mislili. Alen je, nekoliko godina, radio u jednoj velikoj bolnici i kad smo uštedjeli dovoljno novca, otvorio je svoju vlastitu ordinaciju. Ironično je to što mi, oboje, radimo sa djecom i volimo ih, ali," spustila je pogled, "nismo bili blagoslovljeni vlastitom."

Otvorila sam album i počela postavljati pitanja o ljudima i mjestima sa slika. Sviđalo mi se ono što sam vidjela i sviđao mi se način na koji su gledali jedno u drugo.

Putovali su u Ameriku i Aziju. Posjetili su Rusiju i Tursku; čak su išli i u Saudijsku Arabiju i Izrael. Vrijeme je brzo prolazilo i pomislila sam u sebi da, kad sam već morala dati bebu strancima, što da to onda ne bude ovaj lijepi, kulturni, školovani par? Nisam im rekla da ću razmisliti o tome; rekla sam im da sam ih već izabrala. Nisu postavljali nikakva pitanja, ali sam bila sigurna da je Azra već odgovorila na većinu njih.

Rastali smo se uz poljupce i zagrljaje. Neprestano su mi zahvaljivali. Čak su ponudili da mi plate sve liječničke račune i bilo šta drugo što mi je bilo potrebno, ali sam odbila. Nisam htjela *prodati* svoju bebu, bilo je dovoljno teško to što sam je davala na usvajanje i puštala da je neko drugi odgaja. Bilo bi to nešto nepodnošljivo uzeti novac i imati neke koristi od toga. Ne, nikada to ne bih mogla učiniti.

Moje dijete—uvijek sam o tom djetetu razmišljala kao da je moje. Nisam znala zašto ga je Bog dao baš meni, ali bila sam sigurna da je morao imati dobar razlog za to. Mama je mislila da je razlog bio taj da bih usrećila gospodina i gospođu Islamović; ja nisam bila baš sigurna u to.

Dani su prolazili i stapali se jedan u drugi. Svaki dan je bio dosadniji od prethodnog.

Oko mjesec dana nakon što smo se vratili iz Zagreba, nazvala je Hana. Bila je sretna što nas je mogla obavijestiti da smo dobile odobrenje da se preselimo u Sjedinjene Američke Države. Morale smo se vratiti u Zagreb na ljekarski pregled i, ako nalazi budu dobri, obećala je da će nam javiti u koji dio Sjedinjenih Država i kada smo trebale ići. Nadale smo se da bi to bio Čikago zato što je i tetka Marija sad tamo živjela.

Nakon ljekarskog pregleda u Zagrebu, saznale smo da su svi rezultati bili dobri i jako smo se obradovale kad su nam rekli da sljedeći put kad nas Hana bude nazvala, to će biti da nam kaže kada i gdje ćemo se preseliti.

Gospodin i gospođa Islamović su savjesno pisali. Slali su slike rodbine i slike njihove renovirane kuće. Sada su imali novu sobicu za bebu, gdje im je prije bio kućni ured. Na zid u bebinoj sobici su stavili tapete sa motivima svjetloplavog neba i bijelih oblaka. Bebin namještaj je bio od hrastovog drveta, a posteljina i odjeća su bile u neutralnim bojama: zelena, žuta i smeđa, jer nisu znali da li će imati dječaka ili djevojčicu. Čak su bili izabrali i imena za bebu; Jasmina, ako bude djevojčica, a Dino, ako bude bio dječak. Sve je išlo kako je trebalo i po planu, osim mojih strašnih noćnih mora i činjenice da je dan kad ću se rastati od svoje bebe bio sve bliži. Pokušavala sam ne razmišljati o tome.

POGLAVLJE 17

Dvadeset-petog februara, oko dva u jutro, probudila sam se sa strašnim grčevima u stomaku. Nikada prije nisu bili tako jaki. U panici, ustala sam da probudim mamu i pitam je da li bih trebala ići u bolnicu, ali kad sam sišla s kreveta, prije nego što sam zakoračila, osjetila sam kako mi nešto toplo curi po nogama; kao da sam se pomokrila. Topla, providna tekućina mi je curila niz noge i kapala po podu.

Puknuo mi je vodenjak.

"Mama!" Vrištala sam, "Mislim da je beba na putu! Mama!"

Mama i baka su obje dotrčale do mene. Bio je to jako smiješan prizor; njih dvije kako trčkaju okolo u panici. Baka se pokušavala obući, dok je tražila moju torbu koju sam već odavno spakovala. Majka je posegnula za telefonom, ne znajući koga prvo da nazove, doktora Vukasa ili svog šefa. Ja sam, u stvari, bila jedina koja je bila smirena. Čak sam se uspjela na brzinu i istuširati. Trudovi bi došli, pa opet otišli.

Majka je nazvala doktora i on joj je rekao da odmah krenemo i da će nas čekati u bolnici. Vozila je bakinu staru, tamnoplavu Ladu kao manijak, prolazeći kroz svako crveno svjetlo. Oko kilometar do bolnice nas je zaustavila policija. Mama je izašla iz auta i uspaničeno objasnila da žurimo u bolnicu, jer joj se kćerka porađa. Moji trudovi su svake minute postajali sve jači i češći. Niko mi nije rekao da je porod bio ovoliko bolan. Vrištala sam i molila da izvade bebu. Cijelo tijelo mi je bilo prekriveno znojem i osjećala sam kao da bih se svakog trenutka mogla raspasti. Policajac je shvatio šta se događalo, te je rekao: "Ne brinite, Gospođo, ja ću vam pomoći! Samo slijedite mene, a ja ću upaliti rotaciona svjetla, tako da svi znaju da je u pitanju hitan slučaj i da se sklanjaju s puta."

Iako je upalio rotaciona svjetla, vozio je sporije nego mama prije nego što nam je on ponudio pomoć. Mislila sam da nikada nećemo stići, ali smo ipak stigli i ja sam bila sretna kad sam vidjela da je doktor Vukas već bio tamo. Rekao mi je da još nije bilo prekasno ako sam željela epiduralnu i ja sam je rado prihvatila. Poslao je unutra neku mršavu ženu u bijelom, laboratorijskom mantilu. Ona mi je naredila da budem veoma mirna dok mi je ubadala veliku iglu u kičmu. Uradila sam kako je rekla, ali onog trenutka kad sam osjetila ubod te igle, zažalila sam što sam tražila epiduralnu. Doktor Vukas se vratio i upoznao me s babicom po imenu Sara. Htio je da mi ona pomogne tokom poroda. Ja nisam bila baš sretna zbog toga, ali se nisam ni žalila, jer ipak, on je bio doktor. Sara je bila u kasnim četrdesetim godinama. Imala je kratku, smeđu kosu i piskav glas. Izgledala je nestrpljivo i zastrašujuće. Čekala sam da epiduralna počne djelovati, ali uz svaku kontrakciju, bol je postajala sve jača. Gospođa koja me je ubola u kičmu se često vraćala i davala mi jaču dozu lijekova, ali činilo se da nisu djelovali. Konačno, bilo je vrijeme da počnem tiskati. Sara je uporno galamila da guram jače. Vidjela je glavu, ali se beba bila zaglavila. Ja sam gurala i tiskala koliko sam mogla, ali dijete nije mrdalo. Molila sam je da zovne doktora Vukasa. Imala sam osjećaj da nešto nije bilo u redu, ali ona je rekla da je sve bilo okej, samo da moram jače gurati. Njena galama je stvarno bila nepotrebna i zbog nje sam imala osjećaj kao da sam nešto pogrešno radila. Gurnula je ruku unutar mene da pokuša okrenuti dijete, jer je bilo okrenuto bočno. Bol je postala neizdrživa i izgubila sam svijest. Kad sam došla sebi, već sam bila u drugoj sobi i doktor Vukas se pripremao da mi hitno uradi carski rez. Bila sam prestravljena, ali sretna znajući da će beba brzo izaći i da više neću morati tiskati. Doktor Vukas nije bio zadovoljan što ga Sara nije zovnula prije. Bila sam budna tokom cijelog postupka i više nisam osjećala bol, jer su mi dali anesteziju od koje mi je tijelo bilo utrnulo od struka prema dole. Osjećala sam kako vuku i teglje, čula sam ih kako govore, i konačno, beba je bila izvađena. Sestrica ga je odnijela da ga sapere, a ja nisam mogla dočekati da me sašiju, pa da ga vidim. Bio je to mali dječak, baš kako sam i predvidjela.

Prebacili su me u neku drugu prostoriju gdje je—neko vrijeme—medicinska sestra sjedila sa mnom, provjeravajući mi krvni pritisak i temperaturu da bi bila sigurna da je sve bilo u redu. Željela sam vidjeti svoju bebu i molila sam ih da mi ga donesu. Mama je ušla i rekla da su gospodin i gospođa Islamović bili na putu prema bolnici i da bi mi bilo naj bolje da ne vidim bebu; tako bi mi bilo lakše pustiti ga da ide. Stavila je hrpu papira ispred mene da potpišem; zadnja nit koja me je povezivala sa bebom, ali ja sam samo mahnito vrištala, zahtijevajući da mi ga donesu. Napokon je sestrica—ona koja je sjedila pored mene—ustala i izašla. Kad se vratila, u naručju je držala mali svežanj.

Njegovo malo lice je bilo prekriveno modricama. Tragovi Sarinih prsta su bili na njegovim kapcima i na glavi, jer ga je pokušavala okrenuti dok je bio unutar mene. Njegova mala, tanka kosica je bila tamna, a njegov nosić je izgledao kao dugme, ali spljošten, jer je bio zaglavljen negdje u meni. Oči su mu bile otvorene i kad sam progovorila, prestao je plakati. Prepoznao je moj glas. Sestrica mi je rekla da će sve modrice brzo proći i da će za dan ili dva, njegov nos izgledati normalno. Njegova ružičasta koža je bila meka i topla. Mirisao je na čistoću i nevinost. Dah mu je mirisao na čisti, još ne zagađeni život. Bio je nešto najljepše što sam ikad vidjela u životu i osjetila sam ogromno strahopoštovanje prema njemu. Nisam ni primijetila da sam plakala dok jedna od mojih suza nije pala na bebin obraz. Shvatila sam da ga ne bih mogla pustiti da ide. Radije bih umrla strašnom smrću nego se od njega rastala. Ovo malo, nevino stvorenje je bilo dio mene. Osjećala sam jaku potrebu da ga držim i zaštitim od svijeta. Čula sam tiho kucanje na vratima i baka je provirila unutra:

"Selma, Islamovići su tu. Mogu li ući?"

"Bako, molim te, reci im nek' pričekaju samo minutu," rekla sam i pogledala u mamu. Kad sam čula da su se vrata zatvorila, progovorila sam molićavim glasom: "Ne mogu ga pustiti da ide. Molim te, nedaj im da ga uzmu."

"Selma, već smo o tome razgovarale i milion puta. Znala si da će do ovog doći," rekla je ljutito. Željela je da se sve ovo već završi; da ostane iza nas i da krenemo dalje. "Sama si izabrala gospodina i gospođu Islamović. Rekla si da bi oni bili idealni roditelji za ovo dijete," rekla je, izlažući činjenice.

"Znam šta sam rekla. Mama, molim te, ne mogu ga pustiti da ide. On je moj; on je dio mene. Nikad neću biti u stanju živjeti svoj život, znajući da negdje u svijetu imam dijete koje podižu stranci. Njegovo mjesto je uz njegovu majku. Molim te." Plakala sam.

"Selma, ti si sada previše emocionalna. Prošla si kroz puno bola, a i tvoje tijelo se rastalo od djeteta o kojem se brinulo zadnjih devet mjeseci. Sasvim je normalno da se osjećaš zaštitnički prema njemu. Ali to će sve proći. Vjeruj mi kad ti kažem, Selma, ne možeš sama voditi brigu o djetetu, pa i ti si sama još uvijek dijete."

"Neću dopustiti da ode. Ne mogu." Jecala sam.

Njene oči su bile pune bijesa. "Ma, znaš šta? Dosta mi je više i tebe i tvojih gluposti. Pravo da ti kažem, ti i ne moraš ništa odlučiti," glas joj je bio hladan kao led.

"Ne moram? Stvarno? Hoćeš li mi pomoći da ga zadržim?" Nasmiješila sam se u nadi.

"Ne, Selma! Ono što sam htjela reći je to da si ti maloljetna. Ti si još uvijek *moja* maloljetna kćerka i ja donosim odluke u tvoje ime. *Ti* ne moraš ništa potpisati, ja ću," odgovorila je posežući za papirima u mom krilu.

"Mama, molim te, nemoj mi to činiti," rekla sam. "Kunem se, učinit ću sve što hoćeš; ići ću u školu i na posao. Do kraja svog života ću slušati sve što mi kažeš, samo, molim te, nemoj mi ovo činiti."

Cijelo tijelo mi se treslo ne kontrolisano. Osjećala sam se kao da nisam imala kontrolu više ni nad čim, a pogotovo ne nad svojim vlastitim životom. Bilo mi je potrebno moje dijete. Ja sam njega trebala vjerovatno više nego što je on trebao mene.

"Selma, već smo kroz sve ovo prošle! Ti si bila ta koja nije htjela da abortira! Ti si bila ta koja je predložila da dijete damo na usvajanje. Donijeli smo odluku koje ćemo se i pridržati. Osim toga, izabrali smo savršene roditelje za njega. Bit će sretan sa Alenom i Marijanom. Oni ga već vole i tako dugo čekaju. Selma, ako ode s njima, imat će i majku i oca. Oni već imaju i štedni račun, lijep dom i dobre poslove. Moći će ga razmaziti i pružiti mu najbolje moguće obrazovanje. S njima će moći vidjeti cijeli svijet. Zar to ne želiš za njega? Zar ne želiš da ima sve ono što je naj bolje?"

"Da, naravno da želim sve ono što je najbolje za njega, a to je da ostane s vlastitom majkom koja ga voli više nego što bi iko drugi ikad mogao," odgovorila sam svađalački.

"Voli?" Povisila je ton, "Selma, ljubav nije dovoljna za podizanje djeteta. Kako ne shvataš da nemaš apsolutno ništa da mu ponudiš? Beskućnik si; bez posla, bez obrazovanja, bez ičeg! Mrzit će te što si ga donijela na ovaj svijet!" Pogledala me je bijesno. Disanje joj je bilo ne ujednačeno. "To nije štene koje misliš da ćeš moći gurkati naokolo. To je ljudsko stvorenje." Spustila je glas i oborila pogled govoreći: "Žao mi je, Selma, ali odluka je već donešena. Nemam više ni snage, a ni volje da raspravljam o tome." Pogledala me je direktno u oči. "Zahvalit ćeš mi se kasnije, vjeruj mi."

Uzela je olovku i počela čitati kroz radove u potrazi za mjestom gdje je trebala potpisati. Ne znam šta mi je dalo snagu—srce mi se cijepalo na milione komada—ali sam se podigla u gotovo sjedeći položaj. Beba je još uvijek spavala u mom naručju. Čvrstim glasom sam rekla, "Mama, ako potpišeš te papire, ja ću otići iz ove bolnice i nikad me više nećeš vidjeti. Za mene ćeš biti mrtva." Zastala sam kad je pogledala u mene u nevjerici, vjerojatno misleći da sam blafirala. Malo se podrugljivo nasmiješila, gledajući ponovo u ne potpisane papire.

"Ako mi oduzmeš dijete," nastavila sam, "pobrinut ću se da u potpunosti razumiješ moju bol. Nemam kontrolu ni nad čim u svom životu, ali imam kontrolu nad ovim i kunem ti se grobom svog oca da ćeš osjetiti šta znači izgubiti dijete. *Nikada* me više nećeš vidjeti."

Poljubila sam dijete još jedan, posljednji put i polako ga spustila u njegov krevetić na točkovima, spuštajući se u ležeći položaj. Znala sam da je ona mrzila ovu bebu i da je željela da ga nije bilo. Krivila ga je za puno stvari i zvala ga je đavolom iza mojih leđa kad je mislila da sam spavala jedne noći dok se žalila baki. Nisam je više mogla ni pogledati. Zatvarajući oči, shvatila sam da je to bilo to; dijete će—svakog trenutka—nestati i ja ću ostati sama na svijetu. Moj jedini razlog za život će mi biti oduzet i znala sam sad šta sam morala uraditi. Znala sam da ću ovaj put i uspjeti. Ona nije ništa govorila. Čula sam je kako ustaje i izlazi, tiho zatvarajući vrata iza sebe.

Žeđ me je probudila usred noći. Medicinska sestra koja je provjeravala moje stanje mi je donosila kocke leda, ali mi nije davala vode. Bila sam bijesna na nju. Htjela sam vodu i uporno sam samu sebe budila češući se svud po licu. Tako je puno svrbjelo. Medicinska sestra mi je objasnila da sam imala neku reakciju na morfijum koji su mi dali protiv bolova i obećala je razgovarati s doktorom da vidi da li bi mi mogli dati nešto drugo. Konačno mi je nekad pred zoru dopustila da popijem malo vode, ali sam morala obećati da neću povratiti i da neću nikom reći da mi je dala vodu. Svaki put kad bih se probudila tokom noći, pokušavala sam ne gledati prema mjestu pored mog kreveta gdje je ranije bio smješten mali krevetac, ali moje oči pune nade su ga neprestano tražile ... uzalud. Osjećala sam se tako prazna i ponovo beskorisna, nepotrebna. Bila sam majci na teretu, ali je nisam krivila što nije bila sretna što sam joj ja bila kćerka. Ne bih ni ja samu sebe htjela za kćerku. Nikad nisam bila u pravu, a ona jeste, uvijek. Zašto sam je stalno morala mučiti? Nisam znala odgovor. Ništa više nisam znala. Priželjkivala sam da se nikad nisam ni rodila. *Zašto ona mene nije abortirala*? Možda je htjela, pa sam zato uvijek osjećala ovu čudnu ogorčenost prema njoj.

Sljedećeg jutra, doktor Vukas me je probudio provjeravajući mi krvni pritisak. Htio je da mi kaže da je sve bilo u redu i da će me, za dva dana, pustiti iz bolnice. Nisam ništa odgovorila, samo sam povremeno klimnula glavom. Nisam mogla govoriti, niti jesti. Tražila sam da mi daju više ljekova za bolove, više nego što mi je bilo potrebno. Pretvarala sam se da me je boljelo više nego što jeste, jer sam htjela biti ošamućena. Samo sam htjela spavati i biti izvan svega. Budili su me i tjerali da jedem supu i drugu hranu, ali sam sve odbijala. Znala sam da je i moja mama bila tu. Vidjela sam je kako sjedi na stolici pokraj mene i samo zuri u zid. Svaki put kad bi primijetila da sam budna, skočila bi i dodirnula mi čelo. Pokušala bi sa mnom razgovarati, ali ja bih samo okrenula glavu od nje, ponovo zatvarajući oči. Nisam više imala snage da se trudim da budem pristojna i da je ne pokušam uvrijediti. Dosta mi je bilo toga. Uskoro će saznati šta sam sad osjećala prema njoj; znat će da joj do smrti neću oprostiti.

Zadnji dan u bolnici, medicinska sestra koja mi je ušla u sobu je bila vesela i razdragana i to mi je malo išlo na živce.

"Pa, Selma, jesi li donijela išta od normalne odjeće da danas obučeš? Sigurna sam da ti je dosadila široka, trudnička roba."

"Da, donijela sam trenerku i staru majicu moga tate." Odgovorila sam, uzrujana zbog njenog veselog raspoloženja. Pitala sam se gdje je mama bila, skoro je bilo vrijeme da izađem iz bolnice, a nje nije bilo da me ispiše. Odlučila sam ne pitati sestricu; sigurno je već znala da smo se mama i ja svađale i nisam joj htjela dati još više materijala za tračeve koji su se vjerovatno već širili po bolnici.

"Pa," nastavila je sestrica, "hoćeš li da te prije odlaska naučim kako se mijenjaju pelene i gaza na djetetovom pupku?"

"Jel' ti to ozbiljno? Jel' to neka šala?" Vikala sam, ne mareći ko me čuje. Svi su znali da mi je dijete bilo oduzeto, a ona mi se sad podrugivala.

"Molim te, ostavi me na miru. Ništa mi od tebe ne treba." Izustila sam ljutito.

Pogledala sam prema dole boreći se da ne zaplačem, kad sam začula škripu vrata. Polako sam podigla pogled i vidjela mamu kako drži bebu u naručju. Najprije sam bila u nevjerici, ali kad je krenula prema meni sa nesigurnim osmijehom na licu, nevjerica se pretvorila u sreću. Osjetila sam oštru bol kad sam skočila s kreveta da otrčim prema njima. Ignorisala sam je. Bio je budan i samo me je gledao onim malim, savršenim plavim očima. Sisao je nešto nevidljivo u ustima. Njegov nos više nije bio spljošten i njegovo cijelo lice je izgledalo kao slatko dugme. Spustila sam svoje lice na njegovo i udahnula nevinost njega. Mislila sam da će mi srce pući od sve te ljubavi kojim je bilo ispunjeno. Po prvi put nakon dugo, dugo vremena, suze sreće su tekle iz mojih očiju punih nevjerice i ja sam ih pustila da teku. Htjela sam uživati u ovom savršenom trenutku što sam duže mogla. Pogledala sam u mamu i sve što sam mogla reći je bilo tiho "hvala". Odgovorila je klimnuvši glavom.

"Pa, kako ćeš mu dati ime?" Vesela bolničarka je upitala.

"Ne znam. Moram razmisliti o tome," odgovorila sam. "Hej slušaj, kako bi bilo da me naučiš kako da mu promijenim pelene i gazu na pupku?" Osmijehom sam joj se izvinjavala. Uzvratila je osmijeh, dajući mi do znanja da mi je bilo oprošteno. Nisam znala kako mu dati ime. Mislila sam mu dati očevo ime, Ivan, ali neko mi je davno rekao da nije bilo lijepo dati djetetu ime po nekom ko je mrtav. Nisam bila baš puno praznovjerna, ali nisam htjela ništa rizikovati kad je bila u pitanju moja beba.

"Pa, budući da ćemo se preseliti u Ameriku," počela je majka, "kako bi bilo da mu damo američko ime? Kao na primjer... Džani?"

Spustila sam glavu, pokušavajući sakriti bol u očima koju mi je njegovo ime nanosilo. Nisam mogla tako nazvati svoje dijete. Samo bih jednu osobu na svijetu tako zvala—to je bio jedan jedini, moj Džani. Nisam htjela imati ovaj tužni pogled u očima svaki put kad bih zvala ime svoga sina.

"Keni," izgovorila sam prvo ime što mi je palo na pamet. Vjerovatno sam ga nekad čula na televiziji. "Trebalo bi biti dovoljno jednostavno amerima za izgovoriti, zar ne?"

"Keni, Keni ... hmm." Klimnula je glavom majka. "Hej, Keni, ulazi u kuću! Večera je gotova!" Isprobala je ime u šali i zvučalo je dobro.

"Ali to zvuči više kao nadimak," progovorila je opet sestra.

"Da, u pravu si." Rekla sam zamišljeno, "A kako bi bilo da ga zovemo Kenan? To je lijepo ime, zar ne? I mislim da je bosansko. Tako bi ga mogli nazvati Keni iz milja."

Svi smo se složili da je ime Kenan zvučalo vrlo privlačno i odlučila sam da će se moj sin tako zvati.

Kad smo tog dana stigli kući, bila sam iznenađena vidjevši krevetić za bebu i raznu dječiju odjeću poredanu po mom krevetu. Baka je išla u Crveni krst i besplatno je dobila sve te stvari, nakon što im je objasnila moju situaciju—saopštila mi je to kasnije. Nije bila baš sretna što sam odlučila zadržati dijete. Uvijek je govorila kako sam gospodinu i gospođi Islamović slomila srce.

"Taj lijepi par nije zaslužio da ih tako vučeš za nos," rekla bi svako malo, tresući glavom. Bilo mi ih je žao i možda ću zvučati sebično, ali, htjela sam ih zaboraviti što je bilo moguće prije. Nisam se htjela podsjećati na ono vrijeme kad sam im umalo dala svoje dijete.

Dani su brzo prolazili, a Keni je svake minute bivao sve veći. Mnogo je ličio na mene. Što je bio stariji, sve više sam mogla vidjeti sebe u njemu. Definitivno je imao moje oči i plavu boju kose. Njegov nos je bio slađi od mog. Imao je pune, srcolike usne. Od Crvenog krsta smo dobili gotovo sve što nam je bilo potrebno. Postajala sam sve bolja u dojenju, tako da nismo morali kupovati dječiju hranu. Ispočetka se sve činilo lijepo, ali majka i ja nismo mogle dugo, a da se ne posvađamo. Baka joj je bila utuvila u glavu da će nas ljudi čudno gledati kad vide šesnaestogodišnjakinju sa djetetom, pa je predložila da mama promijeni podatke u njegovom rodnom listu, navodeći sebe kao njegovu majku. Skoro sam eksplodirala od bijesa. Nisam mogla vjerovati da su čak i njih dvije bile u stanju doći do tako glupe ideje. Ali nakon nekog vremena su se ipak primirile.

Dobile smo pismo od Kelly Smith u kojem nam je rekla da bismo se u aprilu trebale preseliti u Kaliforniju u Sjedinjenim Američkim Državama i bila je sretna što nam je mogla poželjeti dobrodošlicu u svoju zemlju. Tu je, ipak, postojao jedan mali problem. Keni nije bio uključen ni na jednom od naših papira, pa sam morala nazvati i vidjeti da li bismo ga mogle povesti sa sobom. Ako ne, ostale bi kod bake do kraja rata, a onda bismo bile izbačene iz Hrvatske, pa bismo se morale vratiti i živjeti kao Radovanove susjetkinje. Sama pomisao na to mi je izazivala napade panike.

"Mogu li razgovarati s Kelly Smith, molim?" Upitala sam Hanu na drugoj strani žice.

"Žao mi je, Selma, ali mislim da tu nema više ništa što bi ona mogla učiniti za tebe. Rekla si joj da kad dođe vrijeme selidbe, nećeš imati bebu."

"Ali ja želim da mi ona to sama kaže, molim vas," rekla sam nestrpljivo.

"Ona je trenutno na sastanku, ali sigurna sam da bi ti i ona rekla istu stvar koju ti ja sad govorim. Ako hoćeš ponijeti i bebu, morat ćeš iznova vaditi sve papire i bit će ti potrebno više od godinu dana da to sve opet uradiš. Nemaš pojma koliko ljudi čeka na priliku kao što je ova."

"Izvinite, ali ja stvarno ne vidim razlog zašto bih morala iznova sve uraditi. Već smo izvršile razgovor s Kelly. Izvadile smo sve neophodne ljekarske nalaze koji su bili uredni. Jedina stvar koja nedostaje su Kenijevi zdravstveni podaci, koje bih joj ja rado poslala." Navaljivala sam.

"Ja stvarno mislim da—" počela je ona opet.

"Slušajte," prekinula sam je ljutito, "ne bih da budem gruba, ali ja sam nazvala i tražila da razgovaram s Kelly," rekla sam; moj glas nije bio glasan, ali je bio oštar. "Molim vas, samo joj recite da sam zvala i dajte joj moj broj telefona. Ako ne, ja ću uporno zvati svakih sat vremena, svakog dana, sve dok ne razgovarm s njom." Spustila sam slušalicu prije nego što je mogla išta odgovoriti. Kelly me je nazvala tog istog dana i iako se nismo mogli preseliti u aprilu, rekla je da ne brinemo, da neće dugo potrajati da nas pozovu nazad nakon što dobiju Kenijeve medicinske dokumente i rodni list. Oko mjesec dana kasnije, dobili smo još jedno pismo od Kelly u kojem nam je radosno saopštavala da smo bili dobrodošli u Čikago, Ilinois, u Sjedinjenim Američkim Državama. Trebalo bi da krenemo na moj sedamnaesti rođendan, kad mom djetetu bude četiri mjeseca.

POGLAVLJE 18

Nije mi bilo teško sve ostaviti i odseliti tako daleko. Nije više ni bilo puno toga za ostaviti, osim bake Anđe, koja će mi strašno nedostajati. Ali jedva sam čekala da započnem novi život i da upoznam nove, uzbudljive ljude. Naravno, malo je bilo i zastrašujuće, ali znala sam da ništa nije bilo gore od onog kroz što sam prošla ovdje—u mojoj takozvanoj zemlji—u mom domu. Nakon što smo se oprostile s bakom i nekim od njenih prijatelja i susjeda, uzele smo taksi do aerodroma u Zagrebu. Naše avionske karte je platila neka neprofitna organizacija koja se zvala World Relief, koja je pomagala izbjeglicama poput nas. Morale smo nešto potpisati obećavajući da ćemo im—dok se budemo smjestile i snašle za posao—vratiti pare. Oni će nam pomoći u pronalasku radnih mjesta i stana. Čak nam je bilo obećano da će nam, kad sletimo u Čikago, obezbijediti i financijsku pomoć od države.

Nakon devet sati vožnje avionom, sletjele smo u Čikago. Tetka Marija nas je čekala, mahajući objema zastavama, bosanskom i američkom. S njom je bilo oko dvadeset-pet drugih ljudi koje mama i ja nismo poznavale i nekoliko novinara koji su nas, također, čekali da nam požele dobrodošlicu u svoju zemlju. Nisam bila još ni izašla iz aerodroma, a već mi je ovdje bilo lijepo. Tetka Marija nas je upoznala sa svim ljudima koji su čekali s njom. To su većinom bili bosanci koji su bili ili rođeni u SAD-u ili su tu živjeli većinu svog života. Jedan od tih bosanaca koji je živio u Čikagu većinu svog života je imao stambenu zgradu u kojoj je moja tetka sad živjela. Također je i za mamu i mene bila iznajmila stan u toj istoj zgradi.

Prva stvar koju sam primijetila kad sam izašla iz aerodroma na parkiralište je bila lijepa, duga, crna limuzina. Svi drugi automobili su, također, bili ogromni. Svud naokolo se vrzmao roj ljudi; svi su užurbano koračali i glasno govorili. Osjećala sam se kao da sam se nalazila u filmu. Sve je izgledalo apsolutno zapanjujuće. Osjećala sam se kao ... kod kuće. Znam, neko bi pomislio da je bilo prerano osjećati se tako, ali ja sam se baš tako osjećala; kao da sam se vraćala kući nakon dugotrajnog odsustva. Za mene, to je bilo to. Ovo je bio dom koji nikada neću napustiti. Pogledala sam u snenu bebu u svom naručju i po prvi put, nakon dugo vremena, osjetila sam se sigurnom da će od tad, sve biti u redu. Bili smo tačno tamo gdje smo i trebali biti.

Moja tetka nas je odvezla do njenog stana, gdje je ranije pripremila hranu i zabavu u znak naše dobrodošlice. Oni svi ljudi koji su s njom čekali na aerodromu su pošli s nama.

Njen novi dom se nalazio oko dvadesetak minuta vožnje od O'Hare aerodroma, na sjeveru Čikaga. Zato što je bila noć, tokom vožnje, nisam mogla vidjeti okolinu; samo sam primijetila mnogo uličnih svjetiljki.

Tetkin stan je imao jednu spavaću sobu i nije se činio baš velikim. Njeni prozori u spavaćoj sobi i kuhinji su gledali na željezničku stanicu. Nije to bio baš lijep prizor, ali sam pretpostavila da je bio u skladu sa cijenom koju je plaćala. Rekla nam je da je naš stan bio malo veći i malo skuplji. Imao je dvije spavaće sobe i umjetni kamin u dnevnom boravku. Jedan stariji par—porijeklom iz Bosne ali rođeni u Americi—nam je dao svoj stari namještaj, a World Relief je donirao svu odjeću za bebu i krevetić.

Svi oni ljudi što su nas čekali na aerodromu su izgledali jako uzbuđeni zbog našeg dolaska, iako nas niko od njih nije poznavao. Nisam mogla dočekati da se zabava završi.

"Pa Selma, odakle si tačno iz Prijedora?" Jedan ljepuškasti momak od nekih dvadesetak godina je upitao.

"Ah ... Vuka Karadžića. Znaš, između gimnazije i nove tržnice," odgovorila sam.

"Oh, znam gdje je to. Ja sam iz Starog grada. Zovem se Dado." Ispružio je ruku prema meni i labavo smo se rukovali.

Nije mi se baš razgovaralo, ali nisam htjela biti gruba. Rekao mi je da je u Čikagu živio već oko šest mjeseci. On i njegova porodica su bili u prvoj grupi izbjeglica koja je došla iz Bosne. Pošto je imao auto, ponudio je da nas sutradan odveze u centar grada u ured za javnu pomoć kako bismo dobili bonove za hranu i novac za stan. Također smo morali proći kroz još jedan zdranstveni pregled.

"Pa, Selma, koliko ti brat ima godina?" Nastavio je on kako bi zadržao razgovor.

"Hmm, moj brat? Ja nemam brata." Pogledala sam u njega pomalo iznervirana. Ne znam zašto sam bila uznemirena, nije da nisam očekivala da će ljudi pitati za Kenija, koji je sada spavao u tetkinoj spavaćoj sobi. "Mom, ah ... sinu ... je četiri mjeseca."

"Izvini, šta? Molim te izvini, sigurno sam mislio da si mlađa nego što ustvari jesi," rekao je on, zbunjen. "Znači udata si?"

Nasmijala sam se njegovom naivluku. Bilo je tako očito da sam mu se sviđala. "Ne, nisam udata." Rekla sam, "Ne moraš biti u braku da bi mogao imati dijete."

"Da, valjda si u pravu ... pa, gdje je onda djetetov otac? Hoće li doći za tobom?"

"Ne." Spustila sam pogled. "On ostaje u Bosni."

Primijetila sam da je njegova mama gledala prema nama i pretpostavljala sam da nije bila baš sretna zbog našeg druženja. U njenim očima, ja sam vjerovatno bila drolja koja je sebi dozvolila da ostane trudna u šesnaestoj godini života i koja nikada neće biti dobra supruga.Vjerovatno je mislila da sam bila u potrazi za ocem svom malom "kopiletu" i da je njen sin bio previše dobar za mene. Nije imala pojma koliko daleko od istine je bila. Nikog nisam tražila. Odlučila sam da bih ja sama bila dovoljna svom Keniju. Išla bih u školu i na posao da bih nešto napravila od svog života i da bih ostvarila svoj američki san. Obećala sam sebi da će moj sin imati sve što bude poželio. Nisam imala namjeru dovesti nekog muškarca u kuću da nam on naređuje i soli pamet.

"Izvini, Dado. Moram ići provjeriti na dijete," rekla sam, ustajući.

Otišla sam u tetkinu spavaću sobu i za sobom zatvorila vrata, osjećajući se umornom i ne raspoloženom za druženje. Keni je mirno spavao. Legla sam na krevet pored njega, gledajući u njegovo prekrasno lice. Mislim da sam na trenutak zaspala, jer me je majčin glas prestravio. "Selma, jel' ti to spavaš? E, vala, baš si ne kulturna. Kako si mogla ostaviti goste da bi otišla leći? Pa, ne možeš se cijelu noć ovdje skrivati."

"Ovi ljudi su stranci i ne želim s njima razgovarati," odgovorila sam. "Zašto ne idu kući? Oni su ti koji su ne kulturni. Zar ne vide da smo umorne?"

"Selma, ovi ljudi su nam pomogli i opet će nam pomoći u budućnosti. Moramo biti dobre prema njima. Hajde, samo još pola sata, pa ćemo te onda nekako ispričati." Nasmijala se je. "Dado se činio prilično uzrujanim kad si nestala."

"Da, ali je njegovoj majci sigurno olakšalo."

"Zašto to kažeš? Meni se ona čini jako prijaznom."

"Da, bila je prijazna dok nije saznala da mi je Keni sin. Sad misli da sam đavo koji će joj uzeti sina i pretvoriti ga u oca mog djeteta." Rekla sam sarkastično.

"Oh, prestani umišljati takve gluposti," rekla je ljubeći me u čelo. "Ne budi blesava. Hajde, obećavam ti, samo još pola sata."

Neki su već bili otišli dok sam ja drijemala. Dadina sestra, Edina, koja je bila mojih godina, mi je pritrčala. "Selma, mogu li sutra s vama u centar grada? Molim te, molim te, molim teeee. Dado neće da me povede," cvilila je. Malo me je podsjećala na Danu. Izgledala je tako bezbrižno i djetinjasto. Bilo je teško vjerovati da smo nas dvije bile istih godina. Ja sam se osjećala, a i ponašala više kao sredovječna žena.

"Što se mene tiče, možeš," odgovorila sam.

"Edina, rekao sam ti da nema mjesta u autu," zagrmio je Dado iznenada.

"Hej, Edina, ne sikiraj se, Ajdin i ja ćemo s tobom ako hoćeš." Alma, tiha djevojka koja je također bila mojih godina, ju je smirivala. Alma i Ajdin su bili brat i sestra, oboje rođeni u Americi i nisu znali dobro govoriti bosanski. Imali su simpatičan naglasak kad su govorili naš jezik, ali se činilo da im je bilo neugodno zbog toga. Edina je bila oduševljena njihovom ponudom, pa je isplazila jezik prema svome bratu. Uzbuđeno mi je ispričala koliko je voljela ići u centar grada i obećala je da će se i meni puno svidjeti. Sviđala mi se njena vesela ćud. Mislila sam da bih se, vjerovatno, trebala družiti s njom, jer mi je u životu bio potreban neko tako sretan, neko ko bi potisnuo moja mračna raspoloženja.

Alma je bila Edinina sušta suprotnost. Bila je tiha i sramežljiva. Razmišljala sam, pošto je ona ovdje rođena i nije imala naglasak kad je govorila engleski, trebala bih pokušati razgovarati s njom na engleskom jeziku, tako da bih ga naučila pravilno izgovarati i riješiti se svog naglaska. Da je nisam bolje znala, mislila bih da joj je bilo trinaest godina, a ne sedamnaest. Imala je dugu, smeđu kosu, ali su joj šiške prekrivale lijepe, zelene oči. Bilo je očito da je bila veoma stidna. Njen brat, Ajdin, je imao dvadeset i četiri godine. Bio je visok i debeo. Imao je tamno smeđu kosu i jedina sličnost između njih dvoje su bile njihove zelene oči. Polovica njegovog blijedog lica je bila prekrivena tamnom, gustom bradom. Trudio se nikad ne razgovarati na bosanskom. Ako bi neko s njim poveo razgovor na bosanskom jeziku, on bi im odgovorio na engleskom, osim ako je taj neko bio poput moje majke koja nije znala baš ni riječ engleskog, tada bi on pokušao da kaže barem nekoliko riječi na bosanskom, očekujući da ta druga osoba poveže rečenicu.

Bilo je kasno u noć kad je i zadnji par—koji je nerado otišao—konačno rekao laku noć.

Majka i Marija su ponijele naše torbe, a ja sam uzela Kenija i krenule smo u naš novi stan. Iako je bio u istoj zgradi, imao je potpuno drugi ulaz, tako da smo morali izaći van, pa ponovo ući unutra. Kad smo ušli, prvo što sam osjetila je bio miris svježe farbe po zidovima. Stan je bio veoma svijetao. Bila sam sretna kad sam primijetila da naši prozori nisu gledali na željezničku stanicu nego na veliko dvorište. Tetka Marija je već bila u prodavnici i kupila nam je sve namirnice. Objasnila je da je ovdje većina stanova za iznajmljivanje imala frižider, šporet, sudoper ... tako da te stvari nismo morale kupiti. Ostatak namještaja je, također, izgledao dobro. Jedino što je izdavalo dotrajalost namještaja je bila mekanost kauča. Moja spavaća soba je bila mala. U nju su mogli stati samo mali krevet, krevetić za bebu i mali ormarić. Imala je samo jedan prozorčić koji je bio prljav i star. Sve je bilo tako svijetlo i to mi je smetalo; po zidovima je bilo previše bijele boje. Čak se ni umjetni kamin nije isticao, jer je i on bio ofarban u bijelo, pa se stapao sa zidovima. Samoj sebi sam rekla da ću, čim saznam gdje su se nalazile trgovine, otići i kupiti neke tapete za kamin kako bih ga napravila da izgleda poput pravog.

Cijelu noć sam prespavala bez sanjanja, ali kad sam se sljedećeg jutra probudila, još uvijek sam bila umorna. Majka i Marija su već bile ustale i pile su kafu dok su čekale da Dado dođe po nas da nas vodi u centar grada.

Polako sam se istuširala i obukla, pitajući se šta sa mnom nije bilo u redu. Trebala sam biti sretna i uzbuđena. Umjesto toga, onaj stari osjećaj depresije i straha mi je okupirao misli i srce i nisam mogla razumjeti zašto. Bila sam u Americi i između mene i mjesta odakle sam došla se nalazio veliki okean i iako sam tek bila stigla, imala sam prijatelje. Ljudi su bili dobroćudni i spremni pomoći. Ja sam se, naprotiv svemu tome, i dalje osjećala tako tužno i usamljeno.

Centar grada Čikaga je bio još više zadivljujući nego na televiziji. Milioni ljudi su hodali naokolo, žureći na posao ili negdje drugo.

Automobili su formirali duge kolone, zaglavljeni u prometu. Ulice su izgledale vrlo čisto i nigdje nije bilo Cigana koji bi pratili ljude i prosili novac. Sve zgrade su bile ogromne i činilo se kao da su neke od njih doticale nebo. Vrh slavnog Sirs tornja je nestajao u magli negdje visoko i kad sam stala blizu njega i pogledala prema gore, činilo se da je bio nakrivljen prema meni i da bi svakog trenutka mogao pasti. Izlozi na prodavnicama su izgledali nevjerojatno glamurozno. Ovdje sam osjetila brzinu života. Ljudi su izgledali kao vrijedne pčele i iako je tu bilo puno buke (radovi na ulici, ljuti vozači taksija koji su svima dobacivali da trebaju naučiti kako se vozi, neki tip je svirao saksofon na uglu ulice, itd.), sve se ipak činilo savršenim. Svako je znao svoje mjesto. Ulice su mirisale na hranu i kafu. Jedan čovjek je prodavao hot-dogove na ulici, a drugi, odmah uz njega, je prodavao kukuruze. Bilo je to nešto nevjerovatno, kao da je grad stvarao vlastitu muziku i svi u njemu su sinhronizovano svirali.

Ušli smo u jednu od onih visokih zgrada u potrazi za uredom za javnu pomoć i naišli smo na mnoštvo ljudi koji su tu čekali. Recepcionerki smo dali naša imena i ona nam je rekla da sjedemo i sačekamo da nas pozovu unutra. To mi je dalo priliku da posmatram ljude oko sebe. U Americi je bilo tako mnogo različitih lica. Ljudi su dolazili iz cijelog svijeta i svi su različito izgledali, kao na primjer:

Crnci iz Amerike su izgledali drugačiji od crnaca iz Afrike koje sam s vremena na vrijeme viđala u Bosni kad bi tamo išli na fakultet. Američki crnci su bili veći i boja kože im je varirala. Primijetila sam da su ipak svi u jednom bili slični – svi su imali lijepe zube i većina njih bi mi se nasmiješila kad bi me uhvatili da gledam.

Bjelci ovdje nisu izgledali puno drugačije od nas, osim što su bili raznih nacionalnosti; baš kao Evropa na jednom velikom mjestu.

Azijati, s druge strane, su izgledali slično, ali ipak drugačije: Vijetnamci su uglavnom niski i društveni, Korejanci su uglavnom izgledali veoma lijepi, ali nisu bili baš tako društveni. Kinezi su bili tihi i uvijek su izgledali mlađe nego što su stvarno bili.

Tu su bili i Hispanjolci. Oni su svi bili drugačiji jedni od drugih i za neke meksikance sam pomislila da su, ustvari, bili indijanci. Osjećala sam se veoma ugodno i nisam primjećivala da je iko bio osuđivan zbog njegovog izbora vjere. Ovo je bilo dobro mjesto za život, mislila sam.

Oko sat vremena kasnije su nas prozvali. Jedan debeli čovjek koji je izgledao kao mnogo starija verzija Kartmena iz South Parka nas je pozvao u svoj ured. Pitao je kako smo se zvale, koliko dugo smo već bile ovdje, gdje smo živjele, itd.

Nakon razgovora, obavijestio nas je da smo imale pravo na sva mjesečna primanja sve dok ne bismo počele raditi.

"Selma, moram ti pokazati jedno super mjesto," uzviknuo je Dado uzbuđeno kad smo mama i ja izašle iz Kartmenovog ureda. "Rok and Rol McDonald's. Sve unutra izgleda kao u starim filmovima. Imaš osjećaj kao da će se svakog trenutka tu pojaviti Đejms Din."

Ostali su nas tamo već čekali: Edina, Alma i Ajdin. Alma i Ajdin su nam naručili hranu dok smo se mi smještali u jednu od crvenih sećija. Keni je bio dobar dečko i većinu vremena je spavao.

"Dakle, Selma," počeo je Ajdin, stavljajući hranu na stol, "bi li htjela ići da vidiš jedno prelijepo mjesto koje je nekad posjedovao Al Kapone? Moraš imati dvadeset i jednu godinu da bi ušla, ali ja poznajem jednog vratara što tamo radi i on će te upustiti, ako si sa mnom, naravno." Nasmiješio se je samozadovoljno.

"Sigurna sam da je super," rekla sam, "ali mi se baš ne izlazi. Ipak, hvala. Možda neki drugi put kad prestanem biti tako umorna." Pokušala sam ga odbiti na fin način.

"Ozbiljno? Jel' stvarno pripadao Al Kaponeu, ili se zezaš?" Upitala je majka oduševljeno. "Pa to je nevjerovatno. I jesu li ga održali baš onakvim kakav je i onda bio?"

"Mm-hmm," klimnuo je Ajdin.

"Selma, mislim da bi trebala ići," navaljivala je.

"Pa, ne znam," počela sam, tražeći izgovor da ne idem. "Ne bih ostavljala Kenija. Nije navikao da mene nema."

"Oh, ne brini. Ja ću ga pripaziti," ponudila je. "Idi, zabavi se malo. Vidi što možeš više mjesta prije nego što pođeš u školu i ja krenem na posao. Kad kreneš u školu, nećeš imati puno vremena za tako zabavne stvari."

"Da, u pravu si, Sabina," rekao je Dado. "Hej, mogu li i ja s vama?" Upitao je, koristeći gužvu.

"Pa, ja—" počeo je Ajdin, ali ja sam ga prekinula u pola rečenice.

"Da, zašto ne bismo svi išli? Ako Ajdin može uvesti mene, sigurna sam da neće biti nikakvih problema da uvede i Edinu i Almu."

"Oh, ne!" Viknuo je Ajdin, iznenađujući nas sve. "Alma ne može ići! Ne izlazim sa svojom sestricom. Nema šanse!"

"Zašto ne? Svi moji prijatelji idu po barovima," odgovorila je

Alma. "Ti si moj stariji brat i trebao bi me voditi na razna mjesta!"

Tada su oboje počeli govoriti vrlo brzo i u isto vrijeme, na engleskom jeziku, pa sam odustala od pokušaja da pratim razgovor.

Nakon što su se malo primirili, rekla sam: "U redu je Ajdine. Svakako mi se ne ide. Možda neki drugi put, znaš, kad svi budemo imali dovoljno godina." *Ili nikad...*

"Selma, cijela poenta je u tome da *tebe* odvedemo da vidiš. Ako nećeš ti ići, onda nećemo ni mi," rekao je Ajdin, malo ogorčeno.

"Ali ni ja ga nikad nisam vidjela," dodala je Alma sramežljivo.

"Okej, dobro! Možeš ići, ali samo ovaj put." Bjesnio je Ajdin. Alma se je oprezno nasmiješila i namignula mi kad je bila sigurna da Ajdin nije gledao. Odlučili smo ići u narednu subotu večer. Meni se stvarno nije išlo, jer sam znala da ću morati razgovarati s Ajdinom i Dadom, ali sam znala da je majka htjela da izađem iz kuće i družim se. Mislila je da, ako budem izlazila i družila se s narodom, zaboravila bih sve što mi se dogodilo u Bosni i da bi noćne more napokon prestale. Nadala sam se da je bila u pravu, iako sam znala da je užas rata bio pokopan duboko u meni i da će biti jako teško iskopati ga, razgovarati o njemu i osloboditi ga se.

Sljedećeg dana, majka i ja smo otišle u World Relief da vidimo da li bi nam oni mogli pomoći u potrazi posla i da meni daju neke smjernice vezano za školu. Jedna simpatična djevojka nam je ponudila pomoć. Zvala se Ejmi.

"Prvo ćemo tebe vratiti u školu," rekla mi je. "Srednja škola, pod imenom Ruzevelt je u tvom okrugu. Moraš tamo otići i razgovarati s direktorom da vidiš hoće li te moći primiti, a Sabina, znam da si ti nestrpljiva da se vratiš na posao, ali moj savjet ti je da prvo uzmeš nekoliko časova engleskog jezika, dok još uvijek imaš javnu pomoć, tako da bi naučila barem osnove jezika, bez kojih nećeš moći raditi.Vjeruj mi, znanjem engleskog jezika, ništa nećeš izgubiti, ali ćeš mnogo toga pridobiti. Ti časovi su besplatni i možeš izabrati koje god vrijeme pohađanja ti odgovara." Prevela sam joj, ali majki nije bilo baš drago što je morala ići u školu umjesto na posao, ipak se nije pobunila.

Oko sat vremena kasnije, rukovale smo se s Ejmi i ona nam je rekla da će za nekoliko dana njen suradnik, Ian navratiti da nam doveze nešto namještaja - stol i stolice za trpezariju koje nam je poklonila neka crkva. Međutim, Ian se pojavio već sljedećeg dana. Činio se vrlo društven i pričljiv. Imao je dječački šarm. Kosa mu je bila tako plava da sam bila sigurna da je na suncu imala crvenkasti sjaj. Imao je pjegice po licu i rukama. Njegovo visoko tijelo se činilo vrlo jako.

"Dobar dan, Sabina." Rukovao se s majkom. "A ti mora da si Selma."

"Da," odgovorila sam, rukujući se s njim.

"Ovo je stiglo prije nego što smo očekivali, pa sam ga odlučio dovezti danas. Nadam se da vam to ne smeta," nastavio je.

Pomogle smo mu unijeti stolice u kuću dok je on govorio i govorio—nisam ni znala o čemu. Ja sam se samo osmjehivala i, svako malo, klimala glavom iz pristojnosti. Nikad prije u životu nisam upoznala osobu koja je toliko voljela pričati ... nikad, osim kad sam se družila s Danom. Kad smo sve unijeli, rekao je: "Selma, čuo sam da se vraćaš u školu."

"Da, idem sutra da vidim hoće li me primiti."

"Oh, siguran sam da neće biti nikakvih problema. Zato sam ti donio jedno malo iznenađenje koje bi ti trebalo malo pomoći." Nasmiješio se je i krenuo prema svom kombiju.

"Iznenađenje? Stvarno? Šta je?"

"Dođi da vidiš." Nasmijao se je široko. "Nekad je bio moj, ali na tvoju sreću, ja sam sebi upravo kupio novi, a ti možeš zadržati ovaj, ako hoćeš." Lijepo je izgledao u svojoj tamnoplavoj polo maici i bež hlačama. Otišla sam okolo da vidim šta je on to imao u kutiji u pozadini kombija i potpuno sam se iznenadila kad sam vidjela lijepi, bijeli kompjuter. Moj prvi, vlastiti kompjuter!

"Oh, Bože, daješ mi kompjuter? To sigurno puno košta; ne mogu ga samo tek tako uzeti. Moraš mi dozvoliti da platim." Rekla sam. "Osim toga, ne znam ni kako ga koristiti."

Tiho se nasmijao, "Selma, ne moraš mi ništa platiti, a ako hoćeš, ja ti mogu pokazati ono naj osnovnije. Pogledaj, ovdje ima CD koji se zove instruktor za tipkanje. To će ti pomoći da naučiš tipkati: gdje da položiš prste i tako. Tu su čak i igrice koje te uče tipkati, kao: Stijena vješalica, redovi časopisa i još neke druge. Veoma je interesantno."

"Oh, okej. Nagovorio si me." Zezala sam pomažući mu da izvadi kutiju iz kombija. Unio ga je u stan, uključio i nazvao telefonsku kompaniju da nam dođe priključiti internet. Pokazao mi je kako da uključim CD na kojem se nalazio instruktor za tipkanje koji mi se činio veoma zanimljivim.

"Jesu li svi Amerikanci ovako dobrodušni i džometni?" Upitala sam sipajući tursku kafu, koju—rekao je— nikad prije nije probao.

"Mislim da većina nas jeste."

"U tom slučaju, Bože, blagoslovi Ameriku!" Rekla sam, smijući se.

Kad je napokon otišao, na vani je već pao mrak. Malo sam se prije spavanja poigrala s Kenijem. Nisam mogla vjerovati koliko sreće sam imala. Kako to da ti potpuni stranac pokloni kompjuter? To mi se činilo nevjerovatno velikodušnim. Do sad, Amerikanci koje sam srela su se činili puno drugačijim i boljim nego što su bili predstavljeni na televiziji.

Sljedećeg jutra, mama i ja smo prošetale do srednje škole Ruzevelt, koja se nalazila u ulici Kimbal, udaljena samo nekoliko minuta hoda. Jedan veliki čovjek koji je izgledalo kao Djeda Mraz, nas je pozdravio i rekao da je on bio direktor. Imao je sijedu kosu, obrve iste boje i crven nos i obraze. Nije imao bradu poput Djeda Mraza, ali ipak nisam mogla, a da ne pomislim da je to bio Djeda Mraz na godišnjem odmoru. Mama mi je kasnije objasnila da je crveni nos obično označavao pijanicu.

"Molim vas, sjedite," rekao je on kad smo mu ušle u ofis. "U ovim papirima piše da ste se tek doselile iz Bosne. Znaš li barem malo engleskog?"

"Da, Gospodine. Razumijem bolje nego što govorim," rekla sam, crveneći se.

"Pa, koji si razred završila u Bosni?"

"Imam još dvije godine, pa da završim srednju školu. Znate, morala sam prestati ići kad je počeo rat."

"Oh, razumijem, a sad imaš sedamnaest godina?"

"Da, gospodine."

"Pa, da budem potpuno iskren, mislim da ne bi trebala ići u srednju školu i gubiti vrijeme. Iskreno, ne mislim da bih te mogao staviti u viši razred, jer mislim da još nisi spremna za to, a ako te stavim u prvi, onda ćeš biti previše stara kad završiš."

"Ali, moram ići u školu, gospodine. Moram barem završiti srednju. Šta mi drugo preostaje?" Skoro sam zaplakala paničeći.

"Pa, moj savjet ti je da odeš u jedan od naših gradskih fakulteta: Truman ili Wrajt; ta dva su najbliža mjestu u kojem živiš, i da se upišeš u njihov GED program. Na taj način, u roku od možda godinu dana ćeš moći imati diplomu srednje škole, pa ćeš onda moći početi s časovima na bilo kojem fakultetu." Odgovorio je brzo, ne dajući mi priliku da briznem u plač. "Odi tamo, na Truman ili Wrajt i upiši se u njihov program. Oni će ti dati test iz matematike i engleskog. Nisam baš siguran da li testiraju išta drugo. To testiranje će pokazati na koji stepen će te moći staviti. Morat ćeš ići u školu i učiti sve predmete, baš kao što bi to radila i u srednjoj školi. Samo što umjesto četiri godine pohađanja kao u srednjoj, oni to sve skupe i stave u jednu. Nakon toga ćeš se moći testirati za stvarni GED test. Ako prođeš test, dobit ćeš svoj GED certifikat, koji je, kada podnosiš zahtjev za fakultet, jednako uvažen kao i diploma srednje škole. A najbolje od svega je to što je program besplatan."

"Kakva glupost!" Bjesnila je majka kad smo izašle iz škole i kad sam joj prevela ono što mi je on rekao. "Kako može neka potvrda koju ćeš dobiti za godinu dana biti ista kao diploma koju bi dobila nakon četiri godine škole? Trebala si mi sve to prevesti dok smo još bile tamo, pa da mu ja kažem šta mislim o tome!"

"Hoćeš li se, molim te, smiriti? Kad dođemo kući, nazvat ću Ejmi da vidim šta ona kaže na to."

Ejmi me je uvjerila da je GED baš ono što mi je direktor objasnio i da će ona rado otići sa mnom na Truman ili Wrajt da mi se pomogne upisati.

Sljedećeg dana, Ejmi i ja smo otišle na Wrajt koledž, jer je bio bliži mom stanu, na raskršću ulica Narragansett i Montrose. Ejmi je vozila staru Hondu Civic, koja je bila udobna i prijatna. Ja bih morala ići ili autobusom ili pješke, ako mi ne bi smetalo da u jednom pravcu pješačim oko četrdeset pet minuta do sat vremena. To mi se činilo privlačnim, jer sam voljela duge šetnje. One su mi davale priliku da budem sama sa svojim mislima.

Kad smo tamo stigle, nismo čak morale ni s kim ni razgovarati; sve informacije koje su nam trebale su bile napisane na ploči pored vrata. Za dvije sedmice sam se trebala pojaviti i prijaviti na testiranje da bi mogli odlučiti u koji stepen bi me mogli staviti. Nisam mogla dočekati.

Subota je došla brže nego što sam mislila. Znala sam da sam morala izaći s Ajdinom i Dadom i mrzila sam pomisao da i jedan od njih pokuša flertovati sa mnom, a bilo je očigledno da su obojica bili zainteresovani.

Odlučila sam obući svoje stare, crne farmerice i plavi džemper. Nisam im htjela dati razlog da pomisle da sam se sredila samo za njih. Po mene su došli oko osam uvečer i do osam i trideset smo stajali u dugom redu ispred poznatog Zelenog Mlina; tako se zvao Al Kaponeov bar. Izvana, klub nije izgledao baš nešto fantastično i nadala sam se da je iznutra izgledao malo bolje. Alma je bila presretna što je Ajdin pustio da pođe, a Edina nije izgledala impresionirana i bila je ljuta što je morala stajati u redu na hladnoći. Naravno da joj je bilo hladno, obukla je mini suknju koja joj je samo prekrila stražnjicu, a izrez u sredini joj je dosezao do samog međunožja. Majica na njoj nije bila ništa bolja. Bila je na tregere, crvene boje sa bijelim tačkicama. Nije imala jaknu ili šal da se malo pokrije i ugrije. Stvarno nije bila ostavila puno za maštu i ja sam potajno uživala u činjenici da se smrzavala.

Unutrašnjost Zelenog Mlina je bila potpuna suprotnost od njegovog vanjskog izgleda. Bila sam veoma impresionirana. Kad sam ušla unutra, nije mi se učinio tako velikim. Mali bar je bio nasuprot vrata, a na njemu je stajala stara kasa, vjerovatno iz Al Kaponeovog vremena. Imali su i novu u ćošku; stara je bila samo za ukras. Desno od bara je bilo nekoliko polu-okruglih sećija. Čula sam klavir kako svira negdje u pozadini i isprva sam mislila da je muzika dopirala sa CD-a, ali kad sam se popela na prste, vidjela sam ženu kako svira klavir. Bila je obučena u staromodnu, bež haljinu sa niskim strukom.Veliki šešir joj je u potpunosti prekrivao čelo. Nosila je dug, isprepleteni niz bisera, nešto što su žene nosile u hiljadu-devesto-dvadesetim godinama. Bila je apsolutno zapanjujuće lijepa. Sve slike na zidovima su, također, bile iz dvadesetih, dajući cijelom lokalu onaj staromodni šarm.

Sjeli smo za šank i iako mi je Ajdin rekao da bih mogla uzeti pivo ili čašu vina, odbila sam, naručivši pepsi. Edina nije mogla propustiti priliku da pije alkohol, pa je flertovala s konobarom i rekla mu da joj napravi koje god piće je htio, budući da nije imala pojma šta da naruči. On joj je dao piće koje se zvalo Malibu i ananas. Rekla je da je bilo jako ukusno.

Meni se nije baš razgovaralo. Sve što sam željela raditi je bilo to da potajno posmatram ljude—da vidim kako su bili obučeni i kako su stajali, način na koji su govorili i smijali se—ali Ajdin se uvijek naginjao i postavljao glupa pitanja, što je bilo iscrpljujuće, pa sam se većinu vremena pretvarala da ga nisam čula, praveći se da je muzika bila preglasna. On se nije činio baš sretnim zbog toga.

"Izgledaš kao da ti je dosadno," Dado mi je viknuo u uho. "Hoćeš li da idemo? Ne moramo ostati ovdje, ako ti se ne sviđa. Možemo otići negdje drugdje." Nasmiješio se je i zamrdao obrvama, zbog čega sam se poželjela sakriti.

"Ne, u redu sam. Ja samo ... nisam navikla ići po barovima, traba mi malo vremena da se naviknem na to," odgovorila sam, pokušavajući biti pristojna.

"Ako hoćeš, možemo otići na kafu. Znam jedno dobro mjesto na

Linkoln Aveniji," navaljivao je. "Sve naša, evropska raja." Jedva sam se suzdržala da na te njegove riječi ne prevrnem očima i prije nego što sam imala priliku odgovoriti mu, čula sam kako neko doziva moje ime. Mislila sam da sam umišljala, jer, bilo je apsolutno ne moguće ovdje, u ovom novom mjestu, naići na nekog ko me je poznavao. Iako sam ga pokušala ignorisati, glas je uporno vikao: "Selma, hej Selma, pogledaj ovamo!"

Pogledala sam prema klaviru, odatle je dopirao glas, ali nisam mogla baš ništa jasno vidjeti. Svjetla su bila zatamnjena i zrak je bio pun dima od cigara. Bilo je ne moguće prepoznati bilo koga i opet sam bila sigurna da sam umišljala. Upravo kad sam htjela zamoliti Dadu da me vozi kući, spazila sam nekog visokog muškarca kako maše i viče: "Selma, ovamo!" Imao je veliki osmijeh na licu. Sišla sam sa stolice, ošamućena i dezorijentisana i polako krenula prema njemu. *Džani. Ne moguće ... Džani?*

Upala sam u neku vrstu transa zamišljajući Džanija da, kad je Ian konačno stigao do mene i dotaknuo mi ruku, suze su mi polako počele kliziti iz očiju, pa niz obraze. Nisam htjela vjerovati da to stvarno nije bio *on*.

"Selma, šta ti je? Zašto plačeš? Je li te neko povrijedio?" Vidjela sam zbunjen izraz na Ianovom licu i bilo mi je neugodno zbog mojih suza.

"Žao mi je Iane, ja ... uh, tako sam ljuta na sebe," počela sam. Kako sam mu mogla objasniti da sam umjesto njega, vidjela duh svog mrtvog momka?

Obrisala sam suze ljutito. "Nisam trebala doći ovamo. Ne volim gužvu."

"Selma, ne plačeš zato što si u gužvi. Šta ti je? Šta te muči?" Glas mu je bio iskren i nježan.

"Mislila sam ..." Uzdahnula sam. "Kad sam vidjela da dolaziš prema meni i zoveš moje ime, mislila sam da si neko drugi."

"Pa to nije razlog za plakanje. U redu je, ne smeta mi." Nasmiješio se je.

I ja sam se onda osmijehnula. "Da, u pravu si. Smiješno je zbog toga plakati. Tako je čudno sresti te baš ovdje—znaš, jedina osoba koju poznajem u Čikagu se našla na istom mjestu i u isto vrijeme gdje i kad i ja."

"Pa, možda je sudbina."

"Hmm, možda ..." odgovorila sam, još uvijek nasmijana.

Ajdin se pojavio baš kad je Ian ponudio da mi plati piće saopštivši mi da su svi krenuli u onaj lokal na Linkoln aveniji na kafu. Upravo tad nam je prišla jedna lijepa, visoka crnkinja i poljubila Iana u obraz.

"Ćao, ja sam Monik," rekla je, smiješeći se.

"Ćao, ja sam Selma. Drago mi je da smo se upoznale," odgovorila sam, stideći se svojih suza sada još i više. Ne znam zašto sam osjetila ljubomoru. Pokušala sam sebe uvjeriti da je to bilo zato što je ovo bila najljepša djevojka koju sam ikada vidjela u svom životu i željela sam izgledati kao ona, a ne zato što je visila na Ianovom ramenu.

"Moram ići. Čekaju me prijatelji. Bilo je lijepo vidjeti te opet," rekla sam Ianu, nasmiješila se na Monik i slijedeći Ajdina, izašla sam van.

U automobilu je bilo teško čuti čak i svoje vlastite misli od Edininog pijanog smijanja i Ajdinovog nabrajanja o tome kako mu je bilo ružno, jer je lokal bio previše krcat.

Kad su me konačno dovezli kući, bilo je gotovo četiri ujutro. Keni je mirno spavao u svom krevetiću i vidjevši ga kako bezbrižno spava, srce me zaboljelo za njim. Protraćila sam vrijeme koje sam mogla provesti s njim na neke ljude koje nisam imala namjeru zadržati u svom životu. Morala sam se istuširati i oprati kosu, jer je zaudarala na dim duhana.

Kad sam se vratila iz kupatila, izvadila sam Kenija iz krevetića i stavila ga u svoj krevet. Voljela sam mirisati njegovu meku kosu i slušati ga kako diše pored mene. Kad sam ga držala tako blizu sebe, osjećala sam se manje usamljenom. Znala sam da će noćne more doći čim zaspim.

Bila sam podsjećena na *njega* večeras i iako sam ga još uvijek voljela više od samog života, nisam imala lijepe snove o njemu. Osjećaj krivice je bio jači od ljubavi i mislila sam da su ružni sni bili kazna zato što sam bila kriva za Džanijevu smrt.

Kiša pljušti kao iz kabla, a ja trčim s bebom u naručju. Nalazim se u bakinoj borovoj šumi i bježim od vojnika. Vidjela sam ih kako me čekaju pored kuće i znam da se moram sakriti u šumi prije nego što shvate da sam tu. Znam da, kad stignem do plaže, Džani će biti tamo, čekajući da me odvede na sigurno. Iako pada kiša i u šumi je mračno, vidim da je plaža osvijetljena suncem i da tamo nema kiše. Džanijev osmijeh je vedriji od sjajnih kristalića u plavom moru. On ništa ne govori, samo širi ruke i čeka me. Oh, znam da bih pošla s njim, bilo gdje, čak i u smrt, samo da sam s njim. Izlazim iz šume i čujem ih kako dolaze i zovu me. Okrećem se, ali mi noga zapinje za nešto i padam. Keni glasno vrišti i shvatam da sam pala na njega. Pokušavam ustati, ali me nešto pritišće prema dole.

"Kud si pošla?" Čujem Radovanov ljuti glas. "Vrati nam dijete!"

Keni vrišti još glasnije dok ja uzaludno pokušavam ustati i odbraniti se od Radovana, udarajući ga po rukama i migoljeći se.

"Selma, bio je to samo san! Selma, ja sam, tvoja mama!" Majka je vikala, pokušavajući mi držati ruke da ne bih udarila Kenija. Probudila sam se u znoju, shvativši da je to sve bila samo noćna mora. Keni je plakao pored mene, jer sam ga, vjerovatno, bila preplašila dok sam se borila sa svojim noćnim demonima.

"Koji te đavo natjera da staviš dijete u svoj krevet? Mogla si ga ugušiti!"

"Molim te, Mama, ne sada. Još je prerano za tvoje lekcije." Rekla sam.

"Ako ga ne prestaneš stavljati u svoj krevet, prenijeću njegov krevetić u svoju sobu," zaprijetila je ljutito.

"Kunem se, Mama, svaki put kad se svađamo ti mi prijetiš da ćeš mi oduzeti dijete. Pa šta je to s tobom? Rodi sebi." Zažalila sam što sam to rekla istog trenutka kad su riječi izašle iz mojih usta. Bio je to prenizak udarac.

Ona je samo uzdahnula i napustila sobu.

Dvije sedmice su brzo prošle. Nakon polaganja testa za GED, stavili su me u razred za početnike. Nisam znala pisati ne engleskom isto dobro kao što sam znala govoriti. Morala sam biti u školi svaki dan po četiri sata. Osim engleskog i matematike, pohađala sam i druge predmete. Trudila sam se da budem što više zauzeta i da što manje spavam. Našla sam posao u jednoj prodavnici po imenu Stara Mornarica, a majka je počela raditi kao čistačica. Radila je noću, čisteći poslovne zgrade u centru grada, a tetka Marija je radila po danu, čisteći sobe u jednom hotelu po imenu Šeraton. Ja sam radila samo nekoliko sati poslije škole. Tako da je neko uvijek bio kući s Kenijem.

Ajdin, Dado, Alma i Edina su često dolazili i pozivali me da negdje idemo, ali ja sam obično nalazila isprike da ne idem. Neko je bio otvorio bosanski klub. Bila je tu i muzika uživo. Nove izbjeglice su stizale svaki dan i ovaj klub je bio kao okupljalište gdje smo se mogli naći i pomoći jedni drugima. Ja nisam bila baš puno zainteresovana za to. Nisam mogla preći preko činjenice da smo svaki dan na TV-u gledali nove strahote koje su se događale po cijeloj Bosni. Ljudi su umirali; djeca su bacana s prozora. Tržnice su bile granatirane i dizane u zrak. Kako je iko mogao pjevati i slaviti kad se sve to još uvijek događalo?

Iako sam bila bezbjedna, osjećala sam se kao da je dio mene još uvijek bio tamo. Patila sam za onim nedužnim narodom. Patila sam za svojim djetinjstvom, za svojim ocem, didom, nenom, dajdžama, ujnama. Patila sam za rođacima i tetkama, za prijateljima i poznanicima. Patila sam za svojom poznatom okolinom i školom. Patila sam za Džanijem ... za Džanijem ... Svaki put kad sam zatvorila oči, osjećala sam beskonačnu bol.

Utjehu sam našla u pohađanju škole. Upoznavala sam nove ljude koji su dolazili iz svih krajeva svijeta. Moj nastavnik engleskog jezika je bio jedan čovjek kovrčave, smeđe, rijetke kose koja mu je dosezala do ramena. Bio je visok i malo puniji. Njegovi zubi su me podsjećali na zube zeca, a njegove oči, bile su boje lješnika; više žute nego zlatne. Voljela sam njegovu bezazlenu ćud i savjete koje nam je davao. Rekao mi je da, ako sam željela dobro naučiti engleski, morala sam prestati razmišljati na bosanskom i sve prevoditi riječ po riječ.

"Nemoj misliti, samo govori!" Rekao bi mi on.

Imao je i pravo. Čim sam prestala nositi svoj rječnik i prevoditi svaku riječ pojedinačno, bila sam u stanju upustiti se u razgovor s narodom i oni bi mi objasnili značenje riječi koje ne bih znala.

Bila je tu jedna riječ koju sam stalno čula, ali nisam mogla razumjeti njeno značenje. Nije bila u rječniku, a bojala sam se nekog upitati, jer bi mi bilo neugodno ako je imala vulgarno značenje. Jedan dan sam, napokon, skupila dovoljno hrabrosti i upitala gospodina Kirka.

"Nije?" Ponovio je, smijući se. "Ne znaš šta 'nije' znači? Ok, čekaj da vidimo ... kako bih ti to mogao objasniti?" Tapkao je kažiprstom o usne, izgubljen u mislima. "Oh, da! Evo ga!" Napokon je sretno uzviknuo. "'Nije' nije u riječniku."

Gledala sam ga zbunjeno. "Pa, znam da nije u riječniku. Provjerila sam, ali ..."

"To je to." Nasmijao se je široko. "Razumjela si! To je ono što ta riječ znači. To je ulična riječ za "ne" ili "neću", "nije", i tako dalje."

"Oh, sad shvatam. 'Nije' nije u riječniku. Hah, kako vješto."

Ian je, također, nekoliko puta navratio, donoseći sanduke pistacija i voća. Uvijek je bio ljubazan i dobro raspoložen, ali zbog nekog ne objašnjenog razloga, nisam baš htjela biti u njegovom društvu. Mislim da se jednom dijelu mene on malo previše sviđao i krivnja zbog toga me je ubijala. Bojala sam se da kad bih se zaljubila, zaboravila bih na Džanija i na ono što mu se dogodilo. Nisam još bila spremna pustiti ga da ide. Možda nikada neću biti spremna prepustiti ga prošlosti.

Jednog dana, u školi sam zaboravila glupu torbicu koju me je majka natjerala da nosim svugdje sa sobom i nisam ni primijetila da sam je bila izgubila. Srećom, Leonardo, slatki, crnoputi momak iz Ekvadora me je sustigao i vratio mi je. Počela sam mu se zahvaljivati, a on mi se samo nasmiješio svojim slatkim, vedrim osmijehom.

"Kako bi bilo da mi kupiš kafu, pa smo kvit?" Rekao je veselo i otišli smo do kafeterije da pijemo kafu iz aparata. Malo smo razgovarali o našim školskim zadacima i nastavnicima. Kada sam se pripremala ustati da idem i da mu kažem da sam morala na posao, upitao me je odakle sam bila rodom.

"Iz Bosne," rekla sam, sigurna da je sada svako znao za Bosnu. Stalno su je prikazivali na svim vijestima.

"Iz Bosne? Hmm ... nisam znao da u Africi ima i bjelaca." Rekao je s ozbiljnim izrazom na licu.

Htjela sam prsnuti u smijeh, ali sve što sam rekla, bilo je: "Da, ima i u Africi bjelaca."

Nasmiješila sam se i otišla.

U Staroj Podmornici nisam ništa puno morala raditi. Samo sam pitala ljude da li im je bila potrebna pomoć, većinom im ništa nije trebalo, tako da sam samo motala i slagala majice i vješala vješalice. Moja najbolja suradnica se zvala Azija. Ne mogu reći da mi je bila najbolja prijateljica, jer se nismo družile van posla, ali na poslu smo uvijek pomagale jedna drugoj i zajedno smo išle na pauze. Njen osmijeh je bio zarazan i ona me je uvijek učila kako se kažu neke loše riječi na engleskom jeziku, kao na primjer "vibrator" i određena "p" riječ koju nikada nisam mogla naglas izgovoriti, pa čak ni napisati. Azija je često imala različite frizure i svakog mjeseca joj je kosa bila različite dužine. Rekla mi je da crnkinje često idu na frizuru i da je ona uglavnom imala umetke kose na glavi. Čak je jednom i mene poslala svom frizeru da stavim ekstenzije u moju kratku kosu. Izgledale su odlično, ali nakon dva dana, glava me je bila počela jako svrbjeti, a nisam se mogla počešati, jer su mi ekstenzije bile zalijepljene za tjeme. Brzo sam to stavila na svoju "nikada više" listu.

Jedan dan na Azijinoj pauzi, izašle smo zajedno van da ona ispuši cigaretu, iako ja nisam pušila. Pričale smo o i ismijavale ljude u prolazu. Obje smo se složile da je momak koji nam je stajao u neposrednoj blizini bio zgodan, ali ja sam rekla da je njegova stražnjica bila malo prevelika za moj ukus.

"Oh, Selma, zvučiš poput bjelkinje," rekla je Azija, mahnuvši rukom i ulazeći unutra. Samo sam zapanjeno stajala, buljeći za njom i pitajući se da li ona stvarno nije znala da sam bila bijele rase. Imala sam plavu kosu, plave oči i da mi je koža bila imalo bijelja, bila bih albino. Iskreno rečeno, nisam znala šta na to reći i po prvi put nakon preseljenja u ovu zemlju, osjetila sam se kao da tu nisam pripadala. Španjolci su mislili da sam iz Afrike, a crnci su mislili da sam bog zna šta. Budući da sam imala naglasak, nisam nikako mogla biti bjelkinja, ali zasigurno nisam bila crnkinja, niti španjolka. Šta sam, dovraga, onda bila? Jedino što sam mogla učiniti je bilo to da pokušam izgubiti naglasak. Možda bih onda negdje pripadala.

POGLAVLJE 19

Šest mjeseci kasnije, skupila sam dovoljno hrabrosti da pokušam uraditi glavni GED test. Na moje oduševljenje, prošla sam s odličnom ocjenom, zbog čega sam dobila svoju GED diplomu. Međutim, nisam se tu zaustavila; krenula sam na dodatne programe, uzimajući engleski, matematiku, geografiju, biologiju i informatiku— bilo šta što bi me zadržalo u školi dok ne bih odlučila šta da studiram.

A onda odjednom, pet godina je prošlo, i ja sam polagala zakletvu da postanem američki državljanin. Moja mama i tetka su, također, položile testove i sad smo stajale u uredu za američko državljanstvo i imigraciju, sa desnom rukom preko srca, zaklinjući se da ćemo braniti ovu zemlju i biti uz nju bez obzira na sve. Iskreno sam to i mislila. Moj sin, Keni, je sada imao gotovo šest godina i išao je u prvi razred. On je automatski postao državljanin kada i ja i sad je ponosno stajao pored mene ponavljajući sve ono što je časnik kod kojeg smo polagali zakletvu govorio.

Diplomirala sam školu i napokon shvatila šta sam htjela učiniti od svog života.Tragajući za načinom da se oslobodim svojih noćnih mora i pokušavajući zaboraviti svoju problematičnu prošlosti, shvatila sam šta sam htjela raditi. Budući da za mene nije bilo baš puno nade za oporavak, mislila sam da sam barem mogla pomoći drugima u sličnim situacijama kao što je bila moja. Znala sam da čak i sam razgovor o onom što osobu mori može pomoći, a ja sam bila odlična u slušanju. Samo ako nisam morala pričati o sebi i svojim problemima, nije mi smetalo slušati druge i pokušati im nekako pomoći. Većinom, to je bilo upravo ono što su ljudi željeli; nekog ko će ih saslušati i razumjeti bez osuđivanja, tako da sam odlučila postati psihijatar.

Bila sam u četvrtoj godini studija i radila sam kao socijalni radnik u jednoj od državnih agencija u Čikagu, radeći uglavnom sa žrtvama nasilja u porodici. Moj plan je bio ići do kraja. Nakon koledža, prebacila bih se na univerzitet gdje bih pohađala još dvije godine da bih položila za magisterij, a onda, ako bi sve išlo kako treba, još dvije ili tri godine doktorata.

Više me nikada niko neće moći gledati s visine i ni zbog kog se više neću osjećati kao da tu ne pripadam. Imat ću doktorat i bit ću u mogućnosti pomagati ljudima. Ostvarit ću san svoga oca, bez obzira koliko mi to teško bilo i ako bih se ikada vratila u Bosnu, bila bih u stanju glavu podići visoko i ponosno, što bi Radovanu i drugima poput njega pokazalo da me nisu slomili, da sam jača nego ikad. To sam sebi govorila svakoga dana, ali problem je bio u tome što me jesu slomili. Vidjela sam sebe kao malu, usamljenu i strašljivu osobu. Moje noćne more su se javljale malo rjeđe nego prije, ali su još uvijek bile tu, podrugujući mi se i podsjećajući me da sam negdje daleko imala neki nedovršen posao.

Do svoje dvadeset i sedme godine života, imala sam doktorat iz psihologije. Majka je bila jako ponosna na mene i kad god je imala priliku, svima se hvalila zbog mog uspjeha. Keni i ja smo još uvijek živjeli s njom. Ona i Marija su zajedno kupile kuću sa dva stana. Marija i njen novi dečko, oženjen čovjek čiji se razvod vukao već godinama, su živjeli na drugom spratu, iznad nas troje. Stan u podrumu smo bili iznajmili dvojici homoseksualaca, Marku i Robu.

Obojica su bili odlični baštovani. Nije im smetalo da u proljeće sade cvijeće i da zimi čiste snijeg, dokle god ih je mama pozivala na večeru kad god je kuhala, a to je bilo skoro svake večeri, jer je jako voljela kuhati. Kuhanje je—kako je često govorila—bila njena terapija.

Kad je rat u Bosni završio, nekoliko godina prije, majka je saznala da su joj sva braća i sestre poginuli, osim najmlađe sestre i njenog sina, koji su sad živjeli u nekom malom gradu u Švedskoj. Planirali su put u Bosnu, kako bi mogli odlučiti šta učiniti sa zemljom koja je pripadala njihovim roditeljima. Moja tetka je htjela prodati svoj dio, ali mama se nije htjela rastaviti od doma svog djetinstva, koji su njeni roditelji izgradili od temelja. Skoro ništa nije bilo ostalo od kuće, ali zemlja je sva bila tu i sada je pripadala njima dvjema. Mama je nije htjela samo-tek-tako dati Srbima.

Ona i njena sestra su planirale napraviti dženazu za svoje roditelje, dajdžu Aleta, njegovu suprugu i suprugu dajdže Huseina. Lokaciju njihovih posmrtnih ostataka smo barem znali, ali još uvijek nismo znali gdje su se nalazili posmrtni ostaci mog oca i ostale rodbine. Nove masovne grobnice su bile pronalažene skoro svakog dana i majka je htjela da idem s njom u Bosnu kako bih mogla dati uzorak svoje DNK ljudima koji su radili na identifikaciji tijela, kako bismo se mogli barem nadati da ćemo jednog dana pronaći tatu. Nisam mogla samu sebe natjerati da kažem da ću ići. Jednostavno nisam htjela. Mogla sam samo zamisliti sve noćne more koje bi mi taj put izazvao. S druge strane, nije bilo drugog načina da identificiraju tijelo mog oca, ako bi ga kad pronašli. Morala sam ići i na neki način pomoći. Majka je htjela da idemo na ljeto, kad Keni bude na ljetnom raspustu.

Keni je bio vrlo uzbuđen kad je saznao da će se voziti avionom barem devet sati i da će, napokon, vidjeti tu lijepu zemlju o kojoj je njegova nena stalno govorila. Također, imat će priliku da posjeti baku Anđu i da pliva u pravom moru. O prekrasnom Jadranskom moru je znao samo iz mojih priča o mom djetinjstvu, ali nikada prije nije imao priliku plivati u moru. On se navikao kupati u jezeru Mičigen, koje je veličine tri Jadranska mora, ali nije baš lijepo kao Jadran.

Ja sam, ovih dana, bila okupirana svojom novom kućom. Napokon sam bila skupila dovoljno novca da izgradim svoju vlastitu kuću koju ću moći dizajnirati po svom ukusu. Htjela sam se preseliti iz grada u predgrađe. Keni bi išao u privatnu školu i imali bismo prekrasan novi dom.

Ian i ja smo se javno zabavljali već oko godinu dana. Nisam mislila da će ta veza potrajati, jer smo vodili ljubav samo dva puta od kako smo se počeli zabavljati i ja sam plakala i tokom i nakon toga. Znao je da sa mnom nešto nije bilo u redu i bio je spreman da mi da koliko god mi je vremena bilo potrebno da se izliječim. Nisam mislila da ću se ikada moći oporaviti i bilo je samo pitanje vremena kad će i on to shvatiti. Ali za sad, činilo se da je imao dobar utjecaj na Kenija. Bio mu je kao uzor. Ponekad je bio strog i srce mi je pucalo svaki put kad bi povisio glas na Kenija, ali znala sam da je Keni sada bio gotovo tinejdžer i da će mi biti sve teže kontrolisati ga. Iako je bio dobro, poslušno dijete, ponekad je bio pod utjecajem svojih prijatelja. Stalno sam morala paziti na njegove aktivnosti na internetu i ocjene u školi.

Jedne noći, postavljala sam stol za večeru, jer je Ian rekao doći da mi saopšti neke velike vijesti. Rekao je da bi volio da i majka, Keni i tetka Marija budu tu. Također sam pozvala Marka i Roba, kako se ne bi osjećali izostavljenima. Majka je pravila večeru, iako sam joj bila rekla da bih radije nešto naručila iz restorana.

"Specialni događaji zahtijevaju specijalnu večeru!" Rekla je ona, smiješeći se. "Mogla bih se kladiti da će te noćas zaprositi."

"Šta? Ne. sigurna sam da je dobio unaprijeđenje kojem se već dugo nada," odgovorila sam, pitajući se da li je bila u pravu. Ne, nije mogla biti u pravu. Ona nije znala za naš ne postojeći seksualni život. Ljudi se nisu vjenčavali da bi prestali imati seks. Iz mog dugotrajnog iskustva u savjetovanju svih vrsta ljudi, znala sam da brak nije mogao opstati ako bi seksualni život zamro. Iako sam bila zahvalna što me Ian nikada nije forsirao da razgovaram o onom što mi se dogodilo u Bosni, znala sam da, ako bismo se vjenčali, morala bih mu sve ispričati, a zatim ga pustiti da sam odluči da li bi i dalje želio provesti ostatak svog života sa uništenom, prljavom i depresivnom ženom kakva sam bila ja.

Nakon što smo prvi put pokušali voditi ljubav i kad sam briznula u plač, a da to nisam ni primijetila, osjećala sam da sam bila tako ne pravedna prema njemu.

"Selma, šta je bilo?" Rekao je nježno, sjedajući i povlačeći me u zagrljaj. Nježno me ljuljajući, govorio je: "Ššš, Ššš, u redu je. Ne brini o tome, reći ćeš mi kad budeš spremna." Osjećala sam se kao da ga nisam zasluživala. Nisam shvatala zašto je uopšte na mene htio gubiti vrijeme.

"Silovana sam," rekla sam tiho kroz jecaje. "I tako sam ostala trudna."

"Oh, Selma. Žao mi je." Poljubio me je u vrh glave. "Hoćeš li da razgovaramo o tome?"

"Nema se šta puno reći. Bio je to neki vojnik kojeg nisam poznavala. To se odigralo jako brzo i ja ga više nikada nisam vidjela," lagala sam. "Nisam znala da sam ostala trudna dok se nisam preselila u Hrvatsku."

"Ali, rekla si mi da je Kenijev otac bio tvoja prva ljubav i da ste eksperimentisali sa seksom i da si tako ostala trudna." Lice mu je izgledalo tako naivno i prijazno.

"To je ono što govorim ljudima. Ne želim da Keni ikada sazna istinu. Radije bih da ljudi misle da sam bila malo živahna u svojim tinejdžerskim godinama, nego da znaju da sam bila silovana od strane nekog čudovišta koje mi je napravilo dijete." Rekla sam ustajući s kreveta i uzimajući svoj kućni ogrtač.

"Pa kako to da si se odlučila zadržati dijete? Je li bilo prekasno za abortus?" Upitao je bezosjećajno.

"Ne, Iane, nije bilo prekasno za abortus," rekla sam s uzdahom. "Nisam ga mogla ubiti. Htjela sam ga dati na usvajanje, ali kad se rodio i kad sam ga držala u naručju, jednostavno se nisam mogla rastati od njega. Osjetila sam da je bio dio mene."

"Ali samo ..." Uzdahnuo je i ustao sa kreveta. "Ma, nije važno."

"Šta Iane? Samo šta?"

"Molim te nemoj se naljutiti zbog toga kako će ovo što sad kažem zvučati, ok? Samo, kako možeš svaki dan gledati u Kenija, a da te to ne podsjeti na ono što se dogodilo tebi da bi on mogao postojati?"

"Ne mogu vjerovati da si me to upitao. Zvučiš tako zlo."

"Žao mi je, znam da to strašno zvuči, ali ... ma, nije važno. Izvini što sam te uzrujao. Hajde da popijemo kafu. Šta kažeš na to? Ja ću je skuhati?"

Samo sam ne pokretno stajala nekoliko trenutaka, a zatim sam ga slijedila do kuhinje.

"Samo da znaš," počela sam, ulazeći u kuhinju, "nikada nisam povezivala postojanje mog sina sa tim strašnim iskustvom."

Ian se okrenuo i pogledao me, ali nije ništa rekao.

"On je bio samo beba, nevino ljudsko stvorenje. On nije bio taj koji mi je nanijeo zlo. Kad pogledam u Kenija, prema njemu osjećam samo ljubav i ništa drugo. On me uopšte ne podsjeća na ono što mi se dogodilo, jer on tada nije bio tamo. Seks me podsjeća na to grozno iskustvo, Iane, a ne moj sin. Večeras, kad smo pokušali voditi ljubav, sklopila sam oči i istog trenutka sam se ponovo našla tamo. Nisam to htjela i znam da to nije fer prema tebi, ali govorim ti istinu, tako da me možeš ostaviti bez osjećaja krivice. Također, ne želim da osjećaš neki pritisak kao da moraš biti sa mnom iz sažaljenja." Zastala sam da mu dam priliku da nešto kaže, bilo šta, ali nije, tako da sam se okrenula i vratila u spavaću sobu da pronađem svoju odjeću.

Dok sam se presvlačila da bih mogla otići, on je došao do mene, zagrlio me i šapnuo.

"Selma, žao mi je. Žao mi je što sam te uzrujao i što sam ono rekao o Keniju. Znaš da ga mnogo volim i znam da je on dio tebe." Malo me odmaknuo od sebe da bi me pogledao, ali je zadržao svoje ruke na mojima. "Selma, neću te ostaviti. Svako ima svoje probleme i ako ovo mora biti naš, pa nek' i bude. Radit ćemo na tome da ti pomognemo da zaboraviš i iako ne misliš da je tako, sam razgovor o tome je pomogao, barem malo. Sljedeći put kad odlučiš razgovarati o tome, bit će ti lakše, vidjet ćeš."

"Oh, ne mogu dočekati da te pita da se udaš za njega." Majčin glas me je vratio u sadašnjost. "Pitam se, da li će mene pitati za tvoju ruku, jer ti otac nije tu. Oh, to bi bilo tako romantično i kulturno."

Prevrnula sam očima, nasmiješivši se. "Opusti se, Mama, neće me pitati da se udam za njega. Zna da bih ga ubila kad bi to uradio pred svima vama."

"Možda je baš to i bio razlog što je želio da svi budemo tu, tako da ga ne možeš odbiti i osramotiti ga," navaljivala je. Upravo tada su se otvorila vrata i Keni je ušao, bacajući svoju školsku torbu na kauč.

"Hej Mama, pogodi šta mi se danas desilo u školi," započeo je.

"Keni, koliko ti puta moram reći da ne bacaš torbu na kauč? Molim te, odnesi je u svoju sobu," kritikovala je majka, ne zainteresovana za ono što je on pokušavao reći.

"Za minutu." Rekao je brzo i nastavio, "Znaš šta? Imam novog nastavnika fizičkog. Kad smo mu svi rekli svoja prezimena, on se zaustavio na mom i upitao da ga ponovim. Zatim me je upitao jesu li mi roditelji bosanci i kada sam rekao da jesu, on mi je rekao da je i on tamo rođen. Iz istog je grada kao i ti! I slušaj ovo, on kaže da je znao djevojku sa mojim prezimenom i kad sam ga upitao za njeno ime, on je rekao 'Selma'!"

Zastala sam u postavljanju stola da bih pogledala u Kenija, dok mi je pribor za jelo još uvijek bio u rukama.

"I šta je onda bilo?"

"Pa, ja sam mu rekao da se i moja mama zove Selma i da je to možda bila ista djevojka, ali on je rekao da nije mogla biti ista djevojka, jer je Selma koju je on poznavao bila previše mlada da bi imala veliko dijete poput mene."

"I šta je onda bilo?" Ponovo sam nestrpljivo upitala.

"Ništa, odigrali smo fizičko i nismo više pričali o tome." Odgovorio je Keni, zgrabio kiflu i krenuo prema svojoj sobi.

"Čekaj!" Povikala sam za njim. "Kako se zove?"

"Ko?" Upitao je, već zaboravljajući naš razgovor.

Uzdahnula sam. *Tinejdžeri.* "Tvoj nastavnik fizičkog, onaj što je rođen u Bosni?"

"Am ... zaboravio sam!" Kazao je Keni, napuštajući sobu.

Oko sedam sati, svi smo bili na okupu, spremni da jedemo. Pokušala sam se skoncentrisati na ne-formalan razgovor koji smo vodili oko stola, ali sam u glavi uporno vraćala razgovor između sebe i Kenija. Ianov duboki glas me je prestrašio.

"Dobro, znam da se pitate zašto sam htio da svi budete ovdje i ne želim vas više držati u neizvjesnosti." Nasmijao se je. "Dobio sam unapređenje koje sam htio."

"Oh, pa to je prekrasno. Tako mi je drago zbog toga," uzviknula je majka.

"Čovječe, pa to je odlično," rekao je Rob.

"Čestitam i sretno," rekla je tetka Marija.

"Ali čekajte! Prije nego što svi počnete dizati čaše da nazdravimo, ima još nešto," rekao je Ian i ustao sa stolice. Okrenuo se i gledajući u mene, rekao je:

"Selma, iako se zabavljamo samo godinu dana, poznajemo se već deset i," posegnuo je za mojom rukom, "jednostavno rečeno, volim te i volim Kenija i sve vas," nasmiješio se je i pogledao oko stola, a zatim ponovo u mene. "Selma, bi li mi učinila veliku čast i postala mi žena?"

"Mazur!" Uzviknuo je Keni, pucketajući prstima.

"Šta? Šta si to rekao?" Upitala sam. Suze su mi već vlažile oči.

"Moj nastavnik fizičkog. Sjetio sam se njegovog prezimena, gospodin Mazur."

Soba se okrenula oko mene. Trebala sam svjež zrak.

"Oprostite," rekla sam, gurnuvši stolicu tako jako da je pala na pod.

"Šta sam rekao? Jesam li nešto rekao?" Čula sam Kenija kako govori dok sam istrčavala vani u kućnim papučama. Trčala sam što sam brže mogla.

Gospodin Mazur... Džani Mazur. Kako je to moguće? Je li se kosmos igrao sa mnom na neki bolestan način? Zar Bog nije mogao naći jednostavniji način da mi da znak da se ne udajem za Iana? Zašto je u to morao uplitati Džanija?

Kakve su bile šanse da se Kenijev nastavnik prezivao isto kao Džani? To prezime je bilo rijetko čak i u Prijedoru.

Konačno sam sjela na klupu na autobuskoj stanici, razmišljajući o onom što se dogodilo. Znala sam da je bilo nemoguće da je Kenijev nastavnik zapravo mogao biti Džani, ali sam to morala provjeriti. Odlučila sam sutradan otići u školu i vidjeti tog nastavnika Mazura. Morala sam naći izgovor zašto sam ga htjela vidjeti bez zakazanog sastanka.

Kovala sam planove u glavi kad sam začula kako me Ian doziva. Bio je bez daha, jer je trčao. Znala sam da je zaslužio objašnjenje, ali još nisam bila spremna reći mu istinu.

"Selma, šta je to bilo?" Upitao je, približavajući se. Primijetila sam kako mu je ljutnja polako ulazila u oči. "Nisam zaslužio da mi to uradiš, znaš?"

"Da, znam. Iane, stvarno mi je žao. Uhvatio si me ne spremnu; trebao si prvo sa mnom porazgovarati prije nego što si—"

"Onda to ne bi bilo romantično iznenađenje!" Prekinuo me je naglo. "Zar zaruke ne bi trebale biti romantično iznenađenje? Nisam mogao od tebe tražiti dozvolu da te zaprosim, i ti svakako ne bi trebala tražiti da čak i nad tim imaš kontrolu!"

"Znam Iane, ali ja sam mislila da još nismo spremni za tako veliki korak. Jesi li zaboravio naš mali problem?" *Osim toga, ne mogu dopustiti da me sad ometaš ...*

"Selma, mislio sam da ti je bilo jasno da mi to ne smeta. Nekako ćemo to već riješiti. Zar ne znaš koliko te volim i kako..."

Samo ću mu reći da je Kenijev doktor rekao da ne smije raditi fizičko barem sedmicu dana. Keni će me mrziti zbog toga, on voli fizičko. Baš me briga, reći ću mu da mu je to kazna zato što je bio nepristojan za večerom i što je prekinuo Iana u sred rečenice...

"Jel' ti mene uopšte slušaš?" Uzviknuo je Ian, vraćajući me u našu konfrontaciju. "Bože, Selma, ponekad bih te želio stresti! Šta ti, uopšte, hoćeš od mene?"

"Mislim da bismo trebali malo razmisliti o svemu ovome ... nasamo." Prošaptala sam, spuštajući pogled. "Žao mi je ako se osjećaš odbačeno; nikada te nisam htjela povrijediti." Pogledala sam ga i primijetila kako suze blistaju u njegovim očima. Osjetila sam čudnu potrebu da ga zaštitim—da ga zaštitim od same sebe.

"Iane, stvarno mi je jako žao ... samo ..." uzdahnula sam. "Postoje neke stvari koje su mi se dogodile u Bosni, stvari koje nikada nikom nisam rekla, a i nisam spremna o njima još govoriti. Uvijek od tebe tražim razumijevanje i znam da sam ne pravedna prema tebi, ali potrebna mi je neka vrsta završetka onog što mi se dogodilo u prošlosti kako bih mogla krenuti dalje prema budućnosti. Još uvijek živim u prošlosti iako to, stvarno, ne želim. I ... ne mogu te više vući za sobom i tražiti da na mene tračiš vrijeme. Ti si dobar čovjek i zaslužuješ bolje; neku bolju ženu od mene."

"Šta to pokušavaš reći?" Upitao je tiho. "Jel' ti to prekidaš sa mnom? Sada? Dana kad sam te zaprosio?" Ljutnja se vratila u njegove oči dok se polako dizao sa klupe. "Bože, Selma, ne mogu vjerovati da si tolika, tolika ..." Čekala sam da kaže onu ružnu riječ koja počinje sa "k", ili neku još goru uvredu, ali on je samo zaroktao i nastavio vikati: "Da li ti stvarno misliš da si tako dobar ulov? Jel' misliš da ćeš moći naći nekog boljeg od mene?" Samo sam zapanjeno buljila u njega. Nikada prije nije sa mnom razgovarao na takav način. "Deset godina te čekam," nastavio je, "trpio sam tvog razmaženog klinca i čekao sam da završiš školu. Vlastiti život sam stavio na čekanje zbog tebe. A za šta? Za lošu ljubavnicu."

Mora da je primijetio šok na mom licu, jer je brzo promijenio ton. "Oh, Selma, izvini. Nisam to tako htio reći. Samo sam—"

"U redu je, Iane," Prekinula sam ga. "Zaslužila sam to i u pravu si. Loša sam ljubavnica." Nisam se okrenula da bih ga pogledala dok sam odlazila. Bilo je vrijeme da ga napokon zauvijek pustim da ide. Možda bih i progutala sve uvrede koje mi je tad rekao i oprostila mu. Bio je povrijeđen, razumijem. Ali činjenica da je rekao da je trpio mog "razmaženog klinca" me je grizla. Nikada preko toga ne bih mogla preći. Keni je njemu bio teret i nije bilo nikakve šanse da ja provedem ostatak svog života s nekim ko je mog sina smatrao kao teretom.

Zrak u kući je bio pun napetosti. Svi su čekali da progovorim i da im dam objašnjenje što sam se ponašala kao potpuna glupača. Samo sam pogledala u njihova zbunjena lica, slegnula ramenima, rekla da mi je žao i otišla u svoju spavaću sobu. Majka, naravno, nije mogla pustiti da ovo prođe bez jedne od njenih životnih lekcija. Dojurila je za mnom u sobu. Zalupivši vratima iza sebe, počela je vikati na mene kao da sam bila petogodišnje dijete koje je uhvatila s rukom u zdjeli s kolačima, taman prije večere. Govorila je kako je Ian dobar čovjek i da nikada neću moći naći nekog drugog ko će me toliko voljeti i paziti i bla, bla, bla...

Pustila sam je da kaže šta je htjela reći. Nisam je prekidala.

"Pa," napokon sam mirno rekla kad je malo zastala, "ako je toliko dobar, Majko, zašto se ti ne udaš za njega?" Htjela sam zvučati okrutno i uspjela sam.

Lice joj je poblijedilo dok je mirno govorila: "Marija i ja smo odlučile prodati kuću i podijeliti novac. Ona i Avdo će sebi kupiti kuću, a ja sam odlučila preseliti nazad u Bosnu. Sigurna sam da ćeš biti vrlo sretna živeći svoj život ovdje bez mene." Oči su joj blistale od suza kad je napustila sobu.

POGLAVLJE 20

Sljedećeg jutra, nakon što je Keni otišao u školu, nazvala sam svoju pomoćnicu da joj kažem da mi otkaže prva dva sastanka s pacijentima, kako bih mogla otići i vidjeti tog tajanstvenog nastavnika fizičkog. Za vrijeme ručka, imala sam sastanak sa izvođačem radova koji je radio na mojoj kući. Izgledala je odlično i trebala je biti završena neposredno prije mog povratka iz Bosne, krajem jula.

U glavi sam ponavljala malu priču koju sam izmislila o Kenijevom iskrenutom gležnju i kako je doktor rekao da ne bi trebao raditi fizičko barem jednu sedmicu. Odlučila sam mu naglasiti da će se Keni vjerovatno žaliti zbog toga i da će pokušati reći da nije istegao gležanj, jer je toliko volio fizičko i da je upravo to bio razlog zašto sam morala lično doći i razgovarati s njim.

Odlučila sam se obući poslovno, jer sam u podne imala sastanak, a poslije sastanka sam se vraćala u ured. Voljela sam svoj posao. Kad sam bila tamo, nisam morala biti kod kuće i suočavati se s vlastitim problemima.

Nakon pola sata buljenja u ormar, konačno sam odlučila obući plavo odijelo na koje je Ian jednom prokomentarisao. Rekao je da se savršeno slagalo s mojim plavim očima, ali ja sam znala da nije bila riječ samo o mojim očima. Suknja je bila malo prekratka za poslovno odijelo i oblikovala mi je stražnjicu i noge kao da sam u njemu bila rođena. Ipak, sako je bio dovoljno dug da mi prekrije pola stražnjice i bio je po mjeri, tako da mi je struk izgledao još tanji. Otkako sam ga kupila, samo sam ga dva puta obukla i budući da sam znala kako dobro sam u njemu izgledala, htjela sam to iskoristiti u svoju korist na sastanku sa izvođačom radova. Tako da se ne bi mogao suprostaviti svim mojim zahtjevima. Napravit će moju kuću baš onakvu kakvu sam htjela i—sa malo sreće—bez dodatnih troškova.

Moje visoke potpetice su udarale po popločenom podu u školi i to mi je skretalo pažnju s misli.

"Zdravo, ja sam Kenijeva mama." Nasmiješila sam se zbunjenoj pomoćnici u uredu. "Da li mogu razgovarati s nastavnikom moga sina, gospodinom Mazurom? Nemam zakazan sastanak, ali je vrlo važno da s njim na kratko porazgovaram." Upotrijebila sam svoj slatki glas djevojke iz komšiluka, gledajući je direktno u oči i čineći je da se osjeća važnom.

"Naravno, dopustite mi da ga nazovem i vidim da li je slobodan," odgovorila je podižući slušalicu telefona.

"Ok, gospođo." Nasmiješila se je ona. "Rekao je da će vas sad primiti. Evo, uzmite ovu propusnicu i kada izađete iz ovog ureda, skrenite lijevo i idite skroz do kraja hodnika. Tu ćete vidjeti salu za fizičko. Kad prođete kroz ona velika vrata, na lijevoj strani ćete vidjeti ured gospodina Mazura."

Koračala sam polako, ponavljajući u glavi malu laž koju sam izmislila. Nisam znala šta očekivati kad ga budem vidjela. Razum mi je govorio da to nije mogao biti moj Džani; vlastitim očima sam vidjela kako ga je vojnik udario u glavu; vidjela sam kako je odletio u ponor. Ali srce mi je bilo puno boli i prekrasne nade da je to bio on. Pokušala sam smiriti živce dok sam koračala. Osjetila sam leptiriće u stomaku i htjela sam se okrenuti i pobjeći, ali noge i nada su me nosile dalje.

Čula sam njegov glas prije nego što sam ga vidjela i shvatila sam da je razgovarao na telefon. Vrata njegovog ureda su bila otvorena. Kad sam ušla, vidjela sam visokog, zgodnog, plavog čovjeka kako drži telefon na uhu i glasno razgovara. U glasu mu se osjetio blagi akcenat. Bio je okrenut leđima prema meni, pa mu nisam mogla vidjeti lice, ali njegov glas je bio dovoljan da mi kaže da je to bio on. Bio je to moj Džani. Nisam mogla zaustaviti suze da me ne osramote; lile su mi iz očiju kao rijeke prije nego što se on čak i okrenuo da me pogleda. Osjećala sam se kao da ću imati srčani udar. Pamet mi je govorila da je to bilo ne moguće i da sam ludjela, ali srce—moje srce je pjevušilo, polako se omotavalo oko njegovog glasa, upijajući ga, čuvajući ga. Okrenuo se je i polako ispustio telefon koji je pao na pod. Na licu mu se vidjelo da je bio u šoku i samo je stajao, očito zapanjen. Pogled na njega mi je oduzimao dah. Iako mu je plava kosa sad bila uredno ošišana i njegovo tijelo je bilo punije; još uvijek je imao najljepše, snene, plave oči koje sam ikada vidjela. Sad, više nego ikad prije je izgledao kao bog iz grčke mitologije. Primijetila sam jednu rupicu koju je imao kada bi se nasmiješio. Njegova jedina mana—rupica na samo jednoj strani, lijevoj. Za mene to uopšte nije ni bila mana; to ga je samo činilo još privlačnijim.

"Selma," šapnuo je, kao da se bojao da ću nestati ako glasnije progovori ili se pomjeri. Nisam mogla ništa reći bojeći se da ne zajecam, tako da smo nekoliko trenutaka samo stajali gledajući jedno u drugo, ni jedno ne praveći prvi korak. Zatim, napokon, krenuo je polako prema meni. Noćna mora koju sam godinama imala mi se pojavila u glavi i mislila sam u sebi da ću umrijeti ako ovo bude jedna od noćnih mora i ako on odjednom nestane. Srce bi mi se slomilo i više se nikad ne bih oporavila od toga.

"Selma," ponovio je tiho kada se našao pored mene.

"Ćao ..." je bilo sve što sam mogla izustiti dok mi je cijelo tijelo drhtalo, većinom od njegove blizine i malo od šoka kroz koje je upravo prošlo. Njegov zagrljaj je ispočetka bio nježan, ali je svake sekunde postajao sve jači. Ruke su mu čvrsto bile omotane oko mene i mislila sam da će mi slomiti rebra, ali nije mi to smetalo. Htjela sam ga blizu, bliže. Bojala sam se da, ako bih ga sad pustila, nikada više ne bih bila u stanju opet ga ovako držati. Milion pitanja mi je orilo u glavi i ništa nisam znala o ovom odraslom Džaniju. Mogao je biti i oženjen. Oh, kako sam se nadala da nije bio oženjen.

Sebična—bila sam tako sebična da se tome nadam.

"Ahm." Čuli smo kako se neko nakašljao, prekidajući lijepu, anđeosku magiju. Kad se Džani odmaknuo od mene, primijetila sam da je obrisao obraz, pokušavajući sakriti lice.

"Da, Aleks, šta je?" Upitao je zbunjenog učenika na vratima.

"Ah, spremni smo."

"Ok, hvala. Samo minutu," Rekao mu je Džani, raspuštajući ga.

"Selma," pogledao je u mene, "hoćeš li da odemo na kafu, ili nešto slično?"

"Hoću," odgovorila sam brzo prije nego što je mogao promijeniti mišljenje. "Imam milion pitanja za tebe." Nasmiješila sam se dok mi je jedan jecaj pobjegao.

"Daj mi minutu da vidim hoću li moći izaći odavde, pa možemo ići. Ima ovdje u blizini jedan mali kafić, pa možemo prošetati do njega."

"Dobro. Polako, svakako i ja moram telefonirati, pa ... vidimo se vani?"

Samo je klimnuo glavom. Okrenula sam se da pođem, ali sam onda zastala, okrenula se ponovo prema njemu i pritrčala mu, grlivši ga što sam jače mogla. Uzvratio mi je zagrljaj. Nekoliko trenutaka smo samo tako stajali. Oboje smo jecali. Onda sam se brzo odvojila od njega i krenula prema vratima.

Kad sam izašla van, nazvala sam svoju pomoćnicu Keri i rekla joj da otkaže sve sastanke koje sam imala zakazane za taj dan. Nisam više planirala ići na posao do sutradan. Sve i da sam htjela, znala sam da se ne bih mogla skoncentrisati ni na što drugo osim Džanija. Srce mi je lupalo kao ludo, a u glavi mi je bila magla. Znala sam da je i Džani bio opčaran koliko i ja.

"Selma, jesi li to stvarno ti?" Upitao je, približavajući se.

"Džani, ja sam ta koja bi trebala to pitati; osjećam se kao da sam upravo vidjela duha."

"Kako si znala da ovdje radim?" Upitao je posegnuvši za mojom rukom, ali je onda pustio da mu ruka padne prije nego što je dodirnula moju.

"Moj sin, Keni, mi je ispričao o novom nastavniku fizičkog koji je poznavao djevojku po imenu Selma. A onda mi je rekao tvoje prezime. Jednostavno sam morala doći da vidim jesi li to, nekim čudom, stvarno ti."

"Tvoj sin? Kako Keni može biti tvoj sin? Pa njemu je sigurno oko dvanaest godina."

"Oh, Džani ... to je ..." uzdahnula sam. "To je duga, komplikovana priča."

"Ah, vidim," rekao je on, nježno dodirnuvši moj obraz prstima. Oči su mu se napunile suzama kad je rekao: "Razumijem." Njegovi nježni prsti su bili vrući na mojoj vlažnoj koži.

Tiho smo otšetali niz ulicu do kafića. Oboje smo naručili kapućino i gledali jedno u drugo u nevjerici.

"Moraš mi reći šta se dogodilo," napokon sam rekla. "Vlastitim očima sam te vidjela kako padaš u ponor i čula sam ih kako pucaju ... kako?"

Prigušeno se nasmijao, srknuo kafu i počeo.

"Imao sam sreće. Kad su nas izveli iz kamiona, znao sam šta su planirali uraditi i znao sam da nije bilo izlaza. Počeo sam moliti vojnika koji je stajao pored mene, ali on me je udario u glavu s nečim tvrdim i ja sam pao."

"Sjekirom."

"Molim?"

"Udario te je s poleđinom sjekire. Vidjela sam to," odgovorila sam i odjednom sam postala svjesna vrućine koju su moje suze uzrokovale dok su mi tekle niz obraze.

"Oh, Sel. Volio bih da to nisi morala vidjeti," rekao je, nježno brišući jednu od mojih pobjeglih suza.

"Onda sam," nastavio je tiho, "pao u provaliju. Kad sam se probudio, osjetio sam oštru bol u glavi. Nešto toplo mi je puzilo niz lijevu stranu glave. Krv. Nešto teško me je pritiskalo i kada sam to pokušao skloniti sa sebe, shvatio sam da nisam mogao pomijerati desnu ruku, niti nogu. Cijela desna strana mi je bila u bolovima. Iako su mi oči bile otvorene, ništa nisam mogao vidjeti, ali sam znao da sam još uvijek bio u tom ponoru. Bila je noć i nisam imao pojma koliko je bilo sati i koliko dugo sam tu ležao krvareći. Nakon nekog vremena sam shvatio da je ono što me je pritiskalo bilo mrtvo tijelo. Vrisak mi se zaledio u grlu. Bio sam toliko prestravljen da sam samo ležao, iznenađen što sam uopšte bio živ. Kad su mi se oči malo navikle na tamu, svud oko sebe sam vidio mrtva tijela. Bilo je tako tiho i zakleo bih sa da sam negdje u blizini začuo zavijanje vukova. To me je prestravilo. Iako je strašno boljelo pomjeriti se, jer mi je tijelo bilo ukočeno od ležanja ispod tog mrtvog čovjeka, iskoristio sam zadnju mrvicu snage što sam imao da ga gurnem sa sebe. Shvatio sam da je on bio taj koji mi je spasio život. Pad me očito nije ubio, ali kad je on pao na mene, pucali su u njega, a njegovo tijelo je zaštitilo moje. Potražio sam mu novčanik da vidim da uz sebe nije imao neku identifikaciju i pronašao sam šta sam tražio. Zvao se Enes. Vrativši mu ličnu kartu u novčanik, obećao sam da, ako bih se izvukao živ iz tog mjesta, pokušao bih mu pronaći familiju i sve im ispričati."

Uzela sam gutljaj kapućina, čekajući da nastavi, ali on je samo gledao kroz prozor.

"Iznenađena sam što nisu zatrpali tu jamu, ili što nisu prevezli mrtvace na neko drugo mjesto, znaš, da sakriju dokaze." Slegnula sam ramenima.

"Da," rekao je on. "Zahvalan sam što to nisu odmah uradili. Sutradan su ih ipak negdje prevezli."

Vidjela sam patnju na njegovom licu i htjela sam promijeniti temu da se više ne bi morao prisjećati tog bolnog iskustva.

"Pa, kako si završio ovdje?" Upitala sam, radoznala da saznam kako je stigao u Čikago.

"Pa, nekako sam našao put do Travnika, ali tad su se već hrvati bili počeli boriti protiv muslimana i Travnik je bio podijeljen između njih. Ja sam završio na hrvatskoj strani grada. Srećom, moje ime nije bilo tipično muslimansko, a kad sam im rekao prezime, saznao sam da tamo postoji cijelo selo hrvatskih katolika po imenu Mazuri, tako da su bili predpostavili da sam i ja bio Hrvat. Pomogli su mi da izađem iz BiH u Zagreb, gdje sam pronašao svoju majku. Nakon toga smo se preselili u Njemačku kod sestre."

"Još uvijek nisi odgovorio na moje pitanje." Nasmijala sam se. "Kako si završio ovdje u Čikagu?"

Pogledao me je i nasmiješio se. "Bože, Selma, polako, doći ću i do toga. Vidim da si još uvijek nestrpljiva kao i prije." Polako sam se topila, uživajući u zvuku njegovog glasa.

"Iskreno rečeno," nastavio je on, "htio sam se preseliti negdje daleko, što dalje je bilo moguće, tako da sam aplicirao da dođem u Ameriku. U međuvremenu sam tragao za tobom. Toliko puta sam zvao tvoju baku u Puli, ali svaki put kad sam nazvao, čim bih upitao za tebe, ona bi mi spustila slušalicu čak i prije nego što bih joj mogao reći ko sam, sve dok ..." nasmijao se je, "se nisam pojavio na njenim vratima."

"Šta? Išao si kod moje bake? Nije mi rekla da me neko tražio. Hmm, baš čudno što mi to nije rekla."

"Pa," rekao je braneći je," mislim da te je pokušavala zaštititi, jer nije znala ko sam bio ja. Kad sam joj se pojavio na kućnom pragu, nije htjela sa mnom razgovarati i rekla je da će zvati policiju ako je ne ostavim na miru. Ja sam je preklinjao samo da mi kaže jesi li živa i ona mi je rekla da si se preselila u Ameriku, zalupivši mi vrata u lice." Kad se opet nasmiješio, pojavila se ona rupica na njegovom lijevom obrazu.

"Pa, trebala ti je vječnost da me pronađeš," zadirkivala sam ga. "Oh, čekaj, nisi ti mene ni pronašao. Našla sam ja tebe!"

Oboje smo se zakikotali.

"Pa," rekao je on, "Amerika je velika zemlja, a ti nisi na Fejsbuku." I dalje se široko smijao, "Provjerio sam."

"To je zato što mi nije dvanaest godina," zadirkivala sam.

"Pa gdje sad živiš?" Upitala sam, ne želјeći da prestane govoriti.

"Dobro pitanje."

"Kako to misliš?"

"Imam dva mjesta koja nazivam svojim." Nasmiješio se je. "Kad sam tek stigao u Ameriku, sletio sam u Arizonu. Tamo sam našao neke stare prijatelje. Oni su mi pomogli da se snađem. Nakon nekoliko godina, kupio sam kuću u jednom lijepom naselju zvanom Čandler, nedaleko od Feniksa i Skotsdejla. Tamo posjedujem malu građevinsku firmu."

"Arizona, ha? Cool. Pa, šta te natjeralo da dođeš ovamu, u vjetroviti grad?"

"Moj dajdža ovdje živi. Sjećaš se mog dajdža Hame iz Prijedora?" Klimnula sam glavom.

"Kad sam mu dolazio u posjetu prije nekoliko godina, zaljubio sam se i odlučio se preseliti ovamo."

"Oh," je bilo sve što sam mogla reći, skrivajući oči da ne vidi koliko sam bila povrijeđena.

"Da," nastavio je. "Zaljubio sam se u Čikago. Ne znam šta je to u vezi ovog grada, jednostavno se u njemu osjećam kao kod kuće. Ne znam da li to ima ikakvog smisla. Razumiješ?"

"Oh," ponovila sam, sada malo živahnije, sretna da se nije zaljubio u neku ženu, "da, slažem se, potpuno."

"Tako da sad polako ovamo prebacujem i svoju firmu. U međuvremenu, predajem fizičko u školi tvog sina." Ponovo se nasmijao.

"Da, kako se to dogodilo?"

"Pa, znaš kako sam oduvijek htio biti učitelj drame, ali život se nikad ne odvija onako kako ga isplaniraš. Upisao sam se na koledž i četiri godine sam studirao poslovanje i upravu, ali nekako sam zavolio sport i dobio posao kao nastavnik. Nemoj me pogrešno shvatiti, moja fakultetska diploma je mnogo pomogla kad sam otvorio firmu, ali ja uživam u podučavanju djece. Kad to radim, osjećam se kao da radim nešto korisno, a ko zna, možda čak i nekom promijenim život." Zastao je i pogledao me pravo u oči.

"A ko zna, možda je i sudbina—to što radim u školi tvoga sina."

Sami pogled na njega mi je izazivao leptiriće u stomaku. Znala sam da sam ga još uvijek voljela više od samog života.

"Vidim da još uvijek nosiš moj lančić." Iznenadio me je rekavši "moj lančić".

"Da, nikad ga ne skidam," odgovorila sam, odsutno stavljajući ruku preko lanca.

"A ti?" Upitao je, "S čim se ti baviš?" Oči su mu bile tople, fiksirane na mojima.

"Pa ..." Nasmiješila sam se. "Ja sam psihijatar."

Zviznuo je tiho. "Impresivno. Šta se dogodilo s arhitekturom?"

"Pa, znaš ... život se nikad ne odvija onako kako ga isplaniraš." Imitirala sam njegov glas, smijući se i pauzirajući, ne znajući šta još da kažem.

"Jel' živiš negdje u blizini?" Upitao je znatiželjno.

"Da, oko pet minuta odavde. Keni i ja stanujemo s mojom mamom u njenoj kući."

"Dakle, nisi udata," kazao je, bacajući pogled na moju ruku.

"Ne, a ti?"

"Ne, nisam oženjen, ali ..." uzdahnuo je, "jesam zaručen."

"Oh," rekla sam, spuštajući pogled. "Hej, imam ideju," morala sam promijeniti temu prije nego što sam mogla briznuti u plač. "Zašto ne pođeš sa mnom na sastanak s mojim izvođačem radova? Ako imaš vremena, naravno. Pravim sebi kuću i voljela bih da je vidiš."

"Naravno da ću ići!" Uzviknuo je. "A gdje to praviš kuću?"

"U Eldžinu, oko četrdeset-pet minuta vožnje odavde, ali moramo sad krenuti ako hoćemo da stignemo na vrijeme. Hodi, sve ću ti ispričati tokom vožnje," rekla sam, ustajući i posežući za kaputom.

Kad smo došli do mog auta, vidjela sam iznenađen pogled na njegovom licu i odjednom sam bila ponosna na svoj sjajni, crveni Ševi Kamero kojeg me je majka natjerala da kupim. Ispričala sam Džaniju sve o svojoj novoj kući i zašto sam htjela kupiti zemlju i izgraditi kuću, umjesto da kupim neku koja je već bila izgrađena. Razlog je bio taj što sam je htjela dizajnirati po svom ukusu i nisam mogla dočekati da mu pokažem svoj dizajn koji je bio inspirisan njegovom kućom u Bosni, onom koja je sada bila uništena. Bez sumnje sam znala da će je prepoznati čim uđe u nju. Nisam ga pitala o zaručnici, iako sam cijelo vrijeme razmišljala o njoj. Nisam imala pravo na njega. Osim toga, on je zasluživao bolje od mene, trebala bih biti sretna što je sebi našao nekog dostojnog njegove ljubavi. Ja to sigurno nisam bila.

Bez prekidanja me je slušao kad sam se hvalila o svojoj kući. Samo bi, kad bih malo zastala, postavio po koje pitanje.

Kad smo napokon stigli, vidjela sam izvođača radova kako sjedi na stepenicama i jede svoj sendvič.

"Gospodine Kroford, kako ste?" Rekla sam, pružajući ruku prema njemu. "Gospodine Kroford, ovo je Džani Mazur. Džani, gospodin Kroford." Upoznala sam ih i primijetila da je izvođač radova tmurno odmijerao Džanija.

"Neće li vam smetati da Džaniju pokažem kuću dok vi jedete?" Upitala sam koketno.

"Ah." Progutao je. "Naravno, samo naprijed. Pridružit ću vam se za minutu, pa ćemo razgovarati o nekim idejama za podrum."

Klimnula sam i pošla prema vratima. Htjela sam vidjeti Džanijevu reakciju kad prepozna "svoj" stari dnevni boravak, tako da sam otvorila vrata i stala u stranu kako bi mogao ući. Bila sam u pravu; odmah ga je prepoznao i kada se okrenuo da me pogleda, primijetila sam suze kako se blistaju u njegovim prekrasnim, plavim očima. Osjetila sam strahopoštovanje samo gledajući u njega. *Kako je moguće nekog ovoliko voljeti?* Razmišljala sam, upijajući svaku pjegicu i svaku liniju oko njegovih očiju i usana.

"Nevjerovatno," je bilo sve što je rekao, gledajući okolo i koračajući prema kuhinji.

"Da li te i na šta podsjeća?" Upitala sam ga, jedva čekajući njegovo mišljenje.

"Ne mogu vjerovati da si to uradila," rekao je, razgledajući oko sebe. "Ne mogu vjerovati da ti se ona kuća ovoliko sviđala. Oh, gledaj, čak si dodala i malo kupatilo na koje je moja mama bila tako ponosna. Čekaj, ovog prije nije bilo," rekao je on, pokazujući na uska vrata pokraj wc-a.

"To je ormar za posteljinu i peškire. Vidi."

"O, baš fino."

"A ovdje će mi biti trepezarija, a ovo su vrata za podrum, koji još nije završen. Neću u njemu imati bazen kao ti," nasmiješila sam se, "mi ćemo dole imati sobu za goste i kupatilo. Ima dovoljno prostora i za zabavni centar, možda i za okruglu sećiju i stol za bilijar." Nastavila sam zanesena kao i uvijek kad sam govorila o svojoj kući. "Možda stolni nogomet ... ne znam, šta god Keni bude htio. To će biti njegov prostor, pa nek' od njega radi šta hoće."

"A šta je iza ovih vrata?" Upitao je.

"To će mi biti praonica rublja i ..." nasmiješila sam se, "dođi da nešto vidiš." Otvorila sam vrata i pokazala mu prostor u koji sam planirala staviti mašine za pranje i sušenje veša. "Najbolji dio ove sobe je iza tih vrata." Otvorila sam vrata na drugoj strani sobice.

"Garaža? Zadivljeno će Džani."

"Da, pa kad dođemo kući, ne moramo ulaziti kroz glavna vrata i prljati dnevni boravak. Možemo ovuda, pa ovdje skinuti jakne i prljave cipele." Nasmijala sam se. "Pa bi onda skrenuli desno, pa u kuhinju." Pustila sam da prođe pokraj mene i opet sam vidjela zadivljenost na njegovom licu. U kuhinji, ormarići su svi bili bijeli, a šporet i frižider od nehrđajućeg čelika, baš kao i u njegovoj staroj kući. Mali prozor je bio na istom mjestu gdje i njegov. Balkonska vrata su vodila u dvorište, a najljepši dio kuće je bila obiteljska soba, sa prekrasnim kaminom boje kestena. Uz obiteljsku sobu se nalazila jedna mala sobica koju su u Džanijevoj kući njegovi roditelji preuredili u sobu za igranje svojim unucima, a ja sam je namjeravala koristiti kao ured. Bila je to potpuna replika njegove kuće.

"Ovdje ću imati mali stol, kao kutak za doručak, ništa veliko, a ovdje—" Nisam završila ono što sam htjela reći, jer upravo tada, on me je zgrabio u zagrljaj, a zatim, kao u usporenom snimku, osjetila sam njegov dah na svom licu i njegove nježne usne na mojima. Potpuno sam zaboravila ono što sam htjela reći i odmah sam se vratila u onu prekrasnu noć koju smo proveli u njegovoj kući—noć kad sam mu rekla da sam ga voljela.

Mora da je osjetio kako mi se tijelo ukrutilo kad sam postala svjesna da više nismo bili u prošlosti i da ga više nisam imala pravo ljubiti.

"Izvini, Selma, nisam te htio uplašiti," rekao je, crveneći se i polako se odmičući od mene.

"U redu je, Džani, nisi me uplašio," odgovorila sam, blago usplahirena. "Hajde da ti pokažem sprat. Taj dio kuće je potpuno drugačiji od tvog," počela sam, još uvijek usplahirena. "Ovdje sam dobila inspiraciju od onih emisija na TV-u," rekla sam smiješeći se i krenula prema stepenicama. On je bez riječi slijedio. Pitala sam se, da možda nije razmišljao o svojoj zaručnici, o kojoj ga ja nisam mogla pitati. Previše bi boljelo da ga pitam o njoj. Pokazala sam mu svoju veliku, glavnu spavaću sobu i kupatilo, zajedno sa malom bibliotekom. Tamo sam imala još tri spavaće sobe i još jedno kupatilo. Jedna spavaća soba je bila za Kenija, a od druge, koja je bila pored nje, sam planirala napraviti njegov ured gdje bi pisao zadaću i držao knjige, a sa trećom, nisam imala pojma šta učiniti. Vjerovatno bih je koristila za pravljenje albuma i za moj novi hobi, šivanje. Kupila sam staru šivaću mašinu na pijaci, na koju me je Keri odvukla jednog dana i nisam mogla dočekati da je počnem koristiti. On me je polako slijedio naokolo. Nije progovarao. Primijetila sam promjenu njegovog raspoloženja, ali sam odlučila ne komentarisati na to; vjerovatno se osjećao krivim što me je poljubio. Rekla sam mu da slobodno razgleda okolo dok ja odem razgovarati s izvođačem radova. Bilo je teško skoncentrirati se na posao, znajući da je Džani—*moj* Džani—bio u susjednoj sobi—u mojoj kući. Ubrzala sam sastanak sa gospodinom Krofordom, da bih ga opet mogla vidjeti i uvjeriti se da to nije bio samo san.

Našla sam ga u stražnjem dvorištu. Kad se okrenuo prema meni, primijetila sam da mu se raspoloženje još nije bilo popravilo.

"Izvini Selma, ali ja moram ići. Možeš li me odvezti do mog auta na školskom parkiralištu?" Rekao je tužno.

Samo sam klimnula glavom i krenula nazad u kuću. Nisam znala šta je bilo uzrokovalo ovu naglu promjenu u njegovom raspoloženju, ali nisam imala pravo upitati ga.

Šutio je tokom vožnje prema školi. Kad smo napokon stigli do njegovog auta, izvadila sam jednu od svojih vizit kartica i na pozadinu nje, napisala sam sve svoje osobne informacije: kućni broj telefona, broj mobitela i e-mail adresu. Sljedeći potez je bio na njemu. Nisam vidjela razlog zašto nismo mogli ostati prijatelji. Bilo bi to teško, budući da je on bio zaručen za neku drugu djevojku, ali ja jednostavno nisam htjela ponovo ga potpuno izgubiti. Uzeo je karticu i rekao da će mi e-mailom poslati svoj broj telefona i adresu. Poljubila sam ga u obraz i otišla, osjećajući se jadno i tužno. Nisam htjela otići. Bože, htjela sam samo, da sam mogla, biti tamo gdje je bio i on. Ne bismo čak morali ni razgovarati; sâmo disanje istog zraka bi bilo dovoljno za mene, ali ... on je bio zauzet. Morala sam ga pustiti da ide.

POGLAVLJE 21

Nisam mogla dočekati da majci ispričam sve o Džaniju, ali kad sam to napokon uradila, nije se činila baš sretna saznavši da mi se on vratio u život. Neprestano je spominjala Iana i govorila kako ju je zvao na telefon da je moli da mi utjera pamet u glavu.

Cijela sedmica je prošla bez e-maila od Džanija. Mislila sam da je razlog morao biti taj što se nije htio opet dovesti u situaciju kada bi prevario zaručnicu. Ja sam se, kao i uvijek, zatrpala poslom. Jako sam se trudila ne pitati Kenija da li ga je vidio. Jednog popodneva, iznenada me je nazvala Alma. Ona je bila jedina od mojih starih prijatelja s kojom sam ostala u kontaktu. Udala sa za nekog tipa kojeg je upoznala na fakultetu, ali njeni roditelji nisu bili sretni zbog toga što nije bio Bosanac. Iako je Alma rođena u Americi, njeni roditelji su se nadali da će se ona udati za Bosanca. Kad se to nije dogodilo onako kako su oni htjeli, odbacili su je. Bilo joj je potrebno nečije rame za plakanje, pa sam joj ja ponudila svoje.

"Ali Selma, kako možeš reći da ti se ne ide na Bešlića? Pa, to je Halid Bešlić! Moraš ići," cvilila je na drugoj strani žice. "Danas ću kupiti ulaznice, a ti mi možeš vratiti novac ... kad god. Molim te reci da ćeš ići, molim te."

"Dobro, dobro" napokon sam se nevoljno predala. "Ići ću ali samo s jednim uvjetom - da i mama i Keni idu s nama. Bešlić je mamin omiljeni pjevač narodne muzike i bilo bi fino da i ona ide s nama," rekla sam.

"Super! To uopšte nije problem. Ja ću nam danas kupiti karte i možemo se naći na ulazu," uskliknula je sretno.

"Gdje će se tačno održati koncert?" Upitala sam, držeći olovku u ruci.

"U Bijelom orlu. Znaš, na Milvoki aveniji."

Znala sam gdje je bilo to mjesto i bilo mi je drago što nije bilo previše daleko od kuće. Imalo je ogromno parkiralište i veliku dvoranu koja je bila odlična za velika okupljanja. Nazvala sam majku čim sam prekinula vezu s Almom da bih je obradovala, barem jednom u životu. U zadnje vrijeme sam bila odvratna i pakosna prema njoj i mrzila sam samu sebe zbog toga. Zaslužila je bolje od mene.

Te subote sam odlučila obući jednostavnu, crnu haljinu. Nisam se htjela previše sređivati, ali u isto vrijeme, htjela sam izgledati lijepo, u slučaju ako bi se *on* pojavio. Haljina mi je dosezala malo do iznad koljena. Bila je uska i bez rukava. Nisam nosila nakit, osim Džanijevog lančića kojeg sam ugurala ispod haljine. Keni je ismijavao moje visoke, oštre potpetice, ali sam ga ignorisala. Znala sam da su mi u njima noge odlično izgledale. Tokom svih ovih godina, kosa mi je bila kratka, nikad ne prelazeći bradu; obično u paž frizuri. U zadje vrijeme, nisam imala volje, a niti vremena da idem na šišanje, tako da mi je kosa sad dosezala do ramena. Blago sam je uvila viklerima i bila sam zadovoljna izgledom. Od šminke sam samo stavila maskaru i sjajilo za usne; šminka mi se uvijek činila teškom i lice me od nje svrbjelo, bez obzira kako lagana je bila.

Alma i njen suprug, Tom, su čekali na ulazu. Izgledala je zapanjujuće u crnoj mini suknji i crvenoj majici bez leđa. Ovo je bio prvi put da sam je ikad vidjela u nečem tako otvorenom i morala sam priznati da je izgledala veoma privlačno. Ona se samo stidljivo osmjehivala. Uzvratila mi je komplimente. Tom se činio vrlo sretnim stojeći pokraj nje. Poljubio bi joj ruku kad god bi uhvatio priliku. Bili su odličan par.

Sala je bila puna, ali je Almin brat, Ajdin, došao malo ranije i rezervisao stol za nas. On nije imao problema s tim što Tom nije bio bosanac i to ga je u mojim očima podiglo na malo viši stepen. Ipak sam imala loš predosjećaj da je stolicu pored sebe rezervisao posebno za mene. Naravno, bila sam u pravo zbog toga.

Nakon što sam sjela, počela sam razgledati okolo u potrazi za *njim*, ali ga nigdje nisam vidjela. Nisam znala da li je trebalo da mi olakša što ga nije bilo, ili da mi bude teže zbog toga zato što sam znala da će ga moje oči uporno tražiti, a neće vidjeti.

Kad je koncert napokon počeo, većina ljudi je ustala i formirala krug u sredini, igrajući kolo uz Bešlićevu muziku. Neki su se popeli na binu da se s njim slikaju, a drugi su slali djecu da mu daju cvijeće. Ja sam ostala za stolom. Majka i Alma su ustale plesati, Tom je bio nestao do bara da nam donese piće, Keni ... nisam imala pojma gdje je Keni bio, vjerovatno je trčkarao okolo sa drugom djecom, a Ajdin ... nadala sam se da će ustati i otići, ali on se samo derao i pokušavao nadglasati muziku, postavljajući mi glupa pitanja i pokušavajući započeti razgovor. Razmišljala sam da odem plesati, samo da bih pobjegla od njega, ali sam se bojala da bi me slijedio i onda bih mu morala držati ruku dok bi plesali. Zato sam samo sjedila i pravila se da ga nisam čula.

U jednom trenutku, Ajdin je rekao nešto što je trebalo biti smiješno i iz pristojnosti sam se nasmijala. Tom se vratio s našim pićima i ja sam uzela gutljaj svog bijelog vina. U isto vrijeme sam krajičkom lijevog oka primijetila da me neko gledao. Refleksivno sam se okrenula i susrela s Džanijevim ispitivačkim pogledom. Sjedio je nekoliko stolova udaljenim od mene sa ljepuškastom crnkom pored sebe. Nisu se držali za ruke, ali sam se osjetila vrlo nelagodno kad sam shvatila da je i ona buljila u mene. Ispričala sam se Ajdinu i Tomu i polako otšetala do Džanijevog stola.

"Ćao, ja sam Selma," rekla sam, pružajući ruku prema njoj.

"Larisa." Labavo mi je stresla ruku. Pristojno se osmijehnula, ali joj osmijeh nije stizao do očiju.

Pogledala sam u Džanija i rekla da je bilo lijepo vidjeti ga opet i da sam se nadala da su se fino zabavljali. On se samo nespretno nasmiješio. Koristeći njegovu zbunjenost, uhvatila sam priliku da pobjegnem. Prvo sam otišla u ženski wc da se malo saberem. Onda sam polako otšetala do mame i dala joj ključeve, rekavši da sam morala ići i da su ona i Keni mogli kući mojim autom, a ja bih pozvala taksi.

"Apsolutno ne!" Rekla je. "Što baš sad moraš ići? I to taksijem?"

"Mama, molim te, što mi uvijek sve moraš otežavati? Jednostavno moram ići, to je sve."

"Ali zašto?" Inzistirala je.

"Zato što je Džani ovdje i to sa drugom ženom!" Zaciktala sam kroz zube. "Molim te, samo uzmi ključeve i ništa me više ne pitaj. Moram ići."

"Ne, ti uzmi auto, mi ćemo pitati Almu i Toma da nas odvezu kući." Napokon se činilo da je razumjela moju bol.

Stiskala sam svoju malu torbicu, kao da mi je ona pružala potporu i brzo sam išla prema izlazu. Skoro sam trčala hodnikom prema izlaznim vratima, pokušavajući ne briznuti u plač. Htjela sam to sačuvati za auta, kad budem sama. Primijetila sam čuvare i neke druge ljude kako me znatiželjno posmatraju, ali ih nisam mogla jasno vidjeti, jer su mi oči već bile maglovite. Napokon sam stigla do vrata i kad sam desnu ruku spustila na ručku da ih otvorim, čula sam ga kako me zove. Nisam se mogla okrenuti, niti razgovarati s njim. Morala sam pobjeći. Imala sam veliki čvor u grlu koji je očajnički morao izaći u vrisku. Ignorisala sam njegove pozive i izašla van na parkiralište, zveckajući ključevima i gotovo trčeći. Pokušavala sam otključati auto kako bih što brže mogla uletjeti unutra, zaključati sva vrata i sakriti se. *Još malo, još malo ...*

"Selma! Sel! Pričekaj, molim te!" Čula sam mu glas iza sebe, ali sam ga ignorisala i ubrzala korak. Napokon me zgrabio za ruku i prisilio da stanem.

"Selma, pa šta to radiš? Zašto nećeš da razgovaraš sa mnom?" Upitao je. Njegov dodir mi je pržio već vruću kožu. Nisam mogla ništa reći. Samo sam stajala, pedalj od auta; od sigurnosti.

"Selma, ja ... žao mi je," počeo je. "Ja ..." zaustavio se i uzdahnuo. "Otkako sam te vidio, ti si sve o čemu razmišljam. Sve ono što sam prije osjećao prema tebi se udvostručilo. Ne, utrostručilo. Još uvijek te volim, ali ... oh, Selma, bio sam izgubio svu nadu da ću te ikad pronaći, tako da sam krenuo dalje sa životom, ili barem sam mislio da sam nastavio dalje, sve dok te prošle sedmice nisam vidio. Sada, sve što želim je da budem s tobom; ne mogu se skoncentrisati ni na što drugo; ne mogu spavati, ne mogu jesti. Osjećam se kao tinejdžer, ponovo potpuno lud za tobom." Stavio je prst pod moju bradu da bi mi podignuo glavu kako bih pogledala u njega. Još uvijek sam osjećala onu knedlu u grlu i pokušala sam sakriti svoje maglovite oči, tako da sam i dalje samo zurila u tlo. Tiho je nastavio: "Ne želim je povrijediti. Dobra je osoba i ne zaslužuje to od mene, ali u isto vrijeme, pitam se da li je više vrijeđam s tim što sam s njom, a stalno razmišljam o tebi. Šta da radim? Reci mi šta da radim i ja ću tako uraditi."

"Ništa!" Gotovo sam vrisnula, povrijeđena pitanjem. "Džani, ne želim da išta uradiš." Nisam htjela biti ta koja je morala donijeti tu odluku. Željela sam ga više nego sve drugo na svijetu, ali odluka, da li da krene dalje sa životom i oženi drugu ženu je morala biti potpuno njegova. Osim toga, znala sam da sam htjela da bude sretan, a sa mnom to nikad ne bi mogao biti. Nisam bila dovoljno dobra za njega. Morala sam ga pustiti da ide.

"Mislila sam da možemo biti prijatelji," nastavila sam. Ljutnja mi je davala mnogo-potrebnu snagu. "Ali sad vidim da to ne možemo biti, Džani, barem ne još. Molim te, ne napuštaj svoju zaručnicu zbog mene. Ti me čak više i ne poznaješ. Ja nisam više ona ista osoba koja sam onda bila." Uzdahnula sam. "Bio si u pravu što si krenuo dalje, a ja nisam imala pravo ovako i bez ikakvog upozorenja uletjeti ti nazad u život. Žao mi je, Džani. Tebi i meni nije bilo suđeno da budemo zajedno i obećavam ti da ću te ostaviti na miru i više me nikada nećeš morati vidjeti. Ostavit ćemo prošlost tamo gdje i pripada - u prošlosti. Moramo gledati prema budućnosti." Glas mi je bio čvrst, tako da nije mogao vidjeti da mi se srce lomilo u milijarde komadića.

"Kako možeš tako govoriti?" Upitao je tiho. "Pravo je čudo da smo se našli nakon svih ovih godina i da ni jedno od nas nije u braku."

"Da, pravo je čudo što smo pronašli jedno drugo." Natjerala sam se pogledati ga u oči. "Ali, razlog za to nije taj da bismo mogli biti zajedno; razlog je taj da bismo konačno mogli krenuti dalje. Vidiš, ja sam cijelo ovo vrijeme krivila sebe za tvoju smrt; zato što sam te zadržala sa sobom kad si trebao ići u Njemačku kod sestre. Znači, razlog što smo sada našli jedno drugo je taj što mi Bog govori da konačno mogu krenuti dalje; ti si živ i ja se više ne moram osjećati krivom. A to što ni jedno nismo u braku ..." zastala sam, ali sam potisnula uzdah. "Ti si zaručen za prekrasnu, lijepu ženu, a ja? Već zadnjih deset godina se viđam s nekim. Dan prije nego što sam te pronašla, on me napokon upitao da se za njega udam i ja sam pristala."

Zinuo je od iznenađenja. *Moram ga pustiti da ide; moram ga pustiti da ide.*

"Laku noć, Džani. Molim te, nemoj me zvati," rekla sam i ušla u auto, osjećajući se isto kao i onda kad sam vidjela kako ga vojnik udara i šalje u smrt.

Nije me pokušao zaustaviti; samo je stajao i gledao za mnom. Odjednom sam postala svjesna da je padala kiša, ali nisam imala pojma kad je počela padati. Dok sam se udaljavala od njega, uporno sam gledala u retrovizor. Bilo mi je još teže otići, vidjevši ga kako nepomično stoji. Htjela sam izletjeti iz auta i reći mu da sam lagala; lagala sam o svemu. Htjela sam mu priznati da sam ga voljela više nego sve drugo na ovom svijetu i da sam mislila da ne bih preživjela znajući da je bio živ i da je živio u mom gradu, ali sa drugom ženom, a ne sa mnom. Htjela sam omotati ruke oko njega i moliti ga da bude sa mnom. Ali, ako bih to učinila, šta bi se onda dogodilo? Da li bi tu postojao sretni završetak? Ne, mislila sam da ne bi. Nekada bih mu morala detaljno ispričati o svemu onom što mi se dogodilo u Bosni. Morala bih mu priznati šta je bio razlog što sam svake noći imala noćne more. Morala bih mu pokazati sve one tablete koje sam uzimala zbog depresije i morala bih mu objasniti zašto sam se plašila i dobivala napade panike svaki put kad sam vidjela vojnika. Da li bi me i tad htio? Bi li me ikad opet htio dirnuti, znajući šta su mi oni vojnici uradili, šta mi je moj susjed, Radovan uradio? Ne bih to mogla učiniti Džaniju. Ne bih mu mogla oduzeti sreću sa ženom koja bi mu mogla pružiti puno više nego ja—obitelj, vlastitu djecu.

Plakala sam tokom cijele vožnje kući i cijelu noć. Mrzila sam sve u svom životu. Mrzila sam činjenicu da mi je Radovan u potpunosti uništio svaku šansu da budem sretna. Žalila sam što me onda nije i ubio. Da me je tad ubio, mama bi me do sada preboljela, a Džani sad ne bi morao stajati na kiši i pitati se da li je donosio pravilnu odluku. Bio bi sretan sa ženom koju je izabrao da mu bude žena i ja ne bih morala ponovo osjećati ovu užasnu bol gubitka njega.

Opet sam svaki trenutak provela radeći. Bojala sam se perioda kad nije bilo posla. Tad bi mi se Džanijevo zbunjeno, tužno lice stvorilo pred očima. Nisam mogla podnijeti sjećanje na tu noć.

Noćne more su dolazile još češće sada kako se približavao juli. Letjeli smo za Bosnu po prvi put poslije rata. Ne mogu reći da nisam bila znatiželjna da vidim kako je Prijedor sad izgledao. Da li bih ga uopšte i prepoznala? Sad je pripadao Republici Srpskoj.

Oko sedmicu dana prije našeg polaska, Džani me nazvao na telefon. Htio je da se negdje nađemo i razgovaramo, ali ja sam to odbila. Uporno je i dalje zvao i ostavljao poruke moleći da ga nazovem, ali ja mu nisam uzvraćala pozive. Konačno se jedne noći pojavio na našem pragu. Keni i ja smo te noći gledali Prijatelje na TV-u. Smijala sam se čak i više nego što je bilo potrebno kako bih njega nasmijala. Bilo je tako lako nasmijati ga. Stvarno je bio sretno dijete.

Kad mu je majka otvorila vrata, Džani je ušao bez čekanja da ga pozove u kuću.

"Zvao sam te," rekao je ubrzano, ulazeći unutra. "Zašto mi nisi uzvratila pozive?"

Primijetila sam da ga je Keni zbunjeno posmatrao i odlučila sam ništa ne reći pred njim.

"Razgovarat ćemo na vani," rekla sam i krenula prema stražnjim vratima.

"Sad me još i proganjaš," rekla sam šaljivo, pokušavajući biti smiješna, ali mi to nije uspjelo. Lice mu je i dalje ostalo namrgođeno.

U dvorištu sam sjela na klupu za ljuljanje, a on je stajao.

"Selma, prekinuo sam zaruke," rekao je, prelazeći odmah na stvar, "i znam da se ni ti ne udaješ." Glas mu je zvučao pomalo optužujuće.

"O? A kako ti to znaš?"

Nasmijao se je. "Stvarno je nevjerovatno koje sve informacije možeš izvući iz tinejdžera za deset dolara."

"Ooooh, vidim da još uvijek podmićuješ malu djecu za informacije," zadirkivala sam. "Morat ću ozbiljno porazgovarati s tim svojim izdajnikom. Šta ti je još rekao?" Bila sam iznenađena što mi Keni nije spomenuo da ga je Džani ispitivao o meni.

"Ništa puno. Htio je još para, a ja sam u to vrijeme, kod sebe imao samo deset dolara." Nasmiješio se je i pošao prema meni. "Ova današnja djeca su puno pametnija nego što su nekad bila." Zastao je i prestao se smješkati. "Sel, zašto si mi lagala? Je li zato što si mislila da bi se osjećala krivom ako bih prekinuo s Larisom?"

"Da, valjda." *Kamo sreće da je to jedini razlog.* "Nisi morao prekinuti s njom samo zato što si saznao da se ja ne udajem. Znaš, on me ipak jeste upitao."

"Tako si smiješna," rekao je on, a zatim je uzeo moju ruku u svoju i kleknuo na koljena gledajući me direktno u oči, od čega mi je poskočilo srce.

"Prekinuo sam s njom onu istu noć kad sam te zadnji put vidio, na koncertu. Nisam mogao podnijeti ni pomisao da budem s njom nakon razgovora s tobom." Uzdahnuo je. "Iskreno rečeno, gadila mi se i sama pomisao da budem bilo s kim drugim osim s tobom nakon što sam te poljubio. I to sam shvatio još onda; u tvojoj kući. Shvatio sam tad ono što sam oduvijek i znao - da za mene, na ovom svijetu, postoji samo jedna žena – ti. Ti si uvijek bila ta; jedna - jedina." Poljubio mi je nježno ruku.

Osjećala sam se ošamućenom i zanesenom zbog njegovog dodira.

"Molim te reci da ćeš mi dati šansu," nastavio je, "samo mi daj priliku da te ponovo upoznam; to je sve što tražim."

Oh, kad bi samo znao ... kad bi znao šta su mi oni ljudi uradili, ne bi me sad to pitao. Bježao bi.

"Ne znam, Džani. Previše vremena je prošlo i"—uzdahnula sam—"mi više nismo djeca. Ne možemo samo tek-tako nastaviti tamo gdje smo stali. Ja ti sad dolazim s prtljagom." Nasmiješila sam se tužno. "Nisam više samo ja u pitanju. Imam sina o kojem se moram brinuti."

"To je samo izgovor, Selma! Reci mi istinu." Uzdahnuo je. "Jel' me više ne voliš?" Tužni pogled na njegovom licu ga je činio deset godina starijim i mrzila sam samu sebe što sam ga činila tužnim. "Ja znam da je prošlo puno vremena, ali ... kad sam te vidio, znao sam. Jednostavno sam znao da se moji osjećaji prema tebi nisu promijenili," nastavio je nakon kratke pauze, "i iskreno rečeno, mislio sam da si me malo bolje poznavala. Ne mogu vjerovati da bi uopšte mogla i pomisliti da bih ja to—što imaš dijete—okrenuo protiv tebe. On je sada dio tebe, a ja volim svaki dio tebe. Sviđa mi se Keni i ako mu daš priliku da me malo bolje upozna, siguran sam da bih se i ja njemu svidio."

Ali ja ti se više ne bih sviđala kad bih ti rekla istinu. Kad bi samo znao koliko se muškaraca na meni iživljavalo, kad bi samo znao koliko sam ustvari prljava i odvratna, kad bi samo znao da ne znam ni ko mi je napravio dijete. Morala sam mu reći istinu.

"Džani," rekla sam polako, "sljedeće sedmice letim za Bosnu. To je prvi put da idem od rata i vjeruj mi, jako mi to teško pada. Moramo praviti dženazu mojim didu, neni i ostalim rođacima koji su nađeni i identificirani. Morat ću dati svoj DNK uzorak, kako bi mogli pokušati identifikovati mog oca, ako ga ikad pronađu. Da ti iskreno kažem, sama pomisao da ću tamo mi izaziva noćne more."

"Hoćeš li da idem s tobom?" Prekinuo me je, pogrešno shvatajući ono što sam pokušavala reći. "Možda bih nekako mogao pomoći."

"Ne, mislim da mi to ne bi pomoglo. Bilo bi malo zbunjujuće. Ali hvala na ponudi, stvarno to poštujem."

Usta su mu se iskrivila od tuge.

"Dakle, ono što želim reći je," nastavila sam brzo. Nisam ga htjela rastužiti. "Imaš li nešto protiv toga da odgodimo ovaj razgovor za kad se vratim?"

"Znači, hoćeš da te čekam."

Samo sam klimnula glavom, nadajući se da će potvrdno odgovoriti, čime bih sebi kupila još malo vremena prije nego što bih mu morala reći istinu i zauvijek ga izgubiti.

"Pa," počeo je on, "mislim da nemam drugog izbora. Morat ću čekati." Nasmiješio se je, opet mi poljubivši ruku.

"Mama, jel' tamo sve okej?" Upitao je Keni, stojeći pored stražnjih vrata.

"Sve je u redu Keni; odmah ćemo unutra." Pogledala sam u

Džanija. "Bolje nam je da idemo prije nego što moj sin izađe i istuče te." Zakikotala sam se.

"Oh, nemoj me strašiti." Nasmiješio se je on. "Hej, zar to nije smiješno, kad smo bili mlađi, svaki put kad sam te držao za ruku ili kad sam te htio poljubiti, bio sam zabrinut da će nas Ivan vidjeti i zabraniti nam da se viđamo, a sada, toliko godina kasnije, još uvijek se moramo šuljati i kriti?" Oboje smo se nasmijali. Zadirkivala sam ga, "pa moram ti malo otežati, da bih te držala zainteresovanim. Nisam ja kriva što imam stražare."

"Onda je bolje da idem prije nego što budeš kažnjena." Nakezio se je.

"Da li stvarno moraš ići? Zašto ne uđeš na kafu?"

"Ne, u redu je. Barem ne večeras." Nasmiješio se je, pritišćući malu boru između mojih obrva da bi je izgladio i nasmijao me. "Ali hoću kasnije, nakon što razgovaramo. Tako da sad ne moraš ništa objašnjavati Keniju."

Klimnula sam, još uvijek pomalo tužna što je odlazio. Nastavio je, "Jel' u redu da te ponekad nazovem ili pošaljem koji e-mail?" Gledao me je u nadi, dok sam se topila. Kako sam mogla reći *ne* kad je on bio sve što sam htjela?

POGLAVLJE 22

Devet sati vožnje avionom se nije činilo dovoljno dugim. Bojala sam se izaći iz aviona. Odlučili smo se u Njemačkoj naći s tetkom i njenim sinom, pa unajmiti auto i s njim se odvezti do Hrvatske u posjetu baki Anđi. Onda smo, nakon nekoliko dana, planirali u Bosnu kod majčinog rođaka u Prijedoru.

Pula je izgledala isto kao i prije, osim što u njoj nije bilo turista. Prije rata, ljetna sezona je bila vrijeme kad bi Pula oživjela; turisti iz cijelog svijeta bi dolazili da provedu odličan godišnji odmor. Sada, iako je bio juli—vrhunac turističke sezone—tu su se nalazili samo mještani koji su polako živjeli svoje živote.

Baka je izgledala staro i tužno. Još uvijek je živjela sama, ali činilo se da joj to više nije smetalo. S njom smo proveli cijelu sedmicu. Jedno predvečerje sam uzbuđeno izvela Kenija da mu pokažem plažu koju sam toliko voljela kao dijete. Nažalost, plaža je sad izgledala pusta. Iako je bilo ljeto, na njoj nije bilo ljudi, osim nekoliko tinejdžera. Od tišine me je hvatala jeza. Jedino što se jasno i glasno čulo je bilo umjereno udaranje valova. Tu više nije bilo smijeha, niti zvukova djece koja su se prskala i vrištala u igri. Nije bilo zvukova skutera ni motornih čamaca. Mali štand za sladoled je bio prazan; plaža je sada izgledala više kao noćna mora nego kao prelijepa plaža mojih snova.

"Rekao sam ti da smo trebali otići u Disney World!" Progunđao je Keni, gledajući razočarano naokolo. Morala sam mu opisati kako je prije rata ovo mjesto bilo lijepo i zašto sam ga tako puno voljela.

"Ako je tako lijepo i dobro, zašto onda tu nema ljudi?" Upitao je Keni.

"Ne znam. Mislim da su turisti još uvijek preplašeni zbog rata. Možda misle da još nije završen, ili možda se boje da, ako bi došli, rat bi ponovo počeo."

"Zašto je toliko važno ako nema turista? Zašto mještani ne uživaju u svojim plažama?"

"Oh, sine ... zvučiš tako ..." nisam htjela reći naivno, "mlad ponekad," rekla sam, pomiluvši mu obraz rukom, što je on po svaku cijenu pokušao izbjeći. Ali ja sam, ipak, nastavila, praveći se da nisam primijetila da nije htio da oni tinejdžeri vide kako mu mama dodiruje obraz.

"Ako nema turista, nema ni novca," nastavila sam. "Većina ljudi ovdje se oslanja na turističku sezonu, na ljeto, da bi zaradili pare."

"Aha. Vidim." Bila sam uvjerena da nije razumio, ali sam ga pustila na miru. Bio je u žurbi da ode i nisam ga htjela prisiljavati da ostane. Iz nekog razloga, ni ja nisam mogla dočekati da odem. Jednostavno nije bilo isto bez ljudi.

Kasnije te večeri smo se odvezli u grad. Htjela sam Keniju pokazati Suadovu slastičarnicu i njegovu stručnost u žongliranju loptica od sladoleda, ali kad smo tamo stigli, Suada nije bilo. Njegov otac nam je saopštio da je Suad bio u Austriji i da je radio u nekoj tvornici da bi zaradio nešto novca. Bilo im je teško održavati malu slastičarnicu. Ona je, također, izgledala napušteno i tužno. Tu više nije bilo veselog razgovora i nadglašavanja nad muzikom. Ispred slastičarne, nije bilo dugih redova ljudi koji bi se gurali da bi vidjeli Suadovu vještinu u žongliranju sladoleda. Cijeli grad se činio kao da je bio pod nekim tužnim oblakom.

Dan prije nego što smo krenuli za Bosnu, baka me je obavijestila da je neka gospođa iz Haga zvala i pitala za mene. Ostavila je broj da je nazovem, ali je baka zaboravila da mi to ranije kaže. Nisam imala pojma ko bi to mogao biti, pa sam odlučila nazvati i saznati. Gospođa se prezivala Han.

"Selma, zdravo. Tako mi je drago što ste nazvala." Imala je britanski naglasak kad je govorila engleski jezik.

"Da, zdravo. O čemu se radi? Baka mi nije mnogo rekla," rekla sam, očekujući brz odgovor.

"U redu ... izgleda da vam se žuri, pa ću odmah preći na stvar. Ah, nadala sam se da ćemo se moći negdje naći da razgovaramo licem u lice."

"Žao mi je gospođo Han, ali moje vrijeme ovdje je ograničeno. Sutra odlazim iz Hrvatske i idem u Bosnu, gdje ću biti jako zauzeta porodičnim obavezama i bojim se da neću imati vremena za susret s vama. Krajem ovog mjeseca idem nazad u Ameriku."

"Razumijem, ali vrlo je važno da se vidimo."

"Možete li mi barem reći o čemu se radi?" Upitala sam nestrpljivo i čula sam uzdah na drugoj strani slušalice. "Radi se o nekom koga vi poznajete. Sudi mu se za genocid i silovanja u Bosni i treba mi vaša pomoć."

"Ko je?" Upitala sam tiho.

"Radovan, Radovan Popović," rekla je. Cijelo tijelo mi se ukočilo. Od samog spomena tog imena mi se jezilo.

"Halo, Selma? Selma, jeste li još uvijek tamo?" Uspaničeni glas gospođe Han je vikao u slušalicu.

"Da, još uvijek sam tu i žao mi je, ne mogu vam pomoći; ja nemam ništa lijepo reći o tom čovjeku." Glas mi se malo prelomio.

"Ali vi ne razumijete," povikala je prije nego što sam stigla prekinuti vezu. "Ja sam tužiteljica; meni ne treba da kažete nešto lijepo o njemu, samo istinu ... istinu o onom što vam je on radio u logoru."

"Žao mi je, ali ..." Glas mi je bio samo šapat. "Ne mislim da mogu. K ... kako znate za mene? Kako je moguće da vi znate o onom što mi je on učinio i kroz šta sam ja prošla?" Pitala sam zbunjeno, znajući da ja nikad nikom to nisam povjerila, a bila sam sigurna da se on nikada sam ne bi izdao. Jedini svjedok koji me je tad poznavao je bila Helena, ali ona je sada bila mrtva. Ko onda? Lik dobrog dječak-vojnika mi se na tren pojavio pred očima, ali sam odbacila tu misao.

"To i jeste razlog što se želim s vama naći licem u lice, tako da bih vam mogla sve objasniti."

"Kako znate za mene? Ko vam je dao broj telefona moje bake?" Zahtijevala sam nestrpljivo.

"Ne mogu vam reći njeno ime. Ona je bila u logoru u isto vrijeme kada i vi i ispričala mi je o nekim stvarima kojima je svjedočila. Žao mi je. Tako mi je žao što vas podsjećam na svu tu bol nakon toliko vremena, ali ... stvarno, stvarno ste mi potrebni kao svjedok."

"Ne mogu vam pomoći ..." Glas mi se prelomio i suze su mi se slile niz obraze. "Žao mi je. Molim vas prestanite zvati moju baku, ona ništa ne zna," promrmljala sam i spustila slušalicu prije nego što je stigla odgovoriti na to.

Sljedeći dan smo bili na putu za Prijedor. Bila je to duga vožnja uskim, krivudavim ulicama, u kojoj je Keni jako uživao. Bosna je izgledala puno gore i siromašnije nego Hrvatska. Kuće su bile uništene i prazne. Svako selo kroz koje smo prošli, ličilo je na grad duhova. Keni uopšte nije bio impresioniran. On je očekivao da vidi neku prelijepu zemlju, punu života i sreće, koju mu je moja majka uvijek opisivala. Konačno smo stigli do Ljubije, pa do Hambarina - još jedno napušteno selo. Nije bilo ni jedne jedine žive duše u ovom— nekad predivnom—malom naselju na vrhu brda. Sve kuće su bile polu-uništene; druga polovica je bila prekrivena grafitima. Osjećala sam mučninu u želucu kad sam čitala neke od vulgarnosti koje su bile napisane na tim zidovima koji su nekada bili domovi muslimana koji su ovdje živjeli.

"Ne razumijem," počela je majka, "ja sam čula da se ljudi vraćaju u ove krajeve i izgrađuju nove kuće."

"Sigurna sam da se vrećaju, Mama. Vjerovatno su morali napustiti Njemačku i druge evropske zemlje kad se rat završio, ali moraš razumjeti da nije baš tako lako obnoviti kuću ili selo, pogotovo ako nemaš novca i ako si, zadnjih deset godina, živio kao izbjeglica," odgovorila sam žalosno.

Kad smo napokon stigli u Prijedor, odlučili smo proći pored moje srednje škole, a zatim pored naše stare zgrade. Jedva sam prepoznala to mjesto. Krug srednjih škola je još uvijek bio tamo, pa sam tako znala da je to bilo isto mjesto, ali da nisam prepoznala svoju žutu školu, bila bih izgubljena. Više mi ništa ovdje nije bilo poznato.

Na pločniku, pokraj škole, stajao je veliki pravoslavni krst koji je tu bio postavljen kao spomenik poginulim Srbima.

"Oh, ne ... stvarno sam se nadala ćevapima ovdje na Jerezi." Uzviknula je majka. "Selma, sjećaš li se onog restorana koji je nekada bio tamo? Mi smo ga zvali na Jerezi." Uprla je prstom prema praznom zemljištu.

"Da." Nasmiješila sam se. "Sjećam se kako sam sama tu dolazila kad ste ti i tata morali raditi. Gospođa koja je tu radila nas je znala i ona bi mi uvijek donijela jednu 'veliku' kad bih ušla, da ne bih morala čekati." Sjetila sam se koliko sam to cijenila kao dijete. Restorana sad nije bilo. Mjesto gdje su se prije nalazili restoran i jedna lijepa staro-bosanska kuća muslimanskog stila, je sad bilo popločano. Cijelo to područje je pretvoreno u parkiralište.

Izgledalo je ružno i besmisleno. Osjetila sam mučninu u stomaku kad sam shvatila da ničeg što mi je nekad bilo drago više nije bilo.

Vozili smo pokraj stare džamije, jedine u centru grada. U stvari, nismo mogli proći pokraj nje, jer nje više nije bilo. Tu je bila samo metalna ograda koju sam prepoznala, ali je okruživala prazan dio zemlje. Po sjećanju smo mama i ja znale da je tu nekad bila džamija, ali da je moj sin sad tu bio sam, on to ne bi znao. Tu nije bilo baš ništa što je ukazivalo na to da je ovo prazno mjesto nekada bila Božja kuća u koju su muslimani dolazili da se mole.

Kad smo stigli do naše zgrade, susreli smo jednu od naših starih komšinica, gospođu Bogdanović.

"Oh, Sabina, ne mogu verovati da si ovde," plakala je bez suza. "Mi smo čuli da ste vi svi pobijeni u onom strašnom konvoju ... i Selma, tako si velika i lepa. Mnogo ličiš na svoga pokojnog tatu."

Htjela sam upitati kako je znala da je moj otac bio mrtav, ali sam odlučila ipak ne pitati. Bila je iznenađena mojim, već velikim, sinom i dala mu je bombonu koju je izvadila iz grudnjaka.

"Fuj, odvratno!" rekao je Keni na engleskom jeziku, ali ja sam uzela bombonu iz njene ruke i stavila je u džep. Lagala sam u prevodu. "Kaže da su mu ove najdraže. Hvala."

"Pa," počela je, "bojim se da nećete moći ući i videti svoj stari stan. Neke srpske izbeglice iz Bihaća su se preselile ovde nakon što ste vi otišli, ali sada nisu kod kuće da vas puste unutra."

"To je u redu," odgovorila je majka. "Nismo došli samo da vidimo stan. Htjeli smo vidjeti tebe i druge nekadašnje komšije. Tako dugo se nismo vidjeli. Kako su svi?"

"Pa, Amina i Pero su preselili u Ameriku s decom," počela je.

Mi smo znali da se Amina preselila u Ameriku, u Mičigen, jer smo je jednom posjetili. Nekako je saznala gdje smo tad živjele i pozvala nas je da nam kaže da je donijela neke od naših stvari iz Bosne. Meni je tad bilo oko devetnaest godina i majka i ja smo se jednog vikenda pokupile i odvezle u Mičigen da ih vidimo. Amina je izgledala mršavo i staro. Puno je pušila i psovala. Njen muž se činio ljutim na sve i svakog; bio je to siledžija koji je ne kažnjen pobjegao sa svojim zločinima. Nadala sam se da je do kraja svog života živio s noćnim morama. Ona nam je ponudila kafu i ručak i mislila je da ćemo kod njih provesti cijeli vikend, ali, nakon nekoliko sati, mi smo odlučile da se vratimo nazad kući. Mami je dala šest stoljnjaka koje je mama nekad davno isheklala. I to je bilo to. To je bilo sve što nam je donijela.

Bila sam jako razočarana i u jednom trenutku sam na stolu primijetila našu staru pepeljaru. Bila je to vrlo jedinstvena pepeljara koju je dajdža napravio za moje roditelje. Bila je napravljena od metala i izgledala je kao tacna na kojoj se služila kafa ili čaj, ali je bila manja, jer je to ipak bila samo pepeljara. Ja sam se nekad, kao dijete, igrala s njom i znala sam da niko drugi nije imao istu takvu. Bila sam toliko uzbuđena kad sam je vidjela i bez razmišljanja sam povikala, "mama, vidi, eno naše pepeljare!"

"O, ne, Selma, mislim da nije," rekla je majka, postiđena mojim ispadom.

"Ali jeste!" Inzistirala sam. "Kako je ne prepoznaješ? Dajdža Huse ti je napravio! Gledaj, prevrni je i vidjet ćeš napisano moje ime. Ugravirala sam ga iglom."

"Ne, Selma, ovo nije vaša pepeljara," rekla je Amina, ali je nije prevrnula, "pripadala je mojoj sestri."

"Oh," je bilo sve što sam mogla reći, znajući da mi je upravo slagala u lice. Ali, da je bila malo ljubaznija, znajući sve kroz što smo mama i ja prošle i koliko bi nam značilo vratiti nazad nešto što je nekad bilo naše, pogotovo nešto što je ručno napravio brat moje mame, trebala je reći: "Sel, ovo nije tvoja pepeljara, ali budući da te toliko podsjeća na onu koju ste vi imali, evo, uzmi je."

Ali ne, ona to nije rekla. Samo se zacrvenjela, promijenivši temu razgovora.

"Stara Sajma je umrla od srčanog udara," Gospođa Bogdanović je nastavila, vraćajući me u sadašnjost, "a Bajraktarevići su negde otišli malo posle vas i nisam se od tada više čula s njima."

Stajali smo tu još samo nekoliko minuta, razgovarajući ni o čem specifičnom. Nije nas pozivala da uđemo unutra i imala sam osjećaj da je jedva čekala da odemo.

"Pa, bolje da idemo da ne bi zakasnili. Imamo sastanak sa advokatom da vidimo kako ćemo vratiti naš stan," lagala je majka, znajući da gospođa Bogdanović nije mogla zadržati dobar trač samo za sebe i da će onima koji su sada boravili u našem domu reći da će morati iseliti. Bila sam sigurna da će to ona još malo i uveličati, samo da trač učini malo interesantnijim.

Kad smo ušli u auto, majka mi je rekla da je podsjetim da pita svog rođaka da joj preporuči nekog dobrog advokata. Htjela je vratiti naš stan i prodati ga. Samo sam klimnula glavom, vadeći gadni bombon iz džepa i bacajući ga kroz prozor.

Dani su mi prolazili veoma polako. Svakog dana sam plakala. Svakog ubogog dana bih se sjetila nečega iz djetinjstva, ili nekog koga sam voljela, a ko je bio ubijen od strane *njih*, ili mjesto, kuća koja je nekad bila tu, ali je više nije bilo. Prijedor je postao tužna, prazna ljuska od grada i nisam mogla dočekati da odem iz njega. Majčina odluka da zadrži svoj dio roditeljske zemlje i da na njoj izgradi kuću iznad restorana me nije iznenadila. Znala sam da *im* nije htjela tek-tako dati zemlju svojih roditelja.

"To zemljište je već stoljećima naše," rekla je, "i nemam ga namjeru samo tako dodijeliti *njima*. Nakon moje smrti, ti ćeš sve naslijediti i ja se nadam da ćeš to onda ostaviti svome sinu, a ne prodati. Nadam se da će vremena jednog dana biti bolja i da će ova zemlja biti puno vrijednija."

Novac koji bi dobila od prodaje svoje kuće u Čikagu bi bio više nego dovoljan za izgradnju nove kuće tamo gdje je nekad stajala kuća njenog djetinjstva. Ispod nje bi izgradila lijep, otmjen restoran. To je bilo ono što je oduvijek željela. To je bio njen i tatin san, da jednog dana otvore restoran gdje bi ona mogla kuhati. Sve bi sama spremala, a sa svim novim receptima koje je skupila tokom života u Americi, trebala bi doživjeti uspjeh.

E-mail poruke od Džanija su religiozno stizale svaki dan. Kasno u noć, kad bi svi drugi spavali, prepuštala sam se čitanju njegovih poruka. Čak i ako mu ponekad ne bih odgovorila, on bi i dalje pisao. Bilo je to poput starih vremena; pisao bi o svemu što se dešavalo u njegovom životu. Slao mi je slike svoje prekrasne kuće u Arizoni, koju je trenutno iznajmljivao jednom od svojih prijatelja i njegovoj porodici. Stvarno je bila lijepa, barem onoliko koliko sam mogla vidjeti iz tih slika. Većina mušterija je htjela da Džani ručno obavlja posao, ali pošto je on sad živio u Čikagu, to je bilo nemoguće, pa mu je firma zbog toga polako propadala, iako je imao četiri radnika kojima je vjerovao i koji su mu vjerno vodili računa o poslu. U međuvremenu je vadio sve neophodne građevinske dozvole u Ilinoisu, kako bi mogao potpuno preseliti u Čikago. Voljela sam njegova pisamca. Ona su mi govorila o njemu, o njegovim mislima i planovima. Ja sam mu pričala o tome kako je Prijedor sad izgledao i kako je neko drugi živio u našem stanu. Pričala sam mu o majčinim planovima vezano za zemljište i o velikoj sahrani koja se približavala.

Jednog dana, majka i ja smo se odvezle do sjedišta međunarodne komisije za nestale osobe, udaljenosti samo nekoliko sati. Kad smo stigle, bila sam zahvalna što Keni nije htio ići s nama. Tu je bio totalni haos. Na hiljade ljudi je stajalo ispred neke zgrade koja je izgledala kao tvornica. Većina tih ljudi su bile žene i djeca i pitala sam se zašto je većina njih plakalo, ali nije mi dugo trebalo da saznam razlog.

Kad sam konačno ušla, vidjela sam redove i redove mrtvih tijela u bijelim vrećama. To su bili ljudi koje su iskopali iz masovnih grobnica koje su bile otkrivane skoro svakog dana. Iako je unutra bilo hladno, miris je bio nepodnošljiv. Htjela sam pobjeći vrišteći. Zasula me je ogromna tuga. Imala sam poteškoće s disanjem. Cijelo tijelo mi se počelo tresti, ali ne od hladnoće, nego zbog raznih emocija koje su me udarale: tuga, ljutnja, strah, depresija ... i još straha. Krenula sam polako unazad, želeći što brže izaći, samo da bih ponovo prodisala. Stigavši do vrata, izbezumljeno sam istrčala van, dahčući i boreći se protiv mučnine. Približavajući se starom hrastu, stavila sam ruke na koljena i savila se u struku u slučaju ako bi mučnina prevladala i natjerala me da povratim.

"Izvinjavam se gospođo. Zdravo. Ja sam doktor Salihović." Okrenula sam se i vidjela debelog, niskog čovjeka kako se osmjehuje i u ruci drži sok od đumbira. "Izvolite, uzmite ovo. Pomoći će vam protiv mučnine." Njegovo crveno lice je bilo prekriveno znojem. Bio je proćelav, što je pokušavao sakriti prebacujući duže pramenove kose s lijeve strane, preko ćelavice, pa na desnu stranu.
Uzela sam piće i klimnula glavom u znak zahvalnosti. Nisam se još usuđivala progovoriti u slučaju ako bi mučnina pobijedila.

"Žao mi je što ste to morali vidjeti," započeo je on.

"Doktore Salihoviću," prekinula sam ga, još uvijek zadihana, "ovdje sam došla da bih vam dala svoj uzorak DNK, a ne da bih se našla licem u lice sa stotine mrtvih tijela." Ignorisala sam zbunjeni pogled na njegovom licu i nastavila, "Niste valjda mislili da ću ići od jednog do drugog da bih pokušala prepoznati oca?"

"Pa, ne, naravno da nisam."

"Onda, imate li kancelariju gdje bismo mogli otići, negdje daleko od smrada i ... mrtvih ljudi?" Upitala sam naglo. "Znate, ove žene i djeca stvarno to ne bi trebali da vide. To će im samo uzrokovati noćne more i povećati njihovu, već nepodnošljivu, patnju.

Blago se nasmiješio, "Da, imam kancelariju. Molim vas, slijedite me." Naglo se okrenuo, krenuvši prema zgradi.

Dok sam se nalazila u uredu doktora Salihovića, razmišljala sam o svemu onom što sam tamo vidjela i odjednom kao da je u meni nešto puklo. Osjećala sam ljutnju više nego išta drugo i željela sam pravdu. Svake minute sam postajala bjesnija i mislila sam u sebi da su ovi ljudi koji su pobijeni na tako zvjerski način, zaslužili da se neko zauzme za njih; svi mi koji smo preživjeli bismo trebali ispričati svoje priče i dati svijetu do znanja o onom što se kod nas dogodilo.

Izlazeći iz kancelarije, iz torbe sam iskopala mobitel i ukucala broj gospođe Han. Rekla sam joj da sam bila spremna naći se s njom i ispričati joj svoju priču. Zbog privatnosti, našle bi se u hotelu Prijedor, a ne u kući maminog rođaka.

POGLAVLJE 23

Gospođa Han je bila sitna Korejanka sa britanskim naglaskom. Nije ličila ništa poput visoke žene tamne kose i dugog nosa koju sam zamišljala kad smo razgovarale na telefon.

"Selma zdravo," rekla je, pružajući ruku prema meni. "Tako vas je lijepo vidjeti licem u lice i puno vam hvala što ste promijenili mišljenje o susretu sa mnom."

"Gospođo Han," primila sam njenu ruku, "zadovoljstvo je moje."

"Oh, molim vas, zovite me San," rekla je toplo.

Čaj i kafu su ranije donijeli u moju sobu. Nisam se htjela naći s njom u restoranu iz straha da bi nam neko mogao prisluškivati razgovor.

"Pa, možete li mi šta reći o ovom suđenju prije nego što vam otkrijem sve svoje najdublje i najmračnije tajne?" Upitala sam, pokušavajući zvučati neformalno i smiješno.

"Pa, da. Održat će se u Hagu u Holandiji. To je mjesto gdje se održavaju suđenja svim ratnim zločincima. Popovićevo suđenje je sljedećeg mjeseca. Zato sam vas pokušavala ranije kontaktirati kako bismo se mogle pripremiti."

"Recite mi šta trebam učiniti," rekla sam.

"Samo kažite istinu. Ispričajte mi sve čega se sjećate."

"Dobro, ali ... ovo je u povjerenju, zar ne?"

"Da, naravno, ali ipak ćete se morati pojaviti na sudu i sve im ispričati." Spustila je pogled i tiho rekla. "I Radovan će biti tamo."

Počela sam odmahivati glavom, ali prije nego što sam mogla reći ne, uzela me je za ruku i tiho rekla: "Selma, znam da je teško, ali ovo je jedini način da ga natjeramo da plati za ono što vam je učinio. I ne brinite, vaše ime će ostati anonimno. Mi ćemo vam dati broj koji će biti zabilježen u svim knjigama. Vaše ime ni jednom neće biti spomenuto tokom suđenja, a i ja ću biti tamo da vam postavljam pitanja. Obećavam da ću ih pokušati učiniti što lakšima. Zato mi danas morate ispričati sve čega se možete sjetiti, što detaljnije - to bolje, tako da mogu pripremiti svoja pitanja."

Klimnula sam glavom i uzdahnula.

"Kad je u Prijedoru počeo rat, bilo mi je samo petnaest godina, ali se svega sjećam kao da je jučer bilo. U svojim noćnim morama ga vidim i proživljavam skoro svaku noć." Počela sam, već osjećajući toplinu suza u očima.

Kad sam završila sa svojom pričom, kutija maramica je bila prazna, pa smo počele koristiti toaletni papir da brišemo suze i mokre noseve.

Osjetila sam olakšanje, jer sam sve istresla iz sebe. Znala sam da je bilo nemoguće da ona osjeti moju bol na isti način kao ja, ali se činila iskrenom i ljubaznom i vjerovala sam da će učiniti sve što je bilo u njenoj moći da Radovana pošalje iza rešetaka za ono što je učinio. Rekla me je nazvati sa tačnim datumom kad da se pojavim na sudu i rastale smo se uz zagrljaje i moje obećanje da je neću iznevjeriti i pobjeći. Osjetila sam se bliže ovom strancu nego bilo kome drugom u svom životu.

Nekoliko dana kasnije me je nazvala i rekla datum, vrijeme i adresu gdje sam morala biti. Kad sam završila razgovor s njom, nazvala sam svoju pomoćnicu i rekla joj da sam produžila odmor i da se neću vratiti kući do kraja avgusta. Nazvala sam turističku agenciju i produžila avionsku kartu na još mjesec dana, a onda sam nazvala Džanija.

Znala sam da sam mu svakako morala ispričati o svemu onom što mi se dogodilo onih ratnih dana i da bih bila sigurna da nešto ne bih preskočila, htjela sam da sjedi u sudnici i sve čuje. Odlučila sam da između nas dvoje više neće biti tajni i on će onda biti u stanju donijeti odluku da li da ostane i upozna "odraslu" mene, ili da pobjegne i da se nikada više ne osvrne.

Rezervisala sam sobu za mamu, Kenija i sebe u hotelu u Hagu kojeg sam pronašla na internetu. Nikad prije tamo nisam bila, pa sam odlučila da pošto sam svakako morala ići, zašto ne bih iskoristila priliku i povela majku i Kenija da sa mnom idu u razgledanje tog prelijepog grada. Novotel Hotel Den Hag City Centre je bio u neposrednoj blizini muzeja i prodavnica. Okolna, interesantna mjesta su bila Dvorac Mira, Kraljičin dvor, Gemeente muzej i Panorama Mesdag. Sobe su bile prostrane, a ukusna jela su služili na plaži u istom hotelu. Sve je bilo apsolutno prekrasno. Ljudi su se činili vrlo gostoljubivi i društveni. Keni je uživao u naručivanju hrane u sobu.

Džani se pojavio dan prije nego što sam morala na sud. Odsjeo je u istom hotelu gdje i mi. Pred Kenijem je obrazložio da je tu bio poslovno. Keni nije znao pravi razlog što sam ja morala biti tamo i nisam htjela da ga sazna, a majka je znala da sam morala svjedočiti na sudu protiv nekog, ali me nije ništa pitala. Znala sam da nije htjela znati detalje o mom boravku u logoru. Istina ju je previše boljela. Svi smo zajedno večerali, a kasnije smo Džani i ja otišli u šetnju.

Htjela sam uživati u vremenu koje sam imala s njim, jer nakon sljedećeg dana, pretpostavljala sam da me više nikada neće htjeti vidjeti, niti razgovarati sa mnom. Ipak, znala sam da sam to morala učiniti.

"Selma, reci mi o čemu se radi." Napokon je zatražio objašnjenje nakon nekoliko neugodno tihih trenutaka. "Preko telefona mi nisi baš puno rekla, a e-mail koji sam očekivao od tebe nikad nije stigao."

"Oh, izvinjavam se zbog toga," rekla sam, osjećajući se krivom. "Ustvari, trebam te ovdje kao podršku." Uzdahnula sam. "Rekla sam ti da sutra svjedočim na sudu protiv nekog i htjela bih da ideš sa mnom." Nasmiješila sam se i skrenula pogled. Smatrala sam da je bilo sebično od mene tražiti tako nešto od njega. "Ne želim da majka i Keni idu sa mnom, a prije nego što sam otišla, ti si se ponudio da ideš sa mnom u Bosnu."

"Protiv koga ćeš svjedočiti?" Upitao je ozbiljnog lica. "Je li riječ o nečem što si vidjela u logoru?"

"Jeste i radi se o Radovanu."

Lice mu je izgledalo zbunjeno.

"Znaš Radovana, Damirovog oca," objasnila sam.

"Damirovog oca? Šta si ga vidjela da radi?" Uzdahnuo je. "Koga je ubio pred tobom?"

Ponovo sam uzdahnula. Ovo će biti teže nego što sam mislila. "Znaš Džani, stvarno ne bih trebala o tome razgovarati prije suđenja."

"Oh, da. Izvini. Samo sam malo iznenađen što je Damirov otac bio umiješan u stvari koje su se događale u Omarskoj, znaš ... tako blizu kuće. Nekako sam bio navikao da on ide u Hrvatsku."

Da, uvijek im je bilo lakše vršiti genocid nad ljudima koje nisu lično poznavali, mislila sam ogorčeno.

"Džani, svi su oni bili umiješani u 'te stvari,'" rekla sam, pomalo uzrujana. "Znaš, prije nekoliko dana sam gledala vijesti u Bosni i neki političar je govorio o tome kako Omarska nije ni postojala i da to nikada nije bio koncentracioni logor. Smučilo mi se kad sam ga čula kako sve poriče i svima laže u lice. Bože, Džani, nećeš vjerovati šta sve govore na njihovim TV stanicama; kao da nikada nisu izvršili genocid. Žive svoje živote kao da se ništa nije ni dogodilo, a sve one ratne zločince nazivaju herojima. Hej, gledaš li ikad Bostel u Čikagu?" Upitala sam, iznenada se prisjećajući nečeg što sam vidjela na televiziji.

"Ne," odgovorio je. "Šta je Bostel?"

"TV program za Bosance u Čikagu. Emituje se samo nedjeljom, vrlo kasno i traje samo jedan sat. Jednom kad sam gledala, prikazali su snimak kako Srbi ubijaju bosanske muslimane. Poredali su ih u red i onda su jednom po jednom pucali u glavu. Bilo je to vrlo traumatično gledati."

"Bože! Jesi li ozbiljna? Znaš li kako su dobili kasetu?" Upitao je Džani.

"Ne znam, ali ko god da je to snimao, morao je biti srpski vojnik. Pa, kad sam neki dan gledala tog političara na TV-u, poželjela sam da je neko prikazao taj snimak odmah nakon što je on sve porekao ... samo da vidim izraz njegovog debelog, svinjskog lica!"

Džani je primijetio da sam postajala sve uzrujanija, pa je pokušao promijeniti temu. Rekao mi je da je napokon dobio građevinsku dozvolu u Ilinoisu i da sad može zauvijek preseliti u Čikago. Govorio je o sestrinoj djeci s ponosom i pričao je o ljudima koje je upoznao u Čandleru, a koji su mu, kako kaže, promijenili život.

Kad smo se vratili u hotel, Keni je djelovao uzrujano. "Pa i bilo je vrijeme!" Rekao je nepristojno. "Otkad te čekam da se vratiš. Nena i ja hoćemo da s nama ideš u kino; igra *Šesto čulo.*" Pogled na njegovom licu mi je govorio da Džani nije bio pozvan, ali ja sam ga ignorisala i pozvala Džanija da ide s nama.

Svi su se lijepo zabavljali gledajući film, dok sam ja razmišljala o tome šta ću sutra reći na sudu. Pitala sam se kako ću se osjećati kad se ponovo nađem licem u lice sa čudovištem. Hoću li se ukočiti i ne biti u stanju išta reći? Ne, nisam smjela dopustiti da se to dogodi. Odlučila sam uzeti tablete za smirenje ako bude potrebno.

Džani i ja smo brzo doručkovali u hotelskom restoranu. Nisam bila baš gladna, ali ga nisam htjela odbiti kad me je pozvao da mu se pridružim.

"Činilo mi se da je Keni sinoć uživao u filmu," počeo je Džani. "Je li imao noćne more?"

"Ne," nasmijala sam se, razmišljajući o svom smiješnom sinu, "spavao je kao beba," zakikotala sam se, "kao i uvijek. Kad je film tek bio izašao, prije nekoliko godina, nisam ga pustila da ga gleda. Bio je tako ljut. Govorio mi je da više nije beba i da ga prestanem tretirati kao da jeste. Sada, ne znam ni sama, valjda je dovoljno star da zna da je to samo film, a pravo da ti kažem, stvarno mi se nije opet svađalo s njim oko tog filma. Plus, ne mogu ga zauvijek zaštititi od svega, bez obzira koliko to željela."

"Izgleda kao sretno dijete," nastavio je Džani.

"Da, jeste."

Razmišljala sam o tome kako fenomenalno Džani je izgledao u odijelu. Nikad ga prije nisam vidjela u odijelu i nisam očekivala da će ga danas obući, ali sam bila ugodno iznenađena što jeste.
Bilo je tamnosive boje i kao da je bilo skrojeno za njega. Plava košulja mu je isticala oči i bila sam mu ljubomorna na kravatu, jer je bila tako blizu njegovog vrata. Stavio je komad voća u usta i liznuo usne, izgledajući nevjerojatno seksi, a da se uopšte nije ni trudio da tako izgleda.

Misli mi je prekinuo njegov nježni glas.

"Sel, jesi li u redu?" Čula sam ga kako pita. Vjerovatno sam zurila. *Bože, sigurno misli da sam ogromna glupača.*

"Da, dobro sam, hvala," moj promukli glas je odgovorio odsutno. "Samo sam razmišljala o ovom suđenju," lagala sam i zacrvenila se, skrivajući oči od njega.

"Nisi ni dirnula svoju hranu." Nasmijao se je, zbog čega se na njegovom licu pojavila ona jedna rupica, zbog čega mi se bilo teško skoncentrisati na bilo šta drugo. "Mislim da bi trebala nešto pojesti, jer ne znaš koliko ćeš se dugo tamo zadržati. Bog zna kad ćeš moći uzeti pauzu da jedeš."

Klimnula sam i stavila mali komad breskve u usta.

"Pa, Džani, kako ti je mama?" Upitala sam da bih promijenila temu, "da li još uvijek živi sa tvojom sestrom u Njemačkoj, ili se vratila nazad u Bosnu?"

"Još uvijek je u Njemačkoj. Imala je priliku da se preseli u Ameriku kod mene, ali jednostavno nije mogla napustiti svoje unuke. Prije nekoliko godina mi je bila došla u posjetu u Arizoni, ali nije mogla dugo ostati. Previše su joj nedostajala—od sestre mi—djeca. Prošle godine mi je otac iznenada umro od srčanog udara i to joj je jako teško palo." Spustio je pogled. "Ona misli da nam je sad na teretu i kaže da će se vratiti u Bosnu čim joj kuća bude završena. Gradi novu kuću tamo gdje je stara bila, ali sada će vjerovatno izgledati više kao koliba nego kuća."

"Žao mi je zbog tvog oca." Rekla sam. Nisam mogla ništa reći u vezi njegove majke. Još uvijek sam bila kivna na nju zbog onih groznih riječi koje mi je rekla zadnji put kad sam je vidjela, iako sam u to vrijeme bila ubjeđena da je bila u pravu. Sve ove godine, njen glas mi je odzvanjao u glavi. Čula sam njene bolne optužbe svaki put kad sam zatvorila oči ili razmišljala o Džaniju.

POGLAVLJE 24

"Dobro jutro, Selma," Rekla je gospođa Han kad nas je vidjela da joj se približavamo. "Ne zaboravite, nećemo vas zvati po imenu, nego po broju. Kad čujete da prozovu broj nula sedam, to ste vi."

Samo sam klimnula glavom, osjećajući mučninu. Džani je svoju ruku držao ispod mog lakta i bila sam zahvalna za taj mali fizički kontakt s njim. Znala sam da je ovo bio posljednji put da će me ikad više poželjeti dodirnuti.

Nekoliko minuta kasnije, on je otišao u sudnicu pronaći mjesto, a ja sam otišla u ženski wc da ledenom vodom pokvasim lice i vrat u nadi da se riješim mučnine.

Nakon kratkog vremena, stražar me je obavijestio da su bili spremni za mene. Ušla sam polako, trudeći se da se ne spotaknem. Kad sam došla do mjesta za svjedoke, čula sam suca kako kaže: "Dobro jutro, svjedoče. Molimo vas da se zakunete."

"Svečano izjavljujem da ću govoriti istinu, samo istinu, i ništa drugo osim istine."

"Hvala vam. Možete sjesti."

Sud nije ličio na one sa televizije. Činilo se da je bilo više od jednog sudije, oko sedam njih, i svi su nosili isti crni ogrtač. Vidjela sam Džanija negdje u pozadini i srce mi se skupilo od pomisli da ću za nekoliko predstojećih trenutaka slomiti njegovo. Bez sumnje, srce će mu se slomiti kad čuje sve ono što sam namjeravla reći.

Gospođa Han je ustala i upitala me da pogledam u papir koji je nazivala Dokaz 199. Pitala je da li je ime na tom papiru bilo moje i da li sam razumjela da će me od tog trenutka zvati po broju nula sedam. Također je upitala da li sam prepoznala imena na toj listi kao imena mojih roditelja i odgovor je bio potvrdan.

"Svjedoče, koliko vam je godina?" Upitala je ona.

"Dvadeset-osam."

"U maju devedeset i druge, koliko vam je bilo godina?"

"To je bilo jedan mjesec prije mog šesnaestog rođendana, prema tome, petnaest."

"Gdje ste rođeni?" Nastavila je gospođa Han.

"U Prijedoru u Bosni i Hercegovini."

"Jesu li tad tamo živjeli i Srbi i Muslimani?"

"Jesu."

"Gdje ste bili dvadeset-četvrtog maja hiljadu-devesto devedeset-druge godine?" Upitala je ona.

"Posjećivala sam tetku u Kozarcu," odgovorila sam.

"Jesu li tad tamo živjeli i srbi i muslimani?"

"Kozarac je bio naseljen samo muslimanima."

"Koje vjere ste vi?"

"Miješane, katoličke i muslimanske."

"Znate li kad je počeo rat u Kozarcu?"

"Da, dvadeset-četvrtog maja devedeset i druge," odgovorila sam mirno.

Gospođa Han je polako nastavila sa svojim pitanjima, a ja sam mirno odgovarala. Ispričala sam sudu o Kemalu i njegovom ocu i kako sam prepoznala osobu koja ih je ubila. Pričala sam o svemu što sam vidjela na putu ka koncentracionom logoru i kako sam tamo prepoznala svog dajdžu Huseina. Ispričala sam im sve ono što mi je on rekao o mojim didu i neni, strinama i dajdži Aletu. Otpila sam gutljaj vode i molila se da mi glas ostane čvrst i da ne zaplačem.

"Svjedoče, kad ste tek stigli u Omarsku, šta se dogodilo?" Gospođa Han je nastavila.

"Tukli su me."

"Kada kažete 'oni' u 'tukli', na koga se to odnosi?"

"Na srpsku vojsku. Prvo su me tukli postavljajući mi razna pitanja o armiji Bosne i Hercegovine i o tome gdje se nalazio moj otac, a onda su me izbacili vani, gdje sam vidjela svog dajdžu Huseina."

"Šta se onda dogodilo; nakon što ste izašla van?"

"Sjela sam na tlo pored mog dajdže. Tad mi je on ispričao o onom što se desilo mojim djedu i neni. On sam je imao inficirane rane preko cijelih leđa od pravoslavnog krsta koji je u njega bio urezan slomljenom bocom." Zadrhtala sam sjećajući se.

"Šta se sljedeće dogodilo?"

"Radovan se pojavio i odveo me u neku sobu," odgovorila sam brzo.

"Ko je Radovan," nastavila je.

"Prije rata, bio je moj komšija."

"Možete li danas prepoznati Radovana?"

"Da."

"Molim vas, možete li pogledati naokolo i reći da li ga prepoznajete?"

"Da."

"Molim Vas, opišite njegovu odjeću."

"Crno odijelo, bijela košulja i tamnosiva kravata s crnim i bijelim krugovima."

"Neka se zabilježi da je svjedok identificirao optuženog Radovana Popovića." Gospođa Han je rekla glasno.

"Da," odgovorio je jedan od sudija.

"Dakle, dok ste razgovarali sa dajdžom Huseinom, Radovan se pojavio i odveo vas u neku sobu. Zašto ste pošli s njim?" Nastavila je gospođa Han.

"Pa, on je bio moj susjed, njegov sin je išao sa mnom u školu. Bio je dobar prijatelj s mojim roditeljima i ja sam mu vjerovala. Mislila sam da je bio ljut zato što me je tamo vidio i da je namjeravao otići i ispraviti grešku, te da će me onda odvesti kući, mojoj majci. Bilo mi je drago vidjeti ga. A, osim toga, imao je pušku u ruci i veliki nož za pojasom. Bio je u srpskoj vojsci. Morala sam ići s njim kada je on to htio, inače, mogao me je ubiti."

"Gdje vas je onda odveo?"

"U neku sobu; sobu deset. Tako sam je nazivala. Vjerujte mi, ne mogu se sjetiti zašto."

"Šta se nakon toga dogodilo?"

"Rekao mi je da ga čekam dok se ne vrati. Sjedila sam u kutu. Bilo je tu i drugih žena, neke su bile djevojčice, imale su samo oko devet godina. Nakon nekog vremena, vrata su se otvorila i unutra su ubacili još jednu ženu. Bilo je vrlo teško prepoznati je, jer joj je lice bilo prekriveno modricama i krvlju. Bila je bez svijesti, ali nakon nekog vremena buljenja u njenu kosu, shvatila sam da je to bila moja rodica, Helena." Zastala sam, jer mi se glas prelomio kad sam spomenula njeno ime.

"Žao mi je," Gospođa Han je rekla nježno, "da li želite još malo vode?"

"Ne, hvala, dobro sam." Pročistila sam grlo i nastavila.

"Helena se probudila nakon što sam je protresla i vrištala na nju da se probudi. Ispričala mi je o tome kako su oni došli u njenu kuću i pobili joj cijelu porodicu. Nju su silovali i pretukli." Suze su se kotrljale niz moje obraze kad sam im ispričala o Heleninoj maloj bebi.

"Kada kažete da su 'oni' došli njenoj kući, na koga se to odnosi?" Upitala je gospođa Han.

"Na srpsku vojsku."

"I onda, šta se onda dogodilo? Je li se Radovan vratio te iste noći?"

"Da. On je ... am ..." opet sam pročistila grlo. "On me je odveo u susjednu sobu i silovao."

"Žao mi je, ali morate biti malo jasniji. Kada kažete da vas je 'silovao', na šta mislite?"

"On je ... ah ..." zastala sam, "izvinjavam se, vrlo mi je teško razgovarati o tome," rekla sam, crveneći se. Spustila sam pogled da ne bih mogla vidjeti Džanijevu reakciju kad čuje ono što sam pokušavala reći. Ipak sam nakon kratke pauze nastavila. "Bacio me je na prljavi madrac i naredio da skinem odjeću. Kad sam to odbila, otkopčao je svoje hlače i rekao mi da otvorim usta. Kad sam i to odbila, izvukao je pištolj i s njim mi je dotakao glavu. Rekao mi je da će me ubiti, pa će onda otići mojoj kući, te silovati i ubiti moju majku. Plakala sam i molila da to ne radi, ali mi to nije pomoglo; silovao me je, ali ne vaginalno, nego oralno."

"Šta se onda dogodilo? Jeste li ikom ispričali o tom što vam je on učinio?"

"Drugi vojnik je ušao u sobu i rekao Radovanu da su imali neki hitan slučaj i da su ga trebali u susjednoj kući. On je tada otišao i rekao tom drugom vojniku da me odvede nazad u sobu deset. Sjela sam uz Helenu, ali joj nisam rekla šta mi se dogodilo. Ali mislim da je ona ipak znala."

"Kako ste se tad osjećali?"

"Osjećala sam se povrijeđeno, posramljeno, prljavo, zbunjeno ..."

Nekako sam skupila dovoljno snage i pogledala u Džanija. Međutim, nisam mu mogla vidjeti lice. Laktovima se naslonjao na koljena, a rukama je pokrivao lice. Gospođa Han je i dalje postavljala pitanja, a ja sam pokušavala odgovarati bez plača, ali suze su, svejedno, dolazile. Ispričala sam im o kući u koju me je Radovan odveo i o prvom putu kad me je tamo silovao. Ispričala sam im i o svim drugim vojnicima i o tome kako je Helena umrla.

"Kako ste se nakon toga osjećali?"

"Bespomoćno, tužno, slabo, ljutito, slomljeno ... nisam razumjela otkud je dolazila tolika mržnja prema meni. Pitala sam se šta sam to uradila da sam Radovana učinila tako ljutim na mene. Zašto me je toliko mrzio? Jednostavno nisam mogla shvatiti zašto. Moji roditelji su uvijek bili dobri prema njemu, a ja sam bila samo bespomoćno dijete. Cijeli moj život sam u njega gledala kao u oca."

"Jeste li kad nekom ispričali o tome što vam se dogodilo?" Pitala je.

"Ne. Prvi put kad sam govorila o tome je bilo s vama i sad."

"Zar se niste o tome povjerili majci ili nekom prijatelju? Psihijatru?"

"Ne ... ustvari, da, rekla sam majci da sam bila silovana zato što sam ostala trudna, pa sam joj morala reći, ali joj nisam pričala o tome ko me je silovao i koliko puta."

"Zar niste išli vidjeti psihijatra? Prošli ste kroz veoma traumatično iskustvo. Zar niste potražili pomoć?"

"Pa, da. Išla sam psihijatru dva puta kad sam se preselila u Sjedinjene Američke Države, ali mu nisam rekla o silovanjima. Razgovarali smo o drugim stvarima."

"A zašto nam o tome svemu sad govorite, nakon svih ovih godina?" Upitala je ona.

"Pa, zato što sam saznala da je Radovan na suđenju i zato," uzdahnula sam i zaustavila se.

"I zato?"

"Budući da se nisam mogla vratiti i nekako ga sama kazniti, odlučila sam sudu ispričati o svemu onom što mi je učinio. Tako se barem mogu nadati da će dobiti najvišu moguću kaznu i platiti za ono što je radio. A razlog što sam ga htjela kazniti, što sam morala vidjeti da ispašta za ono što mi je učinio, je taj što ... nisam u stanju krenuti dalje sa životom. Još uvijek imam noćne more o njemu i drugima i ni s kim ne mogu imati normalan odnos. Nikom ne vjerujem. Uvijek živim u strahu i čekam kad će me neko povrijediti. Ne mogu vjerovati svojim susjedima, prijateljima, čak ni porodici. Nekoliko puta sam pokušala počiniti samoubistvo, jer više nisam mogla podnijeti noćne more i bol. Oduzeo mi je život i potrebno mi je da bude kažnjen za to. Trebam neku vrstu kraja, neku vrstu završetka tog poglavlja mog života kako bih mogla krenuti dalje."

"Hvala vam, svjedoče. To su sva pitanja od tužitelja, Vaša Visosti," rekla je gospođa Han i sjela.

"Unakrsno ispitivanje odbrane. Ko će početi?" Upitao je sudija.

Ustala je niska, okrugla žena s tamnom, kovrčavom kosom i umjetnim tenom na licu.

"Dobar dan, svjedoče."

Klimnula sam glavom. Govorila je srpski i nisam bila sigurna da li da odgovorim na srpskom ili na engleskom jeziku.

"Hvala vam, svjedoče." Nastavio je njen piskavi glas. "Prema informacijama koje ste dali tužilaštvu i istraživačima iz suda—ustvari ste dali dva izvještaja. Da li se sjećate jesu li bila dva, ili—"

"Da, sjećam se, dala sam samo jednu izjavu," prekinula sam je, na engleskom. Slušala je prevod kroz slušalice. Razlog što sam govorila engleski je bio taj što nisam htjela da se nešto što kažem "izgubi" u prevodu.

Nastavila je sa svojim pitanjima, trudeći se da zvuči kao da je sve što se dogodilo nekako bila moja krivica, kao da sam ja to tražila. Inicirala je na onu groznu poslovicu: "neće ćuko dok kuja ne digne rep."

Još uvijek nisam mogla vidjeti Džanijevo lice, cijelo vrijeme ga je krio u rukama. *Neće čak ni da me pogleda.* Srce mi je krvarilo na tu pomisao. Znala sam da će otići iste minute kad se moje svjedočenje završi, ali bez obzira na sve, morala sam biti jaka i učiniti sve što je bilo u mojoj moći da pošaljem Radovana, čudovište, natrag u pakao, gdje je i pripadao.

"Ko vam je pomogao da izađete iz Prijedora?" Upitala je advokatica.

"Moj prijatelj, Damir."

"Damir? Mislite, Radovanov sin?"

"Da."

"Nije li istina da ste vi i Damir imali ljubavne odnose prije rata?"

"Molim? Ne! Damir i ja smo uvijek bili dobri prijatelji. Bio mi je više kao brat nego išta drugo." Pitala sam se gdje je dobila tako glupu ideju.

"Nije li istina da, kad vam je otac odveden, otišli ste Radovanovoj kući i ponudli "svoje usluge" ako on pomogne vašem ocu da se vrati kući?"

"Šta? Šta to pokušavate reći? I ne, ja nikada nisam išla Radovanovoj kući, tačka. Damir je obično dolazio kod mene ako je želio razgovarati. On i njegov otac se nisu dobro slagali." Bila sam veoma uzrujana i osjetila sam kako mi je nadolazila glavobolja.

"Nije li istina da, kada ste otišli Radovanovoj kući, sugestivno ste stavili svoju ruku na njegovu stražnjicu i rekli da biste sve učinili ako pomogne vašem ocu da izađe iz zatvora, ali Radovan vas je izbacio iz kuće i zabranio svom sinu da se s vama viđa?"

"Šta? To je laž i vi to znate!" Vrisnula sam. "Prije svega, Damir je homoseksualac i Radovan ga je izbacio iz kuće kad je to saznao! Drugo, nikad nisam išla Radovanovoj kući. Čak i ne znam kako je iznutra izgledala. I treće, i ono što je najvažnije, moj otac nikada nije bio u zatvoru kao neki kriminalac." Izgovorila sam svaku riječ sporo i kroz zube. "Ljudi u maskirnim odijelima i sa oružjem, srpski vojnici, su došli u našu kuću i odveli ga. Bacili su ga u koncentracioni logor. Moj otac je bio pošten čovjek, učitelj, koji nikada ne bi ni mrava zgazio." Moj glas se slomio dok sam govorila o njemu. "Mučili su ga ljudi poput Radovana, bez ikakvog razloga, osim činjenice da je bio katolik, oženjen muslimankom."

"Zašto ne kažete kako vam je Radovan pomagao na početku rata? Zar vam nije donosio cigarete i hranu?" Navaljivala je ona.

Trljala sam sljepoočnice, jer je glavobolja postajala sve jača.

"Da, istina je da je mojim roditeljima donosio cigarete, ali ne i hranu." Shvatila sam da, bez obzira šta god da sam rekla, ona bi to nekako okrenula protiv mene, pokušavajući me prikazati kao lošu osobu. "Vidim da vam je ispričao o tome, a da li vam je isto tako rekao kako je otišao mojoj kući i silovao mi majku dok sam ja bila u koncentracionom logoru, također silovana i zlostavljana od strane njegovih prijatelja? I da li vam je ispričao o tome kako je moj otac ubijen? Ne, sigurna sam da nije. Moj otac je dao komad kruha devetogodišnjem dječaku i oni su ga zato ubili! Ubili su ga i negdje bacili kao da je bio kakvo smeće." Rekla sam. Glas mi se prelomio u jecaje.

"Ah ... molim vas, samo odgovorite na ono što pitam," rekla je. Izgledala je kao da je bila malo zbunjena. "Nije li istina da ste bili—da vam se on sviđao?"

"Ne!" Viknula sam i primijetila Džanija kako ustaje i juri iz sudnice.

"Hvala vam. Vaša Visosti, nemam dodatnih pitanja," rekla je sa samozadovoljnim kezom na licu.

"Preispitivanje od strane tužiteljstva?" Upitao je jedan od sudija.

"Ne, časni sude," rekla je tiho gospođa Han.

"Hvala vam puno, svjedoče, za davanje dokaza na sudu. Slobodni ste da idete," rekao je sudija, gledajući u mene. Ustala sam kao u bunilu i polako izašla iz sobe. Osjetila sam vrtoglavicu i mučninu u stomaku. Kad sam izašla iz sobe, razgledala sam po hodniku tražeći

Džanija, ali njega nije bilo. Saznanje da sam ga opet izgubila zbog Radovana mi je spaljivalo srce i pustila sam suze da slobodno padaju, dok sam polako išla prema toaletu, držeći se za zid kako ne bih pala.

Bilo mi je drago vidjeti da niko drugi nije bio tamo. Stavila sam ruke na umivaonik, spustila glavu i jecala.

"Selma, jeste li tu?" Upitala je gospođa Han prije nego što je ušla.

"Oh, Selma ... tako mi je žao. Voljela bih da vam mogu nekako pomoći."

"Hvala, ali vi ste već dovoljno pomogli," rekla sam, pokušavajući biti sarkastična, ali ona je to shvatila kao kompliment.

"Oh, nema na čemu," odgovorila je ona, odmahujući rukom. "Samo mi je drago što će ono đubre uskoro biti maknuto sa ulica da trune u zatvoru."

"Pa, koliko godina će provesti iza rešetaka?" Upitala sam.

"Oh, to se još ne zna. Suđenje još nije gotovo. Imamo još nekoliko svjedoka koji će doći i svjedočiti protiv njega." Nasmijala se je nježno. "Ali vi ne morate ostati do kraja suđenja. Možete ići kući i ja ću vas nazvati i reći vam kada sve bude gotovo."

Klimnula sam glavom i nastavila umivati lice. Osjećala sam neku veliki težinu na grudima zato što sam izgubila Džanija, ali znala sam da ću morati naučiti živjeti bez njega. Bit će teško, znajući da je bio tamo, blizu mene, a da ga nisam mogla vidjeti, niti dodirnuti. Znala sam da nikada nikog neću voljeti kao što sam voljela njega. On mi je bio srodna duša. Ali ja sam bila uništena i za mene više nije bilo nade. Znala sam da ako sam željela da on bude sretan, nisam ga smjela više gnjaviti. Možda će se pomiriti sa svojom bivšom zaručnicom, imati lijepu djecu i zaboraviti mene i glupi rat koji je promijenio i uništio tako mnogo života.

"Moram nazad," Rekla je San, šireći ruke da bi me zagrlila. "Hoćete li biti u redu? Znate li kako izaći odavde?"

"Oh, nekako ću se već snaći. Hvala Vam. Moram se vratiti u Bosnu zbog sahrane, a nakon toga se vraćam kući." Nasmiješila sam se ljubazno.

"U redu. Pa, bilo je lijepo opet vas vidjeti i budite sigurni da ću vas svakako nazvati da vam kažem kako je sve prošlo." Zagrlila me je i otišla.

Pogledala sam u ogledalo i u njemu sam vidjela bezizražajno, natečeno lice i užasno tužne oči kako bulje u mene. Stavila sam malo sjaja na usne i izvadila sunčane naočale iz torbe da bih ih stavila na oči čim sam izašla. Izgledala sam kao da sam opet bila silovana.

Stajala sam na uglu ulice i pitala se da li da uzmem taksi ili da idem pješke, kad sam začula kako me neko zove. Odmah sam prepoznala Džanijev glas.

"Sel, što si otišla bez mene?" Nasmiješio se je nesigurno. "Izašao sam vani samo na trenutak i nisam znao da si završila."

"Zašto? Zašto si išao vani?" Upitala sam.

"Uh," namrgodio se je, "zato što, da sam tamo ostao još samo minutu, skočio bih i golim rukama udavio onu ženu samo zato što je branila onu bagru od čovjeka, a onda bih, vjerojatno, i njega zadavio," rekao je Džani dok mu je lice postajalo sve crvenije. "Vjeruj mi, jedva sam se suzdržao da to ne uradim. To ne bi bio baš neki lijep prizor i ti me nakon toga, vjerovatno, ne bi baš puno voljela," nastavio je on, pokušavajući nasmijati me. A pošto ja nisam ništa odgovorila, nastavio je: "Osim toga, vjerovatno bih završio u zatvoru i ti bi me izgubila zbog nekog debelog, znojnog čovjeka po imenu Veliki Majk." Njegova smijalica je bila neodoljiva i polako sam krenula prema njemu, nadajući se da će me uzeti u zagrljaj.

"Ah, Džani," odmaknula sam se, mršteći nos kao da sam odjednom namirisala nešto vrlo loše. "Ne želim zvučati nekulturno, ali ... nisam znala da pušiš."

"Ne pušim." Nasmijao se je. "Kad sam istrčao vani, zatražio sam cigaretu od nekog momka koji je tamo stajao. Morao sam nekako smiriti živce."

Nasmiješila sam se u znak izvinjenja i omotavajući ruke oko njega, prošaptala sam tiho, "hvala ti što si tu."

"Nema na čemu," odgovorio je. Naslonio je lice na moju kosu i duboko udahnuo.

Odlučili smo šetati umjesto da uzmemo taksi. Bila je to duga šetnja, ali je ledeni zrak bio osvježavajući. Zastali smo da ručamo u jednom lijepom, malom bistrou. Znala sam da je Džani sigurno imao milion pitanja za mene, pa sam čekala, ali, na moje iznenađenje, ništa me nije pitao vezano za ono što je čuo na sudu. Govorio je o svojoj kompaniji i o ljudima koji su radili za njega, o njihovim porodicama, te je pronalazio smiješne priče da bi me nasmijao. Bila sam potpuno opuštena i smirena.

"Selma, da li bi ti smetalo ako s tobom odem u Bosnu?" Upitao je iznenada. "Imam tamo neke rodbine, pa bih mogao ostati kod njih. Stvarno bih—kad sam već tu— želio otići na sahranu iz poštovanja."

"Naravno! Bilo bi super da ideš s nama," odgovorila sam uzbuđeno. "Znaš li da sahrana nije samo za moje dida i nenu, ujne i dajdžu Aleta? Odlučili su napraviti jednu veliku shranu za sve ljude koje su pronašli u onim masovnim grobnicama i koje su uspjeli identifikovati."

"Stvarno? Bit će to jedna velika dženaza," rekao je on, podižući obrve. "Gdje su ih planirali sve pokopati?"

"Nisam sigurna kako se naziva to naselje. Mislim da je u blizini Hambarina, negdje na brdu."

Klimnuo je, otpio gutljaj svoje kafe i gledajući prema dole, rekao je, "Selma, neću te ništa pitati o ... znaš o onom što si rekla na sudu, osim, naravno, ako sama želis o tome razgovarati. Samo ..." zastao je i tad me pogledao, "zanima me šta si rekla Keniju ... znaš, o tome ko mu je otac."

"Nisam mu ništa puno rekla," počela sam, osjećajući olakšanje kad sam saznala da me nije planirao ništa pitati o logoru, "nije me nikad baš previše pitao o tome. Odrastao je misleći da su mama i tata bili zaljubljeni prije rata, a zatim je tata poginuo i mama je izgubila sve njegove slike u ratu. Htjela sam da misli da je napravljen iz ljubavi. Nikad mu ne želim reći istinu. Neću da se mora brinuti o tome da li je sve ono što se meni dogodilo nekako bila njegova krivica, ili da se pita da li ga volim, ili krivim za sve. A za ostatak svijeta ... ah, pustila sam ljude da misle i pretpostavljaju da sam bila malo vrckasta u svojim tinejdžerskim godinama. Pravo rečeno, nije mi upšte bilo važno šta će drugi misliti o meni. Sve što mi se desilo nije bila ni moja, a niti Kenijeva krivica i ja to znam. A drugi imaju pravo misliti šta god hoće. Ja im se nemam namjeru izvinjavati ni polagati im račune ni zbog čeg što nisam sama skrivila."

"A ime? Šta si rekla Keniju za očevo ime?" Upitao je. Lice mu je izgledalo ozbiljno.

"Stvarno ništa. Nikad do toga nije ni došlo. To je baš čudno. Nikad me to nije ni upitao," odgovorila sam, pitajući se zašto.

"Iskreno rečeno, ne bih ni znala šta da mu kažem ako me nekad o tome upita, a sigurna sam da će pitati kad bude malo stariji."

"Vjerovatno je mislio da ti je bilo previše bolno razgovarati o tome, pa te zato nije ništa puno pitao." Rekao je Džani i zastao, gledajući prema dole.

Vidjela sam da je o nečem duboko razmišljao, "šta je?" Upitala sam, "šta te muči?"

"Oh, ništa. Nije važno. Samo mi je na um pala jedna luda pomisao. Ma, zaboravi, nije ništa," rekao je, crveneći se.

"Koja pomisao?" Upitala sam znatiželjno. "Hajde, reci šta imaš na umu?"

"Pa, kako bi bilo da mu kažemo da sam ..." zastao je i uzdahnuo. "Možda smo mu mogli reći da sam mu ja otac. On već zna da smo se onda poznavali."

"Oh, Džani," bila sam duboko dirnuta njegovim prijedlogom. "Da li bi to stvarno učinio? Tek tako usvojio nečije dijete?"

"Pa, nije to baš samo nečije dijete, Selma. To je tvoje i—moglo je biti i—moje dijete," rekao je Džani tiho, spuštajući pogled. "Da nije bilo rata, bio bi moj i tvoj, siguran sam u to."

"Znaš," nasmijala sam se," kad sam tek bila saznala da sam trudna, mama je galamila na mene i govorila da je znala šta smo ja i ti radili."

Nasmiješio se je žalosno, stavljajući ruku na moj obraz. "Žao mi je, Selma. Tako mi je žao zbog svega što ti se dogodilo."

"Hej, vidi koliko je sati," rekla sam, mijenjajući temu da ne bi pokvarili raspoloženje. "Haj'mo. Keni će se brinuti gdje sam. A što se tiče toga da Keniju išta kažemo o tebi, pričekajmo malo. Moramo dobro razmisliti, pa ćemo se opet poslije vratiti na tu temu i porazgovarati. Za sad, nek' bude ovako kako jeste."

"Da, naravno. Razumijem." Nasmiješio se je stidljivo. "Uzmi koliko ti god treba vremena. Ja nikud ne idem." Osjetila sam da je u tim riječima bila skrivena poruka.

Srce mi je preskočilo kucanj i morala sam uhvatiti dah kad je uzeo moju ruku i nježno je poljubio.

Od tog trenutka, Džani i ja smo bili nerazdvojni. Išao je s nama nazad u Bosnu. Odstajao je kod svojih rođaka u Prijedoru, nedaleko od kuće maminog rođaka kod kojeg smo mi bili. Kad nismo bili zajedno, razgovarali smo telefonom ili preko interneta. Nikada me nije ništa pitao o kencentracionom logoru, iako sam bila odlučila da više ništa ne bih krila. Rekla bih mu istinu, bez obzira koliko me to boljelo. Pričala sam mu o svom boravku u Travniku i kako nas je onaj starac pronašao i dao nam pismo od mog oca. Jedne noći sam ga skenirala i poslala e-mailom, jer ga nisam sama mogla pročitati; jednostavno je bilo previše bolno. Govorila sam o baki Anđi i o mom boravku u Hrvatskoj, dok sam bila trudna i o tome kako sam bila planirala Kenija dati na usvajanje. Pričala sam o tome gdje sam išla u školu u Americi, te o svom poslu. Puno sam se hvalila svojom novom kućom koja je, do mog povratka, trebala biti spremna za useljenje.

On mi je pričao o svom boravku u Travniku, na hrvatskoj strani grada i o svom životu u Njemačkoj. Posvađao se je sa sestrom kad joj je rekao da se odlučio preseli u SAD. Pričao je o svom ocu i njegovoj smrti. Govorio je o bolu njegove majke i o vlastitoj agoniji zbog majčine boli. Nisam mu ništa kazala o onom što mi je njegova majka rekla zadnji put kad sam je vidjela i nisam mu to planirala ni reći. Znala sam da će i ona biti na sahrani i da nije bilo načina izbjeći je, ali sam odlučila Džaniju ništa ne govoriti o tome iz straha da mu ne bih nanijela neku bol. Odlučila sam biti dobra djevojčica i pristojno nabaciti lažni osmijeh kad je budem vidjela.

Dok smo čekali sahranu, Džani i ja smo koristili svaku priliku da idemo u razgledanje okoline. Prvo smo išli na Mrakovicu na planini Kozara. To nam je bilo naj bliže. Kozara se nalazi odmah iznad Kozarca. Kad smo se tog jutra vozili kroz Kozarac, bila sam ugodno iznenađena vidjevši kako se tamo izgrađuju nove kuće. Nova džamija je bila ne dovršena, ali je stajala ponosna, još veća i ljepša od prijašnje. Ljudi su otvarali vlastite trgovine i restorane, polako se vraćajući nazad iz mjesta u kojima su bili ovih proteklih dugih godina. Kozara je prije rata bila poznata turistička atrakcija. Bila je puna prirodnih ljepota: skijaških staza i šuma, lijepih spomenika, kao i istorije. Sada, usred svega toga, stajao je visoki, drveni pravoslavni krst kao podsjetnik na ono što su tamo učinili muslimanima i katolcima, da bi nas podsjetili na to kako bi to mogli opet učiniti. Zadrhtala sam na tu pomisao i izgubila svu želju da budem tamo. Džani je bio zainteresovan za sve što je tu bilo ostalo iza prvog i drugog svjetskog rata— kao na primjer, stari, zahrđali tenkovi i topovi. Bila sam toliko iznenađena kad sam vidjela da su svi natpisi bili napisani na ćirilici. Također, u malom muzeju koji se tu nalazio, sve informacije u vezi ovog rata su bile ne tačne. Govorile su o tome kako su muslimani napadali srbe i držali ih u logorima. Po zidovima su visile slike nekih hodža koji su—po srpskoj propagandi—bili izdajnici zemlje i koji su vršili teror nad srbima. I to je, također, bilo napisano ćirilicom, samo je prevod na engleski, ili neki drugi strani jezik, bio napisan latinicom. Povraćalo mi se na sve što sam tamo vidjela i nisam mogla dočekati da odem. Nismo čak tamo ni ručali; odvezli smo se što smo brže mogli, zaustavljajući se u jednom malom restoranu u Kozarcu na ručak.

Poslije smo išli u Bihać i Sanski Most, koji su se obnavljali kako su se ljudi polako vraćali. Sanski Most je bio pun prodavnica nakita. Džani mi je u jednoj od njih, kupio novu zlatnu ogrlicu u zamjenu za svoj stari lančić koji je sada htio nazad. Bila sam oduševljena što ga je još uvijek želio.

Keni mi je jednog dana prišao i kao iz vedra neba me upitao šta se to događalo između mene i njegovog nastavnika. Primijetio je da smo zajedno provodili mnogo vremena i bio je zabrinut zbog toga.

"Keni, sjećaš li se kad si prvi put sreo Džanija kad ti je on rekao da je kad je živio u Bosni, poznavao jednu djevojku po imenu Selma?" Upitala sam i čekala da klimne. "Pa, djevojka koju je on poznavao sam bila ja. Godinama smo bili najbolji prijatelji, ali smo izgubili kontakt kad sam ja napustila Bosnu. Zar to do sad nisi shvatio?"

"Oh," rekao je on i okrenuo se da ide.

"Keni, čekaj! Znam da puno vremena provodimo zajedno i to te malo brine. Nisi navikao da te ovako dugo ne uključim u nešto što se dešava u mom životu."

Klimnuo je glavom, ne gledajući me.

Stavila sam ruku ispod njegove brade da bih mu podigla glavu, kako bi me pogledao. "Keni, Džani i ja smo samo sretni što smo pronašli jedno drugo nakon svih ovih godina i pokušavamo nadoknaditi izgubljeno vrijeme, ali," zasuzile su mi oči, "on nije tu da bi zamijenio tebe ili nenu na bilo koji način. I, obećavam ti da ću te pokušati uključiti u sve što od sad budemo radili, tako da se ne osjećaš izostavljenim i, također, željela bih da i ti malo bolje upoznaš Džanija. Sigurna sam da će ti se mnogo svidjeti ako mu daš priliku da ti pokaže kakav je stvarno."

"Okej, mogu li sad ići?"

"Da, možeš ići," rekla sam, odlučivši se vratiti na tu temu kad bude malo bolje raspoložen.

POGLAVLJE 25

Dan sahrane je konačno stigao. Džani je došao po majku, Kenija i mene kako bismo se do tamo svi mogli zajedno voziti. Problem je bio u tome što autom nismo mogli prići ni blizu tog mjesta. More automobila je stajalo u koloni, pokušavajući doći do mezara. Osjetila sam takvo strahopoštovanje kad sam vidjela koliko se ljudi pojavilo na tu sahranu. Izgledalo je to kao okean ljudi koji su došli da odaju počast onima koji su pomrli tako strašnom i neprirodnom smrću te strašne 1992. godine.

Parkirali smo auto i odlučili dalje pješice. Bilo je jako vruće, ali saznanje da su ovoliki ljudi odlučili doći na dženazu nam je dalo snagu da idemo dalje. Neki su nosili kišobrane da bi se zaštitili od sunca, drugi su nosili velike šešire i kačkete. Ljudi iz cijelog svijeta su se pojavili; bosanci koji su bili, baš kao i ja, prisiljeni napustiti svoje domove. Bio je tu još jedan razlog zbog kojeg sam bila sretna što je toliko ljudi došlo. Ako je neko bio u potrazi za nekim drugim, činilo se nemoguće pronaći ga. Bilo je to kao traženje igle u plastu sijena, a mi smo sada tražili Džanijevu mamu.

Nije bilo lijepo od mene što sam tako razmišljala, ali ja je, jednostavno, nisam željela opet vidjeti. Način na koji je sa mnom razgovarala mi je—za cijeli život—ostavio ožiljak na srcu i bila sam zabrinuta zbog toga što nisam mogla pogoditi šta će ona reći kad me vidi kako opet držim ruku njenog sina. I šta da ja njoj kažem kad je vidim? Kako da joj se obratim?

Moje nade da je nećemo moći pronaći u gužvi su potonule kad je Džani iz džepa izvadio telefon i nazvao je. Ona mu je dala upute kako da dođe do mjesta gdje se nalazila i mi smo se brzo gurali kroz gužvu da dođemo do nje.

"Zdravo dušo," rekla je Džaniju, grleći ga. Ja sam samo šašavo stajala s namještenim, lažnim osmijehom na licu. Osmijeh joj je izblijedio kad sam joj pružila ruku i rekla: "Merhaba, gospođo Mazur. Drago mi je opet vas vidjeti." Uzela je moju ruku, ali je brzo oborila pogled. Njen stisak ruke je bio labav i kratkotrajan. Pogledala je ravno kroz mene i otišla do moje majke.

"Merhaba, Sabina," počela je ona, pružajući ruku prema mami. "Nisam znala da imate još jedno dijete."

"To nije moje dijete; on mi je unuk," odgovorila je majka hladno, ne prihvatajući njenu ruku. Vidjela sam kako iz lica Džanijeve majke nestaje boja i bilo mi je jasno da je brojala godine unazad kako bi mogla uvidjeti da li je ovaj mladi dječak, također, bio i njen unuk. "Slušajte," nastavila je majka, "pošto sam ovdje došla da bih sahranila svoje roditelje, neću s vama započinjati svađu. Ali hoću da vam kažem samo jedno: nisam vam oprostila za način na koji ste tretirali moju Selmu. Sve ove godine je zbog vas krivila sebe za Džanijevu smrt i to ju je gotovo koštalo života." Majka je zastala i duboko udahnula. "Razumijem da ste tad patili i da vam je bio potreban neko na kome ćete moći iskaliti svoju bol i huju, ali pronašli ste slabo, jadno, mlado dijete da to na njoj uradite, a ja sam samo stajala i posmatrala. Nisam vam onda ništa htjela reći, jer sam suosjećala s vama zbog vašeg gubitka, ali ono što ste joj rekli je imalo ogroman utjecaj na moju kćer, koja je voljela vašeg sina isto koliko i vi."

Džani me je pogledao sa zbunjenim izrazom na licu. Gledala sam u svoje cipele. Nisam htjela da se ovo desi i htjela sam se ubiti što nisam prije dolaska ovamo rekla majci da joj ništa ne govori. Ali morala sam priznati da me je majčina odlučnost da konačno stane u moju odbranu, duboko dirnula u srce.

"Mama, o čemu to ona govori?" Upitao je Džani, zureći u svoju mamu. "Šta si uradila?"

Suze su se počele slijevati niz lice gospođe Mazur. Pogledala je u Džanija, a zatim u mene. "Žao mi je, Selma. Znam da nisam bila u pravu i shvatila sam to istog trenutka kad sam izgovorila one grozne riječi, ali srce mi je bilo slomljeno i nisam mogla racionalno razmišljati i uraditi pravu stvar." Šmrcnula je i pogledala u moju majku. "Toliko mnogo puta sam htjela nazvati i ispričati se, ali sam bila kukavica. Nisam se mogla suočiti ni s jednom od vas. Znala sam da ste i vi prolazile kroz vlastitu bol i osjećala sam se krivom što sam vam nanijela jos više patnje. Selma, možeš li mi ikada oprostiti?"

Nisam mogla ništa reći. Duboka tuga je bila očita na njenom mršavom, bezbojnom licu i bilo mi je žao. Samo sam se približila i zagrlila je. Nasmiješila se je kad sam se odmakla i procvililа je tiho "hvala".

Pogled na Džanijevom licu mi je rekao da je želio objašnjenje i zadržala sam oči na njegovima, kao da sam mu govorila da će mu kasnije sve biti objašnjeno. Način na koji smo gledali jedno u drugo me je podsjetio na tetku Minku i tetka Mehmeda i na način na koji su oni međusobno komunicirali bez riječi, koristeći samo oči. Niko drugi nije bio pozvan u njihove tajne razgovore. Osjećala sam se tako dobro shvativši da je Džani bio taj s kim sam dijelila ove tajne razgovore.

Glasno "Bismillahir-Rahmanir-Rahim" je prekinulo našu nelagodnu tišinu. Imam je držao mikrofon. Prvo je počeo s molitvom, a zatim je nastavio: "Hvala svima što ste došli. Nisam se ni usudio sanjati da ćete doći u ovako velikom broju. Pokoran sam i zahvalan svima vama što ste izdvojili vrijeme, ostavljajući svoje obaveze i što ste doputovali sa svih strana svijeta samo da biste bili ovdje i izjavili svoje saučešće. I kažem vam, predivan je osjećaj znati da ovi ljudi nisu zaboravljeni."

Imam je nastavio svoj govor, dok smo mi prilazili bliže. Ceremonija je bila duga i depresivna. Gdje sam god pogledala, ljudi su brisali suze. Neke žene su glasno zaplakale kad su čule imena svojih najmilijih koji su bili sahranjivani. Čak i moj, uvijek pričljivi, sin je bio tih i tužan. Cijelo vrijeme me je držao za ruku. Nekoliko puta sam primijetila Džanijevu majku kako gleda u njegovom pravcu, vjerojatno pokušavajući pronaći sličnosti između Džanija i njega. Da li se je nadala da je Keni bio Džanijev, ili je mrzila i samu pomisao na to? Smiješno je bilo to kako su onda svi mislili da smo Džani i ja zajedno spavali, jer smo bili tako nerazdvojni, ali mi smo se uvijek pridržavali pravila. Bili smo staromodni u našim razmišljanjima i znala sam da sve i da nije bilo rata i da smo bili ostali zajedno, ne bi vodili ljubav sve dok se ne bi vjenčali. Pitala sam se, ako bismo sad pokušali, da li bih plakala kao onda kad sam pokušala voditi ljubav s Ianom? Da li bih zamišljala lica onih strašnih muškaraca i osjećala bol koju sam osjećala kad su me oni dirali? Hoću li ikada to saznati?

Poslije dženaze, Džani i njegova majka su nas pozvali na večeru, ali smo odbili pozivnicu. Nismo htjeli oduzimati Džaniju vrijeme koje bi trebao provesti sa svojom majkom. Za dva dana je s nama letio nazad u Ameriku, pa sam mu htjela dati priliku da nasamo provede vrijeme sa svojom familijom.

Sljedećeg jutra, majka mi je rekla da je odlučila ostati još nekoliko mjeseci. Već se sastala s odvjetnikom vezano za izbacivanje onih uljeza iz našeg stana, tako da bi ga mogla prodati. Također se sastala i sa izvođačem radova vezano za izgradnju nove kuće i restorana na zemljištu njenih roditelja. Trebali su početi raditi na izgradnji u roku od nekoliko sedmica i ona je htjela biti tamo i uvjeriti se da će raditi onako kako im ona kaže. Vratila bi se u Ameriku na zimu i ponovo bi se sljedećeg ljeta vratila u Bosnu. Nisam je pokušala spriječiti u tome. Znala sam da je bila tužna u Čikagu, čiščeći urede i sanjajući o boljem životu. Sad je imala priliku da zapravo pokuša živjeti svoj san. Neće joj to biti isto bez čovjeka s kojim ga je željela živjeti, ali morala je to učiniti. Obećala sam joj pomoći finansijski koliko god sam mogla i ako je ne bih mogla posjetiti nekog ljeta, sigurno bih poslala Kenija da je posjeti.

I Keni je imao vlastite planove. Htio se vratiti u Pulu idućeg ljeta i provesti malo vremena kod bake Anđe. Štedio bi džeparac za novi skuter, a ja sam mu obećala kupiti mali ribarski čamac samo ako i dalje bude imao sve petice u školi. Bio je oduševljen s tim i obećao je da će biti najbolji učenik. Znala sam da će se njegovi planovi mijenjati iz mjeseca u mjesec, jer je još bio tako mlad, ali sam uživala gledajući ga sretnog i uzbuđenog zbog nečeg što je sam smislio, a ja mu nisam stajala na putu, nego sam podržavala njegove snove i ideje.

Što se tiče mene i mojih planova, bila sam presretna što sam se vraćala u Ameriku da bih mogla posjetiti i vidjeti svoju novu kuću koju sam sama dizajnirala. Već sam unaprijed kupila sav namještaj, koji je trebao biti uručen odmah nakon mog povratka iz Bosne. Bila sam presretna što mi se Džani vratio u život i plašila sam se poželjeti išta drugo iz straha da ne bih urekla svoju dobru sreću. Svakog dana sam se zahvaljivala Bogu što je Džaniju poklonio život i što je pronašao način da nas opet spoji.

Keni je sjedio između Džanija i mene u avionu. Zagrijavao se za Džanija i mislila sam da je bio sretan što je opet imao muški uzor u svom životu.

"Mama, možeš li?" Kenijev zlovoljni glas me preplašio.

"Mogu li šta?"

"Pomaknuti se na nenino sjedište," odbrusio je razdraženo. Mora da mi je već jednom rekao da se pomaknem, a ja ga nisam čula. "Pokušavamo igrati karte."

"Oh, izvini Keni, igrala sam se s radiom," lagala sam prelazeći na majčino prazno sjedište. Keni je sjeo na moje i onda su raširili karte na Kenijevom starom sjedištu.

"Džani me uči da igram ... ah ... kako se zove ta igra?" Pogledao je zbunjeno u Džanija.

"Tać," rekao je Džani i počeo objašnjavati: "Evo, uzmi ovu polovicu i izbroj. Svaki od nas mora imati dvadeset-šest karti. Sada, obojica okrećemo jednu po jednu kartu. Pustit ću te da ideš prvi. Kada neko dobije keca, njega stavljamo u sredinu. Zatim ..." Slušala sam Džanijev melodični glas kako šapuće pravila igre koju smo mi nekad zajedno igrali i po prvi put u jako dugo vremena, osjetila sam se cijelom. Kao da je Bog od samog početka htio da sve bude baš ovako. Da nije bilo rata, Džani i ja bi zajedno otišli u školu u Zagreb. Na kraju bi se vjenčali i imali bi dijete—Kenija.

"Sel, odlučio sam napustiti posao u školi," Rekao je Džani nakon nekog vremena.

"O? Kako to? Mislila sam da voliš taj posao."

"Pa, volim ga, ali mislim da neću imati vremena za njega kad preselim svoju firmu u Čikago. Trebat će mi puno vremena da je ponovo vratim u život," rekao je on, "i bit ću potpuno okupiram s tim. Osim toga, ne želim da Kenijevi prijatelji misle da sam nepošten zato što imam omiljenog igrača na svom timu." Nasmijao se je i pogledao u Kenija.

"Hej, ne smeta mi što si tamo," rekao je Keni, očito iznenađen Džanijevim gestom. "Samo nemoj reći mami kad nešto uradim što ona ne bi odobrila." Pogledao je nevino u mene, "Nije da ikada radim tako nešto, ali za svaki slučaj."

"Ah, znači to je ono čega si se bojao," rekla sam, "da bi te Džani izdao! Hmm ... Pa, dragi moj mladiću, to sad sve mijenja," zadirkivala sam. "Mislim da ću morati unajmiti Džanija da ostane i drži oko na tebi."

"Žao mi je, Sel, ali ja sam na Kenijevoj strani," rekao je Džani, namigujući Keniju, koji je bio sretan što je bio u centru pažnje i što je imao Džanija na svojoj strani.

Nije mi, uopšte, smetao dug let, jer smo bili skupa. Razgovarali smo i smijali se, što je dalo Keniju i Džaniju priliku da se malo bolje upoznaju.

Nakon što smo se spustili na aerodrom u Čikagu, uzeli smo taksi do kuće. Džani nas je ostavio ispred majčine kuće i odvezao se u istom taksiju s obećanjem da će se sutradan vratiti i pomoći mi oko selidbe. Nisam mogla dočekati da počnem preseljavati. Džani je održao svoje obećanje i vratio se rano sljedećeg dana. Sav moj namještaj je, također, bio isporučen taj isti dan i izgledao je čak i bolje nego što sam se sjećala.

POGLAVLJE 26

Džani i ja smo se viđali skoro svakoga dana. Bila mu je daleka vožnja sad kad sam se preselila u Eldžin, ali budući da je moj ured još uvijek bio u gradu, ponekad bih otišla kod njega na ručak ili piće. Nikad nismo razgovarali o seksu i nikad nismo bili došli ni blizu toga. Mislim da je čekao da ja napravim prvi korak, a ja nisam žurila. Nije da nisam htjela, nego sam se bojala da ako bi pokušali, sva ona sjećanja bi se vratila da me ponovo proganjaju. Noćne more su mi konačno nestale nakon suđenja i potajno sam se brinula da bi se vratile ako bih imala spolne odnose.

Majka se vratila u Čikago sedmicu dana prije praznika i ja sam pravila veliku večeru u znak njene dobrodošlice. Bila sam sretna što mi je sva porodica ponovo bila na okupu: mama, tetka Marija i njen, sada muž, Avdo, Keni, Džani i moja usvojena porodica, Mark i Rob.

Kuća mi je mirisala na ukusnu hranu koju sam kuhala cijeli dan. Napravila sam sve: puretinu i fil, pire krompir, sos, supu i salatu, jelo od mahuna, umak od brusnice, slatki krompir. Čak sam ispekla pite od tikve i jabuka. Bila sam sretnija nego ikada prije u svom životu i željela sam ukazati zahvalnost i razumijevanje svima onima koje sam bezuslovno voljela.

Večera je bila odlična. Svi su se dobro zabavljali. Ostali su do iza jedanaest sati uveče. Pošto Keni nije morao u školu sljedećeg dana, majka ga je povela sa sobom da ne bi morao ostati sam kad ja sutradan odem na posao.

Kad su svi otišli, Džani i ja smo malo sve pospremili i kako je sat otkucao jedan, on je uzeo svoj kaput, spremajući se da ode, ali ja sam bila previše sretna da bih pustila da se ova prelijepa noć već završi.

"Džani, zašto ovdje ne prespavaš?" Upitala sam tiho. "Kasno je, a i popio si malo vina, ne želim da voziš."

"Znaš da sam popio samo pola čaše vina. To nije ništa,"

odgovorio je i produžio prema vratima.

"Ah ... molim te nemoj ići." Uzela sam njegovu ruku u svoju, gledajući ga sneno u oči. "Želim da ostaneš." Znala sam da je moje zavođenje bilo malo zahrđalo, ali trepavice su mi zatitrale dok sam pokušavala sakriti svoju sramežljivost.

Bez riječi, skinuo je kaput, bacio ga na pod i zgrabio me u naručje, spuštajući svoje usne na moje.

PIŠČEVA PORUKA

Jedinica sam u roditelja, rođena 26-og avgusta 1976-te godine u Prijedoru, u Bosni i Hercegovini. Voljela sam svoj dom, familiju i prijatelje. Baš kao i svi drugi, uvijek sam zamišljala kakva će mi budućnost biti kad budem odrasla, ali ono što se desilo kad mi je bilo petnaest godina mi nikada nije bilo u životnim planovima i to mi je potpuno promijenilo tok života.

Iako je preživjeti rat bilo najgore iskustvo od svih, ipak sam iz tog doživljaja naučila jednu lekciju, da nikada ne planiram previše duboko u budućnost, jer nam sutra nije obećano.

U Ameriku sam preselila 10-og avgusta 1993-će godine – 16 dana prije mog sedamnaestog rođendana uz pomoć svoje dvije tetke, Nefire i Hide. Kad sam sletjela u ovu lijepu zemlju, nisam znala govoriti niti riječ engleskog jezika. Od svojih sedamnaest godina života, morala sam ponovo naučiti sve ono što sam mislila da sam već znala. Ne samo da sam morala naučiti novi jezik, nego i nove običaje i pravila, sve to dok sam se borila sa nekim osobnim demonima koji su ostali u meni od rata. Međutim, nije mi dugo trebalo da se naviknem na američki narod i da Čikago prozovem svojim domom. Bila sam zadivljena s tim kako prijateljski i velikog srca Amerikanci su bili i njihova dobrodušnost i volja za pomoć mi je olakšala učenje.

U dvadeset-drugoj godini života, upoznala sam ljubav svog života, mog muža, Todd-a. Todd (Tâd) je bio sve što sam željela u voljenom čovjeku. Uvijek se činio tako samopouzdano, kao da je posjedovao cijeli svijet. Njegov karakter je mnogo sličan mom i puno mi se sviđa to što možemo jedno drugo nasmijati s takvom lakoćom da se uopšte ne moramo ni truditi. Todd je četvrta generacija Jurića koja je rođena u Čikagu. Kad sam prije nekoliko godina imala priliku upoznati njegovu pra-tetku, ona mi je ispričala o tome kako je Todd-ov pradjed—od svojih trinaest godina života—1912-te godine preselio u Ameriku.

Dvije godine nakon našeg vjenčanja, dobili smo prvog sina, Denija, a pet godina kasnije i drugog, Devina. Život mi je postao tako pun i užurban. Imala sam posao, dvoje djece, muža i naše familije, ali iako se činilo da sam tad imala sve, uvijek sam se osjećala kao da je nešto nedostajalo. Moj život se nije činio potpunim, kao da sam čekala da se još nešto desi. Znam sad da je to bila ne ispričana priča koja mi se uvijek vrzmala po pozadini uma pokušavajući se osloboditi i isplivati na površinu.

To što mi je život bio tako užurban mi je pomoglo zaboraviti neke stvari koje su bile ukopane negdje u dubini mene—neke strašne stvari koje su moje oči vidjele u Bosni 1992-ge godine. Ali čak ni žurba života nije mogla zamijeniti bol nedostatka onih koji nisu bili iste sreće kao ja; onih čija lica još uvijek tako jasno vidim. Ova nevjerovatna priča je tako dugo ključala u meni da je napokon morala izaći i biti ispričana.

Sjeti me se je knjiga koja je napisana za sve one koji su pobijeni u Bosni iz ni jednog drugog razloga nego samo zato što *nisu* bili Srbi.

Iako su svi likovi u ovoj knjizi izmišljeni, svi su bili inspirisani nekim koga sam znala i voljela, a ko je 1992-ge godine ubijen u Prijedoru. Sama priča je inspirisana mojim vlastitim iskustvima.

Jednostavno sam morala vratiti neke ljude nazad u život, tako da sam o njima napisala knjigu da u njoj vječno žive i da se njihova imena nikad ne zaborave. Ispričat ću vam malo o nekoliko njih i o tome šta su mi bili i koliko su mi značili:

Ešef Ejupović je bio stric (amidža) moje mame iz Hambarina kod Prijedora. Tog dana, 1992-ge godine, posjećivao je svoju kćerku u Bišćanima, udaljenosti samo nekoliko minuta od kuće u Hambarinama, kad se srpska vojska pojavila da uradi etničko čišćenje. Natjerali su Ešefa, njegovog zeta, zetovog oca i mnoge druge komšije muškog spola da izađu vani gdje su ih streljali na smrt. Žene i djeca su natjerani da ostanu unutra.
Kad su Ešefa streljali, on je još uvijek bio živ. Cijelu noć, žene i djeca

su slušali njegove jecaje i molbe za pomoć. Srpski vojnici su mu se smijali i verbalno se nad njim iživljavali.
Sljedećeg dana, žene i djeca su odveženi u koncentracioni logor, a tijela mrtvih su prevežena negdje drugo. Za Ešefa se više nikad nije čulo.

NOVE INFORMACIJE:

U oktobru 2013, jedna od najvećih masovnih grobnica od bosanskog rata je pronađena u Tomašici kod Prijedora i prema svjedocima sadrži više od **1,000** bošnjačkih žrtava ubijenih od strane srpske vojske.

Međunarodni krivični sud za bivšu Jugoslaviju je skupio dokaze pronađene u tom mjestu da ih iskoriste na sudu. Do sad, samo je 16 bosanskih srba osuđeno na sumu od 230 godina za ratni kriminal počinjen u Prijedoru.

25-og novembra 2013, Theodor Meron, predsjednik ICTY, je posjetio to mjesto i izjavio da se našao "licem u lice sa hororom".

Ešefovo tijelo još nije nađeno, ali mrtvo tijelo njegovog zeta je pronađeno u Tomašici i identifikovano. Njegova vjenčana burma na kojoj je bilo ugravirano ime njegove supruge, Sabine, mu je još uvijek bila na prstu. DNK uzorak je kasnije potvrdio da to stvarno jeste on. Njegovog oca su također pronašli u Tomašici.

Ziska Ejupović mi je bila od mame strina iz Hambarina. Kad su joj se četnici pojavili na pragu, tražili su novac i nakit. Nakon što im je dala sve što je imala, ubili su je. Iza nje je ostao muž i troje djece.

Velid Ališković mi je bio rođak u svojim ranim dvadesetim godinama života. Nisam baš sigurna kako je umro; samo znam da su ga Srbi odveli od kuće i da se više nikada nije vratio. Majka mu je umrla brzo nakon toga, a njegov otac, brat, sestre, nećake i nećakovi uvijek pričaju o njemu. Njegovo mrtvo tijelo je također, pronađeno u masovnoj grobnici Tomašica 2013-te godine.

Mirzet Arnautović je živio u Puharskoj kod Prijedora. Bio je u svojim ranim dvadesetim godinama života i oženjen sa mojom tečišnjom Lelom. Njihov dječak je bio samo novorođenče kad su im se četnici pojavili na vratima i ubili Mirzeta, njegovg oca i mnoge komšije. Lela i njihov dječak su onda prevezeni u koncentracioni logor. Lela je inspirisala lik Helene.

Agan Kadirić mi je bio tetak u svojoj 23-oj godini života. Imao je najveće srce od ikog koga sam ikad upoznala. Oženio je ljubav svog života i nakon kratkog vremena, dobili su i sina. Dječaku je bilo samo nekoliko mjeseci kad ga je njegov otac držao po zadnji put. Srpska vojska im se pojavila na vratima, zahtijevajući da *Agan*, *njegov otac* i njegov brat, *Dado* (koji je također bio u ranim dvadesetim godinama života) izađu vani. Kad su izašli, streljani su na smrt. Iza Agana je ostala majka (koja je tog dana izgubila dva sina i muža), supruga i sin. Njihova mrtva tijela su pronađena u Tomašici 2013-te godine i sahranjena 2014-te.

Samir Kadirić je bio Aganov rođak, također, u svojim ranim dvadesetim godinama života. Svi smo ga iz milja zvali Peka, što on uopšte nije bio. Bio je dobar, društven i uvijek tih. Imao je naj zelenije oči koje sam ikad vidjela. Peka nije imao šansu iskusiti brak, niti radost koju donose djeca. Ubijen je na isti način i na isti dan kao Agan. Njegovo mrtvo tijelo je, također, pronađeno u masovnoj grobnici, Tomašica.

Admir Kadirić je bio Aganov rođak i moj dragi prijatelj. U to vrijeme, pohađao je fakultet u Sarajevu, ali zbog loše situacije u zemlji, odlučio se vratiti kući da bi bio sa svojim voljenima. Nije mogao znati da ono što ga je čekalo kod kuće je bilo ili koncentracioni logor, ili smrt. Četnici su ga ubili na isti način i na isti dan kao Agana i Peku.

Iako nisam sviju spomenula (dajdžu moje mame i njegove sinove, tečišnju moje mame, Sadu, itd.) moram stati ovdje. Nek' im je svima vječni rahmet.

U knjizi sam spomenula vojnika iz Travnika pod imenom Adnan. Njegovo pravo ime je bilo Almir (ne znam mu prezime). Ako bude imao priliku da pročita ovu knjigu, htjela bih da zna da je u mom životu ostavio veliki utjecaj sa dobrotom koju je meni pokazao. Upoznali smo se te noći kad sam ja stigla u Travnik – 21-og Avgusta, 1992. Bio je jedan od vojnika koji je došao da nam ponudi pomoć. Moj rođak je pred njim, slučajno, spomenuo da je za nekoliko dana (dvadeset-šestog avgusta) bio moj šesnaesti rođendan. Čudo se desilo, da je taj isti dan, bio dan kad sam ja zauvijek napuštala svoju zemlju, iako to—u to vrijeme—nisam znala.

Tog jutra dok sam čekala autobus od Travnika do Splita, pojavio se Almir. Činio se bez daha, jer je trčao.

"Evo ti," reče on zadihano, "evo ti poklon za rođendan."

Pogledala sam u njegovu ruku i vidjela mali poklon zamotan u papir od novina. Polako sam ga odmotala. Bila je to mala čokolada.

Suze su mi potekle dok sam se borila sa knedlom u grlu da progovorim i zahvalim mu se. Nije htio da moj rođendan prođe bez barem jednog poklona.

Taj mali čin dobrote je imao ogroman utjecaj na mene. Almir se mene vjerovatno i ne sjeća, ali nek' zna da na ovom svijetu ima barem jedna osoba koja se dnevno moli za njega. Od srca mu hvala.

Tu čokoladu nisam pojela. Cijelo vrijeme koje sam provela u Puli kao izbjeglica, čuvala sam taj mali poklon kao oči u glavi da me podsjeća da na ovom svijetu ipak ima i dobrih ljudi.

Jednog julijskog dana 2009-te godine, ova priča je počela prelaziti iz moje glave u kompjuter. Taj specifični dan je počeo kao i svi drugi. Imala sam svoju rutinu—ustala bih rano i spremila se za posao. Stavila bih sinove u auto i odvezla ih mami. Ona bi onda vodila mog starijeg sina u školu i brinula se o mlađem dok ja ne bih došla po njih. Nakon što sam svoje dječake ostavila s njom taj dan i počela voziti prema poslu, nisam mogla otresti nešto što mi je majka rekla. Nije to stvarno bilo ništa posebno, samo njena uobičajena—i u njenim očima "mala"—kritika onog u šta su moja djeca bila obučena tog dana. Ta mala primjedba je otrgnula nešto što se u meni razvijalo sedamnaest godina i prije nego sam i shvatila šta se događalo, lik Sabine, Selmine majke je tad bio rođen. Taj mali, "nedužni" komentar je u mojoj glavi izrastao u mrežu radnji.

Iako sam na poslu imala million stvari za obaviti, taj dan sam se krila u uredu i energično tipkala radnju za *Sjeti me se*. Nevoljno sam ipak nekoliko puta odgovorila na telefon i završila posao za taj dan, ali sam jedva čekala da stignem kući i stavim djecu u krevet tako da bih mogla sjesti za kompjuter i pisati—nešto što sam obično radila kad mi je trebala oduška. Ovaj put, međutim, osjećaj je bio drugačiji. Imala sam priču za ispričati. Tokom dana sam izmišljala radnju, a pisala bih je kasno u noć kad bi u kući bio mir i tišina.

Trebalo mi je oko šest mjeseci da je završim, nekoliko mjeseci da dobijem ugovor od izdavača, a onda cijela godina da se završi produkcija. Ali je definitivno bila vrijedna čekanja. Moj najveći cilj u životu je napokon ispunjen i sad mogu disati zrak slobode sa čistom savjesti—*Ja nisam zaboravila.*

Znam da sve dok moja knjiga postoji—a knjige postoje zauvijek—ono što se desilo u Prijedoru neće biti zaboravljeno i meni, ta činjenica, je najveće dostignuće, najveći uspjeh mog života.

Hvala vam na čitanju ove knjige. Molim vas ne zaboravite ostaviti ocjenu i recenziju na Amazonu.

Nastavite čitati primjerak iz

Proganjanja iz prošlosti

Mnogo očekivani nastavak od Sjeti me se

PRVO POGLAVLJE

Džani i ja smo se vjenčali te prelijepe zime 2005-te godine. Nije to bila baš neka velika i otmjena svadba, ali bila je naša. Zauvijek sam se vezala za Džanija, u dobru i u zlu, u bogatstvu ili siromaštvu, dok nas smrt ne rastavi, i to je bilo više nego što sam ikada mogla i poželjeti. Vjenčali smo se u gradskoj vijećnici u Čikagu, okruženi familijom i prijateljima. Moja mama je bila došla u posjetu i ostala preko zime, ostavljajući radove svoje kuće/restorana u sposobnim rukama onih kojima je vjerovala. Džanijeva majka je prešla preko straha od aviona, pa je ostala kod nas više od mjesec dana. Istinski je bila sretna što je njen sin sada imao vlastitu porodicu. Džanijeva kompanija je procvjetala nakon što je dobio građevinsku dozvolu u Ilinoisu, a moj sin Keni nije mogao biti sretniji nego što je bio što je napokon imao oca. Džani ga je legalno usvojio, dajući Keniju svoje prezime. I konačno—i što je bilo najvažnije—ja sam postala gospođa Džani Mazur. Stvarno sam vjerovala da sam tad postala naj sretnija osoba na svijetu.

Međutim, život—sa svim svojim misterijama, preprekama na putu i beskrajnim lekcijama—nije bio završio pišući moju, tako zvanu, životnu priču. Nisam imala pojma da ću uskoro preživjeti još jedan od ohih teških iskušenja koje život voli iznenada da baci prema nama tako da bi mogli naučiti kakvu god lekciju treba da naučimo da bi bili oblikovani u bolja ljudska bića.

Nekoliko mjeseci nakon što smo se Džani i ja vjenčali, primila sam poziv od Sani Han, tužiteljice koja je tražila moju pomoć da otjera u zatvor monstruma koji me je povrijedio i uzastopno silovao u 1992-oj godni. Vijesti koje mi je dala su me zaista gurnule sa litice. Da tada nisam imala Džanija u svom životu, vjerujem da bih taj dan uspjela uzeti vlastiti život. Čudovište koje me je zarobilo i neprestano silovalo, čovjek kojem su moji roditelji vjerovali i mislili da će pomoći, koji me je uzastopno mučio, osoba koja je silovala moju majku i koja je bila kriva za ubistva i mučenja bezbrojnih ljudi, je bila presuđena kriva. Ali pošto je ovo bilo vrijeme rata, po njihovom, on nije mogao dobiti doživotnu ili smrtnu kaznu. Presuđen je na osam mjeseci zatvora.

Osam mjeseci što je potpuno uništio moj život. *Osam mjeseci* što je silovao djecu i što je brutalno masakrirao bezbrojne ljude u koncentracionim logorima.

Oh, kako se sad zasigurno smijao na moj račun. I nakon svega kroz što sam prošla. Progutala sam vlastitu bol i ponos da bih se pojavila na sudu, srameći samu sebe pred tako mnogo naroda. Ponovo sam prošla kroz muke i tjeskobe koje mi je on zadao. Prožderala sam svoje samopoštovanje i iznova se suočila s njim u nadi da će ga zatvoriti zauvijek. I za šta?

Osam mjeseci u zatvoru koji nije ni ličio na zatvor. Gospođa Han mi je poslala slike njegove ćelije. Imao je krevet, televizor, tone knjiga i kompjuter. Imao je tri besplatna obroka na dan i svaki dan je mogao izaći u šetnju. A zato što je bio ratni kriminalac, bio je zaštićen od svih drugih zatvorenika. Ovo se uopšte nije činilo kao zatvor. Bolje reći da je izgledalo više kao odmor u lijepom hotelu, šansa da pobjegne od sviju i svega na osam mjeseci i onda, novi početak - svjež start. Bit će u stanju staviti sve iza sebe i krenuti dalje. Vratit će se svojoj ženi i sinu i vjerovatno će mu biti dodijeljena neka medalja heroja i veteranska plata.

Bol koju sam osjetila nakon telefonskog poziva gospođe Han je bila isto jaka kao i bol koju sam osjećala dok sam bila mučena u koncentracionom logoru. Osjetila sam se tako iznevjereno od strane cijelog sistema. Iznevjerena i zaboravljena od strane cijelog svijeta. Pilule za depresiju koje sam bila prestala uzimati nakon vjenčanja, sada nisu bile dovoljno jake. Tablete za bolove, alkohol i cigarete, nisu bili dovoljni da utrnu tešku tugu koju sam sad osjećala.

Kao zadnja tačka moje muke, našla sam se u bolničkom krevetu, prebijena i drhtava, uništena i preplašena. Udarila sam dno. Radovan je, nakon svega, pobjeđivao. On će ipak živjeti svoj život nakon što je potpuno razbio i uništio moj. Nisam mogla razumjeti zašto se sve ovo dešavalo. Zašto on nije mogao biti kažnjen? Šta je bilo tako specijalno u vezi njega? Pa jel' moglo biti moguće da je on ustvari bio sami đavo?

Tako mi se mnogo pitanja vrtjelo po glavi. Bila sam iznenađena koliko suza sam još uvijek imala, nakon što sam ih toliko mnogo prolila. Jednostavno nisam mogla razumjeti logiku svega.

Ali nakon dvije sedmice skrivanja u toj tužnoj, bolničkoj sobi, shvatila sam da moja bol nije vrijeđala samo mene nego i one koje sam ja voljela. Ta bol je bila tako vidljiva u Džanijevim lijepim, plavim očima. Sretna iskra koju sam voljela viđati u njegovim očima je sada bila ugašena i zamjenjena strahom. Još nešto sam vidjela u njegovom pogledu, ali nisam bila baš sigurna šta. Mislila sam da je to bilo sažaljenje i to je bila jedna stvar koju nisam željela vidjeti u Džanijevim očima kad je gledao u mene.

Keni je, također, patio. On nikad nije puno govorio, ali način na koji me je gledao mi je sve kazivao. Vidjela sam koliko sam ga vrijeđala i to me je ošamarilo nazad u pamet i duševno zdravlje. Nikad više nisam htjela vidjeti tu bol u očima moga sina. Odlučila sam da mu nikada više ne pokažem koliko sam stvarno slaba i patetična. Bit ću jaka i izvući ću se zbog njega. I samo tako, moj sin je opet postao moj spasitelj.

Rutina je stvarno pomagala nabaciti fasadu koju sam pred svijetom stavljala na lice. Ustala bih rano u jutro i stala na pokretnu traku za trčanje. Ako bi vrijeme bilo dovoljno lijepo, išla bih vani na trčanje i brzo na zad da bih napravila doručak Keniju i sebi. Džani obično nije jeo doručak, on bi završio vježbe i istuširao se prije nego što bih se ja vratila i onda bi ispijao kafu dok bi Keni i ja jeli, zezali bi se i smijali. Svi bi napustili kuću u isto vrijeme. Keni bi vozio bicikl u školu, Džani bi vozio radni kombi, a ja bih se odvezla autom. S vana sam izgledala prelijepo i profesionalno—bez i jedne brige na svijetu—ali iznutra, vrištala sam.

Moj posao kao psihijatar mi je puno pomagao da pobjegnem od vlastitih problema i glavobolja. Dao mi je šansu da slušam tuđe brige i da im pokušam pomoći. Uvijek sam bila zadovoljna što nisam morala pričati o sebi.

Iako sam izvana funkcionisala prilično dobro, uvijek sam se osjećala tužno i izbezumljeno. Poredila sam se sa robotom; tokom dana sam radila sve što sam trebala raditi, ali tokom noći dok su svi drugi spavali, raspadala sam se.

Radovan je pobjeđivao.

Monstrum kojeg sam se toliko plašila je izlazio iz zatvora za samo osam kratkih mjeseci i tu nije bilo više ništa što bih ja mogla učiniti da bih ga tamo zadržala. Ja sam svoj dio uradila: Putovala sam preko okeana da bih otišla na sud i ispričala svoju priču torture i bola. Popela sam se na njihov štand i pred sudijom i porotom, priznala sam sve one bolne uspomene koje sam sa sobom nosila. I za šta?

Osam mjeseci.

Zar je moj život stvarno bio tako malo vrijedan? Zar nikog nije bilo briga za onim što mi je on učinio; ne samo meni nego i svim onim drugim ljudima? Zar nikog nije bilo briga ako on to opet uradi? Moja mama je sad živjela u Bosni. Šta kad bi on odlučio, ponovo je pronaći i opet joj učiniti neko zlo? Šta ako bih ja slučajno naletjela na njega kada bih išla u Prijedor u posjetu majci? Šta bih tad uradila? Osvetu? Nisam mislila da bih. Bez obzira koliko ja to htjela, ja nikada ne bih bila u stanju uraditi one monstruozne stvari koje je on učinio meni zato što ja nisam bila čudovište.

I dok sam ja tako iz dana u dan razmišljala o svim ovim pitanjima, desilo se nešto što ih je sve odgovorilo.

Osam mjeseci nakon tog groznog poziva od Sani Han—sedmicu dana prije Radovanovog izlaska iz zatvora—primila sam još jedan telefonski poziv od nje. Bilo je to da mi kaže da je Radovan dobio srčani udar i da je preminuo u svojoj pustoj ćeliji.

Oh, kako sam tad bila sretna. Bilo je to nevjerovatno. Moja vjera u Boga je još više ojačala. Ovaj naš sistem i ljudska rasa su me bili iznevjerili, ali *On* me nije htio opet iznevjeriti. Odazvao se je na sve moje molitve i odgovorio je na sva moja pitanja. Loši čovjek više nikada neće živjeti u miru. Monstrum koji je učinio toliko zla i štete na ovom svijetu je napokon zauvijek otišao da odgovara za svoje grijehe i ja sam konačno sada bila slobodna.

DRUGO POGLAVLJE

Pet godina nakon što sam saznala da je čudovište pod imenom Radovan umrlo, mislila sam da sam imala sve. Od svoje trideset-četiri godine života, imala sam uspješnu karijeru, objavljen memoar, *Sjeti me se,* fenomenalnog muža koji je bio i ljubav mog života i zgodnog osamnaestogodišnjeg sina. Stvarno sam mislila da moj život nije mogao biti bolji nego što je bio i brinula sam da ako budem puno o tome razmišljala, nekako ću izazvati sudbinu koja će mi ponovo vratiti katastrofu koja me je pratila tokom života. Na žalost, bila sam u pravu zbog toga.

Parkirajući auto u garaži jednog dana poslije posla, začula sam glasno zvono kućnog telefona. *Kako čudno*, pomislih iznenađena. *Niko me nikad ne zove na taj telefon.* Požurila sam da se javim, znatiželjna da čujem ko je.

Neko iz Evrope?

Ali niko me otud nikad nije zvao. Džani i ja smo uvijek zvali naše majke nedjeljom, kad je bilo naj jeftinije tako da one ne bi morale zvati i trošiti novac. Telefon je, kao i sve drugo, bio mnogo skuplji tamo.

"Halo?" Pažljivo sam se javila.

"Da, zdravo," odgovorio je tihi muški glas na bosanskom jeziku. "Mogu li razgovarati sa Selmom Mazur, molim?"

"Ovo je Selma Mazur," rekla sam, sada čak i više znatiželjna. "Mogu li znati ko zove?"

"Žao mi je što vam smetam, gospođo," rekao je kulturno, "ali sam se pitao, da li bi mogao uzeti minutu vašeg vremena. Prilično je hitno da razgovaramo."

"Naravno," rekla sam. "O čemu se radi?" Pitala sam se da možda nisu pronašli očeve ostatke u jednom od masovnih grobnica koje su još uvijek pronalazili svud po Bosni i da on, ovaj čovjek, jednostavno, možda nije znao kako da mi to kaže. Moj otac je ubijen u jednom od mnogih koncentracionih logora koje su Srbi otvorili po Bosni 1992-ge godine.

Uvijek sam smatrala svog oca kao heroja zato što je spasio život devetogodišnjeg dječaka i njegovog oca kad je rekao srpskom vojniku da je on bio taj koji je dao dječaku komadić kruha kad je vojnik za to optužio dječakovog oca. Moj tata je onda bio samo malo stariji nego što sam ja bila sada i jedini razlog što su ga ubili je bio taj što je bio hrvatski katolik, oženjen muslimankom. Njegov jedini zločin je bio taj što nije bio Srbin.

"Zovem se Pero Simović," rekao je čovjek pažljivo.

Srbin, brzo mi se otela pomisao. *Šta bi to Srbin htio od mene?*

"Imam za vas..." Pauzirao je, "jednu malu, poslovnu propoziciju."

"Hvala na pozivu," brzo sam ga prekinula, odjednom gubeći interes u šta god je pokušavao reći, "ali ja nisam zainteresovana."

"Čekajte!" Uzviknuo je. "Molim vas nemojte prekinuti vezu. Samo me saslušajte."

"Slušajte, stvarno nemam—"

"Molim vas," tiho me je prekinuo, "samo mi dajte minute vremena ... molim vas."

"Dobro onda. Imate minutu," promrljala sam ne zainteresovano.

"Vi ste pisac," rekao je izlažući činjenice.

"Između ostalog," odgovorila sam hladno.

"Pa, ja ... ah, mi smo vas videli na jednom od onih programa na televiziji kako govorite o knjizi koju ste izdali, pa smo se pitali da li biste bili zainteresovani da čujete našu priču i da napišete knjigu o njoj."

"A ko je to mi?"

"Ah ... pa, ja sam advokat i jedan od mojih klijenata je zainteresovan da vam ispriča svoju priču," tiho je odgovorio.

"Nisam zainteresovana," rekla sam." Ja sam završila sa pisanjem."

"Molim vas, samo me saslušajte," inzistirao je.

"Gospodine Simoviću," odbrusila sam nestrpljivo, "već ste mi potrošili dovoljno vremena, i da budem potpuno iskrena, nisam zainteresovana ni za šta što vaš klijent ima da kaže. Nađite nekog drugog, jer ja niz taj put ponovo neću."

Postajala sam iznervirana jer, od kako je završio taj grozni rat u kojem su srpski vojnici sistematski ubijali ljude bez ikakvog razloga osim što nisu bili Srbi. Ubijali su i silovali, mučili i zlostavljali, otvorili koncentracione logore, itd. Čak i nakon svega toga, svaki put kad bih srela nekog od njih u Americi, svi bi isto govorili: "Svi smo mi žrtve *njihove* politike."

Pitala sam se, nakon svih ovih godina krpljenja mog života i pokušavanja da krenem dalje, jesam li stvarno opet morala ići kroz svu tu muku i patnju slušajući njihove laži?

Jednostavno više nisam imala ni volje, a ni vremena da gubim na njih. Oni su već uzeli sve što sam imala; nije mi više ništa bilo preostalo da im dam.

"Molim vas, gospođo Mazur," cvilio je. "On hoće sve da prizna. Pa već je u zatvoru za sve što je uradio. On čak misli da kazna koju je dobio nije bila dovoljna. On bi da prizna, ali jedina osoba s kojom hoće da razgovara ste vi."

"Zašto baš ja?" Odbrusila sam. "Pa i ne poznaje me. Ako hoće da prizna svoje grijehe i da mu se za njih oprosti, zar ne mislite da bi ga bilo bolje odvesti svećeniku?"

"On neće sveštenika i neće da mi kaže zašto baš vi," odbrusio je nazad. "Slušajte, pročitao sam vašu knjigu i znam da ste prošli kroz svašta. Nemate razloga da mi verujete, ali molim vas da samo barem razmislite o tome. On će dugo biti u zatvoru za sve što je uradio i nije mu to krivo. Kaže da je dobio ono šta je zaslužio i da njegova kazna nije dovoljna. On oseća žalost zbog svega što se desilo i želi se ispovediti i moliti za oproštaj."

"Ali zašto meni?" Pomisao da bi mogao biti jedan od bezbrojnih koji su me silovali u onom strašnom logoru mi je pobjegla, ali sam je ljutito odbacila. Nisam se opet htjela suočiti ni s jednim od njih, a pogotovo ne sada, nakon što sam to sve bacila iza sebe i napokon se riješila noćnih mora i strahova.

"Iskreno rečeno, ne znam zašto vama," odgovorio je on. "Video vas je na televiziji i od tada me počeo preklinjati da vas nazovem i pokušam nagovoriti da dođete i porazgovarate s njim. Nije mi dao nikakva objašnjenja, samo je rekao da je spreman da se vama, i samo vama, ispovedi." Uzdahnuo je. "Možete li samo barem napisati moje ime i broj telefona? Razmislite, pa mi se javite. Znam da vam je sigurno teško da sa mnom razgovarate o jednom od vojnika koji je optužen za sve one ratne zločine na civilan način, ali molim vas nemojte o njemu misliti kao o nekom čudovištu, nego mislite o njemu kao o sledećoj temi za vašu novu knjigu."

"Okej," rekla sam raspuštajući ga pristojno. "Dajte mi svoj broj. Razmislit ću o tome, pa ću vas nazvati."

Dok sam užurbano zapisivala broj, čula sam da su se vrata otvorila, pa zatvorila. Džani je stigao kući s posla. Iako sam pokušala sakriti uplakane oči od njega, znao je da nešto nije bilo u redu i morala sam mu ispričati sve o čudnom telefonskom pozivu.

Kraj ovog primjerka.

Potražite *Proganjanja iz prošlosti* na Amazonu širom svijeta.

SANELA RAMIĆ JURICH

je autorica i motivaciona govornica. Rođena u Prijedoru u Bosni, 1976-e godine, imala je petnaest godina kad je u njenom gradu počeo rat. Saneline knjige, *Sjeti me se* i *Proganjanja iz prošlosti* su inspirisane njenim iskustvima i sjećanjima iz rata. Ona sada živi u Čikagu sa suprugom Todd-om Jurićem i njihovim sinovima, Denijem i Devinom.

Za više, posjetite:
www.sanelajurich.com
ili je potraržite na Facebook

Made in the USA
San Bernardino, CA
21 June 2020

"I'm Warren Earp." He pulled back his coat to reveal a silver star. "And frankly, Mr. Bird, you're not what I expected."

"Expected?" Jake blinked.

"Bravo Kelly made you out to be bigger'n him, and tough as a muleskinner's boots."

"I've never hurt anybody. The sheriff did the killing."

"Some folks see it a bit different," Earp said, rolling tobacco into a tube. "When you live in a town, you follow the law your sheriff sets down. Folks here in Laramie understand that." He mouthed the cigarette and, without so much as a wave of his finger, the end began to glow.

"Then I'd best leave Laramie." Jake pushed back his chair.

Earp frowned, and Jake saw a spark of red fire in his eyes. Searing heat washed over him and sucked the air from his lungs. He fell back, his chair banging against the barroom floor—and then the heat was gone. Jake pulled in a shaky breath that reeked of scorched hair.

"You ain't going nowhere." The lawman smiled.

DEVIL'S TOWER

Mark Sumner

A Del Rey® Book
BALLANTINE BOOKS • NEW YORK

Dedication

This book is for my grandfather, Gilbert "Jim" Bivins.

He loved everything to do with the West. He loved to read about it, and he loved to visit it. Long before I had written a word, he already knew that there was magic in dusty hills and cracked leather.

I wish he was here for this one.

This book contains an excerpt from the forthcoming novel *Devil's Engine* by Mark Sumner. This excerpt has been set for this edition only and may not reflect the final content of the published edition.

A Del Rey ® Book
Published by Ballantine Books

 Published in the United States by Ballantine Books, a division of Random House, Inc., New York.

http://www.randomhouse.com

Library of Congress Catalog Card Number: 96-96453

ISBN 0-345-40209-4

Manufactured in the United States of America

First Edition: November 1996

10 9 8 7 6 5 4 3 2 1

Acknowledgments

My gratitude goes out to the members and former members of the Alternate Historians: Tom Drennan, N.L. Drew, Laurell K. Hamilton, Rett MacPherson, Deborah Millitello, Marella Sands, Robert Sheaf, and Janni Simner.

Another nod goes to the Tale Spinners: John C. Bunnell, Kate Daniel, Connie Hirsch, Karawynn Long, Dan Perez, Sherwood Smith, and Kathleen Woodbury.

Additional thanks to the good people at Dixie Gun Works for information on firearms.

And finally, my apologies to the folks of Douglas and Gillette, Wyoming, for taking such liberties with everything from names of their towns to the local history to the local weather. I love that slice of country, and I hope you'll forgive me.

☆ PART I ☆

Medicine Rock

☆ 1 ☆

The shaman came to town near sunset, riding a dead horse.

Jake Bird shied back behind the stable door as the horse moved down the dirt street with a broken, jerky walk. There was a noise as it moved, a low grinding creak like the twisting of old leather. Dust puffed up around its dry, split hooves. Despite the heat of the day, Jake shivered as he saw yellow bone gleaming through rips in the animal's mangy skewbald coat and pale stirrings in the pits that had been its eyes.

The shaman was a dried up little buzzard of an Indian. His skin was as dark as old blood, and his bald head was covered by a crisscrossing pattern of scars. He wore stiff, dusty buffalohide clothing that was far too large for his scrawny frame. At his belt was a large metal ring that held a cluster of human ears. Slowly the shaman turned to look in Jake's direction. The Indian's huge hooked nose split his dark face like the beak of a turkey buzzard. His black eyes blazed from within circles of white paint.

Jake swung the stable door shut and leaned against the weathered gray boards. He could hear other doors being slammed up and down the street and shouting from the Kettle Black Saloon. The horses at the back of the stable snorted and stamped at the ground. The stalls rattled as their occupants shuffled around nervously.

He waited several seconds before he dared to tilt his hat back and put his eye against the rough boards to peek out through a crack. The shaman had moved on. Jake eased the door open just a bit and slowly stuck his head out.

He could see the front of Hobart's Dry Goods. The door there was closed, and the cracked parchment shades were drawn. The building next to Hobart's was empty. Three different concerns had moved into that spot in the four months Jake had been in Medicine Rock. But setting up for business was a risky thing in the best of times—and since the war times in Medicine Rock had definitely been on the iffy side. The building's green paint was split and peeling. Its window glass, always scarce, had been hauled away. The black squares of the empty window frames made Jake uneasy.

He looked farther up the street to where the Kettle Black sat on one corner of Medicine Rock's only cross-street. It was quiet. On a normal day the arguing and the clink of glasses from the Kettle would drift the length of the street. Until a few weeks before the noise would have been beefed up by the racket of the Kettle's old piano. But the piano player had been a man whose mouth had been even faster than his hands, and one of his many ladies had cursed him straight to a pine box.

Jake leaned farther into the street so that he could see the narrow white clapboard walls of the sheriff's office across the street from the Kettle Black. What he saw confirmed his worst fears.

The shaman was waiting right outside the sheriff's office. He had climbed down from the dead horse and stood beside it in the dust, facing the office with one hand raised over his head. Once he was off his mount, it was easy to see that the Indian was very short, no more than four feet tall, and his body was terribly crooked under his heavy clothes. He shouted something in a language Jake didn't understand. But that wasn't surprising; Jake often thought there were as many languages out on the plains as there were stars in the sky.

Yellow light spilled out onto the wooden walk as Sheriff Pridy flung open the office door. The lawman stepped out onto the shaded sidewalk and stood silhouetted in the light. The planking in front of Pridy's office was the only section of covered walk in town. Pridy didn't ask much of Medicine Rock, and few people begrudged him the lumber it took to make this little patch of shade.

From his hiding place in the stable Jake could hear the hard leather heels of the sheriff's boots clap against the boardwalk as he went to the railing and looked down. Pridy wore a long yellow duster coat over his round frame, but the faded blue of his old Union uniform showed through the open front. His short gray beard caught the red of the sunset. He raised a hand to match the one the Indian held up.

"It's to be a challenge, then," he said. He spoke loudly so that all the people hiding behind window blinds and half-closed doors would be sure to hear.

"What's going on?"

Jake jumped and looked around.

Sela Absalom, the daughter of the stable owner, stood behind him with her hands on her hips and a stern look on her pert face. "What are you doing just standing there? Aren't you supposed to be working?" She stepped forward and arched one eyebrow. "And if you're not working, can't you think of something better to do than stare out the door?"

"Shush," Jake hissed. "It's a challenge."

"A challenge?" Sela stepped past him into the street and looked toward the confrontation by the sheriff's office. "By God, it is," she said.

Jake grabbed her arm and pulled her back. "Careful," he said. "And watch your language. What would your father think?"

Sela pushed his hand away. "Oh, horned toads take my father." Her eyes were fixed down the street, and her full lips were parted slightly in excitement.

Despite his own interest in what was going on between the sheriff and the shaman, Jake had a hard time looking away from Sela.

She was just fifteen, two years Jake's junior. Like almost everyone in Medicine Rock, she was deeply tanned—staying pale was a full-time occupation because of the harsh sun—and the sun had brought out a spattering of freckles that crossed her upturned nose. The sun had touched Sela's hair, too, streaking her auburn waves with veins of gold. Jake imagined he could smell a scent rising from that hair, a green smell like spring clover that penetrated even the reek of horse dung and dry straw that filled the stable.

Sela was always impetuous, often rude, and generally downright exasperating. In the six months Jake had mended harness and mucked out stables for her father, she had alternated between treating him like dirt and flirting with him so outrageously that it made his cheeks as red as stove embers. She had a peculiar effect on Jake. Every time he was near her, his hands would begin to tingle and his feet tended to go numb. If so much as a strand of her hair brushed against him, Jake could feel its touch hours later.

He wasn't sure if he was in love with the girl or allergic to her.

"Is he Pawnee?" Sela whispered.

Jake looked at the Indian's paint and clothing. "Maybe Siksika." He considered the shaman for a moment longer, then shook his head. "Maybe not. Doesn't look like any I've seen before."

"Do you think he'll win?" Sela whispered.

"Which one?"

"The Indian!"

"I don't know," Jake said. He looked back down the street at the two men. "Sheriff Pridy's a strong man. He's beaten four challenges this year."

"I know that." Irritation tightened Sela's mouth. "But this one looks like the very Devil."

Privately Jake agreed with her. Most of the sheriff's challengers didn't amount to much—desert rats whose small skill at crafting or scribbling had given them an oversized idea of their own power. This one looked different.

"You better hope Sheriff Pridy can handle him," he said. "I wouldn't want to live in a town where the Devil was sheriff."

"At least it would be a change," Sela said with a sigh.

Change was one of the things she liked to talk about. Nothing in Medicine Rock ever changed enough to please Sela.

The shaman shouted something else, and Sheriff Pridy stepped down from his walk to face him. He pushed back his duster, resting his right hand near the ironwood handle of his heavy Colt pistol. His move revealed more of his old uniform, a row of brass buttons, and a considerable girth. Next to the dwarf red man the sheriff looked as big as a grizzly.

"I don't think myself a hard man," Pridy announced, "but this is your last chance to withdraw. Take this further and risk your neck."

It was the same speech Pridy gave any challenger who took the time for formalities. Whether the Indian understood a word of it, Jake couldn't say.

The sheriff gave the shaman a few seconds to respond. When the Indian didn't move, Pridy slid his Colt from its holster and thumbed back the hammer. "Time's up," he said. The pistol shot was like the crack of doom in the still town.

The echoes of the shot were still working between the buildings when the Indian lowered his raised hand and tossed something into the dust at Pridy's feet. Jake didn't have to be any closer to know that it was the bullet Pridy had just fired.

No matter how many times he saw it, Jake was always jolted to see a trick like that, but he wasn't really surprised. Someone who couldn't handle firearms wasn't likely to challenge a sheriff.

Now it was the shaman's turn to make his move. He began to wave his hands through the air before his face.

"He's signing," Sela whispered.

With anybody else Jake would have remarked that what the Indian was doing was obvious—but not with Sela. "I think you're right," he said.

Before ten seconds had passed the air between the shaman and Pridy began to ripple. Glimmers of color showed against the background of dust and dry boards. A figure was taking shape—a shape that towered over Pridy as much as he stood above his runt of an opponent. Four arms waved around a headless body. A dark maw opened on a trunk made from shadows and mist. The Indian's fingers kept moving, giving the monster life and substance.

Pridy reached into his pocket and pulled out something small. Jake wasn't able to see it any more than he could have seen the bullet, but he knew what it was—a piece of wood, one of the bits of white pine the sheriff carved while leaning back in a chair under his length of shaded walk.

Most afternoons found Pridy in front of his office, whittling pine knots into piles of shavings. Several times Jake had sneaked a look at the things the sheriff carved. They never looked like much. Sometimes they were roundish lumps that might have been wild caricatures of a pregnant woman, sometimes smooth, stylized horses. Other times they were just thin slivers of wood that had no meaning Jake could understand.

Whatever the wooden thing was, its effect was quick. No sooner was it in Pridy's hands than the creature the shaman had been making grew tattered and flew apart in a flurry of sparks. The sheriff dropped his wooden charm to the ground near the bullet the Indian had sent back. Jake saw a wisp of blue-white smoke rise in the still air of dusk as the charm began to burn.

The shaman didn't seem disturbed by the scattering of his first attack. He started moving his hands again, stirring the air into a frenzy of lights and bloody stains. Streamers of swamp fire crawled out of the air behind his fingers and swam together in a tangle of wavering lines. Another figure began to form.

The hairs on the back of Jake's neck rose. This figure was less distinct than the thing the Indian had conjured in his first try, but what Jake could see of it disturbed him no end.

He grabbed Sela's arm and pulled her close against him. She didn't try to get away.

Sheriff Pridy fished into the pocket of his duster and came up with another of his craftings. No sooner had he raised his hand than it flashed into flame.

Pridy dropped the carving and stepped back, flapping his smoking hand. The shaman pressed his advantage, waving his arms with ever more enthusiasm as the shadowy form took a shambling step toward the sheriff. The conjured thing let go a cry that could only have been the voice of rage.

Sela drew in a sharp breath.

But crafting was not Pridy's only talent or even his best. He could holler as well. He gave a shout that rattled every window on the street and did away with the Indian's beast as quickly as snuffing out a candle. One moment the thing was reared up as tall as two men; the next there was only a scattering of sparks in the afternoon air.

The sheriff hollered again, and the shaman was driven back. The red man raised his hands to begin another work, but Pridy was pressing, not giving his opponent time to draw things together.

"He's got the measure of him now," Jake told Sela. "He'll want to end it."

"Get him," Sela whispered. Jake didn't know which of the two men she was pulling for.

Pridy kept hollering. His wordless shouts rushed over Jake's ears, leaving no more impression behind than a burst of wind. The Indian stopped retreating. He had woven a shield in the air with his swift fingers. The shield wavered and sparked as Pridy's shouts struck it, but it held. The shaman took a step forward, closing the distance on the sheriff.

Both men were leaning forward, and even from a distance Jake could see that both were trembling with effort. Pridy's barrel chest heaved as he drew the breath to make his shouts. His round face grew so livid that he was almost as dark as the Indian.

The shaman's head lolled on a neck that suddenly seemed too long and too thin. His wide mouth gaped open.

The motions of his hands were changing. Before he had commanded the air to produce his marvels. Now he was begging it. He clawed out with hooked fingers, dragging out the dying embers of his power.

"It's almost over now," Jake said.

"Shhh," Sela cautioned.

Pridy strained to take a step forward. He gave a shout and leaned in. Lines of power glowed in the air as he pushed through the Indian's shield. He bellowed again, his voice cracking with the strain. Between shouts he inhaled with a grunt of effort that was almost as loud as his hollering.

There was a sharp crack and a flash of light. The Indian suddenly screamed and threw his arms over his head.

The sheriff stumbled forward a step and stood nearly doubled over with his hands on his knees. Sweat rolled down his flushed face, ran through his beard and splashed at his feet. The shaman limped toward his dead horse, dangling a twisted leg through the dust.

"Stop," Pridy shouted.

The Indian did not stop.

"Bind yourself with your word, promise not to come back to this town, and I won't have to kill you."

The shaman didn't turn. Instead, he grasped the reins of his mount and tried to climb up.

The sheriff shot him in the back.

The Indian's blood sprayed out across the street, flying all the way to the whitewashed walls of the Kettle Black. Lying on the ground in his stiff clothing, the shaman looked no larger than a dog.

The dead horse slowly turned its moth-eaten neck to look down at its fallen master. Its front legs buckled, and it fell to one side. A cloud of dust puffed up around the fallen corpse. A moment later a legion of black flies emerged through the tears in its hide and rose up to the sky in a buzzing cloud.

"God," Sela said again.

"I don't think God had anything to do with this," Jake said.

Sheriff Pridy staggered back onto his shaded walk. He leaned against the railing for a moment, then stepped into his office and slammed the door.

A few of the braver souls in the Kettle Black pushed their way through the swinging doors and stepped out to look at the upshot of the challenge. Bravo Kelly, who was as tall as a cabin roof but dumber than a stump, went so far as to kick the dead horse. That brought out another swarm of flies, and the people nearest the horse turned away with their hands over their mouths.

"You can let go of my arm now," Sela said.

Jake hadn't realized he was still holding her arm. He let go quickly and stepped back into the stables. "I'm glad it's over," he said.

Sela followed him inside. "I'm not. Challenges are about the only public entertainment we get in this town."

"Mr. Bird!" said a hard voice from the back of the stables.

Jake stiffened. Willard Absalom had been a cavalry sergeant before he had taken up making saddles and running a stable. His voice still had the whiplash quality that had intimidated a generation of horse soldiers.

"Out here, sir," Jake called.

Absalom came stalking down the aisle between the stalls. The empty sleeve that would have held his left arm if a Dakota had not taken it flapped behind him as he walked. A big-bore Sharps rifle hung on a leather strap across his back. The buffalo gun was a common part of Absalom's attire, and though Jake could not see how a one-armed man could handle such a huge and potent rifle, he was certain that the old sergeant would find a way.

"I was going to ask if you'd seen my daughter," Absalom said, "but I see that you have."

"Yes, sir," Jake said. The stable owner had made his feelings about the idea of Jake courting his daughter very clear.

"We were just talking," Sela said. She might be bold with Jake, but Sela never raised her eyes or voice to her father.

Absalom nodded. "I suppose you two were watching the challenge."

"Yes," Jake said. "It was—"

The ex-sergeant had lost one arm, but the arm that remained was as corded and hard as the leather he worked into saddles and tack. He backhanded Jake with enough force to knock him off his feet.

"Have you no sense?" he shouted as the boy looked up at

him from the straw-covered floor. "Don't you know better than to drag my daughter into the street when such a thing's going on?"

Jake tried to blink away the stars that swam across his vision. "I didn't—" he started.

"Stop your prattling," Absalom said. "Get out there and pick up that horse."

"Horse?" Jake asked.

"The horse that Indian was on."

"But . . . it's dead."

"I know that, you sun-brained fool," Absalom said. "Aren't we the only renderer in Medicine Rock?"

"We can't render that! There's nothing there to render."

The stable owner leaned over Jake. The heavy rifle at his back swung on its leather strap, making a creak not too different from the walking of the dead horse. "You get out there and get that horse," Absalom said, "or you can find yourself another job."

Compared to jobs in Medicine Rock, hen's teeth were as common as sand. "Yes, sir," Jake said. He picked up his hat from the hard dirt floor and climbed to his feet. His face felt very hot, and whether it was from the slap or from embarrassment, he couldn't say.

Absalom nodded and turned to his daughter. "Sela, you get back in the house. And you quit coming out here. I don't pay Mr. Bird to be distracted by you."

Sela walked past Jake without speaking. Her eyes were fixed on the floor. Her father gave a satisfied grunt as she disappeared through the back door.

The rendering wagon was left outside to allow more room in the stables. Jake opened the door on Sowbie, the larger of the stable's two cart horses. He had led the big sorrel halfway out the door when Absalom called him back. "Mr. Bird!"

"Yes, sir?"

"While you're down there, talk to the sheriff."

"Sheriff? What about?"

"See if he wants us to take the Indian, too."

☆ 2 ☆

Loading the dead horse was easier than Jake had expected. The bones rattled loosely inside the mangy hide, which made things a bit clumsy, but Jake managed to get the dusty corpse on the rendering cart without much difficulty. Bravo Kelly's kick had dislodged all but a few of the fat black flies, and everything about the horse was as dry and light as old paper. Quite a crowd looked on from the Kettle Black and from the front of Curlew's boardinghouse. None of them offered to help.

Jake beat his dusty hands against his jeans. Mrs. Curlew charged a dime for a bath. Most of the residents at the boardinghouse spent that dime no more than once every couple of weeks, some no more than once or twice a year. But the lingering smell of manure that came from mucking out the stables had lately driven Jake to indulge in as many as two baths a week. Loading the dead horse was worse than shoveling any amount of manure. He'd already decided that an extra bath was in order as soon as he finished this work.

No one had yet moved the Indian. No one had even worked up the courage to come near his body. Any lust they might have felt for the trinkets the shaman had been carrying was outweighed by their fear of curses lingering around his blood-spattered shell.

Jake had skirted the body while loading the horse. He'd hoped to see the slim form of Adrian Merk come to take care of this part of the job. But apparently even the local undertaker didn't want anything to do with the fallen challenger.

There was nothing for it but to follow Absalom's orders and ask the sheriff how he wanted the corpse disposed of. Under the stares of the gathered townspeople Jake mounted the wooden steps to the sheriff's office.

"Why, look here," someone called from the crowd. "It's another challenge!" The comment brought gales of laughter from the good citizens of Medicine Rock and brought a hot flush to Jake's face.

Jake was not looked on highly by the folks in the town. Not only did he muck stables, he had arrived in the town unarmed, the sign of a broke, weak man. Worse yet, he had come to Medicine Rock afoot. In the mind of most, a man who traveled without a horse was a very low sort of creature.

Despite the attitude of the other people in town, Jake had always gotten along well with Pridy, as well as anyone, but Jake wouldn't have said they were friends. It was hard for any man to be friends with someone as powerful as a sheriff. When a man had enough talent to hold a whole town under his umbrella, he wasn't a man to nettle. Jake certainly didn't relish the idea of approaching Pridy so soon after his struggle with the shaman.

Jake rapped his knuckles on the oak door. "Sheriff?" When there was no answer, he knocked again.

"Get in here or go away," a voice said from inside.

He stepped in quickly and shut the door behind him.

The first part of the sheriff's office didn't differ much from the front room of any house in the town. It was where Pridy met guests and conducted business. There was a round table on which a few scraps of paper were scattered, four hard pine chairs, and a settee whose worn back was covered by a faded blanket. The walls were papered over in a pattern of gray and yellow that seasons of heat and rain had bleached till the difference in the shades was no stronger than a rumor. Against the faded design hung a row of framed portraits.

Jake could recognize only two of the men in the portraits: Sheriff Pridy, whose beefy face was at the end of the line of paintings, and Sheriff Solomon, whose sharp-chinned visage was next in line.

Solomon had been sheriff when Jake had arrived in Medicine Rock. He had been a scribbler, and the figures he had scratched on the sandy ground had had terrible effects on his enemies. He had been a powerful man.

But Solomon had been a poor sheriff. He had cared less for the protection of his town than he had for lining his own pocket, and he had liked to bully the people who lived under the shadow of his talent. When he had upped his sheriffing fee to half of all the profits in town, the merchants of Medicine Rock had taken up a secret collection and sent for Pridy. By all accounts, it had been a good investment.

"If you want to see me," Sheriff Pridy called, "you'll have to come back here."

Jake took off his hat and walked through the open door. He found himself in a larger area with furniture far better than that of the front room. There was a marble-topped chifforobe and a chair upholstered in green velvet. The wallpaper was a dark blue, and the pictures on the walls were of whaling ships. A pair of tall candles lit the room with a yellow glow.

Jake had never seen a boat bigger than a skiff, a body of water larger than Carter's Pond, or a fish greater than a yellow catfish. Though he knew what the pictures were from stories his parents had told, the images in Pridy's pictures were as alien to him as the things conjured up by the dead shaman.

Sheriff George Pridy sat in a chair beside a washbasin, wrapping his hand in strips of wet cloth. He turned his head as Jake approached.

"Mr. Bird, isn't it?" he asked.

"That's right, Sheriff."

Pridy nodded and turned back to his bandaging. "And what would you be after today, Mr. Bird?"

"It's about the Indian," Jake said.

The sheriff grunted. "Damn nasty little hop-o'-my-thumb, wasn't he?"

"Yes, Sheriff." Jake worked the felt brim of his hat between his nervous fingers. "But Mr. Absalom, he told me to come and see if you wanted us to haul the body away."

"What? To the rendering pot? Lord, no. He'd spoil the soap." Pridy finished his wrapping and turned back to Jake. "Leave the Indian to Merk; it's his job. What's the old sergeant doing sending you after corpses, anyway?"

Jake cleared his throat. "Well, since I was picking up the horse, he thought—"

"He made you pick up that horse?" Pridy asked. "Damn me if they didn't cut out that man's heart when they cut off his arm." He flexed his bandaged hand and gestured toward the velvet chair. "To tell the truth, I've been meaning to have a talk with you."

"With me?"

"Absolutely. Have a seat, Mr. Bird."

"I'd like to, Sheriff," Jake said, gesturing at his dusty clothes. "But I don't want to grime your chair."

The sheriff made a snort of laughter. "If I was worried about dust, I'd never have moved to Medicine Rock. Sit down."

Jake sat.

"What did you think of the fight tonight?"

"I . . . I don't know. What about it?"

"Did it look like I was failing?" Pridy asked. "Did I look done in?" The sheriff's face was shaped by spuddy cheeks and a thick red nose. Sitting on his porch knocking flakes loose with his whittling knife, he looked as soft as potato stew. But there was no softness in his face now.

"Well," Jake said, unsure what the sheriff wanted from him. "I have to say I was scared. Particularly when he called up that second thing."

"You weren't the only one put off by that critter." The sheriff looked again at his singed fingers and rolled his eyes. "Damn crafting went up right in my hand. I thought he had me."

"But once you started hollering, I could see it was you that had him."

"This time, but maybe not the next."

"What do you mean?" Jake asked.

Pridy sighed. "With every challenge a man's limits become sharper." He shook his round head. "Word of just how close this rascal came will be all over the county by tonight and over most of the territory the day after. Every damn twitcher and gibberer who ever got an ant to dance will be thinking about challenging me."

"You can beat them." Jake felt uncomfortable sitting there and hearing the sheriff talk like that. If anyone across the street at the Kettle had suggested that Sheriff Pridy was on his way out, he'd have faced the fists of half the men in the saloon. And Pridy's words brought back dark memories of Jake's last days in Calio.

"Would that it were so, Mr. Bird," the sheriff said. "Tell me, you saw the portraits of my predecessors on the way in. Did you happen to count them?"

Jake shook his head.

"Eight. Nine counting me. There's been nine sheriffs in the forty-some years that Medicine Rock's been a going concern. Two of them were enough to see it through all the time before the war, but in the little more than ten years since there's been six come and go. It doesn't take much figuring to see that sheriffs don't generally last too long in this town."

Jake was puzzled. "Is that what you want to talk to me about, Sheriff?"

"In a way." Pridy walked to the chifforobe and took a pink soapstone pipe and a tin of tobacco from its marble top. Jake didn't interrupt as the sheriff carefully filled the pipe's tiny cup and snapped a lucifer free from a block. The sheriff bent to strike the match across the sole of his boot, puffed the pipe to life, then sat down, his chair creaking softly under his weight. He took a long pull on the stone pipe.

"I understand that you've only been in this town a little longer than me," Pridy said. "Do I hear straight?" His words came out in a cloud of blue smoke.

"Yes, Sheriff."

"That's enough of that," Pridy said. "Sheriff's something for folks perched at the front table. Long as we're jawing in my parlor—such as it is—why don't you call me George."

"George," Jake said carefully. He didn't know anyone who called the sheriff by his Christian name. Even Howard Cheatum, who owned the Kettle Black and two other stores besides, addressed Pridy by his title.

"And if you don't mind, I'll call you Jacob."

"Jake."

"Jake it is. Well, Jake, before you came to the fine town of Medicine Rock, I hear tell you were a citizen of Calio."

"Yes," Jake said. He squirmed in his chair. The conversation was heading in a direction he didn't much care for.

"In fact, your father was the sheriff in Calio. At least that's what I hear."

"He was. Until . . ."

"Until he was challenged by Custer. Isn't that right?"

"Yes."

Pridy nodded. "Calio's a fine town. And Custer's done well up there. Tell me, what was your father's talent?"

"Scribbling," Jake said quickly. "He drew pictures on the sand."

Pridy took another pull on his pipe and tapped the stem against his tobacco-yellow teeth. "Scribbling," he said. "That can be a strong one, but it's hard for a scribbler to react too fast to changes. I can't believe it was enough to hold a town the size of Calio."

"It was enough for Sheriff Solomon to get Medicine Rock."

"Until I came. But where is Solomon now? Besides, Calio's a sight bigger than Medicine Rock, and your father held his badge a lot longer than Solomon." The sheriff shook his head. "Scribbling's not enough, not by half. Tell me, Jake," Pridy said through a cloud of blue smoke, "what was your father's *other* talent?"

Jake licked his dry lips before answering. "Chattering."

"Chattering!" Pridy pounded the arm of his chair with one meaty hand, sending a puff of pale dust into the candlelight.

"By God, that's a mean one. Tough to control. Dangerous. But a man that knows how to ride it . . ." He stopped and leaned in so close that his smoky breath burned Jake's eyes. "Folks say your mother had a talent, too, almost as strong."

"No," Jake said. "Not my mother."

Pridy frowned. "But everyone says that Bird's lady was—"

"A signer, yes," Jake cut in. "But that was my stepmother. My mother died having me."

"Ahh. Bad business; happens all too often." Pridy gestured with the stem of his pipe. "How did Custer ever stand up to a chatterer?"

"I don't know."

"You were there, weren't you?"

"Yes," Jake said softly. "I was there."

"And you saw Custer challenge your father?"

"I saw it."

"So what was Custer's power?" The pipe had gone out in the sheriff's hand, but he didn't seem to notice. His voice had dropped to little more than a whisper.

"I don't know," Jake said.

"You know the talents, don't you, Jake?" Pridy said impatiently. "Is Custer a signer like the one I fought tonight? Or maybe a changer. That can be a hard one to handle."

"He just walked up and told my father to die."

"And?"

"And he died."

Pridy leaned away, and the chair groaned again as he shifted his weight. "He didn't draw anything or hold out an object?"

"Nothing," Jake said. His throat was burning, and he had trouble getting the words out. "He just said 'Die,' and my father died."

"Well, damn me for a slant-eyed Chinaman," Pridy said. "I never heard of anything like that."

Jake stood up and cleared his throat. "I better get back. Mr. Absalom will be ready to fry me."

Pridy waved him back to his seat. "You let me worry about Absalom. I'm not done talking yet."

Jake dropped back onto the green velvet chair. "I shouldn't leave that horse out there too long," he said.

"That horse isn't going anywhere, is it?"

"No. No, I guess not."

"Now, like I said," Pridy said slowly, "sheriffs around here haven't fared so well since the war. All but one, that is. The first one to come after things changed."

"Sheriff Larou. I've heard stories about him."

"That's right," Pridy said. "Sheriff Larou. Larou was sheriff of Medicine Rock for close to four years, and when he left, he left on his own."

Pridy pulled on the pipe, then took it out of his mouth and looked at the dark bowl. "This thing ain't worth spit," he said, and set the pipe down beside the washbasin. "Anyway, Jake, what I'm saying is that I want to be sheriff of this town for more than just a few months. When I do leave, I want to leave on my feet. And I think I know how Larou held on so long."

"How's that?" Jake asked.

"Deputies."

Jake knew he'd heard the word before, but he wasn't sure where or when. "Deputies?"

"Assistants to the sheriff. Apprentices, if you will," Pridy explained. "They were common as dirt before the war. Old Sheriff Larou had deputies to take some of the load." He leaned in close again, and Jake was glad the pipe had gone out. "And when Larou was gone, one of those deputies was sheriff after him. These days most sheriffs are too greedy of their own badge to share with anyone else, but not me, Jake. Not me."

Jake didn't need a trail map to show him where Pridy was headed. "I don't have a talent," he said quickly.

"How do you know?" the sheriff said. "Did you ever try?"

"No. My stepmother didn't want me getting involved in all that."

"Then you don't know." Pridy jabbed a thick finger at

Jake's chest. "They say talent often goes father to son. You may be even stronger than your father."

"I don't think so." Jake shied away from Pridy's touch and stood. "I better get back."

"Back to toting dead horses?" Pridy came to his feet. From close up, the bulk of the man was nearly overwhelming. "Jake, I'm offering you a chance to learn if you have any talent. Firearms, too. Do you know how to shoot?"

"A little."

"Well, then, this is your chance to learn more. You'll need to know the way of iron if you're to be a man in this country." The sheriff laid a big hand on Jake's shoulder. "And it'll get you out of Absalom's reeking stable."

Jake took a backward step. "I'll think about it."

Sheriff Pridy's slate-gray eyes were fixed on him. "You think about it, Jake. Think long and hard."

Jake nodded his head, then escaped into the street. He leaned against the rail under Pridy's shaded walk, feeling as if he'd just run ten miles. Across the street voices and laughter sounded from the Kettle Black, and there was a clinking of glasses. Jake was glad none of the townsfolk had waited for him to come out of the sheriff's office. There was no doubt they'd have had a good snort at seeing Jake clinging to the porch rail.

Pridy's offer made Jake think, all right, but it wasn't the *job* he was thinking of. What Jake thought of was his father lying facedown in a dusty street while a yellow-haired man stared down at him with blazing eyes.

He didn't want to think about that, didn't want to think about it at all.

☆ 3 ☆

If July in Medicine Rock had been hotter than blue blazes, August was enough to make hell jealous. The two weeks after the death of the shaman brought so much relentless heat and sunshine that people started wondering whether the old Indian had laid a curse on the town despite the sheriff's protection.

Everyone in town was about half-wrung-out with the heat and eager for a reason to avoid sweaty work. Everyone, that is, but Willard Absalom, who found as much work for Jake as ever, and Cecil Gillen, who would have kept working even if his tools were melting in his hands.

If anyone was ever to need an army of blacksmiths, Jake expected that the recruiting poster would look a lot like Cecil. The smith stood well over six feet, and while he probably weighed as much as the corpulent Sheriff Pridy, there wasn't one snatch of fat on Cecil. His legs were no bigger than any man's, but his arms were as thick around as hams. He might have been a handsome man with his stiff black beard and bright blue eyes, but perched up on those massive shoulders, his head looked absurdly small, like a child's head on a man's body. Still, Jake knew the smith had plenty of smarts.

Sweat poured off his arms as Cecil pounded his hammer down on a glowing horseshoe. Jake had seen other men take an hour to pound out a set of shoes, but Cecil needed only a few blows to work the strips of metal into shape. The smith snatched one of the glowing hot shoes with a pair of tongs and plunged it steaming into the bucket beside his anvil.

"This all that needs shoeing today?" he asked. "Just the one horse?"

"There's only four horses boarding with Absalom," Jake said. "Not much business to go around."

Cecil took another glowing bar from the front of the forge and started to beat on it. "Only four? I thought you had more than that."

Jake ticked them off on his fingers. "A big old bay for that German fella that's staying with the Herdeys, Reverend Peerson's Kentucky riding horse, Billy's pack mule—if you can call that a horse." Jake patted the sand-colored horse that was waiting for its shoes. "And old Sandford's mare, here. That makes four."

"What happened to that fancy Agree cuss?" Cecil asked. "The one that was staying over at the Vista."

"Agran," Jake said. "Didn't you hear about him?"

"Hear what?" Cecil finished his last horseshoe and tossed both it and his smoking hammer into the bucket where the other shoes were cooling.

Jake had to wait for the hissing of the steam to die down before answering. "He took off night before last. Nabbed his horse and pocketed some of the Vista's fancy silver. Didn't pay his bill anywhere."

"George Washington's drummer boy!" Cecil shouted.

The smith took his religion seriously, and Jake had never once heard him cuss. He'd gotten along fine with "heck" and "durn" and the occasional "dagnabbit" until the good Reverend Peerson had convinced him all those words were as bad as real cussing. But Cecil hadn't been able to break his habit of shouting something when he was surprised. The upshot was that he bellowed some of the silliest things Jake had ever heard.

"Didn't pay a cent?" Cecil continued.

"Not a one," Jake confirmed. "He owed Absalom the better part of two dollars. I hear he owed the Vista most of twenty."

"Jimmy Christmas!" the smith said. "I bet Mr. Cheatum didn't much love that."

"You'd win that bet." The Restful Vista was another one of

Howard Cheatum's enterprises. Jake didn't think much of Cheatum, but he had to give the man credit for one thing—he knew better than to give his own dubious name to any of the shops he ran.

"Well, gamblers make me nervous, anyway. Probably a good thing this Agran's left town." Cecil unbuttoned his thick, burn-scarred leather apron and tossed it on the bench. "It's a sight too hot to be doing this kind of work."

"Too hot for any kind of work," Jake said. He took off his hat and wiped back some of the sweat running down from his hair. "But Mr. Absalom doesn't think so."

"He's a hard man."

Jake snorted. "He is that."

Cecil picked up an oiled rag and began to wipe it over his tools. "So why do you work for him?"

Jake looked away. Talking about why he was working for Absalom brought the conversation too close to why he was in Medicine Rock to begin with. More than anyone else did, Cecil knew where the uncomfortable truth lay. "Why do you oil down your tools every day?" he asked, hoping to change the direction of the talk.

"Might rain," Cecil said. "Water in the air makes for rust."

Jake squinted up at the hard white sky. He figured that if it were possible to squeeze every inch of air in the county, one might get enough water to dampen a washcloth. The thunder might roll and the lightning might promise, but if it had ever rained in this part of the world during the month of August, Jake wasn't aware of it. He didn't argue with Cecil.

Like Jake, Cecil was a fugitive from Custer's moving in on the town of Calio. In Calio he had specialized in making wrought-iron fences for the better houses. Jake had grown up in a house framed by one of the smith's fences. But Custer had brought his own smith with him, and there wasn't much call for fancy fences in Medicine Rock, so Cecil was stuck pounding out horseshoes. To Jake's knowledge, he had never exchanged a word with the smith back in Calio, but in Medicine Rock they had become fellow refugees—and friends.

"You ain't answered me," he said. "Everybody in town knows that Willard Absalom hasn't got the charity of a coyote. And every time you come around here, you're jawing about Absalom."

"So?"

"So if you don't like the man, then why are you working for him?"

"What choice have I got?" Jake asked. "You see somebody opening up a gold mine around here?"

"No. But I recall you mentioning an offer on the table from our local sheriff." Cecil finished hanging his tongs on their rack and turned his blue eyes on Jake. "Well?"

"Well what? I'm thinking about it." Jake took a tin cup down from the wall and leaned across the anvil to dip a drink out of Cecil's cooling bucket. The hot tools had left the warm water tasting of iron, but it was no worse than most of the water in Medicine Rock.

"You've been thinking about it for going on two weeks," the smith said. "When are you going to tell Pridy yes or no?"

"I don't know." Jake hadn't told anyone else about Pridy's offer of a job as a deputy, and now he was wishing he hadn't told even Cecil. "I don't suppose it would hurt to wait a bit longer."

"I wouldn't wait too long," Cecil said. "Pridy's already recruited himself another deputy."

Jake spit a mouthful of the warm water into the dust. "He hasn't!"

"He sure as Tuesday has. He's got Bravo Kelly over at his office right now, learning to scribble."

"Bravo Kelly?" Jake shook his head. "If he's teaching Kelly, it's going to take some time. Kelly doesn't even know how to scribble his name on the register at the boardinghouse."

"Don't be so sure," Cecil said. "His mother was supposed to be a whale of a caster. I've heard she could tell about things that were still weeks off."

"Casting's not good for much except taking people's

money from them. Most of them charge you a fortune for a go, then what they tell you has no more than a hanged man's chance of coming true."

"All the same, I hear that Pridy's already had some luck teaching Kelly."

"How much luck?"

"I don't know," the smith said. "Just passing on what I heard at the Kettle."

Jake hung Cecil's drinking cup back on its hook. He hadn't expected to take Pridy up on his offer; after what had happened to Jake's father, he'd had enough of talents. That made it hard for him to understand why the idea of someone else being Pridy's deputy flustered him so much.

"I suppose I better go talk to the sheriff," he said.

Cecil reached over and slapped Jake on the back. "Do it, Jake. You weren't cut out to be spending your time mucking stables." He smiled, showing one of the most complete sets of teeth in town. "But I better shoe this horse first. You don't want Absalom mad at you—just in case the sheriff only fancies one deputy."

When Cecil had finished, Jake rode the horse down the street, hoping to generate a lick of breeze, but when it was stirred up, the air was nothing short of blazing. If the breeze wasn't cooling, it was at least distracting. Jake trotted down Main Street, looped around the small stockyard at the edge of town, turned past "Colonel" Travis Richland's horse lot, and reentered town along Main Cross Street.

Then he got off the horse and led it back to Absalom's stables. After two weeks of fretting he had reached a decision: he wasn't going to be Pridy's deputy. Working at the stables didn't pay much, was hard work, and brought about as much respect as being a gravedigger—maybe less. But it had one big advantage over being a deputy: not many people rode into town looking to kill a stable hand.

Sela was waiting in the shade by the stable doors when Jake got back. "Took your time at the smithy," she said.

"What are you doing here?" Jake asked. "Didn't your father warn you about hanging around troublemakers like me?"

"Father's gone down to the Kettle Black." She stepped toward Jake until the top of her wavy hair almost touched his chin. She tilted her face back to look up at him, and the light sparkled in her green eyes. "He said he wouldn't be back for hours," she said.

When he had lived in Calio and his father had been sheriff, Jake had courted a pack of girls. Some of them had come from families that had a lot of money. Many had fancy dresses and wore sharp perfume. A few whose families had recently fled from the east had spent a year or two at a finishing school and could speak Latin or French. Jake had thought that several of the girls were pretty and had been smitten with a few, but none of them had gotten him as purely flustered as Sela Absalom did.

Jake fought the urge to step back. "What's he doing at the Kettle this time of day?" The sergeant was no teetotaler, but he generally held off his drinking until dark.

"It's for business," Sela said. "There's a fellow down there from the Laramie-Calio coach. They're thinking about changing the line to run through here."

Laramie was a hundred miles south and half a mile above Medicine Rock. It was pressed in between two arcs of the Medicine Bow Mountains, but despite that unlikely location, the town had flourished. The stage that carried trade between Laramie and Calio was the only regular traffic that still traveled north of Denver.

"Why would they come through here?" Jake asked. "They've always gone through Kaycee."

"I don't know," she said. "But father thinks it's a big deal."

"It is. If we could get a stage coming through town regular—" He broke off as Sela leaned toward him and thoughts of stagecoaches and commerce slipped from his mind.

From any normal position the neckline of Sela's yellow dress was nothing but proper. But from Jake's privileged angle, directly above, the view was dizzying.

Sela's leaning forward got the better of her, and she fell against Jake. Maybe it was what she'd intended all along, because she didn't apologize or try to move away. Jake put his hand on her shoulder to help her. Somehow the hand slipped off her shoulder and down the pale cotton dress to her waist. Instead of pushing her away, he pulled her closer.

Her face was still turned up to him. He could see his own startled face reflected in her green eyes. For all the talking she did, Sela's mouth was small, with lips that were curved like the wings of a bird. There were tiny beads of sweat in the hollows at the side of her throat.

"I better get on with work," Jake said, but his voice was little better than a whisper and he didn't take his hand away.

"Father won't be back for hours," Sela reminded him.

As Jake lowered his face to hers, the muscles in the back of his neck trembled. As soon as his lips touched hers, Sela's hand went around his neck and pulled him down hard.

Jake wasn't sure how they got to the empty stall or how they got off their feet and down on the dry straw. Mostly he remembered Sela's face and her lips against his. He had a clear memory of her yellow dress opening to reveal a white shoulder and a sprinkling of freckles on skin the hard sun had never touched.

A door slammed at the back of the stables. "Sela? You in here, girl?" It was the voice of Willard Absalom.

Jake froze. He caught Sela's eye and saw her looking back in terror. Boots sounded on the hard-packed floor, and Sela jumped to her feet. She shoved at her disordered dress. Jake looked up at her and listened to the approaching feet.

"Go!" she whispered.

"Go where?" Jake asked, but he figured out the answer before she had a chance to give it. He pushed the straw away from the base of the stall and rolled under the side. He rolled right against the skinny legs of Reverend Peerson's brown mare, Racket. Racket looked down at Jake with dull black eyes.

He clutched the floor. The sides of the stalls were high, and the boards were tightly set. As long as Absalom didn't open the door, Jake should be safe.

Hinges squeaked as the door to the other stall opened. "I'm in here, Father!" Sela called.

"What are you doing in there?" Absalom asked.

"Just spreading some fresh straw," Sela said.

"That's Mr. Bird's job."

"Yes, Father, but Jake, he had to take one of the horses, you know, over to be shoed. I was just trying to help."

"You let Mr. Bird do his work," the sergeant said. "You've got chores of your own. You hear?"

"Yes, Father."

"Anyway, I've got a good piece of news. The stage is going to be coming through Medicine Rock twice a week."

"That's wonderful, Father."

"We're going to have a mess of work getting ready. Run back to the house right now."

"Yes, Father." Sela's footsteps went running away.

Jake listened for the sound of Absalom's heavy cavalry boots following her back to the house but heard nothing, so he stayed as he had been all through the conversation between Sela and her father, half-covered in straw and hugging the dirt.

He was starting to relax when Racket bit him on the leg. He stifled a yell and dug his fingers into the straw.

"You best get up, Mr. Bird, before she eats you to the knees."

Jake sat up, hit his head against the boards, fell, and climbed to his feet again. "Mr. Absalom! I was just . . ." He tried to think of something else to say, but his voice failed him.

"I've got a good idea of what was going on in here, Mr. Bird," Absalom said. "And if I didn't think my daughter was probably as much to blame as you, I'd be testing my old revolver right now."

"Yes, sir," Jake said. He'd heard more than one tale of the sergeant's skill with his Colt dragoon, and he wasn't ready to bet that Absalom couldn't still pot a philandering stable hand at close range.

Absalom nodded. "It's hard to raise a girl in a town like this, Mr. Bird. Damn hard on me and hard on Sela, too." He lifted his battered skimmer and used it to fan his bare scalp. "For years I've been wanting money enough to send her to school back east. Even with things the way they are, there are still places you can send a young woman to give her a better chance at a good life. With this stage line coming through, it looks like I may have the money I need."

"That's good," Jake said.

"Yes, Mr. Bird, it is," Absalom said. He settled his hat back on his head. "You're still over at Mrs. Curlew's boardinghouse?"

"Yes, sir."

"Fine. I'll be back here in an hour. When I get here, I expect that you'll have anything of yours out—and be careful you only take what's yours. I'll send your pay around to Mrs. Curlew's."

"I'm fired?" Jake asked.

"Mr. Bird, you are fired." Absalom spit into the dust. "And if you ever come to own a horse, I suggest you find some other place to board it." He fixed Jake with his gray eyes. "Because if I ever see you around my place, or my daughter, again, I'll be compelled to try out my aim. You understand?"

"Yes, sir," Jake said.

Absalom glowered at him for a second longer, then stomped off.

Jake bent down and took his hat from the floor. He brushed the loose straw from it as he watched Absalom walk away. There had once been a day when Jake had worked too long under the sun and had fallen down with heatstroke. The feeling he had now wasn't too far from the confusion and nausea he had felt then.

He reached for the latch to open the stall. Reverend Peerson's vexatious mare managed to nail him one more time before he could escape.

☆ 4 ☆

Bravo Kelly was a good head taller than Jake, was broader across the shoulders, and probably outweighed him by forty or fifty pounds. Kelly liked to fight, liked to gamble, and was well known as a card cheat. The only reason someone hadn't shot him long before was that he was so pathetically beef-headed that no matter how much he cheated, he lost anyway.

When the herds had still moved back and forth with some regularity, Kelly had worked on the drives. To hear him tell it, he had been a top hand and near enough to running the drive himself, but there were few in town who would believe his bragging. Most ranchers tried to find a trail boss who was at least a little smarter than the cows.

For better than a year he had scraped out a living doing odd jobs for Colonel Richland. Most of those jobs were none too different from the chores Jake handled for Willard Absalom. It was not the best-paying position in Medicine Rock, and Kelly made no secret that he thought the work was below a cowhand of his caliber.

Frequently, when Kelly's gambling and untempered drinking had depleted his meager income, he fell to bullying the other boarders at Curlew's for loans so he could make it through the week. Jake had been on the receiving end of his shoving and glares far too often to feel any affection for the man.

The memory of those thumpings made it all the more frightening to see how well Kelly was doing with his scribbling.

Jake found Kelly and the sheriff behind Pridy's whitewashed

office. Pridy stood by with his arms folded over his big stomach as Kelly used a length of sun-bleached wood to trace a circle in the yellow dust. Jake hung back, waiting to see what would happen.

Kelly drew a line across the circle, then a squiggle under the line. He hesitated for a moment, the sharp end of his stick waggling in the air, then added another squiggle. He punctuated the design with a sharp jab of the stick and stepped back.

No sooner had he finished than a twisting ribbon of smoke sprang up from the center of his scribbling. It rose to a height of ten or twelve feet, then started to pour down like milk flowing along the sides of a glass. In seconds it had formed a shadowy giant with the body of an ape and the tusked head of a wild boar.

"That's good," Pridy said. "Can you control it?"

"Dunno," Kelly said. He put his stick back on the ground and drew a wavy line.

The smoke giant turned its massive head. It raised a malformed arm, then lowered it. One bowed leg moved forward, then the other, as it shuffled a step closer to Kelly. Insubstantial though it looked, its smoky feet left deep ruts in the dust.

Kelly added another line in the dust, and the effect on the smoke giant was immediate. It reached out both hands, took Kelly by the neck, and raised him into the air.

Jake was frozen, unsure what to do, unsure if there was anything he *could* do, while Kelly beat with his skinny stick at the monster he had created. The thing's massive hands dug hard into the skin of Kelly's neck. The would-be deputy's long, razor-stubbled face was quickly turning a deep purple.

"Damnation," Sheriff Pridy said. He walked up to the smoke giant and pitched one of his pine carvings at its feet.

The smoky boar's head turned to look at Pridy. Its mouth opened to reveal rows of teeth no pig had ever owned. Then it faded as quickly as a puddle in the desert. Bravo Kelly dropped ass first on the sand, gasping noisily for breath.

Pridy stepped over Kelly, ground the charred pine carving

under his boot heel, and walked over to Jake. "Afternoon, Jake."

Jake gave a nod. "Sheriff."

"What did you think of Mr. Kelly's work?"

"It was impressive."

"And?"

"And frightful," Jake said. "That was a powerful thing he brought up."

"You're right, son," the sheriff said. "But it's his control that frightens me, not his scribbling." Kelly had managed to climb to his feet, and Pridy turned to address the rest of his remarks to him. "If you're going to raise a beast like that, Bravo, you better know what to do with it."

Kelly nodded, one hand on his bruised throat.

"Go inside and get yourself a drink. Then sit yourself down and rest a bit in the shade. I'll be in directly."

Kelly walked past Jake, still rubbing his throat. If he suspected why Jake was there, he didn't do anything to show it. The cowhand's large Mexican spurs jangled and rang as he walked.

Pridy turned to watch Kelly go, shaking his head as the tall man mounted the steps to the office. "It's a damn shame."

"What is, Sheriff?" Jake asked.

"Kelly. The boy's got a real talent. If he had a lick of sense, he'd be a dangerous man."

"He seems dangerous enough."

The sheriff snorted. "Dangerous to himself, maybe." He jammed his hands into the pockets of his wool trousers and turned to face Jake. "Well, Jake Bird, have you come to discuss my offer?"

"I suppose," Jake said. "I was afraid that since you hired Bravo you wouldn't be interested in anyone else."

"Well, then, does that mean you're interested?"

"Yes. I'll take the job if it's still open."

"There remains the possibility of a position," Pridy said. His slate-gray eyes moved up and down over Jake. "It's obvious from talking with you that you've got more brains than Bravo. Now we need to see if you've got the talent to go with it."

"How do we do that?" Jake asked.

"Easy." The sheriff clapped a big hand down on Jake's shoulder. "We go see Goldy."

Goldy Cheroot had worked at the Kettle Black for all thirty years of its existence. Currently she worked as a barkeeper. For some reason that seemed to inflame Reverend Peerson—not that there was a bar but that it was tended by a woman. The reverend's feeling was that working in a bar was like to send a woman along a perilous course. Whether Peerson considered Goldy's job behind the bar more scurrilous than her former position in the bedrooms above had never been completely clear.

The only clothing Jake had ever seen Goldy wear was a fancy red party dress that must have been more than twenty years old. The dress was faded but clean and well mended. In that way it resembled Goldy's place of employment.

Built during Medicine Rock's heyday before the war, the Kettle Black had been provided by its original owners with a long bar of polished onyx that had been quarried down in Mexico. There was a huge plate mirror behind the bar and a crystal chandelier that had been carted all the way from St. Louis. Since those heady days, in the uncertain times that had come with the changes, not much had been added. But Goldy had done a good job of keeping some of that past glory alive in the gleaming mirrors and well-polished wood.

There was a portrait on the back wall of the Kettle that testified to Goldy's youthful beauty. In the painting, her eyes were as brown as the reverend's mare and her hair as yellow as butter. Now both hair and eyes were the dirty tan of peanut shells. After many years under Medicine Rock's blistering sun the portrait was the only evidence that Goldy had ever been beautiful—or youthful.

She looked up as Pridy and Jake came through the door, reached down, and set a bottle on the bar. "Early enough, ain't it, Sheriff?" Long experience with the whiskey she sold had left her with a voice as raspy as her face was weathered.

Pridy took the bottle and the glass she passed him and poured his own drink. Goldy pulled another glass from under the bar and started to hand it to Jake, but Pridy stopped her hand. "Don't give the boy anything. He needs his wits."

She put the glass away. "You're being cruel to the boy, drinking and not letting him have any."

"He'll live." Pridy took a long pull from his glass and set it down on the bar with a solid thump. He eyed Goldy apprais-ingly. "How about yourself? Have you been exercising your temperance today, Goldy?"

Her faded brown eyes flicked from the sheriff to Jake and back to the sheriff. "You're wanting me to cast, is that it?"

Pridy took another pull on his whiskey and nodded his head. "That's it," he said. "I want you to cast the boy, see if he has any talents."

Jake had been in the Kettle Black two or three nights a week since coming to Medicine Rock, and he'd taken many glasses of whiskey from Goldy's bony hands with barely a glance at her sun-worn face. But as she turned back to Jake, he had to fight just to hold himself still.

"What makes you think this boy has any talent?" she asked. "Ain't this the one that's been mucking out Willard's stable?"

"The very one. But talent runs in his family." The sheriff clapped his hand on Jake's back again, a habit Jake was starting to dislike. "Goldy, this boy's father was the sheriff of Calio."

Her pale eyes widened. "This is Custer's boy?"

"The one before Custer."

Some of the awe in her face died away. "Oh, that one." She took the glass she had been about to hand to Jake and poured it half-full.

"You're not going to do any casting if you're swozzled," Pridy said.

He reached for the glass, but Goldy pulled it away. "Go on.

I'm not using this for drinking. This is one of the ways I do my casting."

Jake watched as she tilted her head back and took a long drink of the whiskey. She held her face up for a moment, her eyes closed and her wrinkled cheeks pulled in. Then she leaned forward and spit the mouthful of whiskey onto the smooth black surface of the bar.

Pridy jumped back and brushed at the front of his shirt. "Damnation, Goldy! Do you have to do that?"

"Be quiet," she said. She put the bottle back on the bar and pursed her lips as she looked at the spattering of pale yellow whiskey.

Jake had seen casters many times back in Calio. Some of them were people from the town. Others had been vagabonds, self-styled Gypsies who went about telling fortunes and collecting coins. Many of them had told things so vague and dunderpated that Jake doubted they had a lick of sense, much less talent. A few had said something that turned out to happen later, though as often as not they were wrong. None had had enough talent to predict what had happened to Jake's father.

"Don't you need some bones?" Jake asked.

"What?" Goldy mumbled, still looking at the spots.

"Every caster I've ever seen used bones or teeth. Something like that."

Goldy grunted and pushed her finger through the mess. "Don't need no bones," she said. "I've got bones of my own." One of the pools of whiskey rippled a bit, and a wave of color went across it. "Here we go. Here we go."

More colors washed across the liquid. There were voices talking somewhere just outside Jake's hearing. He tilted his head a bit to listen more intently. Pridy stepped in closer, and for a moment all three of their heads were poised over the sodden bar.

"Hellfire!" Goldy shouted suddenly.

Both Jake and the sheriff jerked back.

"What is it?" Pridy asked.

"There's his father." She pointed a bony finger at one of the puddles. "Parlous strong, that one." She looked up at Jake. "Chatterer, was he?"

"Yes," Jake said, surprised. "He was."

"What about the boy?" Pridy asked.

Goldy turned back to her whiskey visions. Her lips drew down in a frown that brought deep runnels to her cheeks. "Can't say."

"Can't say what?"

She pulled a square of worn cloth from behind the bar and started wiping up the spill. "Can't say anything. Don't know what his talent is or even if he's got one."

"Why not?" the sheriff asked. "You saw Kelly's talent well enough."

"Can't tell you that."

"You can't or you won't?"

Goldy smiled, revealing a pair of teeth that matched her name. "Can't say that, either."

The sheriff stared at her for a long moment, his gray eyes locked on Goldy's pale brown, then he fished in his pocket and came up with a silver dollar. He tossed the heavy coin on the bar, turned away, and muttered something under his breath. "Come on, boy," he said. Pridy stomped out of the Kettle Black, leaving the doors swinging in his wake.

Jake got up to go, but Goldy took his arm. "Have a care, son," she said.

"Did you see something?" Jake asked, half-afraid to know the answer.

Goldy nodded. "Something, but that's not the whole of it. Pridy's marked you for one of his, ain't he?"

"Yes. He wants me to be a deputy. Did you see something about that in your casting?"

She shook her head. "Don't need a casting to see that." She dropped Jake's arm and went back to cleaning the bar. "Deputy is nothing but a way for a sheriff to stop a bullet or dull some bit of talent that's thrown his way. You understand that?"

"I guess so," Jake said.

"You be sure," Goldy said. "Old Larou was sheriff for near on four years, and people around here make out like he was God and Georgie Washington done rolled up in one. But Larou musta gone through a dozen deputies in his years, some of them boys younger than yourself."

"Jake!" Pridy called from outside the door. "Come on, boy."

"Yes, Sheriff!" Jake had the feeling of being caught doing something he ought not do. "I better run," he said to Goldy.

"You run to Pridy," she said. "But you remember what I said about Larou and his deputies. Your father may have been a good man—that ain't something I could see in the whiskey—but just because a man's a sheriff, that don't make him no more honest than the next."

She pitched her rag back under the bar and fixed Jake with her tired eyes. "Pridy's got talent, but he won't think a second about using your guts for suspenders if it means keeping himself alive."

"What did you see in the whiskey?" Jake asked.

"Death," she said.

"For me?"

"More than you," Goldy said. "Old man death is riding for us all."

☆ 5 ☆

Curlew's boardinghouse was three doors down from the Kettle Black and the sheriff's office. It was really two houses, both of them large two-story structures built just after the war, when Sheriff Larou still held things together and people had not realized how much the world had changed.

Ebbet Curlew had knocked out the wall to the drawing room in one house to allow for an extra-large dining table. In the other house he'd added walls to divide the downstairs into a half dozen bedrooms. He had connected the buildings by boarding over the dog walk in between. The connecting work wasn't the slickest job—the boards were rough-cut and leaked when the fall rains came. The whitewash he had slapped on had almost worn off.

Ebbet had meant to get around to making repairs, but he never got the chance. He'd come out to Medicine Rock all the way from Philadelphia, and while he claimed to love the empty country—an attitude none of the locals could understand—he certainly didn't know much about it. At least he didn't know enough not to camp in the bottom of a dry wash while out hunting antelope. The same fall rains that leaked through the clapboard roof of the dog walk had washed Ebbet Curlew halfway to Mexico and made his wife, Dora, the youngest widow in Medicine Rock.

Ebbet had died shortly after Jake had come to town. Like everyone else, Jake had expected Dora Curlew to load up her belongings and head back for the paved streets and more civilized chaos of Pennsylvania, but she didn't. When she told everyone that she intended to stay, it was expected that she'd soon pick herself a likely beau and marry him, but she didn't do that, either. What she did was set to the boardinghouse business with such a vengeance that in short order she had made herself the richest woman in town and probably the most courted woman in a hundred miles.

Jake happened into the boardinghouse just as the cook, a Mexican girl by the name of Josephina, started jerking the rope that swung the dinner bell.

She smiled as Jake came through the door. "Chicken and dumplings," she said over the clanging of the bell. "Good food tonight."

For Jake those two phrases didn't generally go together. Chicken and dumplings at Dora Curlew's table usually meant a lot of flour and not much bird. But Jake saw quite a good bit of meat in the steaming bowls Josephina was carrying and let his stomach lead him to a seat at the big table.

The other occupants of the house knew that being late to the table sometimes meant making do with beans and bread—and sometimes it meant doing without them. Thus, they weren't long in coming down to join Jake.

A couple of trail hands were down first. They were both tall and loosely set with a pair of walrus mustaches that made them look like brothers. They had come in the spring, trailing along behind a small herd of skinny longhorns. Since then they'd talked of nothing but how they wanted to get behind another drive before fall came, but as the summer months slipped past, it was beginning to look like no more drives were coming. The two cowboys often talked of striking out for more southern country in hopes of landing more work. Evidently their money had not yet worn out; they had not left the soft beds and soft grub of Curlew's.

The next down was another short-term resident of the boardinghouse, the Right Reverend Otis Peerson, whose horse had lately snacked on Jake's thigh. The Methodists had voted to build their new preacher a house, but board lumber was currently in short supply in Medicine Rock.

Peerson was so skinny that most people took him for tall; Jake had to stand right next to the man to realize what a runt the preacher really was.

Peerson came around the table and squinted at Jake. His heavy spectacles made him look a bit like a frog. "Good evening, Mr. Bird," he said in a voice twice as deep as he was tall. He pulled out a chair and parked himself next to Jake.

"Evenin', Reverend," Jake replied. He was half tempted to move. Peerson was one of those men who liked to talk during meals, a habit Jake's stepmother had taught him was rude. Most preachers were in something of a state since the war. What was going on with the talents and such didn't fit neatly between the pages of any gospel Jake had ever heard. Some of the preachers would just ignore it, some of them put it all down to the Devil, but Peerson liked to talk about it. And the preacher's talk sometimes wandered toward what he'd heard about Calio and what had happened to Jake's father. Jake wasn't ready to think about Calio, much less gab about it at the supper table.

Bravo Kelly wandered in from the front, having to duck to get through the door with his hat on. The jinglebobs on Kelly's spurs tinkled, and he was more cleaned up than Jake had seen him in a month of Sundays. Though it had not stained him with the sight and smell of manure, a day of working at his talent had left Kelly looking pretty haggard. As soon as he dropped into his chair, he leaned back and tipped his hat down over his eyes. Jake suspected that for one night the clientele of the Kettle Black would be safe from Kelly's braying laugh and brainless jokes.

Dora Curlew strolled into the room with a man on her arm. Jake had never seen Dora's new friend before, but he supposed that the man was the cause of the meat on the table, so he was prone to be polite to the guest.

"These are my boarders, Mr. Kenit," Dora said.

Kenit was a big man, almost as tall as Bravo Kelly and easily three times as wide. He wore a dark suit so clean and a shirt so white that he couldn't possibly have gone more than a block down Medicine Rock's dusty streets. His round face was flush above a salt and pepper beard.

"Is this all there are?" he asked.

"No, no," Dora said quickly. "There's lots more. But these boys don't always make it home for supper."

Unless Dora had picked up some new customers during the day, Jake knew that the only other resident was a gray-bearded prospector called Panny Wadkins. Jake didn't say anything, and neither did any of the other men at the table. It was obvious that Dora was trying to impress the red-faced Kenit.

"Mr. Kenit is going to build a bank in Medicine Rock," she said with a smile.

Kenit let go of her arm and made a rumbling noise as he settled into a chair. Dora usually sat at the head of the long table, but Kenit had taken a chair in the middle, and she hurried to sit at his side.

"That's yet to be seen," he said. Without waiting for a blessing, he took one of the bowls and started ladling dumplings onto his plate.

Jake looked over at the reverend and saw him purse his skinny lips. When Kenit put the bowl down after taking half its contents, Peerson folded his hands and closed his eyes for a moment, then reached for the food himself.

"A bank would add a lot to this town, Mr. Kenit," the preacher said.

Kenit nodded and swallowed a mouthful of food. "And it's a considerable investment." He forked another dumpling and popped it into his mouth whole.

As in most places, the storekeepers of Medicine Rock were still taking Yankee dollars and bills circulated by some of the larger eastern firms. Confederate money was also accepted, but generally at a steep discount. With both governments in disarray, this situation was none too stable, and a good deal of trade was already taken out in barter. A local bank with a note of local issue would go a long way toward keeping wages in Medicine Rock from falling to measures of chickens and black pepper.

Josephina came back into the dining room and set down a plate of browned sourdough biscuits. She smiled at Jake as she went past, her teeth very white against her dusky skin. Jake grabbed one of the biscuits quickly and smiled back as she turned to leave. Josephina's biscuits were served every day at breakfast and supper, but Jake didn't get tired of them. To his mind they made it worth coming to the supper table and paying his twenty-five cents.

Jake looked around the table, hoping that the banker's presence might have spurred Dora into putting out real butter, but there was a bowl loaded with the greasy concoction called Charlie Taylor. The brown mix of sorghum and pig fat was a long sight from sweet butter and beyond Jake's ability to stomach. He ate his biscuit plain.

Dora made another try at getting the conversation started. "Mr. Kenit wants to make sure that Medicine Rock is a stable place for his bank."

"That's right," Kenit said, waving his fork. "Does no good to put in a bank if some bandit can come in and take over the town. No, sir, for a town to have a bank, you need solid citizens and a strong sheriff."

"In my experience, Sheriff Pridy seems a strong man," Peerson said. He took off his rimless spectacles and polished them on the sleeve of his rusty black coat. "I've seen him handle four challengers just in the time I've been here."

"He has for a fact!" Dora said. "And he's planning for the future. Why, right here is his new deputy. Isn't that right, Mr. Kelly?"

Even the food hadn't done much to get Bravo Kelly's attention and he was still half-asleep under his hat, but he straightened quickly at the sound of his name. "Yessum," he said. Then he blinked his watery blue eyes. "Uh, what was that you were askin', ma'am?"

Kenit gave a snort. "If this is your sheriff's plan for the future, perhaps I should take my money down the road to Laramie."

Bravo Kelly's long face turned red, and he pushed his chair

back from the table. "Sheriff's done hired me 'cause I got a talent."

"A talent? Glimmering or some such?"

"Scribblin'," Kelly said.

The banker frowned. Jake wasn't sure, but he thought the man was impressed. "Scribbling can be a wieldy talent."

"Sure it can! Just this afternoon I done scribbled up some critter big as a house." Kelly pushed out his chest. "Sheriff'll probably have me wrastle the next challenger myself." He pulled himself back to the table and grabbed a biscuit.

Dora leaned in. "With the sheriff having a deputy and the stage line coming in, Medicine Rock is a perfect place for your bank."

Kenit rumbled again. "That's yet to be seen," he said. "But the stage line is a good sign. Your stable owner ought to have some steady money coming in."

Dora nodded. "Yes, and that reminds me." She turned down the table, and the smile disappeared from her face. "Mr. Bird?"

Jake was reaching for another ladle of dumplings, and he nearly dropped it. "Yes, ma'am?"

Dora's plump face was as stern as she could make it. "Willard Absalom sent your wages 'round this afternoon. He says you're not working for him anymore."

Everyone stopped eating and looked up at Jake. He sat there with the ladle dripping onto the tablecloth, not knowing what to say. "Yes," he admitted after a few seconds. "I've left the stables."

"Well, you'd best have enough money to pay your way." Dora leaned toward Kenit. "I'll have no shirkers under my roof," she said primly.

Jake understood that Dora was trying to impress Mr. Kenit with her thriftiness, but it didn't make being called on the carpet in front of everyone any easier to take. "I can pay," Jake said. "I've got another job."

"How interesting, Jacob," Reverend Peerson said. "And where will you be working now?"

"For Sheriff Pridy. I'm going to be a deputy."

"You ain't!" Bravo Kelly shouted. He hooked a thumb against his dusty shirt. "I'm the deputy."

Kenit chuckled. "I might understand if your sheriff desired additional aid."

Kelly jumped to his feet. His wooden chair toppled over and slammed against the floor. "He don't need nobody but me." The cowboy's blue eyes were fixed on Jake. "Is that why you was over at the sheriff's? Trying to steal my job?"

Jake put his hands on the edge of the table and got ready to move. Kelly's mind might run as slowly as a one-legged horse, but his fists were plenty quick. "Sheriff Pridy asked me. I'm not trying to get your job, Bravo. He just felt like he needed more than one deputy."

Kelly shook his head. "Well, he ain't said a thing to me about it. If he was needing more than me, I'd expect to know."

"I'm sure it's nothing against you, Mr. Kelly," Reverend Peerson said. "The sheriff probably feels that it's prudent to have all the help he can find."

For once Jake was happy that Peerson had seen fit to jump into a conversation. "That's right," he added quickly. "I'm sure the sheriff thinks you're doing fine."

"Well, just you remember that Sheriff Pridy asked me first," Kelly said. He bent over and retrieved his fallen chair. "Everybody can see that I was the one he wanted most."

Jake wasn't even tempted to mention that Pridy had talked to him weeks earlier. "Sure, Bravo. You were his first choice."

Kelly sat down, grabbed a biscuit, and took a large bite. As he chewed, he kept sending hostile glances toward Jake. In the back of his mind Jake started calculating whether he would be better off paying the extra dollar a week to stay at the Restful Vista. Bunking under the same roof as Kelly seemed like a guarantee that there was a beating coming up. Maybe the best thing for Jake would be to see if he had enough money stashed to get the new stage line to haul him down to Tempest.

"What's your talent, Mr. Bird?" Peerson asked.

"What's that?"

"Your talent? What is it?"

"I don't know," Jake said.

Kenit laughed again. "Well, now I know that my bank's going to be safe! Protected by a deputy with no talent."

Bravo Kelly laughed, too. "He ain't gonna be no deputy! I told you he weren't."

"Why would Pridy hire someone who has no talent?" Dora asked.

"He wouldn't!" Kelly said. "This stable monkey ain't nothing but a liar."

"I'm not lying!" Jake said. He knew he was risking a kicking, but he was tired of being insulted in front of half the people in Medicine Rock.

"His father was the sheriff up in Calio," Peerson said. He didn't raise his voice, but his words cut through the laughter as surely as they carried the length of the church on Sunday mornings. Even Bravo Kelly clammed up.

"You're Custer's boy?" Kenit asked.

Jake shook his head. "My father—"

There was a gunshot out in the street.

For a long moment everyone was frozen. Then there was another shot, and Josephina came running into the room with her long black hair streaming behind her. "It is a challenge!" she shouted. "There is a man out there fighting with the sheriff!"

Everyone got up and tried to see what was going on from the dining room window, but the angle was poor.

"Just one man, Josephina?" Peerson asked.

"*Sí.* Yes. I didn't see them very well, but I saw only one man."

Another explosion sounded. It was a deeper bark than Pridy's pistol, more like a clap of thunder. A roaring sound started up, something like rocks grinding together or the noise of a bad storm.

"Well, boys," Kenit said. "Here's your chance to be good deputies."

Bravo Kelly looked from the banker to the window, then back to Kenit. “What should I do?”

Kenit put a big hand on Kelly’s back and moved him toward the door. “You best get out there and help, boy. Your sheriff might not make it without you.”

To Kelly’s credit, he hesitated only a moment before running for the door.

“You better get out there, too, son,” Peerson said.

“What can I do?” Jake asked. “I don’t even know if I have any talent.”

“Don’t worry,” Kenit said. “You can still do what most deputies do best.”

“What’s that?”

“Die for their sheriff.” The big man gave Jake a wink.

☆ 6 ☆

The first thing Jake saw when he came out the door of the boardinghouse was a creature that looked like a crawdad swollen to the size of a small house. The second thing he saw was Bravo Kelly stretched out in the dusty road with a splatter of dark blood by his side.

For a second Jake thought Kelly had fulfilled Kenit's words very quickly and died, but then the cowboy groaned and sat up. Jake hurried over to him.

"You all right?" he asked. They were almost under the tail of the giant crawdad, and Jake looked up nervously.

Kelly put a hand to his hair and pulled it back painted with blood. "That damn thing has stole my hat," he said. The tall man looked at Jake, and Jake saw Kelly's watery blue eyes roll out of sight a second before the cowhand toppled back into the dust.

Jake knelt down and hooked his arms under Kelly's. Grunting under the bigger man's weight, he pulled his fellow deputy toward the boardinghouse. Kelly's big spurs jangled, leaving twin furrows in the dust.

The crawdad thing made a sound like a sheet of roofing tin being torn in half. It took a long step forward, and from somewhere up by its head an unpleasant buzz saw noise began. There was a biting ammonia smell in the air that burned Jake's eyes.

As he neared the board sidewalk, the two mustachioed trail hands came running out and helped Jake get Bravo Kelly inside. Kelly's boot heels rattled over the boards like a boy running a stick along a picket fence. Reverend Peerson held open the door as they drew the deputy inside.

"Is he dead?" Peerson asked as they hustled through the door.

"No," Jake said. "At least I don't think so. I think that thing out there gave him a whack on the head." They eased Kelly down on the braided rug. Jake crouched beside him. "Somebody better go for Doc Grimes."

"I'll do it," one of the cowboys said. He started for the door, then turned around. "Think I'll go out the back." He stepped over Bravo Kelly and hustled out the other door.

"What is that thing?" the second trail hand asked. "Some kind of conjuration?"

Still crouched beside the unconscious Kelly, Jake looked out the door and watched the crawdad take another five-foot step. "I don't know," he admitted. "It's more solid than anything I've ever seen brought up by scribbling or signing."

Hidden from view on the other side of the monster, Sheriff Pridy began to holler. Despite the energy of his yells, the monster took another step.

Kenit came strolling up to the door with a handkerchief over his face. "Seems like you may be needing a new job, son," he said. "This one looks to be too much for your sheriff."

There was the bark of another shot from Pridy's pistol and another shot after that. Jake had assumed that Pridy was shooting at whoever had summoned up the beast, and he was surprised to see one of the bullets crack a plate on the monster's side. That seemed to have more effect than the hollering had, and the crawdad backed up a step. The pistol cracked again as Pridy fired another shot into the monster.

"The pistol hurts it," Jake said. He'd never heard of something brought up by talent that could be hurt with a gun.

"I'm surprised that thing can even feel a pistol ball," Kenit said. "Thing like that, it would probably take a cannon to put it down."

A strange feeling settled over Jake. For just a second everything seemed sharper. The leg of Kenit's trouser was so clear that Jake could see every fine thread. Every spot of blood on Bravo Kelly's face seemed like a crimson lake.

"You're right," Jake said. "A cannon is just what we need." He got up and started for the door.

Peerson took him by the arm. "Don't go out there, Jacob. There's nothing you can do to help."

Jake shook his head. "I know just what to do."

He threw off the reverend's arm and ran into the street. The creature had moved down the side of Pridy's office almost into the dusty backyard where Bravo Kelly had practiced his scribbling that morning. Jake hurried past the monster's tail, coming within an arm's length of the spiny flanks, and trotted down the center of Medicine Rock's main street until he came to Absalom's stable. He flung the stable doors open and ran past a startled Sela.

"Jake!" she shouted. "Where are you going?"

He didn't stop to say anything. Instead, he ran through the stables and up the short rise of steps to the Absaloms' house. He jerked open the door and nearly collided with Willard Absalom coming down the hallway.

The old sergeant had shaving lather on his face and a straight razor in his hand. "I thought I told you to stay away from here," he said.

Jake was winded from his dash down the street and had to suck in a deep breath before speaking. "The rifle," he said. "Where's the rifle?"

Absalom's forehead creased in consternation. "What are you talking about? You didn't leave any rifle here."

"Not my rifle, yours. The Sharps big-bore. Give it to me."

"I'll give you one end of it," Absalom said. He raised his single arm and waved the razor at Jake. "You get or I'll slice you from boots to brisket."

Jake looked toward the stables, where Sela was coming after him with her hands on her hips and a look of pure spite on her face. Faintly, he heard the sound of Pridy's pistol firing again. He turned back to Absalom.

"That's his sixth shot," he said. "Give me the rifle."

"Why I'll—" Absalom started.

Jake drove his fist into the one-armed soldier's stomach. While Absalom was looking at him in surprise, Jake pumped his other fist into the man's chin. Absalom crumpled onto the floor. The razor went clattering away across the boards.

"Get away from my father!" Sela shouted. Her hands beat against Jake's back.

He turned, put his hand on her face, and gave her a shove that sent her tumbling out the door, down the stairs, and into the straw. Bending to retrieve the razor, Jake pressed its edge to Absalom's neck. "The rifle," he said. "Where is the Sharps?"

"You're going to hang," the stable owner gasped.

"The Sharps!"

"In the front room, propped against the tinderbox."

Jake stood and tossed the razor down the hallway. He ran across the floor and found the big rifle just where Absalom had said, with a belt of ammunition slung from a peg beside it. He grabbed the rifle in one hand and the belt in the other and ran back the way he'd come.

Absalom was waiting for him at the door with a pistol in his hand. "Drop it, boy, or I'll drop you."

"You don't understand," Jake said. "The sheriff's out there, and he needs help."

"If he's facing a challenge that his talent can't handle, no gun's going to help," Absalom said.

"It will," Jake insisted. "Please. Just let me go to him."

Sela came up behind her father. She was holding one hand to her face, and a trickle of blood seeped from her nose. "Shoot him!" she said.

"Hush," Absalom said softly. The old sergeant eased the pistol's hammer down with his thumb. "Go," he said, "but when this is over, you're answering to me."

Jake nodded and ran. His fingers fumbled at the cartridges as he came out into the daylight. He was startled to see that the crawdad thing was completely out of sight behind the sheriff's office. Jake could still hear Pridy hollering as he ran in the monster's six-legged tracks, but the sheriff's deep bellows were laced with near hysteria. As soon as the body of the creature came in sight, Jake drew the rifle to his shoulder, shoved back the hammer, and fired a shot into the monster's side.

The Sharps had been designed for shooting buffalo. It fired a big, soft lead bullet with enough impact to knock a thousand-pound bull off its feet at a distance of four hundred yards. It cracked through the armor on the side of the crawdad like a hammer striking watermelon. Greenish fluid gushed out and splashed into the dust.

The monster roared again. Its metal voice made Jake's teeth hurt. The Sharps held only one shot at a time, and before Jake could work open the chamber and insert another shell, the creature had shuffled around toward him. It was the first time Jake had seen the animal's front, and he found it a nightmare of buzzing mouth parts, spiked shell, and bobbing antennae that were as thick as a man's wrist. The stalked eyes weren't solid black like those of the little crawdads that walked around the local creeks. The monster's eyes were a soft brown with black centers, and they burned with intelligence.

Jake fired again. The bullet went into the creature's mouth and exploded out its back in a geyser of gore. This time it didn't roar—it screamed.

Backpedaling to stay out of reach of the advancing monster, Jake chambered another load. The crawdad stopped as he raised the barrel a third time. It lifted its huge claws and took a step back. A gurgling whine emerged from its ruined mouth.

Jake fired again. The monster's carapace expanded, cracked, and released a wisp of smoke. The crawdad fell to the street with a noise like tumbling stovepipes. The stalked eyes waved in the air for a moment longer, then dropped into the mud that had come from the creature's blood. Its jointed tail curled and uncurled twice. Then it was still.

Jake lowered the rifle. He dug out another shell and loaded it. If the creature tried to move, he wanted to be ready.

Pridy came around the fallen beast. Greenish mud stained his uniform trousers right up to the knee. "By God, Jake, you killed it," he said.

"Where's your challenger?" Jake asked.

Pridy hooked a thumb at the monster. "You just shot her."

"Her?"

The sheriff nodded. "Skinny little woman dressed up in men's clothes. Knocked on my door and asked me for a challenge, just as polite as if she was asking me to a church social. Then she came out into the street and turned herself into this beast." He lifted his hat and scratched at his graying hair. "Damnedest thing I ever seen."

Jake looked at the creature's brown eyes. They were as big as his fist, but they were human eyes. "A woman," he said softly.

"Hard to believe, ain't it?" Pridy said. "I've seen some changers in my time, but none that could have managed a thing like this. If you hadn't come along, I do believe I'd be resting in her stomach at this very moment."

It was hard for Jake to reconcile this thing lying in the street with a person. Back in Calio he'd seen changers who could turn themselves into bears, wolves, or the twins of other people, but he'd never even heard of someone changing into something so different.

"She must have been strong," he said.

The sheriff nodded. "She was that. All the crafting and hollering I could throw at her was barely enough to slow her down. Even the pistol didn't do much more than tickle her."

A noise came from the creature. Jake quickly threw the rifle to his shoulder, but the sound came from a portion of the monster's armor coat that was sliding away. The ammonia smell suddenly doubled, and Jake stepped back, staggered by the fumes.

"Damnation!" Pridy said. "Let's get away from that thing."

He put an arm around Jake's shoulders and led him back around the office and into the street. A handful of Medicine Rock's citizens had wandered out into the road, and more were spilling out every second. The first to reach Jake and Pridy was a short man in a string tie: Medicine Rock's wealthiest citizen, Howard Cheatum.

"Licked another, have you, Sheriff?" Cheatum asked.

"That I have," Pridy said. He pushed Jake forward. "But I couldn't have done it without this boy here."

Cheatum pushed his heavy glasses up his nose and stared at Jake. "This one of those deputies you were telling me about, George?"

"He is for a fact," the sheriff said.

"Jake Bird," Jake said. He put out a hand, and Cheatum took it.

"Glad to meet you, Mr. Bird. Next time you're in the Kettle Black, tell Goldy to pour you a shot on the house."

"Yes, sir."

Willard Absalom came up at a quick march. "I'll take my rifle back now, if you please."

Jake handed the heavy rifle to the one-armed man. "I'm sorry I took it like I did."

For the first time in Jake's experience the old sergeant smiled. "I understand why you did it. Though I don't think Sela's ever going to forgive you for bloodying her nose."

"You can tell her I'm sorry about that, too."

"I will, but I doubt it'll do any good." His face relaxed to its usual flat expression. "Going to be a lot of extra work with the new stage line coming through. You want some of it?"

Pridy shoved his way between Jake and Absalom. "Not so fast, Willard. This boy's working for me now."

Absalom nodded. "I reckon he is." He turned on his heel and marched back toward the stables.

Pridy shook his head. "He never changes. How'd you come up with his rifle?"

"I knocked him down and took it," Jake said.

"You hit the old sergeant?"

"I was in a hurry."

"Damnation!" Pridy clapped him hard on the back. "I

believe I would as soon face a hundred of these critters as rile the old sarge."

"I'll keep that in mind," Jake said.

"Well, come on, Deputy Bird," the sheriff said. "Let's go drink some of Mr. Cheatum's free whiskey."

☆ 7 ☆

Doc Grimes had once said that just touching someone with wasting or the dropsy was enough to contract the illness. If there had been any disease running through the people of Medicine Rock the week after he became a deputy, Jake figured he was a cinch to catch it. In four days his hand had been shaken at least two times for every adult in the town, and his back had been slapped almost as regularly. From the clientele of the Kettle Black to the members of the Medicine Rock Methodist Church, everyone in town seemed to be out to congratulate Jake on killing the monster. And a lot of them seemed to think it a good idea if they congratulated him five or six times each.

"It's how people always act around sheriffs," Cecil said.

"I'm not a sheriff."

The smith took the flat blade of iron he had been working off the anvil and returned it to the fire. "No," he said, "you're not the sheriff. But you're close to him, so people want to make sure they're close to you. You remember how the folks in Calio used to act around your father, don't you?"

"Yeah." Jake's stepmother, who had attended just the sort of eastern school where Willard Absalom wanted to send Sela, had a name for the people who fawned on Jake's father—sycophants. His father had called them bootlickers.

"All that cheering they did for my father didn't amount to a hill of beans," Jake said. "When Custer killed him, they cheered for him, too."

Cecil's heavy brow furrowed. "Except you, of course," Jake amended.

The smith nodded and took the handles of his bellows. "You have to understand those folks back in Calio and the ones here in Medicine Rock," he said, then paused to give the bellows a pump. "Most of them are just plain scared. Scared of what happens when the sheriff gets killed, scared of what can happen to a town that doesn't have a sheriff. When you were born, back before the war, a sheriff was just another job, but these days a sheriff is it and all. It's been ten years since the war petered out, but ten years ain't so long. Folks are still figuring out how they ought to act."

"Still doesn't make how they acted right."

"When people are scared, they generally help themselves first and worry about what's right on another day." He pulled the metal from the fire and gave it another whack.

Jake stared at the glowing coals of the furnace. Even from his seat a good ten feet away he could feel the heat against his face. "That's no excuse for her," he said.

"Leave it alone," Cecil said.

"Can't."

Cecil's hammer rang down again. "You leave it alone. There's nothing you're going to do about your mother."

"She's not my mother!" Jake shouted.

"Stepmother, then," Cecil said.

Jake nodded reluctantly. Virginia Bird had been bitter, sickly, and sometimes cruel. She had also been the only mother Jake had ever known. For all the times he could remember her berating him, he also remembered the woman who had read to him as a child. As her illness had slowly sapped her strength, it had weakened her talent and her limbs, but that only seemed to fuel her sharp tongue. For the last few years of Jake's life in Calio his mother had spent at least one day in three unable to leave her bed, racked by coughs and saying little that wasn't a complaint. Considering her condition, Jake had taken little offense at her outbursts.

But with what had happened after his father's death, Jake's

feelings for his stepmother had become more than a little confused. He could not reconcile his memories of the woman who had taken him for carriage rides and taught him table manners with the woman he had left in Custer's town.

"Whatever you call her," Cecil said, "you just better let it go. If you keep dwelling on her all the time, you're going to get yourself in trouble."

"I don't dwell on her."

The smith grunted. "Whatever you say."

Jake left Cecil to finish his work and ambled back toward Pridy's office. It would have been easier to keep his mind from wandering if the sheriff had given him something else to do. Since he had killed the crawdad woman, Pridy had asked little of Jake. Even efforts to find out if Jake had any talent had been postponed.

"Just stay out there and let people see you" had been Pridy's instructions. So Jake glad-handed and drank watered whiskey. Pridy seemed pleased. Medicine Rock seemed pleased. Jake was bored silly.

There were only three people in Medicine Rock who didn't at least pretend to be happy about what Jake had done. First among them was Sela Absalom. Her father might understand why Jake had acted as he had, but if Sela understood, she wasn't showing it. Jake had bumped into her on the street several times, and he took every excuse to pass by the stables in the hope that she might speak to him. But each time he did, Sela turned her back on him and walked away.

Jake still hadn't sorted out how he felt about Sela. He was moderately sure he didn't want to marry the girl, but he was even more sure he didn't want her as an enemy. Still, he might not have worried about it if he hadn't more than once found her deep in conversation with the second member of the Friends of Finding Jake Bird Down a Well—Bravo Kelly.

Kelly had spent the week after the incident staring at Jake the way a snake might stare at its intended dinner. He seemed to have worked it into his head that the whole incident with the crawdad monster had been designed to make him the laughingstock of Medicine Rock. That Jake's first action had been to drag Kelly out of harm's way didn't seem to dent the cowboy's suspicions one bit. The few people unwise enough to say anything to Kelly about it had soon found their front teeth on the ground.

Kelly's attitude wasn't helped any by the fact that he hadn't managed to make his scribbling work since that thing had whacked him. He claimed his vision was fuzzy. Whatever was wrong, even Jake could see a difference in the kind of figures Kelly scrawled in the dust.

The third member of the doubters club was Jake himself. Nearly everyone in town wanted to make him out to be a selfless hero, but all he could think about was what the sheriff had said—that the challenger had been a skinny woman who spoke politely. That made it hard to feel good about dispatching her with a buffalo gun. And then there were those huge brown eyes lying half-covered in a puddle of gore. Several times Jake had started to ask Pridy if the woman's eyes had been brown, but so far he hadn't actually followed through on that urge.

As he came around the corner into the dusty side yard of Pridy's office to watch Kelly make another try at scribbling, Jake could still make out several dark stains on the ground where the monster had fallen. Crawdads were edible. There had been some idea of actually cooking the creature in a kind of townwide celebration. But within an hour of its falling the whole beast had melted into a puddle. Within three hours it had been pretty well gone. For that much Jake was grateful.

"Damnation, Bravo!" Pridy shouted. "Aren't you going to draw anything at all?"

"I'm thinking," Kelly said. He was looking at the hard ground with his thin stick of cottonwood held just above the surface. He had been standing that way for several minutes but had yet to make a mark in the dust.

"You're too old to be starting things you aren't in the habit of, Bravo," the sheriff said. "So quit trying to think and just draw!"

Kelly hastily scrawled a curving line in the sand. He raised his stick, his hand visibly trembling. He drew another line across it.

For a moment Jake felt a weight settle over him, and the air between the sheriff and his deputy seemed to shiver. Then Kelly added another line to his design, and the strange feeling was instantly gone.

"You ruined it," Pridy said. He sighed loudly. "What was the problem this time?"

"I just can't see it clear," Kelly said. "It's like I know how it should look, but I just can't see it."

"That make any sense to you, Jake?" the sheriff asked.

Jake fumbled for an answer to a question he hadn't expected. "I, uh . . ."

"Doesn't make any sense to me, either," Pridy said. He swept his eyes over Bravo Kelly. "You're no use to me without a talent."

Kelly pointed a long finger at Jake. "He ain't got no talent."

"But he has brains, Bravo, brains. You don't have a talent or brains." The sheriff spit into the dust. "Go on and get yourself signed on for some fall drive if you can find one. Or get Richland to hire you back while you still got a chance."

The tall cowboy stood still for a long moment. "You mean you're firing me?"

"Hell, yes, I'm firing you. I been warning you for days that I would, and I am. Now, go find something you can do."

Kelly pulled himself to his full height and adjusted his battered hat. "You're gonna be sorry about this."

"I'm already sorry I started with you," Pridy said. "Now, get out of here before I make you even sorrier than you already are—if such a thing is possible."

Kelly turned and stomped across the side yard. He paused for a second beside Jake. "This is your fault."

"I didn't do anything," Jake said.

"I ain't done with you," Kelly said. "I got friends."

"Go on, Bravo," Pridy said.

With his chest heaving in and out as his breath hissed

through his snarling lips, Kelly turned and stalked away. Pridy walked over to Jake and watched the tall cowboy go.

"You stay away from him for a while," Pridy said. "He's got a temper, but a thought can't last a week in that block of wood he calls a head."

"I don't know," Jake said. "What's he mean about friends?"

The sheriff shrugged. "I think he's just trying to vex you. Don't worry. I heard there was someone from the Goodnight outfit over at the Vista. There's talk about trying another drive. I'll put in a word, and in a few weeks Kelly will be off for greener pastures." The sheriff stopped and ran his fingers through the bristles of his gray beard. "Since I'm not wasting time on that runagate, let's get you busy with something." He looked across at the dusty backyard and the low, sage-spotted hills that rolled off to the distant mountains to the southwest.

"Shooting," Pridy said at last. "Time you learned something about shooting."

"I shot that crawdad monster."

"Hell, boy, a blind man could've done that. It was the idea of shooting it that was so good, not the . . ." Pridy's voice trailed away, and his wide lips curled down. "What made you think of the gun?"

"I don't know," Jake said. "I guess I saw you shooting it with the pistol."

"Think hard, Jake. When you figured out to use the gun, did you feel anything or hear anything?"

"Like what?"

Pridy rubbed at his beard. "Like a voice in your ear. Like a draft of cold air. Anything."

Jake frowned and stared at the ground as he tried to remember. There had been nothing like a voice, he was sure, but hadn't there been . . . something? "I don't know," he said at last. "Maybe there was a funny feeling." He looked up at the sheriff. "A feeling like everything was clearer than usual?"

"Could be it," the sheriff said.

"What?"

Pridy's wide face split in an equally wide smile. "Seeing.

That's what I've heard some people call it. Others say understanding. It's a talent I don't know a lot about."

"You think that's my talent?" Jake asked. "It doesn't seem like much." The feeling was such a vague thing, it was almost disappointing. Compared with Pridy's hollering or even Kelly's scribbling, it seemed like a weak affair.

"Could be that seeing's your talent," the sheriff said. "Could be it's just one of many. Seeing's something like casting, but it tends to be more useful. Anyway, if it is a talent, it tells me something else that I like."

"What's that?"

"That you're one of those people whose talents crop up when you're under the gun."

Jake frowned. "Wouldn't it be better if I could call it up any time?"

"It'd be nice," Pridy said, "but it's a damn sight better to be able to call it up under pressure than to be one of those people whose talent goes away under pressure." He slapped his hand against Jake's back. Jake winced. That spot was getting sore. "Come on, Deputy Bird. Let's see if you can handle a pistol." Jake followed Pridy out into the sage.

There was no place within a half mile of Medicine Rock that wasn't marked by the twenty years of the town's existence. A few minutes of rummaging through the sage was enough to locate a pot without a handle, the jagged bottom of a whiskey bottle, an empty tin of snuff, and a weathered gray board bearing traces of red paint.

Pridy set up all those items in a rough row on a patch of bare yellow clay, then turned and led Jake to the back of the office. He reached under his duster and slid a large dark-barreled pistol from a black leather holster. "You ever handle a pistol?"

Jake nodded. "My father had a Colt dragoon. He let me shoot it a few times."

"Take this." The sheriff turned the pistol around and extended it to Jake.

Jake's hand curved around the smooth ironwood grips,

feeling the grooves that years of use had worn into the wood. The pistol was heavy but not as heavy as the memory of his father's guns. He let his finger slip inside the arc of the trigger guard and touch the warm metal of the trigger. His thumb stretched up for the hammer, and as he moved it back, he heard the familiar, comforting sound of the internal mechanism at work.

"Careful, Jake," Pridy cautioned. "It's loaded."

Slowly Jake raised his arm and pointed the pistol at the row of trash out in the sage. His thumb finished its work, pulling the hammer all the way back to the cocked position.

"Steady," the sheriff said. "One shot at a time. Move your head a bit to the right so you can sight straight down the barrel. That's good. Now, easy does it. Pull smooth."

Jake nodded slightly. He closed his left eye and sighted with his right. His tongue slipped between his teeth, and he bit on it as he gradually increased the pressure on the trigger. A rusted old pan was centered just above the blade of the front sight. In the last second Jake could have sworn there was a face on the pan, a man's face with bright blue eyes and long yellow hair.

The pistol barked, and Jake's arm jerked back and up. Dust puffed up to the right of the pan.

"Durn," Jake said.

"That's not bad, son. Really." Pridy took Jake's outstretched arm and moved it back into position. "You're still not over your weapon. Move your arm just a bit to the left."

Jake made the correction and sighted on the pan again. As he squinted down the barrel, a drop of sweat rolled down his forehead into his open eye. He blinked it away, and suddenly the pan seemed much clearer. Jake could see every detail of the rust on the black iron and the broken end of its handle.

"Go on, son," Pridy said. "Ease back and shoot."

Jake's arm began to tremble. It wasn't just the pan that was clear, it was everything: every detail of the gray-green sage, every weathered piece of stone, every grasshopper chewing on the blades of brown grass. With his quivering arm still held straight out, Jake turned toward the sheriff.

"What are you doing? Careful where you point that." Pridy shied back. "Jake? Jake!"

Jake fired the pistol.

The sheriff closed his eyes and stumbled back a half step. Then his eyes flew open. "You damn fool!" he shouted. "What do you think you're doing?"

"Behind you!" Jake said. He thumbed back the hammer of the pistol and fired again at the six-armed monster that was gliding deliberately toward them across the yard. The bullet flew through the apparition with no effect.

Pridy whirled around, fished in the pockets of his duster, and came up with one of his pine craftings. He tossed it at the monster, but Jake saw it flash into nothing long before it reached the thing's scaly hide. Pridy's pockets began to smoke, and a moment later the duster was ablaze.

Jake jammed the barrel of the pistol into his pocket and ran to help the sheriff take off his flaming coat. By the time they got it off, Pridy's gray beard had been curled by the heat, his Union jacket was singed black, and the arms of the monster were reaching out to grasp them both.

The sheriff hollered.

Jake had never been this close to Pridy when he was using his talent. The sheer force of the sheriff's voice sent Jake tumbling. It took only a moment for Jake's head to clear, and he got a glimpse of the creature. It was still in one piece, but its hide looked flayed and rivulets of red light trickled from wounds in its keg-sized skull. Pridy hollered again, and the monster dissolved in a spray of fire. Then the sheriff fell to the ground and rolled over onto his back.

Jake got to his feet and ran over to Pridy. "Sheriff? You okay?"

Pridy's eyes were open, and he gave a weak nod. "Damn strong," he gasped. "Damn strong."

"What do we do now?"

"Get me on my feet," the sheriff said. "We're not done yet."

Jake got a grip on one of Pridy's thick arms and helped the big man to his knees. "Who did this?" Jake asked.

Pridy's mouth opened, but the answer came from over Jake's shoulder.

"I did."

Jake turned his head to see three men walking around the corner of the office. One was a stranger, a thin man dressed in a loose Mexican serape and white oxhide gloves. A shock of white hair spilled from under a broad-brimmed hat. There was the glint of eyeglasses under the shadow of the hat brim. The rest of his face was hidden by a dusty blue bandanna.

The second man was more familiar. He was a tall man with the pale gray suit of a dandy and a white straw skimmer on his head. Jake didn't have to see the man's face to know it was the gambler who had left Medicine Rock without paying his bills—Jessup Agran.

The third member of the mismatched trio was the most familiar of all. With a nickel-bright pistol in his left hand and a smile on his long face, Bravo Kelly walked across the yard.

"Kelly," the sheriff said. "What are you doing?"

"I ain't done nothing," Kelly said. The three men came to a stop a few paces away. "It's these fellers that want to talk with you."

Pridy turned toward Agran. "You behind this, Jessup?"

The gambler used one long finger to tip his hat back from his face. Agran's thin lips were stretched in the same mild expression he had worn when playing poker at the Kettle Black. "I'm a businessman, Sheriff. This is just another part of my business."

"I see," Pridy said. The sheriff seemed to be regaining his strength. He shook free of Jake's help and climbed to his feet. "What about you?" he said to the third man. "You here on business, too?"

"Yes," the man said. "This is my business."

His voice was soft, with a trace of a southern accent. The sound of it made Jake go cold. He felt in his pocket for the gun and was shocked not to find it. He looked around for it frantically and finally spotted it on the ground a few feet away. Trying not to attract attention, he took a slow step away from the sheriff and toward the pistol.

The soft-voiced man reached under his serape and pulled out a device that puzzled Jake. It looked for all the world like a small Indian bow turned sideways and mounted across a pistol. "This is my business, too."

Pridy scowled. "What is this?"

"I figure you got all your little tokens and gewgaws in place for stopping a bullet," the man said. "But let's see what they do for this." A blur moved from the device to Pridy. The sheriff stood for a moment, a shaft of yellow wood jutting from his mouth like an obscene pipe. Then his knees buckled, and the big man fell facedown to the ground.

"Bingo," the man in the serape said.

Jake bent to retrieve the pistol. As his fingers wrapped around the handle, a heavy boot smashed down on his hand.

"Best drop that," Bravo Kelly said, "or I might just shoot you here."

The man in the serape went over to Pridy and turned the big man over with his foot. As he leaned over the fallen sheriff, Jake got a glimpse of the skin between the hat and the bandanna. The man was as pale as milk.

"Did I mention this was a challenge, Sheriff?" he said in his soft voice. He gave a hard kick with his boot, and Pridy's body rolled over in the dust. "Well, consider yourself challenged."

☆ 8 ☆

Medicine Rock had never seen fit to build much of a jail. In general, there were only two classes of criminals in Medicine Rock: those one made pay up in cash and those one made pay up at the end of a rope. The only place they had for holding someone was the root cellar under the sheriff's office. It was occasionally used for keeping the rare prisoners who were wanted badly enough elsewhere that someone would come to Medicine Rock to collect them.

Jake had never had occasion to see the underground cell during his brief stint as a deputy. In the day since Pridy's demise he'd seen more of the murky pit than he ever would have wished.

He sat on the rough length of board that served as a narrow bunk and nursed his aching fingers. A sliver of light leaked in under the door, but it revealed only the boards of the first few uneven steps before being swallowed by the gloom. There was a bad smell in the cellar. A large part of the odor was probably due to the lack of so much as a chamber pot, but it was laced with something else—a noxious smell that reminded Jake of the giant crawdad.

Something rustled through the debris on the floor. Jake lifted his feet, queasy over the thought that the noise might not be a rat but something—some *thing*—left over from the talents of those who had occupied the cell in the past.

He wasn't sure how long it had been since Bravo Kelly had sent him tumbling down the stairs into darkness. Long enough to get hungry. Long enough for the light under the door to change from blue daylight to yellow lamplight. The cowboy had not neglected to give Jake a few good clouts and an assortment of kicks before incarcerating him. Jake could still feel those blows in the aches that covered him. In fact, if it had been up to Kelly, Jake would be dangling from the cottonwood at the end of the main street. The pale man had been the one who had argued that Jake might be worth saving.

The door to the cellar creaked open. Jake looked up to see the narrow figure of the gambler, Jessup Agran, standing at the top of the stairs. "Ready for supper, boy?" he called down.

Jake dropped his feet to the dirt floor. He had half expected that the door wouldn't open until they were ready to kill him. "Do I eat here," he asked, "or come up?"

Agran laughed. "Why, come up here, friend, and eat like a civilized man!" He stepped away and waited as Jake limped across the dirt floor and up the sagging stairs. He slapped Jake on the back as he passed. The familiar gesture made Jake wince.

The front room of the sheriff's office was not much changed. A few more chairs had been dragged into the room, and the table was covered with papers. The biggest change was on the wall. The portraits of the sheriffs who had led Medicine Rock through the two decades of its life were gone. Only darker squares on the pattern of the papered wall marked where they had been.

"Have a seat, Mr. Bird," a soft voice said.

Jake was startled to see that the man in the serape was sitting at the table. He would have sworn that all the chairs had been empty. The man had taken off his blue bandanna and exposed a face as pale and smooth as an infant's. The glasses that covered his eyes were round and black. Even their rims had been smoked dark. Set against his white skin, they made the man look something like a snake. Jake kept his eyes on the pale man as he hooked a chair with his foot, pulled it out, and sat down.

"You're a very confident man, Mr. Bird." The sound of the south was clearer in his voice now.

"What do you mean?" Jake asked.

The pale man smiled, his teeth yellow against the whiteness of his lips. "Taking a chair with its back to the door," he said. "You must have a lot of faith in us."

Jake shrugged. "I guess if you were going to kill me, you would have just let Bravo take care of it."

There was an oily click behind Jake's head, and the short cold barrel of a derringer pressed hard against the angle of his jaw. "Don't be so cocksure, son," Agran said. The gambler's voice was as pleasant as ever. "We're not always the fastest-thinking men in the world. It might have taken us this long just to make up our minds."

Jake gave a very slight nod. "What do you want?"

"That's not the right question," the pale-skinned man said. "We already have the town. So I reckon we have what we want. The question is, What do you want, Mr. Bird?"

"Me?"

"Yes." The soft voice drew the word out into a hiss. "Mr. Kelly had told us you don't have any talent."

Agran chuckled. "Not likely," he said. "A deputy without a talent?" He pulled the gun away from Jake's jaw and folded himself into another of the chairs.

"Exactly," the pale man said. "Pridy wouldn't have paid you for nothing." He leaned forward, and the lamplight glimmered on his black glasses. "I'm sheriff now, Mr. Bird, and just like Pridy, I'll be needing deputies of my own."

Jake stared at the man's pale face. The lamplight accented the hollows of his thin cheeks and surrounded the sparkling circles of his dark glasses with pits of shadow. "You want me to work for you?" Jake asked.

The pale man leaned away, rocking his chair back on its hind legs. "Yes," he said in his soft, hissing voice. "I want you to work for me."

Agran frowned, an expression Jake had never before seen on the gambler's smooth features. "This isn't what you said we'd do. We already got Kelly," he said. "Why do we need this boy?"

The pale man ignored Agran and kept his black glasses turned toward Jake. "Being a sheriff, an officer of peace." He spread his gloved hands wide. "A decade ago a sheriff was responsible for taking care of criminals. Now everything about a town is in the hands of the sheriff. He must be a protector of all the people. Quite a responsibility, Mr. Bird. Not something to be taken on lightly. Not like your Sheriff Pridy."

"Pridy was a good sheriff," Jake said.

"And where is he now? He's down the street being measured for a pine box. How's that helping this town?" He leaned farther back and thumped his black boots down on the top of the table. "It's a good thing for Medicine Rock that someone like me, an experienced peace officer, was ready to take his position."

Jake tightened his fingers on the grips of his chair. "You killed him."

The smile on the man's white lips never faltered. "Nothing comes without a price, and killing's the price of being a sheriff. Best you learn that, Mr. Bird. I'm sure your father knew it well."

Jake was on his feet before he knew what he was doing, but the cold end of Agran's revolver was against his jaw just as fast.

"Better think, boy," the gambler said. "I've never seen a talent that could stop a bullet at this range."

The door to the office swung open, and Bravo Kelly stepped in. His eyes widened eagerly as he took in the scene in the office. "You aim to shoot him now?" he asked.

"No," the pale man said. "We're not about to shoot him. Leastwise, we're not shooting him tonight. Put your piece away, Jessup."

Kelly looked disappointed. "I finished going through Pridy's traps," he said. He sat a loose bundle down on the table, and Jake heard the clink of something metallic inside. "He didn't have much."

"Figures," Agran said.

"And there's somebody across the street that wants to come see you."

"Which somebody?"

"Howard Cheatum."

"That's the one I was telling you about," Agran said.

The pale man waved him away with a gloved hand. "I remember." He took his feet from the table and tugged at his faded red serape. "You go tell Mr. Cheatum that the sheriff is ready to see him."

Bravo Kelly blinked. "The sheriff? Ain't Sheriff Pridy dead?"

"Me, you fool!" the pale man shouted. "I'm the sheriff now. Go get Cheatum and send him over here."

Kelly's tall forehead furrowed. "You don't have to call me a fool. You'd never've surprised Pridy if I hadn't told you where he was."

"You're absolutely right, Bravo," Agran said. "There's no way we would have won without your help. Now, would you please show Mr. Cheatum the way to our office?" If Kelly noticed the sarcasm in the gambler's voice, he didn't show it. The tall cowboy nodded and went back out the door.

"Now you see why I want this boy?" the pale man asked.

The gambler dropped back into his seat and studied his pearl-handled pistol. "Kelly's a softhead, but he's on our side."

"He was on Pridy's side ten minutes before I shot him," the pale man said. "He's an idiot with a temper, and it's best we're done with him quickly."

Jake looked back and forth between the two men. He had come up the stairs half expecting them to let Bravo Kelly string him up. Now they had asked him to be their deputy and had as much as pronounced Kelly's death.

The door swung open again, and Kelly stepped back into the office. Howard Cheatum was close behind. The businessman came through the door quickly and took off his hat.

"Gentlemen," he said. "I'm—"

"Mr. Howard Cheatum," the pale man finished. "Owner of the saloon, the boardinghouse, half the other businesses in this cussed town, and you pull the strings on the only sporting gals in three days' ride."

Cheatum smiled nervously, holding his hat over his belly. "That's right," he said.

The pale man nodded. "Well, as soon as you get back to them, you tell those girls to clear out their other business and be ready for me. And tell them to keep it dark."

"I'll do that," Cheatum said with a nod.

"Now, what was you here for?"

"Well," Cheatum said. He cleared his throat and stuck out his right hand. "On behalf of the citizens and store owners of Medicine Rock, I just wanted to welcome you to town."

The pale man laughed. "Well, well. Very neighborly of you."

There was an acid taste in Jake's mouth. For a moment he had a perfect vision of the grassy square in the center of Calio where his father's body lay sprawled on the ground. There had been a man, a man who had been the mayor of Calio since Jake was a boy, a man who had worked with his father every day. That man had stepped across his father's body while everyone else was still frozen. He had walked up to Custer . . . and shaken his hand.

"I want to leave," Jake said.

"What's that?" Agran said.

"I want to leave!" Jake shouted.

The pale man stood. The smile had gone from his white lips. "You're not leaving this office till we've finished our palaver," he said.

"Then put me back downstairs," Jake said. "I'm not going to stay up here."

Bravo Kelly laughed. "I reckon you'll stay if you're told to."

"Be quiet, Kelly," the pale man said. He rubbed at his smooth white chin. "Take Mr. Bird back downstairs till we need him," he said after a moment. "He's no part of this business, anyway."

Jake's escort to the cellar was none too gentle, and Kelly sent him down the stairs with a boot to the back. Still, Jake was glad to be away from the room. Even in the darkness of the cellar he could hear mumbling and the scraping of chairs in the front room. Just the thought of it was enough to bring on memories so thick that they filled the cellar like fog.

Jake found his way back across the dirt floor and sat on the narrow bunk. For all the length of the day and all the things that had happened, he couldn't bring himself to sleep. The ghosts of Calio were too close, and he didn't want to give them a chance at his dreams.

Whatever it was that lived in the cellar went rustling through some trash in the darkness. Jake pulled his feet off the floor and sat with his back against the damp earth wall and his knees drawn up to his chin. He heard voices upstairs for some time, then the door slammed, and it was quiet for long hours. He had actually drifted off to sleep when the creak of the cellar door woke him.

"Jake? You down there?"

Jake unfolded his cramped limbs and stood. "Cecil? Is that you?"

The door opened farther, and yellow light spilled down the steps. "Get up here quick, Jake. We haven't got much time."

Jake ran across the cellar as fast as his stiff legs would allow and stumbled up the stairs with one arm thrown over his dark-adjusted eyes. "Cecil! What are you doing here?"

"Quiet," the blacksmith said. He glanced around. "I'm getting you out of here; that's what I'm doing."

Jake blinked and squinted against the glare of the lamp. "Where's that white man and Agran?"

"They're taking their pleasure with Lisette and Brandy," Cecil said. He smiled. Cecil was careful about cussing or drinking, but he had never entertained the idea that the Lord intended that a man should go without women. "I reckon they'll be at it for a while."

"Where's Kelly?"

"Out back of the office, sleeping."

"Sleeping outside?"

Cecil nodded. "He's sleeping. Probably because of that goose egg on his skull."

"Cecil! When he comes to, they'll have us both skinned."

"Oh, Kelly didn't see me. He was already snoring out in the porch chair." The smith tightened one big hand into a fist and looked at it. "It's a wonder that hitting that head of his even makes a difference."

"All right, if they don't string you up for hitting Kelly, they'll still string me up when they catch me."

"It's taken care of." Cecil walked over to the front door, opened it a crack, and looked out. "Come on, let's get moving while they're still bouncing the beds."

There was no question of sneaking anywhere in Medicine Rock—the town was too small, and there was nothing to hide behind. The best Jake and Cecil could do was pull their hats down and stroll along as if nothing were wrong. Jake got worried when Cecil led them right past the swinging doors of the Kettle Black, but no one came out while they were passing. Two doors down they came to the Medicine Rock Methodist Church. Cecil stopped and rapped at the door with his knuckles.

"Here?" Jake asked.

The door cracked open, and Reverend Otis Peerson peeked out. "He with you?" the preacher whispered.

"I'm here," Jake said, stepping into view, "if that's who you're talking about. But what are you going to do with me?"

Peerson pushed open the double doors of the church. "Come inside. We've got a place ready to hide you."

Jake followed Cecil into the church, and the reverend closed the doors behind them. "Did anyone see you come over here?" he asked.

"I don't think so," Cecil said.

"Good," Peerson said. "Our hiding place is clever, but I wouldn't want them paying us any special attention."

"Where am I going to hide in here?" Jake asked.

The church was nothing but a single long room lined with chairs and benches. There was a roughly made stand at the front where Peerson delivered his sermons and a table for the lord's supper. Off to one side was an upright piano. Several of the piano's keys were missing their ivory, giving the instrument a gap-toothed grin. Even in the thin light provided by a single lamp Jake could see every corner of the room. There was absolutely nowhere that looked like a place to hide.

"Oh, we have a nice spot for you, Jake," Peerson said.

There was a hissing sound, and Jake looked up just in time to see a dark form falling down from the ceiling. He made a strangled cry before he realized that the figure was not falling but sliding on a rope. The slight form touched down, and Jake was shocked to see that it was Josephina, the Mexican cook from the boardinghouse.

"Hello, Jake," she said. "Everything is ready."

She was dressed in men's pants and a checkered shirt that ballooned down to her hips. Even in the dim light Jake could see her white teeth flashing against her tan skin as she smiled. With all the strange things he'd seen that day, he thought the sight of Josephina wearing men's clothing and swinging from the church roof was the strangest.

"What are you doing up there?" Jake asked.

"That's the steeple," Peerson said. "There was supposed to be a bell, but it never got purchased. There's a platform up there where you can stay."

Jake peered up into the darkness. He could just make out the black square of a trapdoor. "I can't stay up there forever," he said.

"The coach," Cecil said. "The new coach comes through in just two days. When it does, we'll get you on it."

"You can't send me to Calio!" Jake said. "That would be as bad as here."

Cecil shook his head. "To Laramie; the Monday coach is heading southwest."

Jake thought about it for a moment. "All right," he said at last. "I suppose this is the best chance I have."

"I will bring you food," Josephina said. She flashed her smile again. "Even my sourdough biscuits." Perhaps it was the light, or maybe it was the appealing idea of food for his growling stomach. Whatever the cause, Jake suddenly realized that the Mexican girl was pretty, pretty enough that he felt a surge of nervousness.

Jake smiled back self-consciously. "If I can have some of your biscuits, I know I'll be all right. But what are you doing climbing about in bell towers, anyway?"

Josephina's smile faded. "I'm a good climber," she said, brushing cobwebs from her shirt.

"But why are you here?"

"She's here to help you," Peerson said, "and she's here because she knows this man who killed Pridy."

Jake turned back to Josephina. "You know him? The white man?"

"Yes." Josephina's face, usually so cheerful, tightened in anger. "Before I lived in Medicine Rock, I lived in Wheeler, down in Texas. This man killed the sheriff of Wheeler." She stopped and locked her dark eyes on Jake. "Then he killed everyone else. He burned the whole town to ash. My parents and my sisters, they all were killed."

Jake found it hard to draw the breath to speak, but he croaked out one question. "How did you live?"

Josephina lowered her face, and the dark wings of her hair slid down to hide her features. "My father threw me in a well. When it happened, I thought he had gone mad. It took me all night to get out. In the morning, they were all dead and the white man was gone."

Jake looked at the thin girl. She could be no older than he was, and in many ways her tragedy was much worse than his. He had eaten her biscuits every day for months and had never thought to ask how she came to be cooking at Curlew's.

"Do you know his name?" he asked.

She looked up, her dark eyes peeking through the curtain of her hair. "Who?"

"The white man. Do you know his name?"

She nodded. "In my town he said he was a colonel." Josephina shook the hair from her face, but her eyes were focused somewhere far away. "He said his name was Quantrill."

☆ 9 ☆

If anything, the tiny chamber at the top of the steeple was an even more uncomfortable place to sleep than the bench in the basement of the sheriff's office. It was barely three feet on a side, and since the trapdoor in the center couldn't bear his weight, Jake was forced to lie curved around the edges of the room.

The only good things about the little hiding hole were the cool breeze that filtered through the open slats on its sides and the clear view of the moonlit town. Jake stared out at Medicine Rock long after his rescuers had bidden him good night. It was less than a day since Pridy's death, but already there was a different feel to the town. The voices in the saloon were quieter, and the streets were emptier. There were still a few men who went staggering from the Kettle Black back to the hotel or boardinghouse late in the night. Jake supposed that the only death that would keep them from the saloon would be their own.

Long after all the windows in town had gone dark, Jake came out of a murky doze to see several men riding quietly out of town down the main street. He could not make out faces in the darkness, but from the bulk one of the men had to be the visiting banker, Kenit. Coach line or no, Jake suspected it would be a long time before a bank was built in Medicine Rock.

The next time Jake woke, it was to the crack of a pistol shot. He sat up quickly, smacked his head against the low ceiling, and fell back to the blankets. He raised his head more carefully and looked through the slats at the street below.

It was daylight, well into the morning from the slant of the sun. The pale man, Quantrill, was standing in the dust in front of Pridy's shaded walk. Agran stood to Quantrill's right, and Bravo Kelly was on his left. There was a pistol in Kelly's hand.

Quantrill said something that Jake couldn't hear, and Kelly pointed the pistol into the air and fired again. Then Quantrill gave more orders, and Kelly ran off down the street. Jake kept watching. He had no idea *what* was going on, but he had little doubt about *why* it was happening.

After a short delay people began to trickle out into the street. They didn't seem to be in any hurry to get close to their new sheriff, and in short order they had formed a rough half circle in the center of town, with Quantrill and the sheriff's office at the open end.

Jake could see Cecil standing near the center of the crowd. Peerson was beside him. Josephina, dressed in her usual dark dress, stood at one end of the arc. Even from his high perch Jake could see the stiff set of her back. The rest of the crowd was made up of names and faces Jake had come to know. Willard Absalom and Sela, Howard Cheatum, Goldy Cheroot in her faded dress—all the men and women who made up the fragile community of Medicine Rock were gathered under Quantrill's view.

"Jake Bird!" the pale man shouted.

Jake jerked back from the open slats, his heart pounding in his mouth.

"I know you can hear me, Jake!" Quantrill continued. "I'm giving you ten seconds to get yourself out of whatever dung heap you're hiding in and get out here."

Jake eased his face back to the slatwork and looked down. Quantrill paced back and forth on the open patch of dust; his face was hidden by his blue bandanna, but the sun glinted from his glasses as his eyes swept the crowd. After what seemed more like ten minutes than ten seconds, the pale man stopped walking and raised his gloved hands in the air.

"If you won't come out," he shouted, "then I have to find you." He reached into his serape and drew out a long, curved knife. Jake reached for the trapdoor. Frightened as he was, he wasn't about to let Quantrill start killing townspeople to lure him out.

But the pale man didn't reach for a hostage. Instead, he pulled down his bandanna to reveal his white face. Then he put the fingers of his left glove in his mouth and pulled his hand free of the glove.

Quantrill's hand was not white. Halfway between his elbow and his wrist the skin turned brown and splotchy. His hand was scabrous, with fingers that were as withered and thin as twigs. Quantrill raised the knife into the air, sunlight flashing from the polished blade, then swept it across the palm of the shriveled hand.

Blood welled from the cut, and as Quantrill tightened his ruined hand into a fist, drops spattered into the dust at his feet. At once the bloody mud began to boil. With each drop its activity became more and more frantic.

Quantrill's head was tilted toward the sky. Lines of strain marred his white face as he bit down on the oxhide glove. He stumbled back half a step and let his clenched hand open. Shoving his knife back inside the serape, he took the glove from his mouth and slid it over his wounded hand.

The puddle of blood rippled and rolled. It humped itself into a mound the size of a bread loaf, hesitated for a moment, then grew again. In fits and starts, it heaved and jerked. When it was the size of a dog, it began to settle into a form. A lumpy head formed at the top of a cadaverous chest, and legs and arms far too long for the body jutted out from the mass. Fingers and toes, thin and curved as sickles, slid from the ends. With its mud skin still stirring with terrible energy, the monster climbed to its clawed feet.

It shuffled a step toward its creator. Quantrill leaned over the thing and said something too low for Jake to hear.

The only feature on the mud demon's misshapen head was the uneven slash of its mouth. The jagged maw gaped open. "Jake Bird!" it screamed. The monster's voice was like barbed wire and broken glass. "Jake Bird!" it shrieked. It took a staggering step forward.

The crowd, which had stood terribly still while the creature took form, stepped back. Several people turned and began to run away.

"Don't move 'less you're in a hurry to die!" Quantrill shouted. "It's looking for Mr. Bird. If you don't move, it won't hurt you."

The mud demon took another shaky step. Its eyeless face swung back and forth on a neck that stretched and shrank. With a jerky gait that reminded Jake of the animated dead horse, it paced the inside of the half ring of onlookers.

When it reached Sela's position in the front line, it paused. "Jake Bird?" it said so softly that Jake could barely hear its scratchy voice. It reached out a stalky arm and wiggled its knifelike fingers. Sela leaned away from it. After a moment the thing lowered its arm. It began to laugh, a thin sound no more pleasant than its voice, then it moved on.

It stopped again near the place where Peerson and Cecil stood at the center of the crowd. Something surged in its ill-formed chest—a bulge like some terrible child struggling to burst free. Jake held his breath.

The mud demon opened its mouth and made a low moan. Then it moved on.

As it approached the end of the arc, where Josephina stood in her plain blue dress, the creature stopped and tilted its lopsided head. "Jake Bird," it said softly. Its spindly legs bowed until its head was no more than a foot off the ground, then they straightened explosively, launching the demon into a leap that carried it over the heads of the screaming onlookers. It landed next to Josephina and grasped her arm with a clawed hand. "Jake Bird!" it screeched. "Jake Bird! Jake Bird!"

It turned its blank face to Quantrill. "Jake Bird," it said. The ghastly mouth gaped open. Even without features, the creature had an expression of terrible hunger.

Josephina's eyes were wide, and her face was frozen in an expression Jake could not interpret. "Let me go!" she cried. "I am not Jake Bird!"

"Jake Bird!" the creature said. "Jake Bird!"

Quantrill walked to her slowly. "No," he said, "you're not Bird. But he's on your mind." The pale man bent to put his face close to hers. "Where is Jake Bird?"

Josephina shook her head. "I don't know!"

"Jake Bird!" the demon screeched.

"Tell me," Quantrill said, "or I'll let this thing use your innards for a bullwhip."

The mud demon turned its face toward Josephina and hissed.

"No!" Jake shouted.

All eyes turned up. Even the creature tilted its eyeless face toward Jake's perch in the church steeple.

Quantrill straightened, and his white lips parted to show a yellow smile. "Why, there you are, Mr. Bird," he shouted up at the steeple. "You could have saved yourself a lot of trouble if you'd just stayed put in the cellar."

The mud demon released Josephina's arm and bounced at the pale man's side. Quantrill nodded to it. "Go fetch Mr. Bird." The monster was off at once, bounding across the street in three huge strides and throwing open the doors of the church.

"Run, Jake!" Josephina shouted.

Jake pulled open the trapdoor and started to lower the rope. But the mud demon was already halfway up the tower, climbing with its clawed feet and hands gouging wood from the wall.

Jake slammed the trapdoor closed. He turned over on his back and kicked out at the latticework on the side of the steeple. The slats of wood bowed but didn't break. Claws scratched at the boards under Jake.

"Jake Bird!" the demon howled, its broken voice echoing in the narrow tube of the steeple.

Jake kicked out again, and the side of the steeple gave way in a shower of wood and flakes of paint. Jake twisted around and squeezed through the opening. The jagged ends of broken boards ripped his shirt and tore his skin. He dropped ten feet from the side of the steeple to the cedar shake roof of the church.

He had barely regained his breath before he heard wood shattering above him; the mud demon was clawing its way through the gap he had made. Jake rolled to the edge of the roof and off into the street.

He struck the ground on his shoulder, a blow that sent stars wheeling across his vision. His right arm went numb. He got his left arm under his chest and pushed himself to his knees.

The demon landed on his back. Its claws grasped Jake by the shoulders and flipped him over as easily as a man might toss a flapjack. It bent its long legs and lowered its lumpy face to Jake's side. Its first bite tore skin and muscle, the misshapen muzzle grating against the bone of Jake's lowest rib.

"Stop!" Jake screamed. "Stop it!" At least that was what he meant to yell. What came from his mouth was something else altogether.

The mud demon screamed. It jumped away from Jake and fell into a heap of tangled limbs. Its head swelled like a pumpkin in the sun.

Jake clamped a hand on the wound on his side. Hot blood poured between his fingers. "Help me!" he cried. His mouth betrayed him again. The sounds that came from his throat were not words in any language Jake had ever heard.

The demon screamed again. Bloody steam rose from it as the lumpy skull collapsed. Its arms fell into pieces that squirmed and twisted in the dust. "Jake Bird," it croaked.

"Oh, God," Jake said, but even that was mangled into gibberish before it passed his lips.

He could hear running and shouting. Figures passed by at

the edge of his vision. Josephina leaned over him, her dark hair dipping into the blood that was spreading across the sand.

"Jake? Hold still, Jake."

"Help me," he tried to say.

Josephina's brow furrowed. "What is he saying?"

Reverend Peerson's face came into view as he crouched beside Josephina. "I don't know. Jake, can you talk?"

"Please help me!" What came from his mouth was more like the howl of a coyote.

"Get away from him," a hissing voice said. A bullet slapped into the ground just short of Peerson. "Get away from him now."

"The boy's hurt," the preacher said.

Jake's vision was getting blurry, but he could see the white face of Quantrill as the man stepped over the still-bubbling remains of his fallen creature. "I meant for him to be hurt," he said. "Get back or you'll join him."

"Don't hurt them," Jake said.

The pale man frowned. "What did he say?"

"It's the holy spirit," Peerson said. "He's speaking in tongues."

Jake's vision was becoming a tunnel edged in darkness and filled with sparks. The pain in his back, his shoulder, his side—all his pain was turning into a warm blanket. "Go away," he said.

Quantrill jumped back. For a moment blue sparks traced over his body. He made a whining scream and fell into the blood-soaked mud. "Hellfire!" he shouted. "The boy's chattering. He's chattering!"

Jake fought to stay awake. "I'm not a chatterer," he said.

"Shoot him!" Quantrill shouted. "Kelly, get over here and shoot him!"

There was a blur as people ran about.

"Shoot him!" Quantrill shouted.

Jake blinked and saw Bravo Kelly standing over him. His shiny single-action revolver was held in a trembling hand. The engraved scrollwork on the barrel caught Jake's eye, and he traced the spiraling marks. Each tiny dent in the metal seemed as deep as a canyon.

"Just leave me alone," Jake said.

The concussion of the pistol was mingled with screams.

☆ PART II ☆

The Open Range

☆ 10 ☆

The vultures were persistent. Each time Jake shuffled to a stop, they landed with a whisper of dry feathers and hopped around just out of reach. He grunted and swung his makeshift crutch at them, but the baldheaded birds dodged him, weaving their long necks and keeping him fixed with their dull yellow eyes. When he started to move, they rose and followed, circling overhead on lazy strokes of their black wings.

Jake stopped again. It might have been the twentieth stop or the hundred and twentieth. The length of time that passed between stops was growing shorter and shorter. Jake stood swaying on his crutch, trying to remember why he was walking. A vision of Quantrill slid through his sun-weary mind, followed by Bravo Kelly and then the mud demon. He remembered Josephina, and Cecil Gillen, and Reverend Peerson. But after just one day of wandering he could no longer put the images back together in a way that made sense.

The vultures fluttered down around him. The expression on each of their hooked bills looked suspiciously like a smirk. He tried hard to swallow his anger at the vultures. The ill-favored birds were not the enemy. The sun was the enemy. The wounds in his leg and side were the enemy.

But the endless, unblinking sun was far out of reach, the wounds incurable, and the birds tantalizingly near. He grabbed a handful of loose gravel and tossed it at one of the birds. The vulture did not bother to dodge. The pebbles raised dust as they bounced from its feathered back.

Jake closed his eyes and forced himself to move on. The

dry white branch he had been using for a crutch bowed alarmingly each time he leaned into it, so he couldn't put as much weight on the stick as he wanted to. That meant that his right leg was forced to bear part of the burden of every step. And the result of *that* was that the wound in his leg never quite closed.

The wound in his side—the place where the mud demon had bitten into his flesh—was puffy, crusted with dried blood, and streaked with infection, but at least it did not bleed. The hole in his leg, where it seemed that Bravo Kelly's bullet had passed through the meat of his thigh, bled. It never made a gusher; it was more like the circling vultures—slow and persistent. Drop after dark red drop, his blood slowly welled out.

Jake had torn strips from his shirt to pack the wound. The strips had quickly become soaked through with blood and were now covered with a crust of grit, but they did not quite stanch the flow. His pants leg was stiff and heavy with the drip from his wound. A few hours earlier he had wondered whether he might die of the bleeding. Now he only wondered which would be quicker, the wound or the sun.

He had no idea where he was. The land was a plain of pale weedy soil cut through by narrow, steep-sided gullies. Several of them were too wide to be negotiated on a crutch, and Jake was forced into one looping detour after another. Jutting from the plain to the north were uncountable towers, buttes, and mesas of pastel stone. Having no other landmark, Jake aimed at that forest of rock.

As he drew closer, the stone revealed bands washed with green, red, yellow, and even blue. Behind the first row of pinnacles a solid wall of stone, hundreds of feet high, rose up. In the shadow of that colorful barrier small twisted cedars grew, and enticing shadows hid in the folds of rock. Dozens of swallows darted from homes in the cliff face and wheeled through the stones. At the top of the wall green buffalo grass seemed to promise a more gentle landscape above.

Jake pushed his bowing crutch through patches of prickly pear that jabbed at his feet, yucca that cut at his legs, and pins-

and-needles plants that came right through the leather of his boots. As the sun fell toward the top of the wall, mosquitoes and black flies emerged from their hiding places to land on his arms, neck, and face. He swatted them away as best he could with his one free hand, but some of the insects bit hard enough to leave rivulets of blood on his cheeks.

Finally, with the swollen sun riding the horizon, Jake entered the maze of stone. Jagged towers, rock castles, stone teeth, arches, and chimneys loomed in every direction. Jake looked for gaps in the wall, an easy way to ascend to the green land above, but the bluffs could not be scaled. At least they could not be scaled by someone who had been beaten up as badly as Jake.

A glimmer at the end of a narrow arroyo caught his eye. Jake worked his way over the crumbly soil toward a patch of shadow guarded by a cluster of wind-twisted juniper trees. A rattlesnake buzzed from a heap of tumbled rock and cactus. Jake went past it. A cock pheasant fluttered out of the brush with a heart-stopping cry. Jake ignored it. He had more important things on his mind.

Water. There was a pool of water beyond the trees.

He dropped his crutch as he pushed through the junipers. Their sweet pine scent filled the air, and he dropped gratefully to his knees at the edge of the pool. He sat there for a moment, panting with exhaustion; then he bent, cupped his hands, and lifted a drink to his lips.

The water was foul. Jake spit the mouthful away and looked at the pool in shock. The water was milky, and the rim of the pool was bounded by a crust of gray mud and white alkali. He reached farther into the center of the pool and tried again. It was no use. The water was undrinkable. The tiny sips had left Jake's mouth and chin smeared with a soup of gray clay, and the spoonfuls of water he managed to swallow sat in his stomach like balls of lead.

He leaned back on his heels and looked at the stones that rose around him. The narrow towers of rock seemed so fragile, he half expected one of them to tumble down on him at any moment, and he almost wished one would.

If he had no idea where he was, Jake had even less idea how he had come to be in this terrible place. He had woken at the base of one of the jagged piles of stone, with the first red light of morning pouring out across the dry land and his own red blood soaking into the white clay at his side. His last memory of Medicine Rock was the sound of Bravo Kelly's silver pistol barking over him. He couldn't remember the bullet's strike, but his leg showed well enough that it had hit him all the same.

From the condition of his wounds Jake figured that he could have been out for no more than a few hours. He could not imagine how anyone could have taken him from the town to this strange place in that short a time. The question of *why* anyone would want to put him in this godforsaken place was something he hadn't even tried to roll through his fuddled head. Just the how was wonder enough.

Jake struggled to his feet and limped back through the junipers. He found his pitiful crutch and slowly worked his way back down the arroyo and out onto the flatter land.

He noticed then that the vultures had disappeared. It could have been that they had only gone to some creature in even worse straits than Jake, but their disappearance also could have suggested that they had faith he would last out the night. Jake decided to take it that way.

He dragged himself to the base of a solitary mesa and huddled there as the sky went from red to black. The rock was hot against his skin. It was uncomfortable for the moment, but soon enough the air was as cold and brittle as a film of ice. Jake pushed himself into the creases in the warm rock and listened to coyotes howl across the empty land. A vast span of stars appeared as the sky went dark, so many that the bare white ground seemed lit up by their distant blue fire.

Jake dropped off several times, but twinges from his wounds brought him back to himself. He ached almost everywhere, especially where the rough top of the crutch had buried itself in the flesh under his arm. That spot hurt almost as badly as the bite in his side. At least the rest and the cold seemed finally to be putting a stop to the blood dripping from his leg. Either that or he was just getting empty.

Finally, close to dawn, he slipped off into a real sleep. He had a brief dream in which Reverend Peerson preached up a humdinger while standing on the bar of the Kettle Black. The patrons of the saloon hooted and threw whiskey glasses, while Josephina sat near the bar, staring raptly up at the preacher over a plate of steaming biscuits. Then that dream faded into one that was much more familiar.

He was standing on the grassy square in the middle of Calio, and his father's body lay sprawled in the dust of the road. A man came toward Jake, a man with wild blond hair and bright blue eyes. He stuck out one hand and opened his mouth to say the word that would end Jake's life.

When Jake awoke, the Indians were there.

There were only two of them, both men. There was a quality about them that made the Indians seem wrong somehow, a smudged, smeary look that caused Jake to wonder if he was still lost in a dream. But the pain in his leg and side was back, and that was real enough.

The way the Indians were dressed failed to put Jake in mind of any Indians he'd seen before. Their faces were very flat, and their heads were oddly square. Instead of buckskins and beadwork, the men had bare chests and cloaks of spotted fur that fell back from their wide shoulders. Their trousers were woven in padded squares like a widow's quilt and ended at the knee. Both men were short, with barrel chests and thick features. One of them was older, with deep grooves running through his face. His robe was edged in green feathers, and his throat was circled by a necklace of long claws. The younger man had his hair cropped down to a blue shadow on his skull, and a strip of dark leather was wound around his forehead and over his ears.

Jake was too tired to be frightened by them.

Talking to them didn't accomplish much. Whatever Jake

tried, the men would only glance at him for a moment before turning back to their work.

He pointed to his chest. "Jake," he said. They said nothing, not even to each other.

He pointed to his mouth and pantomimed taking a drink. "I'm thirsty," he said. No reaction. "I need some water." Nothing.

He groaned and leaned back against the rock. If they weren't interested in helping him, at least they didn't seem to be in a hurry to kill him. He watched them, trying to work up the energy to start off again in search of water. Jake began to wonder if the Indians were real or just something conjured up by heat and thirst.

The Indians hurried about, gathering up bits of the sun-bleached wood that littered the plain and lashing the sticks into an off-kilter frame. There were not a lot of large pieces of wood around, but the Indians had found quite a few bits worth using and were clever in working the short pieces together. Jake tried to stop them once when he realized that one of the pieces they were tying into their work was the length of branch he had been using for a crutch. If they understood what he was talking about or even noticed that he was talking, they didn't show it.

They were almost done with their work before Jake realized that what they were building was a travois. As soon as they finished their construction, they turned their attention to Jake. Leather Band grabbed him under the arms. Feathered Robe took his feet. They were definitely real and none too gentle in getting him loaded on the travois. Jake couldn't stop himself from yelling as the wound in his side rubbed against the rough wood. The Indians didn't seem to care. Jake was glad that his shouts hadn't made them stop. Wherever they were taking him, it had to be better than here.

Feathered Robe took the handles of the travois and started off at a trot. The rickety contraption jounced across the sand and rocks. Jake had to bite his tongue to keep from crying out, and he kept a close eye on the bullet wound lest it open and start bleeding again.

The pair of Indians kept up a dandy pace. The mesa Jake had rested against during the night disappeared into the distance. Other towers and buttes swam up out of the heat and were passed in turn. The sun was high in the sky before Feathered Robe stopped and Leather Band took over pulling the travois. If anything, he pulled the frame with even more vigor than the older man had. Several of the dry branches in the travois cracked as they bounced along, but Leather Band didn't pause.

The ground went from sand and dry clay to bare rock broken only by a few stubborn weeds. An occasional cactus reared up along their path, and Jake rolled on his moving bed to keep the spines from lancing his back. As they went on, the rock towers grew less common but larger. Some were wide walls with furrows and gaps that made them look like the clenched teeth of a giant. Others had spires so delicate that they might have been castles from a fairy tale.

Looking back on the path they had taken from his uncomfortable seat, Jake was startled to realize that the Indians were following the trace of a long-faded road. The ancient path was as straight as a string and continued as far as Jake could see. He was even more amazed when they approached a buttress of crumbling gray shale. Instead of veering to the left or right, the path ascended a series of worn steps carved into the rock itself. The bumping of the travois over those weathered stairs brought Jake close to fainting from the pain.

The air wavered in the noon sun, and Jake's head buzzed with thirst. Blue-headed flies began to circle, swooping down to bite and drink from his salty skin. He tried again to talk to the Indians, but they paid him no more attention than they had earlier. He lay back on the travois and fell into a sweltering torpor.

He woke only when he was dropped from the travois to the rocky ground. His eyes were so dry and matted that he had to reach up with a shaky hand and pry the lids open. He blinked, trying to summon enough tears to clear his sight. After a few moments his vision sharpened, but what he saw was so strange, he might as well have left his eyes closed.

A dozen of the strange flat-faced Indians milled around. They were all men, and each of them wore the same cloak and padded pants as the two who had carried Jake to this place. Their robes were edged in feathers of many colors, and some wore the heads of snarling cougars as hats.

A gray-haired man whose face was covered in deep grooves leaned over Jake and grunted something. The man looked to be about as old as the worn path in the desert floor.

Jake moved his swollen tongue around in the dust bowl of his mouth. "Water," he croaked.

The wrinkled Indian frowned. "Drink?" he said.

The relief that came over Jake was so strong, it was almost as painful as his thirst. "Yes," he said. He tried to say more, but his dry throat wouldn't cooperate.

The old man walked away, then came back with a gourd bottle. Jake struggled to sit up as the man handed him the gourd. Whatever was inside, it wasn't water. It was milky and bitter, almost as bad as water from the fouled pool. Each drop both seared and soothed as it spilled over Jake's lips. He coughed as it reached his throat.

The old man snatched at the gourd. Jake tried to hold on to it, but the Indian pulled it away.

"More," Jake said. Awful as it was, the liquid had moistened his mouth, but it had numbed his tongue so that the word was nothing but a moan.

"Enough," the old man said. He walked away, taking the gourd with him.

Jake watched as the Indians moved around doing chores he couldn't quite make out. The camp was at the top of a rounded hill, and the Indians' colorful robes flashed in the fading light. There was a mound at the center of the camp that Jake had taken for a pile of weathered stones. Looking closer, he could see that it was actually the collapsed stone walls of some long-abandoned building. The Indians moved through this pile of loose bricks, rearranging them and stacking them to form a table at the center. They worked in silence, exchanging not a word among themselves.

As the last bloody light of sunset slipped from the hill, Leather Band and the old man came for Jake. "Can I have more to drink?" Jake asked, working hard to move his swollen tongue. This time the old man did not reply.

The two Indians pulled Jake to his feet and horsed him over the tumbled stones to the table they had built. Pain swept through Jake's legs as his foot banged against the rocks. He put one hand on the table to support himself, then yanked it back in surprise. Despite the long hot day, the white stones of the table seemed cold as ice.

Jake yelled hoarsely, trying to jerk free of the Indians' hands, but their grip didn't falter. They lifted Jake and heaved him onto the table.

He thrashed and kicked, trying to get free. The white stones were colder than anything he had ever known, far colder than the deepest freeze of winter back in Calio. It was so cold that it burned his bare arms, needles of pain jabbing at him all along his back and legs. Strong hands pressed him down, holding him against the freezing table.

Jake looked up at the old man, meaning to beg him for help. Instead, his breath froze in his throat.

The old man's features were running like beeswax in August. His nose bubbled and swelled into a huge hook, and his eyes bugged from their sockets. He parted his thick lips to reveal rows of pointed teeth.

Another face leaned into view. If it had not been for the leather band still wrapped around the forehead, Jake would have never known it for one of the men who had brought him to this place. The Indian's nose and ears had swelled and flowed into a huge wrinkled thing that covered most of his face. Tiny red eyes looked out from deep sockets in skin that had turned a dark, rotten purple.

More faces leered over him. Some were wild and grotesque; others were a mingling of man and animal. A narrow, scaly snout weaved past on the end of a long sinuous neck. Snarling fangs dripped yellow liquid that spit and sizzled on the stones by Jake's arm. Clawed hands sliced through the cloth over his chest, baring his skin to the night.

The creatures began to chant in a language that was at once guttural and liquid. They raised and lowered their arms, stirring a frigid breeze with their fluttering cloaks. Shooting stars fled across the desert sky, casting moving shadows of red and green and blue. Jake kicked and flailed with his arms, but the hands on his shoulders might as well have been stone.

Another figure leaned over him. Yellow fire glowed through the gaps in an empty skull. Bony hands stretched over him, holding a knife of glittering black stone.

Jake screamed.

The fire inside the empty skull flared green, and the bony figure stumbled back. The chanting broke into a frantic babble.

Then another horrible face appeared beside Jake—the snarling muzzle of a great bear. It slashed out with a paw the size of a dishpan. Jake winced, twisting away from the claws, but the bear was not aiming at him. The hooked claws cut deeply into the arms that held Jake in place—and the paralyzing grip eased.

The bear vaulted straight over the table, a huge grizzly that would have outweighed a horse. It landed among the animal-faced creatures, clawing and biting in all directions. The snake-headed man lunged at it, but the bear turned quickly. Its teeth closed on the tip of the snake man's nose, shearing off six inches of scaled snout in a single bite. The snake man fell; his long neck twisted and thrashed as his black blood gushed onto the stones.

The bear reared up on its hind legs, standing far taller than any man. It roared, baring teeth as long as Jake's hand.

There was a rustle of cloth and a thudding of feet as the animal-headed men fled the hilltop. The bear dropped to all fours. It shambled over to Jake for a moment, and its warm breath washed over him. Then the animal turned and charged off into the night.

The stones of the table were still cold but no longer freezing. Panting, Jake rolled off and eased his feet to the ground. His injured leg trembled, but he stayed upright.

Far out across the desert floor Jake saw spots of darkness fleeing across the sand. The hilltop was dark, quiet, and empty.

☆ 11 ☆

Jake had hoped the Indian's knife would be flint, but it seemed to be some kind of glass. Try as he might, he could not draw a spark by striking it against the blade of his pocket knife. Jake hurled the knife away. The bricks that had formed the table were of a chalky white clay, and the little pebbles that littered the hilltop were gritty sandstone. None of them were good for starting a fire.

He leaned over the dry wood he had stacked and shivered. One good spark and he'd have a fire. The table had sucked all the heat from his body, and the night was quickly turning very cold. With no hat and his shirt torn half off him, Jake wasn't ready for another night in the open.

He had considered trying to get down the hillside and away, but it was dark. Only a pale sliver of moon had risen to cast a gray light across the desert. Besides, the path was steep and his leg was still shaky.

A pebble fell somewhere, clattering toward the bottom of the hill. Jake tensed, his hand tight on his tiny knife. There had been no sign of the Indians since they had fled the hilltop ahead of the rampaging bear. Jake was still afraid they might come back. Or maybe the bear would come back. Jake wasn't sure which idea scared him more. He listened for long minutes to the chilly air. When no more noises came, he wrapped his arms around himself and tucked his chin into his neck.

"Ain't you got that fire going yet?"

Jake jerked his head up. There was a dark figure standing on the slope in front of him. "Who're you?" Jake asked.

"I'm a hungry man with no cook fire," came the reply. The figure stepped forward, and the pale moonlight was enough for Jake to see that he was a black man. He was as tall as Bravo Kelly and as wide through the shoulders as the smith, Cecil Gillen. The weak light made his skin look as dark as a blue-steel gun barrel.

Jake cleared his dry throat. "I've got no spark."

The black man walked over to Jake and knelt down. "You sound like you're in more need of water than fire," he said. He pulled a bundle from his back and dropped it to the ground, then pulled out a water skin and held it out to Jake. "Have a drink."

The bag was heavy and flopped in Jake's hands so that he almost dropped it, but he managed to get it to his mouth. His parched lips and throat stung as the water rolled down.

"Here, now," the black man said, pulling the water skin away from Jake's mouth. "Don't drink too much of that at once. You'll get your insides in an uproar."

Jake licked the moisture from his lips. "Thanks."

The black man nodded and capped the water skin. "Now we better see if we can't rummage up a fire. Otherwise it's going to be one cold night." He rustled through his bag and came up with a round metal tube. "I was saving these for trade," he said, "but we might as well get some use out of them tonight." He unscrewed the top of the tube and slid out a long sulfur match. One strike against the top of the tube and the match burst into flame. A minute later the dry wood that had been the travois was crackling and popping in the flames.

"Now," the black man said, "I think it's time for a proper how do you do." He stuck out a hand easily twice as big as Jake's. "I'm Bred Smith; just call me Bred." By the light of the fire Jake saw that the man wore a long coat of brown cloth and a vest made from some sort of hide.

Jake had seen very few black people in his life and had been taught that they were lower than even the worst of the Indians, but he hesitated only a moment before he took the man's hand

and shook it. Bred's palm was as hard and dry as old wood. "I'm Jake Bird."

Bred pulled away his hand and smiled. "Glad to know you, Jake. What are you doing out here in the middle of this god-forsaken place?"

Jake shook his head. "I don't know."

"Well, you must have got here somehow. Did your horse die on you? Or maybe them shadows waylaid you?"

"Shadows?"

"The feather shirts," Bred said. "Funny-looking? Dead cats on their heads?"

"They're the ones," Jake said. "A pair of them brought me up here."

"Thought so." The black man waved a big hand at the pile of stones. "This is one of their places, and it's right along one of their roads." He held the water skin out again. "You're still awful dry. Take another drink."

"I saw the road," Jake said as he took the skin, "but I never saw any Indians like that before." Jake poured more of the cool water down his throat. This time it felt better going down.

"They ain't Indians," Bred said.

Water splashed down Jake's chin as he quickly lowered the water skin. "Then what are they?"

"They're just shadows. Things made out of talent."

"Conjurings? I always thought they hung close to those that made them. Whose talent called these things?"

Bred's eyes glimmered with reflections of the fire as he looked out into the darkness, and his deep voice was as soft as the night. "Dead men," he said. "I reckon that the men that made those things were the same ones that made the roads across the desert and the places along them. The men have been dead a long time, but the shadows they made . . ." He shrugged his big shoulders. "Since the war their shadows have come back. They still gather around their old places."

"They were going to kill me," Jake said.

"Yes, they will do that." Bred picked up a stick and poked at the fire.

The night air suddenly felt even colder, and Jake leaned closer to the popping flames. Outside the ring of firelight the desert was utterly black, and it was easy to imagine distorted animal faces peering at them from just out of sight. He knew nothing about this man who was sharing his fire. Back in Calio he had been told that most blacks were thieves and liars. Jake had nothing left to steal, but how did he know that Bred wasn't as bad as the shadows? How did he know Bred was telling the truth about the shadows? He felt sick, and dizzy, and very, very tired.

"You best sleep, Jake Bird," Bred said. "You look like you need it."

Jake shook his head, but even as he did it, his eyes were sliding shut. When he jerked awake, the fire had died down to glowing coals, the moon had set, and the desert sky was again filled with shimmering banners of stars.

"Pretty, ain't it?"

Jake turned his head and saw Bred leaning against the side of the white stone table. His head was tilted back, and his hat was clutched in his hand as he looked up at the stars. "I guess so," Jake said.

"You guess so?" Bred snorted. "I never get tired of night out here."

Images of the shadows and the table swam through Jake's head. "Bred?"

"Yup?"

"What about the bear? It wasn't like the others. Where did it come from, and why did it chase the shadows?"

"That's easy," the black man said without looking away from the sky. "You ain't got to worry about the bear. Go back to sleep, Jake. I'll keep the shadows away."

Jake surprised himself and did as Bred had told him. It was nearly dawn when he woke for the second time. The fire had been built up again, and a long-legged jackrabbit sizzled on a stick. Bred smiled at him from across the fire.

"You feeling better now?" In the daylight Bred's skin was chocolate brown, and his smile was wide and bright.

"Yes," Jake said. "Lots better." He pushed himself to one elbow before noticing the woven blanket that was draped over him. "Where did this come from?"

"Out of my kit," Bred said. "You looked cold."

"Thanks. And thanks for watching out for me. Did you stay up all night?"

"I don't have much use for sleep," Bred said. "Long as I can sit and rest for a spell, I'm fine." He pulled the rabbit from the fire and looked at it with a critical eye. "This looks like it's about done. You want any?" He held the rabbit out toward Jake.

Jake's stomach grumbled at the words. He took hot bits of meat from the stick and popped them in his mouth. It was seared on the outside and raw in the center, but it was still the best cooking Jake had ever sampled. Between the two of them they had the rabbit down to bones inside ten minutes.

"I think I'm going to live," Jake said, wiping his greasy fingers on the tail of his torn shirt.

" 'Course you are," Bred said. "But if either one of us is going to live long, we best get away from this place."

"Will the shadows come back?"

Bred nodded. "More of them, most likely, and they won't stay scared of an old bear forever." He stood and began putting things into his big leather bag. "If we get off their hill and stay away from their roads, they'll have a hard time finding us."

Jake's leg felt better, and he thought he could manage to walk without the crutch, which had formed part of their fire during the night. He had nothing to carry, so he offered to take some of Bred's gear, but Bred would have none of it. Even weighted down with the heavy bag and water skins, Bred set a pace that was hard for the limping Jake to handle.

"Now, where was it you wanted to go?" Bred asked as they came down from the hill and began to walk away from the shadows' road.

"I don't know," Jake said.

"That's what you said last night. I was hoping that you might get your sense back by morning."

"I've got my sense," Jake said. "At least I think I do. I just don't know where I want to go."

Bred snorted. "Fair enough. Well, Jake, I'm heading for Tempest. You can come along with me if you like."

Jake looked around at the endless sandy hills and the towering piles of bare stone. "I think I better," he said. "It's a long way to Tempest, isn't it?"

"You're not just dusting there. It'll take us at least four days to reach Tempest, maybe as long as six." He took off his hat to scratch at his high forehead, and Jake saw that his woolly hair was streaked with gray. "Bad as that sounds, it's better than staying around here." He dropped his hat back onto his head and pointed along the faint trace of the ancient road. "Look there."

Something was moving along the road in the far distance. Waves of heat rising from the warming ground rippled the air, and Jake could see nothing but a dark smudge. "One of the shadows?" he asked.

"More than one," Bred said. "Come on; let's get moving."

It was rougher travel away from the road. Loose stones made Jake stumble, and more than once his ankles were punctured by the spines of the low-lying cactus. He glanced back nervously, half expecting to see the cloaked form of one of the shadows coming up behind them, but he saw nothing but the rutted plain and the weathered stubs of old buttes.

Bred walked on with smooth long strides, his bag swinging from a strap across his back. Every few minutes he would whistle a few low notes but nothing that resembled a tune. The back of his dark neck was burned almost purple by the sun. He turned to look at Jake, "I think we're getting away. They don't like to go far off the road." He looked down at Jake's leg. "You get that hurt from them?"

"No," Jake said. "Gunshot."

Bred frowned. "We'd better be having a look at it. Soon as we get to a place to stop, I'll see what I can do."

The black man turned their course north, and after some hours of walking they were again nearing the fierce wall of stone towers and bluffs that had turned Jake back two days before. Bred led the way up a tight, twisting ravine. Unlike the course Jake had tried, this way proved to lead to a breach in the wall. Jake had to pause several times during the climb to rest his leg, but soon they topped the bluff and stepped into the grasslands above.

Jake looked back and saw the plain below and the ranks of mesas and stone chimneys that marched off into the distance. Seen from the top, the jagged lands extended to the horizon to both the east and the west.

"What is this place?"

Bred adjusted the straps of his leather pack and turned to stare over the broken land. "Just a place to pass through on your way somewhere else. The Dakota used to run buffalo around these cliffs, but with the shadows so heavy in these parts, they moved farther north." He turned away from the bluff and continued his march to the north.

The top of the wall was far from the paradise Jake had imagined from below. But for scattered clumps of buffalo grass and some gray-green sage, it was little different from the low ground. As they walked on, the ground went up and down like the sea in Sheriff Pridy's whaling pictures, with loose scree at the bottom of each trench and tufts of stiff brown grass edging the sides. With every ridge they crested the ache in Jake's leg grew deeper and stronger. By the time the sun had passed its peak, he was gritting his teeth to keep from yelling.

They came across a final crest, and the ridge spilled out onto a plain spotted with scabs of white. "Stay away from those light patches," Bred said. "Some of them have mud underneath."

"Mud?" Jake asked. "Out here?"

"Greasy, sucking mud. And if you get a foot in it, you'll just as like be there forever."

Jake eyed the white patches. They glinted in places like

crushed glass, but they looked just as dry as the sand between them. Still, Bred seemed to know a lot about this harsh land, and Jake assumed he knew what he was talking about this time, too.

The valley of the white patches was spotted with low scrub, but it was level and Jake's leg felt better as he limped across it. Bred eased up on the pace. Several times he passed the water skin back, and Jake drank as he walked. At last the empty plain ended, and they came up to a low ridge fronted by a knot of twisted pine trees.

"How do these grow out here?" Jake asked.

"There's water here. Too deep to do us any good but not too deep for these trees. The next water we can use is still a few hours away." Bred loosed the bag from its strap and pitched it against the gnarled base of one of the trees. "Let's sit awhile."

Jake joined him by the tree, easing himself to the ground without bending his stiff, swollen leg. "Can I have another drink?"

"Careful," Bred said. "You still don't want to go drinking too much." He rummaged through his sack and came out with a dark puck of pemmican. "Bite on this. You need to get some salt back in you."

While Jake chewed on the tough concoction of fat and berries, Bred trimmed the bloody pants away from the wound on Jake's leg. "You weren't joshing. This was a gunshot," he said. "Looks like you was awful close when he fired."

"Pretty close," Jake said, remembering Bravo Kelly's shiny pistol as he leaned down to fire.

"Well, you're lucky he just hit your leg." Bred's big hands held Jake's leg at the knee and turned it. Breath hissed through Jake's teeth at the sudden pain.

Bred hummed as he looked at the wound. "You still got the bullet in you." He raised his head and looked Jake in the eye. "I can't do nothing for you out here. We'll have to get you somewhere to lie down before we can dig it out."

"In Tempest?"

"You won't be going as far as Tempest on a leg like that,"

Bred said. "We'll have to find someplace else for you to stay." He stood and looked out at the horizon. "McAlester's is two days from here—if they're still there. There's some others could be closer, but I'm not sure that any of them would welcome us."

"People live out here?" Jake asked.

"More than you might expect. But most of them are out here 'cause they don't want no attention. They don't cotton much to visitors."

"What about Medicine Rock?"

Bred's wide mouth turned down in a puzzled frown. "Medicine Rock?"

"If it's still four days to Tempest, Jake said, "then we can't be too far from Medicine Rock."

"Boy, Medicine Rock is plumb over in Wyoming Territory, near two hundred miles on the *other* side of Tempest," Bred said. "It would take you ten days or more to get to Medicine Rock."

"Ten days . . ." Jake looked up at the black man. "I was in Medicine Rock two days ago."

Bred's dark brown eyes widened. "Is that so? I suspect you didn't get here by no stagecoach, neither."

"No," Jake said.

The black man took off his hat and mopped away the sweat with his forearm. "Least that settles where we ought to go," he said.

"Where?"

"I'm going to take you to Hatty Ash." Bred stopped, lifted his bag, and slung it over his shoulder. Then he reached down a hand to Jake. "And while we're going, you can tell me how a man with a bum leg can get so far so fast."

☆ 12 ☆

The cottonwoods were visible for miles before they reached the Cheyenne River, spots of green on a landscape of brown. When they got closer, Jake could see the wide swath of tall grass that hugged the steep banks and could hear the burble of the water over stones.

As a river it wasn't much. It was no better than waist-deep in the center and no more than ten yards across. But after all the sunbaked clay and dry weeds they had passed, the narrow band of trees and grass along the sides of the shallow stream looked like a little slice of paradise.

Jake knelt at the edge of the river and splashed his face with the cool water. His leg was swollen and hot, and the wound in his side had joined in the aching. "Couldn't we just stay here the night?" he asked. "It's going to be dark soon."

Bred shook his head sharply. "I'd no sooner wait the night out here than I would go back and throw myself on the shadows' table." He glanced around at the trees. "This is a bad place."

Jake looked around and started to contradict Bred. This place seemed as good as any Jake had seen in years. But now that the big man had said something, Jake knew he was right. There was a dark feeling about the place, a feeling that the trees were rooted in the bones of the dead, that the grass grew in earth made rich by spilled blood.

"Where's this cabin we're looking for?" he asked.

"Not far," Bred said. He pointed along the stream. "We go

up there a ways, and we'll come to a creek. Follow that back to where it comes out of a spring and we'll be at Hatty's."

The big man stepped out into the stream. The water rippled and gurgled around his legs. "Come on," he said. "There's no better place to cross for miles."

Jake waded into the stream. The rocks on the bottom were slippery, and his stiff leg made the footing even worse. The current of the shallow river was surprisingly strong. Jake was very relieved to make the far bank without falling facedown in the water.

Bred was already out of sight in the reeds where a smaller creek emptied into the river, but Jake could still hear him as he pushed his way through the tightly spaced plants. He followed in the big man's wake. Even away from the water, this side of the river had more life. When they reached a clear spot, Jake could see low hills rolling off to the north. The slopes rippled under a blanket of windblown grass that reminded him of the wheat fields outside Calio.

As he followed Bred along the banks of the creek, Jake was surprised to realize that he was suddenly feeling well. His leg had stopped hurting. The pounding of the wound in his side, which had been growing worse for hours, had faded. He felt light, very light, as if he could easily walk on top of the tall grass without weighing down the stems.

He was just about to say that very thing to Bred when the ground jumped up and slapped him in the face.

When Jake was next able to realize anything, it was that the world had turned upside down. It took him quite some time and considerable effort to work out that things were topsy-turvy because he had been slung over Bred's shoulder.

"You can put me down now," he said.

"Nope," Bred said. "That's what you said last time."

"Last time?"

"Yup, and last time you didn't take ten steps before you had your nose back in the dirt."

"I don't remember a last time," Jake said.

The big man laughed. "Good thing for you if you don't.

Hush up for a minute. It's hard enough carrying you without trying to chin at the same time."

That was the way Jake made his arrival at Hatty Ash's cabin, riding on Bred's wide shoulder, and his first view of the cabin was an upside-down one.

Even when it appeared to be standing on its roof, the cabin looked trim and sturdy. It was made from logs, not sod or mud brick as were so many buildings in that part of the country. The logs had been cleaned and sun-bleached till they gleamed like polished bone, and the gaps between them had been freshly chinked with dark earth. A thin wisp of smoke rose from the stone chimney.

Close by the cabin was a round blue pond ringed in cattails. It was there that they found Hatty.

She was sitting in a small boat in the middle of the pond. Her long brown hair, split by a finger-width stream of pure white, spilled over her shoulders. Her face was turned toward the approaching men, and even from a distance Jake could see that her eyes were very large and very, very blue. He could not put an age to her. She might have been thirty, or forty, or twenty.

Jake wasn't sure how she got to the shore of the pond, but by the time Bred had lowered Jake to the plank porch of the cabin, Hatty was beside him. "Who have you brought me, Bred?" was the first thing she said. Her voice was older than her face.

"Jake Bird," Jake said, but she didn't seem to hear.

"Found him out playing with the shadows," Bred said. "And someone put a pistol shot in his leg."

Hatty laid a hand against Jake's forehead. "This boy is roasting with fever," she said.

"You don't have to tell me that," Bred said. "He's been on my shoulder for the last two miles. I think I'll have to rub some lard on that side just to take out the burn."

"Well, get him inside. We'll do what we can."

Bred lifted Jake again, this time holding him in his arms like a doll, and carried him into Hatty's cabin. It was much cooler inside. Shutters over the windows let in only thin slivers of light. In that pale, soft light Jake caught glimpses of a solid table and chairs and a small bed covered with blankets and hides. A stone hearth glowed from the corner of the room. The cabin's air held a hint of spices and a flavor of wood smoke, but there was another scent that drowned out everything else: the smell of clean water.

"Get him down on the bed," Hatty said, "and get those britches off him so we can see what we're up against."

Bred had followed Hatty's instructions before Jake could even think to protest. The air in the cabin was cold against his bare legs. Jake pulled at the blankets, trying to cover himself from the air and from Hatty.

Hatty batted his hands away. "Be still," she said. Her thin fingers moved across the wound. Her hands were small, but there was strength in her probing fingers. "Pistol shot, sure enough. We need to get the slug out."

"I done told him that," Bred said.

"It's not going to be easy. The bullet's deep, and the flesh has started to knit. And it's right near the artery. We'll have to cut careful if we don't want him bleeding all over the place."

"Well, we'd best get to it. The boy's hot as a stove."

"Not from this," Hatty said. "This is hurting him, but it's not causing his fever." She raised her hands overhead and shook out her fingers as if they were drenched in water. Then she held them above Jake, moving them slowly back and forth.

When her hands were over his stomach, she paused. "Open his shirt," she said.

Bred's big fingers went to the front of Jake's torn plaid shirt, but Jake stopped him. "Don't," he said.

"Just following the doctor's orders," Bred said.

"She doesn't look like any doctor I've seen."

"She's as good a doctor as you're like to find," the black man said. "Best you do what she says."

Jake closed his eyes and nodded his head weakly. He

winced as Bred's fingers brushed over the wound on his side and started again as the cold air struck his skin.

"Lord a'mighty," Bred said.

"That's where the fever is coming from," Hatty said. She crouched down to look Jake in the eye. "What was it that bit you, boy?"

"Conjuration," Jake said. His teeth were chattering so much in the cold air that he barely got the word out.

"One of the desert shadows?" Hatty asked. "The revenants?"

Jake shook his head. "It happened in Medicine Rock."

"Medicine Rock?"

"He says he was in Medicine Rock just two days ago," Bred said. "Though I can scarce credit that."

Hatty's blue eyes searched Jake's face. "Is that true? You came from Medicine Rock?"

"Yes," Jake said. He tried to push his shirt back over his exposed side. "Cold," he said.

"I know you're cold," Hatty said. "We'll have you warmed up in a minute. What kind of thing was it that bit you?"

"M-mud. It was made out of mud. Quantrill made it."

"Quantrill?" Bred said. "That whoreson still kicking around?"

"Hush, Bred," Hatty said. She put a hand against Jake's cheek. "We're going to have to open the wound, boy. Do you understand that? There's an infection in it that has to be cleaned. If it's not opened, you'll die."

Jake closed his eyes and nodded his head. "Open it."

"Just lie still. We'll have this over as fast as we can."

He lay for what seemed hours, shivering in the cold as Bred and Hatty moved about the cabin. He could hear water sloshing and the clatter of metal. He wasn't sure he wanted to know what they were up to. When the knife finally sliced into his side, it felt even colder than the air. He would have jumped right off the bed if Bred hadn't grabbed him and held him down.

Hatty's strong fingers moved over his side. Each touch

brought its own burst of pain. "I'm sorry," Hatty said, "but it has to be done." She pressed a hot cloth to Jake's side.

Jake would have screamed, but the pain went way past screaming. Even Bred's strength could not keep Jake's back from arching or stop him from bucking like a catfish on a skillet.

He tried to ask them to stop, but all that came from Jake's mouth was meaningless babble.

"What'd he say?" Bred asked.

Jake tried hard to form words, but the noises he made sounded more like an owl or maybe a cat.

"Cover his mouth," Hatty said. "Don't let him say anything more!"

Bred's hard-palmed hand closed down over Jake's face. After a moment Jake's vision clouded, and the voices of Hatty and Bred faded away down a long hall.

When Jake came back to himself, the pain was much easier to take. He turned his head and saw Hatty rinsing her hands in an enameled washbasin. Bred didn't seem to be in the cabin. He swallowed and cleared his throat. "You finished?" he asked, the sound of his own voice as much of a relief as the decrease in pain.

Hatty turned to him and smiled. "All finished."

"You going to do my leg now?"

"The leg is finished, too."

Jake raised his head enough to see the strips of cloth that bound his stomach and leg. They were covered in a pattern of tiny flowers. He wondered if it had been a tablecloth or maybe curtains. "Where's Bred?"

Hatty finished washing her hands. She walked over and sat in a chair by the bed. "I sent him off to find us some dinner. There's buffalo just come in down along the river west of here and antelope closer than that. He shouldn't be too long."

Jake let his head fall back to the pillow. "Thank you."

"For what?"

"For taking care of me."

Hatty smiled again. "Just being a neighbor." Up close, Jake

still couldn't hazard a guess at her age. Despite the white in her hair, the only lines on her tanned face were tiny crinkles at the corners of her eyes.

Jake put his elbows on the bed and tried to push himself up, but Hatty's hands were on him, pushing him back with unexpected strength. "Lay down," she said. "You shouldn't try to get up today. Tomorrow, if you're lucky, I'll let you out of that bed."

"I'm being too much trouble," Jake said as he fell back. "Even for a neighbor."

Hatty nodded her head toward the window. "With as few neighbors as I have, I can afford to spend a bit of time on each." She put her hand on his shoulder and squeezed. "Rest, Jake. Sleep. When Bred comes back, I'll wake you."

It seemed to Jake that he hadn't done much *but* sleep lately, and he started to say there was no sleep left in him. But before the words had made their way to his tongue, the room had faded and he was enjoying the first comfortable sleep he'd had since leaving Medicine Rock.

When he woke, the pain in his leg and side had receded to an ache. The windows of the cabin were dark, and the room was lit by the orange glow of the fire. Hatty had moved her chair to the door of the cabin. She sat with a blanket wrapped around her shoulders, staring out into the darkness.

"Bred not back yet?" Jake asked. His tongue felt thick and woolly.

"No," Hatty said. "I hope he's got sense enough to stay away from the cottonwood grove after dark."

"He mentioned it to me when we were on our way here. He knows it's a bad place."

"That's good."

Jake tried to sit up. This time Hatty didn't move to stop him, and he managed to make it to one elbow before feeling too dizzy and slumping back to the soft mattress. "What's wrong with that place, anyway?"

"Something old," Hatty said. "Older even than the shadows Bred tells me you ran into. A long time ago there was some kind of conjuration there that was so strong, people used to make offerings to it."

"Offerings?" Jake asked. "You mean like sacrifices?"

Hatty nodded. "Far as I can tell, it was mostly animals, but there were some people, too." She reached up to adjust her blanket. "I haven't seen anything like it around these days, thank goodness, but there seem to have been several of them in the past. The thing that took those sacrifices may be dead, or it may just be asleep. Even if it's dead, it's still a dangerous place. Things like that don't die as clean as people."

"I thought there didn't used to be any conjurations or talents," Jake said. "Not before the war, anyways."

"There's always been things that folks didn't understand," Hatty said. "It's just that the war seemed to draw them out where everyone could see." She put her hand against the door frame and looked out into the dark night. "It's easy enough to ignore wonders when they're only stories from far away or long ago. Harder to shrug them off when they're biting at your nose."

"Or your side," Jake agreed. He raised a shaky hand and touched it to the bandages.

Hatty nodded without turning. "What's down there in the cottonwoods is apt to bite. I hope Bred knows that."

"Well, he knows to stay away from it. He told me that much."

"He must know something," she said. "Because I see him coming now."

A minute later Hatty stood and moved her chair aside as Bred ducked through the doorway. The tan and white body of an antelope was slung over his shoulder. Next to Bred, it looked no bigger than a dog.

"Anyone ready to eat?" he said.

"Where've you been?" Hatty asked. "I could have shot every antelope between here and the South Canadian in the time you've been gone."

"Now, Hatty, don't get yourself riled. I had business to attend to."

"What kind of business?"

"Tall Grass and his boys were riding by. I had to do some trading while I had my chance." He reached back through the door and tossed the antelope onto the porch.

"You trade with the Indians?" Jake asked.

Bred smiled his wide smile. "It's how I make my living," he said. "Trade with the Indians, trade with townsfolk, trade with whomever. A man can live off the land a long time, but shells and powder don't grow on trees. If I don't do some trading when I get the chance, I begin to get hungry by and by." He pulled his bag from its straps and dropped it to the floor with a thump. "Besides, I enjoy talking with the Indians. They know a durn sight more than they let on."

"Tall Grass was after the buffalo, I suppose," Hatty said.

"Not this time," Bred said. "They're on their way north in too big a hurry to hunt. Supposed to be some big powwow up there. All the Hunkpapa are supposed to be going. Oglala and even some Cheyenne to boot. If you listen to Tall Grass, it's got to be the biggest get-together the Indians have had since Moses was a boy."

Hatty looked at him and crossed her arms. "I can see what you're wanting to do, Bred Smith."

"Tall Grass asked me to come along," Bred admitted. "And He Dog will be there. He's had me to his tent before. I can't resist a thing like this. Why, you wouldn't believe all the chiefs that are supposed to be there. I might never get another chance." The eagerness on the big man's face was as clear as the desire of a child outside a toy store.

Jake had never thought much about the Indians except how to stay away from them. The danger from the Indians was one of the biggest reasons people tended to huddle together under the hand of a powerful sheriff. Just as they had among the white settlers, ever more talented folk had appeared among the Indians in the years since the war. More than once Jake had heard stories about what the Indians did to whites they caught outside of protection.

"You'll go out there by yourself?" he asked Bred.

Bred moved closer, a white smile lighting up his dark face. "You never seen the Indians outside a town, have you? No, 'course you ain't." He shook his head and looked out the dark window. "An Indian in town is like a fish on the bank. How it acts don't tell you a thing about how it lives. On their own, out in the grass . . ." His voice faded.

"You are hopeless," Hatty said. "It's no wonder an Indian can always trade you spit for gold; you like them too much."

Bred wagged a big finger at her. "Now, Hatty, you're just as bad as me."

"I get along with the Indians," she said, "but I'm not blind to their faults. You'd do just about anything to stay close to them."

"Now, Hatty . . ."

"Now nothing. You know it's true."

"Indians know an awful lot about talents," Bred said. "This talent run wild may be a new thing, but what we know is nothing but what they knew a long time ago. If there wasn't so many of us other folk, we'd never have made a dent in their land." He shrugged his heavy shoulders. "I want to go and see what they're up to."

"I want to go, too," Jake said. Both Hatty and Bred looked at him in surprise, and the truth was that Jake was surprised at himself. "I'll be ready in a day or two," he added.

"Oh, no, you won't," Hatty said.

"But you said—"

"I said you'll be up tomorrow, but it'll be many long weeks before you're fit to go on such a hike."

Bred looked stricken. He turned to look out the cabin door. "Crazy Horse will be there, and Sitting Bull," he said, "and Gall, and that ain't the whole of it."

"Oh, go on before you bust a gut," Hatty said. "I'll look after this boy till you get back."

"But I can't stay here that long. I need to get home," Jake said.

"And just where would that be?" Hatty asked.

"Medicine Rock."

"The same Medicine Rock where you got bit? You really think it's a good idea to go back there?"

"I have to," Jake said. He remembered Josephina leaning over him as he lay in the street after he had fought with the mud demon. He remembered the concern of Cecil and Reverend Peerson. "My people are there."

"Well," Hatty said, "it doesn't matter. You're not up to traveling now. Let Bred be off on his trip to see the Indians. I suspect that by the time he gets back, you'll be ready to go home to Medicine Rock."

"I'll go through there on my way," Bred said. "You give me some names and I'll even check on folks."

Jake wanted to keep arguing. Whatever Hatty might say, he had to get out of bed and back to Medicine Rock. He wasn't sure how he had come to be in the desert, but he knew it was evidence of some talent. If it was a talent—if something inside Jake was strong enough to lift him out of Medicine Rock and deposit him so far away—it was something that might be turned against Quantrill.

Then Jake noticed how the strands of Hatty's hair seemed as distinct and thick as lengths of rope. The drops of sweat on Bred's face caught the firelight and broke it into arcs of yellow and red. Every mote of dust in the room seemed as coarse as a river cobble.

The same unbreakable certainty that had caused him to take Willard Absalom's gun seized Jake again. He knew then that Hatty was right. No matter how much he wanted to get back to Medicine Rock, he was not to go. Whatever his friends faced, his place was here, in this cabin lost on the wide plains.

In the morning Bred was gone.

☆ 13 ☆

Jake supposed that if he were to pick a place where he was going to sit down and heal, there were a lot worse places to pick than Hatty's cabin.

He perched on the rough gray stone that served as a doorstep and leaned back to look at the sky. Off to the east it was already dark, and the evening star was shining. Overhead it was a hundred shades of purple that edged toward red and orange in the west at the spot where the sun was soon to disappear. The breeze that blew in across the pond was cooler than it had been in Medicine Rock. Best of all, there wasn't anybody nearby who was set on killing him, at least not as far as he knew. It was peaceful, restful, and beautiful. And it was boring as hell.

Jake shifted on the rock, making his side ache under its mass of bandages. Two weeks of healing had been enough to get his leg working so that he could get around, but the bite on his side still pained him almost every time he breathed. The edges of the wound were puffy, slick, and pink. Hatty had declared that when it healed, Jake would be left with a scar ugly enough to frighten the meanest saloon tough.

Just as he was thinking of her, Hatty came over the hill with something in her hands. Jake shaded his eyes against the lowering sun and tried to see what it was she was bringing.

Some kind of plant, no doubt. He winced at the thought. Hatty was always dragging plants into the cabin and pounding them into a mash. She mixed them up together with brown fat, wild onions, and ashes from the fireplace to make the smelly poultices she smeared on Jake's side. That is, she did if he was lucky. When he was unlucky, she squeezed the plants for bitter juice that she forced Jake to drink.

She waved at him as she walked through the waist-high grass that covered the hillside. The stalks bent down as she passed, then sprang up behind her like the water in a river breaking around a rock. Her brown hair was pinned up, but wisps of it escaped and glowed red in the fading light. As she came closer, Jake could see the drops of sweat that lay against her long neck.

"I've something here that ought to ease that ache in your leg," she called.

"Good," Jake said, though he was none too sure that what she had found wouldn't be worse than the pain.

Hatty stopped in front of him and reached into her canvas bag. She came out with sheets of something gray that were thin and crumbling at the edges. "Willow bark," she said.

Jake closed his eyes. "Do I eat it or get it rubbed on me?" he asked.

"You drink it," Hatty said. "I'll boil it up in a tea, and you can sip at it." She reached into the bag and carefully pulled out a bundle of plants that were edged with spines, spikes, and needles from root to flower. "I brought back these nettles, too. They'll be good in the new poultice."

"You going to put those thorns on my side?" Jake said, wincing. The plants looked as evil as the day was long.

Hatty shook her head and laughed. "I'll cook them first. Don't worry; they'll be soft as buttercream before I slip them under your dressing." She rummaged through her bag. "I've got some honey in here and some blackberry leaves, too."

Jake eyed the nettles nervously. "Can't we just eat the honey and throw the rest of these sweepings away? Why is it that everything that's supposed to make me better has to look bad, taste bad, or sting like a hornet?"

Hatty's smile disappeared. "I've walked half a day to get these things for you. You know how far it is to a willow tree in these parts?"

"Well, I—"

"It's a durn long piece. That's how far." Hatty shook the bundle of thorny plants in his face. "And you think picking nettles is fun?"

"No, I guess—"

"You look at what else I brought." Hatty jammed her hand into the bag and came out with a glass jar. There was something pale inside, but Hatty waved it around too quickly for Jake to tell what it was. "That hole in your side is getting edged in rot. I've been washing it as best I can, but if you don't start to mend soon, we're going to need these."

Her hand steadied, and Jake got a good look at the wiggling yellow and white contents of the jar. "Those are maggots!"

Hatty nodded. "They'll eat the rotten flesh away from your wound, but it won't be pleasant. If I was you, I think I'd do what I could to get well before we have to lay on the worms."

Jake gulped and looked at the squirming mass of grubs. "What do you want me to do?" he asked.

Hatty shoved the jar back into her bag and stepped past Jake into the cabin. "First off," she called through the open door, "you can quit your bellyaching. For two weeks you've been whining like an old mule. I should've stopped you sooner, but I've let you go on because I know you're hurt and you're missing your friends. Still, I reckon two weeks of caterwauling is enough for anyone's ears." She dropped the heavy canvas bag on the table with a thud. "I know it's more than enough for mine. I'm used to quiet."

"I'm sorry," Jake said. Hatty had just served up more words in five minutes than in all the rest of the time he'd been with her. It put Jake in mind of some of the tongue-lashings he had taken from his stepmother. He pushed himself up from his seat on the step and leaned against the rough door frame. Hatty turned her back to him and started unpacking the things she'd brought.

Not for the first time, Jake found himself admiring the way Hatty's dress held to her slim figure. But for the streak of white in her hair, she looked no older than Sela Absalom. Her cotton skirt was gathered tight at her narrow waist and belled out fetchingly below. It swung back and forth against Hatty's legs as she moved.

Hatty turned, and her eyes caught the direction of Jake's gaze. "Seems to me you're feeling better than you let on."

Jake felt his face color and dropped his eyes. "I'm sorry to be such a task."

He stepped forward and reached into the bag. "Let me help you with these things." His fingers closed on a cool glass jar, and he winced, thinking of the wriggling maggots, but when he pulled the jar from the bag, it was filled with shining honeycomb. He held it up to the red light, looking at the bits of bark and dead bees that floated in the yellow liquid. The sight of the honey made him think about Josephina's sourdough biscuits. Before the thought could go any further, Hatty took the jar from his hand and set it on the table.

"At least we'll have something nice to eat," Jake said.

Hatty glanced from him to the honey jar. "That's not for eating," she said. "That's to go into the poultice with the nettles."

"Figures," Jake sighed. Hatty's cabin was well fixed, but the same couldn't be said for her cooking. There was a garden along one side of the cabin that provided potatoes, beans, and a handful of corn. But except for the antelope Bred had carried in the night before he had left, there hadn't been much meat to go around. And there hadn't been the least sign of a biscuit.

The fire had been burning low through most of the day, and the cabin was warm from its heat. Jake put down the jar and walked across the cabin. He tipped the lid off the cook pot and looked inside. Mostly it was filled with small red potatoes, hard corn boiled into a mash, and some of the plants Hatty gathered on her daily walks. The little bit of meat that floated inside came from dried bits of salty buffalo jerky. No matter what was in the pot that day, Jake could be sure that it would taste of sage. Hatty had a great fondness for sage.

Hatty turned, walked toward Jake, then stretched to reach a clay bowl on a high shelf. Jake reached past her and snared it first. His face tightened as a flash of pain shot up from his side, but he managed to smile as he handed the pot to Hatty. "Here you go," he said. She was standing so close, he could feel her warmth over the heat of the room.

Hatty took the bowl from his fingers and put it on the table. Her blue eyes narrowed into slits. "I think you're feeling altogether too well at the moment." She put her hands on his chest and pushed him away. "You smell like onions and rancid grease."

"From the poultices," Jake said. "You're the one that put them there."

"I know where it's from," Hatty said. "Sit down at the table."

Jake dropped into a straight-backed chair and looked out the small window to the pond and grassy hills. Bred was somewhere out there. The terrible clarity and certainty that had come over him when the trader was preparing to go had vanished along with the man. Jake thought about Medicine Rock, and a bolt of worry hit him that hurt worse than any wound. "I wish I'd gone with him," he said.

"Bred'll be back before you know it." The anger had left Hatty's voice. She took the cooking pot off the flames and carried it quickly to the table. "That man could walk a hundred Indians and a herd of buffalo into the dirt before noon and still not work up a sweat."

Jake just nodded. Now that his mind had turned to Medicine Rock, he had a hard time reining it back.

"I know you want to see to your friends," Hatty said, "but there's not much you could do for them as banged up as you were. You're getting better. And when Bred comes back, you'll go." She ladled out a bowl of the stew. "You feel up to eating something?"

"Yes, ma'am," Jake said distantly. He bit into the stew, scarcely noticing the heavy bite of sage.

Hatty pulled her chair up to the table and sat across from him. "Glad to see you eating better these last few days," she said. She put a spoon into her own bowl of stew and took a quick bite. "You get some food on your bones and maybe you'll heal quicker. When you're done, we'll see about getting you cleaned up."

Jake nodded, but he wasn't listening. He lifted the spoon to his face and sipped from it. For some time they ate in silence, the only sound their spoons scraping across the bottoms of the bowls.

A shadow passed over the cabin, and Jake was startled out of his thoughts by the sight of a huge bird sitting down by the side of the pond. "What's that?"

Hatty barely looked up. "Crane."

"It's bigger than any crane I ever saw."

"There was a wandering Shoshone through here a year or two back. He had a talent for growing things."

"He made that crane?"

"He didn't make it," Hatty said. "Just helped it grow."

"Well," Jake said, "it looks big enough to haul off a buffalo."

Hatty laughed. "Wait until you see what he did to the buffalo! You stay around here long and you'll see stranger things than that crane. There's more than a few that have tried out their talents in these parts."

The crane looked toward the cabin for a moment. Its yellow eyes were as big as Jake's fists. In the last light of the dying sun its wings were the color of fresh blood. It stood for a moment longer, then it was gone with a noise like distant thunder.

"Big bird," Jake murmured.

"You're a Bird yourself, aren't you, Jake?" Hatty said it softly, almost as if she were afraid.

"What?"

"Your name. Didn't you say it was Jake Bird?"

Jake nodded. He lifted his bowl and tilted it to get a better angle on the remaining stew.

Hatty scooped up a final mouthful of stew, then went to set her empty bowl in the washbasin. "I knew your father," she said.

Jake almost dropped his food. "What?"

"Your father was Mattias Bird, wasn't he?"

Jake set down his bowl and leaned back in his chair. "He was. How did you know?"

Fine lines gathered around Hatty's blue eyes as she smiled at him. "I met him back in St. Joe when we were both getting ready to set off for the west. Knew him for twenty years on and off. You look like him. Scrawnier, but I expect you'll fill out in time. And then there's the chattering." She tapped the wall beside her with slim fingers. "Not many people around with a talent as strong as that."

"I never thought I had a talent," Jake said. "Are you sure I was chattering? It didn't sound like what my father used to do."

"Chattering is always different. That's one of the things that makes it so wild. Besides, your father had control over his talent. Unless it was just the fever, I don't think you do."

"But it didn't do anything," Jake said. "It was just noise."

"Are you so sure of that?" Hatty asked. "Bred stopped you before anything could happen when you were here, but he told me you came from Medicine Rock to the shadows' path in a day. Even the stagecoach couldn't have made the trip so fast."

"You think I got there by chattering?"

"I think so. Sometimes people don't find out about their talents until they're up against it."

"Sheriff Pridy said something like that," Jake said. "Something about my talent not showing up till I was in trouble." He scooped up a chunk of tough meat from the bottom of his bowl and started to chew.

"George Pridy? I met him a few times before the war." Hatty stared off into the distance, her blue eyes focused on nothing. "He's a good man. I thought he'd gone back east somewhere."

"He did," Jake said around the meat, "but the folks in Medicine Rock hired him to come back and be their sheriff."

"Well, they made a good choice," she said. "Pridy's a strong hollerer and a powerful crafter. I expect he can easily hold a territory the size of Medicine Rock."

Jake worked to swallow his stew. There was warmth in

Hatty's voice when she spoke about Pridy, and he hated what he had to say next. "He's dead."

Hatty blinked. "Dead?"

"It was a man named Quantrill. He took Pridy with the help of a gambler called Agran and a deputy that turned traitor. It took all three of them to get him."

"George Pridy dead." Hatty leaned against the basin for a moment, her fingers tight on the white enamel sides. She turned her back to Jake and walked over to the door of the cabin. "It's sad news you bring with you, Jake Bird," she said without turning.

"I'm sorry."

Hatty shook her head, and Jake thought he saw a shining tear fly from her hidden face. "There's not many like your Sheriff Pridy left in this world, and more like this Quantrill every day." She sighed. "I wish George had seen fit to stay in the east. He loved his ocean so."

For a long moment the cabin was silent. Hatty had said that she liked the quiet, and in two weeks at her cabin Jake had become almost as shut-mouthed as his host. The long conversation seemed to have worn them both out.

"Well," Hatty said at last, "as long as you were peaked, I wasn't going to kick about it, but if you're up, we might as well do something about that smell." She walked quickly across the room, took a cake of yellowed lye soap from the board beside the washbasin, and tossed it across the room to Jake.

He made a grab for it, but the crumbly square slipped from his hands and clattered across the floor to the foot of the bed. Jake went down on his knees to get what was left of the soap.

He felt half-woozy as he stood up with the bar of soap clutched in his fingers. "I don't know if I feel up to this. Maybe the river can wait a day or two," he said.

"I guess it can't," Hatty said. "Two more days and you'll smell worse than a dead skunk in the sun. You want me to go down there and help you with your bath?"

Jake's cheeks burned. "No. I guess I'll make it."

Hatty sat down on the edge of the bed. She ran her hand

across one of the faded quilts, and something like a smile came back to her face. "I'm tired of sleeping on the floor. If you don't mind, I'll be sleeping in my own bed tonight, and you can wrestle with the hides and fleas down on the boards."

"I'm sorry," Jake replied. "I hadn't meant to trouble you so long."

Hatty picked up a rag from the corner table and held it out to him. "Don't be sorry; just get down there and get that stink off of you. And be careful when you're washing that wound. I wasn't gulling when I showed you those maggots. When you get back up here, we'll put on a poultice with the nettles and some honey and mint. That won't smell near so bad as the onions."

Jake nodded and headed for the front door. He was almost out when he paused and turned back. "When I get back, can you tell me more about my father?"

"Later. There's been enough talking for one night."

Jake nodded and stumbled out the door into the darkness.

Hatty leaned out of the cabin as Jake walked slowly down the banks of the cold flow that spilled from the pond. "Don't wash in the pond or the stream," she called. "I don't want that lye soap in there. Go on down to the river, but mind you stay away from that cottonwood grove. Something wicked's in the air tonight."

Jake walked down to the creek with the same sense of anticipation most men reserved for approaching a hangman's noose. It wasn't that he had anything particular against being clean. Back at Curlew's boardinghouse Jake had taken more than one ribbing over his fondness for the bathtub. What scared him now was the thought of how much it had hurt the last time Hatty had cleaned his wounds. Touching the puckered scar on his leg was bad enough, but washing the hole in his side was pure agony.

He limped over the damp, uneven ground along the bank of the creek as it exited the pond and twisted toward the river. Twice he dropped the yellowed bar of lye soap and had to fish for it in the tall damp grass. The creek brought him to the river near the cottonwood grove, but even without Hatty's warning, Jake wouldn't have thought about stepping between those dark trunks—there was a toothy look to the branches that poked up at the darkening sky. He turned and went far enough upstream that the cottonwoods were nothing but a deeper darkness in the already dun evening.

There was a pile of round stones at the next turn of the river. The water near the far bank gurgled between the boulders, but on Jake's side the river spread out in a wide pool that was smooth and calm in the evening air. He made a seat of some of the stones as he struggled out of his boots and slid off his worn trousers. The shirt he was wearing was something Hatty had produced from the trunk under her bed, and it was easily big enough for two men the size of Jake. He unbuttoned it with care and gingerly tugged at the folds of the cloth over the bite wound. He got a shot of pain as his reward before the cloth that was stuck to the wound pulled free, but it wasn't as bad as he'd feared.

In the dim light it was hard to see what the wound looked like. Jake wasn't so sure he wanted a clear view of it, anyway. He spread his clothing across the rocks and stepped into the rippling water. The river bottom was lined with pebbles and coarse sand. It was hard on Jake's feet, but at least it wasn't slippery. With his fingers clutched tightly around the bar of soap, he waded into the chilly flow.

A yellow moon rose slowly over the hills to the east, and an owl hooted from the cottonwoods. The gritty soap didn't so much clean as scrape the dirt from Jake's skin. Each touch brought fresh jabs from the hole in his side, but Jake did his best to clean away the mat of old poultice and dried blood that ringed the wound. A warm breeze blew in from the west, fretting the surface of the water and bringing with it smells that Jake couldn't quite identify. He waded toward the center of the calm pool, where the water crept up past his knees.

A startled fish leapt from the pool, then disappeared downstream in a flash of spray. "Sorry I gave you a start," Jake called after it. "I'll be gone before you know it."

Slowly he sat down in the cool water. He winced in anticipation as the river lapped at his wound, but the water didn't hurt. In fact, it seemed to soothe the constant burning itch that had been nagging at him for more than a week. He closed his eyes and let the water swirl around.

When he opened them again, the Indians were there.

For a moment Jake imagined he saw twisted animal faces and the glint of glass knives. But these were only Indians as he had always known them: dark-haired people in soft hide clothing. There was a woman on a small white-socked pony and two men. One of the men looked young and had white stripes painted across his face in a way that put Jake in mind of the twisted shaman Pridy had bested back in Medicine Rock. The other man was old and thin with some sort of shapeless white cap pulled down low on his head. All of them had come up so softly—even the woman on the pony—that Jake hadn't heard them over the shushing of the stream.

Jake started to stand, realized he was naked, and sat back down with a splash. He searched his mind for the few words of Crow his father had taught him, but nothing came. "Stay back," he said. "Just stay back."

The older man's face split in a smile that showed a number of missing teeth. "We're sorry to frighten you," he said. His English was clear, with only a trace of an accent.

"I'm not scared," Jake said, hoping the shakiness of his voice wasn't as clear to them as it was to him. "What do you want?"

One of the other Indians spoke fast in a language that Jake didn't understand. The old man grunted, then spoke to Jake. "We need help," he said.

Jake edged toward his clothes, trying his best to stay under the water and ignore the gaze of the Indian woman. "What kind of help? Are you here for Hatty?"

The old man's smile disappeared. "A demon is coming," he said. "We've come for the woman. And for you."

☆ 14 ☆

Hatty cracked open the door and let a line of yellow light spill past Jake onto the dew-soaked grass. "What caused you to knock?" she asked. "After two weeks of—" Her words cut off suddenly, and she looked over his shoulder into the darkness. "Who's that with you?"

"Indians," Jake said.

"I can see that much from here, but who are they?" Hatty pushed the door completely open and moved out onto the stone doorstep. "You come up here and state your business," she called to the shadows.

The woman on the pony trotted into the lantern light. Only it wasn't a woman; it was a girl. For the first time Jake could see the torn clothing and smudges of dirt that had been hidden by the darkness. Gray ribbons of mud were worked through her long hair, and dried blood crusted the flanks of her mount. She was no more than a tattered child, and she looked very, very tired.

"We're here for the water woman," she said in English as clear as the old man's. "Have we found her?"

"I've been called that," Hatty replied. "Who are you?"

"Sienna Truth," the girl said. "We need help."

"Everybody needs help at one time or another," Hatty said. "I'll give what I can if I can." She nodded toward the shadows. "Who else is out there?"

The old man and the younger one came into the light together. Like the girl, once he'd come into the light, the younger of the pair looked no more than ten or twelve. Inside the white paint that went above and below his eyes, the eyes themselves were just as white. The boy was blind. Jake felt a flush of embarrassment at the fear he had felt on meeting the Indians at the river.

"We've walked three days to get here," the old man said. "Will you talk to us?"

Hatty's blue eyes went cold. "I know you well enough, William Truth," she said. She crossed her arms over the front of her checked dress. "Last time we met you weren't in such a mood to talk to me."

"It wasn't me," the man said. "I had nothing to do with what happened."

"You did nothing to stop it," she replied. "You and all the others did just what he told you. Didn't matter to you that I'd been helping you for years. Didn't matter to you that I started the place. He walks in and—"

"He's dead," the man said.

Hatty stared at him. "Dead? Can't say as that makes me overly upset." She uncrossed her arms and put one hand on the door frame. "How did it happen? Was he challenged?"

The man started to reply, but it was the girl who spoke first. "The spirit of the Devil is loose."

There was a long silence, and Jake looked from one face to another in confusion. "Who's dead?" he asked.

Hatty glanced over at him, then back to the man. "What about the rest of them? If they sent you down here to fetch me, I hope they don't think I'm going to come running back."

The old man shook his head. "They are all gone," he replied. "Dead or run off. Only we three are left."

The anger seeped out of Hatty like flour from a leaky sack. "Dead?" she repeated softly. "All of them?"

"What's going on?" Jake asked.

Hatty waved him into silence and looked at the three Indians. "I suppose you three ought to come inside and get some food in you. You look like you could use it."

The boy, who had still not spoken a word, waited while the girl got down from her mount and led him into the cabin.

Hatty held the door open while all three Indians slipped past her into the cabin.

"Appears I was wrong," she said to Jake as the last of them went inside. "Seems like there's going to be more talking tonight, after all." She noticed the boots he was holding in his hand, and her solemn expression broke for a moment. "You walked all the way back up here in your bare feet?"

"I didn't want to keep them waiting," Jake said. "I wasn't sure what they'd do."

Hatty glanced into the cabin, and a smile came to her lips. "I can see they're a frightening bunch."

"Who are they?" Jake asked, ignoring her sarcasm. "And who is it that's dead?"

"They call themselves God's Chosen," Hatty replied. "Or at least they did last time I was with them. They come from a little mixed town of Indians and whites. Used to be a nice place before this fellow came along and converted them to some bastard religion that steals from the Mormons and everyone else. He got them convinced they were God's chosen people and he was some kind of angel."

"Sounds like you've run into all of them before," Jake said.

"More like the other way around." Hatty looked into the cabin again, and a bit of coldness came back to her face. "My place used to be about two days' ride north of here. They ran me off."

"Why?"

"I . . ." She stopped and looked inside again. "Come on. You were the one that didn't want to keep them waiting. Let's get in there and see what they've got to say."

The old man, William Truth, stood near the fire. Despite the warmth of the summer night, he held his bony hands out to the flames and rubbed them as if he were close to freezing. The boy and the girl stood near the table. The girl stared at the empty bowls and the little soup that remained in the pot. Even the blind boy had his face turned to the smell of the soup.

"Let me get that for you," Hatty said. She walked briskly across the floor and fixed bowls of soup for the two children.

Jake half expected the Indians to go at the food with their hands, but they both worked their spoons with as much skill as anyone Jake knew. They were considerably neater than most of the folks who gathered around the table at Curlew's boardinghouse.

"Thank you," the girl said between bites. "Malcolm thanks you, too."

The old man looked up from where he squatted by the fire. His eyes were hidden by wild white brows, and the skin of his face was stretched so tightly across his high cheeks that it looked about to split. "Will you help us?" he asked.

"I've got no reason to help you," Hatty told him. She set the soup pot down on the table with a bang. "What is it you want me to do, anyhow?"

"The girl told the truth," Truth said. "The spirit of the Devil came to Gideon."

"Gideon?" Jake asked.

"Our town," Truth replied. He tilted his head back and looked up at the low ceiling of the cabin. "And the name of our leader."

"You're going to have to tell me more than that," Hatty said. "Start at the beginning and tell it to the end."

The old man nodded and took a breath. "It began on Sunday night. We were just finishing up a prayer meeting when Jennings Hill came to the temple and said something was after the cattle. We tried to calm him down, but none of us could get him still enough to understand what all he was saying."

"Jennings always was excitable," Hatty said.

Truth nodded. "We gave up on him and started out to look for ourselves, but we didn't get ten feet through the door before we saw it."

He stopped and looked down. Drops of sweat on his forehead caught the firelight and blazed like melting gold. "It was big as a barn," he said in a voice no louder than a whisper. "Perhaps bigger. Like a man but like a bear, too. It came up to the meeting hall faster than a horse can run and kicked it in as easy as a man stomping an anthill."

"And that's when Gideon was killed?" Hatty asked.

Truth shook his head. "No. Gideon was not hurt. Even the whiteness of his robes was not dimmed. He walked across the broken wood and the bodies, held up his hands, and talked to the spirit in the language of God."

Hatty sat down on the corner of the bed. "And then?"

"And then it reached down and lifted him into the air." Tears rolled out of the old man's eyes and joined the sweat on his cheeks. "I could hear him talking to it even then. Right up until it ripped him in half."

"I don't understand," Jake said. "What was this thing?"

Hatty stared at William Truth as if she had never heard Jake speak. "After Gideon it killed the rest?"

"Yes, everyone."

Hatty turned away from the old man, her lips pressed together so hard that they were white. "I knew it would come to this," she said bitterly. "To this or something very like it. I knew it as soon as he came. But none of you wanted to listen to me."

Truth stared down at the dusty floor of the cabin. "He spoke in the voice of the Lord. He said we were the chosen."

"He was a chatterer!" Hatty shouted. "It's nothing but another talent. I've met a dozen chatterers in my day. Even this boy can chatter," she said, pointing at Jake. She stood up and paced the small room. As she passed Jake, he could see a vein throbbing in her temple.

From somewhere inside the old man gathered the strength to look Hatty in the eye. "He defeated you. He proved his words were true."

"Yes, he licked me," Hatty said in a low voice. "You took power for gospel, might for right. And now he's dead, and so is the town. You were taken in by fancy speeches, and that's what you've got to show for it."

"But his words . . ." Truth started, but his lined face was pinched with doubt, and his voice faded.

"Hadn't I told you what to do? Hadn't I done everything to protect the town?" Hatty closed her eyes tightly and turned her head away from the man. "I was your sheriff," she said. "And you turned your back on me."

Jake's mouth dropped open. "You were a sheriff?"

Hatty nodded. "That town grew up around me, and for near on ten years I kept it as well as I knew how." She opened her eyes and looked down at Truth. "Then the first time some slick talker with a little talent came along, they sided with him and threw me out on my ear."

Jake looked back and forth between Hatty and the old man. He'd never met a woman sheriff, but he didn't doubt what Hatty was saying. He was well aware how quickly a town could turn on a sheriff when someone stronger came around.

"We need help," Sienna Truth declared suddenly. It had been so long since the girl had spoken, Jake had almost forgotten she was there.

To Jake's surprise, Hatty smiled at the girl. "I know you need help, honey," she said. "I just don't know if I'm the one to give it to you. You finish your meal, and in the morning I'll help you get on your way."

The girl shook her head quickly. "That's not what's supposed to happen. Malcolm says you're the one to help us."

Hatty walked over and leaned down to look at the blind boy. "Is this Malcolm?" she asked.

The girl nodded. "He's my brother."

"Yes, I can see that." Hatty put her hands on Malcolm's shoulders. For a moment the boy tensed, and his spoon paused on its trip to his mouth. Then he relaxed and continued eating.

"Can Malcolm tell me about himself?" Hatty asked.

"No," Sienna said with another shake of her head. "He only talks to me."

"The boy has the gift of prophecy," William Truth declared. He stood up from his spot by the fire, and his old legs popped like kindling being snapped as he straightened. "The Lord has taken his eyes for this world and given him eyes for another."

Hatty looked at him with a sour expression. "Gideon told you that, I suppose." When he didn't answer, she turned back to the girl. "What does Malcolm say, honey?"

"He says we have to find the water woman," the girl said. "He says only the water woman can quiet the spirit of the Devil."

"If Gideon couldn't handle this thing, then what makes you think I can do anything to stop it?" Hatty asked.

"The boy's always right," William Truth said. "He has a true gift."

Hatty looked over at Jake for a moment, but he couldn't read the expression on her face. She turned back to the old man. "If this boy has such a gift for prophecy," she said, "then why didn't he tell you that your precious angel was about to get himself torn in two?"

"Malcolm says you can help us," the girl insisted. "He says you have ways besides the gifts of the Lord. You can put the Devil's spirit away."

Hatty pushed a loose strand of hair from her face and drew a deep breath. "What does Malcolm know about this spirit?" she asked.

Sienna looked at her brother and was quiet for a moment. The blind boy just kept eating, seemingly oblivious to everything around him.

"It comes from the north," Sienna announced after a moment. "Malcolm says that this spirit was lashed hand and foot, bound by a man, until another of its kind freed it." She looked away from her brother and glanced at the window of the cabin. "He says it is hungry."

"Conjuration," Hatty said softly.

"You think someone made this thing by signing or scribbling?" Jake asked. "Something as big as a house?"

"You don't make the things we call conjurations," Hatty said. "You get them from somewhere else. That's what the boy meant when he said this thing had been bound. When someone brings them up, they usually have control over them, but sometimes they can get loose."

Jake nodded, thinking of the pig-faced thing that had tried to choke Bravo Kelly. "I've seen that happen, but I never heard of anybody calling up a thing this big."

"It takes a great talent," Hatty said, "and usually that kind of talent can control what it brings. But if the person that calls up a thing is killed before he puts it down, then sometimes it gets loose. Usually they fade away quick. Sometimes they go out on their own and do what they please." She paused and followed the girl's glance to the window. "Sometimes they get stronger."

"Will you help us?" William Truth asked.

"Even if I say I will, I'm not sure I can," Hatty replied. "You were right about one thing: Old Gideon beat me up one side and down another. If this thing was able to best him, what makes you think I'd have any luck against it?"

The girl dropped her spoon into her empty bowl. "It was Malcolm that told us to come here," she said. "He said only the water woman can end this thing."

Hatty put her hands on her hips and looked at the blind boy. Malcolm continued to eat his stew. "That's what you say, but how sure is he?" Hatty asked.

Sienna looked at her brother for a moment, then nodded. "He says that only you can fell it and that you must have help from the one that has seen the Devil."

"Seen the Devil?" Hatty said. "What devil is that, and who is it that's seen it?"

Sienna nodded toward Jake. "Him."

Jake straightened from where he had been leaning against the wall. "I've never seen the Devil," he said.

"Malcolm says you have; you just didn't know it," Sienna said. "He says that you have many gifts of the spirit, that you can speak in tongues."

"You don't need prophecy to know that. I already told you he's a chatterer," Hatty said, "and not so handy with it as your old friend Gideon. Besides, it's a talent that didn't seem much use against this thing."

"Together you two can stop it," Sienna said. "But it has to be both of you."

Hatty sighed and returned to her seat on the edge of the bed. "Well, I haven't said yet whether I even want to tangle with this thing. Most of this sort fade off on their own if you give them time. Maybe we'd best leave it be."

Jake looked over at the old man and caught him glancing at the window again. He didn't know if his talent—the seeing that Pridy had described—was at work, but all at once he knew the truth of why the three Indians had come. "You're not telling us everything," he said.

William Truth frowned. "We have told you all we know."

"No." Jake shook his head. "You haven't told us what happened after your town was killed."

"We came here," Truth replied. "That much did not need to be told."

"And the conjuration," Jake said. "Where did it go?"

The old man looked away from him and did not answer.

Hatty shifted and looked over at Jake. "Do you know where it is?"

"He knows," Jake said, pointing at the blind boy. "They all know." He stood up and walked over to the old man. "When will it get here?"

Truth took a moment to reply. "Tomorrow night," he said at last. "I think soon after sunset. It only travels at night."

"It's coming here?" Hatty said in surprise.

The old man nodded. "It's been following us."

☆ 15 ☆

"I think it's the girl."

Jake opened his eyes and saw Hatty standing over him in the yellow glare of morning sunlight. She was smiling, looking happier than he had ever seen her. "What?" he asked.

"The girl," she repeated. There was something about Hatty's expression that he didn't like. In one hand she held a bucket of water that caught the morning light. The sparkling reflections danced around her blue eyes and lent her an eager, hungry expression that made Jake feel cold.

He propped himself up on one elbow and rubbed his aching side. With the crowd of visitors that had come during the night, there hadn't been enough room inside the little cabin. Jake had ended up sleeping on the flat patch of grass between the cabin and the pond. The fact that William Truth had laid out his bedroll not twenty feet away hadn't done much for Jake's peace of mind or the quality of his sleep. He wasn't used to bedding down with Indians.

Thinking about the old Indian, Jake rolled over and looked. William's blankets were gone, and the old man was nowhere in sight. Jake pushed off the heavy quilt Hatty had provided and sat up. "What's this about the girl?" he asked.

Hatty folded her legs and dropped down beside him, letting the hem of her dress brush the damp grass. "I think the creature is coming here for the girl." With her free hand she pulled a stalk of bright green grass from the edge of the pond and stuck it between her teeth. "I wasn't sure last night," she said around the grass blade, "but with the sun up, I get a better sense of these things. It's after the girl alone."

"Why should it follow the girl?" Jake yawned and arched his back to take out some of the knots that had crept in during the night. "How do you know it's not after them all?"

"I just told you," Hatty said. "I get a feel for these things." She looked out across the hills and pushed a stray hair from her face. "These conjurations aren't alive like you and me. They do things for their own reasons. Some of those reasons can be hard to cotton, but one thing I've seen time and again is the way they come after talent. That's why this one's after the girl."

"If it's after talent, then it ought to be chasing her brother," Jake said. "He's the one that does all the casting and such."

Hatty pulled the grass blade from her mouth, tossed it onto the still waters of the pond, and gave Jake a grin. The gleam in her eyes came back brighter than ever, and it wasn't just the reflection from the water. "That's what old William said, and the girl backed him on it, but I don't think so," she said. "I think it's the girl that does the casting and the girl that has other talents besides."

Jake shook his head. "Then why would she say it was her brother?"

"To protect him," Hatty said. "That boy's marred in more places than his eyes, Jake. I knew their Gideon. He might have called himself an angel, but he never showed much heart for those that didn't earn their keep." She paused and looked over her shoulder at the cabin. "If it wasn't for the girl, little Malcolm would have probably been sent out to play with the coyotes long ago."

Jake frowned and turned to follow Hatty's gaze. "It sounded so right," he said.

"What did?"

"That the boy should be blind but have a talent for seeing things no one else could." Jake shrugged. "It seemed fair somehow."

Hatty smiled slightly and shook her head. "All you've seen,

and you're still looking for justice, aren't you, Jake Bird?" She put her hand on Jake's shoulder for a moment, then straightened. Water spilled over the brim of her bucket and dripped into the grass. "Best come along," she said. "There's a lot of getting ready to do."

Jake pushed the faded blanket aside and got to his feet. "Getting ready for what?"

"For that conjuration," Hatty said. "It'll be here soon as the sun drops, and we'll need to be ready."

"But if it's the girl this thing is after, then why not send her away?" Jake said.

Hatty's smile faded. "Maybe you're not what I took you for, after all," she said. "You'd abandon that child?"

Jake got to his feet and shook his head. "No, I didn't mean it like that," he said. "It's just that so much has happened so fast. I don't know what . . ."

Hatty reached out quickly and took his hand. Her fingers were small, but her grip was tight. "Tell me the truth," she said. "Could you really do it? Could you send that girl off to face that thing when and where it catches up to her?"

Jake looked at Hatty's deep blue eyes for a moment, then down at the grass. "No," he said. "No, I couldn't."

"Good," Hatty said softly. "That's good. Now, since we're telling the truth, I might admit that if it were only old William, I'd just let this thing have him. No matter what he says, I remember what he did back in Gideon, and it was more than just standing back while other people threw me out. He was part of it." She dropped Jake's hand. "But those two children didn't have anything to do with what happened between me and Gideon. They're my neighbors, just like you are, and I'll not be abandoning them."

"I'll help," Jake said. "If I can."

"Good. I'm going to need all the help I can find." She held out the bucket. "Here. You can start by carrying this for me."

Jake took the bucket from her hand and followed her to the cabin. Inside, old William was already crouched by the fire, rubbing his hands over the embers. Blind Malcolm sat in a chair and faced the small window on the east wall. Butter-yellow light fell across his face and glinted from the white paint around his cloudy eyes. His mouth curved up in a slight smile. Sienna was at his left. She had cleaned up during the night, and her torn clothes had been replaced by one of Hatty's simple cotton dresses. Cloth was bunched at Sienna's waist and wrists where Hatty had gathered it in to make a better fit on the girl's tiny frame. Her hair was pulled behind her head with a shell comb. But for the burnished color of her skin, she might have been a young cousin of Hatty's come to call.

The old man stood up, his knees squealing and popping as his legs straightened. "We'll be on our way," he said. "We should not have burdened you with this problem."

Hatty scowled at him. "Just stop it now, William Truth. You know as well as I do that I'll risk my neck for these children. Don't make me beg you to do it."

Jake carried the bucket across the room and was about to pour it in the washbasin when Hatty put a hand on his arm. "Don't empty that," she said. "Bring it over to the table."

She took it from his hand and set it down in the center of the wooden table. Water sloshed over the side and darkened the old wood as Hatty sat down at the table. She reached out to the girl, but Sienna shied away.

"What are you doing?" the girl asked.

"I need to see it," Hatty said. "I can't fight this thing without some idea of what it is." She reached out her hand again. "I need your help for that."

After a moment the girl took Hatty's hand. Hatty pressed Sienna's fingers to the dented side of the old bucket and closed her eyes.

The smell of waterfalls and rain on a hot summer day came over the cabin. Jake recognized it as the same odor that had lingered in the cabin on the night when Hatty had first tended to him. The water in the bucket sloshed again. Then the surface rippled and stirred.

Little Sienna's eyes went wide, and she leaned back from the table, but Hatty kept the girl's hand firmly against the bucket. The water bubbled, hissed, then humped itself into a shape. Slowly, like a thunderhead rising before a storm, a form heaved above the rim of the bucket and hung in the air.

At first Jake could make no sense of the shape, but then he saw that it was a head. The clarity of the water made its features hard to discern. A finger of liquid connected it to the water that remained in the bucket—a transparent neck that stretched and trembled as the head turned to look about the cabin. The empty eyes swept past Malcolm and the old man without stopping, went on past Jake, paused, and came back. He saw the liquid lips turn up in a smile, and a drop of water ran down the chin to drip into the bucket. Then the creature turned its attention to Sienna.

"Tell it," Hatty said.

"What?"

"Tell it what you saw."

Sienna licked her dark lips. "It was big," she said. "Like a man, but bigger." Her voice was tight at first, hardly more than a squeak, but it gained strength as she went on. "Its parts . . . its hands and head and legs, they were not right."

"Not right how?" Hatty asked.

"Not the right size," the girl said. "Not like a man's. The hands were too big, and the head. The legs were shorter, like a bear's, and—"

Suddenly the thing in the bucket stretched out toward Sienna. She gasped and pulled away hard, jerking her hand out of Hatty's grip.

At once the water creature collapsed, splashing across the table and spraying onto Sienna. The girl jumped up from her chair and ran from the cabin. Blind Malcolm, somehow aware that something had happened, started to moan like an animal in a trap.

"Did you see it?" William Truth asked.

Hatty nodded. "Yes, I saw it. Now you get on out there and talk to that girl. Last thing we want is for her to run off in the middle of this."

"She is frightened," the old man said, "but she won't go far.

She would never go far from her brother." He took Malcolm, who was still making his low moan, and led him outside.

Hatty picked up the bucket, which now had no more than an inch or two of water in the bottom, and held it out to Jake. "Take this down to the pond and empty it. Don't spill any along the way; I've lost all I can afford."

Jake caught the handle of the bucket and held it out at arm's length. "What did you see?" he asked. "Was it the thing that killed Gideon?"

"Go on and take that bucket back to the pond," Hatty said. "Then I want you to get down to the river and finish that bath you started last night."

"A bath? Now?" Jake shook his head. "Why should I be taking a bath when we're getting ready to go against this conjuration? It's not going to care how clean I am."

Hatty raised an eyebrow in surprise. "When did it start being we? Who said you were going to fight this thing?"

"I just thought," Jake started. Then he stopped and shrugged. "It felt right."

"If it feels right to you, then it may well be." Hatty glanced at the window, but Jake had a good idea that she was looking for something that was far past the pond and hills. "I may need some help against this one," she said after a moment. "I think your feeling is right."

"Do I still have to take a bath?"

Hatty smiled. "You might be surprised how it can help things. Before we can get rid of this thing, we have to make sure it comes for us instead of the girl."

"But how will taking a bath do that?"

"Just get on down there and get yourself cleaned up," Hatty said. "When you get back, I'll tell you about the rest."

Jake walked out of the cabin with the bucket still held as far away as he could stretch his arm. He half expected something to happen when he emptied it into the pond, but the water acted like nothing but water. He caught a glimpse of Hatty looking at him through the door and hurried on toward the river.

Jake looked around before he undressed to make sure that Sienna and the other Indians were nowhere in sight. Just to be sure, he took his long johns out to midstream and kept them folded on a rock. He found the hard cake of lye soap on the same rock where he'd left it and began gingerly to scrub at his leg.

Just the threat of maggots seemed to have done his wound a world of good. The flesh at the edge was pink instead of sickly gray. The streaks of red that had ranged across his side were still there but not so bright. Underneath the bandage the wound was still a mass of pale scar tissue, but even that looked healthier than before. Jake scrubbed around the injury carefully and washed away the odor of Hatty's poultices as best he could. Then he did the same for the smaller wound on his leg.

By that time the sun was high overhead. With the cold water and the warm sun, Jake began to enjoy his bath. He lay back on the pebbly bottom of the stream at a point where the water was just deep enough to rush over his chest and pillowed his head on a mossy rock. Even with the stones against his bare back, it made a better bed than the hard ground outside Hatty's cabin. Jake's eyes closed, and in moments he was asleep.

The first explosion propelled him to his feet. He stood naked and dripping in the center of the stream while the echoes of the sound died around him, looking madly for the source of the sound. Another boom sounded on the heels of the first, and Jake turned to see a line of dark clouds boiling in the western sky. A twisting rope of lightning dropped down into the grassy hills, and thunder rolled over him again. Jake splashed out of the stream, gathering up his clothes and dressing as quickly as he could. By the time he got back to Hatty's cabin the storm was almost on them.

Hatty was waiting for him at the door. "Thank God you made it back in time," she said. "I was about to come looking for you myself. We've got to get started." She sounded close to panic.

"What's going on?" Jake moved to the stone doorstep and saw the three Indians inside the cabin.

"It's time," Hatty said. "Can't you tell? We've got to draw the thing away before it's on us all."

"I thought we had till night. Mr. Truth said this thing didn't like to move around during the day."

Hatty pointed at the rolling clouds. "Maybe it doesn't, but I think it's getting impatient. I don't know if it can tell we're laying for it, but it's not going to give us till night to get ready." As if to punctuate her words, the clouds rolled past the sun and the air turned as gray as twilight. Another snake of lightning danced over the hills, closer than the rest.

"What should I do?" Jake asked.

Instead of replying, Hatty turned toward the three in the cabin. "William, you take the children and get them into the punt. Then you row them out to the center of the pond and stay there."

"Now?" the old man asked. "You want us to go out on the water in the storm?"

"Especially in the storm," Hatty said.

William Truth looked out at the storm and frowned. "But I cannot swim."

"Then you'd better not let the boat flip over," Hatty said. She turned back to Jake. "You help them get in the boat, then come back here. Me and you'll be going out to lure this thing off. If we keep the girl on the pond, the water will keep it from smelling her. That is, unless it comes too close. We'll have to make sure it never gets that close." Hatty turned away and dashed into the cabin.

Jake stepped aside to let William Truth and the two children step out. The old man looked up at the approaching clouds and scowled so hard that deep creases ran from the corners of his eyes down past his mouth. "Even after what we have seen," he said, "I did not think it nearly so strong." Sienna moved around him, leading her brother by the hand. Jake followed them down to the side of the pond and helped the girl pull Hatty's tiny boat through the grass to the edge of the water.

Cold wind spilled down the sides of the nearest hills. It bent the grass flat against the ground and made the surface of the pond as rough as the ocean in Sheriff Pridy's old whaling pictures. Jake held the gunwale of the boat as Sienna stepped in, then both of them tried to coax Malcolm over the side. Each time the boy put his foot inside the boat, it rocked, and he pulled it back out again.

"He doesn't like the boat," Sienna said. "It feels like a bad step."

A heavy raindrop splashed against Jake's face. He blinked it away and looked up at the wall of clouds that divided the sky between blue in the east and swirling lightning-streaked gray in the west. Deep in the storm something moved—something darker than the clouds.

"He has to get in," Jake said. "He has to get in right now." He grabbed Malcolm by the arm and shoved him across the gunwale. There was a flash of lightning and thunder so loud that it made Jake stagger back. When he could see again, Sienna was cradling her brother's head in her arms and the boat had drifted a good ten feet out onto the pond. Jake spun around to look for the old man and found him right at his elbow. "You got to get in the boat," Jake said. His ears were still ringing from the thunder, and his words sounded like they were coming from the bottom of a barrel.

William Truth shook his head. "How? I cannot swim."

Jake started to suggest that Sienna could paddle the boat back to shore, but he didn't remember seeing an oar in the boat. "Stay here," he said. The old man nodded, and Jake ran back to the cabin.

The rain started in earnest before he'd gone two steps. By the time he reached the cabin, it was coming down in sheets that stung as they slapped the back of his neck.

He nearly collided with Hatty coming out the door. "Are they in the boat?" she shouted over the rain and thunder.

Jake shook his head. "The girl is, and her brother, but Mr. Truth is still standing at the side."

Hatty nodded. "Let him stand. There's not enough life left

in that man to draw mosquitoes." She pulled the door of the cabin closed against the rain. "Let's go."

"Where are we going?" Jake asked. "It's going to be hard to get far in this storm."

"We're not going far," Hatty said. She pointed over Jake's shoulder. "Just down there."

Jake turned and held his hand over his eyes to block the rain. At the edge of the storm he could just make out the jagged black shapes of the trees in the cottonwood grove.

☆ 16 ☆

Medicine Rock had been too small to have a photographer of its own, but one had come through the town in the weeks when Jake had been there. At the time he hadn't had the money to buy a picture of himself and wouldn't have spent it if he had. But he had watched as the citizens of the town lined up to step in front of the photographer's big camera and get themselves blinded by the burst of the flash pan.

Following Hatty through the storm to the cottonwoods was like running to the light of the photographer's flash. Each stroke of lightning lit the scene brighter than noon. Then the bolt was past and there was nothing to see but the afterimage seared into his eyes.

Halfway to the trees hail began to fall. The lumps of ice splashed into the stream at their side and pounded the wet grass flat against the ground. The pieces that hit Jake on the head or back struck with the force of a stone hurled from a sling. At first the hailstones were round and no bigger than the end of Jake's thumb, but the closer they got to the river, the larger and more twisted the stones became.

As they were shoving through the tall grass at the river's edge, a piece big as a fist clouted Jake just above the ear, striking his skull with a sound as sharp as a hammer pounding out a shoe. He staggered, took another step, then fell to one knee in the mud.

Hatty came back and put a hand to the side of Jake's face. "You all right?" she asked.

He reached to rub the rising bump on his head and nodded.

Then he glanced down and saw the stone that had felled him steaming in the grass just short of the river. There was a familiar look about the little lump of foggy ice. It was smooth and rounded, with a shape that carried the eye around and around till its devious figure was hard to make out. After a moment it came to Jake where he had seen something like it before. It reminded him of the little white pine carvings Sheriff Pridy had made. He squinted at it. If he looked at it just right, he was sure he could make out what it meant.

Hatty's fingers clamped down on Jake's arm, and she leaned in close to shout over the storm. "Don't look at it," she said.

"I think it's a man," Jake said. He pointed at the lump of ice and waved his finger around. "A man holding something in his arms. See, there's the head, and there's . . ."

Hatty shook him hard. "Don't look at it!" she repeated. She pulled Jake's arm and hauled him to his feet, then pushed him stumbling into the stream. "It made them to catch your mind, to slow your thinking just when you need it most." She stepped into the river at his side. The rain-muddied water pulled her skirt taut against her legs. "We have to get to the grove right now," she said. "That thing's going to be on us any second, and if we're not ready for it, we won't fare any better than old Gideon."

Jake blinked and nodded. He knew that what Hatty had said was true, but it was still all he could do to stop himself from going back to look at the hailstone again. He shook his head to clear it and followed Hatty through the water.

The storm had already swollen the tiny river to twice its normal width. At midstream the foam swirled around Jake's waist, and the power of the water was such that he had a hard time staying on his feet. He looked over, starting to offer his help to Hatty, then saw that she was already across and waiting for him on the far bank. He struggled the rest of the way and joined her at the edge of the cottonwoods.

Hatty turned to say something, but the moment she opened her mouth, lightning slashed down, striking the ground not twenty feet to Jake's right. He felt the heat of it rushing past and heard the sizzle as it fried the rain and hail in its path. For a moment he could see nothing but the dazzle. When his eyes had recovered from the glare and his ears from the thunder, he saw Hatty beckoning him from the edge of the grove.

There was a chill that went beyond the rain and wind as he stepped under the dark branches. All the cottonwoods Jake had ever seen before grew spaced apart, but these trees were set tight, their branches tangled together overhead so thickly that not a single piece of hail broke through. Even the rain was nothing but a drizzle under the dark green leaves.

Hatty moved deeper into the grove, becoming a pale ghost in the darkness. Jake stumbled over bare roots as he tried to follow. He got so intent on finding a good place to set his feet that he didn't notice that Hatty had stopped till he bumped into her.

"This is where we'll wait for it." She pointed at the ground, and Jake looked down to see the tumbled blocks of a long-fallen stone building. A few steps away another circle of stones ringed the black throat of an old well.

Jake reached down and picked up one of the stones. Even in the dim light he could see that its surface was cut by row after row of tiny, spiky characters. As he turned it in his hand, a trickle of liquid light flowed out of the stone and hit his fingers like a hammer. He dropped the stone and hugged his bruised fingers to his chest. "Why bring it here?" he asked. "You said yourself this was an evil place."

She nodded, her face a pale oval in the shadows. "This is an ill plot. It belongs to a conjuration, but it's not the place of the one we're fighting today. It won't like this ground any better than we do. And it'll be weaker here."

Another stroke of lightning hit just outside the grove, and Jake had to wait for the roll of thunder to pass before he asked anything more. "If it doesn't like this place," he said, "then why should it come here?"

"It'll come for us," Hatty said. She looked back toward the edge of the grove. For a few seconds there was nothing but the echoes of thunder and the sound of rain splashing against the leaves overhead.

"Damnation," Hatty said at last. "Except it's not coming for us. I don't think it sees us at all."

Jake tried to follow the direction of her gaze but could see nothing but trees. "What do we do now?"

"We'll have to do something more, something to draw the thing's attention."

"Like what?" Jake asked.

Jake had expected Hatty to be ready with some display of talent, but what she did next shocked him more than any bit of scribbling or shouting could. Quite deliberately she reached up and began to loosen the hooks at the top of her dress. Jake backed up against the wet black trunk of one of the trees. "What are you doing?"

"It craves life, Jake," she replied. "They all do. It wants the things we have, and it can't have them." She finished unpinning the top of the dress and pulled it open. A flash of lightning filtered through the trees. In it Jake caught a glimpse of milky shoulders and more white skin below. Hatty lowered her arms and stepped out of the dress. A smooth silhouette in the darkness, she moved close to Jake, took his hands, and pressed them to her warm skin. "It envies us this, Jake," she said softly. "It'll try and stop us."

The *snap, snap, snap* of the lightning flash took a series of pictures: Hatty's wet dark hair hanging down, Hatty's face close to his own, Hatty's deep blue eyes.

Later Jake couldn't remember if Hatty had taken his clothes off or if he'd done that himself. They lay down on a rough bed made from their own wet clothing. The sounds of the thunder were replaced by the noise of blood pounding through Jake's temples as Hatty pulled his face to hers and gave him a long kiss. He put his hands around her narrow waist and snugged his body against hers from head to toe. The chill he had felt only moments before vanished, replaced by a heat that made mid-August feel like December. His hands slid up her back, tangling in her wet hair.

Then Hatty drew back. "That's enough," she said.

Jake blinked in confusion and shook his head. "We're just starting."

"It's coming." Hatty pulled out of Jake's grip and stood up.

"No, wait," Jake said, but Hatty stepped away into the shadows. Jake closed his eyes and groaned. The warmth went out of him, and he felt cold, damp, and disappointed. He rolled over on his knees and began to gather his scattered clothes. It wasn't until the trees began to snap that he remembered what they had gone there to do.

He looked up and saw a head the size of a pickle barrel looking down through the interwoven branches of the cottonwood. It had something of the look of the creature Bravo Kelly had summoned from the dust outside Sheriff Pridy's office, but this thing was no shadow. It was every bit as solid as the rocks and trees around it—and big. Both the girl and the old man had said it was big. They should have said huge. It was head, neck, and knotted shoulders taller than the cottonwoods.

A shower of leaves and broken limbs came down on Jake as a clawed hand reached through the trees. He screamed and scrambled back. The giant took a step after him, knocking aside a full-grown tree with a backhanded blow.

Jake looked around madly. He needed the big gun. He needed something. But he was unarmed, naked.

The giant's mouth opened in a smile that split its keg head from one side to the other. A flicker of lightning highlighted a tangled mass of teeth that filled the thing's mouth from front to back with no pause for tongue or gums. Its hand swept down, whistling through the air.

A stream of water came out of the darkness and struck the creature in its broad chest. The force of the flow was enough to stagger the thing. The hand that had been aimed at Jake struck the ground an arm's length away. The claws made furrows in the ground the way a farmer's plow would. From this close Jake could see that the creature's skin seemed to be made of a crazy quilt of sticks, leaves, grass, stones, and dirt.

The claws were ragged slats of pine. Even the teeth that filled its gullet were twisted stakes of wood.

He staggered back as the claws pulled free of the ground and the huge hand rose into the air. The creature's head turned away from him and toward the source of the stream of water. Jake followed its gaze and saw Hatty floating in the air, held up by a column of water that sprang from the ground and flattened out under her feet. Ripples of green and blue light rolled through the water and were reflected from her skin. She stretched her arm toward the looming creature, and another blast of water arced out, catching the thing in the leg.

The creature started toward Hatty, but the water cut through its patchwork skin, spilling a heap of mud and loose twigs across the clearing. The creature gave out a roar that was deeper than the thunder and took a step back. Hatty then flung another slug of water at the conjuration. A loose mess of stone and wood big enough to drown a horse spilled from the wound that the water opened in the thing's chest.

Fascinated, Jake stepped closer without thinking about it. Sheet lightning rippled across the sky, and in its light he could see that the brushwood-and-dirt skin of the conjuration was moving like ants on a picnic. The thing twisted, shrank, and re-formed. Its shape was much the same as before, but the thing was visibly smaller. It yowled at Hatty and started for her again.

Hatty swung both arms down sharply, and the force of the water she directed was almost enough to split the daub-and-wattle monster in two. The creature screeched and fell back. Hatty moved after it, throwing bolt after bolt.

Jake almost had to trot to keep up as the two combatants moved back along the path of splintered trees the thing had carved through the cottonwoods. In his hurry, he tripped over a knotted root and fell. Jake climbed to his feet with the taste of blood in his mouth from a busted lip. He saw Hatty strike at the thing again, driving it near the edge of the river. The water had whittled it down to no more than twice the height of a man when Hatty swatted it with one last blast and drove it into the roiling stream.

The thing melted like ice on a hot stove. Its legs were swept away, then its chest. The head, now no bigger than a bucket, split as the thing screamed a final protest. Then there was nothing left but a streak of flotsam on the brown water.

Jake turned to look at Hatty and saw that she had fallen to her knees on the riverbank. The water and light that had surrounded her a moment before were gone. Her loose hair hung down past her white shoulders in twisted damp strands.

"Are you all right?" he asked as he picked his way through the debris to reach her side.

She looked up at him with a weak smile. "Good thing it didn't take another shot. That last one was all I had in me."

Jake went to help her up, then realized she was still naked. Worse, he realized he was naked, too. He blushed and shied away, looking for something to stand behind. When he remembered what they had been up to only minutes before, he grew even more flustered. "I'll go fetch our clothes," he said quickly.

Hatty nodded. "I think that's a good idea." She leaned forward and put one hand on the ground. "Lands, I think I'm going to have to rest awhile before I go anywhere."

He started to go, then stopped and turned back to her. "Hatty, was there anything to . . . you know, what happened before? Was it all to drag in that conjuration, or was there something else?"

She turned her head and looked at him through the curtain of her wet hair. "I'm not sure I can give you an honest answer to that question, Jake, because I'm not so clear on it myself. Last time I got involved with a fellow named Bird, it was your father." She stopped and gave a small, exhausted laugh. "Even he was too young for me."

Jake started to say something more, but his words turned into a wordless scream as he jumped forward, put his hands under Hatty's arms, and hauled her to her feet. "Run!" he shouted when he'd gathered his wits enough to speak.

Not ten feet away the pile of loose sticks and stones along the river's edge stirred with febrile life. Before Jake could take a step, it had shaped itself into a skeletal version of the wicker-work monster. The thing stood up slowly, swayed, then stepped toward them.

It was no taller than Jake and probably weighed no more than a dog. A single curving branch served as one leg, and a rat's nest of twigs formed the other. More branches made the arms, while a stump formed its chest and shoulders. The head was the soggy remains of an old hornet's nest. From a tear in the gray paper of the nest deep red light spilled out like the glow from an awful furnace.

Hatty raised her arms, and for a moment blue-green fire gathered around her. The stick man held its woody arms over its empty face and stepped away. But the water that sprang from Hatty's fingertips was no more than a trickle that fell to the ground at the creature's feet.

The thing lowered its makeshift hands and made a dry hiss. Then it began to walk toward them.

Jake spun Hatty around and pushed her back toward the grove. She staggered ahead as Jake picked his way through the fallen trees. With the poor footing he didn't dare take his eyes off the ground. If he fell or if Hatty did, that conjuration would be on them before they had any chance to do anything. Even without falling, he half expected the thing's thin wooden fingers to land on his shoulder at every step.

"Where are we going?" Hatty asked. Her voice was punctuated by gasps of exhaustion.

"Back to the center," Jake shouted. "To the well."

They reached the clearing at the center of the grove, and Jake breathed easier. Now that they were there, they could . . .

He stopped, and a heavy hand seized his heart. For a moment he had been sure that he should get Hatty back into the grove. It was the kind of surety he had come to recognize, the same impulse that had told him to fetch the heavy rifle when the crawdad woman had challenged Sheriff Pridy. But this time the impulse had left him standing naked in the middle of an unfriendly grove. And he had absolutely no idea what to do next.

"How do we stop it?" he called to Hatty.

She turned toward him and shook her head. "I don't know." She staggered another step and leaned against the trunk of a tree, gasping for breath. "This would sure be a good time for your talent to wake up."

There was a creak of wood grating on wood. Jake spun around and saw the stick man brush past the last of the fallen trees and step into the clearing. The glow from its single eye swept across the trees and stones and settled on Hatty, spotlighting her in a circle of crimson light. With unexpected speed, it sprang for her.

Jake ran for the creature and kicked out at its finger-thin leg. Instead of the give he'd expected, it was like kicking Cecil Gillen's anvil. It turned on him faster than a cougar, dug its twig fingers into the skin of his shoulders, and flung him across the clearing. His head fetched up against the stones at the edge of the well with enough force to send a jolt of fire across his vision.

The thing turned back to Hatty and advanced on her slowly. She straightened herself and stood facing it, too spent to fight or even run away.

A glimmer of light caught Jake's eye. Without thinking, he reached out and seized one of the stones from the well's lip. Again it pounded at his hand with a pulse that stung like hammer blows, but this time he held on. He scrambled to his feet and rushed across the clearing.

The creature heard or felt him coming and started to turn, but Jake brought the stone down on its wooden shoulder, shearing off one of its arms with a single blow. The monster shrieked and shoved Jake away with the other hand.

It didn't go for Hatty or for Jake. It turned and ran.

His arm numb halfway to the elbow from the pounding of the stone, Jake chased the monster through the trees. He got close enough to strike at it again, delivering a blow that cut a groove in the back of the thing's trunk and knocked it from its twisted feet.

The conjuration struggled, whipping and turning, striking at Jake with its remaining hand. Compared with the pain in his arm, he hardly felt the blows. He swung the glowing stone again and again, sending up a shower of splinters as he pulverized legs, chest, shoulder. The thing had become the mud demon that Quantrill had called, had become Quantrill, and Bravo Kelly, and Agran . . . and Custer. Jake pounded it and pounded it again.

There was nothing left of the thing but the hornet's nest head and the flailing remains of an arm. Jake raised the stone for a final blow, then hesitated. Far back in his head he felt a nibbling like a panfish feeling out bait. He reached for that feeling, making an uncertain connection with something as deep and unknowable as the night.

Stick fingers clutched at Jake's ankle. He looked down to see loose bits of wood gathering as the wooden beast reformed its shattered body.

"No." His voice emerged like the cracking of stones. It was not a word any human could have understood, which was just as Jake had expected. "No, not again," he rumbled.

A shudder went through the creature. It turned its red eye to look up at Jake.

"Go away," Jake said.

The distorted squawks and growls of his voice struck the creature with more force than any blow from the stone could. The hornet's nest swelled, ripped open, and exploded in a spray of gory light. Then everything was still.

Jake had to use his left hand to pry the battered fingers of his right hand open. The stone dropped to the ground.

He fell back and closed his eyes.

☆ 17 ☆

When Jake opened his eyes, the sun was shining down through the green tops of the cottonwoods. He started to roll over on his right arm, but the pain he got for his effort made him think twice about it.

"You feel like getting up?" Hatty asked.

He turned his head to the left and saw her sitting beside him. She was wearing her dress, and her hair had been pulled back and tied away from her face. She looked exhausted, but she was smiling.

"I guess I can get up," Jake said. He pushed himself up onto his left elbow and, with a little effort, managed to sit. "We did it."

"We did," Hatty said. "The girl was right about one thing. It took us both." She held out a bundle. "Here's your clothes. I thought you might be wanting them before we went back in front of everyone else."

Jake nodded, too tired to be embarrassed. He took the clothes from Hatty but needed some help from her in getting them on. They were still damp, and though they did cover him, they didn't do much to make him feel better. He shaded his eyes and looked up at the sky. "Is it morning?"

Hatty shook her head. "Afternoon. After you took care of the conjuration, the storm broke right up. I'd guess you haven't rested more than an hour."

"When we get back, I think I'll sleep for a week." He looked over at Hatty. "How about you? Are you all right?"

"I might join you in the bed," she said. Then she smiled. "That is, as long as sleep is all you have in mind."

Jake laughed. "Don't worry. I'm not going to be up for anything else for a long time." He held out his hand, Hatty took it, and together the two of them left the grove.

The water had already gone back to its banks in the tiny river, and they had no problem getting across. They held each other up as they walked back along the creek. Jake turned his face up to the sky and savored the sunlight. In the aftermath of the storm the air was cool and sweet. It seemed incredible to him that only hours had passed since they had run toward the grove. He felt years older.

They came to the pond, and Jake was surprised to see that William Truth had joined Sienna and Malcolm in the boat. He was huddled at one end of the small punt, eyeing the water, while the two children sat together at the other end. With the three of them inside, the boat sat dangerously low in the water. Only an inch or two of freeboard separated them from a dunking in the pond.

"I thought you left him on the bank," Hatty said.

"I did." Jake cupped his hand and shouted. "How did you get out there?"

"I swam," the old man shouted in reply.

"You told me that you didn't know how to swim."

"When a bear is after me, I can learn to do many new things."

Hatty straightened at his words. "Did he say a bear?" she said.

Jake turned around and looked at the flat grass area that surrounded the cabin and the low hills that backed the pond. He saw nothing that looked like a bear. "Maybe the conjuration was making him see things," he said. "There's not so much as a prairie dog in sight."

"Where's this bear?" Hatty called toward the boat.

"It came during the storm," William replied. "It is a very large bear, and there is blood on its side."

"But where is it?"

The Indian raised his hand and pointed at the cabin. "It went behind your home when the rain stopped. I have not seen it since."

Hatty turned and marched toward the cabin. "Come on," she said.

Jake hurried to catch up with her. "You think there's really a bear?"

She nodded without turning around.

"Then shouldn't we go in the cabin and fetch a gun? I don't think you're rested enough to face down a bear."

"If it's the bear I'm thinking of," Hatty said, "it may need more help than hurt."

They rounded the corner of the cabin, and a dark shaggy form came into view. The bear was over on its side, and its flanks were streaked with the red-black of drying blood. Pinkish foam dripped from its muzzle as its sides heaved with slow uneven breathing. The old man's record for reckoning things on the low end was unbroken. This wasn't just a large bear; it was as big a bear as Jake had ever seen, as big as the bear that had saved him from the shadows.

From somewhere Hatty found the energy to run the last steps to the bear and put her hand to its wounded side. As she did, Jake suddenly felt like an idiot. Of course he knew this bear and should have known it from the start. He ran to join Hatty and leaned over the bear's long head.

"Bred," he said. "Can you hear me?" The bear made a grunting sound, and one large brown eye eased open.

"You're going to need some doctoring," Hatty said. "Do you feel ready to change? We can't move you like this."

The bear's eyes slid closed, and Jake thought it had gone back to sleep. But a moment later it opened its mouth and made a low rumbling moan. The dark shaggy limbs began to turn and twist. The muzzle shortened. The bony brow grew higher.

Though he'd seen the crawdad woman, Jake had never watched a changer using his or her talent before. He stared in fascination as the hair along the bear's side slid down into the skin and the thick, short hind legs grew longer and thinner. No more than a minute passed before all trace of the bear was gone and Bred Smith lay on the ground behind Hatty's cabin. The blood that had covered the bear was still crusted on the side of the man, and without the covering of hair Jake could see a set of four long rents in Bred's side.

"Can you get in the cabin on your own?" Hatty asked.

Bred raised his face from the ground and licked at his cracked lips. "No," he whispered. "No, don't reckon I can."

Hatty moved over and put her hands around Bred's ankles. "You get the heavy end, Jake. Come along and let's get this done before we all fall down here in the dirt."

Jake wanted to say he was too tired, but he worked his hands under Bred's arms and managed to lift the big man's back from the ground. With Hatty holding up Bred's legs, they managed to bump, slide, and carry him inside, then lay him on the bed. Bred grunted a few times but said nothing more until he was resting with his head on a pillow and his feet jutting over the edge of Hatty's bed.

"If someone could get me a swallow of water," he said, his eyes still closed, "I'd appreciate it."

Hatty took the bucket Jake had emptied into the pond earlier in the day and held it out to Jake. "Go fetch us some fresh water and tell those three to get off the pond."

"There's no paddle," Jake said. "How do they get to shore?"

"Tell them to paddle with their hands if they have to." Hatty leaned in close to examine Bred's wounds. "Just tell them to get off the water before they get into mischief."

Jake took the bucket and went outside. The sun was getting low in the west, and the approaching sunset was a twin of the one that had come the day before. Jake went down to the edge of the pond and waved to the boat. "Come on in," he said.

"What about the bear?" Sienna called. "We all saw it."

"The bear is . . . the bear's gone," Jake replied. He passed on Hatty's instructions about how to get in, and after a few minutes of watching them splash about, he was able to reach out and pull the punt against the bank. He helped Sienna onto the shore, and together they eased out Malcolm and old William.

"Where is the thing which followed us here?" William Truth asked as he stepped onto the ground. "Did you truly do as the boy foresaw? Did you defeat the thing that destroyed our town?"

Jake nodded. "It's gone." Looking at the old man, he felt a stab of anger. "Next time maybe you'll be more loyal to your sheriff. Hatty saved your life. If you hadn't run her off, she might have saved your town."

William Truth looked at him for a long moment, then dropped his gaze to the ground. "Perhaps. But I cannot change what was done years ago."

"What should we do now?" Sienna asked. "Should we go to another town or look for a tribe that will take us in?"

"I don't know," Jake said, surprised that the girl would ask him. "Hatty's taking care of more company. When she's done, you can ask her."

The girl shook her head. "You are the one to show us what comes next," she said. "Malcolm has seen it."

Jake started to say that he knew Sienna was the one with talent but stopped himself. He wasn't sure if William knew the girl's secret, and handing it over might be a mistake. "If I'm supposed to know something about where to send you," he said, "I don't know it yet."

"You will."

"Well, if I think of something, I'll be sure to let you know." Jake stepped around the three Indians and drew the bucket through the calm waters of the pond. "In the meantime I need to get this up to Hatty."

By the time Jake got back to the cabin, Bred was sitting up in the bed while Hatty daubed at his wounds. The black man looked up at Jake and smiled. "I hope you brung that water," he said. "Else I might have to go down there and drink up the whole pond."

"Looks like you're feeling better," Jake said.

"I've always been quick on the mend," Bred said.

Hatty slapped her hand against his ribs. "That's one advantage to having changing as a talent. Injuries don't linger long after a change. That is, if they don't kill you." She took the bucket from Jake's hand and dipped out a cupful for Bred. "Care to tell us where those scratches came from?"

Bred sipped greedily at the water and wiped his mouth. "I'd been running for near on three days and decided to rest myself a bit. Trouble was, there was a real bear about who didn't take too well to my resting in his spot."

"Another swipe or two and he'd be making a pillow out of your rib bones," Hatty said. "What caused you to run so long, anyway? Did you think we were in a hurry to see you?"

The smile dropped from Bred's face as quickly as someone snuffing out a candle. "I had to come back quick because of what happened up to the Greasy Grass."

"You didn't get one of the chiefs mad at you, did you?" Hatty asked. "We've already had our share of excitement around this place. I don't want to hear that there's a war party tracking you."

"There's one worry you can let go of," Bred said. He raised the tin cup to his lips and emptied it. "There's none left to chase me."

Hatty took the cup from him and filled it again. "Did none of them come back this way? It's not like Tall Grass to stay in the north."

"Nobody's coming back at all," Bred replied. "They're dead and gone, all but a handful of them."

"Dead?" Jake said. It seemed that everyone who came to Hatty's cabin announced the death of someone. "Who's dead now?"

"The Indians," Bred said. "They're dead."

"Who is dead?" William Truth repeated from the doorway. "Are you speaking of those lost in Gideon?"

Bred looked from the Indian to Hatty and back to the man. "That you, William? You're about the last one I'd expect to show up around here." For the first time Jake saw something on Bred's wide face that looked like anger.

The old man raised his hands. "I know what you think of me, but there is nothing left for us to fight over now. Gideon is gone."

Bred turned back to Hatty. "Is he telling me straight?"

She nodded. "Some conjuration got loose from the one that called it and killed everyone. Then it tried for us. We just finished with it before you came."

"Gideon gone," Bred said softly. He shook his head, and his brown eyes stared at nothing. "I saw something had been through here, but I never thought about Gideon. I'll be."

"What happened to Tall Grass?" Hatty asked. "Did he get in the way of the conjuration?"

Bred shook himself out of his thoughts and looked at her. "No. Wasn't no conjuration to give us woe. It was a man. One man."

Jake's stomach took a jump to the left. Suddenly he knew what was coming next. Whether it was his unreliable talent coming to the surface he couldn't say, but he spoke before Bred could. "It was Custer, wasn't it?"

Bred nodded. "Leastways that's what Sitting Bull said before he died."

"Tatanka-Iyotaka dead?" William Truth said. He seemed more distressed at this news than he had been at the destruction of his own town.

Hatty held up her hands before anyone else could speak. "Tell the story from the start," she said. She pulled a chair from the corner of the room and sat down. "I think we all need to hear it."

Bred pushed himself along the bed and leaned his back against the wall of the cabin. Jake took a position across from him and watched as everyone settled down. The old man folded his legs and lowered himself in front of the fire. Sienna sat in the doorway. Even Malcolm seemed to be waiting for the story to start.

"We traveled fast," Bred began. "Coming away from here,

we must've put sixty miles a day behind us all the way up to the Greasy Grass. Even then we was about the last ones there.

"You never seen as many Indians as was up there. I don't mean in one place. I mean you never seen so many in your whole life, not even if you was to put them all together. There was Hunkpapa, and Oglala, and Arapaho, and Cheyenne, and some I never seen before. When we came over the hill so we could see down in the valley, it was like seeing one of those cities back east, only with tents and tepees instead of brick buildings.

"All the chiefs were there. There was lodges laid out in every direction and every kind of fur hanging on poles. And horses, horses everywhere. The ones what were still coming in made the whole valley look like it was moving." He stopped and held up the tin cup until Hatty took it. "Lord," he said as Hatty filled the cup, "but it was beautiful."

"Did you see Sitting Bull?" William Truth asked.

Bred nodded and wiped water from his mouth. "He didn't talk to me, but I saw him. Saw Gall and Rain-in-the-Face and Crazy Horse, too. I had me some trading to do, so I didn't get to sit in on as many talks as I wanted. Still, it wasn't too hard to find out what the talk was about.

"They was all put out with this Custer. Seems he set on a bunch of Sitting Bull's boys down in the Black Hills a few weeks ago, killed most of them. And that wasn't the first time he'd given them trouble. The chiefs had had just about enough of him and pretty well decided it was time to do something. Only Custer did it first." Bred broke off and sat for a long time staring at his empty cup.

"You need something more to drink?" Hatty asked after a few moments.

He shook his head. "No. I was just thinking. Anyway, first sign of trouble I heard was when someone told me about Sitting Bull's dream."

"He has a great talent for seeing in his dreams," William Truth interjected.

Bred grunted. "Maybe so. Leastwise, he saw something.

Way it was told to me was that he dreamed that grasshoppers fell from the sky in a heap. Some said it was Custer's soldiers that would die, others that they was in for it themselves. The other chiefs must have put some faith in it, because everybody was pretty agitated come the next morning. Tall Grass had set up at the south end of the camp, and I was down by his tent talking about the dream when a hundred braves come riding up. At the middle of them all there's this army fellow."

"Custer?" Jake asked.

"No," Bred said. "This was a young fellow with a regular army suit, clean as if he'd just come out of the laundry, and riding a tall paint horse. Called himself Reno. He said he was looking for the big chief. We puzzled a bit about who that would be and settled on taking him to see Gall. Soon as we got over to the lodge, this fellow gives Gall a big salute and passes down a note. We spent some time looking for somebody to read it and finally had this Reno read it himself."

Bred pulled himself up straight and put a sour expression on his face. "General Custer was coming, he says, and we had better clear out. If Gall would tell all the others to hightail it up to Canada, Custer would leave them alone. If they didn't move out, Custer would give them what for. That's what it said, only with fancier words.

"Well, I've heard a lot of folks call Indians red men, but I never seen red till then. Old Gall, he turned red as a new barn. He sent Custer's messenger boy packing, and by the time an hour had passed everybody in the camp was talking about stomping right down to Calio to show Custer what they thought about his fancy note.

"Sitting Bull talked to everybody then and told us to hold our horses. He went into a lodge with Gall and the other chiefs. They was still in there when we saw a line of horses coming up from the south. We could tell right off they wasn't Indians. They rode like soldiers, you know? Straight up.

"Anyway, they stopped on the ridge top, all except for one. This fellow had on some kind of fancy white suit with lots of gold buttons and such. We could see the sun shining off him from a mile away. They called for the chiefs to come have a look. It was Sitting Bull that said the man was Custer." He stopped and looked at the cup in his hand, then tossed it on the bed. "You know I didn't remember the man's name when they first started talking about him? Custer, I mean. Took one of the boys to remind me he was the sheriff in Calio."

"Did he come down to the camp?" Jake asked.

Bred shook his head. "One of the chiefs, maybe Crazy Horse, sent some of his men out to see who it was, but they didn't get halfway there. Every one of them fell dead."

For the first time Hatty interrupted Bred's tale. "How did they die?"

Bred shrugged. "They fell off their horses and didn't move again. I didn't see any more than that."

"What about Custer?" she asked. "Did you see him do anything special?"

"Not a thing. 'Course, I was a ways off."

Hatty let out a disgusted sigh. "All right, tell the rest."

Bred cleared his throat and started in again. "As soon as the riders was killed, everybody in the camp started wailing and crying. Gall started yelling. Sitting Bull picked up a spear and started scratching in the dust. Before you know it he'd called up a conjuration that looked like a ten-gallon nightmare. All the rest of the medicine men lined up with him, twitching and scribbling. They near filled the valley with shadows and storms. Right behind the conjurations Crazy Horse had a thousand men on horseback. And everything, man and monster, was heading for the man in the white suit."

"But it wasn't enough," Jake said, sure that he was right.

"Sure wasn't," Bred said. "Old Custer didn't bother with the conjurations; he just dropped those medicine men where they stood. They didn't die so neat as the riders. I saw one of the Blackfeet men bust up like a pine knot in a campfire. A Cheyenne medicine man just fell apart. His legs and arms came off. His head went bouncing through the dust." Bred shuddered at the memory. "Sitting Bull was just about the last of them. He put his head back and screamed up at the sky;

then he started drawing something new. He was shouting and drawing his figures as fast as he could move his stick, but it got him, too. Tore his skin right off. He kept right on trying to finish his drawing even with his skin gone, even when his blood made the ground muddy." He closed his eyes and put his head in his shaking hands.

"After that we ran. We just ran. But people started dying everywhere. Even the children was just stopping and falling, choking on their own tongues. The only thing I could think of was to change, but I couldn't. I was too scared. I ran and I ran. I saw some others running, too, so some got away. But there wasn't many; not a tenth of those that was there got away. I ran all day, I guess, because next thing I knew it was night. I wanted to keep running, but I put a grip on myself. I hunkered down, and when morning came, I turned around and went back to see about those that had stayed."

For the first time the big man's voice broke, and a tear rolled down his brown cheek. "They was dead. All of them. I walked that valley from end to end, and I didn't see anything moving but flies and buzzards. I was about to give up when I saw somebody waving to me from the top of the hill, so I headed up that way. Only . . ."

"Only it wasn't a person, was it?" Hatty said.

"No, ma'am, it surely wasn't. It was a twisted-up little conjuration—a conjuration running loose on its own." Bred shook his head. "When I seen that, I changed to the bear and started running south. Didn't stop for much more than water all the way from there to here."

Hatty turned and looked at Jake. "That's where the thing we tussled with came from," she said. "Some Dakota medicine man set it loose, and Custer killed him before he could put it back."

"I wonder how many more there are," Jake said. "If one of them could get down here, they could get to Medicine Rock in half the time."

"Didn't I tell you about Medicine Rock?" Bred asked. "I guess I plumb forgot."

The sure feeling came over Jake again, the feeling that he knew what was coming next. But this time the feeling was as cold as a morning in January. "What about Medicine Rock?" he asked.

"It was dead, too," Bred said. "The whole town. Dead and gone."

☆ 18 ☆

Jake shoved the few supplies he had into the pack Hatty had given him. Hatty seemed to have a little of everything under creation somewhere in one of her storage sheds and had come up with enough clothing and gear to outfit both Jake and Bred. The pack she had found for Jake was a cavalry pack, not intended to be walked with. The straps were too short to be comfortable, and it smelled as if some small animal had crawled in and died in it years back. But it was better equipment than Jake had had when he had come to the cabin, that being nothing.

"You're not ready to go," Hatty said.

Jake looked up from his packing. "I have to. I have to know what happened to them all."

Hatty walked across the room and stood beside him with her arms crossed. "Odds are you won't learn anything in Medicine Rock. Bred didn't see any bodies, so this Quantrill probably didn't hurt them. All that happened was he left, then they left."

"They wouldn't leave the town unless something made them."

"You've never been in a town that's lost its sheriff, have you?"

Jake frowned. "I've been through it twice."

"No, you've been through a change of sheriffs." Hatty sat down on the edge of the bed beside Jake's pack. "That's a tough enough row to hoe, and some towns don't last through it. But if this Quantrill up and left Medicine Rock with no sheriff at all . . ." She stopped and shrugged. "No town can live without a sheriff, Jake. They'd be open to every raider with a little talent, not to mention every bandit with a gun."

"I can't believe they would have left," Jake said. "They had so much of their lives there."

"They wouldn't have had a choice, Jake. A town without a sheriff is a dead town."

He shook his head and reached for his pack. "Doesn't matter. I have to go see for myself. Maybe there's still—"

Hatty caught his arm and held it. "This isn't your fault. You remember that. Whatever you find there, Quantrill did it, not you."

Jake squeezed his eyes closed and balled his hands into fists. "If I had stayed, it might not have happened."

"You didn't leave on your own, and if you'd stayed, you'd just be dead," Hatty said. She released Jake's arm and stood up. "It wouldn't have changed anything—except you wouldn't be here to worry about it."

"I don't suppose you can help me get back the way I came?" Jake asked. "Sure would simplify things if I could just jump right back up there."

"Well, I can't do it, if that's what you're asking." Hatty looked Jake over from top to toe. "Apparently you managed it yourself last time."

Jake sighed. "Wish I remembered how. The chattering came to me during the storm, but since then I haven't been able to get hold of it again."

"Give it time," Hatty said. "You're learning."

Bred Smith stuck his head through the cabin door. "You ready to move?" he asked. "We're burning daylight."

Hatty looked at the black man and scowled. "I can't believe you're going to go along on this. You aren't any more ready to travel than he is."

"Why, I done spent the night on a real bed with covers and all," Bred replied. "That's as good as a week on the ground. Besides, what am I going to do, let the boy run off on his own?"

"You don't have to go because of me," Jake said quickly.

Hatty slapped herself on the forehead. "Martyrs, both of you. Go on, get out of here before I get mad and drown you."

Jake picked up his clumsy pack and headed for the door. "I guess I'm as ready as I'm going to get."

Bred stepped aside to let him out. "Soon as we know what's up," he said, "I'll come back here and pass the word."

"What about you, Jake?" Hatty asked. "If you don't find them, or if you do, what then?"

Jake stopped in the doorway of the cabin. The thoughts of what had happened in the cottonwoods came back to him. He remembered the feelings he'd had there in the darkness of the storm, and for a moment the desire to stay was as sharp as an ice pick. "I don't know," he said without turning around. "If it comes to it, I mean, if I decide to, can I come back here?"

"You're not coming back," Hatty said softly. "The water's cloudy and I can't see everything, but that much I can see. You're never coming back here."

Jake turned and looked at her. In the shade of the cabin her eyes were very blue, and he smelled again that scent of cool water. Against the dusty memories of Medicine Rock she seemed as desirable as rest at the end of a long journey. He could think of a hundred questions he wanted to ask her: questions about his father, about Custer, about himself. But there were people in Medicine Rock who had risked their lives to save him, and Jake couldn't turn his back on that.

"Good-bye," he said. Then he stepped through the door and went down the stone step.

"Don't you worry," he heard Bred say to Hatty. "We'll be as careful as we can."

"Just be sure that's enough," Hatty replied.

Bred came through the door, shaded his eyes, and looked up. "We'll not make ten miles today what with you still hurting and me tired, but at least we'll have a start on it."

Jake shouldered his pack. "Let's go."

They had taken only a few steps when Sienna came running up, towing Malcolm behind her. "Wait! You haven't told us where we're to go."

Jake sighed. He opened his mouth to tell her that he had no idea. Then he looked down at the girl in her years-too-old dress, and something caught at the edge of his thinking. For a moment he saw someone else, a woman in a dress that was not too old but too young. "Yes," he said. "I know where you're supposed to go. You're coming to the same place we are: Medicine Rock."

Bred looked at him in surprise. "You can't mean to send these children to a place like that—an empty town with no one to see to them."

"Not now," Jake replied. "They're supposed to stay here for now. Later, when it's the right time, they're to come to Medicine Rock."

"You sure?"

Jake nodded. He could see every fine hair on Sienna's arm. The grain of the wooden buttons on her dress looked as coarse as steel wool. His talent for knowing things might not always work when he wanted it to, but it was working now. "I'm sure."

Sienna smiled at him. "We will see you in Medicine Rock," she said. Then she led Malcolm back toward the cabin.

"I hope you're telling them the right thing," Bred said. "Medicine Rock don't look like it's going to be a good place for anything but rattlesnakes and coyotes."

Jake watched the girl go. "I don't know if it's the right thing, but it was what I was supposed to say."

Bred frowned but didn't say anything more.

They started walking. The two of them topped the first hill, and the cabin with its cool blue pond and apron of green grass was lost from sight. Bred started up a tuneless whistling as they walked on through the morning. The long stalks of grass slapped up against Jake's legs, making a constant whispering rush. The hills all looked the same, and it seemed at first that they were scarcely moving. But when they climbed a high ridge, Jake looked back and saw that the cabin, the cottonwood grove, and the whole curve of the little river were gathered together in a place he could cover with his thumb.

"You doing all right?" Bred asked.

Jake nodded. "My side's hurting a little, but not bad."

"There's a trail up here about a mile on," Bred said. "We hit that and the walking will go easier." He pulled at the straps on his pack. Bred had left his pack and supplies behind in his flight from the Valley of the Greasy Grass. His new pack was something he had put together out of old canvas and scraps of worn harness leather. Even his clothing and hat had been pieced together overnight from Hatty's seemingly endless supplies. "Sure do miss my old rucksack," he said. "It rode so many miles on my back, got so I didn't know it was there. But I can sure feel this one."

They hit the trail where Bred had predicted, and the whisper of grass gave way to the sharper sound of their boots striking hard-packed dirt and patches of exposed stone. Jake had thought that going on the trail would make him feel closer to getting back to town—back to civilization—but it did little to break the feeling of wilderness. The path was only a couple of feet wide, without the twin wheel grooves that marked a road or wagon track. Instead there was a sinuous notch in the center where Indian lodge poles had dug through the dirt.

Bred quickened the pace, and Jake soon found himself wincing at twinges from the unhealed wound in his side. But he held in his complaints, and after a bit the pangs eased to a dull ache. They did little talking, and Jake was glad to save his breath for the stiff walk. As the sun grew higher in the sky, they ascended a series of gentle slopes and came out onto a land that was flatter and drier. Jake's stomach began to rumble, but Bred showed no signs of slackening his pace, and Jake was reluctant to look like a greenhorn on the first day out. So he soldiered on while morning turned into afternoon and the miles went monotonously past under the heels of their boots.

When Bred finally stopped his whistling and pointed out a spot ahead, it came as something of a surprise. "We're about two miles from meeting up with Ten Mile Creek. When we get there, we'll be turning off to the west." He looked over at Jake and smiled. "I expect you'll be ready for a bite of food by the time we get there."

Jake licked his dry lips. "I think I can manage something," he said. Bred laughed and went back to his whistling.

As they went on, the grass became sparser and the ground harder. It wasn't nearly as barren as the desert Jake had found himself in the day he had vanished from Medicine Rock, but after the gentle grasslands around Hatty's cabin it seemed tolerably lean. Another half hour swung past before Jake saw the green stripe of the creek crossing the plain ahead. Bred led the way as they stepped off the lodge pole track they had been following and went toward a spot where a solitary sycamore tree jutted up in the middle of a scattering of boulders.

Jake hurried the last few steps, dropped down on a round-topped lump of granite, and sighed in relief. "I thought we were going to take it easy today," he said as he slipped a boot off and rubbed at his foot.

"We've been taking it easy," Bred said. "We don't walk no faster than we have been and you won't see Medicine Rock for a month."

"I'm not sure I can walk faster," Jake said. "I sure wish we had horses."

Bred slipped out of his pack and lowered it to the ground beside the smooth trunk of the tree. "Give yourself a chance," he said. "You've got a walker inside of you; I can see it. Besides, as long as we go with this creek, we'll be heading downhill. That ought to help you for a while."

Jake chewed at his dried meat. The salt in it drove up his thirst, and he took a long swallow of water to wash it down. One meal on the road, and Hatty's sage-filled cooking was starting to sound better. "I used to think cold salt pork was bad," he said, "but that was before I tried salt antelope."

Bred pulled his hat down over his eyes and leaned against the sycamore. "Air your feet a bit and then we'll do some more walking. If we go to sunset, we might make it to the Yuley tonight."

"Yuley?"

"Yuley River," Bred explained. "What some folks call the Belle Fourche. Good water there and maybe some fish for supper."

After a few more bites of hardtack Jake walked the short

distance to the creek with the idea of refilling his canteen, but the storm that had come with the conjuration must have missed this valley. Ten Mile Creek was nothing but a series of disconnected puddles. The little pools that remained were dark and sullen, with no sign of life except hovering knots of blue-bottle flies that rose to bite at Jake.

He swatted one of the flies away from his neck and was about to go back to the tree when something across the stream caught his eye. At first it looked like nothing more than a mound in the sparse grass. After a few moments his eye picked out the square shape of a door and the smaller darkness of a window. Then the whole thing came into focus. It was a sod house.

"No water?" Bred called.

"None that I would drink," Jake said, slapping a fly away from his ear. "Who lives across there?" He pointed at the sod house.

Bred pushed the hat back from his face and followed the direction of Jake's finger. "Nobody lives over there now," he said. "Back before the war there was some sodbusters up this way. But the war, you know, changed things. More talents after the war, more people cut loose and wandering."

Jake nodded but didn't really understand. He hadn't been more than five or six years old when the war had ended, and his father had just become sheriff of Calio. Most of what he remembered from that time consisted of the stories that drifted back from the east of grand bloody battles and the tension that hung between all the adults. More than once, both then and in the years since, he had heard that the war had had something to do with the talents that seemed to get more common and more powerful with every passing day. But in all those years he had never understood just what the relationship between the war and talent was.

Bred called an end to their break, and they were soon on the road again, following the half-empty course of Ten Mile Creek as it arced down the barren valley toward the Yuley. If there was any benefit to walking downhill, it was lost in their increasing pace. They reached the Yuley with more than two hours of daylight remaining, and by the time dark had settled in, they had caught, cleaned, and cooked a half dozen good-sized panfish.

Jake rested his head on his smelly old pack and looked up at the stars as he pulled hot bits of fish from the stick on which it had been cooked. They had come more than fifteen miles. It was not far. It was probably farther than Jake had ever walked in a day, but Bred could do three times as much on his own. Jake groaned inwardly at the thought. He was sure that if he had to walk that far in one day, his legs would drop right off. He was still wincing at the idea when the warm stick fell across his chest and his eyes closed in sleep.

The next day saw close to twenty miles of bottomland go by under their feet, and Jake began to think that Bred was right. Maybe he could get a bit quicker each day and so eventually match Bred's incredible distances. But the following day the land started to rise. The Yuley, which had been their guide since they had come to its banks, became nothing but a stony creek as they marched toward its headwaters in the hills. By the end of the day they had covered a good deal less than twenty miles. And beyond the green mounds where they rested the night the dark peaks of the Black Hills hung in the distance like stationary clouds on the horizon.

It was the first of September, and though it was still dry and hot on the plains, the Black Hills were a different story. Each day became cooler, and the nights were close to freezing. During those days their supplies of hardtack and pemmican gave out, and they took to eating the rabbits Bred snared each evening. Pine trees and mountain shrub replaced the grasses, but Bred managed to find a dozen unlikely looking plants that could be eaten. Jake didn't think much of the taste of those additions to their larder, but at least Bred never harvested anything that made him ill.

During all that time they saw no sign of any other people. Twice more they passed single houses, each fallen to ruin, and then the burned-out remains of what Bred said had once been a U.S. Army fort.

Not long after they reached the headwaters of the stream they came into the streets of an empty town. Broken glass shone like spilled sugar on the dusty sidewalks. Broken shutters banged in the wind.

Bred stopped in front of a two-story building and looked in through the black square of the vanished doors. "I had a drink here once," he said. "Played some cards, too. It was not so long ago, no more than five years or so."

"What was this place?" Jake asked.

Bred pulled off his hat and rubbed at his hair. "Deadwood, I think the name of it was," he said, then stopped and laughed. "Guess that fits it better now than ever. There was gold about here, and this place sprung up like a mushroom after rain."

The name of the town was familiar to Jake. He thought maybe Panny Wadkins, the prospector who kept a room at Curlew's, had mentioned it. "What happened here? Did their sheriff leave?"

"Sort of." The black man stepped up onto the sidewalk in front of the empty saloon and walked across the squawking boards. "Back when I was about they had a fellow named Hickok," he said over his shoulder. "He was a powerful cuss, nobody you would want to mess with. Those were days when the government still entertained the idea that it could get the west under its thumb. My troop used to come through here every week or two."

"You're in the army?" Jake interrupted.

Bred nodded. "Was then. Private Bredford Worthy Smith out of the Eighth Cavalry reporting for duty," he said. "Still had my old Colt revolver in my pack when I hightailed it from the Greasy Grass down to Hatty's. Guess somebody else has it by now."

A cold breeze drew down the empty street, and Jake shivered. "So Hickok let Deadwood fall apart?"

"Naw, old Bill, he was a tough one. Challenges with him was rough and tumble. Bill, I saw him take down five men in a day." Bred popped his hat back on his head and turned up the street. "But Bill never cared who was mad at him. Never paid attention to anything but what was in front of his nose. One night when he was good and drunk somebody shot him right here in this saloon." He waved his big hand up the weed-choked road. "And that was it for Deadwood."

"This looks like it was a good town," Jake said. "Bigger than Medicine Rock. Almost as big as Calio. Why didn't someone else become sheriff?"

"Well, you know how it is. Everything got mixed this way and that. What was left of the army packed up and went east to do what they could with the troubles there. Myself, I decided to stay out here. All that was left in Deadwood was the people that Bill had bearded. They took some of it out on the town when he was gone." Bred shook his head. "Just became a poor place to live."

He suddenly started off down the street, and Jake had to hurry to keep up. "Is this what's going to happen to Medicine Rock?" he asked.

"It's just the way things are out here," Bred answered without pausing. "Everything falls apart if you give it time. This country's running backward, son. You wait long enough and there won't be a building standing west of Missouri."

Jake bit his lip. He wanted to contradict the big man, but there was too much truth in Bred's words. Everything Jake had seen was the story of a place that was being torn down instead of built up. And if sometimes things went the other way, it was only a temporary respite before the chaos came down again.

Once they left the dead town, they went west and south. They crossed the spine of the Black Hills close to the heart of the high land and got two days of mixed snow and hail before they started down toward lower ground. Each day after that carried them down onto ground that was flatter, and the pine trees at last gave way to more of the sparse dry grass they had seen on the eastern side of the mountains. With every mile the area looked more familiar to Jake.

It was another two days before they struck the stage path

that had so briefly connected Medicine Rock to the other towns in the area. Jake didn't need Bred's experience to see that the path was already fading. Medicine Rock was no longer on anybody's stage route.

Finally, near dusk on a day when the sun had been hot and merciless, the low wooden buildings of Medicine Rock came into view. Bred's whistling died away as they reached the empty corral at Colonel Richland's. A half block on the sign still proclaimed Absalom's Stables. It looked so much the same as what he remembered that Jake half expected to see Sela smiling at him from the open door. But there was nothing in the stalls or aisle, not so much as a single hammer or a bent shoe.

Jake stepped across the handfuls of stale hay and eased open the door to the house at the back of the stables. There was a chair with one leg missing pitched over on its side and an empty coffee tin on the kitchen shelf. Other than that there was no sign that anyone had ever lived in the house. Even the smell of the place seemed lifeless.

He closed the door and went back through the stables to where Bred waited in the street. "They're gone," he said, "but I can't tell where. They took all their furniture, so . . ."

"Jake," Bred said.

". . . maybe if we look in the—"

"Jake," the black man said more urgently. He nodded his head toward the street over Jake's shoulder.

"What is it?" Jake turned and saw Dora Curlew standing behind him. She was wearing the same dress she had worn to impress the visiting banker, but now it was streaked with dirt. Her hair flew wildly around her head, and her face was sunburned raw. With both hands she kept a Walker Colt pointed at Jake.

"Stand still," she said in a husky voice.

"Mrs. Curlew," Jake called. "It's me. Where is everyone?"

The woman looked at him with sun-bleached eyes. "I know who you are," she said. With one thumb she pulled back the hammer of the black pistol. "You're the son of a bitch that cost me everything, and now I'm going to kill you."

☆ PART III ☆

The Sheriff's Son

☆ 19 ☆

Two people alone on the trail without horses or a wagon made for pretty quiet traveling. For weeks Jake had heard nothing louder than Bred's whistling by day and the howling of coyotes at night. In comparison with those gentle sounds, the bark of Dora Curlew's pistol seemed like the voice of doom.

He heard the buzz of the pistol ball as it clipped past his ear. Then there was a blur of movement, and something struck him hard in the chest. Jake staggered a step back, then fell on his rump in the dust. He raised a hand to his chest, sure that he'd been shot.

"You all right?" Bred asked.

Jake pulled his hand away and found no blood. "I don't know," he said. "Am I hit?" He looked up and saw that Bred had both of Dora Curlew's wrists held tightly in one of his huge dark hands. Her pistol was in the dust at his feet.

Bred shook his head. "She missed you clean."

A thought occurred to Jake, and it struck him as funny enough that a laugh escaped him. "When I left here, someone was trying to shoot me. I come back and nothing's changed." He stood up and knocked the dust from his pants.

"I'll kill you yet," Dora Curlew said. "Don't think I won't."

Jake looked into the woman's gleaming eyes. "Why are you after me?" he asked. "What did I do?"

She curled back her lip and fairly snarled at him. "Don't make out like you're so clean. If you hadn't made Quantrill so mad, he wouldn't have left. We'd still have a sheriff. I'd still have a business."

"What could I do?" Jake asked. "He was going to kill me."

Dora twisted around, and Bred let her slip free. She advanced on Jake, raising her fists as if she were going to strike him. "You should have let him," she said. Her voice cracked, and tears spilled down her face. "Wasn't it your job, Deputy Bird? Weren't you supposed to die for your town?"

"I . . ." Jake swallowed. He felt like he ought to have a good answer, but whatever it was, it wouldn't come. For all he knew, she was right. It was a sheriff's job to protect a town. When he had accepted Pridy's offer to become a deputy, Jake had taken on a part of that job. If he had surrendered to Quantrill, he might have been killed but Medicine Rock might have been saved. In freeing himself, he might have doomed the town.

"Why'd you stay here?" Bred asked Dora. "How come you didn't leave with the other folk?"

Dora's angry eyes lingered on Jake for a moment before turning to the big man. "Everything I have is here," she said. "My husband died and left me in this hole. I put my last red cent into making my boardinghouse the best in this town, best in a hundred miles." She turned back to Jake. "This bastard ruined it all."

"I didn't mean to hurt anyone," Jake said.

"Didn't you?" Dora moved her gaze up and down over him. "I should have seen it, should have known it from the moment you hit town. They say your father was a sheriff. My guess is he wasn't a very good one."

Jake felt a flash of anger. "My father was a good sheriff and a good man."

Dora sneered. "Then he would have been ashamed of his son."

He looked at her a long moment, but the shot of anger had melted his guilt away. "Maybe he would," Jake said at last. He knelt down and picked up her revolver from the dust. Carefully, he eased the hammer back, checked the chamber, then eased the hammer down again. He jammed the gun into the waistband of his pants. "Are you the only one left?" he asked.

"What are you going to do now?" she asked. "Shoot me? Shoot me down so no one will be around to tell what you've done to this town?"

"Is there anyone else here?" Jake repeated.

Dora shook her head, but her eyes darted to the side. "Who else would stay?"

"There's someone else in this town," Bred said. "I was in a hurry last time through, but now I can smell a fire and cooking down the street a bit."

"That's mine," Dora said quickly.

Bred stepped past her, his face lifting like a hound scenting the breeze. "Whatever it is, it smells like it's worth eating."

"I'll be damned if this man's eating off of my plates again," Dora declared. "And I don't serve no Negroes, either."

Bred smiled. "I'll bet we can find some other plates around this town. Come on, let's go look."

He started down the street, and Jake fell in at his side. They went past several stores. The valuable glass had been removed from many windows, and in some places boards and nails had been pulled free. No one had bothered to cover up the gaps to protect the buildings from the weather. The owners of the deserted stores didn't expect to come this way again.

At first Dora Curlew walked sullenly behind them, then she stepped ahead. As they neared the corner where the Kettle Black Saloon stood facing the sheriff's office, she broke into a run.

"Shoot them!" she screamed. She spun about and danced a few backward steps. "Shoot them before they get too close!"

Jake looked around quickly and put his hand to the pistol. "What do we do?" he whispered to Bred.

The black man looked at the empty windows around them and shook his head. "I don't know where they are. I suspect they'll shoot us if they want to."

"Shoot them!" Dora shouted again. She shook her fist at Jake.

"Oh, Dora, try and stop being such an idiot." A small figure stepped through the swinging doors of the Kettle Black.

Without her faded party dress, it took Jake several seconds to recognize Goldy Cheroot.

"Miss Cheroot," he said. "We don't mean any harm."

"It's his fault," Dora said. "He ought to pay."

Goldy shook her head. She had a rifle in her hands but didn't point it at anyone. "You got a peculiar notion of blame," she said. "When your horse throws you, do you shoot the blacksmith?" She smiled a gold-toothed smile and let the barrel of the gun drop toward the ground. "I ain't going to shoot this boy. He didn't have any more to do with what happened than the rest of us." She nodded toward Bred. "Who's this?"

Bred stepped up and doffed his hat. "Ma'am, you'll have to excuse me, but I believe we've met before."

"Have we?" Goldy stepped to the edge of the sidewalk and looked down at Bred with her pale brown eyes. "By God, we have," she said after a moment. "Down along the Missouri by Council Bluffs. You were one of those soldiers from the fort."

"Yes, ma'am, I was." Bred put his hat back in place, but his smile grew wider. "We were all mighty fond of you."

"You were good boys," Goldy said. "That was a lifetime ago, but I think those were some of the best days I ever had."

Jake cleared his throat. "Excuse me," he said. "Is anyone else here?"

Goldy turned to him, a smile still on her lips. "None but me and Dora," she said. "Old Panny Wadkins was down from the hills a few days back. He ate a plate of beans with us, then went off again. I'm not sure he noticed anything had changed."

"Why didn't you go with the rest, ma'am?" Bred asked.

Goldy shrugged. "I've been here since Medicine Rock wasn't nothing but a sutler's camp. I'm not likely to find another place to tend bar, and I'm too old to go back to what I did before." She turned around and looked at the whitewashed walls of the Kettle Black. "This is my place now. Howard Cheatum's come and gone, and this place belongs to me."

"You're a fool," Dora Curlew said. "You don't own a thing."

"Oh, shut up, Dora," Goldy said. "You been standing too long in the sun."

"Speaking of that," Bred said, "if it's your place, how about we go inside and get out of this heat?"

Goldy laughed. "It ain't a lot cooler inside, but come along."

Jake followed her and Bred into the saloon. Dora lingered on the street behind them for a moment, then stomped inside.

For Jake seeing the Kettle Black empty was stranger than seeing the glassless windows and abandoned stables outside. Night and day the Kettle Black had been the heart of Medicine Rock. Now that heart had stopped beating. The bar stools were left, as well as two of the shoddiest tables. The other tables were gone, along with the fanciest of the chandeliers and the long mirror from behind the bar.

"I'm afraid Cheatum took the piano with him, so there won't be no music," Goldy said. " 'Course, I couldn't play it anyhow, so it's just as well." She walked around the bar, reached under the wooden top, and pulled out a bottle of deep yellow whiskey. "But here's something old Cheatum didn't find."

Bred slung his leg over a bar stool and sat down. "I hope you're intending to share that," he said. "I got a thousand miles of dust in my mouth."

Goldy poured two fingers of whiskey into a glass and slid it toward Bred. "How about you, Mr. Bird? You feel like sharing a drink?"

Jake nodded and took a glass from her hand. "Last time I was in here, it was to celebrate killing that crawdad thing." He sipped at the glass and tried not to cough as the whiskey rolled down his throat like liquid smoke. "Mr. Cheatum gave me a free drink."

"Times change," Goldy said. "I've been here through every sheriff this town has had. There were times before when I thought the prospects were bad." She looked around the empty bar, then picked up the whiskey and drank from the bottle. "None so bad as this."

"It's his fault," Dora Curlew whined.

Goldy smacked the whiskey down hard on the bar. "I swear, Dora, if you don't close your trap, I'm going to . . ." She struggled for a moment to come up with the proper punishment. "I'm going to send you back to your own house and let you suffer your own company."

Dora sniffed, stomped over to one of the remaining chairs, and sat. She pointedly looked away from the rest of them.

"I wish old Panny had stayed about," Goldy said softly. "He may not talk about anything but his mining, but at least he don't whine."

"Where is everyone?" Jake asked. "Did they all go off together?"

"Lord, no," Goldy said. "They scattered to the wind." She looked up at the ceiling and pursed her lips. "Mr. Howard Cheatum's gone off to Laramie. Seems he bought into a saloon down there some years ago, just in case. Our last sheriff, that bastard Quantrill, headed that way, too. The gambler and Bravo Kelly went along, of course, and they hauled away a couple of the girls. Guess Kelly's going to make a career of being Quantrill's court jester."

She paused to take another drink from the whiskey bottle. "Don't know where most of the crowd from Dora's went. Trail hands went on down Texas way, looking for an outfit that still has cows to move. Some of the storekeepers said they was giving up and heading back east. The upstairs girls went to see if Calio was a better market."

"What about Cecil Gillen? Where did he go?" Jake asked.

Goldy sucked in a breath through her teeth. "You don't know?"

"Know what?"

"Quantrill killed him," Goldy said.

A wave of horror came over Jake that was far more chilling than anything he had experienced in the mountains. Deep down he had suspected this for a month, but hearing the words was like being kicked by a mule. It took him a moment to gather the courage to ask anything more. "What about the others that helped me?" he asked.

"The reverend was killed along with Gillen," Goldy said. Her pale eyes turned away from Jake and looked down at the bar. "Quantrill . . . he done things to them. Then he strung their bodies up from the steeple where you'd been hiding and left them. Willard Absalom tried to cut them down that night, and Quantrill sent him up to join them."

Jake squeezed his eyes closed. It was as bad as he had feared and worse. Cecil, Reverend Peerson, and Willard Absalom. All of them dead, and all of it Jake's fault. "Are they still up there?" he asked. He could feel the white steeple of the church looming behind him almost as if it were lying on his shoulders.

"Not anymore." Goldy pointed up the low hill just south of town. "Once Quantrill cleared out, I cut them down. They're all buried up in the yard. You want to see?"

"Yes," Jake said. His throat was so tight, he could get out little more than a hoarse whisper. "But what about Sela? If the sergeant was killed, then where'd Sela go?"

"Willard's daughter? That was one of the ones that went with Quantrill."

Jake opened his eyes. "I thought it was the girls from the bar that Quantrill took."

"Naw," Goldy said. "He said they was too sprung for his liking."

"So Quantrill's got Sela?" Jake said.

Goldy nodded. "Looked to me like she went along on her own," she said. "Leastwise, she didn't fight." She shook her head. "Not like the other one; she gave him a time."

A new coldness sank into Jake's gut. The sureness of his talent came over him again. There was no point asking the question, but he did it anyway, wishing that for once his useless talent would turn out to be wrong. "Who was the other girl?"

"My cook," Dora Curlew offered from across the room.

"Josephina," Jake said.

Dora nodded. "That Mexican girl was the best cook I ever had."

Jake turned to Bred. "She helped me," he said. "She was one of the ones that tried to help me hide from Quantrill." He looked out the window of the bar, where one corner of the whitewashed church was visible. "Of all those that helped me she's the only one left alive."

The black man studied Jake's face for a moment, then turned back to Goldy and tapped his glass. "You may as well pour me another shot," he said. "Looks like we're taking a walk down to Laramie."

Goldy followed his directions. "You best not leave now," she said as she tipped the whiskey into Bred's glass. "The day's shot, and you'll not get two miles before full dark. Stay here the night and rest yourself, eat a little beans with us, then you can be on your way tomorrow."

Bred look at Jake, and Jake nodded. "I've been a month or more getting started. I don't suppose another night would hurt anything."

"They're not sleeping at my place," Dora declared. "Or eating there, neither. I still say everything's this boy's fault, and as for the other one, I don't—"

"You don't serve Negroes," Bred finished for her. "Nor let them sleep under your roof, neither, I suppose. Yes, ma'am, I heard that."

"There's a whole town full of empty rooms," Goldy said. "And like as not, most places still have a bed. People were in a hurry to leave, and they didn't pack too careful. I don't think you'll have any trouble putting a roof over your heads."

Goldy wasn't lying when she said they would be eating beans. There was plenty of abandoned furniture in Medicine Rock and a wagonload of clothing, but food was scarce. The fields on the edge of town gave up a small crop of corn and vegetables, but the fleeing townsfolk had gone through them like the locusts of the Bible. What was left was poor, and most of it was still weeks from ripe. With the people gone, game had moved in closer, and Dora and Goldy had brought down an elk right in the middle of the street. But the meat was all eaten or spoiled. What was left was dried beans and more dried beans.

Jake and Bred contributed whatever they had in their packs, and Goldy stirred it up. Just to be able to sit at a table and eat the meal hot off a plate made the food taste that much better to Jake. He had spent all his life in town, and a few weeks of tromping about the country with Bred had not made him more fond of roughing it.

They bedded down that night in Howard Cheatum's empty house. The wealthiest man in Medicine Rock had made off with most of his furniture, but two massive wooden beds were still parked on the upper floor of his two-story house. With the windows open and the night breeze blowing through, it was probably the most pleasant spot in town.

Bred, who had been up late on the trail, dropped off to sleep almost as soon as his boots were off. The big man had always been as silent as the night sleeping on the ground. Resting on Cheatum's feather bed, he started to snore like a cat eating its own tail.

Jake sat wide awake on the bed in the room across the hall and winced at Bred's snoring. He thought about giving the man a shake, but the truth was that his snoring had little to do with Jake's being awake. He was too worried to sleep. His thoughts kept turning back to the idea of Quantrill having Sela and Josephina, and what he didn't know for sure his imagination was quick to provide.

When he wasn't thinking about the missing girls, Jake was thinking about those who had died. He thought about the times he had cussed Willard Absalom for his poor pay and hard treatment. The stable owner had been hard, but he had also been fair. After Jake had killed the crawdad monster, Absalom had given up his anger and accepted Jake's actions. It was not something many men could do.

Jake thought about how many Sundays he had spent sleeping at the boardinghouse instead of listening to Reverend

Peerson's sermons. Truth was, Jake had not spent five Sundays in the church in all the time he had been in town. But that had not stopped Peerson from risking his own neck to save Jake's.

Then there was Cecil. For most of Jake's life he had all but ignored Cecil. Until they had landed in Medicine Rock the smith had just been one more person who worked in his father's town. But Cecil had held none of it against Jake. He had been as good a friend as anyone could hope to find.

All of them had done more and gone farther than Jake had ever deserved. The same went for Josephina.

The sky was already turning silver in the east when Jake lay down and tumbled into an exhausted sleep. Bred woke him up a few hours later, and they started packing to get back on the road. The quiet of the town was eerie. For all the effort he had put into getting back to this place and even though the cause of his departure had been terrible, Jake was glad to have a reason to go somewhere else. Every time he caught sight of the abandoned church, he couldn't help but look away.

They met Goldy on the sidewalk in front of the Kettle Black. "I wish I had some horses to offer you boys, but horses are one thing that no one seems to leave behind."

"After all this walking," Jake said, "I'm not sure I remember how to ride." He eased out Dora's pistol and held it out to Goldy. "I'd better leave this with you. You'll need some way to protect yourself."

Goldy waved the gun away. "I've got my rifle," she said, "and there's another pistol under the bar. You take that one with you." She smiled. "I think I'll feel safer knowing Dora doesn't have any way to shoot me if she decides she doesn't like my beans."

Bred laughed. "We'd best start off. This boy's getting longer-legged, but we still can't give away half the day and expect to get anywhere." He smiled at Goldy. "Ma'am, is there anything we can get for you in Laramie? Anything you need?"

Goldy thought a moment. "Salt and pepper, baking soda, if

you can find it." From somewhere in the folds of her dress she pulled out a handful of coins. "I don't suppose I'm saving this for anything. Whatever else you think we need, you buy it. I'll trust your judgment."

Bred took the coins from her hand and put them in his pack. "I'll see what I can find." He tipped his hat to her and turned to leave.

Jake started to follow, then turned back to Goldy. "I've a favor to ask."

"So ask it."

"There's two children," he said, "Indian children, and maybe an old man. I think they're coming here, and I was wondering if you would watch for them."

"Boy and a girl," Goldy said. "The girl is bright as a penny, but a cloud hangs over the boy. Those the ones?"

Jake stared at her in astonishment. "You cast it?" he asked.

Goldy nodded. "I knew you were coming, and I know they're coming yet. Don't worry; I'll keep a lookout for them."

"What else have you seen?" Jake asked.

"More than I can tell. It's always that way." She reached out and put a hand on Jake's shoulder. "You remember what I told you last time you came to me for a tell? Death is still riding, Jake Bird. If we slip up, he'll come to us."

"And if we don't slip?"

Goldy looked at him and gave a quick laugh. "Why, if we don't slip, then we get to go to him."

☆ 20 ☆

The one thing Jake had heard over and over about Laramie was that the summer there was almighty hot and the winter was just as cold. Considering how warm it was at Medicine Rock, it was hard to believe anyplace could be much more sizzling and still let people live. And with the mountains rearing up on either side, it seemed a sure bet that Laramie would be a cool spot. As they approached the town in heat that rippled the air, Jake was ready to concede that maybe the reports had been right.

"We'd best be getting in there by tonight," Bred said. He nodded toward the western sky. "Big storm coming soon."

Jake squinted, trying to see any sign of a storm in the hard blue sky. The same mountains that lined the sky south of Medicine Rock loomed in the east and west, spoiling his view of the horizon. Whatever Bred saw, it was invisible to Jake, but after the time they had spent together on the road, he wasn't about to argue. If Bred said a storm was on the way, a storm was very likely to be on the way.

"How far are we from town?" Jake asked.

"I figure three hours, maybe four. I've never come at Laramie from this side before." The big man pressed his lips together. "Don't much care for it no matter which side I hit."

Jake only nodded. His throat was too dry to get into a long conversation.

Ten miles from Laramie they passed a clapboard house surrounded by a few acres of hardscrabble farm. Another farm showed up a mile farther on, and by the time they were five miles from town, houses, barns, and pigpens were going by with some regularity. There were as many cattle on the hills as there was sagebrush. One of the ranches they passed was as fine as any Jake had ever seen, with a large two-story white house and white-painted boards around the corral.

Jake was impressed. Even Calio didn't have an umbrella of farms and ranches that spread out this far. The sheriff of Laramie had to be a powerful man for people to trust their luck this far out. And with all this area, Laramie could grow to be the largest town Jake had ever seen.

"Can't see why so many people would want to live down here," Jake said.

Bred stared down the dusty road and frowned. "Dogged if I know. Laramie ain't much older than Medicine Rock and got its start the same way. But when the fort was closed and the forty-niners had gone past, this place just kept right on growing. Beats all I ever seen." He raised his hat to wipe away the sweat. "But it ain't so big a place as all these farms might make you think, leastwise not in the center. The town changes sheriffs all the time, but the town don't seem to change."

Within the hour the whitewashed walls of the town came swimming up out of the dusty ground. A pair of riders passed Bred and Jake without a glance, and a wagon rattled by, heading back the way they had come. The old man riding the plank seat took a look at them as he passed, puckered his wrinkled cheeks, and spit into the dust at Bred's feet.

"I see what you mean," Jake said, turning his head to watch the mule-drawn wagon move down the road. "Not a real friendly place."

"I can tell you that this town never did welcome the Eighth Cavalry," Bred replied. "There's a lot of folks in this town that share your friend Mrs. Curlew's opinion about black people."

"My friend?" Jake asked. "Tried to shoot me."

Bred shrugged. "Leastwise, Laramie wasn't like this before the war, but when things started going antigodlin back east, there was a whole crew moved this way from Mississippi. Ain't been the same since."

One of the men in the distant wagon shouted something. "What did he say?" Jake asked.

Bred shook his head. "Couldn't tell, and just as well." He put his hat back on. "If the folks you're looking for are still here, I hope you can see to them fast."

"Let's go find out," Jake said.

The board sidewalks of Laramie were crowded with people hurrying between the stores. Jake saw a stagecoach, one of the line that had so recently abandoned Medicine Rock, pausing for passengers in front of a dry goods shop. Jake tugged at his hat, trying to shade his face in case Quantrill happened to be about and looking his way. At the same time he tried his best to inspect the faces of every man and woman they passed. He saw no one familiar. Laramie seemed to be bustling and prosperous, not at all the kind of place he would expect to be run by the pale man.

"Where should we go?" Jake asked. "The sheriff's office? Maybe Quantrill lost his challenge here."

Bred shook his head. "There's just one place to go if you want to learn what's up with a town." He pointed down the street toward a pair of swinging doors, and Jake followed him into the Bedlam Saloon.

It was a bigger place than the Kettle Black. The bar was some kind of polished dark wood. A balcony ran along the back wall, and a staircase spilled down to the main floor right between not one but two pianos. It took Jake a second to realize that one of those pianos, the more battered of the pair, was the one from the Kettle Black. He looked at the mirror in back of the bar. Mirrors as big as that one cost a small fortune, and though there was nothing to see in it now but a reflection of the Bedlam, Jake suspected it was the same glass Goldy had polished for half her life.

Bred leaned in and spoke softly. "You suppose Miss Cheroot would mind if we spent a bit of her money on something besides salt and pepper? This heat has my throat tighter than a wire gate."

"Is there enough money to get what she wants?" Jake asked.

"We spend this much on salt, we'll have to buy a wagon to cart it back."

"Then I guess it won't hurt if we have a drink or two."

Bred smiled and slung his leg over a bar stool. "How about a whiskey?" he called.

The bartender put a glass down in front of each of them and poured out whiskey that was considerably paler than what Goldy had provided. Jake picked up his glass and took a sip. It was so watered down, it had no more kick than lemonade. He looked up to say something and found the bartender staring at him.

"I know you," the man said. He was a small man and was squinting so hard that his eyes were almost lost in the folds of skin. It took Jake several seconds to put a name to that round face.

"Mr. Cheatum?" Jake said. "I didn't recognize you."

Howard Cheatum gave a quick laugh and shoved the cork back into the whiskey bottle. "I've changed a bit since we last met," he said. "Come down in the world."

"It's the glasses," Jake said. "I didn't know you without them."

The barman nodded and frowned. "Broke them when . . ." He paused and started again. "They got broken. Nowhere here to get a new pair, so I had to send east for them. God knows when I'll be able to see again."

"Cheatum!" someone shouted.

Jake turned his head and saw a tall, heavy man with a cane stalking toward them across the saloon floor. "What do you think you're doing, Cheatum?" the man demanded in a twanging, gravelly voice.

"I'm serving customers," Cheatum replied. There was an edge of controlled anger in his words.

The fat man raised his cane and pointed it at Bred. "You know I don't let this kind in here," he said. "Upsets folks."

Cheatum frowned. "I don't see anyone upset but you, Othaniel."

The man's small eyes narrowed. "That's right; I am upset." He took a step closer, and the metal tip of his cane jabbed into Bred's side. The black man pressed his lips together but said nothing. "You make sure I don't get any more upset, you hear?" the man with the cane added.

Howard Cheatum looked like he was swallowing hot coals, but he nodded. "All right," he said. "I'll take care of it." The fat man nodded and strolled back across the saloon to join a group of men at a table near the back wall.

Bred took another sip of whiskey and put his glass down on the bar. "Guess I'll be leaving," he said.

"Sorry about this, boys," Cheatum said. "If this was all my own place, I wouldn't give you any trouble. But I'm the junior partner here. I don't have much say."

Jake put down his own glass and got up from his stool. "I don't suppose you can tell us what's happened to anyone else from Medicine Rock?" he asked.

"Sure I can," Cheatum replied. He glanced nervously toward the table in the back. "Maybe we'd best take this conversation elsewhere. Do you think you can wait outside a bit?"

Bred stood up and put a hand on Jake's shoulder. "You stay here and talk," he said. "I'll get on down the street and buy those supplies Miss Cheroot was wanting."

"You sure?" Jake asked. "Maybe I ought to go with you."

The big man smiled. "I think I can manage to buy a little fixings, even in this town." He turned, went across the floor, and pushed his way through the swinging doors.

"Sorry again about your friend," Cheatum said. "There's not many places that'll serve niggers in this town."

Jake opened his mouth to make a sharp reply but instead pressed his lips together and sat down on the bar stool. "What about the other people from Medicine Rock? Do you know where they are?"

Cheatum scratched at his chin. "I've seen them. Some of them, anyway. Hold here a minute." He went around the end of the bar and spoke to a girl who was cleaning tables near the door. Jake couldn't hear what was said, but the girl looked up at Jake for a minute, said something to Cheatum, and then hurried out the door.

The bar owner came back to Jake and smiled. "Now," he said, "who was it you were looking for?" Close up, his breath was a miasma of whiskey fumes. Evidently he had been doing more with his liquid wares than selling them.

Jake frowned and looked toward the door. Something was wrong; he didn't need any talent to see that. "I think I'd better check on my friend," he said quickly. He stood up, but Howard Cheatum reached out and gripped his arm.

"Don't go running off on me," he said. "I thought you wanted to talk."

"I'll come back," Jake said. "I want to be sure Bred's all right."

"The buffalo soldier can take care of himself," Cheatum said. His smile was gone now, and the tightness in his voice had returned. "You wanted to ask about people from Medicine Rock, so ask."

Jake pulled his arm free of the small man's grip and looked into his bloodshot eyes. "All right," he said slowly. "I'll ask about someone. Where's Quantrill?"

"I believe I can answer that," a voice said from the door.

Jake spun around, expecting to see the pale man waiting. Instead, he saw a lean unfamiliar figure in a dark suit. Right behind the lean man was a face and towering frame he knew all too well—Bravo Kelly.

"It's Jake Bird!" Bravo shouted. He pushed past the other man and leaned over Jake. "We been looking for you." He poked Jake in the chest with a thick finger. "You're in some mess of trouble."

"You're damn right it's Jake Bird," Cheatum said, "and I'm the one that's found him." He stepped quickly to the side of the man in the dark suit. "This is the man Quantrill's been after, the one that squeezed past him back in Medicine Rock."

The lean man nodded, then moved toward Jake. He tipped

back his black hat and revealed a young, unlined face weighed down by a thick soupstrainer mustache that covered his mouth. Unexpectedly he held out his hand. "You'd be Jake Bird?"

Not sure how to respond, Jake shook the man's hand. "I suppose I am."

The man nodded. "I'm Warren Earp." With one hand he reached up and pulled back the lapel of his dark coat to reveal a silver star pinned to his vest. "Why don't you and I sit down and talk a spell."

"Do I have a choice?" Jake asked.

Earp shook his head. "None at all."

He led Jake to a table not far from the foot of the stairs. Bravo Kelly joined them, still grinning broadly. Howard Cheatum started to take the fourth chair, but Earp stopped him.

"I think you should get back and tend to your business, Mr. Cheatum," the lawman said. "If we need anything from you, we'll ask."

Cheatum frowned and turned his squinty gaze back and forth between Jake and Warren Earp. After a moment he nodded. "You'll see that he knows, won't you? You'll tell him it was me that caught Jake Bird?"

Earp nodded. "Don't you worry," he said. "You'll get all the credit you deserve." The bar owner smiled and went back to his whiskey. Earp turned to Jake. "Frankly, Mr. Bird, you're not what I expected."

"Expected?" Jake blinked. "I don't think I understand."

"This fellow," he said, jerking a thumb at Bravo, "made you out to be bigger than he was and tougher than a mule skinner's boots."

"I never said none of that," Bravo Kelly said.

Earp looked at the tall deputy with expressionless dark eyes. "If you didn't, you certainly said something very like it."

He turned his attention back to Jake. "Are you carrying a firearm, Mr. Bird?"

Jake felt the weight of Dora Curlew's huge old revolver against his hip. "Only for protection," he said.

Earp nodded. He reached under the table and came up with

a Confederate Lemat pistol. The gun's twin barrels were not exactly pointed at Jake, but they were certainly tilted in his general direction. "We've got a bit of a prohibition against firearms in Laramie," said the lawman. "I'd be obliged if you brought your weapon out—real slow, if you please—and laid it on the table."

Jake complied. As soon as the Walker Colt hit the wood, Earp took it by the grip and drew it across to his side. "I'll just hold on to this while you're in town," he said. He gave a short flourish of his own nine-shot revolver before returning it to its holster. "I believe you can count on me for protection as long as you're in town."

Jake could see why people would make Earp their sheriff. He'd shown no obvious talent, but his voice alone was so sure that it was easy to tell he was used to having people do what he said. "I'm just me," Jake said. "I've not hurt anybody or done anything wrong."

Earp nodded, reached inside his coat, and drew out the makings for a cigarette. "I hear what you're saying," he replied as he spread the tobacco across the paper. "But you might guess that some of the rest of these folks see it a bit different." He raised the paper to his lips, wet one edge, and rolled the works into a neat tube.

"It's sure not how I saw it," Bravo Kelly said. "This boy done gone and riled up the sheriff. Got a bunch of people killed."

"It was Quantrill that did the killing," Jake said, "not me."

"Yes, but Quantrill was the sheriff," Earp said. He put the cigarette in his mouth, and without so much as a wave of his finger the end began to glow brightly. For the first time the lawman smiled. "Sheriffs are a special case, Mr. Bird. They have charge over a town, and in turn they deserve respect and cooperation."

"He wasn't taking care of the town," Jake said. "He was tearing up the town and trying to kill me."

Earp let out a long streamer of blue smoke. "Nonetheless, Mr. Bird, when you live in a town, it's your obligation to follow the law as your sheriff provides it. Everyone here in Laramie understands that."

"Then maybe I'd best leave Laramie," Jake said. He pushed his chair back and started to stand.

The brows over Earp's dark eyes came together, and for a moment Jake saw a spark of red fire in their depths. Heat washed over him with such force that all the air was sucked out of his lungs. He fell back, and his chair banged against the barroom floor. Then he was flat on his back, and the heat was gone.

Jake sat up and pulled in a breath, filling his mouth with the awful odor of scorched hair. Bravo Kelly leaned down and jerked him to his feet. "You ain't going nowhere," the tall deputy said.

Earp was still in his chair. "I'm afraid you can't leave us just yet," he said. "Someone wants to talk to you."

"Quantrill," Jake coughed out.

"That's Sheriff Quantrill," Bravo Kelly said.

Jake looked over at Earp in confusion. "I thought you were sheriff."

Earp shook his head. "I was sheriff, and maybe I will be again one day. But for now I'm just a deputy."

He stepped around the table, and his black eyes locked on Jake's. "Quantrill won't be here till the morning. Most cases, we'd go ahead and take care of you now, but I understand you have a talent, Mr. Bird. It's a terrible thing to waste a talented man, and Quantrill may want more from you than your life." He looked over at Bravo. "Mr. Kelly, why don't you go see if you can't chase off one of the girls and find a room upstairs where our guest can rest himself."

Bravo frowned. "Shouldn't we take him down to the jail?"

"I don't think so," Earp said. "What cells we have are full up with some moderately nasty customers. I wouldn't want this boy to have an accident before Quantrill gets a chance to see him." His dark eyes swept over Jake. "Besides, I think a good plank door ought to be enough to hold this boy."

"Oh, right," Bravo said. He tugged Jake toward the stairs.

"When Quantrill gets here, he won't have to worry about no accidents."

Jake twisted in Bravo Kelly's grip, but if there was any department where Bravo Kelly didn't come up short, it was strength. He turned Jake's arm around behind his back and pushed him onto the first step. Earp looked up at them for a moment, then stood and left the saloon.

As soon as Warren Earp's dark coat and hat were out of sight, Bravo Kelly whipped Jake's head down against the stair rail. The blow left Jake's ears ringing and his stomach spinning.

"You're not supposed to hurt me," he said.

Bravo Kelly leaned in close and made an act of whispering loudly enough to be heard across the bar. "You slipped," he said. "You be careful you don't do it again." He dug his fingers into Jake's hair and pulled his head back. "It'd be a real shame if you fell down the stairs and broke your skinny neck, now, wouldn't it?"

A trickle of blood rolled down Jake's forehead. "Quantrill wouldn't like that," he said, gritting his teeth against the pain.

"You let me worry about what the sheriff wants." Kelly shook Jake and forced him to walk up the stairs. "I'm his deputy," he said as they approached the balcony. "I'm the one he talks to. This time you won't be stealing all the attention. You're no deputy now."

They reached the top of the stairs, and Bravo propelled Jake toward an open door. The room inside was small, with a narrow bed that looked as if it had seen a lot of use but little sleep. There was a nightstand beside it with a lamp and a small washbasin, and in the corner was a straight-backed chair. There were no pictures on the wall, no rugs on the floor, and not so much as a curtain to cover the shutters that blocked the window. People who came to this room were apparently concerned with something other than decorations.

Kelly shoved Jake through the door. "I'm going downstairs and get a key to this door," he said. "Till then you better sit down and wait. If I find out you did anything else, you might slip a few more times."

Jake nodded. His head was pounding from the blow he had received on the stairs, and he found it hard even to think. "I won't go anywhere."

Bravo Kelly laughed. "I hope when Quantrill gets here, he lets me take care of you." He held out a hand and waved one finger through the air. "I been practicing my scribbling again; did you know that? That old fat Pridy might have given up on my talent, but not Quantrill. He's been teaching me a lot. I hope I get a chance to show you some, Jake." Still laughing, he pushed Jake farther into the room and started to close the door.

Before it shut completely, the door across the hall opened. Jake had a glimpse of a rangy trail hand shoving his shirttail into his pants. Sitting on the edge of the slope-shouldered bed was a tired-looking girl with dark hair and darker eyes.

The door to his room clicked closed. It was several long seconds before Jake realized that the girl was Josephina.

☆ 21 ☆

Jake sat on the edge of the lumpy bed and traced his fingers over the tender mound that was ripening on top of his head. By the time the room stopped swaying, Bravo Kelly had already come back and turned the key in the door. Jake was locked in.

He got to his feet, wobbled a bit, then went over to the window. The shutters were held closed by a simple latch. Opening them revealed dirty window glass and a stiff drop to a dusty road unbroken by so much as an awning. He put his face up against the cool glass and looked down at the people passing in the street. It wasn't so great a fall. If he hung from the windowsill, it would surely be a lot shorter than the distance he had plunged when tumbling off the church roof in his tussle with Quantrill's mud demon.

At the thought of Quantrill, Jake craned his neck and looked up the street. The shadows of the buildings stretched out long and black, filling the main road. He could see a narrow two-story building a block away with a neat black and white sign saying "Sheriff" on the front. A good-sized knot of people stood and gabbed in front of the office, but as far as Jake could tell there was no one in the crowd that looked to be either Quantrill or Earp. Even so, he doubted that all those folks in the street would turn a blind eye if he jumped out the window.

Jake sat down in the rickety chair and closed his eyes. He had to do something. If he waited, Quantrill would come, and Jake had little doubt about what the pale man would do when he arrived. He might smile, and banter, and play it out for a bit.

But like a cat having fun with a mouse, in the end he would get around to the kill.

There was the rattle of a key in the door, and Jake's heart leapt into his throat. It was too late. They had come for him.

The door swung open to reveal Howard Cheatum. The barman's striped shirt was dusty, and his thin hair was disordered. "You do get yourself in some fixes, don't you?" he said.

Jake scowled at the barkeeper. "You come up here to gloat?"

The small man rolled his eyes. "Oh, I ain't him," he said. "I look like him, but I'm me." He nodded toward the hallway. "If we're going to get out of this place, we'd best be getting."

There was something about the way the man talked. His voice was Cheatum's, but his words and tone belonged to someone else. "Bred?" Jake asked.

"You can be a hardheaded cuss," the man replied. " 'Course it's me. Now, can we go?"

Jake shook his head in wonder. "I knew you could change into the bear," he said, "but I didn't know you could do people. Can you do anybody?"

"Much as I'd like to gab about this, can we do it someplace else?" Bred suggested. "Say maybe back at Miss Goldy's bar."

"Oh, sure," Jake said. "Right." He stood up from the wooden chair and tottered on his feet for a moment.

"You going to make it?"

Jake nodded. "Let's go."

He followed Bred out into the hallway. There was only one small filthy window at the far end of the hall, and it let in only a little greasy light. As they went along, Jake had the distinct impression that he was forgetting something, but with the waves of pain that were washing down from his dented skull, it was hard to think of anything for too long.

Instead of heading for the stairs down to the saloon, Bred showed him around a corner and along another narrow hallway. "There's a way down back here," he said, opening the door to a room at the end of the hall. "We'd best get down there before someone notices your Mr. Cheatum."

"What's wrong with Mr. Cheatum?" Jake asked.

"I can do the people, but the clothes I don't do."

Jake blinked. "You stole Cheatum's clothes? How'd you manage that?"

Bred looked back at Jake and grinned. Despite the face he was wearing, the grin was pure Bred Smith. "He wasn't in no position to argue about it," he said. "Not once I acquainted his head with a horseshoe that I took from down in the stables. After he hit the dirt, I grabbed his duds and tied him up." Bred opened the back door and stepped out.

The sun was setting, but twilight brought no cool breezes to Laramie. The air felt as hard and dry as ever. There was a small shed built close behind the Bedlam, and off to one side was a tidy little house. But as in most towns, the buildings in Laramie hugged the streets. Fifty feet from the back door of the Bedlam the ground was as untended as it was a hundred miles from town.

"Tied him up where?" Jake asked.

"Right down here." Bred started down the stairs. "I shoved him under the steps. If we don't hurry, somebody's like to come along and see him lying down there in his long johns."

Jake went through the back door and blinked in the fading sunlight. Dim as the red light was, it only added to the pain in his head. Bred was at the foot of the steps before Jake remembered the one thing they were forgetting. "I've got to go back," he called.

Bred looked at him over his shoulder. "Whatever it is, we can get a new one when we're out of this town."

"It's not an it," Jake said. "It's a person. The person I was looking for is in there."

Bred's eyes went wide. "In there? Back inside the Bedlam?"

"Yes," Jake said with a nod. The pain in his head was finally fading enough to let him keep his thoughts straight.

"We go back in that saloon," Bred said, "the only folk from Medicine Rock that we'll be seeing is that man you call

Quantrill." He pressed his lips together in consternation. Again Jake had the impression of Bred's face hiding behind Cheatum's narrow features. "You sure this is one we have to go for?"

"Please," Jake said. "She tried to save me once. This is what we're here for. At least it's what I'm here for."

Bred nodded. He turned and headed back up the steps. "I suspect we're not going to come out of this," he said, "but we may as well try."

Jake turned away from the sunlight and went back into the gloom of the narrow hall. He stopped at the corner and carefully peered around. The door to the saloon was closed, and the hallway was empty. From down below he could hear the sound of a piano being battered through a song he remembered from his childhood in Calio.

Bred came up behind him and looked over his shoulder. "Where is she?" he asked.

"This way," Jake whispered. As quickly as he could, he hurried down the hall and rapped on the door where he had seen Josephina. He heard someone move in the room and the creak of bedsprings, but there was no answer. He reached up and turned the doorknob. The door wasn't locked.

"Josephina?" Jake whispered as he eased the door open a crack. It was dark in the room, but he could still hear movement. "Josephina, are you here?"

"She's busy at the moment, friend," a man's voice said.

Jake pushed the door completely open, and the gray light from the hallway spilled in to show a thin figure standing beside the bed. He could see nothing else in the room but the dim forms of the furniture. "Where is she?" he asked.

"I paid my dollar," the man said. "If you're in such a hurry, why don't you go pick another girl?"

Jake felt heat in his face, but this time it was more anger than embarrassment. "Where is she?" he repeated.

"Who is that?" a soft voice asked from the darkness. There was a rustling from the bed, and Josephina rose up from the tangle of sheets and pillows.

"It's me," Jake said. He took a step into the shadows. "It's Jake Bird."

"Jake?" Her voice was soft, slow, like someone speaking from a dream.

"Well, I'll be damned," the man said. He moved around the bed and stood within an arm's length of Jake. He was wearing a clean white shirt with frilled cuffs. Tan leather suspenders hung loose from his belt and dangled down about his knees. He peered at Jake and shook his head. "I can't say as I ever expected to see you again, friend."

Jake squinted toward the man, trying to see his face through the darkness. "Who . . ." he started, but then his eyes adjusted enough and the man's sharp features became clear. It was Jessup Agran, the gambler who had come to Medicine Rock with Quantrill. "What are you doing here?"

Agran smiled. "I'd think it's pretty obvious what I was doing here. I'm more interested in how you came to our fair city."

Josephina moved down the bed and held the sheets pressed against herself with one hand. Even when she sat up, her brown skin blended with the shadows and her black hair was only a smudge of deeper darkness. "Is it really you, Jake?" she said. She sounded much more awake now, and her voice was brighter. "We all thought you were dead."

"I'm not dead," Jake said. "It just took me a while to get back."

The gambler seemed to think that was funny. He laughed for several seconds and sat down on the end of the bed, still chuckling. "That was some exit you made, son. You want to tell me how you managed it?"

Jake gritted his teeth. He wasn't sure just what Agran's role in the death of Sheriff Pridy had been, but he had his suspicions. Agran had left Medicine Rock a few days before Quantrill had appeared and had come back at the pale man's side. "You're a traitor," Jake said to him. "You led that murdering dog to our town. You're as much a part of what happened as Quantrill."

"You rode with the pale man," Josephina added in a whisper.

Agran raised his empty hands. "I'm guilty," he said. "But I'm only guilty of being on the winning side. I watched your sheriff, and I saw that there were some around that could take him. So I threw in with one and rolled the dice."

"You killed people," Jake said. "You killed a whole town." His eyes had adjusted enough that he could see the room well. Like the place he had been locked in, there was little more than a bed and a chair. But across the back of this chair there was a coat—and a gun belt. Even in the darkness he could see the glint of a bright steel pistol.

Agran shook his head. "Now, that's not fair, Jake. I never pulled the trigger on another man in my life. Your Sheriff Pridy wasn't perched up in Medicine Rock because some divine light had shined on him. He was running the show because he could make people do like he wanted. Then he ran into someone he couldn't shove around." The gambler shrugged. "Sheriffs all fall out of their seats eventually. That's just how it is."

Jake glanced again at the pistol, hoping Agran wouldn't follow his look. If he could work his way around between the man and the gun . . .

"You didn't make a fair challenge."

"Fair?" Agran laughed again. "Where do you come from that you think things are fair? The moon? You saw what happened to that Indian who challenged Pridy. Was that fair?"

"It was. Pridy gave him a chance."

"And you saw what it got him." Agran shook his head. "You'll have to pardon me, but if that's where a fair fight brings you, I don't want any part of it."

Jake edged a step toward the pistol. "So what do you do when someone comes along that can take Quantrill?"

"Why, I switch to their side, of course. I only play on the winning team." Agran smiled, showing a full set of white teeth.

Jake nodded and took another careful step. "How do you know your team will win?"

"My team always wins. It's my luck. It takes me through anything."

"Must be handy."

"It is." The gambler reached behind himself and patted Josephina's leg. The girl stiffened and said something under her breath. "My luck keeps me in money and women. What more could I want?"

Jake nodded toward Josephina. "If you've got such luck with women, how about you let this one come with me?"

Agran laughed. "You got a thing for Mexican whores, do you? No, I don't think we can let this one go. Quantrill had a talk with her, you see, a real special sort of talk. After he talks to them, they do most anything you say. She's been real popular in this town. A good whore brings in a lot of money."

There was a flash that lit the room and the flat snap of a pistol shot. The light and noise were gone in an instant, and Jake was left with an afterimage of Josephina with her arms outstretched, pointing Agran's pistol at its owner.

"You are the one who made me a whore!" the girl shouted. She fired again, and Jake heard the bullet smack into the wall across the room.

"Looks like you're going to need another talk with Quantrill," Agran said. He looked toward Jake and smiled apologetically. "Every now and then it doesn't take the first time."

"There will be no next time," Josephina said. "Now I kill you."

"You can try," Agran said, "but I don't think you'll match my luck." All the humor was gone from his voice. Jake watched as he slowly stood, turned toward Josephina, and stretched out his hand. "I'll have my pistol back now."

She bared her teeth. "Have all you want." She fired again. She couldn't have been five feet from the man, but her shots somehow went wide. Jake saw the first bullet chip wood from the foot of the bed. Another shot sounded, and the cloth of

Agran's shirtsleeve snapped back. He reached out quickly and snatched the gun from her hand.

"You got awfully close on that last one," he said. "I think maybe my luck has been tested enough for one day." Jake started to step forward, but Agran turned and leveled the pistol at his chest. "Careful there, son. There's two bullets left in here."

"I thought you never shot anyone," Jake said, looking down at the barrel of the revolver.

"Haven't," the gambler said, "but that doesn't mean won't."

Bred stuck his head around the corner of the door. "Who's shooting and who's shot?" he asked.

Agran glanced around at him and smiled. "Nobody's shot just yet, Howard. Why don't you go across the street and see if the sheriff or Mr. Earp is in the office. I think they'll want to know what this boy's been up to."

Bred nodded, but instead of going through the door, he walked toward the gambler. "I need to ask you something first," he said.

Agran kept the gun pointed at Jake, but he was looking toward Bred with an irritated expression. "What are you after?" he asked. "Go get the sheriff, and do it quick. If I have to shoot this boy, it'll just put more holes in your poor old walls."

From somewhere out in the hall there was the sound of someone pounding on a door and a series of shouts. "This won't take a second," Bred said. "How about you hand me that pistol?"

The gambler's eyes went wide. "What the hell are you talking about?" He didn't lower the gun but swung it around enough that it was no longer pointing at Jake.

Bred's fist darted out and smashed into the man's nose. At the moment Bred might have looked like Howard Cheatum, but that didn't seem to do anything to soften the blow. Agran staggered back, and before he could turn the pistol on Bred, another sweeping punch caught him on the corner of his jaw.

Agran's eyes rolled up, his knees shook for a moment, and he fell in a heap on the bare wooden floor.

Bred looked down at the fallen gambler. "Looks like he wasn't lucky enough to dodge that."

"I'm glad you came in," Jake said.

"We got to run. You could probably hear that shooting all the way to St. Joe. One more minute and we'll have half the town on top of us."

"Right." Jake turned to Josephina. "Come on. We're taking you out of here."

She looked at Jake. The anger that had been on her face as she had tried to shoot Agran had been replaced by confusion. "I am happy that you came, but where are you taking me?" she asked.

"Medicine Rock."

She looked even more confused. "There is no Medicine Rock," she said. "It is a dead place."

"It's not all dead," Bred told her. "But we will be if we don't hightail it out of here."

Josephina pointed her finger at Bred, and her anger came boiling back. "I will not go with you. You were the one that told me to go with the pale man. You are the one that put me in this room."

"I'm sorry, miss," Bred said, "but I'm not the man."

"He's not Cheatum," Jake added.

Josephina looked at Bred and bit her lip. "This is some kind of trick." As she spoke, a shout came from outside. The piano in the saloon had stopped, and Jake could hear the sound of a lot of feet moving their way fast.

"Yes, miss, it's a trick, but it's not a trick for you." Bred smiled in a way that Howard Cheatum could have never managed. "Will you come with us?"

The girl hesitated only a moment before nodding. "I'll come." She looked around the room. "I'll need my clothing."

The shouting from the hallway grew louder, and the pounding resumed. "You best hurry," Bred said.

Josephina reached beside the bed and picked up a crumpled

red dress trimmed in red satin. She looked from Bred to Jake. "Well, are you going to turn around?" she asked.

Both men mumbled apologies and hastily turned around. The pounding in the hall took on a different character, and there was a crack of splintering wood. Bred ran over to the door and looked outside. "Run," he shouted. "We got to run."

"But I'm not—" Josephina started.

"It don't matter!" Bred yelled. "Run!" As if to demonstrate, he sped out the door and vanished.

Josephina hurried past Jake with her dress still in her hand and a coarse cotton sheet wound around her. Jake followed her out into the hall. There was a chair propped under the knob of the door leading down to the saloon. It was from that door that the pounding came. With each blow a crack yawned in the center.

Josephina looked around wildly. "How do we get out?"

Jake put his hands on her bare shoulders and turned her toward the back hall. "This way."

They ran down the hall, through the room, and out onto the stairs. The sun had set, and there was only a smear of plum-colored light in the west to break the darkness.

"Bred," Jake whispered. "Where are you?"

"Down here. I'm just getting my clothes back."

Josephina had a hard time negotiating the stairs in the sheet. By the time they reached the ground, Bred was waiting for them. He had returned to his normal shape, size, and color and was busy buttoning his shirt across his broad chest. "How do, miss," Bred said as Josephina came up.

She took a half step back. "Who are you?"

There was a booming crash from inside the saloon, and the window glass rattled in the frames.

"He's a friend," Jake said quickly. "Keep going. I'll tell you the rest later."

There was a mumbled groan, and Jake saw Howard Cheatum in the darkness under the stairs. The small man was dressed only in his union suit, with the rest of his clothes scattered on the ground. His hands were bound behind his back, and a bar rag had been shoved deep in his mouth. His eyes pleaded with Jake, but Jake only pushed Josephina away before she could see.

They started out across the hard dry ground and turned to put the shed between themselves and the back of the Bedlam. They could hear voices behind them. The back door creaked open and then slammed shut, and someone shouted Cheatum's name. Jake expected to hear the sound of people coming after them, but as they walked, the noise got farther away. By then they had to have discovered Agran lying unconscious in the bedroom and probably Cheatum, too. But apparently no one was too eager to venture out into the darkness against an unknown number of people who had managed to deck the gambler.

"Where is the other man?" Josephina asked.

"Other man?"

She nodded. "The little one that looked like the saloon man."

"That's a bit hard to explain," Jake said. "We'll tell you all about it later."

"Maybe we should stop and let you get your dress on," Bred suggested to Josephina. They had gone far enough that the buildings of Laramie were only dark forms caught between sparks of light. If anyone was coming after them, he wasn't visible yet. The sheet was limiting the girl to small steps and slowing them all.

"I will be all right until we reach your horses," she said.

"Horses?" Jake said.

"Yes, I can get dressed before we ride," Josephina said. "Is it much farther?"

Bred stopped and scratched his head. "Miss, I don't know how to say this except straight out—we ain't got no horses."

Josephina staggered to a halt. "No horses."

"No, miss."

She spun around and looked at Jake. "How were you planning on getting away?" she asked.

Jake had to swallow before he could answer. "Well, we walked to get here."

"You walked," Josephina said flatly. "When you were walking, did you have men chasing you? Bad men with horses and guns?"

"No," Jake said.

"The pale man will be coming to kill us now," Josephina said. "He will find us in the wilderness and kill us like animals."

Though it was so dark that he could barely make out the Mexican girl's face, Jake found himself unable to look anywhere near her eyes. "I guess we didn't plan this too well."

Josephina sighed. "Where is the gun?"

"Gun?"

"The gun," she said. "The gambler's gun."

"I thought . . . I mean . . ." He looked at Bred. "Did you pick up the gun?"

Bred shook his head. "I was in a hurry."

"No gun." Josephina turned away from them and looked at the distant town. "No horses. No gun. Soon they will be coming for us."

Jake stared down at the ground. "I'm sorry," he said. "You tried to help me once, and I wanted to help you. You would have been better off if we had left you there."

Josephina was silent for a moment, and the faint sound of angry voices was carried to them on the hot breeze. "No," she said at last. "I would rather be here than there. No matter if it means I will die; that is better than how I have lived in Laramie." She turned to Jake and put her hand softly against his cheek. "I am glad you came for me."

Jake looked up. "It will be all right. Just wait and see what happens tomorrow." He searched inside himself for some trace of conviction, some sign that his talent was working. But despite what he had told Josephina, he wasn't sure that they would live to see the dawn.

Josephina nodded. "Things will look better in the light." The sheet slipped away to reveal the curve of her shoulder.

The sight sparked a memory in Jake. "Sela," he said. He slapped himself on the head and immediately regretted it for the sharp pain it brought. "I forgot to look for Sela."

Bred groaned. "You ain't about to say we have to go back again, are you?"

"It does not matter," Josephina said. "She is not in Laramie."

"What happened to her?" Jake asked. "Did she get away?"

Josephina shook her head. "I do not know for sure. A message came, and they put her on a stage." She hesitated for a moment. "Many things from the last few weeks are hard to remember. I am not sure, but I think someone sent for her."

Jake frowned. "Who would send for Sela?" he asked. "Goldy said her father was dead, and I never heard her talk about anyone else." He looked back at the distant town. "Even if someone did send for her, why would Quantrill let her go?"

"It was a man who sent for her," Josephina said. "A man whose name I have heard before."

Jake spun around and looked at Bred. This time even the big man was able to mouth the name before the girl said it.

"Custer."

☆ 22 ☆

Jake wouldn't have believed it if he hadn't sat through it himself, but as hot as it was around Laramie during the day, it managed to get plumb freezing at night. Much as the three fugitives would have liked to keep moving and stay hidden, somewhere after midnight they had no choice but to stop and build a fire. All night long the storm Bred had predicted hung off to the west, grumbling and fretting over the hills. Twice chilly rain swept over the three companions, but thankfully it didn't last.

Josephina in particular was not dressed for the cold. They had stopped to let her put on her red dress, and she had the sheet from the bed at the Bedlam still draped over her shoulders. Even so, her legs and arms were bare, and by the time they stopped, her teeth were chattering with the cold.

"I wish I had something else to wear," she said. "Anything but this dress." She tugged on the satin edge of the dress as if she wanted to tear it in half.

"It's better than nothing," Jake said. "At least it keeps some of you warm."

"It reminds me of things I don't want to remember. Promise me that we will find something else."

"Yes, miss," Bred offered. "Soon as we can."

The black man fed their fire a steady diet of small twigs and dried weeds. The ground outside Laramie wasn't nearly as barren as the rock tower desert where Jake had met Bred. On the slopes above them pines rode the high ridges, but trees were scarce and wood was at a premium in the valley. As the night wore on and the moon dipped out of sight, the mountains were swallowed up in the blackness. Their tiny fire scarcely made a dent in the wide stretch of emptiness.

Jake helped Bred gather material for the fire, then squatted for a while, then sat cross-legged on the dusty ground. Every passing hour seemed to add ten pounds to the weights dragging at his eyelids. Josephina lay on her side across from Jake. She stared into the flames but showed no sign of falling asleep. Bred stayed standing, looking off toward the south.

"You see anything?" Jake asked.

"Not a thing. Don't look like they intend to come out here at night." Bred finally gave up his watch and sat down beside the others. "Won't be no problem for them come sunup. There's not enough tracks on this ground to be confusing, and we haven't gone far enough to be an hour's hard ride."

"Maybe they won't come for us," Jake suggested. Neither Bred nor Josephina replied, and Jake fell asleep watching both of them through the dying flames.

It was Josephina's touch on his shoulder that woke him. "We need to walk," she said. "Your friend has a plan."

Jake got to his feet, groaning at each movement. He had spent several weeks sleeping on the ground, but for some reason this night had left him more stiff than any since the first. A gray overcast blocked the sun, and towers of sooty cloud rode up above the mountains. He looked around for Bred and found the man standing on a knee-high boulder some thirty feet away.

"What do you see?" Jake called.

"I think they're coming." Bred shaded his eyes and stood there for a moment longer, then climbed down and hurried over to Jake and Josephina. "But so far they're coming slow," he said. "Either they're having more trouble picking out our trail than I thought or they're afraid we're going to bushwhack them." He ran a hand across his dark forehead, wiping away the sweat that had gathered there. Though the sun wasn't yet in sight, the air was already warm.

"Josephina says you have an idea," Jake said.

Bred nodded. "The Laramie River is off to the west of us. I walked farther up the line last night. If we can make it another four miles or so, we'll come to a wash."

"And?"

"There must have been rain along the mountains, because there's plenty of flowing water," Bred said. "And the sides of the wash are pretty ragged. If we get down there, we can go a ways in the water, then hole up. Unless they've got a good tracker, we might just be able to hide from them."

"Sounds like the best idea I've heard in a long time," Jake said. "Let's go."

They took a bit of time to scatter the ashes of their fire and cover it as best they could, then started off at a fast walk. Bred led the way, frequently jumping up onto mounds of rock or dirt to get a better view. He gave them constant encouragement to keep moving and to move faster.

Josephina stayed in the center of the group, leaving Jake to take the rear. The girl was able to do a better pace during the day, though her hard, narrow shoes did nothing to speed her walk. She had lost weight during her time in Laramie. Her brown face was thinner, and the skin at the sides of her mouth was pinched. The one feature Jake most remembered about Josephina—her bright smile—was conspicuously absent. Jake realized that he didn't know how old she was. Before, he would have said she was no more than fifteen or sixteen, perhaps younger. But her month in Laramie had aged her ten years.

After an hour's walk they came in sight of a dark smudge across the tan plains. "That's the wash up there," Bred said. He turned back to the others. "We—" He shut his mouth suddenly.

"What is it?" Josephina said. "What do you see?"

"It's too late," Bred said softly.

A moment later Jake saw the line of dust on the horizon. It was coming straight as an arrow toward the trio. "They've seen us?" he asked.

"They've either seen us or don't have to," Bred said.

All of them edged closer together as they watched the line

of dust draw near. "Is the pale man with them?" Josephina asked.

Bred shaded his eyes. "Can't tell. Only two horses, though. Not so many as I feared."

"I think it is the pale man," Josephina said. "If it is him, then even one rider will be too many."

"Couldn't we still run for it?" Jake asked. "If we get down in the water and—"

Bred pointed at the approaching horses. "Look at how they're riding. These folks aren't looking for us anymore. They already found us."

They were silent for a few minutes while the horsemen drew closer. As Bred had predicted, there were two of them. And as they drew closer, Jake saw that Josephina's dire prediction was true as well: The lead rider was Quantrill. He rode on a mare that was as black as he was white. Beside him, mounted on a bay far too short for his long frame, was Bravo Kelly. From what Jake could see Quantrill carried no weapons. In contrast, Kelly was loaded for bear with both a rifle and a shotgun in addition to his pistol.

"I'll be damned," Quantrill said as he reined his horse to a halt. "Even with Agran and Cheatum telling me, I didn't really think to find you here, Bird."

"I told you, too," Bravo Kelly said quickly. "Told you it was him."

Under his wide-brimmed hat they saw Quantrill roll his eyes. "Why, yes, you did, Bravo. What is this, the fourth or fifth time you said you seen Mr. Bird?"

Kelly scowled. "I was right about him this time."

Jake swallowed and stepped forward. "I'll go with you," he said. He was surprised to hear the words coming out of his mouth, because he had had no thought of saying them till that very moment. "You let these two go on and I won't make any trouble."

Quantrill laughed. He dropped the reins, swung himself down from the mare, and patted the horse on the shoulder. "That's a fine offer," he said, "but I think I can do better." He looked past Jake. "This girl is too valuable to lose," he said. "Who's this big fellow here?"

"Bred Smith," Bred said.

"Smith," Quantrill repeated. "Seems like I might have heard of you. You wouldn't happen to be a changer, now, would you?" The black man was silent. Quantrill walked over to him and looked him over from head to toe. "Yes, sure enough seems to me that I knew a Bred Smith. Buffalo soldier. Yankee. That you, boy? Did you wear the blue?"

Bred said nothing. Sweat rolled down his dark face and dripped from his chin with the steadiness of a faucet that had lost its washer. He looked off to the side, avoiding the pale man's gaze.

"I think you've got the wrong Smith," Jake said. "He's not from around here."

"You think I'm as big an idiot as Kelly?" Quantrill asked without taking his eyes off Bred. "I remember this cuss. His crew took shots at me and mine back Kansas way."

Behind him Bravo Kelly's long face drew up in a snarl. "I ain't no idiot."

" 'Course you are," the pale man said, still without turning. "This one here must be a fool, too. He can't even talk." He reached out a gloved finger and jabbed Bred Smith in the chest. "Must be terrible to be stupid as Kelly and a nigger besides."

"I'm not stupid," Kelly said. "You stop saying I'm stupid."

"Shut up, Kelly," Quantrill said. The pale man finished his examination of Bred and turned to Josephina. "Aren't you a ways from home, girl? I suppose we need to have us another discussion about your place in my town."

The girl was trembling, and her skin was almost as red as her dress. Jake half expected her to jump for Quantrill. Instead she only mumbled something in Spanish that Jake couldn't quite catch.

Quantrill stepped over to her and put his white face very close to hers. "I won't deal with Bird, but I'll make a deal with you," he said. "If you come back with me right now, I won't hurt you."

"You will put me back in that room," Josephina said in a strangled whisper. "You will make me to whore again."

"What else you going to do?" Quantrill asked. "You come back with me before something worse happens."

Josephina stood for a moment, her black eyes searching the pale man's face. "What about them?" she asked. "Will you let them go?"

Quantrill leaned back from her. "Can't do that," he said. "But if you come along easy, it'll save you some bruises." He laughed. "Hell, I'll kill these two easy and quick. That's a lot more than I'll promise otherwise."

She looked at him for a moment longer, leaned back, then spit full in his face. "I will die with the rest of them," she said as Quantrill wiped his face. "That will be better than going with you."

"I was wrong," Quantrill said. "You're every bit the fool that Kelly is." His hand reached out lightning fast and clamped around her throat. Before Jake or Bred could take a step, he snatched Josephina from her feet and pulled her up against him. "You're an even bigger fool if you think I'm going to let you go. There's good money left in you, girl, and I intend to have it."

Now Bred did move. His huge hands were balled into fists, and he walked toward Quantrill as if he intended to pound him all the way out of the territory. Jake, too, started for the pale man. He didn't know what he meant to do, but he meant to do something. Before either of them could reach him, Quantrill straightened his arm. He held Josephina out like a rag doll, her feet kicking a foot above the rocky ground, and shook her.

"Take another step, boys, and I'll crush her throat," he said. There was a yellow smile on his thin face. Josephina's lips had gone from deep red to purple and were on their way to blue.

"You won't kill her," Jake said. "You said yourself you wanted her back in Laramie."

"You're right," Quantrill said. "Except now I see how much

it would hurt you if I did kill her. Maybe it would be worth it just for that."

Jake didn't know what to do. If he moved toward Quantrill, they would probably all be killed. If he didn't move, they would all be just as dead. He looked over at Bred, hoping for some inspiration, but the black man was frozen in midstep, a look of consternation on his broad features. Jake almost moaned from the pain of pure indecision.

Then Bravo Kelly decided it for them all.

"I told you not to say those things about me," the tall deputy said. His hand went to the grip of his nickel-plated revolver.

Instantly Quantrill spun around and flung Josephina aside. She rolled and came up on her knees, gasping and rubbing a hand against her throat.

"What do you think you're doing?" Quantrill asked. "Are you trying to prove you're addlebrained?"

"I'm real tired of you calling me dumb."

"Are you? I don't think I called you dumb. I believe I said you were stupid, and an idiot, and a fool." The pale man waved at the pistol. "You draw that and you'll do nothing but prove it."

Kelly's right hand stayed on the gun. "I got talent, you know. I might draw up something instead of shooting you."

Quantrill slid off one of his gloves and held up his white hand in a tight fist. "You mean to test me, boy? I've never seen you scribble up anything that would scare me."

For a long moment nobody moved. Then Bravo Kelly leaned back in his saddle and lowered his eyes. "No," he said. "I ain't going to challenge you."

Quantrill gave a sharp nod and turned back to Jake. He smiled his yellow smile. "Since I've got my glove off, I might as well kill you first."

The three shots came so close together, they were almost one noise. Quantrill's hat snapped off, revealing his snowy hair. He started to turn, then fell to one knee. Jake, Bred, and Josephina stood frozen as the pale man raised a hand to his chest and tried to stanch the crimson flood that was pouring from an ugly hole right in the center of his faded serape. He managed to turn his head toward Bravo Kelly and opened his mouth as if he were going to say something. Then his eyes rolled back in his head, and he fell over on his side.

Bravo Kelly hopped down off his horse and ran past Jake and the others with so much enthusiasm, he was close to dancing. "Stupid, am I? Who's stupid now?" he shouted into Quantrill's slack face. "You're dead, and I'm sheriff, and I ain't stupid!"

Jake swallowed. Kelly's words snapped the indecision that had held him since Quantrill had grabbed Josephina. "What are you planning now, Sheriff?" he asked.

Kelly looked around with a smile. Just hearing Jake address him as the sheriff seemed to have cheered him immensely. "I plan on things being different," he said. "I plan on nobody calling me stupid ever again."

"What about us?" Jake said.

"What about you?"

"You don't need us, and we won't bother you in Laramie." Jake looked around at the other two. "Right?"

"That's for sure," Bred said. "We got no reason to go to Laramie."

"I will never go back there," Josephina added quickly.

Jake forced himself to smile at the big cowboy. "You can even tell everyone you killed us. Tell them whatever you want. No one will ever know different."

The new sheriff of Laramie frowned for a moment, then a wide smile developed slowly. "You still think I'm stupid, don't you?"

"No, I . . ."

Kelly thumbed back the hammer on his revolver. "I let you go, you'll just bushwhack me sometime and make yourself sheriff."

Jake's heart sank. He had observed before that once Kelly got an idea in his head, no amount of reasonable talk seemed to be able to pry it loose. But he kept talking anyway. "I don't want to be sheriff," Jake said. "You said it yourself; I've got no talent, so I can't be sheriff."

For a second he thought his talk had actually gotten through to Kelly. The tall man looked vexed, as if he couldn't quite remember what he was up to. Then he shook his head hard. "All the same, I think I'll just shoot you," he said. "If I shoot you, then I don't have to wonder if you was right."

"You never been right in your life," said a voice from the ground. Everyone spun together as neatly as dancers on a stage. Behind Bravo Kelly, Quantrill was sitting up.

The tall man's long jaw dropped, and his mouth hung open wide enough to swallow his fist. "You was dead," he said.

Quantrill laughed. With each burst of laughter more dark blood welled from the wounds in his chest. "I don't kill that easy," he said. Wherever the fluids from his body hit the ground, the bloody mud began to boil in a way that made Jake's stomach lurch.

"Get back," he whispered. He began to back away. From the corner of his eye he saw Josephina do the same.

A fist-sized head rose up from the mud by the pale man's shoulders. Then another grew by his feet—and another. Slowly three mud demons gained size and grew their spidery limbs. They bobbed beside Quantrill, bouncing restlessly on bowed legs.

Through all of this Bravo Kelly stood as if he had been nailed to the ground. Suddenly he dropped his pistol in the dust, turned, and ran for his horse.

Quantrill's voice was little louder than a whisper, but it carried as clear as a bell. "Bravo Kelly," he said to his trio of monsters.

"Bravo Kelly!" the mud demons screeched in a crackly unison. As one, they sprang after the tall man.

Kelly had one hand on the pommel of his saddle when the first one latched on to his leg. He screamed, let go of his horse, and beat at the eyeless head of the monster. The second beast that reached him leapt onto his back. He screamed again and fell backward. The thing on his back was smashed, but the other two were on him before he could rise.

"Bravo Kelly!" one of the creatures cried again. Jake saw it open its wide lipless mouth, lean in, and bite a chunk of flesh that included most of Kelly's neck.

Kelly gave a final gurgling cry. His breath whistled in and out; as much of it went through the opening in his neck as passed through his mouth. The mud demons were splashed with blood. The dry ground was black with it.

The tall man jerked once and died. Right away the two mud creatures fell back and crumbled into bits of dark earth. Bravo Kelly's body was half-buried under the mass of dirt. Everything that could be seen of him was covered in a bright red slick of fresh blood.

"Lord," Bred was saying over and over again. "Lord, lord, lord."

That was more than Jake could do. Something was caught in his throat, and he thought if he so much as breathed, that something was going to be splashed all over the desert ground.

"Guess we saw who was stupid," Quantrill said. The pale man got onto his hands and knees, started to laugh, then coughed until he was left wheezing.

Something moved at the edge of Jake's vision. He whipped around, half expecting to see one of the mud demons coming for him. But it was only Josephina.

She walked past Jake and Bred and went over to where Bravo Kelly's small horse stood. The horse was nervous. Its eyes were huge, and it took a couple of quick steps back from her. But the girl reached up and stroked it on the neck and said something soft. Then she reached around to the side of the saddle and took down Kelly's shotgun.

It was an eight-gauge shotgun, exactly the kind of weapon a fool like Kelly would have carried. With two barrels, it probably weighed thirty pounds, and it was almost as long as Josephina was tall. Slowly she carried the massive weapon over to Quantrill. Carefully she raised the long dark barrels.

The pale man looked up at her. "What are you doing, girl?"

"I do not think you can live through everything," she said. Then she pulled the trigger—both triggers.

The kick of the huge gun was enough to knock Josephina off her feet. She sat down hard on the rocky ground and let the long shotgun fall across her legs.

The blast of shot was enough to remove Quantrill's head. The decapitated body twitched and jerked. Blood, along with some unnamed black liquid, spurted and flowed. Slowly the trunk bent over till the stump of the neck, with the lower jaw still attached, was pressed against the ground. And that was how the body stayed: rump in the air, resting on a tripod of knees and ragged neck. A few yellow teeth were scattered on the ground. If there was anything else left of Quantrill's head, it was too small to identify.

The something that had been stuck in Jake's throat came loose in a burning rush, and he emptied himself into a clump of sage. When he recovered enough to look up, Josephina was standing in front of him.

"Are you all right?" she asked.

He nodded weakly. "I think so."

"I'm not," Bred said. The black man was still staring at Quantrill's slumped body. "I don't think I'm going to feel like eating for a month."

"You will eat," Josephina said. She walked over to Bravo Kelly's skittish horse and took the reins. Quantrill's horse had bolted at the shotgun blast but had stopped a hundred yards off. "Now we can ride," Josephina said.

She smiled.

☆ 23 ☆

Jake was not that old, but he had seen some horrible things in his time. His father dying in the dust outside their house in Calio, Sheriff Pridy dropped by a bullet in his gut back in Medicine Rock, the stick creature coming for him through the cottonwoods—all those things had been pretty awful. But nothing struck Jake as quite so bad as seeing Quantrill's headless body leaning over on ground that had turned dark from the man's own blood.

Quantrill had not been a good man. In fact, there might not have been one good thing that anyone could say about him. That didn't make the way he had died any less unsettling. And coming as it had right on top of watching the mud demons bite the life out of Bravo Kelly—which might have been the second worst thing Jake had ever seen—it left him feeling that he wanted nothing to do with fighting anybody anymore. They had come into a strange town, found one of the people they were looking for, and taken that person out right under the nose of armed and talented men. Now two of those men lay dead on the hard ground. By any measure Jake, Bred, and Josephina had won this fight. But all Jake had to show for it was a stomachache.

Within an hour of their leaving Quantrill's headless body behind, the storm that had been gathering higher and higher along the wall of the mountains finally spilled down over them. They rode hard for the best part of an hour, splashing up the trail toward Medicine Rock through sheets of chilly rain. Then Bred steered Quantrill's black mare off the path. Jake, riding with Josephina on Bravo Kelly's narrow-backed bay, followed.

Bred led them to an old adobe house that was half-down from rain and time. There were coffee fixings in Bravo Kelly's saddlebags—real coffee. They had a hard time finding enough dry wood to get even a little fire going, but finally they built up enough coals to warm their hands and heat the battered tin pot. There was only one cup, and they had to pass it from hand to hand. Though it had become a rare and celebrated thing since the war, Jake wasn't generally too much for coffee. He preferred warm cider if he could get it or just plain water if it was hot out. But it was not hot out. In fact, it was downright brisk, and Jake drank as much of the hot black coffee as either of the other two.

They spent the night there, huddled under the one piece of roof that was still in place, staying close to the small fire. No one seemed to feel like talking, and Jake was half-asleep when Josephina spoke up.

"Are we really going to Medicine Rock?" she asked.

Jake nodded. "We sure are." He was sleepier than he thought. Just forming the words took a monumental effort.

"Who is there?" Josephina asked.

"There's Miss Goldy," Bred said. "She's keeping up the bar and kind of bossing the place. There's another lady, too. But I think she's half-crazy."

"It's Mrs. Curlew," Jake added.

Josephina looked into the twisting orange flames. "I used to work for her," she said. "I was the cook for her."

Bred nodded. "She said something about that, miss. Believe she said you was the best cook around."

"Your biscuits were good," Jake said. He felt like he ought to say more, but he was too tired to figure out what that might be.

"She was not kind to me," Josephina said softly. "Now there are only two people in town, and she will not need me to cook." She took a sip from the coffee cup and passed it back to Bred. "What will I do?"

Neither Bred nor Jake was quick to answer. "I expect we ought to see what we find when we get back, miss," Bred said after a minute. "Could be things have changed."

Josephina only nodded. The Mexican girl, Jake thought, looked terribly tired. It was hard for him to understand why she should look so tired yet not go to sleep. She was still sitting there, brown legs folded under the hem of her red dress, when the weights that had been pressing on Jake's eyelids got the better of him and he fell sound asleep. He dreamed of Sela Absalom and of big houses fixed in behind the fancy iron fences that had been pounded out by poor dead Cecil Gillen.

As a rule Bred was an early riser. Certainly, when Jake and Bred had made their long walk away from Hatty's cabin and out across the mountains, they had gotten started each morning before the stars had left the sky. Bred was not one for burning daylight. But on the morning after they had ridden away from Quantrill's body there was no daylight to be burned. The storm had settled in, and dark clouds kept the sky nearly black even at ten o'clock. None of them was anxious to go out in the cold, driving rain.

Finally Bred could tolerate no more sitting. They loaded the horses and made their way back to the trail that curled along the east bank of the river. Rain stayed with them all day. Jake remembered that only days before he had thought about little except how hot it was, but the heat had gone when the rain had come. The air was cool and sharp. On it Jake smelled the first hints of the coming autumn.

All that day Josephina kept the old sheet wound tightly around her as they rode and pressed herself against Jake's back to stay warm. Though it pushed Jake into an uncomfortable position, he was glad enough for the warmth—and for the feeling of the girl against him—that he did not complain.

Jake had thought little about Josephina when he had been in Medicine Rock. When she had been cooking for Mrs. Curlew, they had talked, but it had been no more than politeness. He would have been surprised to learn that it had been more than a sentence a day. But with the girl snug against his back and her arms around his waist whenever the horses picked across a rough place in the road, it was hard not to think about her. Of course, she had helped Cecil and Reverend Peerson get Jake away from Quantrill. That had been a surprise. He had done more or less the same for her, only he had not been so quick about it.

There had been Mexicans in Calio. In his own father's house a Mexican woman had come to clean every day and to wash the clothes. Jake's stepmother had not been kind to her. In Medicine Rock some of the cowboys around Mrs. Curlew's table had joked about Mexican girls. If you listened to them, all Mexican girls were sporting girls. More than once there had been talk about Josephina.

Josephina was pretty—there was no denying that. And she had shown considerable gumption, risking herself to help protect Jake. He had always been too caught up with thinking about Sela or things in Calio to pay her much attention, but there was a lot more to the girl than a good smile. He suddenly remembered that Bravo Kelly had been one of the ones who had spread loose talk about Josephina. Jake wondered if Bravo Kelly had been with her while he had had the chance. He had the sense not to ask Josephina.

There was no old house handy when they stopped that night. The rain was handy, though. It hadn't let up for one minute all day. There was nothing to do but find as much dry wood as possible, build a fire, and stay close. It was altogether the most miserable night Jake had ever spent out of doors. By morning he felt cooked on one side, frozen on the other, and wet on both.

With one horse carrying both Jake and Josephina and the other loaded under Bred's not inconsiderable weight, they often had to stop and walk their mounts. They were three days trailing the Laramie River down toward its junction with the North Platte. By the time they turned and followed the larger stream back to Medicine Rock, the best part of a week had passed. All but the last day of it had been spent in the rain.

"I will be glad to get in and have a bath," Josephina said when Medicine Rock first appeared on the horizon.

"Haven't you been wet long enough?" Jake asked. "I don't think I'll be needing a bath for another month."

"I am not talking about just getting wet," she said. "I am talking about soap and warm water. And then clean clothes. I will be happy to put on some of my own clothes."

"Aren't your clothes down in Laramie?" Jake asked.

He could not see the girl's expression, but her arms, which had lately been wrapped around his waist most of the time, drew back. "They did not bring my clothes when they took me," Josephina said. "They said I would not be needing my clothes."

Jake thought it a good idea that he drop the subject before he said anything else wrong. "Maybe I will have a bath myself," he said, hoping to appease the girl.

She was slow to reply. "Yes," she said after a moment. "You smell like a wet horse."

For a town that was dead Medicine Rock gave them a lively greeting. They were not yet in the town proper when they ran into the first people, working the fields to the south. Sometime while they were away the population of the town had swelled. Sienna had come up from Hatty's, as Jake had thought she would, along with her brother and the cantankerous William Truth. The old prospector, Panny Wadkins, had come back to town, and this time he had stuck around long enough to help get in the meager crops from the fields along the road. A pair of fur trappers on the move between one area and another in search of the scarce hide of beavers had joined in.

Jake could see the difference in the houses and buildings. Windows that had been open to the rain were now boarded over. The rubbish that had lain about—remnants of the hasty departure made by most of the residents—had been picked up and put away. There were fewer than a dozen people in Medicine Rock, but it could no longer be said to be properly dead. But with no sheriff it could hardly be said to be completely alive.

Despite the growth in the town, Goldy Cheroot still had the place firmly in hand. From her post behind the bar in the Kettle Black she steered people to the jobs that needed to be done and handled whatever crises occurred. She took one look at Josephina in her red dress and abandoned her post to help the girl. Goldy might have spent many years being an upstairs girl, but she seemed to understand that Josephina wanted no part of it.

That night there was as big a celebration as the town could muster. Though Jake felt tired enough to sleep out the week, he joined in and did his share of diminishing Goldy's hidden stock of whiskey. Pretty well everyone came in and raised a glass, except Josephina, who, Goldy said, needed her rest.

Bred stared at the few remaining bottles and frowned. "We might get on a spell without a sheriff," he said, "but I've never seen any town as could make it without whiskey."

"If we get too low," Goldy said, "we'll just send you down to Laramie or Tempest and let you buy more. You're big enough. I think you could bring us two kegs on your back."

The travelers weren't the only ones who were tired. Most of the people in Medicine Rock were fairly tough folks, but none of them had ever been farmers. After a day of digging potatoes and shucking corn they were all moderately tuckered. Though the party started out with enthusiasm, by midnight everyone was ready to find a bed.

Jake took an indirect route to Cheatum's, wandering along the main street and out to the edge of town. Days of rain had made the clay slopes of the little hill slippery and Jake's knees had been softened by too much whiskey, but he made his way up to the top without falling. There was no sign to mark this place, nor was there any soft grass or shading trees. The moon shone down through the tattered remains of the clouds, casting silver light and drifting shadows over hard ground and grave markers. A handful of the markers had been cut from hard stone. Most of them were split and weathered.

At the edge of the cemetery the sandy earth had been heaped over three graves that did not have any markers. Jake stepped carefully around the dark graveyard and stood next to the mounds of loose dirt. The graves were shallow. Already one of them was starting to sink at the center. Jake didn't suppose he could blame Goldy for that. The ground was hard, and Dora would have been no help. But Jake would have to do some work on the graves soon or the coyotes would be into them.

"I'm sorry," he said softly. "I'm sorry I wasn't here when you needed help." He stood for a moment longer, looking at the ground and listening to the wind. "I brought Josephina back," he said finally. "She's going to be all right."

There was not a sound in reply, but Jake felt his spirits lift a notch. He tipped his hat to the graves of his friends, staggered back down the hill, and went to bed.

First thing in the morning Goldy was ready with jobs for everyone. Jake would have liked to talk to Josephina. Having spent the first night in a week without her shape across the fire, he found himself thinking more and more about the Mexican girl. He wanted another chance to talk to her, a chance without Bred looking on. But Josephina was scarce.

Since both Bred and Jake knew how to write, they had drawn the task of going from house to house, making a list of what they found. Goldy made it clear that she wanted to know the location of every busted chair and empty flour tin in town.

Jake wrote on the paper Goldy had provided for his job and winced. The party had left him with a headache, and even the sound of the pencil lead scraping across the rough paper was enough to make him shiver.

"Well, there's a couple of jars down here," Bred called through the open door of a root cellar. He walked back up the creaking stairs and brushed his hands on his pants legs. "Can't say what's in them, but I can promise I won't be the one to be eating it."

"Two jars, something," Jake said, and wrote the same on the paper. "Anywhere left to look in here?"

"Not so far as I know," Bred said. " 'Course, most folks keep a hidey-hole or two, and we probably haven't found them. But if they had anything worth hiding, you can bet they took it with them."

Jake nodded. Then he regretted nodding and put a hand against his throbbing temple. "I guess we go on to the next place."

Bred leaned against a table that someone must have considered too heavy and beat-up to tote away. "I suppose we'll do it," he said, "but I can't see why."

"We need to keep an inventory of what we've got," Jake said. "Then we'll know how to plan for the winter."

"Well, that's the thing," Bred said. "Planning, I mean. Why plan when you ain't got a sheriff? Without a sheriff the town will only last till the next bad one comes through."

"We can hide," Jake suggested. "There's room enough for all of us to hide in this town."

Bred frowned. "What kind of town is that," he said, "where people go around hiding? Besides, you can't hide. Not really. Even if you climbed down in this cellar when someone got close, a blind man would know that there was folks living in this town." He frowned again and shook his head. "Hiding is not going to work. If someone comes here and they mean to hurt people, they will do it. Without a sheriff there won't be a town."

Jake wanted to argue, but he had to admit to himself that there was something in what Bred had said. Towns were built around sheriffs. When the sheriff was talented, the town thrived. When the sheriff was weak, the town suffered. When the sheriff was gone, the town died. That was the way it had been since the bodies had piled up at Shiloh.

"They don't have sheriffs back east," Jake said. "At least that's what I've heard."

"I've been east," Bred said. "There's a lot more people there. One person ain't enough to run off a town like St. Louis or Chicago. Besides, they got policemen there, which is nearly the same thing as sheriffs."

Jake stayed quiet after that but didn't stop thinking about the problem. The fields around Medicine Rock hadn't provided enough to feed the town when it was full. The rest had to come in trade. The people who had run off had stripped some of the land, but what was left was bound to be more than was needed to get the handful still there through the winter. Without trade from other towns their diet might get pretty boring, but they would not starve. But there were many bad men out there, and many talented men, and a fair number of bad men who were talented.

He was talented himself. Jake had talents in both seeing and chattering. The seeing had come in handy a time or two, but it was unreliable. Besides, it was not the kind of talent a sheriff could use to hold a town. Chattering was another matter. It, too, was changeful at the moment, but if he could only learn to call it up when he needed it, chattering was one of the strongest talents around. If he could discipline the chattering, Jake could be sheriff. It was a thought that both encouraged and terrified him.

They finished the chore Goldy had set them to and took the results back to the Kettle Black. Goldy took the list with few words. Jake thought about bringing up the problem of there being no sheriff, but Goldy didn't seem to be in a mood to talk. She gave them both more jobs to do, then went back to whatever she was figuring.

When the sun had set and the sky was deep purple, Jake caught a glimpse of Josephina on the balcony behind the Kettle Black. She was little more than a silhouette against the sky, but Jake could tell it was she. He waved, but Josephina either didn't see or didn't want to see. She went back inside without a response.

If the work in the town was hard, at least Jake continued to enjoy the comfort of Howard Cheatum's old feather bed. The only problem was a lack of blankets. With the passing of the storm, colder weather seemed to be setting in and blankets were one thing everyone seemed to have taken with him. There were probably not three good blankets left in the town, and Jake had to settle for covering himself with a set of drapes from the downstairs windows.

Late in the night he was twisting under the drapes, trying to wind himself up tightly enough to stay warm, when he suddenly came awake. There was someone else in the room. Moonlight streamed in through the bare window, filling the bedroom with ashen light. On a chair across the room sat a gray form that somehow seemed darker than the rest of the room.

"Bred?" Jake whispered. The shape was large enough for the black man, though the form was somehow wrong.

"Oh, bobcats, no," a gravelly voice said. The gray form leaned forward so that the moonlight fell across its face. "It's me," Cecil Gillen said.

Jake jumped as if someone had put his feet in a fire. Before he even knew it, he was standing on the bed with his back pressed up against the wall and the drapes still tangled around his knees. His heart pounded against his ribs as hard as the smith's hammer had ever thumped his anvil. "You're dead," he said as soon as he could get the breath to do it. "I've been up the hill to see your grave."

"Sure," Cecil said, "I'm dead." In the moonlight his face and beard looked like iron. "And whose fault is that?"

Jake licked at his dry lips. "Cecil, I . . ."

"You ran out on me," the dead man said. "Me and all the rest. We were counting on you, Jake. We risked everything for you, and you ran."

It was close to what Mrs. Curlew had said, but coming from Cecil, the accusation had much more force. "I didn't mean to run," Jake said weakly.

"But you did," Cecil said. "And now you're doing it again."

Jake started. "I'm not running. I'm here. I even went to Laramie for Josephina."

Cecil got up from the chair and walked closer. He looked whole, but his walk was clumsy and halting. "You got one girl," he said, "but you forgot the other."

"Sela," Jake said.

"Hell, yes," Cecil said. "Sela's gone, and you haven't done a thing to fetch her."

"Custer has her. I'm not ready for him."

"When will you be ready?" the dead man asked. "When are you going to stop being a damn coward?" The gray face looked at Jake with contempt.

That face might look like Cecil, but the expression, the voice, and the words were wrong. "You're not him," Jake said. "I don't know what you are, but you're not Cecil. He wouldn't talk like that."

The light in the room rippled. The dead man's face thinned, the stiff beard fell out, and the eyes sank deep under the brows. It was no longer the face of Cecil as Jake remembered him. It was the face of a man who had been more than a month in a shallow grave. "There's no point in worrying about being damned when you're already in hell, Jake," the corpse said. With its words came a stifling wind drenched in the choking smell of rot.

"You're not Cecil," Jake said again. "Cecil was my friend."

The dead man pointed a bony finger at Jake. "I'm still your friend. Go and get the girl, Jake, or you'll end up no better than me."

Then the thing was gone. It didn't leave; it was just gone.

But the smell of rot lingered.

☆ 24 ☆

Goldy Cheroot fixed Jake with her pale brown eyes. "So you're going to trot off to Calio."

"That's right."

"But you'll be back real soon."

Jake nodded. "As soon as I find Sela, I'll come back."

"Bullshit!" Goldy shouted. Jake jumped back as she slammed her hand down on the bar. "How long have you been away from Calio?"

"About eight, nine months," Jake said.

"Less than a year." Goldy nodded. "So you think everyone in that town forgot what you looked like? You think you can weasel in there, take the Absalom girl, and slip back out?"

Jake blushed. "We made it out of Laramie."

Goldy's face was red, too, but there was no embarrassment in her expression. "You made it out of Laramie because you had help, boy, and because you were lucky. Just you remember this—luck always runs out. Always." She reached across the bar and thumped Jake in the chest with a bony finger. "I'm not just talking to tan my gums. I've been casting all my life, and I've never seen darker clouds than the ones that have come to me lately."

"It was Quantrill," Jake said. "You saw all the death he was bringing. All that's over now."

"No, sir," Goldy said. "The clouds are still there. The death I've seen is still there."

Jake bit his lip. He remembered many conversations he'd had with his father about casters. To his father's eye it had appeared that most casters either were fakes or gave answers too addled to be of use. Still, Pridy must have had some faith in Goldy's ability or he wouldn't have had her looking for Jake's talent.

The doors at the front of the saloon swung open, and Bred Smith stepped through. "Have you talked him out of it yet?" he asked.

Goldy grunted. "I'm talking; he's just not listening."

Bred nodded. "He will do that sometimes." The black man pulled back a bar stool, eased his weight onto it, and wiped the sweat from his forehead. After a few days of flirting with fall the weather had taken a temporary turn back to summer. Any trace of the rain that had fallen earlier was long gone, and the main street of Medicine Rock was as dusty as ever.

The door to the saloon swung open again, and Sienna appeared. She evidently had been running fast; dust streaked her skirt and lightened her black hair. She had Malcolm by one hand. If the blind boy was upset by his sister's pace, he didn't show it.

Sienna's eyes went wide as she searched the shadows inside the Kettle Black. When she saw Jake, the girl let out a long breath. "You are still here," she said. "I was afraid you had gone."

"I was just getting ready. How did you know I was leaving?"

The girl walked toward him, leaving Malcolm to stand near the door. "I saw it," she said. "While I was in the field, I saw that you would go to fight the killer of Tatanka-Iyotaka." More than she had any time back at Hatty's cabin, Sienna looked scared by what she had seen.

Jake put on what he hoped was a reassuring smile. "I have to go. One of my friends is there, and I have to see if she needs my help."

Sienna's dark eyes looked very large in her thin face. "You are not ready to leave."

"What do you mean?" Jake asked.

"In my vision . . . I mean, in what Malcolm has told to me. He has seen it." The Indian girl stumbled for a moment, then reached out to touch Jake on the back of his hand. "If you go to Custer now, you will die."

Goldy slapped the bar, and Jake jumped again. "There you go," she said. "I cast it, the girl cast it; what more do you want to hear?"

Jake frowned. He had not expected anyone to cheer the idea of heading for Calio, but neither had he expected this much resistance. Finally he turned toward Bred. "I mean to ride for Calio, and I mean to do it today. Will you come with me?"

The big man met Jake's eyes for a moment, then looked down. "Laramie is about as mean a town as I've been in, and Quantrill was as bad as I've known. But I can feel it, feel it right down in my gut, that Quantrill wasn't a patch to this Custer."

Jake looked at the black man's wide face. He wanted to ask his question again. For all Bred had said, he had not said whether he would go. But Jake held his tongue. He was too afraid that the answer would be no.

He stood up quickly and walked over to the window. He flipped through the thoughts in his mind like a farmer sorting wheat from chaff, but this time he found only chaff. There was no argument he could make that would stand up. He could not tell them how he might go to Calio and spirit Sela away from Custer. He had no idea.

Like most windows in town, those in the Kettle Black had been stripped of their glass, and Goldy had not yet gotten around to ordering this one boarded. Jake gripped the edge of the window frame and squeezed till his knuckles went white. Custer had not lifted a finger to stop him from leaving Calio, and it might be that he would do nothing to Jake if he returned. That did not mean that the man would let him get away with Sela.

Jake wished for a moment that Hatty were there. More than anyone he had ever met Hatty seemed to understand what was really going on in the west. If he just had her help, Jake was sure he could work out something.

He glanced out the window and saw the peaks of the distant

mountains glittering in the sun. Normally only one tall pinnacle could be seen from Medicine Rock, but the air this morning seemed exceptionally clear and the whole range showed plainly. Jake could see not only the mountains but the long miles of flatlands that stretched out to the foothills. In fact, he could see every mound of prickly pear and every twisted tree. He could see antelope moving miles off. And he could see a spot of blue on the sandy ground.

Jake spun around and ran for the door.

"Where you going?" Bred called.

The black man stood as Jake hurried past, but Jake did not stop to talk. He ran through the swinging doors, down the street, and right out of town. He could hear voices raised up behind him, but he didn't stop long enough to understand the words. He only pumped his legs and his arms, thinking of nothing but getting to that blue spot he saw in the far distance. He was still running when a horse came up alongside him.

"Where are you going?" said a voice from above him.

Jake looked up long enough to see that it was Josephina. He opened his mouth to reply, but all his breath was caught up in his running. He raised a hand and pointed ahead. He did not stop.

"If you have to go somewhere," Josephina said, "why don't you take a horse?"

Even with his mind so concentrated on a goal, that idea caught Jake's attention. He took his eyes away from the distant object and looked over at Josephina. She was dressed again in trousers and shirt, as she had been on the night when she had helped him hide in the church steeple. Her clothing had seemed strange, almost scandalous, to Jake at the time, but as she paced him on the horse, her long black hair waving out behind her like a flag on a breeze, the working duds looked right.

She reached down to him. "Come up and ride."

It took every bit of Jake's will to make himself stop long enough to take the girl's hand. Once he swung his leg over the horse, Josephina grabbed the reins and started off again. Jake locked his hands around the girl's narrow waist and stared over her shoulder.

"Where are we going?" she asked.

"Hatty," Jake said, putting his face near her ear to be heard. "Hatty's up ahead."

Josephina twisted around in the saddle and looked at him. "The woman you told me about? Why should she be here?"

Jake shrugged. "I don't know. But she's out there, and she's hurt."

"How can you know this?"

Jake only shrugged again and left it at that. He could not have explained the seeing if he tried. There was no understanding it, not even in his own head. He just knew that the feeling had touched him again. Sometimes the compulsions that the talent brought were laced with anger, sometimes with warmth; other times they were unflavored by any emotion. This time the feeling brought with it a sense of such fear that it was all Jake could do to keep his teeth from chattering as he rode.

The horse was the same one he and Josephina had ridden from Laramie, Bravo Kelly's horse. The feel of its narrow back under him and of Josephina in his arms was comforting to Jake. Still, he encouraged Josephina to go faster and faster till she was driving the horse harder than ever before, pressing toward a blue point that was still a mile or more away.

Even before they reached Hatty Jake knew that the fear was justified. Her dress was pressed flat on the hard ground and would have looked almost empty if it had not been for the spray of white-streaked hair that stretched out on the sand beside it.

Josephina reined the horse to a stop almost on top of Hatty, and Jake jumped down. He bent over her carefully. "Hatty?" he said. "Are you hurt?"

There was no reply. Jake reached down and slowly turned Hatty's face toward the sky. What he saw almost made him run back toward town.

Hatty's face was nothing more than a skull wrapped in skin

that looked as thin and dark as old leather. Her mouth gaped open, revealing teeth that wobbled in withered gums. Her eyes were closed and sunken; her neck was no bigger around than Jake's wrist. Only her hair was the same. Perched on top of that skeleton head, the loose, flowing hair with its stripe of pure white looked like some terrible joke.

"Madre de Dios," Josephina said. A shadow moved across Hatty's ravaged face as the girl crossed herself. "What has killed her like this?"

Jake moved his hand around to rest lightly against Hatty's neck. He could feel nothing—not the flutter of her blood moving under her skin or a hint of breath. But the surety of his talent had not yet left him. "She's not dead."

"How can she not be?" Josephina said.

Jake put his hands under Hatty and lifted her from the ground. She was incredibly light, like a bundle of paper and loose sticks. Her legs dangled down, and her limp arms spilled from his grip. For a moment a memory of the dead horse he had carried from the street in Medicine Rock surfaced in Jake's mind with sickening force.

"I have to take her back," he said. "Can you wait here?"

"Here?" Josephina turned in the saddle. "We are far from town."

Jake followed the direction of her gaze. His talent might have let him see Hatty sprawled on the dirt, but looking back, he could not even make out the buildings of Medicine Rock. "I'll send Bred back to get you," he said. "Just as soon as I get there."

For the first time since they had left Laramie Jake saw fear on Josephina's face. "What will I do if someone finds me out here?" she asked. "I have no weapons. Nothing."

"It won't be long," Jake said. "I promise."

The fear didn't leave the Mexican girl's face, but she climbed down from the horse. "I will wait," she said. She held the horse as Jake clumsily climbed on, the loose bundle of cloth and bone that was Hatty held with one arm.

"Don't worry," Jake said as he arranged Hatty and took up the reins. "It won't be long."

Josephina nodded and bit her lip. "You come for me yourself," she said. "Will you promise that?"

"Yes," Jake said with a nod of his own. "I'll come." With that he put his heels to the bay's ribs and set off back along the trail they had made through the scattered brush.

The trip back to Medicine Rock seemed to take ten times as long as the one leaving it. Hatty kept flopping alarmingly from one side of the saddle to the other, and it was all Jake could do to keep her fleshless frame leaned against him while pointing the horse's nose toward town.

Bred was waiting outside the Kettle Black. When he saw what Jake had on the saddle with him, his eyes opened as wide as hen's eggs. "Lord," he said. "Oh, Lord." He grabbed the reins away from Jake and reached up. Jake helped him get Hatty from the saddle. The big man pulled her so hard against him that Jake thought he might hear the crack of her dry bones.

"Who done this?" Bred asked. "What son of a bitch done this to her?"

"I don't know who did it," Jake said, "but she's not dead."

At that Bred's eyes went so wide that Jake was surprised they didn't drop out. He held Hatty out a bit and looked into her face. "If she ain't dead, how do we help her?"

Jake opened his mouth to tell him what he knew but found he no longer knew anything. His flighty talent had gone off again. "I . . . I don't know," he said. "Do you?"

Bred shook his head. "I never seen anything like this. Never." Tears ran down the black man's cheeks in steady streams and splashed against Hatty's sunken face. "You think Miss Goldy would know?"

Jake had no idea even of that. He had run out of ideas.

Goldy pushed her way through the doors. "What's going on out here?" She saw the ghastly figure in Bred's arms and started. "Who is this?"

"This woman helped me," Jake said. "I think . . . I think she's dying."

Goldy stepped around Bred and pushed the hair from Hatty's face. "Lands," she said. "I can't see how she ain't dead already. She looks older than Moses."

Jake stepped closer and looked at Hatty's face. He wished she could give him a word—just one word—to tell him what ought to be done. No words were coming. Hatty's face looked no more lively than it had when Jake had found her, except on one side. On one part of her face the skin was lighter and didn't look so sunken.

Jake reached out, touched it, and drew back a finger that was wet with Bred's tears. "Water," he said suddenly. "We need to get some water."

"Water?" Goldy said. "I can give her a drink of whiskey if you think it would help."

"Water!" Jake shouted. He tore Hatty free from Bred's arms and carried her limp form around the side of the Kettle Black to where a metal pump jutted up from the bare ground in back of the saloon. Carefully, Jake put Hatty down on the ground in front of the pump, then seized the handle and began to work it for all he was worth.

Bred came around the side of the building as Jake was fighting with the pump. "You sure about this?" he asked.

"Yes," Jake said, though no would have been closer to the truth. His talent was gone, and he no longer felt sure about anything. But Hatty was the water woman. The Indians called her that, and Jake had seen that her talents circled around water. More than anything else Hatty seemed dried up. Maybe water was just what she needed.

The pump did nothing but wheeze, gurgle, and snort. After a few seconds Bred pushed Jake out of the way and took over the pumping. Jake knelt down by Hatty and lifted her head from the ground. "Hold on," he said. "You just hold on a minute more. We're doing what we can."

They were joined in the backyard by Goldy and Sienna, but neither the woman nor the girl came closer. They stayed near the rear of the Kettle Black, watching. Finally the pump made a deep whistle that rose quickly in pitch as Bred kept pumping. With every push of the lever the note went up an octave, and when it was almost too high to be heard, water sprayed from the end of the pump and spilled out across Jake and Hatty.

Jake let the water run right over Hatty's face and down her throat. Weak as she was, he worried for a moment that she might drown, but he didn't move her away from the water. He had heard of men so sick—or, more often, drunk—that they had drowned in a horse trough, but he had never heard of anyone drowning from a water pump. He would just have to take his chances.

Scarcely a second went past between the water hitting Hatty's face and Jake noticing a difference. Her sunken cheeks fleshed out, and the tight skin over her forehead softened. Everywhere her face went from the burned color to something closer to Hatty's normal shade. Within minutes she had grown fifty years younger. Her face looked not much different from what Jake remembered, except that a network of pale, almost invisible scars went across her skin like the subtle web of a spider. He let the water soak into Hatty's dress and did his best to see that it reached her hands and legs. With every moment he could feel her weight growing.

With all the signs that she was not gone, it was still an awesome relief when Hatty closed her mouth and shifted in Jake's arms. Bred Smith began to laugh and kept on laughing, heehawing in time with his working of the pump arm. Goldy and Sienna drew nearer. Sienna's young face was expressionless, almost bored. On the features of the old bartending woman Jake saw more wonder than he would have seen in a child being presented with a birthday gift.

"She *is* alive," Goldy said. The way she said it made it clear she had been sure that Hatty was dead.

Hatty opened her blue eyes and raised up in Jake's arms. She opened her mouth again and caught a mouthful of the water Bred was pumping. Then she leaned back and wiped her face with the back of her hand. "You're not any more surprised than me," she said, her voice little better than a hoarse whisper. "I was sure I was dead."

Jake leaned over her. He had not cried when he had carried her into town, but he was crying now. "What happened to you?" he asked.

Hatty smiled and reached up to pat him on the cheek. "I was coming for you," she said. "Almost got here, but I met up with a conjuration yesterday. It took everything I had to best it." She looked up at Bred. "You can stop pumping now. I appreciate the help, but I think I'm about as wet as I'm going to get."

Bred stopped pumping. He smiled at her as if he were never going to stop. "I thought you were dead," he said without denting his smile.

She shook her head again. "I must have been a sight."

"What caused you to come?" Jake asked.

Hatty sat up and wrung the water from her hair. "I saw you were going to come up against Custer," she said, "and I thought I ought to hurry up to talk with you about it."

Goldy overheard this. "See there," she said. "This woman nearly got herself killed trying to stop you from going." She put her hands on her hips. "I think that ought to settle the matter."

"Oh, no," Hatty said to her. "That's not why I'm here." She turned back to Jake. "Let's get out of the sun; then we can talk." She got to her knees and, with Bred's help, to her feet. "I think it'll take me a day or two to rest up, then we'll get ready to go."

"Go?" Jake said. "Go where?"

"To Custer," Hatty said. "You have an appointment with him up in Calio, and this is one appointment you'd best not miss."

☆ 25 ☆

"She's a good mule," Panny Wadkins said. The old prospector had a round black hat that had long ago come from one of the most expensive haberdashers in Chicago. Now the hat was so old that the beaver felt had started falling out in patches. Still, it shaded Panny's face, and that was apparently all Panny expected from a hat. Under the shade of the round hat it looked as if the old man were about to cry at the idea of Jake riding off with his little Remington and his best mule in tow.

Jake finished tying off a pack and directed what he hoped was a reassuring smile toward the prospector. "We'll bring her back," he said. "This ought to take us only a week or so."

Panny nodded and trudged slowly into the Kettle Black. Back before Quantrill had come to town and killed Sheriff Pridy, Panny had spent most of his time—when in town—with his thin chest pressed up to the bar of the Kettle. With the sheriff gone, he had done his share of boarding windows and cleaning up the things Goldy Cheroot told him to clean, but he had not changed his recreational habits. In fact, with no gold to pan and facing the prospect of being without his mule, Panny was putting a serious dent in the town's vanishing supply of whiskey.

Josephina came down the street with Hatty at her side. Since the water woman had arrived, she, Josephina, Sienna, and Goldy had spent a lot of time talking at a table in the back of the saloon. Bred and Jake, along with some of the other men, were relegated to tables nearer the door. Every now and then one of the women would look up from their conversation.

Several times they did so in order to fix Jake with a glance. He found all these glances, no matter which of the women or girls they came from, pretty well unsettling.

Another unsettling feeling came from the impression that though it was Jake who was about to go off and face Custer, he was no longer in charge of this idea. When he had proposed the trip to Bred on his own, the black man had not exactly jumped at the chance to come along. Now that it was Hatty saying they had to go, Bred was going. In fact, this trip was turning into something of an expedition. Josephina was coming, and of course so was Hatty. Nothing Jake could say or do seemed to slow these women. Between them they were taking every horse and most of the guns in Medicine Rock.

The women reached the spot where Jake was putting supplies on Panny Wadkins's mule. Hatty took hold of one of the lines and tugged it.

"Looks like you're getting things squared away," she said. "We ought to be off as soon as Bred gets the shells and other packs ready." She looked up at the door to the Kettle Black and squinted. A net of fine scars around Hatty's mouth and eyes was all that remained from the tribulation she had faced a few days before. "I'd best go fetch him," she said after a moment. "Otherwise, it's likely that the only packing he's going to do is seeing just how much of Goldy's whiskey he can pack in his belly." She mounted the steps up to the Kettle Black and went into the saloon.

Josephina was wearing her trousers and shirt again. She had added a vest and from somewhere had obtained a vaquero's black hat, which she pulled down low on her head. Her long black hair was tied back, and under the hat her eyes looked very, very dark. Most disconcerting of all was Goldy's spare pistol belted at her hips. A woman wearing trousers was disturbing, but a woman with a gun was downright alarming.

They looked at each other, and Jake found his gaze skating quickly away. Despite the time he had spent with the girl in fairly intimate quarters, he now found that he had trouble even thinking of what to say to her.

"How many deputies does this Custer have?" she asked, breaking the awkward silence.

"Well, they're not so much deputies as soldiers," Jake replied. He looked up at her for a moment, then his eyes settled on pointing at the girl's gun.

Josephina tilted her head and looked at him almost shyly. "There are no soldiers," she said. "At least there are no American soldiers. They have all gone back east."

Jake nodded. "When Custer first came out here, things weren't falling apart so bad and folks in the east still thought about growing the country this way. Custer was a colonel, or a general—or some such—depending on who you listen to. He had lots of soldiers with him, and they kept on sticking with him after things started tumbling."

The Mexican girl thought about that for a moment. "They say the pale man was a soldier," she said, "but his men did not stay with him after the war. It is strange that Custer's men would stay. I thought all the white soldiers went back to the east."

"Mostly they did," Jake said. "Maybe it was Custer's talent that made them stick."

"No," Hatty said. She stepped out of the Kettle Black and joined them in the street. "I've known the man on and off since he came west after the war. He's got long blond hair, and he fancies himself the handsomest man alive. Some of his men followed him because they loved him. Others followed because they had nowhere else to be. But I can promise you that his talent didn't have anything to do with it."

"How can you know that?" Jake asked. "He's got a powerful talent. Isn't that why people follow sheriffs?"

"He's got a powerful talent now," Hatty said, "but right until he killed your father I never knew the man to demonstrate a lick of it." She looked off to the north, almost as if she could see all the way to Calio. "He was always looking for talent, though. Used to spend time talking with those that had a strong gift. I think he was jealous."

"But how can a man get a talent when he's full-grown?" Jake asked.

Hatty started to reply, then stopped and turned away. "I'm not too sure," she said softly. "I think he may have done something he shouldn't have."

Jake looked at her in puzzlement. Except for those who had come into their talents during the war, Jake had never heard of anyone getting a talent as late in life as Custer seemed to have done, and he had certainly never heard of anyone doing something to get talents. One had talents or one didn't have them. One did not buy them at the dry goods store like a bolt of cloth.

Josephina spoke up. "If this man did something to gain these talents, is there not something we might do to take them away?"

Hatty was quiet for a moment longer. "No," she said at last. "That's good thinking, but I don't believe there is anything we can do to get talents away from him."

Bred Smith shoved through the doors of the Kettle Black and stepped heavily out onto the walk. "Are we going or are we staying?" His walk was a little unsteady. Jake wasn't sure if it was because of his full pack or his full belly.

"We're going," Jake and Hatty said at the same time.

"Then I'd guess we'd best get to it," the big man said. "I've been sitting around for too long. Another few days and I'll forget how to walk." With that, he hoisted his huge pack onto his shoulders and set off down the street at a pace somewhere between a walk and a run.

"There are horses enough," Josephina said as they watched the man pass out of Medicine Rock. "Jake and I could ride together, and then Bred could ride as well."

Jake looked at Hatty. He was caught between remembering the discomfort of two people sharing one saddle and the warmth of Josephina's arms at his waist.

"No," Hatty said. "Let him walk. Bred's walked pretty much ever since he got out of the army, and I suspect it helps him think." She smiled. "Besides, he'll need to work off that whiskey if he's to put his mind to the job at hand."

Jake frowned. He had more cause to be upset with this decision than just missing Josephina at his back. The Mexican girl was mounted on the bay they had shared, while Hatty mounted Quantrill's tall black mare. Jake was left riding a horse that belonged to the two visiting fur trappers. It was a spotted animal, a bit long in the tooth but still sturdy, that the two men had obtained in a deal with a Cheyenne. The traders assured Jake that it had once been a fine saddle horse, though for most of a decade it had been used for nothing but pack. The horse stayed settled long enough to let Jake mount—for which he was grateful—but no sooner was he aboard than it began to dance around nervously and toss its head. Apparently it was none too keen on the idea of becoming a riding horse again.

Josephina steered her mount close to his side and held out her hand. "You had better give me the lead for the mule," she said. "It looks like you will have enough to do with this horse."

As Jake was passing across the lead, Goldy and Sienna came out of the saloon to see them off. Jake took off his hat and did his best to bow to them from the saddle. "I guess we're leaving," he said.

The scowl on Goldy's face told him her position on the matter. "I guess you are," she said.

"I want to thank you for your help," Jake said. "And thanks for the loan of the pistol."

"The help was given freely, but you take good care of that gun," Goldy said. She crossed her arms and looked at Hatty. "You listen here, Hatty Ash. My casting is still full of black death and suffering. I know you think you're supposed to take these two off to Calio, but if you've got any sense at all, you'll listen to me and this girl here and stay put."

Immediately Sienna shook her head. "Oh, no," she said. "They must go right away."

Goldy could not have looked more vexed. "You were the one who was saying the boy would die!"

"That was before," the Indian girl said calmly. "Things were not right then. If he had gone, he would have died. Now things are right to go."

The bartender of the Kettle Black and to all intents the mayor of Medicine Rock had had all she could stand. She glared at them all for a moment, then stomped through the swinging doors to the relative sanity of the old saloon.

Jake watched her go, then looked down at Sienna. "Have you cast it again?"

The girl tilted her head and crossed her arms like a miniature imitation of Goldy. "I don't spit the whiskey like Miss Goldy," she said. "Malcolm sees it. I only tell what he sees."

"Well, has Malcolm seen what will happen next?"

"Yes," Sienna said. The indifference on her face slipped, and for a moment she looked very much like a frightened young girl. "It is much as Miss Goldy says. If you go, you will almost certainly die, but to stay is much the same. To stay is even worse." She shifted her eyes to Hatty. "The water woman can tell you more." The Indian girl turned and hurried into the saloon.

"Not the best tidings to start a journey," Hatty said, "but we have to go anyway."

Jake nodded, still looking at the doors of the Kettle Black. "What did she mean?" he asked. "What more can you tell us?"

"Nothing now," Hatty said. "Wait till we're on the way." She wheeled her horse and headed up the street.

Josephina hesitated for a moment, then followed the other woman out of town. Jake watched them go until they were almost out of sight before setting his heels to the ribs of the spotted horse. The old packhorse turned its head to the side and gave its rider a look that would have soured buttermilk, but it did move.

Dora Curlew was standing in the street at the edge of town when Jake came by. The minor rebirth of Medicine Rock had done nothing to settle Dora. Truth was, she was getting wilder each day. Goldy was generally able to keep her working, and deprived of her gun, Dora was not as much of a threat as she might have been. But Jake was careful to keep his distance as his horse trotted past.

The widow fixed him with her crazed eyes. "Go on and run," she said. "That's what you do, ain't it, boy—you run." Her face was sunburned to the point of cracking, and her hair was bleached nearly white. Jake was determined to ignore her, but the woman darted across the road with surprising speed and latched on to the bridle of his horse. "You in a hurry to join your papa in hell?" she asked, her voice pitched low. "Custer will be happy to send you there, boy. They're keeping it extra warm for you."

The spotted horse tossed its head, and Dora lost her grip. Jake, glad to be free, applied his heels, but that only caused the horse to rear, and Jake had to struggle to stay in the saddle.

Dora laughed at his troubles. "You hurry on up to Custer," she said. "He's got a surprise waiting for you." With that, she turned and ran laughing up the street.

Jake got his horse under control. Hatty and Josephina were small in the distance, and Bred was nowhere in sight. Jake knew he ought to get after them as fast as he could, but he sat for a minute, watching crazy Dora laugh and skip her way back to her empty boardinghouse. He would have liked to believe that the woman's words were no more than sunstroke talking, but there was a feel of truth to them. Perhaps in her madness some hidden talent had appeared, and, no longer burdened by more everyday thoughts, the whispers of some inner voice were free to be heard.

More than Dora's grim predictions, it rankled Jake that nearly everyone else seemed to have some idea of what was going to happen in Calio. With a final glance up the street, he got his reluctant horse moving to the north.

Five miles went by before Jake caught up to Hatty and Josephina. As he came up behind them, he felt for the first time that there was some hidden similarity between the two women: Hatty in her cotton dress and her white-streaked hair pulled up tight, Josephina with her men's clothing and black hat, the pistol on her hip. They did not look at all alike. They were separated by age, talent, and background. But they were alike on some level that Jake could not quite put a finger on.

Josephina turned in her saddle and dropped her horse back a few steps to ride beside him. "What's wrong?" she asked.

"Nothing, I guess," he said. "I saw Mrs. Curlew on the way out of town. I think she's gone crazy."

The girl nodded. "She was always mean, but mostly she hid it from everyone but me. No one bothers to hide things from Mexican girls who cook for them."

"Well, I don't suppose you'll be cooking for her anymore," Jake said.

"I do not even know where she eats now." Josephina looked back over her shoulder as if she might see Dora Curlew following them. "She will not come to the table with the other people, and she is getting skinny. I worry that when we get back to Medicine Rock, she will be dead." Despite the treatment Josephina had received from Dora Curlew, the girl still sounded concerned about her former employer.

Hatty called a stop a few hours later, and they walked their horses for a mile or so. The road running north out of Medicine Rock had never been heavily traveled. The great settler trails ran out the west side of town, and the cattlemen had gone east. What little trade there was between Medicine Rock and Calio was hardly enough to keep the weeds down. Ten miles from town there was little more than a single foot-wide path and the occasional dent to show the passage of the even more occasional wagon. Every now and then Jake spotted a wide footprint in the dust that showed that Bred was still somewhere out in front, scouting the way.

"I hope he doesn't try to press too far," Hatty said as they mounted their horses and forded a shallow stream.

"Calio's too long a piece to ride in a day," Jake said, "and there's nothing much along the way. I expect he'll just walk till he hits a good camp spot and wait there."

Hatty shaded her eyes and looked up the road. "I hope he

picks a site with water close by," she said. "There are more of those conjurations wandering this country, and I don't wish to get caught dry again."

Josephina looked at the older woman. "What did happen to you?" she asked.

"Like I said, a conjuration caught me. I was pushing to get to Medicine Rock and traveling at night. Got unwatchful after a bit and let a thing bigger than a buffalo sneak up on me when I was in as dry a place as you could hope for."

Jake remembered how Hatty had used the water near the cottonwood grove to fight the thing that had attacked them there. "How did you stop it?" he asked. "I thought your talent was only good for water."

"I have other talents," Hatty said, "but you're right. Water witching's the one that's best in a scrap. So I used the only water I had left—the water inside me." She raised one hand and squeezed it into a fist. "Wrung myself out like a rag on the line," she said, then laughed a moment. "Went a bit farther than I intended."

"It is hard to believe you are alive," Josephina said. "I let Jake take you to town, but in my heart I thought there was no hope."

Hatty raised her eyebrows and turned to Jake. "What did you do?" she asked. "Did you leave this girl to wait in the desert?"

"I had to," Jake said. He was a mite annoyed that Hatty would come after him for what he had done. "You would have died if I hadn't gotten you to town as fast as I could."

"Would it have made you feel any better to find Josephina dead when you got back?" Hatty asked. "How did you think I came to be like I was, anyway?"

"I thought . . . I don't know what I thought," Jake admitted. "My talent was on me, my seeing, and I didn't think about anything but doing what it told me."

The water woman stopped her horse and looked at Jake with an expression that he remembered. The last time she had stared at him that way, there had been a jar of maggots close at hand.

"There's two lessons for you to learn here, Jake," she said. "First off, you have to think. Talent doesn't give you an excuse to run wild. You listen to it, but you keep your mind working. Second—and this part goes for you, too, Josie—don't go off alone." She gestured around the nearly empty land. "I think we're all going to be needed when we get to Calio. One of us gets killed doing something stupid now, it might be the death of us all later."

Hatty raised up in her stirrups and looked ahead. There was a cluster of trees and brush up ahead, and the shape of a man was standing near the road. "I think I see Bred up there," she said. "I'm going to ride on and see what kind of ground he's found us." She flicked the reins of her horse and went up the road at a trot.

Jake looked over at Josephina. "I'm sorry I left you the way I did," he said. "If I'd known there was things about, I wouldn't have done it."

The girl smiled at him. "I'm all right," she said. "We cannot worry about the things that didn't go wrong. Too many bad things happen without making up more." She looked up the road at Hatty's shrinking form. "She called me Josie," she said. "I think I like that name."

"It suits you," Jake said. He smiled back at her. "And it's easier to say in a hurry."

Josie nodded. "Then I will put away Josephina. Josephina lived in the past. Quantrill killed her parents and friends and made Josephina a whore. Now Quantrill is gone, and so is Josephina. Now I am just Josie, and those things did not happen to me."

For the first time since he had seen her through the upstairs door in the bar in Laramie Jake thought her smile was as bright as the ones he remembered from earlier days. Josie urged her horse on, and Jake kept up. They were still smiling when they caught up to Hatty and Bred.

Hatty had dismounted and was standing in the thin grass

beside the dusty track. Bred Smith stood in front of her with his face to the north and his back to the riders. Just in front of them was a wide but shallow stream that boiled across a bed of round cobblestones. On the other side of the stream was a small knot of bushes and stunted trees.

"I think this is Lightning Creek," Jake said. "Are we camping here? I know you wanted to be near water, but there's still a good spot of day left."

"Something's wrong," Hatty said.

"What is it?"

Hatty shrugged. "Don't ask me, ask him," she said, jerking her thumb toward Bred.

"Hush up," Bred whispered. "I'm trying to hear."

For a long moment there was no sound but the wind, the water, and the shifting of stones under the feet of the horses. Finally Bred shook his head. "There's something there," he said. "But I'll be dogged if I can say what."

"Something dangerous?" Josie asked.

The black man turned to look at her. "I can't even tell you that. It's not . . ."

From the corner of his eye Jake caught a flicker of movement. He turned his head in time to see something flash through the afternoon air. Jake knew what it was right from the moment it appeared—even from the moment just before.

In the grip of his seeing the whole world slowed like molasses in January. Hatty was saying something, but her words became a mindless moan. The sound of the stream broke apart into the clash of a hundred bells.

The spear floated past the top of its arc and headed down. Jake could see the sharp, almost clear edges of the carefully flaked gray flint. He could see the fire-hardened shaft of wood. He could count every lace of the thin sinew cord that bound the parts into one deadly whole.

He almost laughed.

It was so easy to stop, this little danger. All he had to do was put out his hand and . . .

Don't.

. . . put out his hand and . . .

Don't.

The voice at the back of his head went beyond seeing. It was a command, an order from some hidden pulpit whose existence he had not even suspected. He raised his fingers and looked at them.

I can stop this, he thought.

Don't.

The spear point dropped, and the weapon tilted down. Slowly, like a feather falling from a bird, it came down, down, down.

At least let me scream, Jake begged, but the internal command was relentless.

Bred grunted. He looked down, and his big hands wrapped around the point of the spear that had suddenly emerged from his belly. He turned toward Jake, then to Hatty.

The cry Jake had been about to utter was still stuck in his throat. His seeing was gone, and the strange voice had gone with it. In their place was a terrible coldness.

Slowly, like a tall tree felled by the final blow from a logger's ax, Bred Smith fell on his side in the grass at the edge of the trail. More than four feet of pale wood jutted from his back.

The dust quickly grew muddy from his blood.

☆ 26 ☆

For a moment that stretched out as long as their shadows on the ground, no one spoke. Then Hatty made a sound that was halfway between a sob and a sigh. "I thought it would be me," she said. "I never thought it could be Bred."

Jake could not look away from Bred's face. The big man had closed his eyes as he fell, but his wide mouth was still twisted in pain. "He can't be dead," Jake mumbled.

Hatty went to Bred's side, her legs trembling as she knelt beside him in the dust. "The water told me one of us was to fall," she said. "Except . . . I thought sure it meant I was to be the one."

"He can't be dead," Jake repeated more loudly.

"We're not so far from Medicine Rock," Josie said. "If he is not dead, then maybe . . ."

"Not dead?" Hatty said. She looked up, and there were tears making shining tracks down her cheeks. "Look at him. How can he not be dead?"

"He just can't be," Jake said. He could see everything, *everything*, so clearly: the chipped point of the spear, the bright drops of Bred's blood on the grass. Everything was so solid and real. Bred was not breathing; his heart was not beating. But Jake knew with absolute certainty that it was not time for Bred's life to end.

"He's been my friend for better than two decades," Hatty said. "But he's dead now, and arguing about it won't help."

"Everyone thought you were dead," Jake said, "but you weren't."

Hatty sniffed back tears and stood, brushing the dust from her dress. "That was part of my talent."

"Bred has a talent, too. I saw him get up from wounds nearly as bad as this."

"That was when he was the bear," Hatty said. "A changer can take most anything short of death when they're in another shape and still get put back to rights. But in their walking-around body they're as open to hurt as anyone."

Jake stood over Bred, his fists clenched in frustration. A sudden thought crossed his mind, a thought he knew should have come much quicker, and he turned around fast. He stared across the stream at the knot of trees and scrub. "Who did this?" he called.

"It was an accident," said a voice from behind the nearest clump of brush.

Jake reached for his gun, but before he even had it out of the holster, he heard Josie thumb back the hammer of her revolver.

"Come out of there," she said. "Come out or I will shoot into the bush."

"Don't get yourself in an uproar," the voice said. "Like I said, it was an accident." The voice seemed familiar, and a moment later the idea that was forming in Jake's mind was confirmed as Jessup Agran stepped from behind the trees.

Josie made a noise that was almost a snarl. "This was not an accident," she said. "You are the one with all the luck; accidents don't happen to you. If he is dead, it is because you killed him." She stepped past Jake and held her heavy pistol out with both hands.

Agran raised his arms over his head. "Hold on, sweetheart. I didn't do it. Besides, you don't want to be shooting that piece at me, not unless you want more accidents to happen. My luck is generally good to me but not so good for those standing too close."

Hatty came up beside Jake. "Who is this man?" she asked.

"His name's Agran," Jake said. "He's a gambler."

"He is a bad man," Josie said. "He was a deputy for the pale man." She paused, and her face grew very tight. "And he did things to me in Laramie."

"I didn't do any worse than what a dozen other men did," Agran said.

It was the wrong thing to say. Jake saw the blood run out of Josie's face, and her finger tightened on the trigger of her revolver.

"How'd you come to hook up with Custer?" Jake said quickly in the hope of distracting Josie from testing the gambler's luck.

"How do you know I am hooked up with Custer?" Agran said.

"You're on the road south of Calio," Jake replied. "And I've never known you to not be hanging close to someone with more talent."

The gambler smiled. "Well, it happens you're right. After you all came through Laramie, it seemed like it was time to move on. Just happened that I landed in Calio at a time when Custer was short a good man."

"You are not good," Josie said under her breath.

Hatty looked Agran's long frame up and down. "You say you didn't kill Bred," she said. "If you didn't do it, who did?"

The gambler lowered his hands a bit and pointed a finger toward the trees. "It was either old Sitting Bull or He Dog," he said.

"Sitting Bull and He Dog are dead," Hatty said.

"I know," Agran said, nodding his head. "That's what made for the accident. They were just supposed to make your man stop, but the longer they're dead, the harder it is to keep them following directions." He turned around and shouted to the bushes. "Get out here, boys; they want to see you."

There was a rustling from the scrub, and two terrible figures stepped out. They were both Indians or had been Indians. One was short, with a large head and broad, powerful muscles. The other was taller, with long rangy strength. They wore old breechcloths and had necklaces of dark stones hanging over their chests.

Hatty, dried out after her fight in the desert, had looked dead, but these men *were* dead. Their skin was gray, and their eyes were clouded and sunken. The shorter one, who Jake thought must be Sitting Bull from the descriptions he had heard, was missing flesh down one side of his face. Teeth that were all the way at the back of his jaw glittered in the afternoon sun. The skin was missing from most of his chest, arms, and legs, exposing masses of dead gray muscle and lengths of yellowed sinew. The taller one's skull was caved in over his ear so badly that his head looked like a melon left out in the heat. His left arm was gone completely, leaving nothing but a knob of white bone that jutted out at his shoulder.

"Good God," Jake said. His stomach jumped, and he came close to vomiting.

"I suppose God might be good," Agran replied. "But if he is, he ain't made it clear to me. Just wait till you've traveled with these things. They smell worse than buffalo hides in July."

Hatty stepped close to the dead form of Sitting Bull. "I've heard of folks that could do this, but I've never seen it before." She moved closer yet and wrinkled her nose as she looked into the dead man's foggy eyes. "He's still in there, isn't he? His soul, I mean?"

The gambler shrugged and let his hands fall to his sides. "None of my business," he said. "I didn't make them."

Josie gestured with her gun. "Put your hands back up," she said. "I might still have to shoot you."

Agran only smiled. "Darling, my arms are tired of waving in the air. If you think you can hit me with that old Colt, you go ahead, but you're just as likely to put that bullet in your own skull as mine."

Josie took two quick steps and put the gun only inches from Agran's chest. "I think your luck is not this good," she said. "I killed the pale man, and I will kill you, too."

"That was you?" Agran's eyes widened, and he raised his hands back above his shoulders. "We thought the boy done that one."

"It was her," Jake said. "I'd be careful if I was you."

The gambler looked from one face to the next. "Well, I didn't come down here to fight with you, anyhow," he said. "I only came to hurry you along."

"Hurry us where?" Hatty asked.

Agran slid his eyes toward Josie. "Can I put my hands down now? They are starting to ache."

Hatty looked at him for a moment. "What's this about your luck?" she asked.

Jake spoke up before Agran could answer. "It's his talent," he said. "He's lucky enough that we missed him with four shots in a small room."

"Is that so?" Hatty said. "I guess that is a good talent for a gambler to have. Still, I don't think this would be a good time to test that luck. You might find there are talents about that are tougher than yours." She nodded. "All right, put your hands down."

Agran lowered his arms and rubbed his hands together. "Thank you, Miss Ash," he said. "I guess dealing cards all day don't prepare a man well for holding his hands in the air."

"You know who we are," Hatty said, "and I don't think your luck told you that."

"No," Agran said. "It was Custer that told me who to expect."

Despite himself, Jake started at the news. "Custer knows about us?"

"Yep. He knows you're coming, and he's got a fine reception laid out for you. He sent me along to see you didn't lose your way."

Josie drew a long breath between her teeth. "I don't like this," she said. "We should go back and come another day."

Agran shrugged again. "I suppose you could do that, but old Custer's going to be in for some disappointment. He seems in a mite of a hurry to see you folks." He leaned toward the girl and smiled. "Custer doesn't take well to people that disappoint him."

Josie turned her head and looked at Hatty. "We should kill this one now so he will not take any word back to his Custer."

"Don't matter if you kill me or not so far as Custer's concerned," Agran said quickly. "He saw you coming without me, and I expect he'd see just as well if I was dead. Besides, you got these dead redskins here, and I can tell you that it don't matter how many bullets you put in these sons of bitches—they're not going to fall.

Jake's gaze slid over to the Indians. The dead men were unsteady on their feet. They swayed from side to side as if the solid ground under them were the surface of a boiling sea. But with all the damage they had taken, tattered as they were, they still looked formidable. Sitting Bull's hands were empty, but He Dog held another spear like the one that had gone through Bred. His twisted gray fingers clenched the shaft of the spear so hard that there were cracks in the dry wood. The features of both Indians were frozen in an expression that looked very much like anger.

"No," Jake said slowly. "We can't back up now. We wanted to go to Calio, and we should go. If this man is going in our direction, let him come along."

Hatty looked around at him. "You sure about this?" she said. "I mean, are you sure?"

Jake knew that what Hatty wanted to know was whether his talent for seeing had kicked in. In truth, his talent was telling him nothing one way or another about which way they should go; it was only his gut that was sure. "We have to go." He straightened his shoulders and looked at Agran.

"Well, you'll probably be wanting to put your friend under before we leave," the gambler said. "That is, if you don't want the coyotes to get at him. Don't have a shovel, but I have some tools." He hooked his thumb toward the dead Indians. "Let these two do it. These fellows can move plenty fast, and they don't seem to get tired. They'll dig you a hole with their bare hands."

"No," Hatty said. "We'll do it ourselves. I don't want anything to do with these things, and I sure don't want them close to Bred's grave. Send them away, Agran."

Jake looked down at Bred's body on the ground. The voice

that had kept him from helping Bred was gone now, and a wave of guilt swept over him. He was the one who had gotten Bred involved in this thing in the first place. Then, when it had come down to it, Jake had not been there for his friend. "He can't be dead," he said for a third time. He looked at Hatty. "Can't you help him?"

She pressed her hands to her face and shook her head. "Wish I could," she said. "But this . . . this is way above my buckle."

Jake went down on one knee beside Bred and put his hand on the black man's shoulder. Gingerly, he touched a finger to the tip of the spear. "It's not supposed to be like this. He's supposed to live."

"Is it your seeing that tells you that or your heart?" Hatty asked.

"Seeing," Jake said. "I never felt it as strong as I do now."

Hatty sat down beside him. "Then maybe it's you that has to fix him."

Jake started. He pushed back into his mind, feeling for the nibbles of power that had come to him back in the cottonwood grove. Far back in the darkness he felt something large and smooth brush past, but it eluded his grip.

"I can't do it," Jake said. He swallowed hard. "I don't know how to call it."

"Then it's time you learned," Hatty said. She stood up quickly and looked down at Jake. "Call your talent."

"I can't."

Hatty's hand whipped down, and her palm smacked against Jake's face with a sound like a gunshot. "Call it!"

Jake winced and shook his head. "I can't."

Hatty pulled back her hand for another blow, but Josie stepped forward and caught the woman's arm. "Leave him alone," she said. "You both mourn your friend, but he is dead."

"The boy's got the sight," Hatty said. "Do you understand what that means? If he says Bred has a chance to live, then he does. Jake's the only one who can give him that chance." She pulled her arm free and struck Jake again. "Call your talent!"

she shouted, her voice rising in pitch with every word. "Save Bred!"

Jake shook his head. The more he tried to get a grip on his chattering, the farther away it seemed. Even the seeing was fading on him now, leaving him to doubt whether his vision had ever been true. "I don't—" he started.

A stream of water sprang from the creek and struck Jake like a cracking whip. The blow threw him down across Bred's body. Before he could turn over, another lash of water slammed him across the back.

"Do it, Jake!" Hatty cried. "You call your talent or so help me, I'll leave *two* bodies on the ground."

"I can't!" Jake shouted. He managed to sit up before another blast of water knocked him away from Bred and sent him rolling into the stream. He turned over, spitting out a lungful of water and gravel, only to have more water strike him and knock him right back. He tumbled into a pool, and there was a moment when all he heard was the sound of the rolling stream. He came up and barely managed to snatch a breath before he was sent sprawling again.

"I can't!" he screamed as soon as he got his breath again.

Another blast.

"I can't!"

And another.

Now. Somewhere inside Jake something turned. Anger welled up and burned away his grief.

Jake burst free out of the water and turned toward the bank of the stream. Hatty sent another fountain of water his way, but with a shout Jake shattered the blow into harmless spray. He looked up and saw Hatty sitting inside a column of water. Two words were all it took to topple her from her tower and end her liquid assault. Jake's gaze passed over Josie and Agran without pause. Then he looked to Bred.

"You're not through," he said to the black man. The sounds that came from his mouth weren't words, but Jake had expected that.

He reached down and wrapped his fingers around the shaft

of the spear just below the flint point. Hand over hand, he pulled the long wooden bolt through Bred's chest. Jake could feel the shaft scraping against bone as it came. Bred's body rocked as Jake pulled again and again. Blood dripped from Jake's hands as more of the shaft emerged from the wound. Finally the end slipped from the hole, and Jake flung the weapon into the bubbling water of Lightning Creek. He leaned down and put his hand over the gaping wound. Another stream of nonsense syllables came from his mouth, and Bred's eyes flew open. More chattering, and Bred's body was surrounded by a pale green fire.

Bred looked different now. Seen through the verdant flames, the life that still crouched inside his form was clear. The man was weak, curled up and almost gone. But the bear—the bear was still strong and raging to be freed.

"Change," Jake whispered. "Change and live."

There was a ripple of movement. Someone cried out. Bred's arms grew thick and shaggy. Bones cracked and groaned as a muzzle emerged from his face. In less time than it took to mount a horse Bred had been replaced by a massive grizzly.

Jake stepped back as the bear stirred and rolled onto its clawed feet. The bear turned its yellow eyes on the people gathered at the riverbank. Its mouth opened, and it bared long white teeth. With a sudden snarl, the bear turned and splashed into the stream. It ran up onto the far bank and across the crest of the next hill and vanished.

Hatty said something to Jake. He could make out his own name, but the rest of the words slipped away. It didn't matter, anyway. The chattering was still on him, and he had more work to do.

He didn't have the words to answer her. Instead he turned his attention to the two dead Indians. Both of them were coming slowly toward him. Their gray skin and blanched eyes reflected the green glow that now flared from Jake and spread along the ground around him.

He heard Agran shout to them, but Jake paid no attention to the gambler and neither did the dead men. If anything, they came forward faster. The expression on their torn faces seemed so severe, and He Dog held his spear up as if he were about to cast it. Agran scrambled to get out of the way.

Deep inside, some part of Jake's mind told him to join the gambler and run. But that fear was buried too deeply, and Jake did not run. For the first time both his talents were engaged at once. Through the twisting green flames that rose higher and higher around him he saw more clearly than ever before. He saw the terrible damage that had been done to the Indians, and he saw that the expression on their faces was not anger—it was agony.

The dead men stopped in front of Jake, just at the spot where Bred had fallen. The green fire stretched out from Jake's hands and ran over the dead men enthusiastically, licking across their bare chests and circling around their heads like the flame on an oiled wick.

Jake looked at them and felt nothing but pity. "You've done enough," he said. "You can rest now." His voice was still made up of squeals and squeaks, but this time the noises came together with the gentleness of the band that had played in the Calio square on cool summer evenings.

At once the flames crackled up around the two Indians. In the columns of fire they were magnified, becoming as tall as a dozen men and as wide as a wagon. Sitting Bull's face was not torn in the flame image. He Dog's arms were whole.

He Dog raised his spear overhead. There was a final snap of flames, then the fire was gone. The bodies of the Indians fell to the ground. The spear slipped from He Dog's cold fingers and rolled into the stream. A sigh came from the throats of both Indians, a cold moan like winter wind over the plains. Then they were still.

Jake stumbled back a step and nearly fell. The fire around him flickered, dimmed, flared for a moment, then was gone. He was light-headed, and his heart was racing.

Josie came up to him and put a hand on his arm. "Are you all right?"

"I think so." Jake's voice was normal again, though he had a hard time drawing enough breath to speak.

"Where's Bred?"' Hatty asked.

"I don't know. The bear in him was so much stronger than the man. I think . . . I think it'll be a long spell before he's back to himself—if he ever is." With his talent gone, Jake felt exhausted. He was so enormously tired that just keeping his eyes open was almost more than he could handle.

"You did fine," Hatty said. She walked to Jake's other side and rested a hand against his chest. "I think you're going to need some rest."

"I'm sorry," Jake whispered.

Hatty looked at him with surprise. "For what?"

"For knocking you down."

The water woman laughed. "I was beating the tar out of you at the time. I'm the one that ought to be doing the apologizing."

Jake shook his head. "Thanks," he said. "You did what was needed."

"Well," Hatty said, "every now and then I get something right."

Agran looked unsettled. "What do we do now?" he asked.

Hatty turned to him and smiled. "We camp," she said. "Then, in the morning, we go to Calio."

"I don't think Custer's going to be too happy about what this boy did," the gambler said. "Bullock made them two Indians, and Custer set great stock by them. He liked to show them off."

"Who is Bullock?" Josie asked.

"One of Custer's men," Agran said. "One of the talented ones. Like me."

"You let us worry about what Custer doesn't like," Hatty said. "You just get busy."

"Busy with what?"

"Finding some rocks," she said. "You got some burying to do."

Hatty and Josie helped Jake sit down. Even after walking all day beside Bred, Jake could not remember being this tired. He wanted to help the two women get the camp ready, but his legs, arms, and eyes were all determined to rest.

He fell asleep to the sound of Jessup Agran stacking stones over the bodies of men who had been dead for weeks.

☆ 27 ☆

The man with the thick mustache walked across the green grass of the square. His hair was wild and tangled, and mud streaked his torn army uniform. His eyes blazed like the noon sun. The body of Jake's father was sprawled on the ground, but the blond man wasn't looking there; his attention was fixed on Jake. The man reached out one hand and grabbed Jake by the wrist.

"Die," Custer said.

Jake snapped awake. He was still on horseback. They were still on the trail, and Calio was still miles away.

"Are you all right?" Josie asked.

Jake nodded. "I just dozed off a bit."

"It's no wonder," Hatty said. "What you did yesterday is bound to take a pound out of you. Be careful you don't fall."

Jake nodded in reply and tried to shake off the sleepiness. In a few hours they would reach Calio. He needed to be fully awake and ready. Today, one way or another, his dreams of Custer would end.

Where Medicine Rock was built on flat ground, the land south of Calio was filled with rusty boulders and small sandstone buttes. As they approached the town, low hills blocked their view of everything but the few ranches that huddled in the lee of the slopes. Jake, Hatty, and Josie followed in single file behind Agran as they ambled down a small ravine. A pair of antelope went bouncing away as they crossed a dry wash and moved up into a valley with gentler slopes. The outskirts of Calio were just ahead.

Jake got a feeling that something was off kilter as soon as those first ranches came in sight, but it wasn't till they were right outside the town proper that he knew what was wrong.

"Where is everyone?" He stood up in his stirrups and squinted toward the nearest ranch house. There was no one in the yard, not even an animal. No smoke rose from the chimney. "All these ranches were running a few months ago. What happened?"

Agran shrugged. "Custer's already moved most of the folks out of these parts." He flicked the reins on his tall gray horse and trotted ahead.

"Moved?" Jake called. "Moved where?"

The gambler didn't answer.

Two more turns of the trail brought them in sight of Calio's tight cluster of stores, hotels, saloons, and houses. Now there were plenty of people to see, so many that Jake was shocked. People were hurrying in all directions, while wagons and horses went through the streets at a trot. From that distance Jake could hear the sound of hammers pounding and saws cutting. He strained to hear what they were working at. There were as many people in the streets of Calio as Jake had ever seen. He even spotted a half dozen figures moving around on the roof of the View Hotel.

"What are they doing?" Josie asked.

"I don't know." Jake urged his horse into a jog and moved up beside Jessup Agran. He squinted at the faces of those he passed, looking for one that was all too familiar, but there were few women in the crowds. "What's going on here?" he asked. "What are they building?"

The gambler glanced over at Jake and smiled. "They're not building anything," he said. "They're taking it down."

"Taking what down?"

"Calio." Agran reached up with a finger and tipped back the brim of his skimmer. "Custer wants us to move the whole damn thing."

Every step they took toward Calio revealed the truth of what Agran was saying. Already there were gaping holes in the sides of buildings where boards had been peeled away. A dry goods store at the end of the main street had been reduced to a skeleton of framing wood, and even that was being attacked. Wagons were loaded with tables, trunks, irons, stoves, and china cabinets. Broken crockery and torn clothing lay in piles at the edge of town. An old stoop-shouldered woman wrapped loose windowpanes in folds of potato sacks while at her feet a pair of dirty children pried up the boards of the sidewalk. A man Jake recognized as one of Calio's two doctors staggered along the street with a brass bed hoisted on his back.

Agran halted his horse at the edge of the chaos, and the others drifted to a stop beside him. If any people noticed them there, they didn't stop doing their chores long enough to look up. A brace of men quickstepped past with a horse trough cradled in their arms. Jake watched openmouthed as two men wrestled the cross from the top of the Salvation Baptist Church and tossed it to the ground.

"They're like locusts," Hatty said. "Only bigger."

"You cannot move a whole town," Josie said.

Agran gave a short laugh. "Maybe not, but Custer was the one that asked for it, and folks around here aren't likely to tell him no."

"I don't understand," Jake said, shaking his head. What he was seeing in Calio was so unexpected, he didn't know what to do. "Where are you moving the town?"

"Northeast about forty miles," Agran said. He pointed down the street. "We need to hurry on that way. Custer's waiting for us, and we'll need to move quick if we're to be there before dark." He clucked in the ear of his horse and threaded his way through the crowds.

Jake followed the gambler through the streets in a daze. If anything, the rest of Calio had been more torn apart than the side of town they'd seen first. Ever since he had fled from Calio, Jake had dreamed about coming back. Now he was back, but the town he had left was gone. In its place was a madhouse of destruction.

Some of the people passing in the street were familiar to Jake, but none of them spoke. The sheriff's office where his father had worked had been reduced to a heap of boards. Of the tall white house where they had lived only the foundation stones and Cecil Gillen's wrought iron fence remained. The grassy square where his father had died was covered in a heap of rubbish and broken furniture. Jake recognized a cream-colored chair in the pile. Stretched across it was a torn cotton dress he knew had belonged to his stepmother.

He looked again at the place where the house had stood. His stepmother was not there. Maybe she was not in Calio at all. She might have left; she might even have gone back east. At that very moment she might be lying in a house in one of the cool green places she had spoken of so often. Despite what she had done, that thought held a certain attraction for Jake.

Of course, the most likely thing was that she was dead. Long before Jake had left Calio the doctor had said that Virginia Bird was on her last legs. The disease that was tearing at her inside and out would surely have its way by the end of the summer. She had stepped across the body of her husband, but it was not likely that she had walked much farther.

Jake turned away from the barren lot. He blinked back tears.

Medicine Rock had lain empty, and Deadwood had been left to rot. Calio's death was not so peaceful. Hatty had called the people in the town locusts, but they reminded Jake of the vultures that had flown over the badlands south of Hatty's cabin. They picked the carcass of Calio with hammers and crowbars and kitchen knifes, leaving almost nothing in their wake. Despite the way he had left this place, it had been Jake's home for almost all his life, and his father's home, and his mother's.

"Don't forget, we came here for a purpose," Hatty said as they reached the edge of town. "To fetch this girl Sela Absalom."

Jake felt guilty on hearing her words. He had almost forgotten about Sela.

Agran shrugged. "You'll have to take it up with Custer."

"Is Sela at this new town?" Josie asked.

"I reckon most of the women are up there by now," the gambler said. "Come along and find out."

"The women are there? What about—" Jake started.

"What about who?" Agran replied.

Jake shook his head. "Just somebody I used to know."

"Whoever it is, Custer'll know where to find them." Agran flicked his reins and trotted out of Calio.

Wagons and packhorses lined the road leading out of town. Unlike the faint trace to the south, the path here had been worn wide and deep. Dust hung in the air so thickly that Jake pulled his bandanna up over his nose. The character of the land gradually changed as the afternoon wore on. Plains of grass, sage, and cactus were replaced by rolling hills that carried crowns of lodgepole pine. The trail turned to a series of switchbacks as it pitched up one steep slope and then down another. Beside them the line of wagons thinned out as mules and horses strained in their harnesses.

"Almost there," Agran called. He put his heels to his gray horse and moved ahead. If he was concerned that Jake and the others might try to run, he didn't show it.

Jake glanced over into the woods and saw a dark shape sliding between the pines. It was the one comforting sight he had seen all day.

Josie brought her horse up beside Jake. "Do you know where we are going?"

"No." Jake shook his head. "Far as I know there's not much this way till you get on the other side of the hills."

"Yes, there is," Hatty said.

Jake looked back over his shoulder. "What?"

"There is something up here." Hatty pointed across the hilltops to their right. "The tower."

"The tower," Jake whispered. He followed the direction of Hatty's pointing hand. Like a huge black shot glass overturned on the plains below, the tower rose above the surrounding hills.

Jake had been there before. He had been small then, and his father and stepmother had decided to have a picnic. His stepmother had still been healthy and beautiful. They had spread a blanket in the shade of the tower and had brought out jugs of cool buttermilk from baskets carried on a high-wheeled buggy. Jake remembered the smell of pine and the taste of cold chicken. He remembered the huge bundle of dark stones soaring far above his head. He remembered playing under the long-tumbled boulders at the tower's base.

"What is this place?" Josie asked.

Her voice pulled Jake out of his memories. He had been close to dozing again. He blinked and looked at the dark stone horn rising on the horizon. "They call it Devil's Tower," Jake said.

The Mexican girl's eyes went wide. *"El Diablo?"*

Jake shrugged. "Anything that looks funny 'round here ends up being called the devil's this or that."

"Could be there's something to it this time," Hatty said softly.

As they passed over the last ridge and came down onto the grassy plains at the foot of the tower, Jake saw that the ground around the tower had changed. Much of the pine forest at the south side of the stone had been cleared. In the center of the openings a new town was growing.

A huge building, by far the largest Jake had ever seen, stood pressed against the boulder pile along one side of the stone tower. Around it were grouped a dozen or more other buildings, each of them long, low, and almost as large as the building at the center. Log corrals held a good-sized herd of horses and a larger herd of cattle. A water tower capped with shining tin rose above the rest of the town. Large black letters labeled the new settlement: ARARAT.

Agran waited for them at the edge of the new town. "She's something, ain't she?" the gambler asked with a smile.

"She's something, all right," Jake replied. He rode around Agran and passed into Custer's town.

The train of wagons and riders led down into the clearing

and ended where goods and clothing were heaped beside each of the long buildings. One after another the wagons arrived, emptied their loads, and moved on. Jake frowned as he watched a wagon driver roughly dump furniture onto one of the piles, whip his horses, and turn the wagon back toward the site of tattered Calio.

"What are they doing?" Jake asked. "Half of what they brought is bound to be ruined."

"They don't care," Agran said. "Most of what's left will probably be burned up, anyway." He pointed to the far end of the town, where a bonfire crackled. "There's not much call for fancy things in Ararat."

"But . . ."

"Come on," the gambler said. "Custer'll be up by the lodge."

They rode between the twin rows of long low buildings toward the mammoth structure Jake took to be the lodge. The closer they got to it, the bigger it seemed. It was a good three stories high and longer than all the houses in Medicine Rock laid end to end. The logs on the other buildings had been laid rough, but for this building they had been barked and turned till they gleamed like polished bone. Sluggish streams of resin still dripped from the green wood. There was a broad porch at the front of the building and balconies on each floor above.

Men in blue uniforms stood in loose knots close to the lodge. They wore high-crowned Kossuth hats and had heavy pistols at their belts. From what Jake could see, not one of them smoked, spoke, or moved from his place. A few looked up as the four riders went past, but that was the apparent limit of their interest. In all their faces there was a slack, listless expression.

"Are these Custer's deputies?" Josie asked, pointing at the men in blue.

"I suppose," Agran said. "They call them troopers here."

"Why are there so many?"

"Custer likes things to go smooth," the gambler said. "He doesn't abide people doing things he doesn't like." He craned around in the saddle to look at Jake. "Wait till he hears what you've done to Bullock's Indians. He'll likely be in a sod-pawing mood about that."

There was a group of troopers along the edge of the porch, and Jake scanned their faces, looking for the features that had haunted him for months. None of them was Custer. Then he spotted movement farther back and saw a man dressed all in white crossing the porch of the wooden lodge.

The troopers parted around Custer like a herd of horses parting around the head stallion. The man in white moved swiftly down from the porch and onto the grass. He came toward Jake with his blond hair flying in the breeze and his eyes bright.

Everything slowed, but it was not Jake's talent at work—it was pure fear. Jake reached for his chattering, but his talent seemed as slippery as wet glass. He tried to remember the feel of the chattering, the sound of it. Custer drew closer. He was ignoring the others, walking straight toward Jake.

Jake was frozen, his heart thumping against his ribs. He couldn't find his talent. He couldn't even move for his pistol. It had been a mistake to come. He should have listened to Goldy and stayed in Medicine Rock. He wasn't ready. He could do nothing but wait for the yellow-haired man to say the word he had said so often in Jake's dreams, the word that would send Jake to join his father.

Custer reached up and took Jake's hand in his own. Jake winced in anticipation.

"Welcome," Custer said. "I've been waiting for you." The blond man smiled.

☆ 28 ☆

"I brung them, General," Agran said, "just like you wanted." The gambler, who had always seemed confident even in the presence of Quantrill, looked at Custer with the cringing anticipation of a dog that had suffered the whip.

"A fine job, Mr. Agran. Very good."

Custer released Jake's hand and stepped back. The uniform he wore was as bright as the clouds and was edged in gold braid. A single gold star adorned each shoulder of his jacket, and twin rows of gold buttons gleamed along the front. Unlike the troopers, he wore no cap, and his long blond hair whipped around his head in the steady northern breeze. Jake had remembered him as a thin, pinched man with a wild look in his eyes. Now he appeared vigorous and cheerful. His uniform was almost painfully clean, and his manner was calm and confident.

Custer took the end of his blond mustache between his fingers and curled it absently. "It seems your company is light a few soldiers, Mr. Agran. Where is the man Smith and our Indian friends?"

Agran licked his lips nervously. "There was an accident," he said. He climbed down from his horse and went to plead his case from close beside Custer. "Old Sitting Bull done for the black fellow, then this Jake Bird, well, he dropped them Indians. Then he—"

Custer raised a hand and tilted his head slightly. "He killed the Indians? It's hard to kill someone that's already dead."

Agran pointed to Jake. "He said some gibberish over them, and they dropped."

"Did he?" Custer said. "Did he indeed?" He stood for a moment longer, then clapped his hands together. "Well, Mr. Bird, I'm sorry that we will not get to meet your friend, but I'm very glad you've come. Yes, very glad." He smiled again. "Now, would you all be so kind as to dismount and join me on the porch? The pleasures of this land are few, but I've had the cook prepare a fine dinner."

A surge of anger went through Jake. Now that his fear of immediate death had passed, he found that he was offended by the sheer politeness of the man. He had been prepared to come into town and face a fight that he might not win, but this civility was like rubbing salt in the wound left by his father's death. Hatty and Josie swung off their mounts, but Jake remained in the saddle. He glared down at Custer. The blond man didn't seem to notice.

"It's clear that you wanted us here, General," Hatty said. "Mind if I ask why?"

Custer flashed a white smile. "You are direct, Miss Ash; I appreciate that." He gestured toward the immense lodge. "But please, come and set with me on the porch. It's much more pleasant to hold a long discussion where there is a comfortable chair and cool drinks." Without waiting for a response, he turned and headed back across the grass.

Josie looked up at Jake. "Are you coming?" she asked.

He wanted to say no but could not think what that would accomplish. "All right." He swung his leg over the horse and handed the reins to a trooper who appeared at his side.

Agran and Custer led the way across the grass, with the three companions close behind. Troopers took their horses away. Watching the mounts disappear around the corner of the building gave Jake a cold feeling. He did not like being away from the horses. If they needed to run, it would be difficult. But then, Custer's men were everywhere, and getting past them was unlikely even with horses.

The porch covered an area as broad as the city square in

Calio. The boards of the floor had been sanded but were still rough and green. Seven square tables with red tablecloths were spaced across the broad plank floor. Like the lodge itself, the tables were crafted of pine and seemed freshly made. Simple benches fronted each table. Seated at all the tables but one were more of Custer's troopers.

"Come on up," Custer said. He took a place at the empty center table and lifted a glass to sip the contents. Agran walked around the table and started to sit to Custer's right, but the general took his arm. "Not there, Jessup. I want our guests to sit next to me. You go on down to the end."

A man dressed in a trooper's uniform stepped out through the door of the lodge and brought a pitcher of lemonade to the table. Custer nodded to the man. "Thank you, Major. Back to your duties now." The trooper raised his hand in a limp salute and went inside the lodge. Custer looked around and saw that Jake and the others were still standing on the stairs.

"Come along, folks," he said. "You don't want to miss this supper."

"Go on," Hatty whispered in Jake's ear. "If we're to get answers, we'll have to get them from him."

Jake nodded and walked across the porch toward the smiling man. He stayed on his feet while Custer directed Hatty and Josie onto the bench at his side. The seat right across from the sheriff of Ararat was reserved for Jake. He sat down in it heavily, his eyes locked on Custer's calm face.

"I can't say how glad I am to see you all here," Custer announced. "I had been hoping for this moment for some time and was beginning to worry that it would never come to pass."

Custer's blue eyes looked down. "First, Mr. Bird, let me give you my apologies. What happened between myself and your father was terrible, terrible. Truly unforgivable." He looked up at Jake with an expression of aching sadness. "I was confused at the time, ill. Otherwise I would not have made such a grievous mistake." He picked up the pitcher and poured himself a glass of the pale yellow drink. Then he picked up the other glasses and began to pour lemonade for each of them.

"It was no mistake," Jake said, watching the man fill the glass in front of him. "You killed my father without giving him a chance."

"I can only assure you that I do not normally kill talented people," the blond man said. He finished filling the glasses and put down the pitcher. "As Mr. Agran here can tell you, I cherish those with talent. I would never have seen your father stricken were it not for my own weakness at the time."

The door at the front of the lodge swung open, and a man came out. He was as big a man as Jake had ever seen, a good foot taller than Custer and twice as broad across the shoulders. The man's head was topped by a broad, shapeless beaver hat, and he wore a coat that had been torn and hastily mended in a hundred places. A stoppered horn was slung over each of his shoulders. Long tangled hair spilled halfway down his back, and his beard in front was of a length to match. His black eyes glittered under a heavy brow.

"*Wagh!*" the man shouted. His dark gaze moved back and forth over the newcomers. "Look here. Look here. Damn me if there ain't more frill stuff every day." His voice was heavily accented with a roll that was partly French but mostly wilderness. He dropped onto the bench at Josephina's side, flashed her a broken-toothed smile, then snatched a glass of lemonade and downed it in a gulp.

Jake had seen men like that before. When he had been small, there had still been a few who carted beaver down from the Bighorn Mountains. But the mountain men had been scarce even before the war. Jake couldn't remember when he had last seen their like.

Custer looked at the man and frowned. "Your manners, Mr. Bullock. These are important guests."

Jake looked at the big man again. If Agran was to be believed, this was the man responsible for the grisly revivification of Sitting Bull and He Dog. It was a strong and, so far as Jake knew, unique talent. "You raised the Indians," he said.

Bullock ignored him, scowling at his empty glass and then

tipping it over with a thick finger. "Ain't git no damn bust-head, reckon. Nothing but damn sodwater."

"You need to keep your wits tonight, Mr. Bullock," Custer said. "We've things to discuss."

"A drop of jag won't make my wits go nowhere, reckon," Bullock replied.

Custer stood up, moved around to the end of the table, and smiled down on all of them. "I cannot tell you how delighted I am to see you all at this table," he said. The expression on the blond man's face put Jake in mind of Rev. Peerson looking out over the pews on a Sunday morning.

"If you wanted to see us that bad," said Hatty, "then why not just send for us?"

Custer took hold of the lapels of his coat and tugged on them. "If I had, would you have come running?"

Hatty took a sip of her drink and smiled. "No. Probably not."

Jake wasn't sure what to say. Custer's civility still rankled him, but it also confused him. To be welcomed with open arms and smiles was something he didn't know how to deal with. Until he could sort out what Custer had in mind for them, he thought maybe sitting still and being silent was the best row to hoe.

The door to the lodge opened again and two uniformed troopers appeared with trays of food. There were heaps of beefsteak still sizzling on metal plates, bowls of yellow corn and mashed potatoes, bread with butter melting over the top, hot squash with pepper, and a tureen of smooth brown gravy.

Bullock gave a long whistle. "Chicken fixings for sure."

Conversation lagged as plates were passed around the table. Jake had not realized he was hungry until the food appeared, but at the first whiff of the steak, his stomach woke up and took notice. He held himself back for a moment and watched Hatty for a cue. If Hatty was concerned that there was some trick coming, it didn't stop her from tucking into the food. Jake picked up his knife and cut off a hefty slice of beef that was charred on the outside but blood-red at its core. It was as good a cut of meat as he'd ever put in his mouth.

The steak was better than half-gone when Josie made a sudden squeal from across the table. Jake looked up to see her staring at Bullock with a scalding expression. "Pig," she said. "Do not touch me again."

The mountain man grinned. "You need touching. I ain't leave no damn bruises." He reached for Josie, and she leaned away.

"Leave her alone," Jake said.

Bullock turned his gaze on Jake. Darkness had begun to fall during the meal, and shadows gathered around the mountain man's deep-set eyes. "Be damn careful how you air you lungs. This old coon take you tongue right out you mouth, reckon."

Jake hesitated for a moment. He expected Custer to say something to Bullock, but the blond man was going on with his meal as if he had noticed nothing wrong. Jake let his hand slip under the table and rested his fingers on the worn handle of Panny Wadkins' short-barreled revolver. "Just leave her alone," he repeated.

The mountain man smiled his broken smile. "You reckon you a gunsman. Here, little gunny, eyeball this."

There was a scraping sound. Jake looked down to see what was left of his steak humping and squirming on the plate. The loose end of a charred bone scraped across the metal plate while drops of blood were squeezed from the twisting meat.

Jake's stomach turned over. "Make it stop," he choked.

"They ain't no damn stop," Bullock said. "Once I start them, they ain't stopping."

The steak slid to the edge of the plate and hung there for a moment. Gristle and bone tapped on the tabletop like a woodpecker beating at a stump.

Bullock's grin widened. "What you think? If I do this to the chaw you already ate, reckon you be able to shoot me then?"

Jake took his hand away from the pistol. Fighting back the gorge that was rising in his throat, he caught hold of his slippery talent for chattering. It came to him quickly this time.

"Stop it," he said to the quivering piece of meat. At once the trembling steak fell still.

"Goddamn." Bullock rose to his feet and stood blinking down at Jake's plate. "What you do?"

Custer slapped his hands together in quick applause. "Wonderful, Mr. Bird," he said. "It appears you were right, Mr. Agran; his talent is up to the test."

"He dropped those Indians," Agran said. The gambler had a bite of steak on his fork, but judging from the gray color in his face, he was not in the mood to eat it.

Bullock gave Jake another dark scowl, then fell back onto the bench. "Damn," he said. Suddenly the man's hard expression broke, and he bent forward in a roaring belly laugh. "*Wagh!* This one damn good as you say."

Jake felt a surge of heat come over him as his anger toward Custer returned. He struggled to put aside the chattering and find his human voice. "This was a trick?" He slid toward the end of the bench, meaning to get to his feet.

"Hold your horses, Jake," Hatty said. She looked across the table, a calm expression in her blue eyes. "Is this what you brought us for, George? So you could give us some sort of test?" She sliced off another chunk of bloody beef and put it into her mouth, apparently unaffected by Bullock's grotesque show of talent.

Custer pushed aside his plate and ran a hand over his short beard. "In part, Miss Ash. I had to know that the flashes of talent I felt from the boy had substance." He smiled. "Your reputation in this matter is of course secure."

"Fine." Hatty finished her last bite of steak and leaned back from the table. "We've eaten, and you've had your test. We came here for one thing and one thing only. There's a girl—"

"Yes," Custer said quickly. "Yes, I know. But first I have a proposition to discuss."

Once again the blond man climbed to his feet and moved to the end of the table. Jake clenched his jaw as Custer went past. He couldn't imagine what had made him settle down to eat with this man who had murdered his father, but now he only wanted to find Sela and leave as fast as he could.

Custer put his hands in the pockets of his white uniform and fished for something as he stared out into the darkness. "Folks with talent don't often get on well with each other," he said, "but tonight we have a great deal of talent gathered here, perhaps more than around any other table in this nation."

He produced a thin cigarito and struck a match against the pine table. The flickering light gave everything a shifting red glow. Even after the match was extinguished, the ember at the cigarito's tip lent the blond man's face a dull red sheen. "For years now," he said around the tiny cigar, "there has been a gulf growing between those with talent and those without. Look at how sheriffs are treated these days." He took the cigarito from his mouth. "Those of us with talent are different."

Hatty cleared her throat. "Speaking of talent, George, I've heard you have some yourself."

Custer nodded. Behind him someone lit a lamp inside the lodge. The yellow light spilling through the window showed him as a stark black silhouette. "I have a talent, Miss Ash."

"I don't remember any talent," Hatty said. "You been doing some horse trading?"

"Any trades I've made have been good ones. Look around you." Custer raised his arms in a gesture that took in the whole town. "My talent is all around you."

Jake looked to the left and the right and saw Custer's troopers sitting at the tables. In the thin light from the window their faces were as pale and lifeless as the moon peeking above the pines. Jake's attention was caught by one man at the end of the porch. Despite the dim light, Jake could see the lank hair that escaped under the man's hat. He could see the dirty, frayed cuffs of the man's shirt and the dull, dry look in his eyes.

Slowly Jake rose from his seat, moved around the table, and walked to the edge of the porch. In the dark streets of the infant town the citizens of Ararat stood waiting. Wild-haired children stood beside women in dusty dresses and men whose shirts were stained by sweat. They stood all the same, with their arms hanging at their sides and their mouths gaping. They were not completely motionless. One of the men twitched and jerked. A woman close to the lodge moaned, her hands opening and clenching, opening and clenching, again and again. In the moonlight they were as gray and fearful as fading ghosts.

"I know," Jake said. He turned and saw Custer puffing on his tiny cigar. "I know what you've done."

The man in the white uniform removed the stub of the cigarito from his mouth and dropped it onto the table. "Yes," he said, "I see that you do."

Hatty squinted at the darkness. "What is it?" she asked. "What do you see?"

One of the troopers stood up from the next table and walked closer. He reached to his holster and produced a heavy dark revolver. Josie shouted a warning, ducked behind the table, and drew her own gun. Hatty stood, and her hair flew in a sudden breeze as she gathered her power.

Jake kept his eyes locked on Custer. "Don't do it," he said.

The man in white shook his head. "Miss Ash doesn't see as clearly as you. She needs to understand."

For the first time Jake saw confusion on Hatty's face—and fear. "What's he going to do, Jake? He couldn't have brought us all this way just to try and shoot us."

"No," Jake said. "He didn't."

The trooper raised his gun, placed it against the side of his own head, and fired.

Josie screamed and surged to her feet. Agran uttered a curse and brushed frantically at the drops of blood that had stained the sleeve of his gray suit. Bullock rocked with laughter.

"Good lord," Hatty said.

"Perhaps," Custer said calmly. "Who are we to know?"

Hatty stood and walked over to the fallen man. The light from the lodge spilled onto the body, making the splash of blood the one bright spot of color in the darkness. Hatty knelt at the dead man's side and touched her hand to his ashen face.

"You did this," she said.

"Yes," Custer said. "It is within my power to control these people."

Josie pushed her way around the snickering Bullock and trained her gun on Custer. "You do not control me," she said. But even as she spoke, a tremor ran through her body. Her mouth dropped open, and she uttered a strangled cry. The pistol fell from her hands to thump against the split-pine flooring.

"Look like he do!" Bullock cried. The mountain man resumed his laughter.

"Don't kill this little *margarita*," Agran said. The gambler removed his ruined jacket and frowned at the stains. "She's useful in the bedroom."

"No," Jake said. "Let her go." He reached for his talent, and it came to him eagerly. Jake's jaw grew tight as he bit back a stream of chattering.

Custer still stood near the head of the table. Blood had splashed onto his white uniform, but he made no move to brush it away. His expression was not gloating, angry, or anything else. He seemed as expressionless as those under his control. "Here is the real test," he said in a flat voice. "I'm building something here that is far beyond petty sheriffs and ratty little towns—something that can grow and stretch farther even than the oceans that bound this country."

Hatty stood up. There was blood on her hands and determination on her face. "We want no part of it. Let Josie go. Now."

Jake balled his hands into fists and opened his mouth to give voice to his anger. He would loose a stream of chattering that would blast Custer and all his companions clean out of Ararat.

The door to the lodge opened again, and a woman stepped onto the porch. She wore an elegant gown of sheer green bordered with rich velvet. A tight corset pulled her waist almost impossibly thin and forced her breasts up beyond the top of the fabric to reveal half domes of soft white. Her face was severe but lovely within a frame of auburn curls.

"Relax," she said softly. She raised her hand and waved it casually toward Jake. "Stay your anger," she said. "Be calm."

With her came a sound that Jake could not lay a finger on. It was like a paper being crumbled, or trees brushing each other in the wind, or a great hidden stream rushing through endless dark caverns. Jake's chattering caught in his throat, and he looked at the woman in surprise.

The lovely woman smiled, and Jake found himself smiling in return. "There, now," she said. "There's no reason for trouble." She waved her hand again, describing an elegant arc through the air. "Be calm. Rest."

Jake sank to his knees. He found that he was too tired to keep his head up for more than a moment at a time. There was laughter, and he could not tell this time if it came from Bullock, Agran, Custer, or all three.

Only at the last moment, just before his head fell to the rough boards and everything went dark, did he realize that the woman was Sela Absalom.

☆ 29 ☆

Jake woke up in a large soft bed in a well-furnished clean room with the sun shining brightly through a window. Almost everything in the room was familiar. He recognized the bed and the dresser, the wardrobe, even the blue enamel wash-basin. All those things had come from his old room in Calio. The worn quilt was the one he had slept under most of his life.

For one sweet moment everything from the past year seemed like a bad dream. He wanted to go downstairs and see his father smoking a pipe on the front porch. He wanted to sit with his mother in the drawing room and read one of the books that had come all the way from England. But his father was long dead, and his mother . . . He closed his eyes tightly. His mother had betrayed his father, and now he did not know where she was.

Gradually his memories of the previous evening, and of the previous year, came riding back: Custer, Bullock, Sela.

Jake's memory balked as it ran up against the end of the strange dinner. What he remembered after that was mixed with dreams that had come to him during the night. He could lay his finger on only a few broken pieces of those dreams: Bred walking through the trees high in the Black Hills, Hatty sitting in her boat, Josephina kneading biscuits in the kitchen of Curlew's boardinghouse. But the dreams had been more than just those few pieces—Jake was sure of that. He had the impression that everything he had done or seen for the last few months had poured through those dreams at a pace much greater than the one at which he had lived it.

Maybe that was what had made him so tired. His limbs felt logy as he sat up in the bed, and his head seemed to be packed with wool. From the way the light fell through the window, it was within spitting distance of noon, but for all the sleeping Jake had done, he could scarcely manage the energy to get his feet onto the hard wood floor.

A resolution seized Jake. They had to leave Custer's town and leave now. Sela was here, but she was not the girl he had looked for. They had come for only one reason, and without that reason, the best thing they could do was get back to Medicine Rock pronto. He wasn't sure if it was his talent gnawing at him or only his gut. Whichever it was, he was inclined to listen.

He stood up, leaned against the bed, and looked for his clothing. His hat was on a chair in the corner of the room, but the rest of his clothes were not in sight. Jake tried to remember where he had put them before going to bed but could not think of it. In fact, he could not remember going to bed at all. He remembered being on the porch and then the dreams—nothing more.

There was a tapping at the door. Before Jake could make a move to open it, a uniformed soldier came in and laid a suit of dark clothes across the foot of the bed.

"The general would like you to put these on," the man said.

"Don't suppose I have much choice," Jake replied. "Looks like my duds are gone."

"As soon as you dress," the man said, as if he had not heard Jake, "come down to the dining room." He backed out of the bedroom and closed the door.

Jake picked up the sleeve of the dark coat and ran his finger along the cloth. He tried to recall whether the suit was one he might have left behind when he had fled Calio. But the clothes did not seem familiar and looked new. Wherever they had come from, they fit well. He managed to get to the washbasin and damp down his cowlick with some of the clear water that was waiting there.

He looked at himself in the small gilt-framed mirror over

the dresser. The man who looked back seemed far too old to be Jake and too tired to boot. There were dark circles under his eyes and a dark shadow of stubble along his sunburned cheeks. Jake tipped a bit of water into the shaving cup and worked up a good lather with the brush. Then he covered his trail-weary face with suds that smelled vaguely of peppermint. By the time the straight razor had uncovered the last of his clean-shaven cheeks, Jake felt a little better. He wiped the razor clean, gave himself a final look in the glass, and went out to face whatever was to come.

Josie was waiting for him in the hallway outside. He had to look at her twice before he recognized her. The trousers, shirt, and vest she had worn on the road had been replaced with a pale yellow dress that showed her smooth brown arms. The black hat she had worn on the ride was gone, letting her long, dark hair hang loose. She looked pretty, but she looked no more rested than Jake.

"Have a hard night?" he asked.

The girl nodded stiffly. "I didn't sleep well."

Jake frowned. Josie's voice was flat, and the look in her eye was distant. "Are you sick?"

"No," she said. "What'll we do now that we've found Sela?"

Jake shook his head. "Did we find Sela? I wasn't really sure we had."

"We don't have to leave."

"What?"

"We could stay here," Josie said. "There's food and people and everything we need."

"Stay here with Custer?" Jake frowned. "How can we do that? You've seen what he's doing to the people in this town. We've got to find Hatty and go. Now."

"We don't . . ." Josie stopped and blinked. "We don't . . ." Her mouth fell open, then closed with a click of teeth.

"Josie." Jake moved to put his hands on her shoulders. "What's wrong?"

The girl staggered back a step and mumbled something

Jake couldn't hear. He felt the muscles in her shoulder bunching and twitching under the soft cotton dress. "It is not—" she suddenly shouted, then her voice rose in a gurgling scream. She fell against Jake. Her body bucked so hard that he came close to falling.

"Josie!" Jake moved his hands to Josie's waist and tried to still her frantic motions. "Josie, it's all right. Josie, tell me what's wrong."

She looked at him with eyes that were filled with terror. Once Jake had seen a man who had accidentally put his arm in a gristmill. The rictus on Josie's face easily matched the one the man had worn as the stones had slowly ground down his arm.

"It is not me," she said. Her voice was as tight as her features, and the words were slow. "It . . ." Again her words sloped up into a scream, then ended with a gurgle low in her throat. Josie's eyes rolled back in her head. There was another fit of flailing, then she fell limp in Jake's arms.

"Josie!" Jake cried again. The girl's eyes were still open, revealing nothing but white. He shook her, and her arms flopped loose against his legs. Tears began to well in Jake's eyes. "Josie?" he said softly.

"She ain't dead."

Jake looked up to see Jessup Agran leaning against the wall. "What's wrong with her?" Jake asked.

"She's fighting," the gambler said. "I've seen it before. Another two, three days, all the fight'll be gone."

Jake swallowed and put a hand to Josie's slack face. "Custer's trying to take her, isn't he?"

" 'Course," Agran said. He pushed himself away from the wall and walked toward Jake. "He takes them all eventually." He reached out toward Josie, but Jake pulled her away.

"Stay back."

The gambler gave a thin smile. "I'm just going to help you put this chippy in bed, friend. I ain't like to hurt her."

Jake got one arm under Josie's legs and the other under her back and lifted her. "I can do it," he said.

"Suit yourself."

Agran stood aside while Jake took Josie into the room he had just left and lay her down on the bed where he had slept for the first seventeen years of his life. It had taken Jake weeks to learn that Josie was as tough a person as he'd ever met, but now she looked small and fragile. Her dusky skin was unusually pale, and she moaned in fretful sleep. Jake pulled the hard black shoes from her feet. She turned over in her sleep and seemed to rest more easily.

"Are you sure she's all right?"

The gambler shrugged. "For now. Come on. The others are downstairs, and Custer is waiting to talk to you."

Jake brushed a hand through Josie's thick, dark hair, then straightened and squared his shoulders. "Good. I want to talk to him."

He followed Agran out of the room and down the hall to a large curving staircase that was cut from some of the largest pines Jake had laid his eyes on. The stairs opened into a huge room with three fireplaces and enough furniture to seat a regiment. The inside of the lodge was done up with more pictures and mirrors and draperies than one could shake a stick at. For all the finery being burned or crushed in the streets of Ararat, Custer had not skimped on the furnishings of his enormous home.

They walked on, passing through a dining room laid out with silver and real china plates to a smaller corner room with walls that were more window than wood. At a round cherry table three people sat behind plates of eggs, ham, and huckydummy.

Custer sat in a high-backed chair at the center of the three. His plate was heaped with food, and he was engaged in cutting a thick pink slice of ham with a dark-handled knife when Jake entered the room. He looked up and smiled. "Ah, there you are, Mr. Bird." The general tilted his head to the left. "Mr. Agran, would you please see to that other business. Thank you." The gambler's heels clacked against the floorboards as he retreated from the room.

Flanking Custer on the left was Bullock. The mountain man wore dark buckskins and a long john shirt that had once been white but was now the color of dust. He looked out of place in the fine room. Bullock was so intent on shoveling down a plate of huckydummy ladled with sorghum that he did not so much as look up when Jake came in.

At Custer's right hand was Sela. Her hair was loose this morning. The auburn waves that spilled down past her shoulders brought Jake a sudden memory of the smell of straw and the feel of pearl buttons between his fingers. Unlike Bullock, she seemed to have little interest in her breakfast; the eggs and ham on her plate looked almost untouched.

"It's good to see you looking well," she said to Jake. "I knew those clothes would suit you."

Jake would have liked to sit and jaw with Sela. There was the question of what she was doing in Ararat and how she had come to have talent. He wanted both of those questions answered, but other things had to come first. He pulled himself up straight and looked across the round table at Custer. "Where is Hatty?"

The sheriff of Ararat was wearing another uniform, this one the thin blue of a midsummer sky. His pale blond hair had been brushed out and framed his narrow, tan face. He looked fit to sit down before a photographer.

"Please join us for some breakfast," he said. "There is more than enough."

"I'm not hungry," Jake said, though his stomach rumbled in disagreement. "Where's Hatty?"

Custer lay his knife down on the edge of his plate and put his hands down on the dark wood of the table. "You'll get your questions answered much faster, sir, if you'll only sit down and have a proper meal."

Jake pressed his lips together. He had already taken one meal with this murderer, and he desired no more of the man's company. But he hooked a chair with the toe of his boot and pulled it back from the table. He dropped into it without taking his eyes off the general. "You going to tell me where Hatty is now?"

"It was Ararat where Noah landed the great ark. Did you know that, Mr. Bird?" Custer took up his knife again and resumed hacking at the slice of ham.

The comment took Jake by surprise. "I read my Bible as much as the next man," he said. "I know the story."

Custer nodded. "When the water receded from the earth, Noah and his family went out of the ark and started a new world." He lifted a bite of meat to his mouth and paused to chew it. "In this town we are facing the same challenge."

"I've not seen any flood," Jake said. This turn in the conversation was beginning to become irritating. "You said you'd tell me where Hatty was."

Custer held up his hand and waved his fork about. "Surely you've heard the saying. It was not the flood which did in our world, it was the fire this time—the fire of war. In chaos and blood, the old world has ceased to be. We are tasked with rebuilding a civilization."

"A civilization where you make people shoot themselves?" Jake shook his head. "It doesn't sound so civilized to me."

"You miss my meaning, sir," the blond man said with a frown. "When the world was flooded by water, it was not given that everyone should survive. Few were chosen." He swirled his fork in a sweeping gesture. "And into this new world only a handful will advance."

"And I reckon you're the one that's to pick them?" Jake asked.

"No, the first cut has been made already." He pointed to Jake. "You've been chosen, and so have all the others in this room. You have been gifted with a talent which sets you apart." He leaned forward, and a new expression of eagerness tightened his face. "Those others are already dead to you, Jake. Only those with talent matter now."

"Sheep," a new voice said. Jake looked around to see Bullock wiping his mouth across his sleeve. "Ain't nothing but sheep, reckon," the mountain man said.

"No." Thoughts of Cecil Gillen, Willard Absalom, and Reverend Peerson—and Josie—went through Jake's head. "I've known plenty of good people who had no talent and as many worthless ones who did."

It was Sela who spoke in response. "We cannot judge the next world from the lessons of this one, nor can we judge the mind of God," she said. Her lips turned up in the slightest of smiles. "I thought I taught you that years ago."

Jake was baffled. To his knowledge, Sela had not so much as sat a Sunday morning in Peerson's church. He certainly did not remember her bandying philosophy about the stables. "I may not know what God thinks," he said, "but I bet he don't think much of people getting killed."

"People die all the time," Sela said. "I watched your father kill enough of them. So did you. I never heard you chastise him for his actions."

"My father was the sheriff. He did what he did for everyone in town. And besides that, you were never there to see him."

The girl gave no answer but her mysterious smile.

"I've talked enough," Jake said. He started to stand, but Custer again held up his hand.

"We're not quite finished, Mr. Bird," the general said. His voice took on a deeper pitch, and his blue eyes fairly gleamed. "You have a choice to make this morning, a choice that those out there in the bunkhouses never had. You can join us in an enterprise that will sweep the old world away."

"Think carefully, dear," Sela said. "You won't get another chance."

There was something about her expression that puzzled Jake. The freckles that crossed her nose were partly masked by a dusting of powder, but he could make them out, just as he could make out each pale strand of her eyelashes and the hundreds of shades of green that glittered in her eyes. Each grain of powder on the bridge of her nose was as individual as the stones in a stream. He could see everything clearly now as the weight of his talent settled over him. He could see what should have been clear from the first.

"You're not Sela," he said.

The girl templed her fingers under her chin. "I was wondering if you would ever notice."

Jake stood up and took a step back from the table. "How did you do this?"

Custer dropped his silverware onto his plate and clapped his hands together. "It seems I've been blessed with numerous talents," he said. "You've seen how I can handle the souls of those who lack the gifts. With those who do have talent, I can do nothing without their help. But with their help, I seem to be able to move souls from place to place." He smiled. "It's a very handy talent."

A cold mass of horror and disgust settled in Jake's gut. "But why?" he asked. "Why do this?"

The woman who looked like Sela picked up her fork and began to push the runny eggs around on her plate. "I was sick, Jake. You know how I felt. I was even too weak to use my talent."

Jake found his breathing coming fast, as if he had run a quick mile. "But Sela—"

"Now I'm strong and young, and I have my talent back." The girl suddenly stood and spun around. The fabric of her dress rose around her as she turned. The strong light through the windows shone through the thin cotton and silhouetted the curves of her form. "I'm young, Jake, just like you."

"You're not like me," Jake said. "Not at all." He swallowed hard. "Where's Hatty?"

"Miss Ash rejected our offer last night," Custer said. He leaned back in his chair and looked at Jake with a hard expression. "I was hoping your choice would be wiser."

"Do stay, Jake," the girl said. She moved around the end of the table and walked toward him. "I've always wanted things to be different between us. Did you know that?" She came up close to him and looked up with Sela's green eyes. "If you don't like me this way, there's always the Mexican girl."

"No!" Jake shouted. "You leave Josie alone!" He whirled

around to leave the room and found Josie standing right behind him.

"It's too late for that, Mr. Bird," said a flat voice that came from Josie's mouth but not her mind. "This one is mine, too."

Jake made a howl that was not a word even in his own mind. With a year's worth of built-up hate he turned on Custer. "You let her go!" he shouted. "Let her go or I'll kill you!" His words turned into screams like those of an eagle on the hunt.

Raw power leapt from the tips of Jake's fingers and snaked over the table, scorching the red wood and shattering the plates and bowls in its path. Silverware danced, and steam rose to mix with wood smoke. The twisting ropes of power reached the edge of the table and jumped to the two men who sat on the other side.

Bullock bellowed as ribbons of white and blue went spinning over his yellowed shirt. "Git off me!" he cried. He jumped up from his seat and beat at the coils of fire that singed his clothing.

Custer did not stand. Fire left black streaks on his pale blue uniform. His blond hair rose around his head. Blue sparks danced over his teeth and dripped from his lips like a leaking faucet of fire. His blue eyes glowed like lanterns.

"You're stronger than I thought," Custer said. Each word was marked by a cough of rising sparks.

Jake raised his hands to point right at the blond man's face. This was the man who had killed his father. This was the man who had destroyed the town of Calio. This was the man who had done this infernal thing to Sela—and to Jake's mother. The lightning that sprang from his hands grew brighter. Spouts of flame erupted from the shoulders of Custer's clothing. His hair curled and darkened at its ends. The general opened his mouth and belched out a gust of bloody steam.

The sight of the man's reddened, blistered skin and the terrible odor of burning hair caused Jake to falter. The strength of his talent slipped, and the flow of power from his hands dried up as fast as the flow of water from an empty bucket.

A hand came down on Jake's shoulder, and he spun around in panic.

Josephina stood behind him. "I cannot grab your soul as I can this child's," the flat voice said. "But I am not without other talents."

There was a crash, and Jake spun around again to face Custer. The figure that stood across the table hardly resembled the man who had haunted Jake's dreams. The blond hair had become matted into a mass of something dark and hard, like grease left too long on a hot skillet. The man's skin was mottled and cracked. His uniform was soaked with sweat, black with soot, and red with blood. He was laughing.

"You'll find you'll soon regret your choice, Mr. Bird," Custer said. His voice was a bubbling croak, but it got stronger with each word. The woman who had been Sela moved around the table to his side, but Custer pushed her roughly away. "Stay back," he said. "This will be over soon enough." As Jake watched, parts of Custer's face lost their burned look and his hair began to loosen. In moments half the damage of Jake's attack had been erased.

Jake struggled to find his voice. "Just let us go," he said. "Tell me where you've put Hatty. I'll take her and Josie and go. We won't bother you."

"No," Custer said. "I'll not have talented folk on my doorstep, ready to bite my ankles when I'm not looking."

"We'll stay out of your way."

"No," the general said. "I mean to have it all. There is no 'out of my way.' "

Hands appeared on top of the table, and a moment later Bullock's face peeked over the side. The mountain man had not taken nearly as much damage as Custer had suffered, but he did not seem to have the general's facility for quick healing. He looked at Jake through bloodshot eyes. "Make this one come, damn it."

Custer nodded. "Soon enough." Flakes of burned skin fell from his cheeks as he spoke. He stood very still for a moment, looking at Jake with his pale eyes. "Pain," he said.

Jake screamed and fell to his knees. He clawed at his face, trying to find what was causing the burning, piercing agony that shot through his skull. It hurt too much to think. It hurt too much even to breathe. His fingernails dug into the flesh of his forehead, drawing blood that flowed into his eyes as he desperately tried to ease the terrible pain.

"You see, Mr. Bird," Custer said. "While I cannot ride you as easily as I do those without talent, my voice can still command you. Just as it did your father."

Nearly blind from the torture the single word had brought, Jake pulled out the remains of his talent. "Help me," he said, chattering and pain acting together to blur the words into a moan. The shattering pain in his head abruptly lessened as a glimmering wall grew in the air above the table.

"You're more resourceful than I thought," Custer said. His voice had regained its smooth, calm tone. "But you cannot stand against me for long."

Close behind him Sela raised her hands and waved them through the air. "Rest yourself, Jake," she said. "It's all over now." Her gestures raised ripples of fire on Jake's protective wall but did not penetrate it.

"That's enough," Custer said. His words had much more effect than Sela's gestures had. They ripped into Jake's wall and left it in tatters.

"Hold tight," Jake cried. "Help." The wall tightened, but Jake had no illusion that it would stay up for long. In another moment Custer would have it down, and the fate he had dreaded for nearly a year would be on him.

Jake looked to the side and saw Josie. She was standing rigid in the doorway of the room. Her eyes bulged, and her lips trembled. And Jake knew what to do.

"Help her," he cried. "Help Josie."

At once the wall of talent shifted and collapsed, wrapping itself around Josie like a blanket. But it did not seem to cause her any pain.

She blinked, and a wild cry came from her throat. Without a moment's pause she leapt forward, rolled onto the smoking table, picked up the knife Custer had been using to slice his ham, and drove it into the blond man's throat. It all happened so quickly that Jake hardly had time to draw a breath.

Custer fell back, clutching at the handle jutting from his throat. Sela went to him, while Bullock stood looking back and forth with the expression of a frightened dog.

"Die, *brujo*!" Josie shouted. She picked up part of a broken plate and hurled it at Custer.

Jake turned to the window. "Open," he shouted, and the glass smashed out before him. He went to the table and grabbed Josie in his arms. "Hold on!" he said, though he was not sure if his words were in any human language. Then he jumped through the window.

☆ 30 ☆

"Is it loaded?" Jake asked.

Josie scowled at him. "Of course it is loaded. Why would it not be loaded?"

Jake shrugged. "I just wanted to check."

The trooper they had ambushed moaned. Josie quickly raised the heavy pistol and clipped the man across the forehead. The moaning stopped.

"Careful," Jake said. "Far as we know, he's no more a part of this than we are. Hit him like that again and you'll soon as not kill him."

Josie shoved the pistol into the holster they had taken from the fallen man and pulled the belt tight around her waist. The leather was almost long enough to go around her twice, and it looked darn strange next to the yellow dress. Jake was not about to tell her.

"Better for him if he is dead," Josie said. "Then he will not wake up and have that Custer in his head."

"Was it that bad?"

The Mexican girl looked at Jake with her large dark eyes. "I would sooner go back to Laramie and work in their whoring cribs for the rest of my life."

Jake nodded and stood. "Well, I think what you did hurt Custer a lot more than what I did. With any luck we'll get out of here before he comes looking."

He stepped over the fallen trooper and made his way to the door of the shed. The small building was nearly choked with shovels, hoes, long-handled rock hammers, picks, bags of nails, bits of boards, and bags of something white and powdery—enough tools in one room to build a town. The ax handle that had served to flatten the trooper lay on the dirt floor. Even in the gray light Jake could see a spot of blood and some hair stuck to the smooth wood.

Jake leaned out to peer at the still town. There had been so many people moving around Ararat the day before. Now there was nobody. That in itself was enough to make Jake's nerves do an extra dance step.

Josie joined him at the door. "We better figure that Custer knows where we are. If he was in the head of that soldier, he might be able to tell that we hurt him."

"Right." Jake looked out across the streets of Ararat and frowned. The day was moving toward noon, but the gray clouds were only growing lower and darker. The black bulk of Devil's Tower hung over the town, dwarfing even the huge buildings. A single trooper moved down the center of the street, but there was no sign of the transplanted population of Calio. Nor was there any sign of Custer or the other talented folks, even though a good ten minutes must have passed since Jake and Josie had busted free from the lodge.

"So, what do we do?" Josie asked.

"I don't know," Jake said. "We have to find Hatty, and we need the horses."

"Then we should look for the horses first."

"Why?"

"Because they are bigger," the girl said with a touch of exasperation.

Jake nodded. "Sounds like good thinking to me."

He crept out the entrance of the shed and hurried across the street to a line of larger buildings. He pressed himself against the raw logs and moved slowly along, taking care to stay in the shadows as best he could and to keep out of sight of the lodge.

Unlike Custer's grand home, none of the other buildings in Ararat had windows. If some of them were meant as barns and others as houses for people, it was hard to tell which was which. The doors in the buildings Jake and Josie passed were easily wide enough to accommodate a wagon. The structures were shoddily built, with joints that met poorly and angles that were none too straight. Already some of the walls were bulging, and it looked like many of the rough structures would not last out the winter snows.

Josie went to raise the latchstring on the first wide door.

"Don't bother. The horses aren't in there." Jake peeked around the corner, then trotted across a dusty patch to the edge of the next building.

Josie hurried to catch up to him. "How do you know there are no horses in the building we just passed?"

"I worked in a stable for better than half a year. Believe me, it doesn't take seeing horses to know they're around. A good nose is enough."

As they passed the second building, Jake began to wish his nose didn't work so well. There was a sour, dark smell to the building, a smell that mixed the foul reek of an outhouse in summer with the stench of meat that had turned. He had no desire to open the door of this building. Both he and Josie hurried to the next corner with their hands pressed hard over their faces.

As Jake paused at the gap before the next building, the cool feeling of his seeing talent settled on his shoulders. He turned his head, already terribly aware of what he would find. He stepped out into the dusty space, looking past the visible corner of the lodge to the row of buildings against the foot of Devil's Tower.

"Do you see the horses?" Josie asked.

"No." On the far edge of town two close-set buildings shaded a narrow alley. The tall water tower loomed over the dim space, and even with his talent Jake saw nothing in the gap but shadows. Still, he knew what he would find there. "Come on," he said. Then he turned and ran straight across the open square toward the alley.

"But they will see you!" Josie cried after him.

Jake ran past the long pale side of the lodge. His feet

crunched on the glass of the window he and Josie had used for their exit. From the corner of his eye he caught sight of the scorched table and the room beyond, but he saw no one. As he drew closer to the shadowy alley, details began to emerge. He saw two upright poles formed from the solid trunks of pine trees. Then he saw another shape between them. Finally he saw the leather ropes that bound the tattered figure to the thick poles.

"Oh, no," Jake moaned under his breath as he crossed the last yards. "Oh, no." He stumbled and slowed to a halt.

Hatty looked as bad as she had in the dry lands outside Medicine Rock. Once again her body had collapsed down to tight dark skin and dry bones. Again her clothing hung around her like a bag. But it was worse this time. This time there were cuts in her papery skin and rips in her clothing that made it look as if she had been scoured by a whip or sliced a hundred times with a sharp knife. She did not bleed, but some of the cuts exposed the gleam of yellowed bones. Worst of all, she was awake.

Her blue eyes rode in sockets that were so open and dry that they exposed the curved, bloodshot sides of her eyeballs. Her nose was a blade of yellow cartilage over a dark pit. She did not blink, and Jake knew right off that she could not—the dryness had struck her with her eyes open, and now her eyelids were too dry and tight to move.

"Jake," she breathed. Her voice was like fall leaves skittering over hard ground.

"What do we do?"

Hatty drew in a breath that rattled in her dry chest. "It's . . . not . . . seems." Half her words were lost to Jake. Neither he nor his talent could make sense of what was left.

Josie came running up, holding the big pistol in both hands. "Hatty!" she cried. Tears were on Josie's brown cheeks. "We must get you some water."

"No," Jake said. "Look at her. Look at those wounds. We bring her water now and it'll only kill her faster." The mantle of seeing was beginning to slip from him, but he still knew the truth of his words.

Josie shoved the pistol into its holster and raised one hand to touch Hatty's dry face. "We have to do something," she said. She fumbled at the leather straps that bound Hatty's wrists.

". . . not . . . who . . ." Hatty moaned.

"The girl's not Sela," Jake said, guessing at her meaning. "I know that."

"What do you mean it is not Sela?" Josie said. She looked up from the knot she was worrying. "It was Sela I saw."

"It's Sela on the outside," Jake said quickly, "but not on the inside."

"What does that mean?" Josie said. "I do not understand."

Hatty shook her head. The noise of her movement was like twisting leather. "No," she breathed. "Not . . . Custer."

Now Jake was as confused as Josie. He leaned in and put his ear near to Hatty's shrunken lips. "What is it?" he whispered. "What about Custer?"

"He's . . ." Hatty drew another tortured breath. " . . . not a man."

Jake frowned. "Then what is he?"

But Hatty had said all she could. Her head fell forward on the thin support of her neck. There was a popping sound, and for a moment Jake had the terrible feeling that her head might fall off. Though her eyes could not close, the spark went out of them and they became dull and greasy.

"Here," Josie said. She grabbed Jake's hand and pulled it over to the rope. "You get her loose. I will be back."

"Back," Jake said. "Where are you going?" But Josie ran off without answering.

Jake fumbled at the leather straps. Josie had worked the first knots loose, and in a moment he had Hatty free on one side. He cradled her bone-dry form against his chest as he went to the other rope and began to work on the knots there. Jake worked with only one hand. If he lost his grip on Hatty, the strain of hanging by one hand might be enough to snap her brittle limb.

Before he had managed to untie even one of the knots on Hatty's left side, there was a sound of running feet behind him. He turned his head and was relieved to see Josie coming across the dirt road. In her left hand she held a pitcher of water; in her right hand was a glass.

"Hold her head back," Josie said. She filled the glass and brought its brim to Hatty's yawning mouth.

Jake shook his head. "You heard what I said before. Water will kill her."

"She is dying now. Do you want her to die like this?"

"No." Jake touched his hand to Hatty's soft hair. "No, I guess not."

Jake held Hatty's head still while Josie poured in the water. A sudden thought occurred to him. "Where'd you find a pitcher around here?"

The Mexican girl set her mouth in a firm line. "I went into the lodge."

"If Custer had seen you, you would never have come out again."

"Would you let her die without helping?" Josie asked.

"No." Jake looked at her and smiled. "But don't you ever get after me for doing something stupid. You take more chances than a room full of cardsharps."

The water trickling from the glass filled Hatty's mouth and began to spill down her chin. For several long seconds there was no change, and Jake began to fear that they had come too late, but then the miracle that had occurred in Medicine Rock began to be repeated. Hatty's face slowly fleshed out. Her lips grew softer. Her throat worked to swallow the water, and she raised a skeletal hand to grip the glass. Thick, dark blood began to ooze from the deep cuts in her arms.

"Stop," Jake said. He took the glass from Hatty and Josie, pulling it back from Hatty's lips. "We have to find a way to stop the bleeding before we give her any more."

Hatty looked at the glass of water with as much longing as

Jake had ever seen, but after a moment she nodded. "There's nothing to do," she said. "I'm sliced up too bad to live."

"We will bandage you," Josie said. "I know how."

Hatty laughed. The water had helped refresh her, but it could not repair the awful damage she had suffered. Her laugh was as dry and frightening as the rattle of someone laid low by pneumonia. "There's no bandage that'll help me," she said. She coughed, and blood as black as coal tar spilled from her mouth.

"Just rest," Jake said. He went back to trying to free her other arm, cursing under his breath at the stubborn knots.

Hatty raised a trembling, bone-thin hand and drew it across her frayed lips. Her eyes looked less boiled than they had before Josie had brought the water but still reflected a pain Jake could scarcely imagine.

"Let me . . ." she began. "Let me tell you what I can while I can." Her voice fell off to a whisper, and Jake thought for a moment that she had passed out. Then she suddenly jerked her head up. "The grove," she whispered. "This place is like that."

"What?" Jake said.

"Cottonwoods," Hatty said. The fire died from her eyes, and her chin fell against her sunken chest. "That what lives there," she whispered.

"I don't understand. Is it something about the conjuration we beat?"

But Hatty was not answering. Her rustling breath became quieter and slower. Her trembling hand dropped, and she slumped against Jake. Thick, dark blood ran slowly down her bony arms. She felt as loose in Jake's grip as a sack of kindling wood.

"Is she dead?" Josie asked.

"No. Not yet. Help me get her down."

Josie set to work on the leather rope. Her fingers proved to be more nimble than Jake's, and in a few moments she had undone the knots. Hatty was free, though Jake wasn't sure how much good it would do. Carefully, he eased her torn body to the ground.

"Where will we take her?" Josie asked. "I do not think she will live if we try and put her on a horse."

Jake shook his head. "We . . ."

"You could just leave her there in the road," a voice said. "It's not like she's going anywhere."

Jake turned to see Jessup Agran leaning against the leg of the water tower. The gambler held a sway-handled Colt Lightning in one hand and a smoking cigar in the other. He looked much more relaxed than he had when Jake had last seen him.

"What do you want?" Jake asked.

Agran laughed. "Nothing. I just came to watch the show."

Jake bristled. "What show is that? Watching a woman die?" From the corner of his eye he saw Josie raise her pistol.

The gambler shook his head. "Nah. Saw the best part of that show last night."

Jake felt for his talent and touched the now-familiar slick shape of the chattering at the back of his mind. But he didn't grab hold of the talent—not yet. "If you want your luck to continue, you ought to stay back from us," he said. "You get in our way and you'll regret it."

Agran nodded. He put the cigar in his mouth and drew in a breath of smoke. "I might at that," he said, his words slurred by the cigar. "But it ain't my job nohow."

As he spoke, Jake saw a pair of figures moving behind the water tower. A moment later Bullock appeared from the shadows. The tall mountain man bore the marks of Jake's earlier attack: Red burns crossed his chin, and his wild hair was scorched. In his hands was a heavy old cap and ball rifle. In his eyes was pure hatred.

"Now we see what this damn child can do, reckon," Bullock said.

Jake took a step toward the two men. "I'll tell you the same thing I told him. Stay out of our way."

"You got no way to get in," the mountain man said. "You come far as you going, reckon."

From behind the water tower stepped the second figure. It was not a man. In fact, it was not anything Jake had ever seen before. It was half again as tall as Bullock and longer than a wagon. It had a head as big as a chest of drawers, a tail like a snake, and teeth bigger than Arkansas toothpicks. It stepped around the water tower in six-foot strides. As far as Jake could tell, there was nothing to it but bones from head to tail.

"What is this thing?" Josie got up from where she was kneeling beside Hatty and fumbled the big pistol from its holster.

"Name's something I don't know," Bullock called as the thing went past him. "It died here. I make it come." The mountain man shrugged. "More of them out there."

The bone creature leaned down and pointed the end of its toothy muzzle at Jake. It tilted its skull from side to side as if it were studying him with the empty holes of its eye sockets.

Jake fought off a wave of pure panic and snatched hold of his chattering. "Get away!" he shouted at the creature. "Skedaddle!"

The screech and squawk of his words sent a wash of blue lightning arcing toward the bone thing. Bolts trailed over the monster's short arms and sparked off its claws. They chased themselves through the hollow space in its rib cage and lit the dark void of its skull with blue-white fire. A sharp smell filled the air, and there was a hiss like a ton of rattlers.

When the fire died, the thing stood there with smoke rising from its bones.

"Is it dead?" Josie asked.

Jake shook his head slowly. "I don't—"

The thing suddenly took a step forward. It opened its wide mouth and leaned toward Jake with its teeth jutting out. Jake stumbled away from the bone thing. In his haste, he caught his heel against Hatty's leg, tottered, and fell back. He managed to pitch himself sideways enough to avoid falling right on top of Hatty, but the price was toppling hard on his side. The old wound from the mud demon bite woke up long enough to give him a knife of pain.

Agran laughed loudly enough to be heard up the street. "It's dead, right enough," he shouted. "But not so dead as you're about to be."

The solid boom of a heavy pistol sounded just over Jake's head. He looked up and saw Josie standing over him. She fired again, and Jake heard the sharp twang of a ricochet.

"Get up," Josie said. "Hurry!"

Jake rolled and got to his feet. He turned his head in time to see Josie fire a third shot that raised sparks from the side of the monster's skull and sent chips of black bone flying. The creature took another step.

"Make 'em come!" Bullock cried.

Jake gritted his teeth. "Run," he shouted to Josie. He ran himself, but instead of running from the beast, he ran right to it.

Dagger teeth clicked together in the air just behind Jake's head as he ran past the creature. He took two more steps, then turned sharply to the right down the next street. Jake made the mistake of looking back then, and it almost cost him everything. He got a good look at hundreds of teeth and got a good slice on his back from a long curving claw. He also saw that what the thing was made of was not really bone but some kind of slick dark stone. After that he put his head down and simply ran.

The bone thing was faster than Jake had expected by a long sight. The raw joints of its knees squeaked and crunched like the stones in a mill, but its feet thumped the ground at Jake's back. He pumped his arms wildly, sprinting for all he was worth. The bone creature was right there, with him every step. If it had breathed, its hot breath would have been on Jake's neck.

Two buildings went past on the right, and Jake made another sharp turn. He felt instead of saw the skeleton fall back a step but knew better than to let up in his running. That half step was all he had when he reached the door of the shed.

Jake sprinted into the building, bent, and snatched up the ax handle from the floor. There was a crackling thump as the bone creature followed him, its head striking the edge of the low ceiling. Jake spun, found the open mouth at his back, and shoved the ax handle right in.

If the creature had been alive, the shaft of hard oak might have lodged in its throat, might even have killed it. But the flesh was long, long gone from the monster's bones, and it had no throat. It backed from the shed and tossed up its head. The ax handle slipped through and clattered onto the ground.

But the handle had done its job by delaying the thing long enough for Jake to find a more formidable weapon. When the creature lowered its snout and tried to move in again, a sixteen-pound hammer met it, squarely on the end of its nose.

The force of Jake's swing knocked four inches of hard stone from the end of the creature's snout. Dark bones and darker teeth scattered among the tools of the shed. Jake looped the hammer around and made a second swing. This blow struck one of the beast's arms on the shoulder. The hammer rang like Cecil pounding a horseshoe. The whole arm fell right off. Once it was on the ground, the bones fell away from each other and lay still.

The bone thing backed away from the shed, and Jake followed. With careful swings of the hammer he cost the thing a handful of teeth, then the better part of a rib, then a long, clawed toe.

It took a step back, lowered what was left of its skull, and looked at Jake again with another side-to-side motion of its head. Bits of gravel fell from the wounds the hammer had made in its fleshless face. Suddenly it turned and ran back the way it had come.

Jake tried to follow it, fearing that the thing would go after Josie or, worse yet, Hatty. But running with the heavy hammer clutched against his chest, he soon fell behind the fast-moving bones.

Before Jake was ten yards from the shed, the bone creature had turned the corner and gone out of sight. Five seconds later a scream echoed through the empty town.

☆ 31 ☆

Jake did not run the rest of the way to the water tower; he was just *there*. Between one stride and the next the ground shifted under his feet, and he suddenly found himself stumbling to a halt beside Josie. The hammer slipped from his hands and banked painfully from his knee on the way to the ground.

"Are you all right?" Josie asked.

"No." Jake hopped a step, rubbing his bruised knee. "I mean yes." He looked at Josie, then to where Hatty lay in the dust. They did not seem to be any more wounded than they had been before.

"Who yelled?" he asked.

Josie pointed down the street. "He did."

At the foot of the water tower the bone creature leaned over a bloody lump on the street. It took a second for Jake to realize that the lump was what remained of Bullock.

The toothy skull darted down and sheared off a great mass of meat, hair, and blood-soaked shirt. It raised its head and snapped the jaws shut. Like the ax handle, the torn flesh fell through the empty space behind the jawbone and splattered in the dust with a noise like a slop bucket being emptied. The thing did not seem to notice that no food had reached its absent belly. It lowered its head again and took another massive bite.

Jake felt the blood drain from his face. "What happened?"

"It ran back here and went straight for him." Josie shook her head. "Help me carry Hatty. We must move her before it decides to look for someone else."

Jake nodded. He started to bend down, then straightened again. He looked down the street at the bone creature as it gobbled the remains of the mountain man. He saw the blood drip from the fractures in the stone snout. He watched the claws working to hold the body down while the teeth tore into the man's gut. He saw the frozen surprise on Bullock's face. He saw the thousands of grooves that lined the sides of each of the thing's hundreds of teeth.

"No," Jake said.

"No?" Josie asked. "What do you mean no?"

"We can't run away from it." Jake stepped over to the fallen hammer and hefted it from the ground. He ran his hands over the shaft, feeling the weight of the tool. "Bullock called this thing up. And when the person that makes a conjuration gets killed, the thing he called can run loose. Hatty taught me that."

Josie laid a hand on Jake's arm. "This is not a conjuration. It is a dead thing."

"It's close enough," Jake said. "I'd as soon get shed of this thing now as have it sneak up on me some night."

He walked down the street with the hammer swinging from his right hand. Ahead of him, the thing stripped the meat from one of Bullock's legs. Then it ripped off an arm and took it whole. The little pile of torn parts grew larger.

As Jake neared the creature, he saw Agran still in the shadows under the water tower. Despite the carnage going on within spitting distance, the gambler had not so much as removed his cigar. He looked over at Jake and grinned. "Going to play a little baseball, son?"

Jake stopped and stared at the gambler. "Can you control this thing?"

"Control?" Agran shook his head. "It don't listen to me." He suddenly broke into laughter. "Didn't listen to old Bullock none too well, neither."

"I think maybe you're pushing your luck too far," Jake said.

"It's not failed me yet." Agran nodded toward the creature. "Go on now; batter up."

The sound of their voices attracted the notice of the bone

creature. It raised its gore-smeared skull and turned its empty sockets up the street.

"Come along," Jake said softly. He raised the hammer slowly and caught the narrow part of the handle in his left hand. "Come along," he said more loudly.

Curved claws smashed into Bullock's ribs as the thing started for Jake. The mountain man's head, still untouched by the creature's attack, rolled from side to side under the blow. The bone thing reared back, scratched the air with its remaining forearm, lowered its head, and charged.

It came on like a cross between a mad bull and a running jackrabbit, its long legs pumping, its clawed feet tearing at the ground, its head and shoulders hunched. Somewhere far back in his head Jake heard the distant echo of a terrible bloodthirsty roar.

At the last moment he jumped to the left. He swung the hammer in a sharp, short backhand chop that caught the thing at the side of the mouth. A dozen curved black teeth tumbled to the ground. Another was driven straight up to rattle around in the cavities of the skull. Jake gave a cry that was neither a word nor talent but only pure, primitive satisfaction.

The creature turned faster than Jake had expected. Teeth tore into his scalp, and blood spilled over his face. He fell. One rear claw came down not an inch from his head. Jake rolled to the left, jumped to his feet, and ran toward the shelter of the water tower. If he could reach the space under the tower, he might—

A sideways swipe of the dark skull caught Jake in the side, lifted him from his feet, and pitched him against the nearest leg of the water tower. The fall knocked the breath out of him and started a ringing in his ears that drowned out all other sounds. He hung on to the hammer as he fell, rolled, and brought the metal head of the tool up in time to deflect the bone creature's descending muzzle. He moved his hands to another position and made a quick swing. The hammer missed its target. Instead, Jake's swing tore a chunk of wood from the leg of the water tower. Splinters flew, and a tremor ran through the tower from top to bottom.

The thing swept its remaining arm forward to pin down Jake as it had held Bullock. Jake screamed as claws tore into the same flesh where the mud demon had taken its bite. He swung desperately, bringing the hammer down on the joint of the arm. The arm broke into a dozen pieces.

The creature backed off for a moment, its armless trunk swaying above Jake. Then the skull came down, mouth open to tear out a hogshead of flesh. Jake met it with a blow that shattered the lower jaw.

Again Jake heard that distant, ghostly roar, but this time it was colored more by pain than by anger. The thing swung up and away from him, bits of stone and ruined teeth dripping from its mouth like frozen blood.

Jake got to his knees and swung again, breaking the hoop of a massive rib. The thing stood there; a hitching shiver moved over it that put Jake in mind of a played-out horse. He stood, raised the hammer high overhead, and brought it down squarely at the base of the skeletal tail. The bones snapped off and fell with a sound like billiard balls leaving the table. The thing lifted one foot to take a step, leaned hard to the side, and fell full length in the dust. Clawed toes scraped the ground. The blood-splattered muzzle slid along the street.

Jake moved around the dead creature, raised the hammer again, and brought it down. The skull broke open like a rotten log. With a series of thumps, bangs, and crashes, what remained of the skeleton fell apart. The last echoes of the long-dead roar faded.

Jake tossed the hammer onto the pile of bones. He wanted to lie down in the road beside it. Blood oozed from the cuts on his back and side. Blood from his scalp dripped into his eyes. The fall against the water tower had left his back aching. His vision was blurred. His head hurt. His arms hurt.

Something brushed against his back. Jake yelped.

"It is me," Josie said. She moved around him and put her

warm hand against his face. "*Madre de Dios*, you are cut to pieces."

Jake thought about the list of pains, but he nodded. "I'm all right," he said. "Let's go home."

They started back toward Hatty, but they had hardly gone a step before the silence was broken by the familiar sound of a revolver being cocked. "You'd best stand where you are."

Jake turned and found Jessup Agran standing close behind him.

"Did I ever mention my luck runs both ways?" the gambler asked. He directed the barrel of the Lightning at Jake's head. "I rarely miss what I shoot at."

Jake reached down inside and tried to find his talents. His chattering slipped out of his grip. His talents were as tired as the rest of him. "What do you want?" he asked wearily.

"The general sent me out in case old Bullock couldn't get the job done." Agran thumbed back the hammer of the revolver. "Looks like he was smart to do so."

"Drop the gun," Josie said. She stepped around Jake and circled to the side. In her hands was the dark shape of the old blue steel pistol.

Agran kept his gun pointed at Jake. Only his eyes shifted to take in the girl. "Darling, you do show up at the most inopportune times," he said.

Josie's arms trembled as she raised the old revolver to point at the man's head. "Drop the pistol now and I will let you live."

"Why don't you go on back to the house before you get that pretty dress any dirtier than it already is," the gambler said. "Little girls ought not be playing with guns."

His words were a gamble he should not have taken. Josie let loose with the pistol, firing three shots that were so close together that the sound of one had scarcely dimmed before the next one followed.

But Agran's luck held out. Though the girl had fired from no more than a dozen feet away and her aim had looked good, not a shot struck the gambler. Instead, the slugs clipped the leg of the water tower at his back, each shot taking a bite from the wood like a man chomping at an ear of corn.

Agran turned his pistol to Josie. "I don't like being shot at," he said.

The girl looked at him with scorn. The pistol had emptied its chambers, and she let it drop in the dust at her feet. She straightened herself and stood facing the gambler. "I am not afraid of you," she said. "You are just a little worm, always bowing to someone with real talent."

A spark of anger crossed the gambler's sharp features. "You ain't nothing but a Mexican whore. Why should I care what you say?"

Jake started forward, but Agran whirled. "Don't be stupid, Mr. Bird. The general wants you alive for some reason, and I'd hate to disappoint him by turning you over with a hole through your skull."

There was a creaking groan, then a series of snaps as loud as gunfire. A puzzled look crossed Agran's face, and all heads turned just in time to see the leg of the water tower give way with one final thunderous snap. The tower leaned for a moment and looked as if it would topple out into the street. But another of the legs snapped, then another, and the whole mess of water, wood, and tin headed nearly straight down.

Panic removed the tiredness from Jake as quickly as it had come. He ran hard down the street, Josie right at his side. As they passed Hatty, Jake snagged her arm and half carried, half dragged her along.

Only Jessup Agran failed to move. Maybe he was too shocked, or maybe he expected his famous talent to protect him. The tons of wood and thousands of gallons of water had no regard for Agran's talent. They smashed down on him before he could manage so much as a scream. The gambler's luck had finally run out.

As luck always ran out sooner or later.

A wave of brown foam rode up the street. The water caught Jake at the middle of his back and sent him sprawling. He lost his grip on Hatty as the current pulled him under and broken boards washed around him. His face was pushed into the street, while his hands fought to find purchase in the sea of mud.

When at last the wave cast Jake up onto a knot of muddy grass, he pushed the muck away from his face and flopped over on his back. He leaned up and squinted through the mud. A slim form moved in front of him. "Josie?" he said. "You all right?"

"I'm fine," said a soft voice, but it was not Josie's voice.

Jake sat up quickly and wiped his eyes. Sela stood over him. She smiled sweetly. She was dressed differently from the way she had been dressed when Jake had seen her inside the lodge. Her fancy clothes had been replaced by a faded yellow cotton dress—a dress Jake remembered all too well from Medicine Rock. "You've been hurt," she said. She held out her hand toward him.

"I . . ." Jake started. Ararat swam around him, and gray clouds played at the edge of his vision.

Sela raised her hand, drew it sharply down, and then moved it in a slow circle. A warm feeling fell over Jake. The pain from his many wounds and bruises receded.

"I've come to bring you inside," Sela said. "There's still time."

Jake raised up on his elbows. "Time?" he said. "Time for what?"

Sela smiled. "Time for you to reconsider. Time for you to join us."

"No." The town stopped its slow revolution, and Jake's vision slowly cleared. "I'm not having anything to do with Custer."

The girl frowned and drew her hand in another circle. "Please, Jake. We need you. I need you."

Jake reached up and caught her wrist in his muddy grip. "Stop signing," he said. "You're not going to convince me of anything, and putting me to sleep will just delay things." He stared into the girl's green eyes. "Why?" he asked. "Why did you do this?"

She looked away from him. "I already told you," she said. "I was sick. I was only thirty-four, Jake. I wasn't ready to die."

"And Sela was only fifteen."

The girl pulled free of his grip. "She was a spoiled child. She had no talent." She tossed her head and met his eyes with a righteous glare.

Jake got his hands under him and pushed himself to a sitting position. "So you believe like he does, is that it? Only people with talent deserve to live?"

"Yes," she said. She rubbed at the mud on her wrist. "People without talent couldn't exist without us. Your father would never take what was due him. Custer understands."

Her words made Jake feel far sicker than he had felt when he had seen the skeleton ripping into Bullock. "I won't have anything to do with it," he said. "I won't have anything to do with Custer, and I won't have anything to do with you, Mother."

Sela's face tightened in a snarl of rage. "You are just as worthless as your father." She raised her hands high over her head. Lightning flickered from her fingers, and her green eyes glowed with an inner fire. "Your father would never discipline you as he should have, but now I'll—"

Her words were cut off by a stream of muddy water that blasted her from her feet and sent her tumbling across the sparse grass.

Hatty Ash rose out of the mud and water and stood up in the street with her feet and legs lost in the mire. Despite the flood all around her, Hatty's flesh was neither healed nor rounded. She was only a whit more filled in than she had been before the water had flooded the street. Her tan skin was still tight against her ribs and there were shadowed hollows at her throat, but there was an expression of terrible determination on her face. Her tattered dress fell from her shoulders, slid past her waist, went down her legs, and dropped into the mud. From a dozen terrible wounds a mixture of blood and water flowed.

"Virginia," she said, "I've known you for near on fifteen years, and you've always been a whiner."

The woman with Sela's face sat up on the ground. The yellow dress was covered in mud, and her auburn hair was plastered against her head. Her small hands tightened into fists. "Hatty Ash," she hissed. "You always wanted Mattias for yourself. Are you after the boy now?"

Hatty laughed. "Look at me, Virginia." She raised her arms. The blood streaming from her arms was thinning and turning pink. There was more water than blood in her veins now. And as the blood grew pale, her skin turned from pink to gray to a watery blue. "I'm dead already," she said.

"No!" Jake tried to stand, but his boots slipped on the wet grass and he fell back.

"Be still," Hatty said. "There's nothing you can do."

With a series of quick gestures Sela wove a glowing green net in the air and hurled it at Hatty. The web of talent shattered and dripped to the ground.

"That's enough from you," Hatty said. She pointed her hand, and a shaft of dirty water sprang up and struck Sela square in the chest. It drove her across the square like a rag doll, tumbling head over heels. When the water stopped, Sela lay limp and still on the ground.

With a groan, Hatty fell, landing on her hands and knees. Jake managed to get to his feet and struggle across the sloppy field to her side.

"Hold on," he said. He picked up the torn wet dress and draped it over her shoulders. "We'll get you warmed up. You'll be all right."

Her shoulders hunched, and she made a soft noise that might have been a sob or a chuckle. "Not this time," she said. She turned her head, and Jake saw that her eyes had faded to the same weak, watery blue as her skin. "Remember," she said.

A ripple ran across her skin. Her color gained a tinge of brown, and Jake thought she might be getting better. Then he saw that it wasn't that her color was changing; it was that the street was showing *through* her. In a moment she had become as clear as Toledo glass. For the space of a heartbeat Hatty's features were as perfect and clean as the water thing she had called up at her cabin. Then they softened, flowed, and fell apart. With a quiet splash Hatty's body disappeared, leaving Jake with nothing but mud and a wet, torn dress.

Jake pressed his hands to the soft mud. "Hatty," he said softly.

Josie splashed across the street, her dress heavy with mud and water. "Looks like she's lit out for good this time."

Jake glanced up and then back at the place where Hatty had lain. "What happened to her?"

"I don't know," Josie said. "But I'm glad to see it."

"What? How can you . . ." He looked up to see an unfamiliar pistol in Josie's hand. It was a small, fancy weapon with engraved scrollwork on the barrel and mother-of-pearl grips. "Where did you get that?"

"I've been keeping it handy." Josie's mouth formed an expression that might have been a smile but looked more like a rictus of pain. "It's been an interesting morning, Mr. Bird, but it's time for you to leave."

Josie thumbed back the hammer of the revolver and fired.

☆ 32 ☆

Jake threw up his hands to shield his face. A wave of heat went over him. He squeezed his eyes shut and waited for the pain that was sure to follow, but it didn't come.

There was a warm, hard lump in his right hand. Jake opened his eyes. The lead bullet that rested on his palm was as flattened as if it had been fired into a canyon wall. He glanced across the bullet at Josie, then turned his hand over and let the mangled bit of lead drop into the mud.

"Well," Josie said. "To steal a note from the late Mr. Bullock—damn."

Jake pushed back his talent enough to clear his voice. "Let her go," he said.

Josie's body shook in a sick imitation of a laugh. "You seem to think you're something special, Mr. Bird. You think you can tell me what to do?"

"I aim to take Josie and leave," Jake replied. Blood from the wound in his scalp trickled down the bridge of his nose, but he ignored it. "If you try to stop me, I can't say what might happen."

"I can." Josie's face suddenly went slack, and a string of spit fell from the corner of her mouth.

There was a creak of hinges and a shuffling, thumping sound. The door on the nearest building fell open, and the one next to it as well. Jake spun around. All over Ararat the doors of the ramshackle buildings were opening, disgorging the citizens of Custer's town.

There were women dressed in clean calico and others in

nothing but torn petticoats. Men came with them. So did old women with wild white hair and children not long out of diapers. Some of them were cut up, bruised, and scraped. Others were fouled by vomit or worse. Jake knew many of them. Here was a woman who had cleaned for his father in Calio. Here was a man who had run a dry goods store. A few of the people were strangers, but the rest were folks Jake had talked to, played with, gone to church with, or sat down to dinner with for most of his life. Now they scared the living daylights out of him.

Other doors opened. From them spilled Custer's soldiers in their dark blue coats and high hats. Like all the other citizens of the town, they tramped along like an army that had long been on the march. They were all headed straight for Jake.

Jake felt his heart rise in his throat. He had feared the conjuration that had come to the cottonwood grove. He had been scared of Quantrill, and the mud demon, and the skeletal thing Bullock had called up. But none of them were a patch for this shambling, stumbling crowd of slack-faced people.

He looked around for a way to escape. There was none. The people were closing in from all sides, their blank faces turned to Jake.

A great roar suddenly washed over the town. The sound was so loud and unexpected that it sent Jake reeling. It seemed to come from everywhere at once. Then it came again, and he saw that it did come from everywhere, or at least from everyone.

The mouths of two thousand people opened as one, and they spoke in a voice that merged into that of a great, many-throated beast. "See!" they thundered. "See! This is power! This is true talent!" The words echoed from the black base of Devil's Tower, running together in a mindless clamor.

There was a touch at Jake's back. He let loose a shriek that called up a torrent of green flames.

"It is me!" Josie shouted. "Really me."

Jake turned and looked into the girl's dark eyes. He struggled to find his human voice, but it was lost to him, locked up by fear and talent.

Instead he reached out and caught her in his arms. The pearl-handled pistol dropped from her fingers as she came to him. He gripped her tightly. Though they were both covered in water and mud, he felt the familiar warmth of her, the same warmth that had been so comforting on the ride between Laramie and Medicine Rock. With Custer's host drawing close all around, Jake closed his eyes and pressed his face down into the warmth at the side of Josie's neck.

Hatty was gone, as was Sheriff Pridy, and Cecil Gillen, and his own father. For all that the people were gathered about him walking and talking, the whole population of Calio was gone, too. His mother was gone—and always had been. Jake had excused her a thousand petty hurts during his childhood. Until the day she had betrayed his father love and need had blinded him. But now he could see that the mean spirit he had put down to her illness had really come from a disease of the soul.

Everyone who had tried to help him or cared for him was gone—everyone but Josie. And he was damned if Custer was going to have her.

He opened his eyes and saw a middle-aged man reaching out with hooked fingers. "Get back," he shouted. "Go on."

Jake had intended to give the man no more than a push, but fear turned the order into a thump that sent the man flying back into the crowd behind him. Over the tramping of hundreds of feet Jake clearly heard the crack of bones breaking.

A woman drew near, and he knocked her away with another crack of talent. Then it was two men at once. Then three. Then the citizens and soldiers of Ararat were all around them.

Fingers tore at Josie and clawed at Jake. His chattering became faster and less coherent, even to himself, as he pushed and stabbed at the attackers. A man fell back with blood gushing from a shattered face. A woman was sent wheeling into the air to land out of sight among the crowd. Children who were knocked off their feet were trampled by the older citizens of Ararat. Still they came on, pressing tighter, reaching, pulling, clutching.

Jake's chattering lost all shape and with it all control. It became a wordless, breathless scream that ran back and forth through the town. With it went bolts of searing white lightning. Men, women, and children were snagged on the rippling ropes of Jake's talent. Their bodies danced like water on a hot skillet.

Since the beginning, holding on to the chattering had been like clutching a slippery fish pulled from the warm waters of Carter's Pond. Just keeping a grip on the talent had taken far more effort than using it had. But now Jake had seized the talent fully and knew that it was not some sleek brown trout; it was one of the spouting, angry whales that had decorated the paintings on Sheriff Pridy's walls. Pulled loose from the ocean of Jake's mind, the chattering was a beast as likely to swallow him as listen to him.

Jake threw back his head and screamed until his lungs burned and his throat was scored raw. Tears and blood mingled on his face. The muscles of his back and arms trembled with the strain.

"Stop!" Josie cried. "Please stop!"

But another voice spoke in Jake's head. *"Not yet,"* it said. It was the same voice that had spoken to him when Bred had been felled. He had not recognized the voice then, but he knew it now. It was his father's voice.

"Stop!" There were tears in Josie's voice now.

"Not yet," said the voice of Jake's father. *"I know it's hard, but this is what you have to do if you want to stop him."*

Jake felt Josie go limp in his arms. Even then he could not stop the chattering. Only when his voice grew so hoarse that it was little more than a strangled moan was he able to set the brakes on his endless scream. With a final, gurgling rattle he reined in the chattering and plunged it back into the depths. Then he opened his eyes.

All around him the people of Ararat lay sprawled on the ground. Some had fallen with their faces to the dirt. Others lay on their back with their eyes turned up to the dark gray sky. Close to Jake the fallen were so thick that they lay stacked on one another in heaps like cordwood. Farther back they were less dense, but they still carpeted the ground so completely that no two bodies were more than a hand span apart for as far away as a hundred feet. Jake was relieved to see some of the figures at the edge of town begin to stir. From the way some of them lay, it was clear that there were broken limbs and terrible injuries among the fallen and no way of telling how many were dead.

It was a certainty that those nearest to Jake were gone. Talent had scoured and charred them like rabbits on a spit. Jake saw the dry goods store man with flames licking at his brown coat. The cleaning woman was close to Jake's feet. The talent had taken her so hard that she was seared from head to toe. Curls of steam twisted up from her ears. There were at least a dozen more who were just as clearly dead. Over the town of Ararat hung the sweet, smoky smell of cooking meat.

Jake's legs felt as weak as two-bit whiskey. With Josie still clutched to his chest, he sank to his knees. He looked into Josie's face. Her eyes were closed, but she was still breathing. Whether she had been injured by the burst of talent or felled by shock alone, Jake didn't know.

Across the road another door slammed. Dressed in a spotless white uniform, Custer strode from the lodge. Between his blond mustache and beard his lips were set in a tight frown. His skin looked almost as pale as his uniform.

"You are a damned nuisance, Mr. Bird," he called as he started across the road. He did not bother to look for clear ground but walked right across the bodies of the fallen. His boots came down on hands and on faces. The body of a young girl made a dull moan as Custer's foot pressed the air from her chest.

Jake did not try to reply. The enormity of what he had done shook him from hat to boots. He had killed them. Not all of them, certainly, but some. It would have been one thing to kill Custer, for Jake hated the man. It had been Josie who had had the stomach to end Quantrill, and other forces had taken care of Bullock and Agran. Jake had done in the crawdad woman, but he hadn't known what he was fighting till it was over. He had smashed conjurations, but he had not had to own up to shading a human being.

Except now he had felled a town full of them, so many dead and wounded that if they had dropped in the war, it would have been a bloodbath to rank with Shiloh and Bull Run. Yet he had done it all himself. He wondered if there was any man north or south with so much blood on his own hands.

"Look what you've done," Custer said. "Just look at it!"

There was a tremor in the blond man's voice that made Jake's heart sink to his stomach. If even Custer could be disgusted by what Jake had done, how could he ever forgive himself? He lowered his eyes to the ground and fought back a sob that tore at his raw throat.

The people Jake had killed had done nothing wrong. It was Custer who had to be stopped. All these people had been trapped by Custer's talent. They were no more to blame than a slave was for what went on at his master's plantation. They had been nothing but . . . food.

Jake's chattering was exhausted, but the unpredictable seeing settled on him like a coat of ice. Regret and guilt drained away as he looked on the dead and wounded with new eyes. They had been more than slaves to Custer's talent; they had been a part of it. It was no wonder Custer had tried to gather so many people. Talented and untalented, he fed from them the way a tick fed off a hound. With every new person Custer controlled, his power grew. His troopers had given him the power to tackle Jake's father. The citizens of Calio had provided the strength to overcome the medicine men.

"I know," Jake croaked. His gaze moved to the blond man. "I know what you've done."

Custer sneered. "You know nothing," he said, but now Jake recognized the quaver in the man's voice. It was not disgust—it was fear.

"You've got no one left," Jake said. "No power."

"You are an idiot," the blond man said. He drew himself up straight. "Be quiet, Mr. Bird. Be still."

At once it seemed as if a hand had clamped itself to Jake's already sore throat. He could scarcely pull a breath, much less speak. The feeling drained from his arms. Josie slipped out of his grasp and fell down with the dead, her head pillowed against the scorched chest of a fallen soldier. Jake stood limp and helpless.

Custer came closer. Bones cracked under his boot heel as he crossed the terrible carpet of dead.

"This is my place," the blond man said. "This is the center of my world. It has its own power for me." Above him a sheet of purple lightning rippled across the sullen sky.

Far up the street Jake could see a dark shape approaching. He couldn't turn his head well enough to tell what it was, and he wasn't sure he wanted to know. Whatever Custer had called up could surely have Jake any way it wanted him.

"You and your friends were more capable than I expected," Custer said, "and far more beef-witted. All you had to do was stay here. Was that so hard?"

Jake tried to answer, but Custer's talent would not let him so much as open his mouth.

The general raised one foot and casually delivered a kick to the face of a dead woman. "I can get more like this. First a few, then more. And I can get more with talents, too."

The dark form behind him came closer. It was moving fast now, raising dust from the part of the road not dampened by blood or water. As it drew closer, it took on a shape that seemed familiar.

"I had thought to keep you around in case a new body was needed," Custer said, "but you're too much trouble for that. It's time for you to join your father."

Jake stared up at the man in the white uniform. The moment from his nightmares had come. Custer would say the word, and everything would end.

Custer raised a hand and pointed at Jake. His mouth began to open.

Then the bear was on him.

The impact of the huge animal dropped the blond man from his feet and sent him sprawling over the dead people on the ground. Before Custer could react the broad muzzle had him by the throat. There was a meaty crunch, and Custer's head fell back. Only a thread of flesh still connected it to the rest of his body. Claws as long as dinner knives tore through the white uniform. Blood geysered into the air.

The bear gave a low growl and backed away. Against the gray, singed dead left by Jake's talent, Custer's remains were as gory and gaudy as Christmas.

The bear reared on its hind feet. It shuffled toward Jake, giving a roar that rolled through the silent town. Then slowly its shaggy form began to change. Fur and claws melted away. The limbs lengthened, and the long trunk grew shorter. When the changes were done, Bred Smith stood naked over Custer's ruined body.

"Lordy," Bred said. "What happened 'round these parts?"

Jake tried to speak, but Custer's talent still lingered. He managed to open his mouth, but no sound would come out.

"You look like hell," Bred said. He stepped carefully around the dead and bent down beside Josie. "Looks like your lady friend's still breathing." He raised his head and surveyed the town. "Looks like she's about the only one what is."

The bonds of talent that held Jake began to loosen. He strained enough to utter a mumbled reply and raised one trembling hand.

Bred looked around the square, then turned back to Jake. "Where'd Hatty get to?" he asked. "I seen her with you on the trail."

This time Jake was almost glad he couldn't answer. He didn't relish telling Bred that Hatty was gone.

A spot of movement caught Jake's eye. Custer's body rocked from side to side. Jake could not imagine that the blond man had survived the mauling he had taken. He would have liked to put the movement down to a trick of his tired, blurry vision or to a movement from one of the fallen who lay under

Custer. But the body moved again, more violently this time. Then, like a tortoise sticking out his head from the safety of his shell, something began to emerge from Custer's torn throat.

A bloody lump appeared and quickly grew to the size of a summer apple. Only when the slit of a mouth opened did Jake realize it was a head. Right behind it came a short, twisted arm that ended in a single hooking claw. A humped shoulder pushed its way free, then another arm and claw. The thing's body was no bigger than a squash left out in the sun. Last to emerge from Custer's body was a pair of thin legs with the backward knees and clawed feet of a buzzard.

Taken as a whole, the creature had something of the same look as the mud demon called up by Quantrill, only this thing was made of bloody flesh. There was another difference, a more important difference. Quantrill had called the mud demon; Jake did not think Custer had called this thing. This thing had been inside Custer for a long time.

Hatty had tried to tell Jake to remember the cottonwood grove. He had thought she had been talking about the conjuration they had fought there, but she had been talking about the thing that lived there, the thing that had been in the shadowy grove for long, long years. Ararat was built on such a place. Though he could not move, Jake's seeing was unaffected by the words Custer had thrown at him. He knew now that Custer—vain and untalented Custer—had come to this place looking for the power he lacked. And he had found it, but at a terrible cost.

The flayed creature limped across the backs of the dead. Like the mud demon, it had no visible eyes, but it held up its needle-clawed hands and headed straight for Bred.

Jake grunted a warning. He tried to spring forward, but that resulted only in enough motion to knock him off his feet. The muddy ground came up and slapped him in the face with stunning force. Before Jake could rise, Bred Smith began to scream.

The screams turned into a moan. Jake could hear another

sound, a noise like a straight razor being drawn across glass. It took him some time to realize it was laughter coming from a throat that was not even close to human.

Jake fought to shake off Custer's commands. He reached out with stiff, uncooperative arms and pushed his chin up from the ground. "Bred," he whispered.

Bred Smith lay facedown on the ground a few feet away. His eyes were open wide, and his arms beat against the dead men who lay under him. On his back was the flesh demon.

The demon's claws rose and lunged into Bred's back, but there was no blood. Instead the claws went deeper and deeper, followed by the arms. Wiggling like a worm on a hook, the thing twisted and squirmed into Bred's back.

Jake pushed himself forward on his elbows. His chin crested the dead soldier in front of him, and his legs dangled uselessly behind him. He shoved again and moved a few inches closer to Bred.

He was not going to make it. The little demon had already vanished to the shoulders. Its clawed feet swung up and kicked at the air as it pushed itself forward. In a few seconds it would vanish inside Bred.

Jake gave a strangled cry of frustration. His chattering was lost to him, and the certainty of his seeing had vanished. He was helpless and alone as the thing took his friend before his eyes. If Jake could not stop the demon, it would not be just Bred who would die. The madness of Custer would be repeated, only this time it would be Bred Smith who gathered an army of mindless slaves. All the death Jake had caused would be for nothing.

A glint of metal showed between the bodies. Jake clawed at the wool jacket of a dead soldier, pushing the body out of the way as best he could. A pistol lay on the blood-soaked ground.

Jake reached down with his clumsy, stiff fingers. The pistol slipped from his grip. He tried again, and this time one finger hooked the curved metal of the trigger guard. Trembling, he raised the heavy revolver and rested it on the chest of the dead soldier.

Most of the body of the demon was below Bred's dark skin. The feet continued their spastic, flailing dance.

Steadying the gun with both hands, Jake lowered his face and aimed along the top of the gleaming barrel. The first shot echoed through the town. It missed.

Jake tried again, aiming as close as he dared to Bred's back. The bullet took one of the demon's legs at the knee, clipping it as cleanly as a scythe cutting wheat.

The remaining foot took on a different tempo, thrashing back and forth so hard that the claws thumped against Bred's back.

Jake fired again, and a gout of flesh and something that was not blood went spraying. The demon's body was clipped nearly in half by the shot. It whipped back and forth, dripping silvery green gore onto Bred's skin. A shoulder emerged, then an arm. It was coming out.

The next shot went high. Jake tried to remember how many were left. Josie had fired the pistol, but he couldn't remember how many times. If it had been only once, he would have at least one more chance.

The demon's head emerged from Bred's back. It turned toward Jake and opened a mouth full of razors and needles. Lightning flickered overhead as it hissed like a nest full of adders.

Jake squeezed the trigger.

The last shot blew the demon's head clean off its body. The small, tattered form jerked once and then fell. A smell that made death and decay seem like roses washed over Jake with a force that made his stomach leap into his throat. Then the smell and all other traces of the demon were gone.

With them went the last strictures of Custer's talent. Jake stood on wobbly legs and slowly turned around. The dead and the injured were all around him. Several of the people were now sitting up, and some of the ones in the distance were on their feet. The heavy clouds that had shrouded Ararat all morning began to break up as a freshening wind swept in from the west. Streaks of blue sky appeared, and bright sunshine slipped through to shine on the dark stone of the tower.

Jake sat down on the muddy ground next to Josie. He lifted her head from her grisly pillow and moved her around to lie in his lap. Then he sat awhile, stroking her hair, while the wind blew across the town and whispered through the trunks of the tall lodgepole pines.

☆ 33 ☆

Josie's baby was born the next fall. It was a girl, and she had very good lungs.

"Why, she's a chatterer from birth," Goldy Cheroot said.

Goldy seemed amused by the whole situation. She had not passed a day without laughing since they had returned from Ararat. "It ain't every sheriff as gets to marry their deputy," she said. " 'Course, there's not so many that would want to."

Jake was in a daze for a week after the baby's birth. If a challenger had come to Medicine Rock during those days, he supposed that he would have been downed before he noticed that the challenger was there. But no challenger came.

Bred had been out hunting when Josie's time came. After better than a year some of the conjurations Custer had set loose were still wandering the wilderness. With the occasional aid of Jake and Josie, Bred had managed to send most of them running back to wherever they had come from.

Bred wandered in when the baby was just shy of a month old. He stayed a week or two—an exceptional length of time for him to stay in one place. Josie wanted him to stay longer, but it was soon obvious that he was anxious to leave. One cold dry day in October he showed up on the porch of Jake and Josie's house with a pack on his back and a restless look in his eyes.

Jake pushed through the doors and joined him on the porch. "Seems like you're in a mood," he said.

"A traveling mood," Bred said. "I expect I best get back to work. There's more conjurations scattered 'round about.

Besides, I want to get down to Hatty's cabin and have a look-see before the snow flies. Wouldn't do to let it get full of badgers or something while she was away."

"Bred, I don't think she's going to be back."

"You can't never tell about Hatty," Bred said. "She's around more often than you think."

"You could at least take a horse. Getting across those mountains on your own is no easy thing."

Bred pushed back his hat and looked at the peaks visible in the sky to the south. "No," he said. "I think I'll walk. There's too much store set on horses in these parts."

Jake smiled. "You sure you won't stay a few more days? We could use the help."

The door squeaked as Josie stepped out onto the porch. "Bred's not leaving, is he?" she said. She held up the baby. "Little Hatty's going to miss him."

Bred laughed. "You take care of that baby," he said. "I expect to see her doing great things one day." He stepped off the porch, turned toward the sun, and walked off into the cold October wind.

Climb aboard the Iron Horse with Jake Bird and Buffalo Bill Cody in the race to finish the transcontinental railroad!

DEVIL'S ENGINE
by Mark Sumner
Published by Del Rey ® Books. Available in early 1997.

Please read on for a sneak preview of this exciting novel ...

The storm rolled in from the west and the wagon ran before it.

Muley Owens twisted on the plank seat and bent to look under the flapping sails. Between the dusty top of the altered stagecoach and the foot of the sails, he could see little but boiling gray clouds and hard white ground spotted with twisted, salt-loving scrub. Most folks looking over that empty plain would have said there wasn't cover to hide a half-starved jackrabbit. Muley knew better.

Somewhere back there was an Ute chief name of Chalk Pete and two dozen heartily pissed warriors. They were close. After two days of chasing, they were far closer than Muley would have preferred.

Muley had no indisposition toward Indians in general. Fact was, he might have starved more than once without the help of some friendlies. It was only this particular group he didn't want to meet. If these Indians caught up to the wagon, Muley didn't expect to last as long as spit on a hot skillet.

A ripple went through the sails, and a rope slapped hard against the main mast. Muley hauled fast at a winch, working to keep the square of canvas taut, but the slack in the cloth could not be defeated. The jib sail deflated like an empty bladder, falling slack against the mainsail. The grind of the iron-rimmed wheels over the alkali sands dropped from a whine to a groan.

Muley clenched his teeth. "Wind's dying," he said.

When there was no immediate answer, he reached around behind him and thumped a fist against the wagon's wooden roof. "The wind's dying!" he said with more force.

"You're not telling me nothing I don't already know," called a voice from inside the coach. A panel at the front of the cabin slid open, and the pale, round face of the Rainmaker peered out. "How far back you figure?"

Muley pushed his hat away from his face and squinted at the horizon. "I'd guess we've got an hour on them," said Muley.

The Rainmaker moaned. "I'm tired," he said.

Muley spat over the side of the wagon. "You go ahead and lay down. I'll wake you in time for the scalping."

The Rainmaker leaned back into the shadowed interior of the coach. "What do you suggest?" he asked, his voice hollow .

"I did my suggesting back at Salina," said Muley. "Soon as we knew them Utes were coming, I suggested we should have bought horses and got rid of this contraption."

"You don't even know how to sit a horse."

"Neither do you," said Muley.

The Rainmaker brought his flour white face back to the opening. "Exactly," he said. "And that's why we don't have horses."

Muley's jaw tightened. "Maybe we ought to have learned," he said, but he didn't say it any too loud. The Rainmaker had gone and turned the words around on him again. Muley wished he were back at sea. Whales could smash up a boat, but at least they didn't talk while they were doing it.

He could take some satisfaction in the thought that this whole mess was the Rainmaker's fault. They had done right well drifting the wagon between towns in Nebraska Territory or bloody Kansas. But the Rainmaker had not been happy. There were hotter, drier places farther west, and he had been sure the people there would pull out their gold teeth to pay for what the Rainmaker could do.

Muley had argued against the idea. He was already half a continent removed from the ocean he knew. But they had turned the wagon west along trails that were half overgrown, and moved up into the high arid plains of Dakota and Wyoming. It had been a disaster from the start.

The end of the war and the start of the wild talents had brought rugged times to the West. What with scribblers and signers dredging up conjurations left and right, and sheriffs hard-pressed to hold on to their towns, a lot of folks drifted back toward the more civilized areas. Half the towns Muley and the Rainmaker set out for had been empty when they got there. Worse yet, it had been a wet spring, and the grass was almost as heavy along the Bell Fourche as it had been along the Missouri. The Rainmaker's services were held in little value by people who had already baled more hay than they could feed in two years. The albino had been forced to do his tricks for little more than room and board.

Six months on the high plains had left the pair close enough to broke that Muley's arguments began to gain ground, and it looked like they would soon be heading back to places where the grass grew thicker. Then the word had come that someone was looking for them—someone who could pay in gold.

That someone had turned out to be the Mormons. The place called Deseret Country was a darn sight off, but they had taken the wagon through canyons, across deserts, and around mountains to reach their new customers. It had been the break the Rainmaker was looking for.

The Mormon towns were doing better than any others Muley had seen. Some towns elsewhere looked on talent as a curse—especially such uncontrollable talents as the Rainmaker's—but the saints accepted talents as a blessing from God. They were generous with their pay, too. Best of all, the whole Deseret Country had been suffering a drought for three seasons.

By the time Muley and the Rainmaker had come to Salina, the coach was half-full of old jewelry, silver dollars, and more than a little gold. The Rainmaker was in a fine temper. The storm he had called up over that little town was one of his best, a gullywasher to top all Muley had seen. They had left Salina with fat drops still falling and wallets stuffed with loot. Not until they were a mile out of town had they heard about the Indians.

A rider from Salina had come out to warn them. It seemed the Rainmaker's talents had come as something of a surprise to a local band of Utes. Without a nudge, no rain would have been expected in the area for weeks, so Chalk Pete had felt safe in making his camp alongside a little stone-bottomed crick. More than a dozen of his tribe had drowned when that crick turned to a river in the space of five minutes. It had not taken the chief long to determine the source of this misfortune.

Muley had never even seen the Indians, but the Mormons weren't likely to lie about such a thing. Ever since, the Rainmaker had been driving the wagon hard to the east and Muley had wrestled with the idea that his time was up.

The wind faded to a gusty breeze. The wagon faltered but it kept moving. Despite what he had told the Rainmaker, Muley held a secret hope that the Utes would give up. Every mile the wagon crossed was a chance that they might go on living. Muley was less than a year away from forty. In the eyes of many out on the plains, that made him just a hair away from ancient. But he had every intention of drawing breath for a good many years to come.

The sun dipped low in the west, and bloody light began to spill under the tattered remains of the Rainmaker's storm. The wind was down to a gentle breeze and it took more than a breeze to keep the sail wagon dancing. Still, by now the flooded coulee and the dead Utes were better than two hundred miles back. Maybe . . .

A line of brown dust appeared on the edge of the horizon.

"Oh, hellfire," said Muley. He was no longtime westerner, and he could not get a good count on the ponies just by looking at the dust. But then, one Indian would be enough to do for them.

The wagon took a jarring bump. Muley twisted around on the driver's box just in time for the wagon to take a kidney-pounding drop. Only a tight grip on the side boards kept him from tumbling off. He could see now that the failing light had been hiding a wide scar on the alkali plain. Once it had held the runoff of some desert cloudburst, but now it was only a dry, stony obstacle. There was a groan from the rigging above as the wheels clattered over a bed of cobbles. With a final jerk, the wagon came to a stop.

Muley kicked the heels of his boots against the front of the cabin. "You best get that wind up!" he shouted.

There was no response from inside.

With his back creaking and his knees popping in protest, Muley climbed down onto the stony ground and swung open the door. The Rainmaker sprawled across the cracked leather of the seat with one arm over his white face. Muley could see the bruised flesh around his eyes and the tracery of broken blood vessels that marked his cheeks. Though he was still shy of twenty-five, the white face and thin white hair made the albino look ancient. The Rainmaker was unconscious.

"This ain't the best time for taking a nap." Muley shook the Rainmaker by the arm. "You better not be dead on me," he said. "I can't make this wagon roll without you."

The Rainmaker opened one pale blue eye. "I'm not dead," he said. "I'm just purely done in."

Muley gave the man one last jerk and let him go. "Well, you better get yourself undone," he said, "and you better be quick about it. Them Utes is coming up fast."

The Rainmaker stuck out an arm and got himself into a sitting position. Beads of sweat rolled down his white face and dripped onto the collar of his wilted shirt. "Pushing that storm is like freighting bricks up a steep hill," he said. "It's tough enough to keep it rolling for an hour or two, tougher yet when the wind's wanting to run the other way." The Rainmaker shook his head slowly. "Two days is too long. I've got to rest."

"I'm real sorry to hear that," said Muley. He leaned through the door and took their only rifle down from its rack. "I don't suppose you'll mind if I take the Springfield and run while you're catching your winks?"

The Rainmaker blinked washed-out eyes. "They're that close?"

"A-yup." Muley glanced over his shoulder. "You give them a minute and you can ask them yourself."

With a groan, the Rainmaker climbed out of the wagon. The last traces of the dying breeze stirred the tails of his dark coat as he stepped down onto the cobble-strewn ground. "Where?"

"Out there." Muley pointed at the approaching line of dust. "I ain't no expert, but I figure they're about ten minutes off."

The Rainmaker nodded. He walked slowly around the wagon, taking long steps on his thin lanky legs, his white face turned toward the ground. Muley looked on with relief. The Rainmaker would get the wind whipped up, the sails would snap, and they might yet outrun the Utes.

The albino stopped, leaned against one of the tall iron-rimmed wheels, and shook his head. "I can't do it."

Muley blinked. "You can't do what?"

"Move the wagon," said the Rainmaker. "Wind's the hardest part of weather for me, and with the wagon down here in this ditch . . ." He shook his head. "It'll be hours before I can raise a strong enough breeze to move us."

Out over the salt, the bottom of the deep red sun touched the horizon. The wall of dust was closer.

A cold knot stirred in Muley's stomach. "Well," he said. "We'll walk. It'll be dark soon. Maybe if we get far enough from the wagon we can lose them."

The Rainmaker shook his head again. "I'm no more up to walking across this hardpan than I am to conjuring a wind. This is as far as I go."

"Damnation," growled Muley. He had followed the Rainmaker halfway across the continent, but he was by no means ready to follow him to a scalping.

The sky was already dark, but now it began to stir, and a fat drop of rain splashed into the dust at Muley's feet. As it usually did whenever the Rainmaker stayed in one place for long, it was beginning to rain. When the wagon was rolling, they could generally stay ahead of the precipitation, but it was a rare day when they could stop for more than a minute without getting wet. The Rainmaker could make the flow vary from a sprinkle to a downpour, but it took a considerable effort for him to stop it entirely.

That was the main thing that kept them moving across the dry lands. Most any town on the parched prairie was grateful to have a rainfall. None of them were too happy when that rain went on forever.

More drops wet the long dry stones that lined the bottom of the ditch. Muley moved to stand against the wagon, trying to keep as dry as he could. It was pure foolishness to think they could outrun the Utes on foot. Those Indians could have tracked a horse over bare stone; two walking men were not likely to get away in this empty country. Besides, everywhere the Rainmaker went, the clouds and rain would follow. The Utes could track them from half a state away.

Muley looked around to where the Rainmaker sagged against the wagon wheel. He supposed he could always leave the albino behind. After all, it was the Rainmaker that had the Utes riled. If they had him, then like as not they'd leave Muley to himself . . . He shook his head. No. The albino might call himself Muley's boss, and he might not be able to make any conversation that didn't turn into an argument, but after two years of traveling together, they were partners, maybe even friends. A man who went around leaving his partners wasn't worth spit.

The rain grew stronger. Muley had observed in the past that whenever the Rainmaker was tired or sleeping the rain would come down harder than when he was up and alert. Drawing the wind might take some push, but the albino's talent for pulling water out of the air took more effort to fight than it did to encourage. Already, the stones of the wash were dark with moisture. Drops rolled down into the lowest points and formed the start of puddles.

"Whether we can move the wagon or not," said Muley, "we're going to have to get ourselves up on higher ground, unless you want to end up like . . . end up . . ." Muley's voice trailed away. He looked up the length of the wash, then tilted his head back to stare into the darkening sky. "Can you make it rain harder?"

"I doubt those Indians will lose the track."

"I'm not talking about any track," said Muley. "I'm talking about getting out of here. Can you make it rain harder?"

The albino nodded. "There's always more rain," he said.

"Good. Then you get to working on the rain. I'll work on the wagon."